首届向全國推薦優秀古籍整理圖書

〔梁〕鍾嶸著
曹旭集注

詩品集注

增訂本

曹旭之

上海古籍出版社

圖書在版編目(CIP)數據

詩品集注（增訂本）/（梁）鍾嶸著；曹旭集注. －2版.－上海：上海古籍出版社，2011.10（2023.2重印）

（中國古典文學叢書）

ISBN 978－7－5325－5789－9

Ⅰ.詩…　Ⅱ.①鍾…②曹…　Ⅲ.①古典詩歌－文學理論－中國②詩品－注釋　Ⅳ. I207.22

中國版本圖書館CIP數據核字(2010)第258106號

校對人員　陳　穎　楊思華等

詩品集注（增訂本）

[梁]鍾　嶸　著

曹　旭　箋注

上海世紀出版股份有限公司
上　海　古　籍　出　版　社　出版

（上海市閔行區號景路159弄1－5號A座5F　郵政編碼 201101）

（1）網址：www.guji.com.cn

（2）E－mail：gujil@guji.com.cn

（3）易文網網址：www.ewen.co

上海世紀出版股份有限公司發行中心發行經銷

南京展望文化發展有限公司　常州市金壇古籍印刷廠有限公司

開本 850×1168　1/32　印張 24.875　插頁 8　字數 450,000

2011年10月第2版　2023年2月第9次印刷

印數：8,801－9,600

ISBN 978－7－5325－5789－9

I·2285　精裝定價：108.00元

本著為

國家社科基金項目成果（批准號11BZW019）
首都師範大學中國詩歌研究中心項目成果
教育部人文社科基金項目成果（批准號10YJA751006）
上海市重點學科中國古代文學成果（批准號S30403）

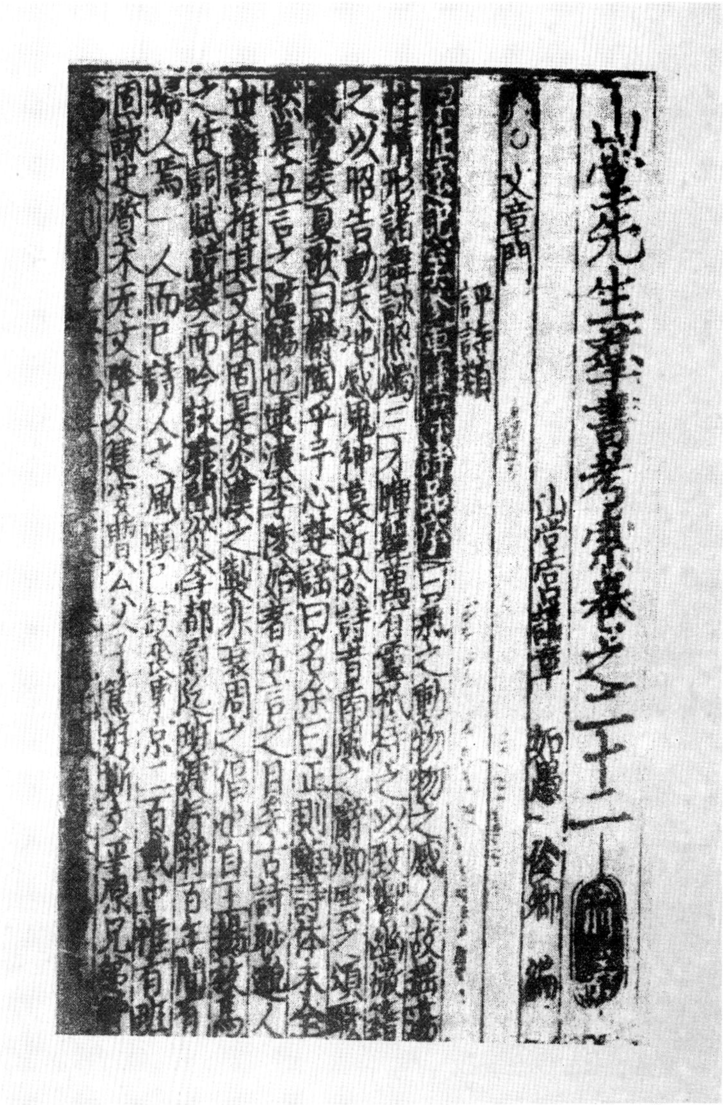

元延祐七年（1320）《羣書考索》本《詩品》

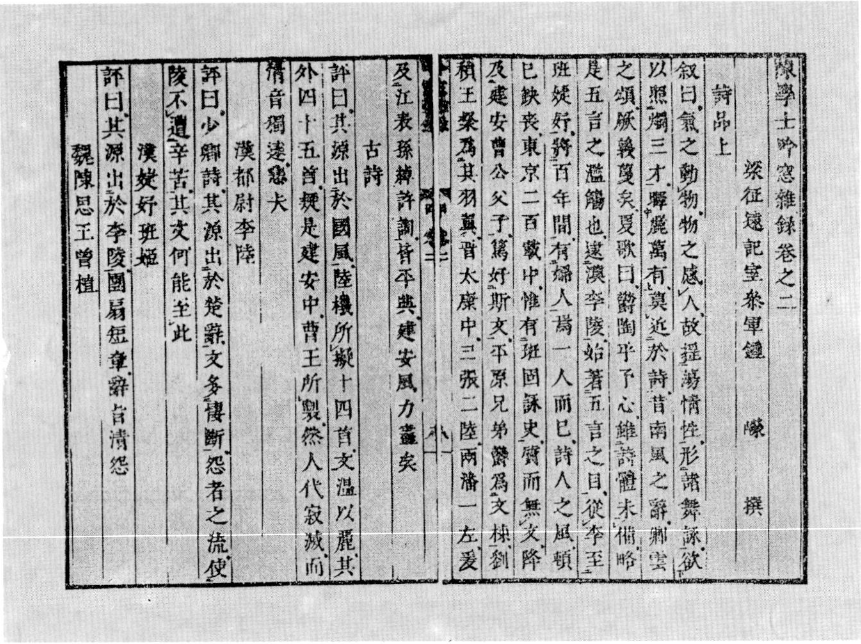
陳學士吟窓雜録卷之二

梁征遠記室參軍鍾　嶸　撰

詩品上

叙曰氣之動物物之感人故揺蕩情性形諸舞詠欲
以照燭三才暉麗萬有莫近於詩昔南風之辭卿雲
之頌厥義夐矣夏歌曰鬱陶乎予心雖詩體未備略
是五言之濫觴也逮漢李陵始著五言之目從李至
班婕妤將百年間有婦人焉一人而已詩人之風頓
已缺喪東京二百載中惟有班固詠史質而無文降
及建安曹公父子篤好斯文平原兄弟鬱爲文棟劉
楨王粲爲其羽翼晉太康中三張二陸兩潘一左爰
及江表孫綽許詢皆平典建安風力盡矣

古詩

評曰其源出於國風陸機所擬十四首文温以麗其
外四十五首頗是建安中曹王所製然人代寂滅而
清音獨遠悲夫

漢都尉李陵

評曰少卿詩其源出於楚辭文多悽斷怨者之流使
陵不遭辛苦其文何能至此

漢婕妤班姬

評曰其源出於李陵團扇短章辭旨清怨

魏陳思王曹植

明嘉靖戊申（1548）刊宋《吟窗雜録》本《詩品》

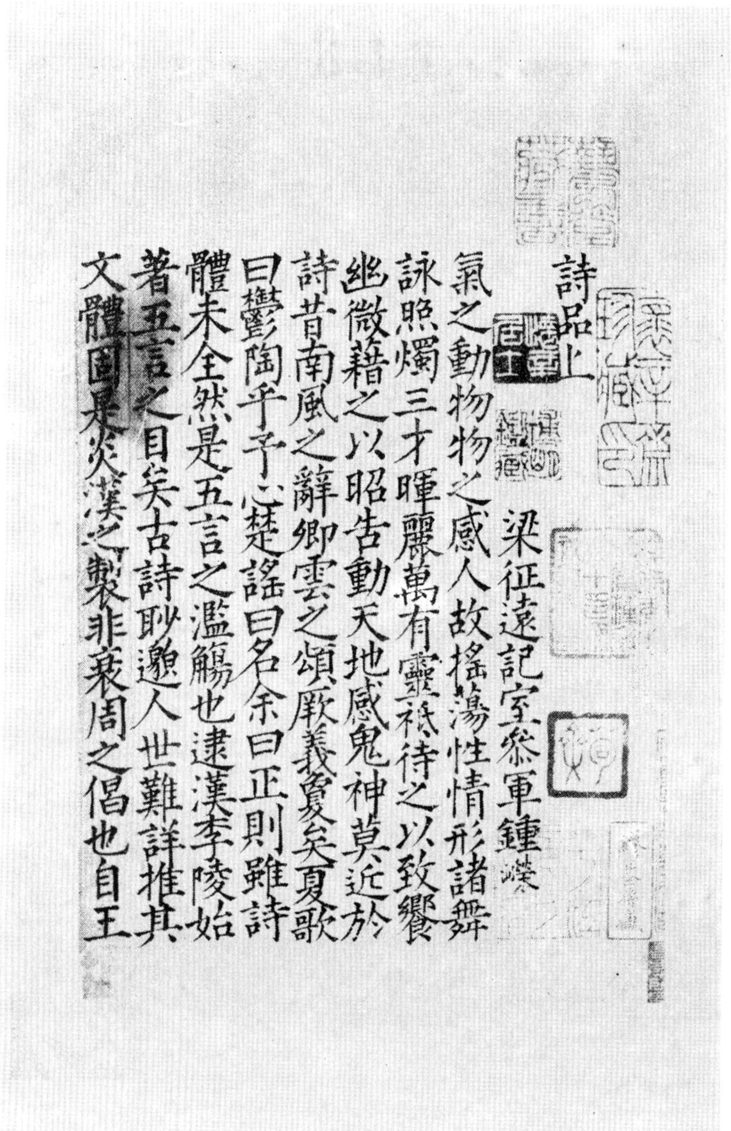

詩品上

梁征遠記室叅軍鍾嶸

氣之動物物之感人故搖蕩性情形諸舞詠照燭三才暉麗萬有靈祇待之以致饗幽微藉之以昭告動天地感鬼神莫近於詩昔南風之辭卿雲之頌厥義敻矣夏歌曰鬱陶乎予心楚謡曰名余曰正則雖詩體未全然是五言之濫觴也逮漢李陵始著五言之目矣古詩眇邈人世難詳推其文體固是炎漢之製非衰周之倡也自王

明正德元年（1506）退翁書院鈔本《詩品》

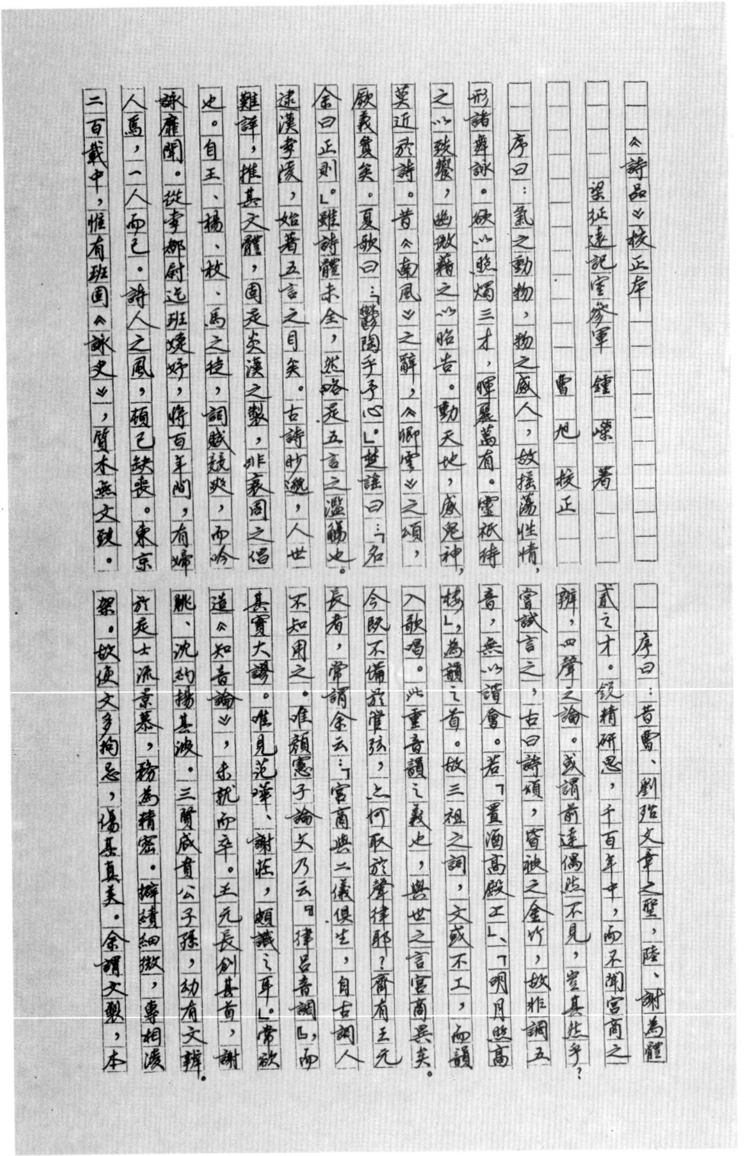

《詩品》校正本

梁征遠記室參軍　鍾嶸　著

曹旭　校正

序曰：氣之動物，物之感人，故搖蕩性情，形諸舞詠。欲以照燭三才，暉麗萬有。靈祇待之以致饗，幽微藉之以昭告。動天地，感鬼神，莫近於詩。昔《南風》之辭，《卿雲》之頌，厥義敻矣。夏歌曰：「鬱陶乎予心」，楚謠曰：「名余曰正則」。雖詩體未全，然略是五言之濫觴也。逮漢李陵，始著五言之目矣。古詩眇邈，人世難詳，推其文體，固是炎漢之製，非衰周之倡也。自王、揚、枚、馬之徒，詞賦競爽，而吟詠靡聞。從李都尉迄班婕妤，將百年間，有婦人焉，一人而已。詩人之風，頓已缺喪。東京二百載中，惟有班固《詠史》，質木無文致。

序曰：昔曹、劉殆文章之聖，陸、謝為體貳之才。銳精研思，千百年中，而不聞宮商之辨，四聲之論。或謂前達偶然不見，豈其然乎？嘗試言之，古曰詩頌，皆被之金竹，故非調五音，無以諧會。若「置酒高殿上」、「明月照高樓」，為韻之首。故三祖之詞，文或不工，而韻入歌唱。此重音韻之義也，與世之言宮商異矣。今既不備管弦，亦何取於聲律耶？齊有王元長者，嘗謂余云：「宮商與二儀俱生，自古詞人不知用之。唯顏憲子論文乃云『律呂音調』，而其實大謬。唯見范曄、謝莊，頗識之耳」。常欲進《知音論》，未就而卒。王元長創其首，謝朓、沈約揚其波。三賢咸貴公子孫，幼有文辯。於是士流景慕，務為精密。擗積細微，專相凌架。故使文多拘忌，傷其真美。余謂文製，本

集注者手稿

詩品集注目録

詩品中

詩品下

前言

作爲「百代詩話之祖」，我國第一部詩論著作，鍾嶸《詩品》以其「思深而意遠」、「深從六藝溯流別」〔一〕，與同時代的《文心雕龍》堪稱雙璧。《詩品》中的詩學史觀、詩歌發生論、詩歌美學和批評方法論，都垂遠百世，霑溉後人，對我國文學理論、詩歌理論以及日本和歌理論的發展，産生重大影響，具有奠基詩學的意義。

一、鍾嶸生平與《詩品》的寫作

鍾嶸（約四六八—五一八），字仲偉，潁川長社（今河南長葛）人。根據已發現的《鍾氏宗譜》和歐陽修《新唐書・宰相世系表》記載：鍾氏遠祖是宋桓公曾孫，曾任晉大夫的伯宗，食采鍾離，因以爲姓。楚將鍾離昧之子鍾接襲潁川郡公，居長社，始去「離」爲「鍾」，爲鍾氏得姓之祖。此後鍾氏官有世胄，譜有清顯，遂成潁川望族。十一世祖鍾繇官魏相國、太傅，遷太尉；十世祖鍾毓爲魏侍中，御史中丞；九世祖鍾峻爲晉黄門侍郎；

八世祖鍾曄爲公府掾；七世祖鍾雅爲侍中，護元帝過江，加廣武將軍；高祖鍾靖爲潁川太守；曾祖鍾源爲後魏永安太守；祖父鍾挺爲潁川郡公；父鍾蹈爲南齊中軍參軍。兄鍾岏，字長邱，爲建康令，著《良吏傳》十卷；弟鍾嶼，字季望，爲永嘉郡丞，曾參與編纂類書《遍略》。由此可知，鍾嶸出身潁川世族，有着良好的家庭文化教育傳統〔二〕。

齊永明三年（四八五）秋天，鍾嶸入國子學。根據當時的規定，生員入學，年齡必須是「十五以上，二十以還」〔三〕。今天的研究者，便在「十五」和「二十」之間，選擇一個比「十五」大，比「二十」小的數字「十八」，並由此上推十八年，暫定爲鍾嶸的生年〔四〕。

在學期間，鍾嶸因「好學，有思理」、「明《周易》」〔五〕；得到國子祭酒、衛將軍王儉的賞識，薦爲本州秀才。

齊建武（四九四—四九八）初，鍾嶸步入仕途，起家爲南康王蕭子琳侍郎。蕭子琳被殺後，改任撫軍行參軍，出爲安國令。永元三年（五〇一），又改任司徒行參軍。蕭衍代齊建梁，鍾嶸爲中軍臨川王行參軍。天監三年（五〇四），蕭元簡被封爲衡陽王，出任會稽太守，引鍾嶸爲寧朔記室，專掌文翰。後改晉安王蕭綱記室，不久，卒於任上。據歷史記載，蕭綱爲西中郎將、領石頭戍軍事在天監十七年（五一八），又在任僅一年，由此確定鍾嶸於公元五一八年逝世。

從國子學畢業以後，鍾嶸不停地擔任蕭齊、蕭梁諸王的「侍郎」、「參軍」、「記室」職務，長期充當幕僚，做掌管文翰的工作，從年輕的鍾嶸，一直做到歲月忽已晚的鍾嶸；重復同樣的工作，不免有厭倦和沈淪下僚、不得升遷的失意。這使他對社會有了更深更廣闊的思考，對選吏制度不公，不能「量能授職」和梁初以軍功濫升職級的情況產生不滿。於是，他前後寫了兩封書奏，分別上書齊明帝和梁武帝。

這使鍾嶸的作品，除了《詩品》以外，還留下這兩篇書奏：

一是齊建武三年（四九六），他上書齊明帝，建議明帝「量能授職」，不必躬親細務，應講究領導藝術。意見未被采納，還招致明帝的嫌惡。明帝對太中大夫顧暠說：「鍾嶸何人，欲斷朕機務，卿識之否？」恰好顧暠也贊同鍾嶸的看法，回答說：「嶸雖位末名卑，而所言或有可采。」弄得明帝很不高興，不顧而他言。

二是蕭衍建梁之初，他上書武帝，謂不當以軍功濫升清級，以致弄到「坐弄天爵」、「官以賄就」、「揮一金而取九列，寄片剳以招六校。騎都塞市，郎將填街」的地步。意見被武帝采納，敕付尚書行之。

此外，鍾嶸爲寧朔記室時，還寫過一篇《瑞室頌》。當時，與蕭元簡交遊甚密的隱士何胤，築室隱居若耶山。一次，山洪暴發，大水漂拔樹石，而何胤居室安然獨存，元簡令鍾嶸作文，頌其祥瑞。鍾嶸遂作《瑞室頌》，文章寫得「辭甚典麗」，但没有流傳下來。卻讓唐初寫史的人感到有風可采，進入了鍾嶸的傳記。

由於兩封書奏都不怕得罪皇帝，且真的得罪了齊明帝，由此可以窺見鍾嶸的個性。書奏中表達出的鮮明性、尖鋭性和不避親疏、實事求是的精神，正是寫作《詩品》時敢説真話的精神。而「辭甚典麗」的《瑞室頌》雖然不是詩，但可以證明鍾嶸有典雅的風格和斐然的文采。結合其詩論推測，崇尚雅正典麗也許是鍾嶸自己作品的風格。

《詩品》的産生，是偶然的，也是必然的。其必然性：一是基於當時五言的蓬勃發展；二是基於社會上文學鑒賞、文學批評風氣的興盛；三是基於當時士大夫著書的文化風氣。所以，既是鍾嶸富於天才的創造，又是社會歷史、時代風氣的産物。

中國詩歌經歷《詩經》四言和《楚辭》騷體的時代，在形式上不斷發展。《詩經》中夾雜的五言句式，經過《孟子》「孺子歌」和秦代「長城歌」的演化，逐漸形成了五言詩體。五言詩在漢代民歌和樂府詩中不斷演進，經過了東漢文人古詩的過渡，至魏晉已獨領風騷，蔚爲大國，进入以五言詩爲主的時代。當時人紛紛抛棄四言，轉向五言，寫作五言詩成了一時的好尚。正如《詩品序》所説：「詞人作者，罔不愛好。今之士俗，斯風熾矣，纔能勝衣，甫就小學，必甘心而馳騖焉。」

五言詩的興盛與發展，必然導致各種詩集和詩歌總集的編纂，一批詩歌總集紛紛出現，如晉蜀郡太守李彪《百一詩》二卷，謝靈運《詩集》五十卷、《詩集抄》十卷、《詩英》十卷、《新撰録樂府集》十一卷、《回文詩集》一卷，伏滔、袁豹、謝靈運《晉元氏宴會遊集》四卷，顔延之《元嘉西池宴會詩集》三卷，顔竣《詩集》一百卷，宋明帝《詩集》二十卷、《詩集新撰》三十卷，江邃《雜詩》七十九卷，劉和《詩集》二十卷，注《雜詩》二十卷，干寶《百志詩》九卷，徐伯陽《文會詩集》四卷，崔光《百國詩集》二十九卷，應璩《百一詩》八卷，李夔《百一詩集》二卷，張敷、袁淑《補謝靈運詩集》一百卷，齊武帝命撰《青溪詩》三十卷，《古遊仙詩》一卷，《元嘉宴會遊山詩集》五卷，《齊釋奠會詩》二十卷，《齊宴會詩》十七卷，《詩鈔》十卷。甚至還出現了五言詩選摘，如荀綽《古今五言詩美文》五卷等等〔六〕。

正是由於有了五言詩的興盛、發展，有了各種總集，包括五言詩總集的編撰，鍾嶸《詩品》纔有了品評對象，理論上的總結和美學上的升華纔有創作實踐的基礎。

幾乎與總集的編撰同步，圍繞文學創作和五言詩的興盛，文學鑒賞和文學批評亦蔚爲風氣，出現了不少專論和專著，如曹丕的《典論·論文》、《與吴質書》，陸機的《文賦》，摯虞的《文章流別志論》，李充的《翰林論》，顔延之的《庭誥》，顔竣的《詩例録》，劉勰的《文心雕龍》等等，其中相當一部分涉及對五言詩的評論。這些評論不僅爲鍾嶸《詩品》開了先路，提供了美學上的借鑑，還留下相當豐富的成功與不成功的批評經驗。

鍾嶸在《詩品序》中説：「昔九品論人，《七略》裁士，校以賓實，誠多未值。至若詩之爲技，較爾可知，以類推之，殆均博弈。」明白無誤地表明自己寫作《詩品》曾受班固《漢書·古今人表》和劉歆《七略》的影響。班固《漢書·古今人表》分九品論人，啓發鍾嶸以三品論詩；劉歆《七略》追溯古代學術流派，開啓了鍾嶸「深從六藝溯流别」的批評思路。「以類推之，殆均博弈」之語，更表明《詩品》與當時出現的各種《畫品》、《書品》、《棋品》之間的文化關係。由漢末的清談，曹魏的九品中正制，迄於晉宋以來對人物品評的風氣，以及品評人物的著作，如《隋書·經籍志》所載《海内士品》等，更與《詩品》有親緣關係。史載鍾嶸兄鍾岏曾著《良吏傳》十卷，今佚不傳。但從書名推測，當是品評有政績官吏的著作，與後來阮孝緒著《高隱傳》品評隱者的性質相同。雖然有人以为這些是雜史類著作，並非文藝批評，但這種著書的風氣，還是表明，鍾嶸之作《詩品》，有家庭的淵源，受到他哥哥鍾岏的影響。

《詩品》品評一百二十多位詩人，齊梁即有四十位詩人入品，約佔總人數的三分之一。因此，從某種意義上説，《詩品》其實是一部當代詩歌評論；這種敢於分品評論當代的精神和意識在齊梁之際是非常了不起的，這正是鍾嶸偉大的地方。

假如我們追溯一下《詩品》中的史料來源，除一部分引自前人的著作，如引劉敬叔《異苑》、李充《翰林》、沈約《宋書·謝靈運傳論》以及《謝氏家録》等書外，有很多則是鍾嶸收集的第一手材料。鍾嶸和當時著名詩人、詩論家、文學領袖如劉繪、王融、謝朓、虞羲等人交遊，耳之所聞、目之所染，他們當時的談話，甚至一舉一動，只要記録下來，對今人來説，都是新材料。譬如，永明年間，鍾嶸爲國子生，爲衛將軍王儉所賞識；而其時，謝朓正任衛將軍王儉的東閣祭酒，在東閣頻繁地接觸，當有機會討論包括詩歌品評在内的一切問題。這在《詩品》中留下了記載：「朓極與余論詩，感激頓挫過其文。」〔七〕至於虞羲，則是鍾嶸在國子監一起讀書的同學。《詩品》評虞羲説：「子陽詩，奇句清拔，謝朓常嗟頌之。」即可與前引評謝朓語互證，謝朓嗟頌當爲「與余論詩」内容之一。

至於劉繪與他談寫作詩品的打算、王融與他談聲律的要義，如此等等，不一而足。

社會、歷史、時代風氣、文化淵源，爲寫作《詩品》提供了客觀條件，但作爲寫作直接觸發點的，卻有以下幾個因素：

一是當時五言詩創作走火入魔，誤入歧途：「於是庸音雜體，各各爲容。至使膏腴子弟，恥文不逮，終朝點綴，分夜呻吟……次有輕蕩之徒，笑曹、劉爲古拙，謂鮑照羲皇上人，謝朓今古獨步。而師鮑照，終不及『日中市朝滿』；學謝朓，劣得『黃鳥度青枝』，徒自棄於高聽，無涉於文流矣。」〔八〕但鍾嶸在《詩品》中並沒有說明當時五言詩寫作走火入魔原因。值得注意的是，差不多和鍾嶸同年生的裴子野在《宋略》中論劉宋「選舉」時，說了一段和鍾嶸《詩品》差不多批評的話：「自是閭閻少年，貴游總角，罔不擯落六藝，吟詠情性。學者以博依爲急務，謂章句爲專魯。淫文破典，斐爾爲曹，無被於管弦，非止乎禮義。深心主卉木，遠致極風雲，其興浮，其志弱，巧而不要，隱而不深。」其原因，劉宋選拔人才時，不重經術，而重文史，重視五言詩。這就是「大明之代，實好斯文。高才逸韻，頗謝前哲，波流同尚，滋有篤焉」。而齊梁以來，仍有宋之遺風也。其實是文學和歷史衝擊了經學。所以李延壽《南史·王僧孺傳論》中說：「二漢求士，率先經術；近代取人，多由文史。」由於利益驅動，纔能勝衣，甫就小學，必甘心而馳騖的現象就屢見不鮮了。但由於「庸音雜體，人各爲容」，故仍然有寫作《詩品》指陳弊端、正本清源之必要。

二是批評不力，缺少理論和統一的批評標準，以致敝帚自珍，抑人揚己：「獨觀謂爲警策，衆睹終淪平鈍……觀王公搢紳之士，每博論之餘，何嘗不以詩爲口實，隨其嗜慾，商搉不同，淄澠並泛，朱紫相奪，喧嘩競起，准的無依。」〔九〕混亂不堪容忍，強烈的文學責任感使鍾嶸萌發了撰寫詩評、建立統一的美學標準和批評標準、以廓清時弊的著作動機。

三是受彭城劉士章（繪）的啓發。劉士章博學盛才，是後進文士的領袖，詩人兼詩論家。他對當時的文壇和評論現狀，與鍾嶸同樣深惡痛絶，曾對鍾嶸口頭評論，並準備寫作「詩品」糾正時風，雖没有寫成，倒啓發了鍾嶸，成爲鍾嶸寫作《詩品》的緣起：「近彭城劉士章，俊賞之士，疾其淆亂，欲爲當世詩品，口陳標榜，其文未遂，嶸感而作焉。」〔一〇〕

還有一個可供參考的原因是：「嶸嘗求譽於沈約，約拒之。及約卒，嶸品古今詩爲評，言其優劣。」〔一一〕此説人多未信，胡應麟《詩藪》、《四庫提要》、范文瀾《文心雕龍注》、古直《鍾記室詩品箋》等辨之甚詳，以爲列沈約於「中品」，未爲排抑。《南史》喜采小説家言，恐不足據。但對考察《詩品》的成書年代，卻是有用的。

《詩品序》稱梁武帝爲「方今皇帝」，可知此書撰於梁武帝時。作爲重要的編寫原則，《詩品序》規定「其人既往，其文克定；今所寓言，不録存者」。表明所評均爲謝世作古的詩人。考書中所評詩人，卒年最遲的爲沈約。沈約卒於梁天監十二年（五一三），由此斷定，《詩品》成書當在梁天監十三年（五一四）以後，這與《南史》嶸傳「及約卒，嶸品古今詩爲評」記載《詩品》成書在沈約死後的說法倒是吻合的。不過，《詩品》的寫作肯定經歷了一個過程。鍾嶸承認是劉士章「欲爲當世詩品」觸發了他寫作的靈感。劉士章卒於公元五〇二年，其文未遂。可知鍾嶸「感而作焉」的時間當在此後不久。又《詩品》評宋尚書令傅亮詩云：「季友文，余常忽而不察。今沈特進（沈約）撰詩，載其數首，亦復平矣。」明確表明：鍾嶸在撰寫下品「傅亮」條時，剛編選《集鈔》十卷的沈約還活着。由此推知，鍾嶸《詩品》的寫作，大概延續了十幾年，最後在他的晚年纔告完成。

二、《詩品》的稱名、序言與體例

根據《梁書·鍾嶸傳》、《南史·丘遲傳》的記載和隋劉善經《四聲論》（遍照金剛《文鏡祕府論》引)、初唐盧照鄰《南陽公集序》、唐林寶《元和姓纂》等稱引,《詩品》原名《詩評》。《隋書·經籍志》云:「《詩評》三卷,鍾嶸撰。或曰《詩品》。」可知《詩評》爲其正名,《詩品》爲其小名,或如名之有表字。長期以來,二名並用。唐、宋多用《詩評》,宋以後,往往正史藝文志系統稱《詩評》,私家目録學系統和叢書系統稱《詩品》,詩話系統則二名混用。由於文化傳播方式和流傳系統的原因,目録學和叢書文化的發展,人們遵陳振孫《直齋書録解題》、尤袤《遂初堂書目》和《吟窗雜録》、《山堂群書考索》的習慣,多稱《詩品》。一些研究者認爲,此書當稱《詩品》,《詩評》爲譌,其實是一種錯誤的看法。

同樣存在錯誤而有待説明的是《詩品序》的形式。

在明正德元年退翁書院鈔本、沈氏繁露堂本、《顧氏文房小説》本、《夷門廣牘》本、《津逮秘書》及其系統的近四十種版本中,《詩品序》以三段的形式分列三品之首:「上品」從「氣之動物」至「均之於談笑耳」;「中品」序從「一品之中」至「方申變裁,請寄知者爾」;「下品」序從「昔曹、劉殆文章之聖」至末「文彩之鄧林」。《四庫提要》稱鍾嶸《詩品》評漢魏以來五言詩,論其優劣,「分爲上、中、下三品,每品之首,各冠以序」,即指此序言形式。但這種形式明顯存在不合理的地方,如中、下品序與中、下品無關,内容不符〔一二〕。對這種形式的否定，導致清人何文煥《歷代詩話》將不能致辨的三品序合一置之卷首。這種錯上加錯的做法因古直《鍾記室詩品箋》、許文雨《鍾嶸詩品講疏》、葉長青《詩品集釋》、杜天縻《廣注詩品》、陳延傑《詩品注》（人民文學修訂本）、汪中《詩品注》承襲而成了目前最通行的形式，以致多數讀者以爲，《詩品序》就是這篇連在一起的長文，大誤。因爲三序合一不僅沒有解決原來的問題，還産生了一些新問題，如「中品」序有「近任昉、王元長等」語，評王元長作詩「詞不貴奇」，而下文又出現「齊有王元長者」，反倒改成介紹王元長的口吻。可見兩段文字原當分開〔一三〕。

目前，我們所見最早的《詩品》版本，爲元代延祐七年（一三二〇）圓沙書院刊宋章如愚《群書考索》本（藏北京大學圖書館），此本的序言形式是：以《詩品序》列於卷首（此《詩品序》從「氣之動物」至「均之於談笑耳」。與《梁書》嶸傳所載《詩評序》全同。後爲明清本誤植爲「上品序」）中、下品品語前各有序一段，冠以「序曰」二字，與《吟窗雜録》一系相同。此形式當與古本《詩品》比較接近。其實，今所謂「中品序」，既位於上、中品之間，内容雖與「中品」無涉，卻與「上品」有關，是申明「上品」準則及入選要求，解釋齊、梁無人入「上品」的原因，當爲「上品」小序或後序（例同《毛詩》大序、小序或庾肩吾《書品序》之後序、小序),同樣,位於中、下品之間,今稱「下品序」的那段文字,内容與「下品」毫無關係,末舉五言警策者,亦無人屬「下品」,其旨乃在解釋當今名公巨卿、文壇領袖沈約何以置之「中品」的原因。兼明音韻之義,均與「中品」有關,當爲「中品」之小序或後序〔一四〕。清紀昀所謂「古人之序皆在後,《史記》、《漢書》、《法言》、《潛夫論》之類,古本尚班班可考」〔一五〕者是也。

整個《詩品》分序言與品語兩部,互爲表裏,互相發明。其整體框架,横向以三品論詩,縱向先溯其流别,再逐一品評自漢魏迄於齊梁的詩人。這種結構形式,横向可見歷代五言詩人之優劣,縱向可觀五言詩歌之發展。發展分建安、太康、元嘉三階段,分别以曹植——陸機——謝靈運爲軸心,輔之以劉楨、王粲、潘岳、張協和顔延之,使一百二十多位詩人連成一個流動的整體,勾勒出一幅自漢迄梁的詩歌史。

《詩品》的體例,除「其人既往,其文克定;今所寓言,不録存者」,前已云及外,三品之中,「上品」爲成就大、地位高或派生源流的詩人;「中品」略次;「下品」則爲次要詩人。在論述上,「上品」較詳,「中品」次之,「下品」較略;重要詩人專論,次要詩人合論。數人同條合論時,大抵以源流相同,風格類似,或以帝王、父子、君臣、女詩人、沙門僧侣爲歸。同一品第中詩人排列，鍾嶸自謂「一品之中，略以世代爲先後；不以優劣爲詮次」此亦大略言之。實同品同時代詩人，「上品」詩人之間以優劣爲詮次，如炎漢「古詩」置於「五言濫觴」的李陵和班婕妤之前；魏之曹植，置於劉楨、王粲之前；晉之陸機，置於潘岳、左思之前。鍾嶸把自己認爲最優秀，最有代表性的詩人，置之這一「世代」的首位，以起到統攝、代表這一世代和警策人心的作用。中、下品詩人均不以優劣爲詮次，因爲代表漢、魏、晉、宋的最優秀的詩人，已在「上品」列於各世代之首，中下品無需疊床架屋，又數人合評，易産生時間甚至世代上的跨度，在此情況下，不必，也不可能做到以優劣爲詮次，此爲三品不同排列原則及其原因。

《詩品》的人數，亦存在混亂。流傳版本不同，計算方法不同，列目人數與實際品評人數之間頗有偏差。如通行本爲一百二十二人，但實際人數都少一人，因爲同一詩人「應璩」出現了兩次，一次在「中品」，稱「魏侍中應璩」，一次在「下品」，稱「晉文學應璩」，故實僅一百二十一人。《吟窗雜録》一系人數又與通行本不同，「下品」重複「謝琨（混）」，「阮瑀」等人條下又脱「晉黄門棗據」一人。自清人張錫瑜、許印芳，今人古直、葉長青等人，均在「下品・江祏」條下增「祏弟祀詩」標題，因「江祏」條品語有「弟祀，明靡可懷」句之故，此亦標題與實際品及人數不一引起混亂。據筆者梳理，《詩品》共品評漢迄齊梁一百二十三位詩人：「上品」十二人（古詩算一人），「中品」三十九人，「下品」七十二人。此數字實包含了鍾嶸的結構思想與良苦用心。《梁書·劉勰傳》未提劉勰與《周易》的關係，然《文心雕龍·序志》篇自謂「位理定名，彰乎《大易》之數。其爲文用，四十九篇而已」。鍾嶸十一世祖鍾繇、夫人張氏，十世祖鍾毓之弟鍾會，均對《周易》有精深之研究，撰有研究著作。此事跡載《世説新語·言語》篇及《三國志·鍾會傳》，不贅。時鍾會與山陽王弼友善，在《易》學上並知名。《隋書·經籍志》載會之撰《周易盡神論》及《周易無互體論》，梁時尚有流傳，則鍾嶸《易》學自有家族淵源，又《梁書》、《南史》均稱其「明《周易》」，「好學有思理」，故其三品人數，當與《易·緯》「三十六節」，「七十二候」之類的《易》數有關。「三」爲天數，「四」爲地數，天地合一，三乘四爲十二，即「上品」人數。此《易》數，或稱「模式數字」，不僅具有内在規律，易於記誦，且作爲一種文化積澱，形成人們的心理定勢，成爲完美和系列的「群」的象征。以此選擇詩人，配置三品人數，就會産生「網羅今古，詞人殆集」[一六]的整體感、系列感和完美感。劉勰、鍾嶸多受《周易》美學思想影響，而《文心》、《詩品》二書，亦均取《易》數爲其構架。後者多爲人所忽視，故略加申述。

三、鍾嶸的文學觀念及美學思想

鍾嶸的文學觀念和美學思想，主要包括詩歌發生論、本質論、詩體論、創作論和詩學理想等幾個方面：

詩歌發生的根源，鍾嶸認爲首先是「氣」的作用：「氣之動物，物之感人，故摇蕩性情，形諸舞詠。」人的性情受氣的感蕩、物的觸動，就形成獨特細膩的内心感受，用吟詠的形式把這種感受表達出來，就形成了詩歌。「氣」，既是抽象的東西，是充盈於天地宇宙間蓬蓬勃勃的元氣；又是具象的東西，是大自然的萌動，能觸於物而感於心。《詩品序》説：

若乃春風春鳥，秋月秋蟬，夏雲暑雨，冬月祁寒，斯四候之感諸詩者也。

四季感蕩人心的詩歌發生論，已是西晉以來詩論家的共識。如陸機《文賦》説：「遵四時以嘆逝，瞻萬物而思紛。」劉勰《文心雕龍·物色》篇説：「情以物遷，辭以情發。」「物色之動，心亦摇焉。」但詩歌發生，並不僅僅是由於四季感蕩，在四季感蕩之外，社會生活中的人際感蕩，同樣是詩歌發生的重要原因，首次明確提出這一理論主張的是鍾嶸。

他在闡述四季感蕩之後，《詩品序》又説：

嘉會寄詩以親，離群託詩以怨。至於楚臣去境，漢妾辭宫，或骨横朔野，或魂逐飛蓬；或負戈外戍，殺氣雄邊；塞客衣單，孀閨淚盡；又士有解佩出朝，一去忘返；女有揚娥入寵，再盼傾國：凡斯種種，感蕩心靈，非陳詩何以展其義，非長歌何以釋其情？

由於氣的發動，四季迭相更遞，萬物盛衰變化；社會動蕩不寧，人際悲歡離合，這一切，都使人心變得更敏感，使情愫變得更豐富，最後産生了馳騁情志、抒發情愫的詩歌。與此緊密關聯，鍾嶸認爲詩歌的本質是吟詠性情的，是人内心情感自然的流露。基於對詩這一本質的認識，詩當與經國文符、撰德駁奏有本質的區别。《詩品序》説：

夫屬詞比事，乃爲通談。若乃經國文符，應資博古；撰德駁奏，宜窮往烈。至乎吟詠情性，亦何貴於用事？

如果是「經國文符」、「撰德駁奏」，當然應該擺事實，講道理；要追溯歷史，以古人的典事爲例證。但詩歌不同，詩歌是「吟詠情性」的，因此必須有感發天地的意志、激動人心的感情、典雅哀怨的風格、華美挺拔的語言，以引起人的審美趣味。

但是，當時詩壇的狀況卻令人擔憂，「近任昉、王元長等，詞不貴奇，競須新事，爾來作者，寖以成俗。遂乃句無虛語，語無虛字，拘攣補衲，蠹文已甚」〔一七〕。又說，「昉既博學，動輒用事，所以詩不得奇」〔一八〕。因此，要寫出自然英旨之作，就必須用「直尋」的方法，即景抒情，自抒胸臆，而不應濫用典故，徒生蠹文。他列舉漢魏以來人所共傳的佳句爲例說：

「思君如流水」（徐幹《室思》），既是即目；「高臺多悲風」（曹植《雜詩》），亦唯所見；「清晨登隴首」（張華斷句），羌無故實；「明月照積雪」（謝靈運《歲暮》），詎出經史？觀古今勝語，多非補假，皆由直尋。

在反對詩中用典、堆砌學問的同時，出於同樣的理由，鍾嶸也反對拘忌聲病。針對沈約《宋書·謝靈運傳論》中「若前有浮聲，則後須切響。一簡之內，音韻盡殊；兩句之中，輕重悉異。妙達此旨，始可言文」，要求以聲制韻的主張，鍾嶸一方面指出其流弊的深遠：「於是士流景慕，務爲精密。擗績細微，專相淩架。故使文多拘忌，傷其真美。」並明確表示自己的態度：「至如平上去入，則余病未能；蜂腰、鶴膝，閭里已甚。」鍾嶸的聲律主張是：「余謂文製本須諷讀，不可蹇礙，但令清濁通流，口吻調利，斯爲足矣。」

當然，鍾嶸的這一主張未免狹隘，聲律論經過永明詩人和宮體詩人的試驗，最初階段産生的弊端正不斷被克服，四聲入詩的理論在實踐中已不斷得到修正和完善，至唐形成平仄二元。詩學本身的發展證明了聲律論的可行性和生命力。但是，這種不斷修正完善，正是詩人的實踐和詩論家的批評共同完成的，是同一事物正、反合力的結果。

在創作論上，鍾嶸强調詩中「賦、比、興」的作用。與漢儒的詮釋不同，鍾嶸給「賦、比、興」下了新的定義，使它更接近審美，更接近表情達意，遠遠避開鄭玄所謂「比見今之失，不敢斥言，取比類以言之；興見今之美，嫌於媚諛，取善事以喻勸之」〔一九〕之類功利和實用主義的歧途。他重新解釋説：

故詩有六義焉：一曰興，二曰比，三曰賦。文已盡而意有餘，興也；因物喻志，比也；直書其事，寓言寫物，賦也。

鍾嶸主張「賦、比、興」三種方法應酌而用之，避免因單用某種方法而帶來的弊端。《詩品序》闡釋説：

弘斯三義，酌而用之，幹之以風力，潤之以丹采，使詠之者無極，聞之者動心，是詩之至也。若專用比興，則患在意深，意深則詞躓；若但用賦體，則患在意浮，

> 意浮則文散。嬉成流移，文無止泊，有蕪漫之累矣。

鍾嶸是一個有創造精神的評論家。他的創造精神，除表現在與衆不同的評論個性，對「賦、比、興」新的解釋，對漢魏至齊梁詩史的勾勒外，還表現他的詩體論方面。《詩經》是四言體，出於對《詩經》的信奉和崇拜，儘管東漢以來五言已多見於文人筆下，並逐步取代四言成爲詩壇上最流行的形式，但不少詩論家仍視四言爲正宗，瞧不起五言。如晉摯虞的《文章流別論》説：「古詩率以四言爲體。」五言者，「於俳諧倡樂多用之」。「雅音之韻，四言爲正。其餘雖備曲折之體，而非音之正也」。劉勰《文心雕龍・明詩》篇也説：「若夫四言正體，則雅潤爲本；五言流調，則清麗居宗。」均視四言爲「正體」，五言爲「曲折之體」或「流調」，俗雅之分，溢於言表。而鍾嶸則以爲五言是四言發展的必然結果，今人多習五言，是因爲五言形式在表達感情方面比四言更爲優越，更有回旋的餘地，也更具滋味，其摹狀寫物，也更詳切，更具審美價值。《詩品序》説：

> 夫四言，文約意廣，取效《風》、《騷》，便可多得。每苦文煩而意少，故世罕習焉。五言居文詞之要，是衆作之有滋味者也，故云會於流俗。豈不以指事造形，窮情寫物，最爲詳切者邪？

略晚於鍾嶸的蕭子顯也認識到這一點,《南齊書·文學傳論》説:「五言之制,獨秀衆品。」

但是,並不是所有的人都認識五言詩的優越性的; 甚至連唐代大詩人李白也有模糊的看法。孟棨《本事詩》謂李白論詩,「嘗言寄興深微,五言不如四言,七言又其靡也」。也許孟棨的記載不一定可靠,但也表明後代確有不同意見者。由此可見鍾嶸第一個在理論上充分肯定五言詩體眼光的卓越可貴。近代章太炎、王國維謂「固四言之勢盡矣」〔二〇〕和「四言敝而有《楚辭》,《楚辭》敝而有五言,五言敝而有七言……蓋文體通行既久,染指遂多,自成習套。豪傑之士,亦難於中自出新意,故遁而作他體,以自解脱。一切文體所以始盛終衰者,皆由於此」。〔二一〕鍾嶸的説法,更得文心,更能從詩體美學的角度,説明何以是五言取代四言的内在原因。不僅僅是因爲一種詩體的陳舊,通行既久,染指遂多,自成習套。而是新興詩體本身的優越性決定的。

鍾嶸是一個充滿詩學理想的評論家,具有好奇、尚氣和重視骨鯁的個性,他寫《詩品》的原因,除前所謂匡濟流弊,或謂與沈約有宿怨,以此報約外,最重要的,也許是抒發自己的詩學理想,並用自己的詩學理想建立審美坐標,樹立批評準則,以品古今詩人。鍾嶸的詩學理想源於詩人創作的實踐，而經過升華的美學理想又以理想的詩人來體現。在漢魏至齊梁一百二十多位詩人中，最能體現鍾嶸詩學理想的詩人是曹植。

「上品」評曹植説：

其源出於《國風》。骨氣奇高，詞采華茂，情兼雅怨，體被文質，粲溢今古，卓爾不群。嗟乎！陳思之於文章也，譬人倫之有周、孔，鱗羽之有龍鳳，音樂之有琴笙，女工之有黼黻。俾爾懷鉛吮墨者，抱篇章而景慕，映餘暉以自燭。故孔氏之門如用詩，則公幹升堂，思王入室，景陽、潘、陸，自可坐於廊廡之間矣。

這是魏詩人曹植，更是鍾嶸心目中的曹植。鍾嶸從曹植的詩歌中概括出自己的詩學理想，又以對曹植的理想化，使自己理想的詩學得到體現。其中「骨氣奇高，詞采華茂，情兼雅怨，體被文質」正是鍾嶸詩學理想的核心。這一核心包括了兩組美學範疇：一是内容情感上的「雅」、「怨」；二是體制風格上的「文」、「質」，「骨氣」與「詞采」。鍾嶸把詩歌情感分成兩種不同的美學類型：即源出《詩經》的「雅」和源出《楚辭》的「怨」。「雅」代表了雅正和高層次、高品位的美學原則；「怨」代表了漢魏以來以悲爲美的思想。鍾嶸在内容情感上要求「雅」與「怨」的結合。在詩歌的體制風格上，他又要求「質」

與「文」、「風力」與「丹彩」、「骨氣」與「詞采」這些不同的，既相聯繫又相對立的美學要素統一在一起，使剛性的詩歌精神與柔性詞采高度融合，體現出剛柔相濟的美學境界。在批評實踐中，鍾嶸正是以這些美學尺度來品衡古今詩人的。

先看詩歌情感的表達：凡入「上品」的詩人，其情感的表達多與「雅」、「怨」有關。如評古詩「意悲而遠」、「多哀怨」，評李陵「文多悽愴，怨者之流」，評班婕妤「怨深文綺」，評王粲「發愀愴之詞」，評阮籍「洋洋乎會於《風》、《雅》」等。此外，評「中品」詩人，秦嘉、徐淑「文亦悽怨」，嵇康「傷淵雅之致」，劉琨、盧諶「善爲悽戾之詞」、「善叙喪亂，多感恨之詞」，郭泰機「孤怨宜恨」，顔延之「經綸文雅」，鮑照「頗傷清雅之調」，任昉「拓體淵雅」，沈約「長於清怨」。「下品」如曹操「有悲涼之句」，曹彪、徐幹「亦能閑雅」，繆襲「唯以造哀」，謝莊「氣候清雅」，謝超宗七子「得士大夫之雅致」，毛伯成「文亦惆悵」等等。但上述詩人，不是具備「雅」，就是具備「怨」，雅正之美和以悲爲美二者僅具其一，只有曹植「情兼雅怨」，把兩種美學原則高度統一在一起。

再看體制風格：鍾嶸評曹植的詩「骨氣奇高，詞采華茂」，「體被文質」，體現了剛柔相濟的美學境界。以曹植的美學境界爲標尺，其他詩人不是「文」勝於「質」，就是「質」

勝於「文」，都不能達到兩者的統一。如同爲文章之聖的劉楨，儘管「貞骨淩霜，高風跨俗」，但「氣過其文，雕潤恨少」，質勝於文。如另一位「上品」詩人王粲，雖能「發愀愴之詞」，「文秀」，但卻「質羸」，文勝於質。二者都屬偏美，不能達到鍾嶸由曹植體現的美的結合，其他詩人不一而足。如評陸機「才高辭贍，舉體華美」，「咀嚼英華，厭飫膏澤，文章之淵泉也」。但論其文質，卻是「氣少於公幹，文劣於仲宣」，終亦不逮。左思則「淺於陸機」。中、下品詩人，更是文質不能兼備：如評魏文帝曹丕「新歌百許篇，率皆鄙直如偶語。唯『西北有浮雲』十餘首，殊美贍可玩，始見其工矣」。評應璩「善爲古語」，評陶淵明「其源出於應璩，又協左思風力」，「世歎其質直」。評曹操「古直」，「古」、「直」者，皆質勝於文。另一種情況，如評張華「巧用文字，務爲妍冶。雖名高曩代，而疏亮之士，猶恨其兒女情多，風雲氣少」。兒女情多，風雲氣少，即文勝質之意。可見，與情感表達中的「雅」、「怨」一樣，鍾嶸的這一美學思想，同樣是貫穿三品，統攝全書的。鍾嶸要求「質」與「文」、「風力」與「丹彩」、「骨氣」與「詞采」的統一美，但在不能結合、二者僅居其一的情況下，鍾嶸更重視「質」、「風力」、「骨氣」這一美學要素，重視思想感情表現的明朗和語言的質素有力〔二二〕，重視剛性的詩歌精神。因此，對於劉楨和王粲，儘管他們都屬偏勝偏美，但鍾嶸更看重質勝於文的劉楨，把他放在王粲之前，稱「昔曹、劉殆文章之聖」，「陳思爲建安之傑，公幹、仲宣爲輔」，「自陳思已下，楨稱獨步」。而王粲僅「在曹、劉間別構一體，方陳思不足，比魏文有餘」。齊梁之際，王粲、劉楨優劣之品評，家有曲直。沈約、劉勰重視王粲，《宋書・謝靈運傳論》謂：「子建、仲宣以氣質爲體，並標能擅美，獨映當時。」把王粲與曹植並提而不提劉楨；《文心雕龍・才略》篇説得更明確：「仲宣溢才，捷而能密，文多兼善，辭少瑕累，摘其詩賦，則七子之冠冕乎！」晚出的《詩品》更重視劉楨，這固然反映了鍾嶸不拘時賢，敢於向前輩理論家挑戰的勇氣，但是，更深刻内在的原因，卻是反映了不同的美學原則，優劣的分歧，實際上是詩學理想的分歧。

此外，從要求詩歌能引起人們的審美體驗出發，鍾嶸所重視的「滋味」説，同樣是他美學的重要組成部分。從詩歌本質論、發生論而派生詩歌的愉悦情感功能，同樣滲透於三品之中，與詩體論、雅正美、悲愴美相生發和，互爲表裏。譬如，鍾嶸反對聲病，反對詩中用典，反對以詩談玄，就是因爲聲病、用典阻礙了自然真美的傳達，以詩談玄最終「淡乎寡味」，鍾嶸解釋「興」是「文已盡而意有餘」，其旨亦與詩當有餘「味」相近。還有，鍾嶸之所以那麼重視五言詩體，同樣是因爲五言詩體居文詞之要，是「衆作之有滋味者也」。

從孔子「在齊聞《韶》，三月不知肉味」〔一三〕，把聽音樂與吃肉聯繫起來，用「肉味」美比喻音樂美，以直覺把握審美以來，儒、道、佛三家都喜以「味」談「美」。至兩漢時，司馬遷、王充以「味」喻文章美，有了發展。經過阮籍的《樂論》、嵇康的《聲無哀樂論》一步步演化，至晉陸機《文賦》提出文章當有「大羹之遺味」，更進一步明確。由晉迄於齊梁，隨着文學批評的興盛發展，「味」字作爲文學批評的術語，開始被廣泛運用。如劉勰《文心雕龍》中，就有《宗經》篇的「餘味」，《明詩》篇的「可味」，《史傳》篇的「遺味」，《附會》篇的「道味」、「辭味」，《總術》篇的「義味」和《聲律》篇中的「滋味」等等。儘管劉勰也在《隱秀》、《物色》諸篇中論述了「味」與審美的作用，但就總體而言，劉勰對「味」的論述，只是論某個作家或論其他問題涉及，不像鍾嶸把「滋味」放在《詩品》的中心，貫穿始終，且與詩歌的本質論、發生論、文體論、創作論等交融在一起，成爲詩歌審美和詩學理想的重要組成部分。因此，不妨可以説，由孔子《論語》爲發端的審美「滋味説」，至鍾嶸《詩品》，纔最後完善成爲一個純美學的範疇，取得了獨立的意義，並對中國美學史和文學批評史，産生重大影響。

四、鍾嶸《詩品》批評方法論

《詩品》所以在詩論著作中垂式千秋，獨秀衆品，成爲百代詩話之祖，除了它獨特的詩歌史觀，具有創意的詩歌發生論，剛柔相濟和強調滋味的詩歌美學以外，兼收並蓄，集大成式的批評方法論，同樣是重要的原因。

從總體上看，《詩品》既是一部詩學理論著作，又是一部詩學批評著作，這就把文學評論的廣、狹二義融爲一體，使詩學理論源於批評實踐，是批評實踐的升華和總結；而具體的批評，則又以文學理論爲指導，是詩學理論坐標上的某一點。在寫作《詩品》的同時，鍾嶸清醒地認識到批評方法的重要。因爲批評方法和批評目的、批評效果是聯繫在一起的。有什麼樣的批評目的，就會選擇什麼樣的批評方法，用什麼樣的批評方法，就會影響到總的批評效果。鍾嶸在説明自己批評方法的同時，對前人的批評方法及批評效果表示不滿。《詩品序》説：

陸機《文賦》，通而無貶；李充《翰林》，疏而不切；王微《鴻寶》，密而無裁；顔延論文，精而難曉；摯虞《文志》，詳而博贍，頗曰知言：觀斯數家，皆就談文體，而不顯優劣。至於謝客集詩，逢詩輒取；張騭《文士》，逢文即書：諸英志録，並義在文，曾無品第。

鍾嶸自稱自己的批評方法是：致流别，辨清濁，掎摭病利，顯優劣。致流别，實即區分詩歌的風格流派，追溯其淵源；辨清濁，原指分辨聲調清濁，此指辨析不同流派及同一流派中風格的一致性和多樣性；掎摭病利，主要指陳詩歌作品的利病得失；顯優劣，則爲評定詩人地位的優劣高低。在這裏，鍾嶸是把批評目的和批評方法作爲一個問題提出的。用今天的眼光考察，「致流别」，追溯師承宗派、時代源流，是「歷史批評法」；「辨清濁」、「顯優劣」，是「比較批評法」；「掎摭病利」中包含着「比較」、「知人論世」和「摘句批評法」。這些方法在同一條裏交叉運用，同時出現，又互相交融，形成批評方法的整體。而用得最多的是「比較批評」、「歷史批评」和「摘句批評」法。

廣義的比較無處不在，離開比較就不能評論，對任何詩人的評論，都是對這一詩人與時代「關係」，及與其他詩人之間「關係」的評論。例如，要在數百家詩人中選擇一百二十三家進行評論，所謂「預此宗流者，便稱才子」，就是比較的結果，所述各種淵源流派，無不以比較和相對而決定自己的存在。但具體、狹義地說，《詩品》中的「比較評論法」，實包含兩個層次：第一是整體上、結構上的比較，第二是具體的同一流派和不同流派詩人之間的比較。整體和結構上的比較，是把入選的一百二十三位詩人分爲「上品」、「中品」、「下品」三個等級，故又可稱之爲「三品升降法」或「分品評論法」。這種分品比較的方法，既受漢以來分品論人和裁士的影響，植根於古代文化學術傳統，又是當時時代風氣的產物。《詩品序》明言自己的分品方法，來源於「九品論人，《七略》裁士」。班固的《漢書・古今人名表》九品論人，啓發了他三品論詩；劉歆的《七略》敍述歷代學術源流，啓發了他追溯詩人的風格淵源。此外，曹魏以來設立選拔人才的「九品中正制」，魏晉以來品評人物的清談風氣，都對《詩品》的分品評論法産生影響。早於《詩品》的南齊謝赫的《古畫品録》，分六品評論畫家，晚於《詩品》的梁庾肩吾《書品》，分三品評論書家，每品之中，又分三等。梁阮孝緒的《高隱傳》，亦分三品評古今高隱，表明分品評論已成爲評論家的共識，已成爲一種時代的評論方法。第二層次具體比較，則貫穿於上、中、下三品評論的始終。如「上品」評曹植：「故孔氏之門如用詩，則公幹升堂，思王入室，景陽、潘、陸，自可坐於廊廡之間矣。」評王粲：「在曹、劉間别構一體，方陳思不足，比魏文有餘。」評潘岳：「嶸謂：益壽輕華，故以潘爲勝；《翰林》篤論，故嘆陸爲深。

余常言：陸才如海，潘才如江。」「中品」評陸雲等人：「清河之方平原，殆如陳思之匹白馬。于其哲昆，故稱二陸。季倫、顏遠，並有英篇。篤而論之，朗陵爲最。」評顏延之：「湯惠休曰：『謝詩如芙蓉出水，顏詩如錯彩鏤金。』」評鮑照：「骨節強於謝混，驅邁疾於顏延。總四家而擅美，跨兩代而孤出。」評范雲、丘遲詩：「范詩清便宛轉，如流風迴雪；丘詩點綴映媚，似落花依草。故當淺於江淹，而秀於任昉。」「下品」如評曹叡詩：「叡不如丕，亦稱三祖。」評曹彪詩：「白馬與陳思答贈，偉長與公幹往復，雖曰以莛叩鐘，亦能閑雅矣。」評張載等人詩：「孟陽詩，乃遠慚厥弟，而近超兩傅。」等皆是。可以說，比較評論是《詩品》用得最多、最普遍的評論方法。

其次是「歷史批評法」。

鍾嶸自謂從劉歆《七略》裁士，敍述歷代學術源流得到啓發，其實，他沒有說明的至少還有兩方面：一是從晉陸機《擬古詩》首開風氣以來，南朝詩人常以「擬某某體」和「效某某體」的方式，學習前人的作品，或對前人作品的體貌特徵加以品評，如王素的《學阮步兵體》，鮑照的《學劉公幹體》、《學陶彭澤體》，《南齊書·武陵昭王曄傳》謂蕭曄：「與諸王共作短句詩，學謝靈運體。」《梁書·伏挺傳》謂伏挺「爲五言詩，善效康樂體」，爲任昉所驚歎。最著名的當爲江淹《雜體詩三十首》，仿效了自古詩迄湯惠休等人的詩風特徵。故蕭統《文選》專設「雜擬」一欄，録陸機以來十家詩六十餘首，可見其風氣之盛。這種「擬某某體」或「效某某體」的時風，對鍾嶸運用歷史批評的方法，追溯某詩人的體貌特徵和風格淵源，提供了重要的根據。

在中國文學批評史上，最早産生文學史的意識並首先使用「歷史批評法」的大概是沈約。中國「文學的歷史」，誕生於中國「歷史中的文學」。沈約《宋書・謝靈運傳論》論文學流派的變遷説：「自漢至魏，四百餘年，辭人才子，文體三變：相如巧爲形似之言，二班長於情理之説，子建、仲宣以氣質爲體，並標能擅美，獨映當時。」與鍾嶸同時的蕭子顯《南齊書・文學傳論》也運用歷史批評的方法，把當時的文章分爲「三體」，並指出其淵源流變。鍾嶸《詩品》無疑受了沈約的影響，但沈約主要論賦，鍾嶸卻用以論五言詩，又《宋書・謝靈運傳論》、《南齊書・文學傳論》是在論文學，更在寫歷史，他們的「歷史批評」，是在寫歷史的過程中涉及文學時産生的，多少帶無意識的傾向，不像鍾嶸專寫五言詩評，追溯歷史淵源，純粹而自覺地運用了「歷史批評」的方法。在具體批評時，鍾嶸把所有的詩人總屬《詩經》、《楚辭》兩大系統，分隸《國風》、《小雅》、《楚辭》三條源流，按時代先後，世有相因，人有嗣承，如網之在綱，有條而不紊。如評「古詩」：「其體源出於《國風》。」評劉楨詩：「其源出於『古詩』。」評阮籍：「其源出於《小雅》。」評李陵：「其源出於《楚辭》。」「中品」評曹丕：「其源出於李陵。」評張華「其源出於王粲」，陶潛「其源出於應璩，又協左思風力」，沈約「憲章鮑明遠」。「下品」謝超宗等人「並祖襲顔延」等等。這裏的「其源出於」、「其體源出於」、「祖襲」、「憲章」字面雖不同，其含意是一致的。在一百二十三人中，鍾嶸追溯了三十六位詩人的體貌特徵和風格淵源，包羅了《詩品》中重要和相對重要的作家。所以追溯三十六人，如前論《詩品》人數所云，此亦以三十六人象徵整體，代表了所有的詩人。正如《世説新語》三卷品藻人物，也正分「德行」、「言語」、「政事」、「文學」等三十六種門類一樣，都同樣是以「三十六人」這一「模式數字」來代表整體、系列和完美。

其源流系統可列成下表：正如此表圖所列三十六人的風格淵源，便可代表和象徵所有詩人淵源有自一樣，儘管一個作家所受的影響是多方面的，《詩品》一般僅取其主要方面而言，圖中用黑綫表明，極少數作家，如「上品」謝靈運的「雜有景陽之體」、「中品」曹丕的「頗有仲宣之體則」，陶潛的「又協左思風力」，兼言兩家，圖中以虛綫表明。

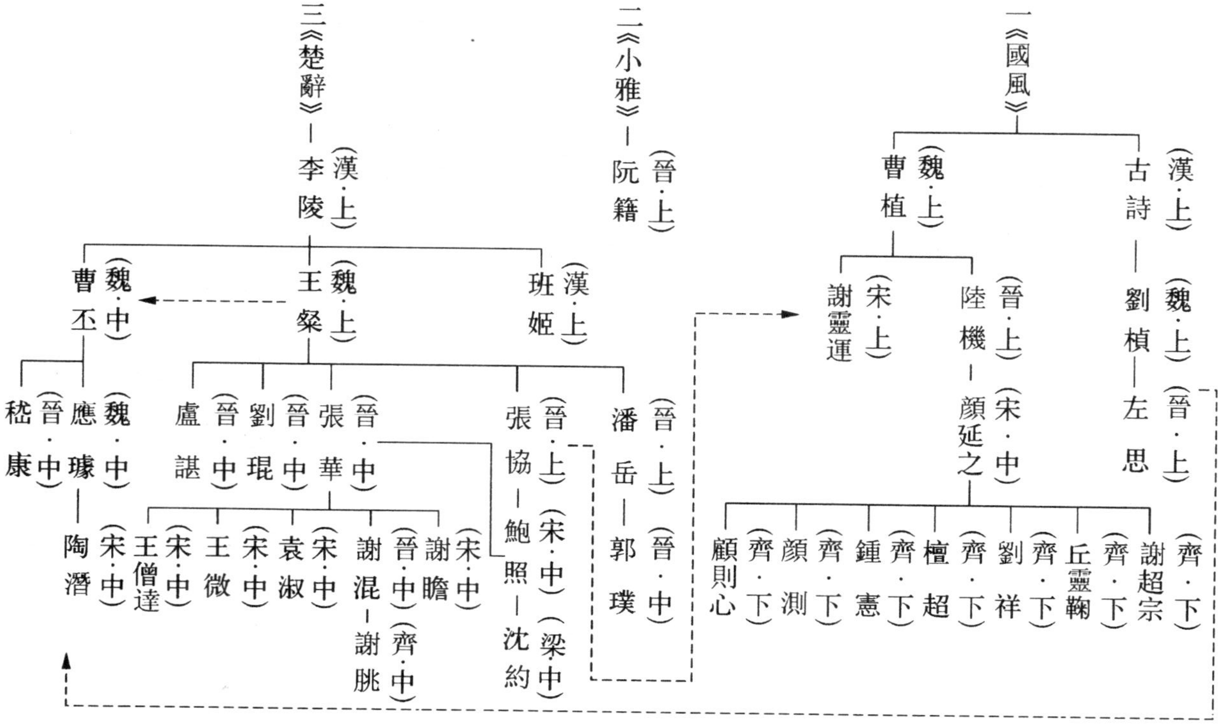

一《國風》
古詩（漢·上）
劉楨（魏·上）
左思（晉·上）
曹植（魏·上）
陸機（晉·上）
顏延之（宋·中）
謝超宗（齊·下）
丘靈鞠（齊·下）
劉祥（齊·下）
檀超（齊·下）
鍾憲（齊·下）
顏測（齊·下）
顧則心（齊·下）
謝靈運（宋·上）
二《小雅》
阮籍（晉·上）
三《楚辭》
李陵（漢·上）
班姬（漢·上）
王粲（魏·上）
潘岳（晉·上）
郭璞（晉·中）
張協（晉·上）
鮑照（宋·中）
沈約（梁·中）
張華（晉·中）
謝瞻（宋·中）
謝混（晉·中）
謝朓（齊·中）
袁淑（宋·中）
王微（宋·中）
王僧達（宋·中）
劉琨（晉·中）
盧諶（晉·中）
曹丕（魏·中）
應璩（魏·中）
陶潛（宋·中）
嵇康（晉·中）

漢代文論家依經立論的特點，爲兩晉及齊梁的文論所承襲，《詩經》，連同《楚辭》，被看成是百代詩賦的祖先。《世説新語・文學》篇注引檀道鸞《續晉陽秋》云：「自司馬相如、王褒、揚雄諸賢，世尚賦頌，皆體則《詩》、《騷》，傍綜百家之言。」司馬遷《史記・屈原賈生傳》：「《國風》好色而不淫，《小雅》怨誹而不亂，若《離騷》者，可謂兼之矣。」《詩品》將詩歌源頭分爲《國風》、《小雅》、《楚辭》三系，或與此有關。沈約《宋書・謝靈運傳論》論漢魏時文體，謂「其飈流所始，莫不同祖《風》、《騷》」。劉勰《文心雕龍・序志》篇稱「本乎道，師乎聖，體乎經，酌乎緯，變乎《騷》」爲「文之樞紐」，《辨騷》稱「憑軾以倚《雅》、《頌》，懸轡以馭楚篇」爲作文應循的原則。《詩品》把五言詩作者的源頭追溯到《詩經》、《楚辭》，亦即「同祖《風》、《騷》」之意。就《楚辭》與《詩經》一系相比，鍾嶸把組成漢魏晉宋詩史軸心的曹植、陸機、謝靈運，以及在孔氏之門升堂、入室的「文章之聖」曹植、劉楨都源出《詩經・國風》一系，又微露宗經之意。這些都是鍾嶸「歷史批評」的思想傾向和具體内容。

比較評論和歷史評論以外，「摘句評論法」同樣是《詩品》用得較多的批評方法。「摘句評論法」的核心在於「斷章取義」，可以以個别代一般，以一句代全章，兼有暗示、舉例、鑒賞等作用，有時本身就具有獨立的意識。摘句可以是首句，也可以是爲人熟悉的佳句，可以言事理，也可以是寫風景，無論景語、情語，只要凝煉，概括性強，可斷章取義即可。在先秦典籍如《孟子》、《荀子》、《左傳》、《國語》中，經常記載各國使者摘引《詩經》，斷章取義以言志或作爲外交辭令的情況，後世文學評論中的「摘句法」當濫觴於此〔二四〕。魏晉以後，人們更重視警句的作用。陸機《文賦》稱：「立片言以居要，乃一篇之警策。」又説：「石藴玉而山輝，水懷珠而川媚。」謂佳句在詩，如玉之在石，珠之在水，可使山輝、川媚，而文章生色。摘引警策佳句，當然能起到更好的評論效果。晉宋以後，摘句評論更成爲一種風氣。《南齊書·丘靈鞠傳》云：「宋孝武殷貴妃亡，靈鞠獻挽歌詩三首，云：『雲横廣階闇，霜深高殿寒。』帝摘句嗟賞。」又如沈約《宋書·謝靈運傳論》：「至於先士茂製，諷高歷賞，子建函京之作，仲宣霸岸之篇，子荆零雨之章，正長朔風之句，並直舉胸情，非傍正史。」此又以篇名或佳句中的字句指代全詩，如以「灞岸」指代「南登灞陵岸，回首望長安」，以「零雨」指代「晨風飄歧路，零雨被秋草」，以「朔風」指代「朔風動秋草，邊馬有歸心」等，這亦爲摘句的一種。劉勰的《文心雕龍》一些篇章也同樣使用了「摘句評論法」。又據《南齊書·文學傳論》「張眎摘句褒貶」，表明張眎有專門摘句評論的著作，但今佚不傳。在文論著作中，運用摘句評論方法較早且最普遍的是《詩品》。摘句評論在《詩品》中有多種情況：或以佳句表明自己的詩學理想，或以佳句判明詩歌與其他文體的區別，或純粹舉例，或在舉例中暗含褒貶，或標舉五言警策以示詩界法程。這使「摘句評論法」在《詩品》中得到最廣泛的運用，從而對後世產生重大的影響。例如，《詩品序》説：「若乃經國文符，應資博古；撰德駁奏，宜窮往烈。至乎吟詠情性，亦何貴於用事？『思君如流水』，既是即目；『高臺多悲風』，亦唯所見；『清晨登隴首』，羌無故實；『明月照積雪』，詎出經史？觀古今勝語，多非補假，皆由直尋。」《詩品序》末標舉歷代五言警策者，或舉篇名，或以佳句指代，如：「陳思贈弟，仲宣《七哀》，公幹思友，阮籍《詠懷》，少卿『雙鳧』，叔夜『雙鸞』，茂先寒夕，平叔衣單，安仁倦暑，景陽苦雨，靈運《鄴中》，士衡《擬古》，越石感亂，景純詠仙，王微風月，謝客山泉，叔源離宴，鮑照戍邊，太沖《詠史》，顔延入洛，陶公『詠貧』之製，惠連《擣衣》之作：斯皆五言之警策者也。」均爲其例。其次在評論具體作家，如評「古詩」，評「中品」詩人郭璞、陶淵明、郭泰機、謝世基、顧邁、何晏、孫楚、王讚、張翰、潘尼等人時，均用了摘句評論的方法。

以上述方法爲主，《詩品》有時也兼用一些其他的方法，如孟子的「知人論世法」。

「上品」論李陵「文多悽愴，怨者之流。陵，名家子，有殊才，生命不諧，聲頹身喪。使陵不遭辛苦，其文亦何能至此！」即遵循這一方法，論李陵其世，知李陵其人，評李陵其詩。值得注意的是，鍾嶸在使用上述批評方法時，並不是孤立、機械地使用的，而是互相交叉，互相發明，融會貫通在一起的。如評宋徵士陶潛：

其源出於應璩，又協左思風力（歷史批評法）。文體省静，殆無長語。篤意真古，辭興婉愜。每觀其文，想其人德（知人論世法）。世歎其質直。至如「歡言酌春酒」、「日暮天無雲」（摘句批評法），風華清靡，豈直爲田家語耶？古今隱逸詩人之宗也（歷史批評法）。

再如評宋參軍鮑照：

其源出於二張（歷史批評法）。善製形狀寫物之詞。得景陽之諔詭，含茂先之靡嫚。骨節强於謝混，驅邁疾於顔延（比較批評法）。總四家而擅美，跨兩代而孤出。嗟其才秀人微，故取湮當代（知人論世法）。然貴尚巧似，不避危仄，頗傷清雅之調。故言險俗者，多以附照。

即此可見其批評方法綜合運用之一斑，不贅。

五、《詩品》的流傳與影響

《詩品》流傳千載，對後世文論、詩論產生重大影響，這從後人對《詩品》的接受和拒斥中可以反映出來。

第一個對《詩品》作出評價的是隋代的劉善經。鍾嶸謝世，《詩品》流傳六十多年後，劉善經著《四聲論》，他在贊同鍾嶸的某些觀點，說《詩品》「料簡次第，議其工拙，乃以謝朓之詩末句多蹇，降爲中品。侏儒一節，可謂有心哉」以後，即代表沈約，對鍾嶸提出的批評進行反批評：「嶸徒見口吻之爲工，不知調和之有術，譬如刻木爲鳶，摶風遠颺，見其抑揚天路，騫翥煙霞，咸疑羽翮之行然，焉知王爾之巧思也。四聲之體調和，此其效乎！　除四聲以外，別求此道，其猶之荆者而北魯、燕，雖遇牧馬童子，何以解鍾生之迷！」又說：「或復云『余病未能』。觀公此病，乃是膏肓之疾，縱使華陀集藥，扁鵲投針，恐魂歸岱宗，終難起也。」〔二五〕

在鍾嶸死後的六七十年間，四聲入詩初期帶來的弊端正逐步被克服，四聲八病的理論主張經過永明體和宮體詩人的實踐，已不斷得到修正與完善，詩學本身的發展，證明了聲律論的可行性與生命力。此時的劉善經，當然會嘲笑鍾嶸聲律觀點的偏執。

唐代是我國詩歌史上的鼎盛時代，隨着詩歌實踐的進程，詩歌理論也開始受到人們的重視。《詩品》在唐代的存在和被關注，主要反映在正史記載和評論家的著作裏：姚思廉的《梁書》和李延壽的《南史》，都爲鍾嶸立傳，比較詳細地記載了鍾嶸的生平、家世、仕宦、學歷、交遊和寫作《詩評（品）》的情況。《南史》記載了鍾嶸寫《詩評》的原因；《梁書》全文摘録了《詩評序》；《隋書·經籍志》著録「《詩評》三卷，鍾嶸撰，或曰《詩品》」，第一次出現《詩品》之名。在評論家的著作裏，初唐四傑之一的盧照鄰在《南陽公集序》中説：「蹐駁之論，紛然遂多。近日劉勰《文心》、鍾嶸《詩評》，異議蜂起，高談不息。」以一種不屑和不滿的口吻，表明了《詩品》在唐代詩人心目中的存在。追慕玄遠、開以禪論詩先聲的釋皎然，態度頗與盧照鄰類似，執意把會不會寫詩，看成是有無資格評詩的先決條件。以爲鍾嶸既非詩人，就没有資格妄評謝靈運的「池塘生春草」、「明月照積雪」。也許唐人急於創造，強烈的自信使他們不甘人後，故必當掃除成説而別開生面，別創新途。

《詩品》對唐詩和唐代詩論的影響，除影響皎然《詩式》的外在形式和詩歌美學，還通過殷璠的《河嶽英靈集》和高仲武的《中興間氣集》顯示出來。殷璠和高仲武都没有直接提鍾嶸或《詩品》之名，但他們編選的兩本唐詩選集，從體例形式、審美標準、聲律觀點乃至用詞遣句，都明顯地受《詩品》的影響，對所選詩人的品評，更有祖襲、搬用《詩品》的痕跡〔二六〕。

《詩品》在宋代的流傳和影響，主要表現在正史、詩話、私家著録和叢書類書四個方面。

正史有宋代歐陽修的《新唐書·宰相世系表》。《宰相世系表》從追溯唐代宰相鍾紹京世系出發，詳細地追述了鍾氏世系。《詩品》研究者，往往從《梁書》、《南史》中找資料，固然不錯。但《梁書》、《南史》中没有鍾嶸祖父、曾祖、高祖的資料，在《新唐書·宰相世系表》裏倒有了。所以，宋之資料，可以補充唐代資料之不足。

隨着社會生活、文化消費和印刷業的發展，宋代的各種類書、叢書和私家著述都發展起來。這些類書和叢書保存了大量的文獻資料，其中徵引、節録《詩品》的有李昉等編的《太平御覽》、曾慥編的《類説》、佚名氏的《錦繡萬花谷》，以及王應麟的《玉海》和鄭樵的《通志》；全文刊載《詩品》的有託名狀元陳應行，實爲北宋末年蔡傳纂輯的《吟窗雜録》和章如愚纂輯的《山堂先生羣書考索》。《吟窗雜録》今存明删節本，《群書考索》有元刊本（即本書底本），對《詩品》的文字校勘和版本研究，具有重要的意義。此外，王堯臣的《崇文總目》卷五文史類、陳騤《中興館閣書目·集部·文史類》、尤袤《遂初堂書目·文史類》、陳振孫《直齋書録解題》卷二二文史類，都有關於《詩品》的著録。

至於詩話、筆記，更多得不可勝數。如宋祁的《宋子京筆記》、王得臣的《麈史》、陳師道的《後山詩話》、楊時的《楊龜山集》、唐子西的《語録》、潘淳的《潘子真詩話》、蔡啓的《蔡寬夫詩話》、吴幵的《優古堂詩話》、葉夢得的《石林詩話》、朱弁的《風月堂詩話》、蔡絛的《西清詩話》、張戒的《歲寒堂詩話》、葛立方的《韻語陽秋》、胡仔的《苕溪漁隱叢話》、趙與時的《賓退録》、王楙的《野客叢書》等等，特别是何汶的《竹莊詩話》、魏慶之的《詩人玉屑》、姚寬的《西溪叢語》，在引録《詩品》和前人的論述中，皆保留《詩品》序言或品語。其中以《竹莊詩話》、《詩人玉屑》采擷尤多，爲校勘本文提供了有價值的資料。

除了出現在正史、詩話、私家著録和叢書類書中以外，鍾嶸和《詩品》，还出現在詩人的筆下，影響宋代詩人的思想、理論和創作。如宋人劉克莊《題六二弟》詩説：「萬卷胸中融化成，卻憐郊島太寒生。霜蹄歷塊駿無匹，赤子探珠龍失驚。警句宜爲康樂弟，癡年謬作季方兄。此詩異日君牢記，後有鍾嶸不改評。」宋人道潛《覽黄子理詩後》詩説：「六載南官何所營，百篇翻覆見高情。霜鷗露鵠元非俗，雪竹風松本自清。俊逸固宜淩鮑照，優遊真已逼淵明。微言會有知君者，謾擬鍾嶸試一評。」均以鍾嶸《詩品》的理論和評論爲旨歸。鍾嶸《詩品》在宋代的流傳甚爲廣泛，這也是許多宋人詩話都涉及鍾嶸《詩品》的原因。

金代元好問《論詩絶句》三十首論温庭筠、李商隱：「鄴下風流在晉多，壯懷猶見缺壺歌。風雲若恨張華少，温李新聲奈爾何！」自注：「鍾嶸評張華詩，恨其兒女情多，風雲氣少。」其論劉琨諸篇，句意亦與《詩品》相近。

在元代，鍾嶸和《詩品》都未免寂寞，也許那時人們更喜歡聽書看戲，而不喜歡誦詩。因此，除脱脱《宋史·藝文志》著録「鍾嶸《詩評》一卷」外，元刊《山堂考索》便成了唯一的慰藉。

至於明、清，版刻的衆多、校注的出現、研究的深入，成了突出的現象。郭紹虞先生稱「是書晦於宋以前而顯於明以後」，也許正是由此立論。

《詩品》對後代詩論的影響是多方面的：

在詩歌發生論和本質論上，《詩品》所倡導的「吟詠情性説」，啓發了歷代詩論家，由吟詠情性本質出發，詩當「直尋」、「即目」，不貴用事，要與文符、奏議等文體相區別的説法，成了後世論詩的圭臬。至清代，性靈派的代表人物袁枚論詩絶句還説：「天涯有客好聆癡，誤把抄書當作詩。抄到鍾嶸《詩品》日，該他知道性靈時。」章太炎《國故論衡·辨詩》亦稱：「尋此諸説，實詩人之藥石。」在詩歌發生論中的「人際感蕩説」，更具獨創之見，爲後人普遍接受。

鍾嶸提出「文」與「質」、「風力」與「丹彩」、「骨氣奇高」與「詞采華茂」結合的詩歌美學，由《詩品》確定的「滋味説」，强調審美的「文已盡而意有餘」的「詩歌餘味觀」，都無不影響後人。在唐代，通過《河嶽英靈集》和《中興間氣集》等向全唐詩輻射。

在批評方法上，《詩品》對後世的影響也同樣重要。《詩品》被推爲「百代詩話之祖」。明毛晉汲古閣本《詩品》跋稱鍾嶸「一時頗號知言」，稱《詩品》爲「詩話之伐山」。章學誠《文史通義·詩話》稱：「詩話之源，本於鍾嶸《詩品》。」孫德謙《雪橋詩話序》也説：「詩話之作，於宋最盛……尋其意制相規，大抵皆準仲偉。」如果説宋人詩話與

《詩品》有什麼區别的話，這就是毛晉跋所説的：「宋人詩話數十家，罕見其嚴毅如此。」亦即孫德謙所説宋詩話「精識遠不逮」和郭紹虞先生所説「《詩品》是文學批評中嚴肅的著作」，而以歐陽修發其端的詩話卻是「資閑談」的詩話雜碎。鍾嶸所獨創三品論詩的方法，後世亦群起仿效。唐代皎然《詩式》的某些品藻形式，即與《詩品》類似，起句冠「評曰」二字，即與《吟窗》一系《詩品》相同。宋人劉克莊評唐詩，亦品其高下優劣。明代顧起綸的《國雅品》評詩，更模仿《詩品》，分「士品」、「閨品」、「仙品」、「釋品」、「雜品」五品。就追溯源流而論，唐代張爲的《詩人主客圖》亦從《詩品》取法。李調元序之，稱：「宋人詩派之説，實本於此。求之前代，亦如梁參軍鍾嶸分古今作者爲三品，名曰《詩品》。」可見其旨一斑。

《詩品》不僅對我國齊梁以後的詩論産生影響，還流布海外，對日本的漢詩，特别是和歌，産生重大影響。

日本天長四年（八二七），良峰安世等總其成的日本漢詩《經國集序》中，就有模擬《詩品》成句的痕跡，表明其時已有傳入的可能。試以《經國集序》與《詩品》辭句相比較：

（一）譬猶衣裳之有綺縠，翔鳥之有羽儀。（《經國集序》）

如翔禽之有羽毛，衣被之有綃縠。（《詩品・晉黄門郎潘岳》）

（二）琬琰圓色，則取虬龍片甲，麒麟一毛。（《經國集序》）

文彩高麗，並得虬龍片甲，鳳凰一毛。（《詩品・晉中書令潘尼》等）

（三）清拔之氣，緣情增高。（《經國集序》）

善爲悽戾之詞，自有清拔之氣。（《詩品・晉太尉劉琨》）

日本寬平三年（八九〇）。陸奥守藤原佐世奉敕編纂《日本國見在書目》。《書目》的「小學家」和「雜家」類中分別著録：

《詩品》三卷

《注詩品》三卷

這説明：鍾嶸《詩品》在我國中晚唐之際傳入日本。此後，便通過紀貫之鋪設，由《古今和歌集序》爲中介的道路影響日本和歌。《詩品》「吟詠情性」的詩歌主張，「四季感蕩」和「人際託怨」的詩歌發生論，「風力」與「丹彩」結合的文學理念和美學思想，在漫長的時期裏，與日本民族文化、審美心理融合，已和諧地進入日本民族獨特的美學結構之中，成爲日本和歌精神與日本民族審美積澱——「雅、侘、寂、物之哀」不可分割的組成部分。瞭解《詩品》東漸及對日本漢詩、和歌的影響，正可考察中國文論走向世界，影響和形成「周邊文明」、「衛星文明」的歷史進程〔二七〕。

《詩品》對後世的影響，事實上是後世對《詩品》的接受。在影響和接受的過程中，必然會産生某種拒斥和批評。對《詩品》的批評，主要集中在兩方面，一是「源出」問題，二是品第問題。

明王世貞《藝苑卮言》卷三説：「吾覽鍾記室《詩品》，折衷情文，裁量事代，可謂允矣。詞亦奕奕發之。第所推源出何者，恐未盡然。邁、凱、昉、約，濫居『中品』。至魏文不列乎上，曹公屈第乎下，尤爲不公，少損連城之價。」清代王士禎《漁洋詩話》説：「鍾嶸《詩品》，余少時深喜之，今始知其踳謬不少。嶸以三品銓敘作者，自譬諸九品論人，《七略》裁士。乃以劉楨與陳思並稱，以爲文章之聖。夫楨之視植，豈但斥鷃之於鯤鵬耶！又置曹孟德『下品』，而楨與王粲反居『上品』。他如『上品』之陸機、潘岳，宜在『中品』；『中品』之劉琨、郭璞、陶潛、鮑照、謝朓、江淹，『下品』之魏武，宜在『上品』；『下品』之徐幹、謝莊、王融、帛道猷、湯惠休，宜在『中品』；而位置顛錯，黑白淆訛，千秋定論，謂之何哉！」

對於陶淵明，則既有源出問題，又有品第問題。陶淵明源出應璩，列入「中品」，更遭後人非議。宋葉夢得《石林詩話》說：「然論陶淵明乃以爲出於應璩，此語不知其所據。」宋胡仔《苕溪漁隱叢話》説：「鍾嶸評淵明詩爲古今隱逸詩人之宗。余謂：陋哉，斯言豈足以盡之！」明閔文振《蘭莊詩話》説：「其『上品』十一人，如王粲、阮籍輩，顧右於潛耶？論者稱嶸洞悉玄理，曲臻雅致，標揚極界，以示法程，自唐以上莫及也。吾獨惑於處陶焉。」

好在對品第高下、三品升降問題，鍾嶸早有預見，並申明在先：「至斯三品升降，差非定制；方申變裁，請寄知者耳。」紀昀《四庫全書總目提要》亦爲鍾嶸辯解説：「近時王士禛極論其品第之間多所違失。然梁代迄今，邈逾千祀，遺篇舊制，什九不存，未可以掇拾殘文，定當日全集之優劣。」但紀昀也以爲：「惟其論某人源出某人，若一一親見其師承者，則不免附會耳。」章學誠《文史通義》則又爲鍾嶸辯解説：「鍾氏所推流别，亦有不甚可曉處。蓋古書多亡，難以取證。但已能窺見大意，實非論詩家所及。」清初錢謙益《與遵王書》也説：「古人論詩，研究體源。鍾記室謂李陵出於楚辭，陳王出於《國風》，劉楨出於『古詩』，王粲出於李陵，莫不應若宮商，辨如蒼素。」至於陶淵明，實「篤意真古」，「世嘆其質直」，在通俗質樸、被目爲「田家語」的白描風格上看，陶詩與應璩詩確有不少類似的地方〔二八〕。在鍾嶸以前，顏延之爲陶淵明作誄不提陶淵明的詩歌創作，北齊陽休之説陶淵明「往往有奇絶異語」，但「詞采未優」。與鍾嶸同時的劉勰《文心雕龍》和蕭子顯《南齊書・文學傳論》，都曾列舉大量晉宋詩人而不提陶淵明（《文心雕龍・隱秀》篇提及陶淵明，但爲僞作）。沈約《宋書》置淵明於《隱逸傳》而未授予他詩人的桂冠。在中國批評史上，第一次認識陶詩，並對陶淵明作高度評價的正是鍾嶸《詩品》。蕭統、蕭綱兄弟嗜愛陶詩，總體評價亦與鍾嶸類似，其「余愛其文」，「尚想其德」，實爲祖襲鍾品「每觀其文，想其人德」而來。從《詩品》，二蕭，由唐迄宋，至蘇東坡甚至置淵明於李、杜之上，陶詩之顯，當首推記室之功。後世責難，多出誤解〔二九〕。歷代對《詩品》的評論，當以紀昀和章學誠的評論最爲有識。紀昀《四庫全書總目提要》説：

建安、黄初，體裁漸備，故論文之説出焉。《典論》其首也。其勒爲一書傳於今者，則斷自劉勰、鍾嶸。勰究文體之源流，而評其工拙；嶸第作者之甲乙，而溯其師承，爲例各殊。……所品古今五言詩，自漢魏以來一百有三人，論其優劣，分爲上、中、下三品，每品之首，各冠以序，皆妙達文理，可與《文心雕龍》並稱。

章學誠《文史通義》説：

《詩品》之於論詩，視《文心雕龍》之於論文，皆專門名家勒爲成書之初祖也。《文心》體大而慮周，《詩品》思深而意遠，蓋《文心》籠罩群言，而《詩品》深從六藝溯流别也（如云某人之詩，其源出於某家之類，最爲有本之學，其法出於劉向父子）。論詩論文而知溯流别，則可以探源經籍，而進窺天地之純，古人之大體矣。此意非後世詩話家流所能喻也。

鍾嶸《詩品》之作法、旨意、本身的理論價值及在文學批評史上與劉勰《文心雕龍》並稱雙璧的地位，即此可成定論。

六、餘言

迄今所見，《詩品》的最早版本爲元延祐七年（一三二〇）圓沙書院刊宋章如愚《山堂先生群書考索》本，明梅鼎祚《梁文紀》本有少量校語，明馮惟訥《詩紀》和鍾惺《硃評詞府靈蛇》本有零星注釋，但都不能視爲校注本，最早完整的校注本，是咸豐十年（一八六〇）五月開雕的清人張錫瑜《鍾記室詩平三卷》〔三〇〕。此後校則有鄭文焯手校《津逮》本、傅增湘校《津逮》本、朱希祖校明本、錢基博《鍾嶸詩品校讀記》、徐復《詩品校記》、路百占《鍾嶸詩品校勘記》（未刊稿）等；注釋兼有校者，有陳延傑《詩品注》、古直《鍾記室詩品箋》、許文雨《鍾嶸詩品講疏》、葉長青《詩品集釋》、杜天縻《廣注詩品》、王叔岷《鍾嶸詩品疏證》、陳直《詩品約注》、汪中《詩品注》、楊祖聿《詩品校注》、蕭華榮《詩品注譯》、吕德申《鍾嶸詩品校釋》、向長青《詩品注譯》等；研究著作有陳衍《詩品平議》、黄侃《詩品講疏》、張陳卿《鍾嶸詩品之研究》、梅運生《鍾嶸和詩品》等等。此外，爲加快對鍾嶸《詩品》的研究，日本學者以立命館大學教授高木正一、高橋和巳發起，於昭和三十七年（一九六二）成立了「詩品研究會」，對《詩品》的字詞、典事、義理、觀念進行全面研討。參加的學者有京都大學教授吉川幸次郎、小川環樹、清水茂、興膳宏、田中謙二、尾崎雄二郎，東京大學教授福永光司，東北大學教授村上哲見，神户大學教授伊藤正文、一海知義，廣島大學教授小尾郊一，東京教育大學鈴木修次，東洋大學教授船津富彦，立命館大學教授白川静、笠原仲二，以及島根大學、名古屋大學等二十多位學者，可謂集結了日本漢學界有關方面的精英和新鋭。日本學者主要的研究成果有中沢希男的《詩品考》、高松亨明的《詩品詳解》和《鍾嶸詩品校勘》、立命館《鍾氏詩品疏》、興膳宏《詩品》、高木正一《鍾嶸詩品》等。韓國學者有車柱環的《鍾嶸詩品校證》、《鍾嶸詩品校證補》，李徽教的《詩品彙注》。法國學者有陳慶浩的《鍾嶸詩品集校》等。以上校注均旨具新解，各有勝義，多獨到之見、愜當之論，既有功於仲偉，又足以啓迪後學，垂示來者。

一九八五年春，我在上海復旦大學文學研究所攻讀中國古代文論博士學位，在業師王運熙教授的指導下，從事鍾嶸《詩品》的研究。在三年學習期間和畢業後的幾年裏，先後完成《鍾嶸詩品研究》（博士論文）、《鍾嶸詩品集注》、《詩品研究論文選》、《日本學者詩品研究譯文集》等著作和圍繞鍾嶸《詩品》的系列研究。此「集注」即是對《詩品》的校勘、注釋，共收海内外版本、校注本、各種詩話、筆記、類書及研究著作一二百多種，分「校異」、「集注」、「參考」三方面，對《詩品》逐段逐條地加以校勘、詮釋。校、注均采用集校、集注並出以己意的方式，貫通古今，兼采中外，把古今中外的校注、研究成果匯於一帙，力圖反映《詩品》研究的全貌。並附「校注例言及版本書目」，以清條貫。

在校注過程中，除得到王運熙老師的具體指導和熱情鼓勵外，還得到張伯偉、蕭華榮、梅運生、路百占、王達津、吕德申，日本高松亨明、高木正一、興膳宏、清水凱夫，韓國車柱環、康曉城，香港鄭子瑜、鄺健行諸先生的幫助，或惠賜大作，或函示手稿，或複印資料，使集注工作能順利進行，謹此致以深切的謝忱。

又，上海古籍出版社趙昌平兄，以學長之誼，屢屢催督此稿，激勵良多。詩云：「中心藏之，何日忘之？」即此之謂也。責編聶世美、郭時羽兄，十七年前後相承，「錙銖必較」，糾誤匡謬；非惟編輯辛勤，生平畏友，亦以己之嘉年华熔鑄其中。學術生命，可歌可舞可泣。

曹　旭

一九九二年五月於上海師範大學第七宿舍聽雨廬

二〇〇九年五月修改於上海師範大學圖書館萬竹居

【注】

〔一〕章學誠《文史通義·詩話》語。

〔二〕見歐陽修《新唐書·宰相世系表》及續修於清道光十七年的《鍾氏家譜》。

〔三〕見《南齊書·禮志》上。

〔四〕參見王達津《鍾嶸生卒年代考》（載《光明日報》一九五七年八月十八日）。

〔五〕見《梁書》本傳。

〔六〕參見《隋書·經籍志》、《舊唐書·經籍志》所載。

〔七〕見《詩品·齊吏部謝朓》。

〔八〕〔九〕〔一〇〕見《詩品序》。

〔一一〕見《南史·鍾嶸傳》。

〔一二〕參見古直《鍾記室詩品箋》。《詩品箋》曰：「夫『一品之中，略以世代爲先後』云云，略同凡例。『昔曹、劉殆文章之聖』云云，專議聲律，末後所舉陳思諸人，又不屬於下品，其不能冠諸中品、下品以爲序……乃諸家刻本皆承訛襲謬，不能致辨，是可怪也。」

〔一三〕參見高松亨明《詩品詳解》（弘前大學中國文學會昭和三十四年十二月發行）。

〔一四〕參見拙作《詩品稱名與序言的位置》（載《中州學刊》一九八九年第五期）。

〔一五〕見清紀昀評《文心雕龍·序志》篇語。

〔一六〕〔一七〕〔一八〕均見《詩品序》。

〔一九〕見鄭玄《周禮·太師》注。

〔二〇〕見章太炎《國故論衡・辨詩》。
〔二一〕見王國維《人間詞話》。
〔二二〕見王運熙師《中國文學批評史上的文質論》（收入《中國古代文論管窺》一書中）。
〔二三〕見《論語・述而》篇。
〔二四〕參見張伯偉《鍾嶸詩品的批評方法論》（載《中國社會科學》一九八六年第三期）。
〔二五〕均見日本遍照金剛《文鏡秘府論・天卷》引。
〔二六〕〔二七〕均參見拙文《詩品東漸及對日本和歌的影響》（載《文學評論》一九九一年第六期）。
〔二八〕參見王運熙師《鍾嶸詩品陶詩源出應璩解》（收入《漢魏六朝唐代文學論叢》一書中）。
〔二九〕參見拙文《詩品評陶詩發微》（載《復旦學報》一九八八年第五期）。
〔三〇〕據《日本國見在書目・雜家》類著録，日本寬平三年（八九〇），相當中國晚唐之際，即有「《注詩品》三卷」流行，作者爲何人，已不可考。又據陳瑚輯《離憂集・巽庵小傳》（《峭帆樓叢書》本）謂：明末清初人陸鉞有《鍾嶸詩品注釋》，均未見。

例　言

一、本《集注》以元延祐七年（一三二〇）圓沙書院刊宋章如愚《山堂先生群書考索》本爲底本。底本中俗體、刻體字均改爲規範字。

二、爲避繁瑣，通假字一般只校先出者，雷同重複者不出校；後人注本中排誤，一般不出校；清末、民國坊間本，雖加致羅，然非見版本源流可資佐證者，一般不出校。

三、徵引史書、類書、詩話校勘，僅限隋、唐、宋、元各代。明清因多叢書本，故明清詩話只偶作旁證，以資闡發，不作校勘之用。如《詩品序》「故搖蕩性情」，明王世貞《藝苑卮言》引作「搖蕩性情」，脱「故」字，即不出校。

四、在校注中，凡底本中的訛、衍、錯字，一律校改，並在校記中予以説明。

五、注釋一般先釋語詞，徵引出處，再匯歷代評語。評語與語詞直接有關者，匯語詞後；與全句有關，可補充、擴展句意者，匯全句後；與詞句關係間接，然可資比較、發明者，列入「參考」部分。

六、采集先賢諸家之説，略以時代爲先後，不以國别爲詮次，或視内容需要，偶加變更。出以己意，一般加「旭按」表示。

七、集注所引日文資料，均爲筆者自譯，不一一注明。

校勘版本及主要徵引書目

〔一〕元延祐七年（一三二〇）圓沙書院刊宋章如愚《山堂先生群書考索》本（簡稱元《考索》）

〔二〕明正德元年（一五〇六）退翁書院鈔本（簡稱退翁）

〔三〕明正德戊辰（一五〇八）刊《群書考索》本（簡稱明《考索》）

〔四〕明正德丁丑（一五一七）顧元慶輯《顧氏文房小説》本（簡稱顧氏）

〔五〕明正德、嘉靖間（一五〇六——一五六六）沈與文輯沈氏繁露堂本（簡稱繁露堂）

〔六〕明嘉靖戊申（一五四八）刊宋「狀元陳應行」編《吟窗雜録》本（簡稱戊申《吟窗》）

〔七〕明嘉靖辛酉（一五六一）刊《吟窗雜録》本（簡稱辛酉《吟窗》）

〔八〕明《吟窗雜録》北圖藏鈔本（簡稱鈔本《吟窗》）

〔九〕明《吟窗雜録》北圖藏膠卷（簡稱膠卷《吟窗》）

〔一〇〕明嘉靖（一五六一——一五六六）范欽天一閣藏書樓刊本（簡稱天一閣）

〔一一〕明萬曆九年（一五八一）唐順之編《稗編》本（簡稱《稗編》）

〔一二〕明萬曆二十年（一五九二）何允中輯《廣漢魏叢書》本（簡稱《廣漢魏》）

〔一三〕明萬曆三十一年（一六〇三）胡文煥輯《格致叢書》本（簡稱《格致》）

〔一四〕明萬曆間（一五七三—一六二〇）周履靖輯《夷門廣牘》本（簡稱《廣牘》）

〔一五〕明萬曆間胡文煥輯《詩法統宗》本（簡稱《詩法》）

〔一六〕明天啓乙丑（一六二五）秋鍾惺《硃評詞府靈蛇》本（簡稱《詞府》）〔一〕

〔一七〕明天啓七年（一六二七）程胤兆輯《天都閣藏書》本（簡稱天都閣）

〔一八〕明崇禎己卯（一六三九）梅鼎祚輯《梁文紀》本（簡稱《梁文紀》）

〔一九〕明崇禎間（一六二八—一六四四）毛晉刊《津逮秘書》本（簡稱《津逮》）

〔二〇〕明崇禎間（一六二八—一六四四）吴永輯《續百川學海》本（簡稱《續百川》）

〔二一〕明人希言齋藍格鈔本（簡稱希言齋）

〔二二〕明刻《詩品書品》本（簡稱《詩品書品》）

〔二三〕清順治丁亥（一六四七）明陶珽重輯《説郛》宛委山堂刊本（簡稱《説郛》）

〔二四〕清初刊明□□輯《五朝小説》本（簡稱《五朝》）

〔二五〕清雍正三年（一七二五）蔣廷錫等奉敕纂《古今圖書集成》本（簡稱《集成》）

〔二六〕日本元文四年（一七三九）中西淡淵校訂《二家詩品》，日本東北大學狩野文庫藏本（簡稱二家）

〔二七〕清乾隆二十五年（一七六〇）朱琰重校《學詩津逮》本（簡稱《學詩》）

〔二八〕清乾隆二十七年（一七六二）姚培謙、張景星輯《硯北偶鈔》本（簡稱《硯北》）

〔二九〕清乾隆三十五年（一七七〇）何文焕輯《歷代詩話》本（簡稱《詩話》）

〔三〇〕清乾隆四十六年（一七八一）紀昀等奉纂輯《四庫全書》本（簡稱《四庫》）

〔三一〕清乾隆四十六年（一七八一）紀昀等奉纂輯《四庫全書》收録《群書考索》本（簡稱清《考索》）

〔三二〕清乾隆五十六年（一七九一）王謨輯《增訂漢魏叢書》本（簡稱《增漢魏》）

〔三三〕清乾隆五十七年（一七九二）陳□輯《紫藤書屋叢刻》本（簡稱《紫藤》）

〔三四〕清乾隆五十九年（一七九四）馬俊良輯《龍威秘書》本（簡稱《龍威》）

〔三五〕清嘉慶十年（一八〇五）張海鵬輯《學津討原》本（簡稱《學津》）

〔三六〕清嘉慶十九年（一八一四）刊刻明退翁書院鈔本（簡稱清退翁）

〔三七〕清道光甲申（一八二四）朱琰輯《詩觸》本（簡稱《詩觸》）

〔三八〕清咸豐十年（一八六〇）張錫瑜校刻《鍾記室詩平》三卷本，爲最早校注本（簡稱張錫瑜《詩平》）

〔三九〕清同治乙丑（一八六五）汪士漢輯《秘書二十八種》本（簡稱《秘書》）

〔四〇〕清光緒十一年（一八八五）王啓原輯《談藝珠叢》本（簡稱《談藝》）

〔四一〕清光緒乙丑（一八八九）鄒淩翰輯《玉雞苗館叢書》本（簡稱《玉雞苗館》）

〔四二〕清光緒十三年—十七年（一八八七—一八九一）嚴可均輯《全上古三代秦漢三國六朝文》本（簡稱《全梁文》）

〔四三〕清光緒十九年（一八九三）許印芳輯《詩法萃編》本（簡稱《詩法》）

〔四四〕清光緒中（一八七五—一九〇八）繆荃孫輯《對雨樓叢書》本（簡稱《對雨樓》）

〔四五〕日本明治二十五年—二十九年（一八九三—一八九七）近藤元粹編《螢雪軒叢書》本（簡稱螢雪軒）

〔四六〕清何文焕訂《詩品詩式》本（簡稱《詩品詩式》）

〔四七〕民國六年（一九一七）鄒登瀛輯《諸子百家精華》本（簡稱《精華》）

〔四八〕民國十五年（一九二六）張鈞衡輯《擇是居叢書》本（簡稱《擇是居》）
〔四九〕民國十五年（一九二六）上海掃葉山房刊《五朝小説大觀》本（簡稱《大觀》）
〔五〇〕民國二十五年（一九三六）上海中華書局聚珍仿宋版《四部備要》本，因校勘成新本，故列入（簡稱《備要》）
〔五一〕民國二十六年（一九三七）中央書店刊《漢魏小説采珍》本（簡稱《采珍》）
〔五二〕民國二十六年（一九三七）王雲五輯《萬有文庫》本（簡稱《文庫》）

漢　司馬遷《史記》
漢　劉向《説苑》
漢　揚雄《法言》
漢　王充《論衡》
漢　鄭玄《詩譜序》
漢　班固《漢書》
漢　王逸《楚辭章句》

魏　劉劭《人物志》
魏　曹丕《典論・論文》
魏　曹丕《與吴質書》
晉　陳壽《三國志》
晉　陸機《文賦》
晉　葛洪《抱樸子》
南朝宋　顔延之《庭誥》
南朝宋　劉敬叔《異苑》
南朝宋　劉義慶《世説新語》
南朝宋　范曄《後漢書》
南齊　謝赫《古畫品録》
梁　沈約《宋書・謝靈運傳論》
梁　江淹《雜體詩三十首》
梁　任昉《文章緣起》

梁　劉勰《文心雕龍》
梁　蕭統《文選》
梁　蕭繹《金樓子》
梁　徐陵《玉臺新詠》
北齊　劉晝《劉子》
北齊　顔之推《顔氏家訓》
隋　王通《中説》
唐　姚思廉《梁書》
唐　歐陽詢《藝文類聚》
唐　魏徵、李延壽等《隋書·經籍志》
唐　李延壽《南史》
唐　李嶠《評詩格》
唐　徐堅《初學記》
唐　張懷瓘《書斷》

唐　殷璠《河嶽英靈集》
唐　竇臮《述書賦》
唐　高仲武《中興間氣集》
唐　皎然《詩式》
日本　遍照金剛《文鏡秘府論》
宋　李昉等編《太平御覽》
宋　宋祁《宋子京筆記》
宋　王得臣《麈史》
宋　曾慥《類説》
宋　陳師道《後山詩話》
宋　楊時《楊龜山集》
宋　唐子西《語録》
宋　潘淳《潘子真詩話》
宋　蔡啓《蔡寬夫詩話》

宋　吴幵《優古堂詩話》
宋　葉夢得《石林詩話》
宋　朱弁《風月堂詩話》
宋　洪興祖《楚辭補注》
宋　蔡絛《西清詩話》
宋　佚名氏《錦綉万花谷》
宋　張戒《歲寒堂詩話》
宋　鄭樵《通志》
宋　姚寬《西溪叢語》
宋　葛立方《韻語陽秋》
宋　佚名氏《雪浪齋日記》
宋　胡仔《苕溪漁隱叢話》
宋　吴沆《環溪詩話》
宋　陳知柔《休齋詩話》

宋　朱熹《楚辭集注》
宋　王楙《野客叢書》(寶顔堂秘笈本)
宋　敖器之《敖陶孫詩評》
宋　高似孫《剡溪詩話》
宋　潘自牧《記纂淵海》
宋　趙與時《賓退録》
宋　魏慶之《詩人玉屑》
宋　陳振孫《直齋書録解題》
宋　嚴羽《滄浪詩話》
宋　方岳《深雪偶談》
宋　何汶《竹莊詩話》
宋　王應麟《玉海》
元　楊載《詩法家數》
元　陳繹曾《詩譜》

元　劉履《選詩補注》

明　宋濂《答章秀才論詩書》

明　解縉等輯《永樂大典》

明　徐禎卿《談藝録》

明　朱承爵《存餘堂詩話》

明　閔文振《蘭莊詩話》

明　俞弁《山樵暇語》

明　楊慎《升菴詩話》

明　楊慎《丹鉛餘録》

明　謝榛《詩家直説》

明　馮惟訥《詩紀》

明　劉世偉《過庭詩話》

明　俞允文《名賢詩評》

明　王世貞《藝苑卮言》

明　王圻《稗史彙編》

明　彭大翼《山堂肆考》

明　王世懋《藝圃擷餘》

明　王昌會《詩話類編》

明　孫鑛《文選評》

明　胡應麟《詩藪》

明　許學夷《詩源辯體》

明　黄廷鵠《古詩冶》

明　周子文《藝藪談宗》

明　潘基慶《古逸書》

明　陳仁錫《詩品會函》

明　董斯張《廣博物志》

明　陸時雍《詩鏡總論》

明　費經虞《雅倫》

明　馮舒《詩紀匡謬》
明　黄文焕《陶詩析義》
明　张溥《漢魏六朝百三家集題辭》
明　馮班《鈍吟雜録》
明　佚名氏《竹林詩評》
清　王夫之《古詩評選》
清　陳祚明《采菽堂古詩選》
清　葉燮《原詩》
清　李因篤《漢詩音注》
清　張英等輯《淵鑒類函》
清　張泰來《江西詩社宗派圖録》
清　費錫璜《漢詩總説》
清　劉大勤《師友詩傳續録》
清　何焯《義門讀書記》

清　趙執信《聲調譜》

清　沈德潛《古詩源》

清　沈德潛《説詩晬語》

清　馬位《秋窗隨筆》

清　李重華《貞一齋詩話》

清　黄子雲《野鴻詩的》

清　姚範《援鶉堂筆記》

清　汪師韓《詩學纂聞》

清　姚鼐《惜抱軒筆記》

清　張玉穀《古詩賞析》

清　吴騫《拜經樓詩話》

清　成書《多歲堂古詩存》

清　嚴可均《全上古三代秦漢三國六朝文》

清　黄丕烈以退翁本校《吟窗》本

清　方東樹《昭昧詹言》
清　陳沆《詩比興箋》
清　梁紹壬《兩般秋雨盦隨筆》
清　劉熙載《藝概》
清　俞樾《古書疑義舉例》
清　王闓運《八代詩選》
清　施補華《峴傭説詩》
清　吴汝綸《古詩鈔》
清　姚振宗《隋書經籍志考證》
清　鄭文焯手校《津逮》本
清　陳衍《詩品平議》
章太炎《國故論衡》
傅增湘校《津逮》本
黄節《鮑參軍詩注》

丁福保《八代詩菁華録箋注》
朱希祖校明本
劉師培《南北文學不同論》
黄侃《文論講疏》
黄侃《詩品講疏》（部分評語輯録）
范文瀾《文心雕龍注》
張陳卿《鍾嶸詩品之研究》
陳鍾凡《中國文學批評史》
陳延傑《詩品注》
古直《鍾記室詩品箋》
許文雨《鍾嶸詩品講疏》
錢基博《鍾嶸詩品校讀記》
錢鍾書《管錐編》
錢鍾書《談藝録》

葉長青《詩品集釋》
杜天縻《廣注詩品》
陳　直《詩品約注》（未刊稿，葉長青《集釋》引）
逯欽立《先秦漢魏晉南北朝詩》
逯欽立《詩品叢考》
郭紹虞《中國歷代文論選》
郭紹虞《致高松亨明函》
王叔岷《鍾嶸詩品疏證》
王叔岷《鍾嶸詩品箋證稿》
徐　復《詩品校記》
路百占《鍾嶸詩品校勘記》（未刊稿）
彭　鐸《詩品補注》
陳　直《陳延傑氏詩品注中存在的問題》
殷孟倫《漢魏六朝百三家集題辭注》

汪　中《詩品注》
楊祖聿《詩品校注》
梅運生《鍾嶸和詩品》
陸侃如《中古文學史系年》
蕭華榮《詩品注譯》
呂德申《鍾嶸詩品校釋》
向長青《詩品注譯》
羅立乾《鍾嶸詩歌美學》
王發國《詩品考索》
張伯偉《鍾嶸詩品研究》
陳元勝《詩品辨讀》
蔣祖怡《詩品箋證》
張懷瑾《鍾嶸詩品評注》
周振甫《詩品譯注》
張少康《詩品》

楊　明《文賦詩品譯注》
柴劍虹《德藏吐魯番北朝寫本魏晉雜詩殘卷初識》
徐俊、榮新江《德藏吐魯番本晉史毛伯成詩卷校録考證》

【日本】

中沢希男《詩品考》
高松亨明《詩品詳解》
高松亨明《鍾嶸詩品校勘》
立命館《鍾氏詩品疏》
興膳宏《詩品》
高木正一《鍾嶸詩品》
林田慎之助《中國中世紀文學評論史》
清水凱夫《詩品・謝靈運條逸話考》、《詩品研究方法與五言警策等問題》（簡稱清水凱夫考）

【韓國】

車柱環《鍾嶸詩品校證》

車柱環《鍾嶸詩品校證補》

李徽教《詩品彙注》

李哲理《鍾嶸詩品研究》（博士論文）

文承勇《鍾嶸詩論研究》（碩士論文）

【法國】

陳慶浩《鍾嶸詩品集校》

〔一〕此書今存明天啓間金陵唐建元刊朱墨套印巾箱本，臺灣廣文書局《古今詩話續編》本據以影印。經鄔國平兄提示，又參考陳廣宏《鍾惺年譜》考察，「乙丑秋日」，鍾惺已不在人世。本書或爲書肆冒名，或爲鍾惺編選生前未刻者，不可知也，故存而備考。

詩品集注

詩品序

梁征遠記室參軍鍾嶸

序曰：氣之動物，物之感人〔一〕，故搖蕩性情，形諸舞詠〔二〕。欲以照燭三才〔三〕，暉麗萬有〔四〕。靈祇待之以致饗〔五〕，幽微藉之以昭告〔六〕。動天地，感鬼神，莫近於詩〔七〕。

【校異】

〔序曰〕《吟窗》、《格致》、《詩法》、《詞府》同，其他諸本均無。「序」爲陰文，「曰」爲陽文。此當存宋本之舊。

〔故搖蕩性情，形諸舞詠〕「性情」，《吟窗》、《格致》、《詩法》、《詞府》諸本作「情性」。○「舞詠」，

《龍威》本作「歌詠」。　旭按：作「舞詠」是，「歌詠」或聯想而誤。

〔欲以照燭三才〕　「欲以」二字原無，據《梁書》、《吟窗》、《格致》、《詩法》、《詞府》、《全梁文》、《集成》諸本補。　○「照」，《全梁文》、《稗史》引作「昭」，爲襲唐人避武后「曌」諱改。　○「燭」，《梁書》、《梁文紀》、《全梁文》本作「爥」。「爥」、「燭」古字通。

〔暉麗萬有〕　「麗」，《會函》誤作「厲」。

〔靈祇待之以致饗〕　「祇」原作「祗」，據《梁書》、《廣漢魏》、《續百川》、《梁文紀》、《説郛》、《五朝》、《秘書》、《學詩》、《詩話》、《集成》、《談藝》、《全梁文》諸本改。「祇」指地神，楊泉《物理論》：「地者，卦曰坤，其德曰母，其神曰祇。」且「靈祇」與「幽微」對舉成文。

〔幽微藉之以昭告〕　「藉」原作「籍」，據諸本改。

【集注】

〔一〕「氣之」二句：　謂節氣變化，萌動萬物，萬物的盛衰又觸發了人的感情。《禮記·樂記》：「地氣上齊，天氣下降，陰陽相摩，天地相蕩，鼓之以雷霆，奮之以風雨，動之以四時，暖之以日月，而百化興焉。」「夫物之感人無窮，而人之好惡無節，則是物至而人化物也。」又曰：「凡音之起，由人心生也。人心之動，物使之然也。感於物而動物，故形於聲。」　旭按：「氣」爲中國古代哲學術語，亦文藝評論術語。以「氣」論文，肇端於曹丕《典論・論文》，而大興於晉宋齊梁詩畫理論。鍾品中，「氣」字凡十二見，其義亦不同。大略言之，可分三種：一指天地之元氣、自然之節氣，此「氣之動物」爲其例；二指作家氣質才性：「劉越石仗清剛之氣」（《詩品序》）、「仗氣愛奇」（劉楨詩評）是其例；三指作品之精神氣質，風格氣骨。「骨氣奇高」（曹植詩評）、「氣過其文」（劉楨詩評）、「氣少於公幹」（陸機詩評）、「氣調警拔」（郭泰機等人詩評）、「氣候清雅」（謝莊詩評）、「我詩有生氣」（袁嘏詩評）皆其例也。仲偉以「氣」、「物」、「人」三者萌動、觸發，推演出詩歌發生論，其中「氣」爲根本，又以《詩品》全書劈頭第一字道出。

〔二〕「故摇」二句：摇蕩，振動，感發。此謂萬象興衰變化觸發了人的感情，從而形之於歌舞吟詠。《毛詩・大序》：「情動於中而形於言，言之不足，故嗟歎之；嗟歎之不足，故詠歌之；詠歌之不足，不知手之舞之，足之蹈之也。」《宋書・謝靈運傳論》：「民稟天地之靈，含五常之德，剛柔迭用，喜愠分情，夫志動於中，則歌詠外發。」陳延傑《注》謂：「《三百篇》、《楚辭》，以及漢、魏以來各時代詩人，莫不有所感，而一發之於詩也。」許文雨《講疏》：「此與下云『若乃春風春鳥，秋月秋蟬，夏雲暑雨，冬月祁寒，斯四候之感諸詩者也』同意。乃揭明詩之源泉，由景生情，而情寄於詩爾。」

〔三〕照燭三才：照燭，照耀。燭，照也。三才，指天、地、人。《易・説卦》：「是以立天之道，曰陰與陽；立地之道，曰柔與剛；立人之道，曰仁與義。兼三才而兩之，故《易》六畫而成卦。」《文心雕龍・原道》篇：「仰觀吐曜，俯察含章，高卑定位，故兩儀既生矣。惟人參之，性靈所鍾，是謂三才。」

〔四〕暉麗萬有：暉麗，輝映，光彩照耀。左思《蜀都賦》：「符采彪炳，暉麗灼爍。」萬有，萬物。顔延之《歸鴻》詩：「萬有皆同春，鴻鳩雁辭歸。」此二句意謂，將以此照耀天地人三才，輝映宇宙萬物。許文雨《講疏》：「三才者，合大自然與人間世而言之。詩人窺情風景，體察人群，照燭所及，必見精詣。若夫美教化，移風俗，宏括萬有，陶冶一切，輝光日新，胥詩之大用也。」

〔五〕靈祇待之以致饗：祇，地神。靈祇，指天地。揚雄《河東賦》：「禮靈祇，謁汾陰於東郊。」又曰：「靈祇既饗，五位時敘。」《文選》卷一三謝莊《月賦》：「柔祇雪凝，圓靈水鏡。」李善注：「柔祇，地也；圓靈，天也。」致饗，享用祭品，此指祭祀。

〔六〕幽微藉之以昭告：幽微，即幽冥，幽奧深隱之物，此指鬼神。江淹《雜體詩》：「精衛銜木石，誰能測幽微？」古《箋》：「《樂記》曰：『明則有禮樂，幽則有鬼神。』《正義》曰：『幽冥之處，尊敬鬼神，以成物也。』」昭告，明告、告白。《尚書・湯誥》：「敢用玄牡。敢昭告於上天神后。」許文雨《講疏》：「饗靈祇，告幽微之製，以頌體爲多，《詩・大序》所謂『頌者，美盛德之形容』，以其成功告於神明是也。」

〔七〕「動天地」三句，語本《毛詩・大序》：「故正得失，動天地，感鬼神，莫近於詩。」孔穎達《疏》：

「何休云：『莫近，猶莫過之也。』」高木正一注：「鍾嶸雖借用《毛詩·大序》之語，然就以上論氣之發動、物之變化、人心感蕩來看，鍾嶸之詩歌效用論，具純文學之傾向。鍾氏剔除《毛詩·大序》中『經夫婦，成孝敬，厚人倫，美教化，移風俗』之政教、倫理之效用論，删去此小節開頭『正得失』一句，鑒乎此，則鍾氏之立場、用意即可瞭然。」楊祖聿《校注》：「仲偉『靈祇待之以致饗，幽微藉之以昭告』之言，雖胎源於《詩序》『動天地，感鬼神』，然細考其文義，《毛序》偏重樂歌祭祀之效，及人君政教德化之功，自與鍾序之純文學詩之動天地，感鬼神不同。」許文雨《講疏》：「白居易曰：『夫文尚矣，三才各有文：天之文，三光首之；地之文，五材首之；人之文，六經首之。就六經言，《詩》又首之。何者？聖人感人心而天下和平。感人心者，莫先乎情，莫始乎言，莫切乎聲，莫深乎義。詩者：根情，苗言，華聲，實義；上自聖賢，下至愚騃，微及豚魚，幽及鬼神，群分而氣同，形異而情一，未有聲入而不應，情交而不感者。』此論詩歌作用之偉大，足與記室之言相發。」又曰：「孔穎達曰：『《周禮》之例：天曰神，地曰祇，人曰鬼。鬼神與天地相對，唯謂人之鬼神耳。人君誠能用詩人之美德，聽嘉樂之正音，使賞善伐惡之道，舉無不當，則可使天地效靈，鬼神降福也。』此則似陟初民之誕妄，實欲藉詩歌之藝術，使人類爲向上之演進，自有其用意也。」

【參考】

一、劉勰《文心雕龍·物色》篇：「春秋代序，陰陽慘舒，物色之動，心亦摇焉。」又《明詩》篇：「人稟七情，應物斯感，感物吟志，莫非自然。」

昔《南風》之辭〔一〕，《卿雲》之頌〔二〕，厥義夐矣〔三〕。夏歌曰：「鬱陶乎予心。」〔四〕楚謠曰：「名余曰正則。」〔五〕雖詩體未全，然略是五言之濫觴也〔六〕。

【校異】

〔卿雲之頌，厥義夐矣〕「卿雲」，《萃編》誤作「如雲」。○「夐」，《吟窗》、《格致》、《詩法》、《詞府》誤作「蔓」，《秘書》誤作「後」，《會函》刻作「曼」。

〔鬱陶乎予心〕「予」，車柱環《校證》曰：「宋王得臣《麈史·詩話門》引『予』作『余』，疑涉下文『余』而誤。」

〔楚謠曰：名余曰正則〕「楚謠曰」，《梁書》、《集成》、《全梁文》作「楚謠云」。鄭文焯手校：「彭甘亭校『楚謠曰』當作云。」○「余」，《廣漢魏》、《續百川》、《說郛》、《五朝》、《學詩》、《硯北》、《增漢魏》、《詩觸》、螢雪軒諸本並作「予」。「予」、「余」古通。

〔雖詩體未全，然略是五言之濫觴也〕「未全」，《吟窗》、《格致》、《詩法》、《詞府》諸本作「未備」。

〇「然略是」，原作「然是」，據《梁書》、《麈史》、《梁文紀》、《全梁文》、《集成》本補。

【集注】

〔一〕《南風》之辭：《南風》，傳説舜時之歌曲。《禮記·樂記》：「昔者舜作五弦之琴，以歌《南風》。」鄭玄注：「其辭未聞也。」歌辭見《孔子家語·辨樂》：「南風之熏兮，可以解吾民之愠兮；南風之時兮，可以阜吾民之財兮。」崔述《唐虞考信録》卷四謂：「詞露而意淺，聲曼而力弱，不類唐虞時語，蓋後世工於琴者所擬作。」

〔二〕《卿雲》之頌：《卿雲》，傳説舜時之歌曲。卿雲，亦稱「慶雲」、「景雲」，即祥雲、瑞雲。《尚書大傳·虞夏傳》：「於是卿雲聚，俊乂集，百工相和而歌《卿雲》。」「帝乃倡之曰：『卿雲爛兮，糾縵縵兮；日月光華，旦復旦兮。』」《史記·天官書》曰：「若煙非煙，若雲非雲，鬱鬱紛紛，蕭索輪囷，是爲卿雲。」古人以卿雲燦爛爲吉祥。許文雨《講疏》：「此處『歌』、『頌』互文，非另體也。」古直《箋》：「此歌近儒多言其僞。」李徽教《彙注》：「《大傳》即古之緯書，自難徵信。」

〔三〕厥義敻矣：厥義，非指《南風》、《卿雲》歌之意義，而指其歌唱之時代。敻，久遠。此三句謂：昔日有《南風》之辭，《卿雲》之歌，其時代距今亦已久遠。旭按：蕭統《文選序》：「由是文籍生焉。……文之時義，遠矣哉！」與此同一句式。

〔四〕「夏歌」二句：夏歌，相傳是上古夏朝的歌曲，此指《五子之歌》。《尚書·夏書·五子之歌》曰：「太康失邦，昆弟五人，須於洛汭，作《五子之歌》。」歌分五章，第五章云：「嗚呼曷歸？予懷之悲。萬姓仇予，予將疇依？鬱陶乎予心，顔厚有忸怩。弗慎厥德，雖悔可追。」鬱陶乎予心，哀傷糾結著無法排遣啊，我的心。

〔五〕「楚謡」二句：楚謡，此指「楚辭」。江淹《雜體詩序》：「夫楚謡漢風，既非一骨。」下引句見屈原《離騷》：「名余曰正則兮，字余曰靈均。」意謂「給我取名叫正則」。葉長青《集釋》：「《離騷》原文係『名余曰正則兮』，記室謂爲五言者。《文心雕龍·章句》篇曰：『詩人以兮字入於句限，《楚辭》用之，字出句外。尋兮字成句，乃語助餘聲。』」

〔六〕「雖詩」二句：濫，浮起。觴，一種角製的酒杯。濫觴，《荀子·子道》篇：「昔者江出於岷山，其始出也，其源可以濫觴。」《文選》卷一二郭璞《江賦》：「惟岷山之導江，初發源於濫觴。」李善注引王肅云：「觴，所以盛酒者，言其微也。」意謂長江初發岷山處，水量小得僅可以浮起酒杯。後引申爲事物的肇始與發端。此謂雖非全篇五言，然大致是五言詩之源頭了。王得臣《麈史》卷二《詩話》曰：「予以爲不然。《虞書》載《賡歌》之詞曰：『元首叢脞哉。』至周《詩》三百篇，其五字甚多，不可悉舉。如《行露》曰：『誰謂雀無角，何以穿我屋；誰謂女無家，何以速我獄。』《小旻》曰：『匪先民是程，匪大猶是經，維邇言是爭。』至於《四月》之篇，其下三章，率皆五字。又《十畝之間》，則全篇五字耳。然則始于虞，衍于周，逮漢專爲全體矣。」古直《箋》：「六朝人不辨僞書，仲偉舉《五子之歌》，以爲五言濫觴，可也。然此下不舉《毛詩》，而舉楚詞，則所未喻。夫五言，《毛詩》多有：如《小雅・九罭》、《北山》、《大雅・緜》，皆是。仲偉遠棄《風》、《雅》之全篇，近取楚詞之單句，惑矣。」李徽教《彙注》：「仲偉不舉《毛詩》之五言句，則概括之意也。蓋上舉其一句，又下舉其一句，而通括爲濫觴之期也。仲偉之博聞，如何不見《風》、《雅》邪？」高木正一注：「誠如古氏所言，《小雅・北山》中『或湛樂飲酒，或慘慘畏咎，或出入風議，或靡事不爲』，爲五字句。《召南・行露》『誰謂雀無角，何以穿我屋？誰謂女無家，何以速我獄？』亦爲五字句。故《文心雕龍・章句》篇及此而有『五言見於周代，《行露》之章是也』之語。實此論乃承襲晉摯虞《文章流別志論》（《藝文類聚》卷五六《雜文部二》）而來。論五言濫觴，未及此，固失之偏。但鍾氏此舉，乃出於視詩三百爲四言詩典型，欲與五言詩徹底區別之意識。觀本序『夫四言，文約意廣，取效《風》、《雅》，便可多得。』即可明乎鍾嶸詩觀之核心。」諸説可參。

【參考】

一、劉勰《文心雕龍・章句》篇：「五言見於周代，《行露》之章是也。」又《明詩》篇：「至堯有《大唐》之歌，舜造《南風》之詩，觀其二文，辭達而已。及大禹成功，九序惟歌；太康敗德，五子咸怨：順美匡惡，其來久矣。」「《召南·行露》，始肇半章；孺子《滄浪》，亦有全曲；《暇豫》優歌，遠見春秋；《邪徑》童謡，近在成世；閲時取證，則五言久矣。」紀昀評曰：「此與鍾嶸之説，亦大同小異。」

逮漢李陵，始著五言之目矣〔一〕。「古詩」眇邈，人世難詳〔二〕。推其文體，固是炎漢之製，非衰周之倡也〔三〕。

【校異】

〔始著五言之目矣〕《詩法》、《詞府》、《梁文紀》、《全梁文》、《集成》諸本無「矣」字。

〔古詩眇邈〕「古詩」，《玉屑》作「古人」，蓋涉下句「人」字而誤。

〔人世難詳〕「人世」，《竹莊》、《玉屑》、《梁書》、《會函》、《梁文紀》、《集成》、《全梁文》本並作「人代」，當爲唐人避太宗諱改。

〔固是炎漢之製〕「固是」，《文章緣起》陳懋仁注作「自是」。○「炎漢」，《玉屑》作「炎劉」。

〔非衰周之倡也〕「倡」，《梁書》、《竹莊》、《玉屑》、《梁文紀》、《全梁文》本並作「唱」。「唱」、「倡」，古義通。　○《竹莊》、《玉屑》無「也」字。

【集注】

〔一〕「逮漢」二句：逮，及至，到。　李陵，西漢武帝時人，漢名將李廣孫。詳見上品「李陵」條。此謂至漢代李陵，始作五言詩，才有了五言詩之名目。李陵《與蘇武詩三首》，皆五言。三詩真僞，晉宋以來，即有異議。《太平御覽》卷五八六顔延之《庭誥》曰：「逮李陵衆作，總雜不類，元是假託，非盡陵制。」劉勰《文心雕龍·明詩》篇亦云：「至成帝品録，三百餘篇，朝章國采，亦云周備；而辭人遺翰，莫見五言，所以李陵、班婕妤見疑於後代也。」然鍾嶸以爲《與蘇武詩三首》爲李陵作，蕭統看法相同，且收三詩入《文選》，題爲李陵作。任昉《文章緣起》：「五言詩，創於漢騎都尉李陵《與蘇武詩》。」皎然《詩式》「李少卿」、「古詩十九首」條：「其五言，周時已見濫觴，及乎成篇，則始于李陵、蘇武二子。」遍照金剛《文鏡秘府論·南卷·論文意》：「五言之作，《召南·行露》，已有濫觴，漢武帝時屢見全什，非本李少卿也。少卿以傷別爲宗，文體未備，意悲離切，若偶中音響，《十九首》之流也。」據近人研究，《與蘇武詩》三首，非李陵作，然證據不足以服人。謂其産生之時代，或與《古詩十九首》同時，亦是推測，可進一步研究。

〔二〕「古詩」二句：古詩，齊梁時對漢魏佚名氏五言詩的總稱。　眇邈，茫然久遠。　人世，指「古詩」的年代與作者。難詳，難以詳察。可參考上品「古詩」條：「人代冥滅，而清音獨遠。」

〔三〕「推其」三句：炎漢，即漢代。古有金、木、水、火、土五行之德交替迭興而王之説。漢當「火德」，火稱「炎上」，故漢稱「炎漢」。《三國志・魏書・陳思王傳》上疏：「受禪炎漢，臨君萬邦。」楊明《譯注》曰：「關於漢代王朝所據之德，兩漢人所説不同。西漢文帝時，張蒼以漢屬水德；公孫臣、賈誼以爲屬土德（見《史記》、《漢書》之《張蒼傳》、《賈誼傳》、《漢書・郊祀志》）。武帝太初元年改正朔，易服色，即取土德之説（見《漢書・武帝本紀》、《漢書・郊祀志贊》）。西漢末年，劉向、劉歆父子則以爲漢屬火德（見《漢書・律曆志》、《郊祀志贊》）。至東漢光武帝建武二年，『始正火德，色尚赤』（《後漢書・光武帝本紀》），從此才正式以漢爲火德（顧頡剛《五德終始説下的政治和歷史》、《漢代學術史略》論其事甚詳）。鍾嶸此處乃論西漢詩，但他既時在五百年後，當然據東漢以來火德之説爲言。」李徽教《彙注》：「仲偉品評建安詩人，無一指爲漢人。如『下品』阮瑀卒於建安十七年，『上品』劉楨、王粲，『下品』徐幹，俱卒於建安二十二年，而仲偉均稱之云『魏某官某』。然則此云『炎漢』，非包括建安之言也。」製，製作，此指詩作。衰周，周衰微之時，指周代末年。倡，通「唱」，此指詩歌。此謂從詩的風格體式上推測，應該是漢代作品，而非周代末年衰微時之歌詩也。《文心雕龍・明詩》篇范文瀾注引黃侃《詩品講疏》：「蓋秦、漢歌謠，多作五言，飾以雅詞，傅之六義，斯其風流日盛，疆畫愈遠。自建安以來，文人競作五言，篇章日富。然閭里歌謠，則猶遠同漢風。試觀樂府所載《清商曲辭》，五言居其什九，託意造句，皆與漢世樂府共其波瀾。以此知五言之體，肇於歌謡也。彦和云『不見五言』，斯乃千慮之一失。唯仲偉斷爲炎漢之製，其鑒審矣。」旭按：「古詩」之作者、時代，自晉宋以來，説即歧紛，迄無定論。陸機所擬，即稱「古詩」，不明何人所作。劉勰《文心雕龍・明詩》篇曰：「古詩佳麗，或稱枚叔，其《孤竹》一篇，則傅毅之辭。比采而推，兩漢之作乎？」至蕭統編《文選》，擇「古詩十九首」入其中，亦不詳作者姓名。陳徐陵乃取見於《文選》之《西北有高樓》、《東城高且長》、《行行重行行》、《涉江采芙蓉》、《青青河畔草》、《庭中有奇樹》、《迢迢牽牛星》、《明月何皎皎》八首，外加《蘭若生春陽》一首入《玉臺新詠》，題爲「枚乘作」。《文選・古詩十九首》李善注曰：「並云古詩，蓋不知作者。或云枚乘，疑不能明也。」今人多以爲「古詩」乃東漢末年無名文人所作，未为确论，尚可进一步研究。

【參考】

一、《漢書・藝文志・詩賦略》載《雜各有主名歌詩》十篇。章學誠《校讎通義》曰：「《漢志》臣工之作，有《黄門倡車忠等歌詩》，而無蘇、李河梁之篇。或云《雜各有主名歌詩》十篇，或有蘇、李之作。」

二、皎然《詩式》：「五言周時已見濫觴，及乎成篇，則始於李陵、蘇武。」

自王、楊、枚、馬之徒〔一〕，詞賦競爽〔二〕，而吟詠靡聞〔三〕。從李都尉迄班婕妤，將百年間〔四〕，有婦人焉，一人而已〔五〕。詩人之風，頓已缺喪〔六〕。東京二百載中〔七〕，惟有班固《詠史》，質木無文致〔八〕。

【校異】

〔自王楊枚馬之徒〕　《竹莊》本「自」上有「漢」字。○「楊」，《梁書》、《廣牘》、顧氏、二家、退翁、《紫藤》、《對雨樓》、《擇是居》、《硯北》諸本並作「揚」。「揚」、「楊」古通。

〔詞賦競爽，而吟詠靡聞〕　「詞」，退翁、二家、《對雨樓》、《擇是居》作「詩」；「競」作「竟」。許文雨校：「『詞』，明鈔本作『詩』字；『競』，明鈔本作『竟』字。」　旭按：許氏所謂「明鈔本」，實即退翁書院鈔本一系。《梁書》、《全梁文》本「詞」作「辭」。路百占《校記》：「此作『辭』是，言王粲諸人僅作辭賦，未作詩也。」○「聞」，《全梁文》作「間」。

〔從李都尉迄班婕妤〕　「從李都尉」，《吟窗》、《格致》、《詩法》、《詞府》諸本略「都尉」二字。○「迄」，《梁書》、《竹莊》、《全梁文》本均作「訖」。「訖」，通「迄」。《吟窗》、《格致》、《詩法》、《詞府》諸本並作「至」。

〔將百年間〕　姚振宗《經籍志考證》引，脱「將」字；古直《箋》四字並脱。

〔東京二百載中〕「載」，《竹莊》引作「年」。「載」、「年」義同。

〔質木無文致〕「質木」，《吟窗》、《格致》、《詩法》、《詞府》並作「質而」。「木」，《詩觸》本誤作「本」。〇「文致」，原作「文」。《梁書》、《集成》、《全梁文》作「文致」。車柱環《校證》：「有『致』字，文意較勝。『文致』與『質木』對文，謂文采風致也。」呂德申《校釋》：「『文致』亦六朝文論用語。《文心雕龍・辨騷》：『咳唾可以窮文致。』又《章表》：『文致耿介。』」因據改。

【集注】

〔一〕王、楊、枚、馬之徒：王，王褒；楊，楊雄；枚，枚乘；馬，司馬相如。四人均西漢著名辭賦家。《漢書・藝文志・詩賦略》著録王褒賦十六篇，揚雄賦十二篇，枚乘賦九篇，司馬相如賦二十九篇。楊明《譯注》曰：「王褒、楊雄、枚乘、司馬相如，皆西漢著名辭賦家。枚乘主要活動于漢景帝時，司馬相如在景帝、武帝時，王褒在宣帝時，楊雄在成帝迄王莽時。此處以枚、馬置王、楊後，非據其時代，蓋以仄聲字在後，取其聲調和諧而已，猶如稱司馬遷、班固爲班馬，又如本書『下品』謝超宗等人條稱陸機、顏延之爲顏陸。」

〔二〕詞賦競爽：詞賦，即詩賦。競爽，即争勝比美。《左传・昭公三年》：「二惠競爽。」杜預注：「競，強也；爽，明也。」《文選》卷四六任昉《王文憲集序》：「雖張、曹争論於漢朝，荀、摯競爽於晉世。」徐陵《玉臺新詠序》：「金星與婺女争華，麝月共嫦娥競爽。」均其例。　旭按：《詩品》中，「詞」字凡二十一見。就其含義，可分三類。一指「言詞」，如「才高詞盛」、「意深則詞躓」、「屬詞比事」、「詞既失高」（以上並見《詩品序》）、「發愀愴之詞」（上品「王粲」條）、「頗多感慨之詞」（上品「阮籍」條）、「善爲淒戾之詞」（中品「劉琨、盧諶」條）、「多感恨之詞」（同上）、「善制形狀寫物之詞」（中品「鮑照」條）、「詞密于范」（中品「沈約」條）、「有感歎之詞」（下品「班固」等人條）、「彌善恬淡之詞」（下品「王濟」等人條）、「詞藻意深」（「下品「齊高帝」等人條）、「詞美英淨」（下品「王融」等人條）；第二類意義同「詩」，如「三祖之詞」、「故詞人作者」、「詞人殆集」、「自故詞人不知之」（以上並見《詩品序》），及本句「詞賦競爽」；　第三類，與「采」構成「詞采」，意義在「詩」與「言詞」之間，如「詞采華茂」（上品「曹植」條）、「詞采葱蒨」（上品「張協」條）。讀者須細細辨析。

〔三〕吟詠靡聞：指五言詩作則未之聞也。古直《箋》：「《漢書・禮樂志》曰：李延年多舉司馬相如等數十人，造爲詩賦，以合八音之調，作十九章之歌。據此，則《郊祠歌》即司馬相如等所造詩也，而云『吟詠靡聞』，蓋謂無五言詩也。又案，徐陵《玉臺新詠》取《文選・古詩十九首》之八首，題爲枚乘詩。考陵與仲偉、彦和、昭明同時，而年輩稍後。《詩品》、《文心》、《文選》皆不言枚乘有詩，不知陵何據而云然也。」許文雨《講疏》：「《漢書・藝文志・詩賦略》載枚乘賦九篇、司馬相如賦二十九篇、王褒賦十六篇、枚臯賦百二十篇、揚雄賦十二篇，謂皆『詞賦競爽』，信矣。然《漢書・禮樂志》明云：『以李延年爲協律都尉，多舉司馬相如等數十人造爲詩賦，略論律吕，以合八音之調，行十九章之歌。』是即所謂《郊祀歌》十九章也。又《漢書·佞幸·李延年傳》亦云：『延年善歌，爲新變聲。是時上方興天地諸祠，欲造樂，令司馬相如等作詩頌。延年輒承意弦歌，所造詩謂之新聲曲。』並相如曾爲歌詩之證。又《漢書·何武傳》：『宣帝時，天下和平，四夷賓服，神爵、五鳳之間，婁蒙瑞應，而益州刺史使辯士王褒頌漢德，作《中和》、《樂職》、《宣布》詩三篇。』是褒亦能詩。至枚氏父子，亦頗有傳疑之作。如《玉臺》載乘《雜詩》九首，《文章緣起》謂乘作《麗人歌詩》。劉向《别録》則謂皋有《麗人歌賦》。是亦難斷枚氏無詩。獨子雲確未聞有吟詠耳。」

〔四〕「從李」三句：李都尉，即李陵，官騎都尉。此以官職代人名，詳見上品「李陵」條。班婕妤，漢成帝劉驁宫中婕妤。婕妤，女官名。此亦以官職代人名，詳見上品「班婕妤」條。將百年間，指從李陵生活的漢武帝（前一四〇—前八七）時期，至班婕妤生活的漢成帝（前三三—前七）之際，其間相隔約百年。

〔五〕「有婦」三句：婦人，即指班婕妤。一人，指李陵。《論語·泰伯》篇：「武王曰：『予有亂臣十人。』孔子曰：『……有婦人焉，九人而已。』」鍾嶸此處化用《論語·泰伯》篇句式口吻。此謂百年之間，除一位婦女作者外，寫詩者不過一個人而已。古直《箋》：「仲偉不數唐山夫人，以其所作非五言也。不數卓文君，以《白頭吟》在六朝，只作《古辭》，不云卓文君辭也。」許文雨《講疏》：「此可證卓文君《白頭吟》、王昭君《怨詩》皆非本人作。」范文瀾《文心雕龍注》二附録鍾嶸《詩品序》注云：「不計婦人，惟李陵一人而已。」李徽教《彙注》：「仲偉此言，蓋必聯想《論語》此句而來。然則其含義，亦當相符。又若指班姬，則似不必有『一人而已』之歎。仲偉所品婦人，僅有四人，而西漢兩百年中，能占其一人，而況班姬得列於『上品』者邪？」

〔六〕「詩人」三句：詩人，本指《詩經》作者。風，風習，傳統。缺喪，意指中斷。此謂《詩經》時代之詩歌傳統，頓然衰落中斷。古直《箋》：「《漢書·藝文志》：『歌詩二十六家，三百一十四篇。』班固云：『自孝武立樂府而采歌謡，於是有代、趙之謳，秦、楚之風。皆感於哀樂，緣事而發，亦可以觀風俗，知厚薄云。』夫感於哀樂，緣事而發，即《序》所云：氣動物感，形諸舞詠者也。此豈得云『非詩人之風』邪？仲偉於是爲失辭矣。」

〔七〕東京二百載中：東京，指東漢。西漢定都長安，東漢定都洛陽，史稱長安爲西京，洛陽爲東京，且以「西京」代指西漢，「東京」代指東漢。二百載，此取其成數。東漢自漢光武帝建武元年（二五）至漢獻帝延康元年（二二〇），計一百九十五年。彭鐸《補注》曰：「此只數建武元年（二五）至興平末（一九五）一百七十一年大數。其建安至漢亡二十五年，乃歸曹氏，觀下節『降及建安』另起可知。」彭鐸説是。

〔八〕「惟有」三句：班固，字孟堅，東漢人。其《詠史》詩一首，詳見下品「班固」條注。質木無文致，質樸木訥，缺少文采。許學夷《詩源辯體》：「班固五言《詠史》一篇，則過於質直，鍾嶸云：『班固《詠史》，質木無文。』是也。」古直《箋》：「東京五言，有主名者，班固《詠史》之外，有張衡《同聲歌》一首，秦嘉《贈婦詩》三首，徐淑《答秦嘉詩》一首，酈炎《見志詩》二首，趙壹《疾邪詩》二首，蔡邕《翠鳥》一首，蔡琰《悲憤詩》一首，孔融《雜詩》二首、《臨終詩》一首，應亨《贈四王冠詩》一首，辛延年《羽林郎》一首，宋子侯《董嬌嬈》一首，凡十七首。而秦嘉、徐淑、趙壹、酈炎詩，仲偉皆品之。此處乃云『唯有班固《詠史》』，何邪？至於《文選·古詩》『冉冉孤生竹』，《文心》爲傅毅之詞；古辭《飲馬長城窟行》，《玉臺》以爲蔡邕之作，以未確定，故不列入也。」李徽教《彙注》：「古氏疑『惟有班固《詠史》』一句，信矣。審其文義，此『惟』字，似爲『雖』字之形誤。除『中品』之秦嘉、徐淑，而舉『下品』之班固，則蓋孟堅名高當代，世所推服，故舉其一而爲代表歟！」旭按：應亨爲應貞從孫，爲晉人，不當計入東京五言有主名者中。古氏誤。

【參考】

一、陸厥《與沈約書》：「孟堅精正，《詠史》無虧於東主（《兩都賦》）。」

二、王僧孺《太常敬子任府君傳》：「孟堅辭不逮理。」

三、劉勰《文心雕龍·明詩》篇：「嚴、馬之徒，屬辭無方。成帝品録，三百餘篇，朝章國采，亦云周備，而辭人遺翰，莫見五言。」

四、胡應麟《詩藪·雜編》卷一：「鍾嶸《詩品》云：『王、楊、枚、馬之徒，詞賦競爽，而吟詠靡聞。從李都尉迄班婕妤，將百年間，有婦人焉，一人而已。』按：蘇、李同見《文選》，《詩品》標李爲五言宗，而蘇絶不入品。又古詩或謂枚乘，而嶸以枚、馬之徒吟詠靡聞。蓋嶸與昭明同世，《文選》未盛行，而《玉臺》爲後出故也。」

五、陳沆《詩比興箋》：「則十九首固非一人之辭，惟《九章》則爲乘作也。本傳兩上吳王之書，其諫顯；九詩多出去吴之日，其諫隱。乃知屈原以前無騷，枚乘以前無五言。若非宗國故君之感，烏能迫其幽情，激其變調，下啓百世，上續四始者乎？」

降及建安〔一〕，曹公父子，篤好斯文〔二〕；平原兄弟〔三〕，鬱爲文棟〔四〕；劉楨、王粲，爲其羽翼〔五〕。次有攀龍托鳳，自致於屬車者，蓋將百計〔六〕。彬彬之盛，大備於時矣〔七〕。

【校異】

〔降及建安〕「及」，《秘書》本壞損而作「反」。

〔平原兄弟〕「平」，《秘書》本誤作「中」。　○「兄弟」，《竹莊》互倒作「弟兄」。

〔鬱爲文棟〕「鬱爲」，《竹莊》引作「蔚爲」。　○「棟」，退翁本誤作「楝」。

〔爲其羽翼〕「其」，《集成》本作「之」。

〔蓋將百計〕《竹莊》作「蓋百許人」。　○「計」，《對雨樓》、《擇是居》誤作「年」。

〔彬彬之盛〕「彬彬」，《學詩》本誤作「彬他」。

【集注】

〔一〕建安：漢獻帝劉協年號（一九六—二二〇）。

〔二〕「曹公」二句：曹公父子，指曹操及其子曹丕、曹植。曹操參見下品「曹操」條，曹丕參見中品「曹丕」條，曹植參見上品「曹植」條。　斯文：本指學術文化、禮樂教化，此指文學。《論語・子罕》：「子畏于匡，曰：『文王既没，文不在兹乎？天之將喪斯文也，後死者不得與於斯文也；天之未喪斯文也，匡人其如予何？』」此謂曹操和他的兒子們，都酷愛文學。

〔三〕平原兄弟：指曹丕、曹植兄弟。《三國志・魏書・陳思王植傳》：「（植）建安十六年，封平原侯。」陳延傑《注》：「『平原兄弟』，陸機、陸雲。」古直《箋》：「『平原兄弟』，謂曹丕、曹植也。」葉長青《集釋》：「古公愚譏陳仲子注『平原兄弟』誤丕、植爲機、雲，不知古氏亦誤植、彪爲丕、植。《中品》『清河之方平原，殆如陳思之匹白馬』可證。」李徽教《彙注》：「葉釋以『曹公父子』，指謂操、丕，故以爲『平原兄弟』，當指植、彪。恐非是。此云『篤好斯文』，以其性品而言也；『鬱爲文棟』，以其成就而言也。自有分別，不宜相混。蓋其謂曹氏父子，性嗜斯文，故乃丕、植兄弟，遂成文棟矣。若就彪而言，則『文棟』不符。」李説是。

〔四〕鬱爲文棟：鬱，盛也。此謂鬱然而爲文壇之樑棟。劉勰《文心雕龍・明詩》篇：「文帝（曹丕）、陳思（曹植），縱轡以騁節。」

〔五〕「劉楨」二句：劉楨，字公幹，建安七子之一。見上品「劉楨」條。王粲：字仲宣，建安七子之一。見上品「王粲」條。羽翼，本指翅膀，引申爲輔佐。《三國志・魏書・曹植傳》：「植既以才見異，而丁儀、丁廙、楊修爲之羽翼。」《詩品序》：「故知陳思爲建安之傑，公幹、仲宣爲輔。」《三國志・魏書・王粲傳》：「昔文帝、陳王，以公子之尊，博好文采，同聲相應，才士並出，惟粲等六人，最見名目。」

〔六〕「次有」三句：攀龍托鳳，原指攀附結交有權勢的人，此指攀附結交曹公父子的政治及文學人才。揚雄《法言・淵騫》：「攀龍鱗，附鳳翼，巽以揚之，勃勃乎其不可及也。」《三國志・蜀書・

秦宓傳》：「如李仲元不遭《法言》，令名必淪，其無虎豹之文故也，可謂攀龍附鳳者矣。」屬車，又稱「副車」、「後車」，古代帝王出行時的侍從之車。《文選》卷三張衡《東京賦》：「屬車九九，乘軒並轂。」李善注：「副車曰屬。」《詩品·謝瞻》諸人條曰：「徵君、太尉，可託乘後車。」又曹丕《與朝歌令吴質書》：「從者鳴笳以啓路，文學託乘於後車。」自致於屬車者，指自願依附、跟隨曹氏父子之人。蓋將百計，大概數以百計。劉勰《文心雕龍·諧隱》篇：「尤而效之，蓋以百計。」此謂其次有攀附結交曹公父子，自願依附、跟隨曹氏父子之人，大概數以百計。王夫之《薑齋詩話》卷下：「建立門庭，自建安始。曹子建鋪排整飾，立階級以賺人升堂，用此致諸趨赴之客，容易成立，伸紙揮毫，雷同一律。」

〔七〕「彬彬」二句：彬彬，文雅諧和。語出《論語·雍也》：「質勝文則野，文勝質則史。文質彬彬，然後君子。」何晏《集解》：「包曰：彬彬，文質相半之貌。」此以彬彬指文學。《漢書·儒林傳》：「自此以來，公卿大夫士吏，彬彬多文學之士矣。」此謂雅好文學之盛況，真可謂備極一時了。

【參考】

一、沈約《宋書·謝靈運傳論》：「至於建安，曹氏基命，二祖、陳王，咸蓄盛藻，甫乃以情緯文，以文被質。……子建、仲宣以氣質爲體，並標能擅美，獨映當時，是以一世之士，各相慕習。源其飆流所始，莫不同祖《風》、《騷》；徒以賞好異情，故意製相詭。」

二、曹丕《典論・論文》：「今之文人，魯國孔融文舉，廣陵陳琳孔璋，山陽王粲仲宣，北海徐幹偉長，陳留阮瑀元瑜，汝南應瑒德璉，東平劉楨公幹，斯七子者，於學無所遺，於辭無所假，咸以自騁驥騄於千里，仰齊足而並馳。以此相服，亦良難矣。」

三、曹植《與楊德祖書》：「今世作者，可略而言也。昔仲宣獨步於漢南，孔璋鷹揚於河朔，偉長擅名於青土，公幹振藻於海隅，德璉發跡於此魏，足下高視於上京。當此之時，人人自謂握靈蛇之珠，家家自謂抱荆山之玉。吾王於是設天網以該之，頓八紘以掩之，今悉集兹國矣。」

四、劉勰《文心雕龍・時序》篇：「自獻帝播遷，文學蓬轉，建安之末，區宇方輯。魏武以相王之尊，雅愛詩章；文帝以副君之重，妙善辭賦；陳思以公子之豪，下筆琳瑯：並體貌英逸，故俊才雲蒸。仲宣委質於漢南，孔璋歸命於河北，偉長從宦於青土，公幹徇質於海隅，德璉綜其斐然之思，元瑜展其翩翩之樂。文蔚、休伯之儔，子叔、德祖之侣，傲雅觴豆之前，雍容衽席之上，灑筆以成酣歌，和墨以藉談笑。」

爾後陵遲衰微〔一〕，迄於有晉〔二〕。太康中〔三〕，三張、二陸、兩潘、一左〔四〕，勃爾復興〔五〕，踵武前王〔六〕，風流未沫，亦文章之中興也〔七〕。

【校異】

〔爾後陵遲衰微〕「爾後」，《竹莊》、《玉屑》作「漢魏後」；《廣牘》、《津逮》、《學津》、《談藝》、天都閣、《集成》、《玉雞苗館》諸本均作「是後」。○「陵」，退翁、《對雨樓》、《擇是居》本並作「淩」。「淩」，通「陵」。

〔迄於有晉〕「迄」，《詩紀》作「逮」。

〔三張二陸兩潘一左〕「三張」，《竹莊》引作「二張」，蓋缺筆致誤。○「二陸」，《秘書》本誤作「三陸」。

〔勃爾復興〕「勃」，《秘書》本誤作「教」，《梁書》、顧氏、《五朝》、《大觀》、《稗史》並作「教」。「教」，同「勃」。「勃爾」，《竹莊》、《玉屑》引作「勃然」。

〔風流未沫〕《竹莊》、《玉屑》作「流風末派」。車柱環《校證》：「據《顔氏家訓·省事》第十二『逮於兩漢，風流彌廣』，與此所用風流同義。《詩人玉屑》所引蓋由『末沫』誤爲『末派』，乃乙『風流』爲『流風』以與『末派』相對耳。○「沫」，顧氏、《廣牘》、希言齋、《津逮》、繁露堂、《續百川》、《説郛》、《五朝》、《廣漢魏》、《龍威》、《秘書》、《增漢魏》、《集成》、《談藝》、《萃編》諸本並作「沫」。呂德申《校釋》：「疑作『沫』是。屈原《離騷》：『芳菲菲而難虧兮，芬至今猶未沫。』王逸注：『沫，已也。』」

〔亦文章之中興也〕「亦」，《竹莊》作「亦有」，衍「有」字。

【集注】

〔一〕爾後陵遲衰微：爾後，此後，指建安以後。陵遲，像丘陵逐漸由高到低。司馬相如《封禪文》：「而後陵遲衰微，千載亡聲，豈不善始善終哉？」《史記·李將軍列傳》：「敢男禹，有寵於太子，然好利，李氏陵遲衰微矣。」此謂建安以後，文學創作風氣逐漸衰落。

〔二〕有晉：即晉代。「有」，語助詞，無實義，如有虞、有夏。李徽教《彙注》：「仲偉評此期詩人，將何晏、應璩、嵇康，置之『中品』，又明帝叡、繆襲，置之『下品』，而得居『上品』者，則唯阮籍一人而已。此比建安之陳思、劉楨、王粲三人，太康之陸機、潘岳、張協、左思四人，則自然稱之爲『陵遲衰微』也。」

〔三〕太康：晉武帝司馬炎年號（二八〇—二八九）。

〔四〕三張二陸兩潘一左：三張，指張載、張協、張亢三兄弟。《晉書·張亢傳》：「亢字季陽，才藻不逮二昆。亦有屬綴，又解音響。時人謂載、協、亢，陸機、雲曰『二陸、三張』。」張載字孟陽，見下品「張載」條。張協字景陽，見上品「張協」條。張錫瑜《詩平》曰：「『三張』本謂張載兄弟。載，字孟陽；協，字景陽；亢，字季陽。所謂二陸入洛，三張減價者也。但亢詩無聞，品所不及。則此三張，內當有茂先而無季陽。中品『鮑照』條以景陽、茂先並稱『二張』，可證。黃叔琳謂當數亢，不當數華，蓋未見及此耳。」可備一說。　二陸，指陸機、陸雲兄弟。《晉書·陸雲傳》：「少與兄機齊名，雖文章不及機，而持論過之，號曰『二陸』。」陸機字士衡，見上品「陸機」條。陸雲字士龍，見中品「陸雲」條。　兩潘，指潘岳、潘尼叔侄。潘岳字安仁，見上品「潘岳」條。潘尼字正叔，見中品「潘尼」條。　一左，指左思。許文雨《講疏》：「不及其妹芬者，以芬只擅賦耳。」左思字太沖，見上品「左思」條。

〔五〕勃爾復興：勃爾，勃然、頓然之意。鄭玄《詩譜序》：「《十月之交》、《民勞》、《板》、《蕩》，勃爾俱作，衆國紛然，刺怨相尋。」　復興，指建安以後，西晉太康年間人才輩出，詩歌興起高潮。

〔六〕踵武前王：語本屈原《離騷》：「忽奔走以先後兮，及前王之踵武。」王逸注：「踵，繼也。武，跡也。」洪興祖《補注》：「踵，亦跡也。」古直《箋》：「『踵武前王』，謂太康文學，繼建安之盛也。」

〔七〕「風流」二句：風流，指建安文學之流風餘緒。《文選》卷一八嵇康《琴賦序》：「體制風流，莫不相襲。」《漢書·趙充國辛慶忌傳贊》：「風流猶存耳。」　未沫，未已，未消。屈原《離騷》：「芳菲菲而難虧兮，芬至今猶未沫。」王逸注：「沫，已也。」洪興祖《補注》：「沫，音昧，微晦也。《易》曰：『日中見沫。』《招魂》曰：『身服義而未沫。』」　文章，此指詩歌。此謂建安文學之流風餘緒，未曾消歇，此即文章之「中興」。　旭按：「彬彬之盛」，確爲建安文學之寫照；「文章中興」，遂成西晉太康文學之定評。

【參考】

一、劉勰《文心雕龍·明詩》篇：「正始明道，詩雜仙心，何晏之徒，率多浮淺。唯嵇志清峻，阮旨遥深，故能標焉。若乃應璩《百一》，獨立不懼，辭譎義貞，亦魏之遺直也。」又云：「晉世群才，稍入輕綺。張、潘、左、陸，比肩詩衢。采縟於正始，力柔於建安，或析文以爲妙，或流靡以自妍，此其大略也。」

永嘉時〔一〕，貴黄、老，尚虚談〔二〕。於時篇什，理過其辭〔三〕，淡乎寡味〔四〕。爰及江表，微波尚傳〔五〕：孫綽、許詢、桓、庾諸公詩〔六〕，皆平典似《道德論》〔七〕。建安風力盡矣〔八〕。

【校異】

〔貴黃老，尚虛談〕 原作「稍尚虛談」。《梁書》、《玉屑》、《集成》、《全梁文》本均無「稍」字。車柱環《校證》：「無『稍』字，文正相耦；徵之下文，義亦較勝。今本『稍』字，疑後人所加。」路百占《校記》：「有晉一代文人，大多崇尚虛談，東渡江左，兹風彌爛，無『稍』字，是。」 旭按：車、路二説是。《竹莊》此句作「貴黃老而尚虛玄」，亦無「稍」字。因据改。

〔淡乎寡味〕 《竹莊》、《玉屑》並作「淡然寡欲」。

〔孫綽、許詢、桓、庾諸公詩〕 「許詢」，《竹莊》誤作「諶詢」。 ○「詩」，《津逮》、《學津》、《硯北》、《談藝》、《玉雞苗館》諸本誤作「時」；《梁書》、《集成》、《全梁文》、《吟窗》、《格致》、《詩法》、《詞府》本均無「詩」字。

〔皆平典似道德論〕 「似」，《竹莊》、《玉屑》壞損而作「以」字。《吟窗》、《格致》、《詩法》、《詞府》並略「似道德論」四字。

〔建安風力盡矣〕 「建安風力」，《梁書》、《集成》、《全梁文》本作「建安之風」，或疑是。

【集注】

〔一〕 永嘉：晉懷帝司馬熾年號（三〇七—三一三）。

〔二〕「貴黄老」二句：黄、老，黄帝與老子，指道家學説。黄帝是傳説中的上古帝王，即軒轅氏。老子即李耳，又稱老聃，春秋時人，曾著《道德經》五千餘字。古人以黄帝和老子爲道家之祖。尚虚談，崇尚玄虚之談。主要談論《周易》、《老子》、《莊子》所謂「三玄」之哲理。此謂永嘉之時，尊崇黄、老之學，喜好玄虚之談。

〔三〕「於時」二句：篇什，《詩經》中《雅》、《頌》部分篇章，以十篇爲什，編爲一卷，後人遂以「篇什」代指詩篇。理過其辭：理，泛指作品的内容；辭，指作品的詞采。楊明《譯注》：「陸機《文賦》：『理扶質以立幹，文垂條而結繁。』又『理翳翳而愈伏，思軋軋其若抽。』皇甫謐《三都賦序》：『是以孫卿、屈原之屬……皆因文以寄其心，托理以全其制。』《文心雕龍·情采》：『理定而後辭暢。』其『理』字皆泛指内容而言。」此謂當時詩歌，抽象枯燥之玄理内容，超過生動形象之辭彩。《孔叢子》卷四《公孫龍》第一二：「平原君弗能應，明日謂公孫龍曰：『公無復與孔子高辯事也。其人理勝於辭，公辭勝於理。辭勝於理，終必受詘。』」陳延傑《注》：「詩最重理語，然有别。蓋富於理趣者善，若墮入理障，則不可，理過其辭是也。」

〔四〕淡乎寡味：平淡乏味。《老子》第三五章：「道之出口，淡乎其無味，視之不足見，聽之不足聞，用之不足既。」原意道之高妙，無味，無色，無聲。仲偉或用其字面，指玄言詩平淡無味。《隋書·經籍志》曰：「永嘉已後，玄風既扇，辭多平淡，文寡風力。」

〔五〕「爰及」二句：江表，古指長江以南地區。因從中原人看來，地在長江以外，故稱。《三國志・吴書・陸遜傳》：「陛下承運，拓定江表。」庾信《哀江南賦》：「五十年中，江表無事。」此指偏安江南的東晉。　微波尚傳，此謂直到東晉時期，西晉清虚談玄之風仍在流傳。

〔六〕「孫綽」句：孫綽，字興公，東晉玄言詩的代表詩人。見下品「孫綽」條。　許詢：東晉玄言詩的代表詩人。參見下品「許詢」條。　桓：桓温，字元子，東晉玄言詩人。　庾：庾亮，字元規，東晉玄言詩人。李徽教《彙注》：「胡適先生《白話文學史》第八章引《詩品》此段後，説明云：『桓温、庾亮的詩也不傳於後。』則胡氏以桓、庾爲桓温、庾亮也。葉長青《集釋》云：『疑指温、亮。』《世説・文學》篇有云：『庾闡始作《揚都賦》道温、庾云：「温挺義之標，庾作民之望。方響則全聲，比德則玉亮。」庾公聞賦成，求看，兼贈貺之。闡更改望爲儁，以亮爲潤云。』然則桓温、庾亮連稱，由來久矣。」　旭按：桓温、庾亮二位詩人未入品。一説，桓，當爲桓偉；庾，當爲庾友、庾蘊，非是。

〔七〕「皆平典」句：平典，平淡典正。　道德論：指老子《道德經》，共八十一章，分《道經》、《德經》兩部分。《道德論》，指魏晉以來闡發老莊玄理的文章。何晏、王弼、夏侯玄、阮籍等人，均有闡發老莊玄理的著作，撰有《道德論》。《世説新語・文學》篇載：「何平叔（晏）注《老子》始成，詣王輔嗣（弼），見王注精奇，乃神伏曰：『若斯人，可與論天人之際矣。』因以所著爲《道德二論》。」同書：「何晏注《老子》，未畢，見王弼自説注《老子》旨。何意多所短，不復得作聲，但應諾諾，遂不復注，因作《道德論》。」《三國志・魏書・曹真傳》：「（何晏）少以才秀知名，好老、莊言，作《道德論》及諸文賦著述凡數十篇。」又《世説新語・文學》篇注引《晉諸公贊》：「自魏太常夏侯玄、步兵校尉阮籍等，皆著《道德論》。」劉熙載《藝概》卷二：「鍾嶸《詩品》稱：『孫綽、許詢、桓、庾諸公，詩皆平典，似《道德論》。』此由乏理趣耳，夫豈尚理之過哉。」許文雨《講疏》：「孫、許之詩，未盡平典，亦間有研練之詞，《剡溪詩話》引孫綽《秋日》詩：『疏林積涼風，虚軸凝結霄。』又引許詢詩：『青松凝素髓，秋菊落芳英』、『丹葩耀芳蕤，緑竹蔭閑敞』、『曲櫺激鮮飈，石室有幽響。』均善造狀。而詢詩『丹葩』二句，尤與左思『白雪停蔭岡，丹葩耀芳林』迫似。若謂太沖宗歸建安，則詢詩又豈盡異趣哉？」

〔八〕「建安」句：建安風力，亦稱「建安風骨」，指建安時代特有的詩歌精神，即詩歌内容豐富充實、基調慷慨悲涼、語言俊爽剛健相統一的時代風格。《宋書》卷八四《孔覬傳》：「覬少骨梗有風力，以是非爲己任。」黄侃《文心雕龍札記・體性》：「風趣，即風氣。或稱風氣，或稱風力，或稱體氣，或稱風辭，或稱意氣，皆同一義。」旭按：魏晉清談，品評人物，多用「風骨」或「風力」之語。《世説新語・賞譽》篇注引《晉安帝紀》謂：「（王）羲之風骨清舉也。」《宋書・武帝紀》謂：「身長七尺六寸，風骨奇特。」後遂用於畫論和詩論，成爲重要的美學範疇和文藝評論術語。此謂「建安風力盡矣」，與下品「殷仲文」條「晉、宋之際，殆無詩乎」意同。又，下品「晉驃騎王濟」諸人條謂：「永嘉以來，清虚在俗。王武子輩詩，貴道家之言。爰泊江表，玄風尚備。真長、仲祖、桓、庾諸公猶相襲。世稱孫、許，彌善恬淡之詞。」均可與此序相參讀。

【參考】

一、晉應詹《上疏陳便宜》：「魏正始之間，蔚爲文林。元康以來，賤經尚道。以玄虚宏放爲夷達，以儒術清儉爲鄙俗。望白署空，顯以台衡之望；尋文謹案，目以蘭薰之器。（以上四語從《文選》注補）永嘉之弊，未必不由此也。」

二、《世説新語·賞譽》篇：「王敦爲大將軍，鎮豫章。衛玠避亂，從洛投敦，相見欣然，談話彌日。于時謝鯤爲長史，敦謂鯤曰：『不意永嘉之中，復聞正始之音。阿平若在，當復絶倒。』」

三、沈約《宋書》卷六七《謝靈運傳論》：「有晉中興，玄風獨振，爲學窮於柱下，博物止乎七篇；馳騁文辭，義殫乎此。自建武暨乎義熙，歷載將百，雖綴響聯辭，波屬雲委，莫不寄言上德，託意玄珠，遒麗之辭，無聞焉爾。」

四、劉勰《文心雕龍·明詩》篇：「江左篇製，溺乎玄風，嗤笑徇務之志，崇盛忘機之談，袁、孫已下，雖各有雕采，而辭趣一揆，莫與争雄。」又《時序》篇：「自中朝貴玄，江左稱盛，因談餘氣，流成文體。是以世極迍邅，而辭意夷泰，詩必柱下之旨歸，賦乃漆園之義疏。」

五、蕭子顯《南齊書》卷五二《文學傳論》：「江左風味，盛道家之言。郭璞舉其靈變，許詢極其名理，仲文玄氣，猶不盡除；謝混清新，得名未盛。」

六、劉師培《南北文學不同論》：「江左詩文，溺于玄風。辭謝雕采，旨寄玄虛，以平淡之詞，寓精微之理。故孫、許、二王，語咸平典。由嵇、阮而上溯莊周，此南文之别一派也。」

先是郭景純用儁上之才，變創其體〔一〕；劉越石仗清剛之氣，贊成厥美〔二〕。然彼衆我寡，未能動俗〔三〕。逮義熙中〔四〕，謝益壽斐然繼作〔五〕。元嘉初，有謝靈運〔六〕，才高詞盛，富豔難踪〔七〕，固已含跨劉、郭，淩轢潘、左〔八〕。故知陳思爲建安之傑，公幹、仲宣爲輔〔九〕；陸機爲太康之英，安仁、景陽爲輔〔一〇〕；謝客爲元嘉之雄，顔延年爲輔〔一一〕。斯皆五言之冠冕，文詞之命世也〔一二〕。

【校異】

〔先是郭景純用儁上之才〕「先是」，《竹莊》作「由是」，《玉屑》作「於是」，意略有别。路百占《校記》：「按此句上文云：『爰及江表，微波尚傳。孫綽、許詢、桓、庾諸公詩，皆平典似《道德論》，建安風力盡矣。』所謂孫綽、許詢、桓、庾諸人，其生卒年代，均係同時。與劉、郭相較，亦無先後，彼此詩風既不相謀，劉、郭出而變創其體，自屬碩行，生時雖同，詩格各宗，或襲近體，或變時風，『由』字是，『先』字非。」 ○「雋」，《梁書》、《竹莊》、《玉屑》、《全梁文》本並作「俊」，顧氏、《津逮》、《廣漢魏》、天都閣、《五朝》、《説郛》、《學詩》、《紫藤》、《詩話》、《龍威》、《對雨樓》、《擇是居》、《談藝》諸本並作「儁」。「雋」、「儁」、「俊」，古義通。

〔變創其體〕 「變創」，《梁書》、《古逸書》、《集成》、《全梁文》諸本並作「創變」。中沢希男《詩品考》：「『創變』於文法較順，似可從。」路百占《校記》：「『創變』，意較佳，是。」「變」，《秘書》本誤作「交」。「創」，《詩觸》本誤作「裴」。

〔未能動俗〕 「未能」，《竹莊》、《玉屑》並作「亦未」；《詩觸》、《萃編》本並作「不能」。

〔元嘉初〕 原作「元嘉中」。《梁書》、《集成》、《全梁文》本作「元嘉初」。車柱環《校證》：「作『初』較具體。《文心雕龍·明詩篇》：『宋初文詠，體有因革，老、莊（當作「莊、老」）告退，而山水方滋。』正指謝靈運而言。彼謂宋初，此言元嘉初，亦正相符。今本初作中，疑涉上文義熙中而誤。」路百占《校記》：「永嘉，宋文帝年號，在位三十年，未行改元。靈運卒於元嘉十年，當元嘉之初也。《梁書》引序作初是。」 旭按：此説甚是。《竹莊》、《玉屑》作「永嘉」。「元」雖誤作「永」，然無「中」字，可佐證。因據《梁書·本傳》、《全梁文》本改。

〔富豔難踪〕 「富」原作「當」，據《梁書》、《竹莊》、《玉屑》並明清諸本改。「富豔」，天一閣本作

「富麗」。

〔固已含跨劉、郭〕《竹莊》、《玉屑》並作「固以含劉跨郭」。車柱環《校證》：「『跨劉』二字誤倒。『含跨劉、郭，凌轢潘、左』，相對爲文。」

〔淩轢潘、左〕「淩」，《梁書》、《廣牘》、顧氏、《紫藤》、二家、《硯北》、《津逮》、《秘書》諸本並作「陵」。「陵」、「淩」，古義通。

〔故知陳思爲建安之傑〕《玉海》、《藝苑卮言》並略「故知」二字。○「建安」，《古逸書》、《會函》並作「建康」，蓋聯想而誤。

〔公榦、仲宣爲輔〕《竹莊》、《玉屑》並作「公榦、仲宣、陸機爲輔」，誤奪下文，衍「陸機」二字。

〔謝客爲元嘉之雄〕「元嘉」，退翁、《對雨樓》、《擇是居》誤倒作「嘉元」。○「雄」，《梁文紀》本作「英」，蓋涉上文「英」字而誤。

〔斯皆五言之冠冕〕「斯」，《梁書》、《玉海》、《竹莊》、《玉屑》、《集成》、《全梁文》本均作「此」。

〔文詞之命世也〕「詞」，《梁書》、《玉海》、《竹莊》、《玉屑》、《集成》、《全梁文》本均作「辭」。旭按：此以「詞」爲正。車柱環《校證》：「文詞謂詩也。下文『五言居文詞之要』亦同。」○《梁書》、《玉海》、《集成》、《全梁文》本並略「也」字。

【集注】

〔一〕「先是」二句：郭景純，郭璞，字景純，東晉詩人。以《遊仙》詩著名。參見中品「郭璞」條。雋上，卓越出衆。變創，變革創新。此謂最初，郭璞曾以傑出之才華變革玄言開創新體。旭按：此處「體」字，除體貌風格外，兼有風氣流變之意。與「其體源出」之「體」略有不同。劉勰《文心雕龍・明詩》篇：「袁、孫已下，雖各有雕采，而辭趣一揆，莫與爭雄，所以景純仙篇，挺拔而爲俊矣。」古直《箋》：「蕭子顯云：『郭璞舉其靈變。』意與此同。惟檀道鸞『郭璞五言，始會合道家之言而韻之』之説，與此剌謬。尋詩用道家言，始于漢末仲長統《述志》。正始而後，其流彌廣。如嵇叔夜《答二郭》云：『至人存諸己，隱璞樂玄虛。』阮德輿《答嵇康》云：『恬和爲道基，老氏戒強梁。』張華《贈摯仲治》云：『恬淡養玄虛，沈精研聖猷。』孫楚《征西官屬送於陽侯作詩》：『莫大於殤子，彭聃猶爲夭。』石崇《答曹嘉》云：『玄寂令神王，是以守至沖。』安在始於郭璞邪？」

〔二〕「劉越石」二句：劉越石，劉琨，字越石，東晉詩人。參見中品「劉琨」條。清剛之氣，清新剛健的氣質。此可與中品「劉琨」條「善爲悽戾之詞，自有清拔之氣」相參讀。贊，助也。贊成厥美，此指劉琨以己之「清剛」、「清拔」詩風，支援輔助郭璞變革之舉。許學夷《詩源辯體》：「鍾嶸云：『永嘉時，貴黄、老。』至『劉越石仗清剛之氣，贊成厥美』云云，此論甚詳。予考永嘉以後傳者絶少，故不能備述。但劉越石前與潘、陸同時，今謂永嘉而後，景純變創，越石贊成，則失考矣。」劉熙載《藝概》："劉越石詩，定亂扶衰之志，郭景純詩，除殘去穢之情，第以『清剛』、『儁上』目之，殆猶未覘厥藴。"劉師培《南北文學不同論》："惟劉琨之作，善爲悽戾之音，而出以清剛；郭璞之作，佐以彪炳之詞，而出以挺拔。北方之文，賴以不墜。"古直《箋》："《文心雕龍·才略》篇曰：『劉琨雅壯而多風。』亦與仲偉之説相發。"李徽教《彙注》："許學夷説是也。劉琨生卒年，並較郭璞稍前。"旭按：劉、郭二人，出生僅隔數年，贊成厥美，無可非議。又，楊明《譯注》曰："鍾嶸『變創』、『贊成』云云，並非以年代早晚而論，而是説永嘉平淡詩風之變革，以郭璞貢獻最大，劉琨爲其輔佐。"其説是。"變創"、"贊成"一主一輔，《詩品》論述，多用此類方法。

〔三〕"然彼"二句：彼，指永嘉以來的玄言詩風。我，指郭璞的儁上之才和劉琨的清剛之氣。動俗，改變風氣。陳鍾凡《中國文學批評史》："自西晉玄言日昌，詩多枯淡，風、騷道盡，遒麗不聞。雖有郭、劉之矯健，不足以振其頹風也。"

〔四〕逮義熙中：逮，及，到了。義熙，東晉安帝司馬德宗年號(四〇五—四一八)。

〔五〕"謝益壽"句：謝益壽，謝混，字叔源，小字益壽，東晉詩人。參見中品"謝混"條。斐然：有文采的樣子。此謂至東晉義熙年間，謝混以斐然之文采繼起變革。古直《箋》："檀道鸞曰：『至義熙中，謝混始改。』沈約曰：『叔源大變太元之體。』蕭子顯曰：『謝混清新，得名未盛。』並與仲偉之説相發。"

〔六〕「元嘉」二句：元嘉，宋文帝劉義隆年號（四二四—四五三）。謝靈運，陳郡陽夏人，襲封康樂公，世稱「謝康樂」。爲宋山水詩派之宗祖。詳見上品「謝靈運」條。此謂至宋文帝劉義隆元嘉初年，出現了謝靈運。

〔七〕「才高」二句：富豔難踪，文詞富豔，難以追隨。此謂謝靈運才华高卓、文詞富豔，難以追及。旭按：此可參見上品「謝靈運」條謂：「其源出於陳思，雜有景陽之體。故尚巧似，而逸蕩過之。」「學多才博，寓目輒書，内無乏思，外無遺物，其繁富，宜哉！然名章迥句，處處間起；麗曲新聲，絡繹奔發。譬猶青松之拔灌木，白玉之映塵沙，未足貶其高潔也。」《宋書·謝靈運傳》：「（靈運）文章之美，江左莫逮。」張溥《謝康樂集題辭》：「（靈運）詩冠江左，世推富豔，以予觀之，吐言天拔，政繇素心獨絶耳！」

〔八〕「固已」二句：含，銜也。含跨，即超越之意。劉、郭，指劉琨、郭璞。楊德祖《答臨淄侯牋》：「今含王超陳，度跨數子。」蕭綱《答新渝侯和詩書》：「垂示三首，風雲吐於行間，珠玉生於字裏，跨躡曹、左，含超潘、陸。」淩轢，即「轥轢」，超越也。《隋書·楊玄感李密傳論》：「足以轥轢軒唐，奄吞周漢。」潘、左，指潘岳、左思。此謂謝靈運確已超越劉琨、郭璞，壓倒了潘岳、左思。許文雨《講疏》：「仲偉以爲靈運才高，則含跨劉琨、郭璞；詞盛，則淩轢潘岳、左思，亦猶元稹謂杜兼昔人獨專之意。」葉長青《集釋》引葉瑛《謝靈運文學》：「《詩品》上『永嘉時，貴黃、老』，至『淩轢潘、左』。觀此，益見謝於當時轉移風氣之功，卓絶前後。本傳稱其在始寧時，每有一詩至都邑，貴賤莫不競寫。宿昔之間，士庶皆遍，遠近欽慕，名動京師。可見當時影響之廣，故能丕變古風，特鑄新局也。」旭按：此處「含跨」、「淩轢」之對象，中品舉劉琨、郭璞，上品舉潘岳不舉陸機，舉左思不舉張協。爲其「雜有景陽（張協）之體」，而陸機亦爲太康詩歌主軸也。

〔九〕「故知」三句：陳思，即陳思王曹植。植封陳王，卒謚思。公幹，劉楨字公幹。仲宣，王粲字仲宣。此謂曹植爲建安文學的領袖，劉楨、王粲爲其輔佐。即前文所謂「降及建安，曹公父子，篤好斯文；平原兄弟，鬱爲文棟；劉楨、王粲，爲其羽翼」之意。皎然《詩式》：「鄴中七子，陳王最高。」李重華《貞一齋詩説》：「魏詩以陳思作主，餘子輔之。五言自漢迄魏，得思王始稱大成。」沈德潛《説詩晬語》卷上：「蘇、李以後，陳思繼起。父兄多才，渠尤獨步。使才而不矜才，用博而不逞博。鄴下諸子，文翰鱗集，未許執金鼓而抗顔行也。故應爲一大宗。」

〔一〇〕「陸機」三句：英，英傑。安仁，潘岳字安仁。景陽，張協字景陽。此謂陸機爲太康文學的領袖，潘岳、張協是其輔助。王叔岷《疏證》：「李白《上安州李長史書》云：『陸機作太康之傑士，未可比肩。曹植爲建安之雄才，惟堪捧駕。』即本於此。」

〔一一〕「謝客」三句：謝客，謝靈運小名客兒，此爲簡稱。顔延年：顔延之字延年，謚憲子，宋詩人。參見中品「顔延之」條。此謂謝靈運是元嘉文學的領袖，顔延之是其輔助。旭按：此以曹植、陸機、謝靈運爲魏、晉、宋詩歌主軸，輔以劉楨、王粲、潘岳、張協、顔延之，即成魏、晉、宋詩歌史大綱；「之傑」、「之英」、「之雄」互文排比，意思相近。古直《箋》：「(《宋書·謝靈運傳論》、《南齊書·文學傳論》)皆謂潘、陸、顔、謝齊名也，然在當時即有異議。《世説·文學》篇注引孫興公曰：『潘文爛若拽錦，無處不善；陸文若排沙簡金，往往見寶。』是抑陸而揚潘也。《南史·顔延之傳》：『延之嘗問鮑照，己與靈運優劣。照曰：「謝五言如初發芙蓉，自然可愛；君詩若鋪錦列繡，亦雕繪滿眼。」』是申謝而詘顔也。仲偉稱謝客爲『元嘉之雄』，旨同明遠；謂『陸機爲太康之英』，則翩反興公矣。」胡應麟《詩藪·外編》卷二：「鍾記室以士衡爲晉代之英，嚴滄浪以士衡獨在諸公之下，雖各舉其所知，咸自有謂。學者精心體味，兩得其説迺佳。」許學夷《詩源辯體》卷七：「鍾嶸云：『謝客爲元嘉之雄，顔延年爲輔。』愚按，太康五言，再流而爲元嘉。然太康體雖漸入俳偶，語雖漸入雕刻，其古體猶有存者。至謝靈運諸公，則風氣益漓，其習盡移，故其體盡俳偶，語盡雕刻，而古體遂亡矣。此五言之三變也。」又同書卷三五曰：「鍾嶸《詩品》，言陳思爲建安之傑，至顔延年爲輔，乃當時衆論所同，非一人私見也。」

〔一二〕「斯皆」二句：冠，帽子。冕，古代帝王、諸侯及公卿大夫所戴之禮帽，後專指皇冠。《淮南子·主術訓》：「古之王者，冕而前旒。」高誘注：「冕，王者冠也。」引申爲首位、第一之意。命世，即名世，有名於世。裴駰《史記集解序》：「總其大較，信命世之宏才也。」《文選》卷四一李少卿

《答蘇武書》：「其餘佐命立功之士，賈誼、亞夫之徒，皆信命世之才。」李周翰注：「命，名也。言其名流播於時代。」此謂他們都是五言詩之頂峰詩人，以文章詞采著名於世之人物。

【參考】

一、沈約《宋書·謝靈運傳論》：「降及元康，潘、陸特秀，律異班、賈，體變曹、王，縟旨星稠，繁文綺合，綴平臺之逸響，采南皮之高韻，遺風餘烈，事極江左。」「仲文始革孫、許之風，叔源大變太元之氣，爰逮宋氏，顏、謝騰聲，靈運之興會標舉，延年之體裁明密，並方軌前秀，垂範後昆。」

二、劉勰《文心雕龍·明詩》篇：「晉世群才，稍入輕綺，張、潘、左、陸，比肩詩衢。」《時序》篇：「然晉雖不文，人才實盛：茂先搖筆而散珠，太沖動墨而橫錦，岳、湛曜聯璧之華，機、雲標二俊之采，應、傅、三張之徒，孫、摯、成公之屬，並結藻清英，流韻綺靡。」《明詩》篇：「宋初文詠，體有因革，莊老告退，而山水方滋；儷采百字之偶，爭價一句之奇，情必極貌以寫物，辭必窮力而追新，此近世之所競也。」

三、毛晉《詩品跋》：「仲偉爲梁記室參軍，一時頗號知言。采輯漢魏以來詩家一百二十人，釐爲上、中、下三品，實詩話之伐山也。大略以『曹、劉爲文章之聖，陸、謝焉體貳之才』；又云：『陳思爲建安之傑，公幹、仲宣爲輔；陸機爲太康之英，安仁、景陽爲輔；謝客爲元嘉之雄，顏延年爲輔。』或軒或輊。宋人詩話數十家，罕見其嚴毅如此。」

夫四言，文約意廣〔一〕，取效《風》、《騷》，便可多得〔二〕。每苦文煩而意少，故世罕習焉〔三〕。五言居文詞之要〔四〕，是衆作之有滋味者也〔五〕，故云會於流俗〔六〕。豈不以指事造形，窮情寫物，最爲詳切者邪〔七〕！

【校異】

〔文約意廣〕「意」，原作「易」。《梁書·本傳》、《廣牘》、《津逮》、天都閣、《梁文紀》、二家、《學津》、《詩觸》、《詩話》、《紫藤》、《談藝》、《全梁文》、《玉雞苗館》、《集成》諸本並作「意」。王叔岷《疏證》：「四言每句僅四字，易廣其詞，故曰『文約易廣』也。」車柱環《校證》：「作『意』則與下文『意少』乖舛。蓋由『易』與『意』聲近，又涉下文『意少』而誤。」陳慶浩《集校》：「實則此處『文約意廣』與下文『文繁而意少』相對。」因据《梁書·本傳》改。楊升庵《詩話》引，鄭文焯手校本作「義」。

〔取效風騷〕「騷」，《升庵詩話》、《詩話類編》並引作「雅」，旭按：上句言「四言」，「雅」字可參，唯二書晚出，不據。

〔每苦文煩而意少〕「煩」，原作「繁」，據《梁書》、《集成》、《全梁文》本改。

〔是衆作之有滋味者也〕《梁文紀》脱「也」字。

〔豈不以指事造形〕「造」，《梁書》、《集成》、《全梁文》本作「遣」。旭按：「遣」爲「造」之誤。鍾品中多用「造」，如「下品」「後造《獨樂賦》」、「且可爲謝法曹造」、「《行路難》是東陽柴廓所造」。

〔最爲詳切者邪〕「詳切者邪」，《梁文紀》本作「詳切有味」。「邪」，《廣牘》本作「耶」。

【集注】

〔一〕「夫四言」二句：文約，文字簡少。《漢書》卷五三《景十三王傳》、《河間獻王傳》：「文約指明。」顔師古注：「約，少也。」故曰「文約」。廣，扩大推衍。意廣，即文意容易扩大推衍、流傳普及。旭按：此「文約意廣」，謂四言最適合教化推衍普及。《史記·樂書》曰：「是故君子反情以和其志，廣樂以成其教。」即此「廣」也，鍾嶸或本其意。

〔二〕「取效」二句：取效，仿效。《風》，指《詩經》之《國風》。《騷》，指《楚辭》之《離騷》。《宋書·謝靈運傳論》：「原其飈流所始，莫不同祖《風》、《騷》。」此謂四言詩只要仿效《詩經》、《楚辭》，便可寫出很多。

〔三〕「每苦」二句：文煩，文詞繁複。《後漢書》卷四二《濟南安王傳》：「夫文繁者，質荒；木勝者，人亡。」　意少，内容涵義較少。　罕習，很少寫作。　此謂四言詩文詞繁複，而内容涵義較少，所以用四言詩寫作之人越來越少。　蕭子顯《南齊書·文學傳論》：「陳思『代馬』群章，王粲『飛鸞』諸製，四言之美，前超後絶。」陳延傑《注》謂：「四言能名家者甚鮮，《三百篇》之後，惟曹操、嵇康，差可嗣響。」古直《箋》：「四言在齊梁之世，習者誠罕。　晉已前卻不盡然，最著之什，如韋孟《諷諫》，曹植《責躬》，仲宣《贈友》，劉琨《答諶》，嵇康《幽憤》，陶公《命子》，不可勝舉也。」許文雨《講疏》：「四言至是時，早不能抗行《三百》，文益繁而習益敝，故仲偉言之云爾。　非謂四言本無足爲也。」葉長青《集釋》引方岳《深雪偶談》：「五言而上，世人往往各極其才之所至。　惟四言，輒不能工。　劉後村所謂《三百篇》在前之故。」

〔四〕　五言居文詞之要：　要，當中。　揚雄《太玄·達》：「不要止洫。」注：「要，中也。」　旭按：　此謂五言文辭不繁不簡，不多不少。「居文辭之要」，即居詩歌三言、四言、五言、六言、七言、八言、九言之最佳數字形式。　舊本釋「要」爲「樞要」、「關鍵」。　陸機《文賦》：「立片言而居要，乃一篇之警策。」非是，今改正。

〔五〕　是衆作之有滋味者也：　滋味，此指詩味。　劉勰《文心雕龍·聲律》篇：「吟詠滋味，流於字句。」顔之推《顔氏家訓·文章》：「至於陶冶性靈，入其滋味，亦樂事也。」　旭按：　此是《詩品》第一次出現「滋味」二字，揭示序中，不啻開宗明義；　讀者諸君可與品語之「味」合而觀之，群而研之。　劉勰《文心雕龍》「味」字用例雖多雖早，然全書理論以「滋味説」貫穿，自鍾嶸始。

〔六〕故云會於流俗：云，語助詞，無實義。　會，《説文》：「會，合也。」會於流俗，謂所以合於流俗時尚也。蕭子顯《南齊書・文學傳論》：「五言之製，獨秀衆品。」

〔七〕「豈不」三句：指事，指説其事，直陳其情。傅玄《傅鶉觚集・連珠序》：「其文體辭麗而言約，不指説事情，必假喻以達其旨。」劉勰《文心雕龍・比興》篇：「附理者，切類以指事。」造形，摹寫形狀。此謂豈不是因爲五言詩指説事情，創造形象，臻於極致地抒發感情、描寫外物，最爲詳盡切當嗎？

【參考】

一、摯虞《文章流別論》：「古詩率以四言爲體。……（五言）於俳諧倡樂多用之。……然則雅音之韻，四言爲正；其餘雖備曲折之體，而非音之正也。」

二、劉勰《文心雕龍・明詩》篇：「若夫四言正體，則雅潤爲本；五言流調，則清麗居宗。」

三、顔延之《庭誥》：「至於五言流靡，則劉楨、張華；四言側密，則張衡、王粲；若夫陳思王，可謂兼之矣。」

四、李白論詩語：「興寄深微，五言不如四言，七言又其靡也。」王闓運曰：「此言非是。太白貴四言，何以反獨工七言？四言詩，韋孟不如嵇康，嵇詩復不可學。蓋四言詩者，興之偶寄，初無多法，不足用功。」

五、胡應麟《詩藪·内編》卷二：「四言簡質，句短而調未舒；七言浮靡，文繁而聲易雜。折繁簡之衷，居文質之要，蓋莫尚於五言。故三代而下，兩漢以還，文人藝士，平生精力，咸萃斯道。至有以一篇之善，半簡之工，名流華貊，譽徹古今者。曰雕蟲小技，吾弗信矣。」

六、許印芳《詩法萃編》：「鍾氏謂四言『每苦文繁而意少，故世罕習』。此特據魏晉以下而言耳。先秦以上，詩皆主四言，而參之以雜言，以其賒促均調，修短合度，體方而韻圓，語莊而氣和。是即荀子所謂『詩止中聲』者，故足尚也。」「若夫五言之作，不登郊廟，采自閭閻。摯仲洽所稱，俳諧倡樂多用之者。而詞人愛好，爭相倣效，遂成專體。規矩於西漢，恢拓於東京。至建安而始盛。其實乃漢詩之衰，魏詩之盛也。」

故詩有六義焉：一曰興，二曰比，三曰賦〔一〕。文已盡而意有餘，興也〔二〕；因物喻志，比也〔三〕；直書其事，寓言寫物，賦也〔四〕；弘斯三義，酌而用之〔五〕，幹之以風力〔六〕，潤之以丹彩〔七〕，使詠之者無極，聞之者動心，是詩之至也〔八〕。

【校異】

〔故詩有六義焉〕　「六義」，《廣牘》、二家、《硯北》、《詩話》、《紫藤》、《學津》、《談藝》、《玉雞苗館》諸本並作「三義」。王叔岷《疏證》：「《學津討原》本、《津逮秘書》本，『六』並作『三』。下文僅僅標興、比、賦三義，則作『三』是也。」路百占《校記》：「《毛詩・大序》云：『故詩有六義焉：一曰風，二曰賦，三曰比，四曰興，五曰雅，六曰頌。』六義之說，肇端於此。嶸取其三，以爲伸説，故下文云：『一曰興，二曰比，三曰賦』，『宏斯三義』，後人襲舊不察，誤『三』爲『六』，失嶸原意也。」車柱環《校證》：「此作『六』蓋《詩品》之舊。左思《三都賦序》有云：『蓋詩有六義焉，其二曰賦。』與此例近。作『三義』蓋後人因下文僅舉興、比、賦三義而意改。」楊祖聿《校注》：「以文義觀之，『三』勝於『六』。以板本言之，各本多作『六義』，且『六義』爲習見之語，則『六』又勝於『三』矣。」　旭按：車説是。俞樾《古書疑義舉例》「以大名代小名例」條云：「古人之文，有舉大名以代小名者，後人讀之而不能解，每每失其義矣。《儀禮・既夕》篇：『乃行禱於五祀。』鄭注曰：『盡孝子之情五祀，博言之，士有二祀，曰門曰行。』」「行二祀而曰五祀者，博言之耳。」鍾品舉「六義」而僅及「三義」，亦博言之。且「六義」爲詩學法則，此句「故詩有六義焉」，引敘漢人詩學法則之意甚明，作「三義」不詞。

〔一曰興，二曰比，三曰賦〕　《梁書》、《集成》、《秘書》、《全梁文》本均作「一曰興，二曰賦，三曰比」。《梁書・鍾嶸傳》作「二曰賦，三曰比」，與《毛詩・大序》順序相同，與鍾品釋義次序相乖。鍾品釋云：「因物喻志，比也；直書其事，寓言寫物，賦也。」故以「二曰比，三曰賦」爲合上下文意。

〔文已盡而意有餘〕「意」，《廣牘》、《梁文紀》、天都閣、退翁、《對雨樓》、《擇是居》諸本並《詩紀》引，均作「義」。「意」、「義」古通。

〔寓言寫物〕「寫物」，《全梁文》本作「寓物」，蓋形近並涉上文「寓」字而誤。

〔弘斯三義〕「弘」，《紫藤》、《萃編》、《秘書》、《對雨樓》、《擇是居》諸清本或清刻明本，均作「宏」。或缺筆爲「弓厶」，蓋避清乾隆弘曆諱。

〔幹之以風力〕「幹」，《紫藤》本作「斡」，形近而誤。

〔潤之以丹彩〕「丹彩」，許文雨校：「明鈔本『丹』作『粉』。」

〔使詠之者無極〕「詠」原作「味」。明《考索》本作「詠」。逯欽立《叢考》：「韓本『味』作『詠』，於義較長，可從。」旭按：逯説是。「詠之者」與下句「聞之者」相對成文。由「詠」及「聞」也。「詠」既「無極」，故「聞」可「動心」。「味」字形近，或涉上文「滋味」而誤，因據改。

【集注】

〔一〕「故詩」四句：語本《毛詩・大序》：「詩有六義焉：一曰風，二曰賦，三曰比，四曰興，五曰雅，六曰頌。」又左思《三都賦序》：「蓋詩有六義焉。其二曰賦。」古直《箋》：「《詩大序》『詩有六義』，仲偉獨標三義者，殆以風、雅、頌爲詩之體，無與於作詩之法故乎？」旭按：詩有六義，猶言詩有六個方面。孔穎達《毛詩正義》曰：「然則風、雅、頌者，詩篇之異體；賦、比、興者，詩文之異辭耳。大小不同而得並爲六義者，賦、比、興是詩之所用；風、雅、頌是詩之成形。用彼三事，成此三事，是故同稱爲『義』，非別有篇卷也。」六義之中，風、雅、頌是根據不同音樂曲調的詩歌分類；所謂風土之音曰「風」，朝廷之音曰「雅」，宗廟之音曰「頌」（鄭樵《通志序》）。賦、比、興則是三種不同的創作手法，貫徹於風、雅、頌篇章，即孔穎達所謂「用彼三事，成此三事」是也。

〔二〕「文已」二句：汪師韓《詩學纂聞》：「鍾嶸《詩品序》論賦、比、興之義曰：『文已盡而意有餘，興也……』論『興』字別爲一解。然似以去聲之興字，解爲平聲之興字矣。」古直《箋》：「《周禮・大師》『教六詩』注引鄭司農云：『興者，託事於物。』孔疏：『司農云：「興者，託事於物。」則興者，起也。取譬引類，發起己心。詩文諸舉草木鳥獸以見意者，皆興辭也。』案，《論語》：『詩可以興。』《集解》引孔疏曰：『興，取譬連類。』《文心雕龍・比興》篇曰：『興者，起也。起情者依微以擬議。』則沖遠《禮疏》，實兼用孔、劉二說。厥後，宋李仲蒙本其説而闡之曰：『觸物以起情，謂之興。情動物者也。』明李東陽亦本其説而闡之曰：『比、興皆託物寓情而爲之。蓋正言直述，則易于窮盡而難於感發。惟有所寓託，形容群寫，反復諷詠，以俟人之自得，言有盡而意無窮，則神爽飛動，手舞足蹈，而不自覺。此詩之所以貴情思而輕事實也。』得此説而興義益明。仲偉以文盡意餘爲興，但見其流，未明其源。」

〔三〕「因物」二句：志，犹「意」。古直《箋》：「《周禮・大師》『教六詩』注引鄭司農曰：『比者，比方於物。』仲偉因物喻志之説本此。《文心雕龍》曰：『何謂爲比，蓋因物以喻志，颺言以切事者也。』亦與仲偉之説相發。」

〔四〕「直書」三句：寓言，寄託之言。皎然《詩式》「用事」條：「今且於六義之中，略論比興：取象曰比，取義曰興。義即象下之意。」劉熙載《藝概・賦概》：「風詩中賦事，往往兼寓比、興之意。鍾嶸《詩品》所由，竟以寓言寫物爲賦也。賦兼比、興，則以言内之實事，寫言外之重旨。故古之君子上下交際，不必有言也，以賦相示而已。不然，賦物必此物，其爲用也幾何？」陳衍《平議》：「鍾記室以『文已盡而意有餘』爲興，殊與詩人因所見而起興之恉不合。既以賦爲『直書其事』，又以『寓言』屬之，殊爲非是，寓言屬於比興矣。」黄侃《文心雕龍札記》「比興」：「鍾記室云：『文已盡而意有餘，興也；　因物喻志，比也。』其解此興，又與詁訓乖殊。」陳延傑《注》謂：「綜合諸説，乃知賦尚直陳，比貴喻志，興則取譬以寄諷云。」古直《箋》：「《周禮・大師》『教六詩』注：『賦之言鋪，直鋪陳今之政教善惡。』仲偉直書其事之説本此。《文心雕龍・詮賦》曰：『賦者，鋪也。鋪采摛文，體物寫志也。』亦與仲偉之説相發。」高松亨明《詳解》：「仲偉比，與鄭氏比、興之意相近，興則爲仲偉之獨創。小西甚一博士謂：『《經典釋文》之《毛詩音義》曰：「興是譬喻之名，意有不盡，故題曰興。」』」

〔五〕「弘斯」二句：弘，通「宏」，擴大、光大之意。此謂標舉推衍賦、比、興三義，參酌使用它們。

〔六〕幹之以風力：幹，主幹、骨幹。此用作動詞，即以「風力」爲詩之骨幹。《淮南子·原道》篇：「是故柔弱者，生之幹也。」高誘注：「幹，質也。」

〔七〕潤之以丹彩：潤，潤澤、潤飾。此用作動詞，即以「丹彩」潤飾詩之容貌也。旭按：上品「曹植」條謂植「骨氣奇高，詞彩華茂」，即此「幹之風力，潤之以丹彩」之意。「文」與「質」、「骨氣」與「詞彩」、「風力」與「丹彩」之和諧統一，乃仲偉詩學之理想，批評之標尺，詩美之核心。古直《箋》：「《文心雕龍》特標《風骨》、《情采》二篇。仲偉所云『風力』、『丹彩』，蓋即彥和之風骨、情采也。」

〔八〕「使詠」三句：詠之者，歌唱吟詠之人。無極，留連不已。聞之者，聽衆。此謂使歌唱吟詠之人留連不已，使聽衆因感動而心靈摇盪，乃是詩歌美妙之極致也。《詩大序》：「是謂四始，詩之至也。」

【參考】

一、劉勰《文心雕龍·比興》篇：「詩文弘奧，包韞六義，毛公述傳，獨標興體，豈不以風通而賦同，比顯而興隱哉？故比者，附也；興者，起也。附理者，切類以指事；起情者，依微以擬議。起情故興體以立，附理故比例以生。比則蓄憤以斥言，興則環譬以託諷。」又《詮賦》篇：「詩有六義，其二曰賦。賦者，鋪也；鋪采摛文，體物寫志也。昔邵公稱：公卿獻詩，師箴瞽賦。傳云：『登高能賦，可爲大夫。』《詩序》則同義，《傳》説則異體，總其歸途，實相枝幹。故劉向明不歌而頌，班固稱古詩之流也。」

二、朱熹《詩集傳》卷一：「賦者，敷陳其事而直言之者也。」「比者，以彼物比此物也。」「興者，先言他物，以引起所詠之詞也。」

三、楊慎《升庵詩話》卷四「賦興比」條引李仲蒙曰：「敘物以言情謂之賦，情物盡也；索物以託情謂之比，情附物也；觸物以起情謂之興，物動情也。」

四、楊祖聿《校注》：「毛序經生之見，不離美刺；鍾品文士之情，唯求詩心。亦時運遷替，殊途異轍也。今録孔疏三義相參證：『賦之言鋪，直鋪陳今之政教善惡。比，見今之失，不敢斥言，直比類以言之。興，見今之美，嫌於媚諛，取善事以喻勸之。』」

若專用比興，則患在意深，意深則詞躓〔一〕。若但用賦體，則患在意浮，意浮則文散〔二〕。嬉成流移，文無止泊，有蕪漫之累矣〔三〕。

【校異】

〔則患在意深〕《詩話》、《詩觸》、《萃編》本均無「則」字。

〔則患在意浮〕《詩話》、《詩觸》、《萃編》本均無「則」字。　○「患在」，《梁文紀》本作「患其」。

〔嬉成流移〕「成」，《萃編》本誤作「戲」。中沢希男《詩品考》：「據上下文意推測，『嬉成流移』承『意深則詞躓』來；『文無止泊』承『意浮則文散』來，兩句相對成文。故『嬉』字恐爲『詞』之誤。『詞』與『嬉』音近。上文『詞』與『文』相對可佐證。」

〔有蕪漫之累矣〕《文章緣起》注「有」上有「便」字，蓋臆加。

【集注】

〔一〕「若專」三句：意深，意思深奥不明。躓：跌倒。此指文詞蹇礙，令人費解。此謂如專用「比」、「興」二法，則弊端在於意思深奥不明，意思深奥，則文詞就令人費解。陳衍《詩品平議》：「專用比興患意深，意深者，意晦也。」古直《箋》：「『意深』，猶意隱也。《文心雕龍・比興》篇曰：『毛公述傳，獨標興體，豈不以比顯而興隱哉！』孔穎達《詩大序疏》曰：『比之與興，雖同是附託外物，比顯而興隱，故比居興先也。』毛公特言興也，爲其理隱故也，即本之彦和也。」

〔二〕「若但」三句：意浮，意思浮泛。文散，文章松散。此謂如專用「賦」法，則弊端在於浮泛，浮泛語言就松散漫衍。　旭按：此「意深」、「意浮」，均指寫作方法帶來閲讀之感覺，非指作品思想内容深淺。又，阮籍身仕亂朝，常慮禍患，發爲吟詠，多用比興，致意深而詞隱，讀者難以情測，故仲偉謂爲「厥旨淵放，歸趣難求」（上品「阮籍」條）是其證。

〔三〕「嬉成」三句：嬉，嬉戲，草率之謂。　流移，指文思漂遷，詞句散緩。　文無止泊，指文意無可歸依，下筆不能自休。陶淵明《雜詩》：「前途當幾許，未知止泊處。」此謂文章輕忽草率，文意漫無節制，就會産生繁蕪散漫之病累。　古直《箋》：「《文賦》云：『言寡情而鮮愛，辭浮漂而不歸。』即『意浮文散，嬉成流移』之意也。」陳衍《平議》：「但用賦體患意浮，意浮者，無著之謂。然賦體有自表命意所在者，謂之太露則可，不可概謂之浮。」楊祖聿《校注》：「案，賦乃六義之一，若漢司馬相如諸家，專取鋪采摛文之法，雖不離諷喻，然辭浮於意，故揚子雲嘆云：『雖讀千賦，愈惑體要。』又，王粲《公讌詩》，只感恩歸美之意，即蕪漫之類；　而劉楨《贈五官中郎將》第一首，鋪叙淺顯，即意浮文散之類。」　旭按：此節言酌用賦、比、興以爲作詩之法，實仲偉對賦、比、興三義之運用發展，蓋總覽漢以來五言詩創作之實踐，獨抒己見，絶無依傍而開唐宋詩法者。

【參考】

一、鄭文焯《手校津逮本》：「『若專用比興，患在意深，意深則詞躓；　若但用賦體，患在意浮，意浮則文散。』數句奥義中，明乎此，可以言詩。唐人名章迥句，良得斯旨。非媛姝小夫侈言華靡者所能知也。」

若乃春風春鳥，秋月秋蟬，夏雲暑雨，冬月祁寒〔一〕，斯四候之感諸詩者也〔二〕。嘉會寄詩以親〔三〕，離群託詩以怨〔四〕。至於楚臣去境〔五〕，漢妾辭宫〔六〕，或骨横朔野〔七〕，或魂逐飛蓬〔八〕，或負戈外戍，殺氣雄邊〔九〕；塞客衣單〔一〇〕，孀閨淚盡〔一一〕；又士有解佩出朝，一去忘返〔一二〕；女有揚蛾入寵〔一三〕，再盼傾國〔一四〕：凡斯種種，感蕩心靈，非陳詩何以展其義〔一五〕，非長歌何以釋其情〔一六〕？故曰：「《詩》可以群，可以怨。」〔一七〕使窮賤易安，幽居靡悶，莫尚於詩矣〔一八〕。

【校異】

〔若乃春風春鳥〕「若乃」，《全梁文》本作「若夫」。

〔冬月祁寒〕「祁寒」，退翁、《梁文紀》、《津逮》、《硯北》、《玉雞苗館》、《對雨樓》、《擇是居》、《詩紀》、《古逸書》、《詩品會函》並作「祈寒」。　旭按：「祁」、「祈」有别。「祁」，盛也，大也。《詩經·小雅・吉日》:「瞻彼中原。其祁孔有。」「祁寒」謂嚴寒。《尚書・君牙》「冬祁寒,小民亦惟曰怨咨」是其語詞句意出處。「祈」蓋音、形並近而誤。

〔至於楚臣去境〕「境」,《對雨樓》、《擇是居》本作「楚」。

〔漢妾辭官〕「辭」,《談藝》本作「離」,蓋涉上文「離群」而誤。

〔或魂逐飛蓬〕天一閣本無「或」字。車柱環《校證》:「『或』字疑涉上下文而衍。」陳慶浩《集校》:「無『或』字較對稱。」均非。

〔或負戈外戍〕「戈」,《談藝》本誤作「或」。〇「戍」原作「戎」,據《梁書》、《古逸書》、《會函》、《梁文紀》、《詩話》、《全梁文》諸本改。鄭文焯手校本:「『戍』,一作『戎』。『戎』爲『戍』之譌,下句敓『或』字。」《談藝》本誤作「或」,《五朝》本誤作「出」。

〔殺氣雄邊〕《梁書》、《古逸書》、《會函》、《廣博物志》、《梁文紀》、《集成》、《全梁文》諸本句前均有「或」字。

〔塞客衣單〕「塞」,《詩話》、《詩品》、《詩品詩式》本並作「寒」,形近而誤。

〔孀閨淚盡〕「孀閨」,《梁書》、《集成》、《全梁文》本均作「霜閨」。「霜」、「孀」古通。

〔又士有解佩出朝〕「又」原作「文」,據《梁書》、《古逸書》、《會函》、《廣博物志》、《全梁文》、《集成》本改。《津逮》、二家、《學津》、《對雨樓》、《擇是居》、《談藝》、《梁文紀》、《紫藤》、《詩話》諸本均作

「或」。《廣牘》本作「戍」。車柱環《校證》：「(諸)本『戍』皆作『或』，當從之。作『戍』蓋形近，或涉上文而誤。」非是。鄭文焯手校本：「『或』，一作『又』，一作『文』。『文士』本作『又士』，蓋與下文『女有』句爲對舉，『又』字承上文至於及。」旭按：鄭説是。《增漢魏》本「文」作「故」。○「佩」，《梁書》、《詩話》、《集成》、《全梁文》、《詩品詩式》諸本並作「珮」。「珮」，同「佩」。

〔一去忘返〕　顧氏本脱「一」字。○「返」，《梁書》、《詩話》、《詩品詩式》、《全梁文》諸本並作「反」。「反」，同「返」。

〔女有揚蛾入寵〕　「揚」，原作「楊」，據諸本改。○「蛾」，原作「娥」，《梁書》、退翁、顧氏、《廣牘》、《津逮》、《説郛》、天一閣、天都閣、《硯北》、《對雨樓》、《擇是居》諸本並作「蛾」，因據改。「蛾」，通「娥」。

〔再盻傾國〕　「盻」，《津逮》、《詩話》、《紫藤》、《硯北》、《龍威》、《集成》、《談藝》、《全梁文》、《大觀》諸本並作「盼」。「盼」，通「盻」。

〔非長歌何以釋其情〕　「釋」，原作「騁」，《梁書》、《集成》、《全梁文》本均作「釋」。當從之。

〔故曰〕　《秘書》本作「或曰」。

【集注】

〔一〕「若乃」四句：祁，大也。祁寒，大寒、嚴寒。《尚書·君牙》篇：「夏暑雨，小民惟曰怨咨；冬祁寒，小民亦惟曰怨咨。」 旭按：以上羅列四季，春有「春風」、「春鳥」，秋有「秋月」、「秋蟬」，夏有「夏雲」、「暑雨」，冬有「冬月」、「祁寒」。 一呼應《詩品序》「氣之動物，物之感人。故摇蕩性情，形諸舞詠」文意； 二以四季景色變换之多姿，調節理論批評色彩單調之文詞。 其時文藝理論家多用此法，故鍾嶸於此文字最用心： 皆即目所見，自然靈動，直率真美。 與劉勰《文心雕龍》之「蓋陽氣萌而玄駒步，陰律凝而丹鳥羞，微蟲猶或入感」、「一葉且或迎意，蟲聲有足引心。況清風與明月同夜，白日與春林共朝哉」異趣。 鍾、劉評論，語言風格不同，非惟駢體、散體，即此細微處尤可見也。

〔二〕斯四候之感諸詩者也： 此与《詩品序》照应，謂四季感蕩人心，實詩歌发生之一大原因，晉、宋、齊、梁諸文論家，如晉陸機《文賦》、梁劉勰《文心雕龍》、蕭子顯《南齊書·文學傳論》，以及蕭統、蕭綱諸人，於此均有共識。

〔三〕嘉會寄詩以親： 寄，借也，憑藉之意。《周易》卷一《乾·文言》：「君子體仁足以長人，嘉會足以合禮。」《文選》卷四六王融《三月三日曲水詩序》：「有詔曰：『今日嘉會，咸可賦詩。』」葉長青《集釋》：「古者，燕饗有詩，會朝有詩，鄉飲酒亦然。」此謂美好的聚會，憑借詩歌表達親密無間的感情。

〔四〕離群託詩以怨：《禮記注疏·檀弓上》：「吾離群而索居，亦已久矣。」鄭玄注：「群，謂同門朋友也。」陸德明《音義》：「群，朋友也。」李徽教《彙注》：「『離群託詩以怨』，如李陵《與蘇武詩》三首等屬是也。」此謂離群索居之時，以詩歌寄託自己的哀怨。

〔五〕至於楚臣去境：楚臣，指屈原，戰國時楚詩人，名平，字原。初輔佐懷王，任左徒、三閭大夫。去，離開。去境，此謂屈原因受讒毀被流放。司馬遷《史記·太史公自序》：「屈原放逐，著《離騷》。」《史記·屈原賈生列傳》：「離騷者，猶離憂也。」

〔六〕漢妾辭宫：當指漢元帝劉奭宫女王嬙（昭君）出塞事。《漢書·元帝紀》：「竟寧元年（前三三），匈奴呼韓邪單于來朝，賜單于待詔掖庭王嬙爲閼氏。」郭茂倩《樂府詩集·昭君怨》「解題」：「昭君恨帝始不見遇，乃作怨思之歌。」古直《箋》：「指班婕妤。《漢書·外戚傳》曰：「班婕妤失寵，恐久見危，求供養太后長信宫，上許焉。婕妤退處東宫，作賦自傷悼。由後宫而退處東宫，故曰『辭宫』也。」可參。

〔七〕骨横朔野：骨横，骨横於野，指戰死。朔野，北方之郊野，指戰場。王粲《七哀詩》：「出門無所見，白骨蔽平原。」

〔八〕魂逐飛蓬：飛蓬，飄飛之蓬草。《文選》卷二〇謝宣遠《九日從宋公戲馬臺送孔令》詩：「臨流怨莫從，歡心歎飛蓬。」李善注：「重歎飛蓬之遠也。……《商君書》曰：『夫飛蓬遇飄風而行千里，乘風之勢。』」旭按：此極寫生離死别之悲苦。

〔九〕「或負」二句：殺氣，陰氣、秋氣。引申爲軍旅殺伐之氣。江淹《雜體詩·鮑參軍戎行》：「孟冬郊祀月，殺氣起嚴霜。」高適《燕歌行》：「殺氣三時作陣雲，寒聲一夜傳刁斗。」雄，勁也，盛也。殺氣雄邊，謂軍旅殺伐之氣，勁盛於邊塞也。

〔一〇〕塞客衣单：塞客，指戍卒。齊高帝蕭道成有《塞客吟》詩云：「秋風起，塞草衰。雕鴻思，邊馬悲。平原千里顧，但見轉蓬飛。」衣單，謂衣少而單薄。《晉書》卷四九《光逸傳》：「家貧衣單，沾濕無可代。」《詩品序》：「平叔衣單。」謂何晏有詠「衣單」詩而堪稱警策佳篇。

〔一一〕孀閨淚盡：孀閨，孀婦所居之室。此以閨室代孀婦，指久與丈夫别離獨處之思婦，亦指寡婦。

〔一二〕「又士」二句：解佩，解下系在官印上的帶子，指免官或去職。出朝，即被免去官職，離開朝廷。此謂又有士人解下印綬，離開朝廷，一去便不再歸來。許文雨《講疏》：「張協《詠史》詩云：『抽簪解朝衣，散髮歸海隅。』又沈約《八詠詩》詠『解佩去朝市』云：『去朝市，朝市深歸暮。辭北纓而南徂，浮東川而西顧。』仲偉意與之同。」葉長青《集釋》：「袁俶《傚曹子建樂府白馬篇》：『彯節去函谷，投佩出甘泉。』呂延濟注：『彯節，死信也。投佩，謂去官也。言分義之人，或以死信去國，或以憤怒而出。』」

〔一三〕「女有」句：揚蛾，是「揚起蛾眉」的省略説法。因女子彎曲細長的畫眉，如蠶蛾的觸鬚，故稱蛾眉。揚蛾眉，乃是媚貌；動態的美稱「媚」。《詩經·齊風·猗嗟》：「美目揚兮。」《傳》曰：「好目，揚眉。」《疏》：「蓋以眉毛揚起，故名眉爲揚。」曹丕《答繁欽書》：「振袂徐進，揚蛾微眺。」

〔一四〕再盻傾國：盻，美目貌。《詩經・衛風・碩人》：「巧笑倩兮，美目盻兮。」《漢書・外戚列傳》載李夫人兄李延年作《李夫人歌》曰：「北方有佳人，絕世而獨立。一顧傾人城，再顧傾人國。寧不知傾城與傾國，佳人難再得。」李徽教《彙注》：「案，以上諸句，實只是一舉例而已。不必云某指某人或某事。若『楚臣』、『漢妾』、『揚蛾入寵』等語，雖聯想屈原、王昭君（或班婕妤）、李夫人等而發，然決非專指其人，而蓋爲處遇如是者等而言也。」旭按：此以「又」字振起，以下分敘。則「士」、「女」對舉，「出」、「入」反襯。外洩去官之悲，内言得寵之喜，皆反覆跌宕，申言詩歌發生之社會因素。除氣之動物，物之感人，自然產生，四季感蕩外，又申詩歌發生社會原因論，此自鍾嶸《詩品》始，後蕭綱諸人承其說。

〔一五〕「非陳詩」句：陳詩，即賦詩。古直《箋》：「《禮記・王制》曰：『命大師陳詩以觀民風。』鄭注：『陳詩，謂采其詩而視之。』案，仲偉所云陳詩，蓋賦詩之謂。文雖出此，而意微殊。」旭按：展其義，即展現詩旨。「陳詩」、「展義」，皆六朝人習用語。裴子野《宋略》：「每有禎祥及行幸宴集，輒陳詩展義。」

〔一六〕「非長歌」句：長歌，高聲歌詠，亦引申爲賦詩，與「陳詩」對舉，同義反覆。

〔一七〕「《詩》可」三句：語本《論語・陽貨》：「子曰：『小子何莫學夫詩，詩可以興，可以觀，可以群，可以怨。』」《集解》引孔安國曰：「群居相切磋。」「怨刺上政。」此謂詩可以調和人際關係，可以表達内心的怨憤。

〔一八〕「使窮」三句：易安，易於安貧樂道。《古詩十九首》：「無爲守窮賤，轗軻長苦辛。」幽居，离群独居。陶淵明《答龐參軍》：「我實幽居士，無復東西緣。」靡悶，即無悶。古直《箋》：「《易·乾·文言》曰：『遁世無悶，不見是而無悶。』嵇康《琴賦》：『處窮獨而不悶者，莫近於聲音也。』」此謂使貧窮卑賤之人心安理得、離群索居之人消除鬱悶，没有比寫詩更好的了。旭按：此段言自然之變化，四季之感蕩；遭際之離合，人世之悲歡，爲詩歌發生於人心之兩大根源。前爲六朝人所共識，後爲仲偉一己之獨創。楊祖聿《校注》謂「《詩品》之可貴，在於仲偉往往有卓然不群之見，此數語標出詩之『無用之用』，誠藝術之大用也」。

【參考】

一、陸機《文賦》：「遵四時以歎逝，瞻萬物而思紛；悲落葉於勁秋，善柔條於芳春；心懔懔以懷霜，志眇眇而臨雲。」

二、劉勰《文心雕龍·物色》篇：「春秋代序，陰陽慘舒。物色之動，心亦摇焉。蓋陽氣萌而玄駒步，陰律凝而丹鳥羞，微蟲猶或入感，四時之動物深矣。若夫珪璋挺其惠心，英華秀其清氣，物色相召，人誰獲安？是以獻歲發春，悦豫之情暢；滔滔孟夏，鬱陶之心凝；天高氣清，陰沈之志遠；霰雪無垠，矜肅之慮深；歲有其物，物有其容；情以物遷，辭以情發。一葉且或迎意，蟲聲有足引心。況清風與明月同夜，白日與春林共朝哉？是以詩人感物，聯類不窮。」

三、蕭統《答湘東王求文集詩苑書》：「或日因春陽，具物韶麗，樹花發，鶯鳴和，春泉生，暄風至，陶嘉月而熙遊，藉芳草而眺矚。或朱炎受謝，白藏紀時，玉露夕流，金風時扇，悟秋士之心，登高而遠託。或夏條可結，倦於邑而屬詞，冬雪千里，覩紛霏而興詠。」

四、蕭綱《答張瓚謝示集書》：「至如春庭落景，轉蕙承風，秋雨且晴，簷梧初下，浮雲生野，明月入樓，時命親賓，乍動嚴駕。」「是以沈吟短翰，補綴庸音，寓目寫心，因事而作。」

五、蕭子顯《自序》：「若乃登高極目，臨水送歸，風動春朝，月明秋夜，早雁初鶯，開花落葉，有來斯應，每不能已也。」

六、陳叔寶《與詹事江總書》：「每清風朗月，美景良辰，對群山之參差，望巨波之滉瀁；或玩新花，時觀落葉，既聽春鳥，又聆秋雁，未嘗不促膝舉觴，連情發藻。」

故詞人作者，罔不愛好〔一〕。今之士俗，斯風熾矣〔二〕。纔能勝衣，甫就小學，必甘心而馳騖焉〔三〕。於是庸音雜體，各各爲容〔四〕。至使膏腴子弟，恥文不逮〔五〕，終朝點綴，分夜呻吟〔六〕。獨觀謂爲警策，衆覩終淪平鈍〔七〕。

【校異】

〔故詞人作者〕「詞人」，退翁、《對雨樓》、《擇是居》本作「詩人」。

〔罔不愛好〕「罔」，《談藝》本缺筆作「門」。

〔斯風熾矣〕「矣」，《秘書》本誤作「之」。

〔纔能勝衣〕「纔」，《梁書》、《集成》、《全梁文》本作「裁」。「裁」，通「纔」。《詩觸》本誤作「焉」。

〔必甘心而馳騖焉〕「騖」，《全梁文》作「鶩」。「騖」、「鶩」古字通。

〔各各爲容〕「各各」，《廣牘》、《津逮》、《梁文紀》、天都閣、《詩紀》、《硯北》、《學津》、《談藝》、《玉雞苗館》本均作「人各」。車柱環《校證》：「曹植《與楊德祖書》有云：『人人自謂握靈蛇之珠，家家自謂抱荊山之玉。』此作『各各』，與『人人』、『家家』同例。今本作『人各』，『人』字疑後人臆改。」「『各各』……疑《詩品》之舊。」〇「各各爲容」，《梁書》、《古逸書》、《詩品會函》、《廣博物志》、《集成》、《全梁文》本並作「各爲家法」。

〔至使膏腴子弟〕「至使」，《梁書》、《古逸書》、《詩品會函》、《廣博物志》、《集成》、《全梁文》本並作

「至於」。車柱環《校證》：「作『使』較勝。作『於』蓋涉上文『於是』而誤。」

〔終朝點綴〕「終朝」，《古逸書》、《詩品會函》並作「終身」，誤。

〔衆覩終淪平鈍〕「衆睹」，《梁書》、《集成》、《全梁文》本均作「衆視」。車柱環《校證》：「作覩，於文較勝。」

【集注】

〔一〕「故詞」二句：罔不，無不。此謂文人作家，無不爱好五言詩者。旭按：以上「使窮賤易安」、「幽居靡悶」、「莫尚於詩矣」，均指五言詩。

〔二〕「今之」二句：士俗，指士大夫與世俗平民。熾，熾盛。此謂如今士人俗世，寫五言詩之風氣非常熾盛。

〔三〕「纔能」三句：勝衣，指少年。《史記》卷六〇《三王世家》：「皇子賴天，能勝衣趨拜。」瀧川資言《考證》：「勝衣，謂兒童稍長，體足任衣服也。」甫，剛剛，開始。小學，《大戴禮》卷三《保傅篇》：「及太子少長，知妃色，則入於小學。小者，所學之宫也。」《漢書·食貨志》：「八歲入小學，學六甲五方書計之事。」甘心，熱衷於。馳騖：奔走相逐。《楚辭·離騷》：「忽馳騖以追逐兮，非余心之所急。」此謂才長成少年，剛進小學識字讀書，就必定熱衷於競相寫詩。陳延傑《注》

謂：「鍾氏謂當時成童，即好爲吟詠，亦風氣使然。」

〔四〕「於是」二句：庸音，平庸之作。陸機《文賦》：「故踸踔於短垣，放庸音以足曲。」蕭綱《與湘東王書》：「性既好文，時復短詠，雖是庸音，不能擱筆。」雜體，雜亂無章、不合規範之體式。容，法則、準繩。《老子》：「孔德之容。」注曰：「容，法也。」各各爲容，指各樹准的，無法則可依。旭按：此當指當時詩壇流行的回文、離合、集句、疊韻諸體。胡應麟《詩藪》曰：「詩文不朽大業，學者雕心刻腎，窮晝極夜，猶懼弗窺奧妙，而以遊戲廢日，可乎？孔融《離合》、鮑照《建除》、温嶠《回文》、傅咸《集句》，無補於詩而反爲詩病。自兹已降，摹仿實繁。字謎、人名、鳥獸、花木，六朝才士集中，不可勝數。詩道之下流，學人之大戒也。」其説是。

〔五〕「至使」二句：膏腴，食物豐盛肥美。膏腴子弟，即富家子弟、膏粱少年之謂。恥文不逮，指那些富家子弟以作詩落於人後爲恥辱。

〔六〕「終朝」二句：終朝，整個早晨。《詩經・小雅・采緑》：「終朝采緑，不盈一匊。」鄭玄箋：「自旦及食時爲終朝。」點，塗去文字成墨點；綴，連綴。點綴，塗改和連續寫。《文選》一三禰衡《鸚鵡賦》序：「衡因爲賦，筆不停綴，文不加點。」分夜，半夜。呻吟，反復苦吟。《莊子・列御寇》：「鄭人緩也，呻吟裘氏之地，祇三年而緩爲儒。」郭象注：「呻吟，吟詠之謂。」此謂從清晨開始就圈圈點點地寫詩，到半夜仍吟詠不止。

〔七〕「獨觀」二句：陳衍《平議》：「『獨觀』者，猶言自覽；『衆覩』猶爲公評。」警策，本指馬受鞭策而悚動，後引申爲詩文之精警切要。陸機《文賦》：「立片言而居要，乃一篇之警策。」李善注：「以文喻馬也。言馬因警策而彌駿，以喻文資片言而益明也。」《詩品序》：「斯皆五言之警策者也。」平鈍，平庸也。此謂獨自一人欣賞以爲精彩，但衆人一看終落平庸。古直《箋》：「《顔氏家訓》曰：『有一士族，讀書不過二三百卷，天才鈍拙，而家世殷厚，雅自矜持，多以酒犢珍玩交諸名士，甘餌者遞相吹噓，朝廷以爲文華，亦嘗出境聘。東萊王韓晉明篤好文學，疑彼製作，多非機杼。遂設讌言，面相討試。竟日歡諧，辭人滿席，屬音賦韻，命筆爲詩。造次即成，了非向韻，衆客各自沉吟，遂無覺者，韓退歎曰：「果如所量。」』亦與仲偉之説相發。」李徽教《彙注》：「案，《顔氏家訓·文章》篇：『今世文士，此患彌切。一事愜當，一句清巧，神厲九霄，志淩千載，自吟自賞，不覺更有傍人。』同書又云：『吾見世人，至無才思，自謂清華，流布醜拙，亦以衆矣。江南號爲詅癡符。近在並州，有一士族，好爲可笑詩賦，誂擎邢、魏諸公。衆共嘲弄，虚相讚説，便擊牛釃酒，招延聲譽。其妻明鑒婦人也。泣而諫之。此人歎曰：「才華不爲妻所容，何況行路！」至死不覺。自見之謂明，此誠難也。』與仲偉所歎者相合。」

【參考】

一、裴子野《宋略》：「大明之代，實好斯文。高才逸韻，頗謝前哲。波流相尚，滋有篤焉。自是閭閻少年，貴遊總角，罔不擯落六藝，吟詠情性。學者以博依爲急務，謂章句爲專魯。淫文破典，斐爾爲功。無被於管弦，非止乎禮義。」

二、顔之推《顔氏家訓·勉學》篇：「梁朝全盛之時，貴遊子弟，多無學術，至於諺云：『上車不落則著作，體中何如則秘書。』無不熏衣剃面，傅粉施朱，駕長車，躡高齒屐，坐棋子方褥，憑斑絲隱囊，列器玩於左右，從容出入，望若神仙，明經求第，則顧人答策；三九公讌，則假手賦詩。」

次有輕蕩之徒，笑曹、劉爲古拙〔一〕，謂鮑照羲皇上人〔二〕，謝朓今古獨步〔三〕。而師鮑照，終不及「日中市朝滿」〔四〕；學謝朓，劣得「黄鳥度青枝」〔五〕。徒自棄於高聽，無涉於文流矣〔六〕。

【校異】

〔次有輕蕩之徒〕「輕蕩」，原作「輕薄」，據《梁書》、《古逸書》、《詩品會函》、《廣博物志》、《集成》、《全梁文》本改。

〔謂鮑照羲皇上人〕「照」原作「昭」，據曾慥《類説》、退翁、《詩話》、《集成》、《對雨樓》、《擇是居》、《詩品詩式》、《全梁文》諸本改。陳振孫《直齋書録解題》：「照，東海人。唐人避武后諱，改爲昭。」曾慥《類説》「鮑照」後有「爲」字。

〔謝朓今古獨步〕「朓」原誤作「眺」，據諸本改。下同。

〔徒自棄於高聽〕「高聽」，《詩話》、螢雪軒本作「高明」。路百占《校記》：「『高明』一詞，首見董仲舒文『尊其所聞，則高明矣』，意謂學有專長者。『高聽』未知所出，疑『高明』是。」車柱環《校證》：「作『聽』蓋《詩品》之舊。聽兼耳目而言。《文鏡秘府論》（南）《論文意》引《河嶽英靈集敘》有云：『高聽之士』（《文苑英華》所收有此文，今本《河嶽英靈集敘》則無之。）與此作『高聽』同例。」旭按：「高聽」爲六朝習見語，《梁書·張充傳》「持此片言，輕枉高聽」是其證。「高明」亦精明高妙之意。《左傳·文公五年》：「高明柔克。」何氏以「高聽」不詞，遂臆改作「高明」，實無版本根據。今陳注本、古箋本、杜注本、葉《集釋》、蕭注本、向注本、趙注本從何氏，皆誤。

【集注】

〔一〕「次有」二句：曹、劉，指曹植、劉楨。古拙，古樸質拙而無文采。此謂還有輕薄浪蕩之徒，竟詘笑曹植、劉楨的作品古樸質拙，缺乏文采。

〔二〕「謂鮑照」句：鮑照，字明遠，南朝宋著名詩人。參見中品「鮑照」條。上人，至高無上的統治者。馬王堆漢墓帛書《十大經》：「上人正一，下人静之；正以待天，静以待人。」羲皇上人，上古傳説中的帝王伏羲氏。陶淵明《與子儼等疏》：「五六月中，北窗下卧，遇凉風暫至，自謂是羲皇上人。」此謂把鮑照尊爲詩歌中至高無上之「羲皇上人」。陳延傑《注》：「羲皇上人，譏鮑詩之古質。」非是。王叔岷《疏證》：「夫《南齊書·文學傳論》稱明遠：『發唱驚挺，操調險急，雕藻淫豔，傾炫心魂，猶五色之有紅紫，八音之有鄭、衛。』豈得譏其古質哉，失之遠矣。」許文雨《講疏》：「案，鍾憲謂大明、泰始中，鮑休美文，殊已動俗。今觀此語，尤見齊梁士俗，尊鮑之甚矣。鮑詩之流爲梁代側豔之詞，及此體之風靡一世，均於此覘之。」

〔三〕「謝朓」句：謝朓，字玄暉，南朝齊著名詩人。參見中品「謝朓」條。獨步，獨一無二，無人比並。今古獨步，指謝朓古往今來，獨步詩壇。曹植《與楊德祖書》：「昔仲宣獨步於漢南。」上品「劉楨」條：「然自陳思以下，楨稱獨步。」顔之推《顔氏家訓·文章》篇：「劉孝綽當時既有重名，無所與讓，唯服謝朓。常以謝詩置几案間，動静則諷味。」王叔岷《疏證》：「鮑照羲皇上人，謝朓今古獨步，二句平列，蓋謂當時輕薄文流，極推尊鮑、謝之詩；而反笑曹植、劉楨之古拙也。」旭按：此處「輕蕩之徒」謂誰？日本《詩品》班《鍾氏詩品疏》（高木正一《鍾嶸詩品》同）以爲，推尊「謝朓今古獨步」的，乃是沈約。《梁書·謝朓傳》載，沈約嘗云：「二百年來無此詩（謝朓詩）。」「鍾嶸在這裏雖未點名，但指的却都是沈約。」又沈約源出鮑照，中品「沈約」條謂「詳其文體，察其餘論，固知憲章鮑明遠也」。由文體作法，乃至詩歌理論，沈約皆學步鮑照，足見其之推尊。「謂鮑照羲皇上人」，或亦與暗詆沈約有關。

〔四〕「而師」二句：「日中市朝滿」，馮惟訥《詩紀》注云：「鮑照《結客少年場行》。」其詩云：「驄馬金絡頭，錦帶佩吴鉤。失意杯酒間，白刃起相讎。追兵一旦至，負劍遠行遊。去鄉三十載，復得還舊丘。升高臨四關，表裏望皇州。九塗平若水，雙闕似雲浮。扶宫羅將相，夾道列王侯。日中市朝滿，車馬若川流。擊鐘陳鼎食，方駕自相求。今我獨何爲？坎壈懷百憂。」謂輕蕩之徒師法鮑照，終不如鮑照的「日中市朝滿」。李善注引《周易》曰：「日中爲市，致天下之人，聚天下之貨。」陳衍《平議》：「此首氣勢遠出，頗近曹、劉者。『日中市朝滿』句，合全首讀，方覺争名於朝，争利於市，景象真寫得出，輕薄之徒所不易到，故曰：『師鮑照，不及「日中市朝滿」。』」許文雨《講疏》：「此詩真至，足追曹、劉，世徒賞其藻豔，曷足語此。」

〔五〕「學謝朓」二句：劣得，僅得。《公羊傳·桓公十三年》：「僅有年也。」何休注：「僅，猶劣也。」酈道元《水經注·濁漳水》：「中以木爲偏橋，劣得通過。」黄鳥度青枝，虞炎《玉階怨》。其詩云：「紫藤拂花樹，黄鳥度青枝。思君一歎息，苦淚應言垂。」此謂學習謝朓者，也僅僅學得「黄鳥度青枝」那樣的句子。逯欽立《鍾嶸詩品叢考》：「虞炎《有所思》（《玉階怨》）云：『黄鳥度青枝。』仿謝之《侍宴華光殿詩》『葉依黄鳥』句。」謝朓《侍宴華光殿曲水奉勑爲皇太子作詩》云：「嘉樂具矣，芳宴在斯。載留神矚，有睟天儀。龍精已映，威仰未移。葉依黄鳥，花落春池。」許文雨《講疏》：「陳師道曰：『謝朓云：「黄鳥度青枝。」語巧而弱。』(《杜詩・雨四首》詳注引)吴騫《拜經樓詩話》卷三曰：『黄鳥句未見於謝集，不知出何詩也。』案，陳、吴均不知此句文義，與上句有殊，故有此誤。上句謂師鮑照，而不及鮑照之句；此句則謂學謝朓所得獨此，尚遠遜於原作之『黄鳥句也。』」「若岑參《送鄭少府赴滏陽》云：『黄鳥度宫牆。』則又襲虞炎矣。」旭按：陳延傑《注》謂「黄鳥度青枝」，「今《謝宣城集》中，不見此詩，想是玄暉逸句也」。誤。仲偉評時人效法鮑、謝，中品「鮑照」條云：「故言險俗者，多以附照。」「謝朓」條：「至爲後進士子之所嗟慕。」此則言「師鮑照，終不及『日中市朝滿』」；學謝朓，劣得『黄鳥度青枝』」，均爲其注腳。然虞炎亦才秀之士，詩有令譽，與謝朓同遊。沈約《傷虞炎》詩曰：「東南既擅美，洛陽復稱才。攜手同歡宴，此跡共遊陪。事隨短秀落，言歸長夜臺。」

〔六〕「徒自」二句：高聽，高明之意。文流，文章之流，詩歌的行列。李徽教《彙注》：「此一段，概述當時詩壇之弊者也。」楊祖聿《校注》：「鮑照、謝朓漸入新聲，已失古意，當時士子以此爲範，爲仲偉所不取。」此謂白白自棄於詩歌創作高明之人，再也進不了詩歌創作之殿堂了。

【參考】

一、劉勰《文心雕龍・通變》篇：「今才穎之士，刻意學文，多略漢篇，師範宋集。」

二、陳衍《詩品平議》：「鮑明遠，少陵所謂『俊逸』；謝玄暉，太白取其驚人之句，何遽不及曹、劉？」

嶸觀王公縉紳之士〔一〕，每博論之餘，何嘗不以詩爲口實〔二〕，隨其嗜慾，商搉不同〔三〕？淄澠並泛〔四〕，朱紫相奪〔五〕，喧議競起〔六〕，准的無依〔七〕。近彭城劉士章，俊賞之士〔八〕，疾其淆亂，欲爲當世詩品〔九〕，口陳標榜，其文未遂。嶸感而作焉〔一〇〕。

【校異】

〔觀王公搢紳之士〕《梁書》、《古逸書》、《會函》、《廣博物志》、《集成》、《全梁文》句前均有「嶸」字。車柱環《校證》：「有『嶸』字，文意較勝。」故从之。　○「公」，顧氏、《續百川》、《廣漢魏》、《説郛》、《五朝》、《增漢魏》、《龍威》諸本均作「宮」，聲誤。　○「搢」，《廣牘》、退翁、二家、《對雨樓》、《擇是居》、《津逮》、《硯北》、《紫藤》諸本並作「縉」。「縉」，「搢」之本字。

〔商搉不同〕「搉」，顧氏、《廣牘》、繁露堂、《津逮》、《續百川》、《廣漢魏》、希言齋、《四庫》、《説郛》、《硯北》、《增漢魏》、《五朝》、《梁文紀》、《龍威》、《秘書》、《學津》、《集成》、《對雨樓》、《擇是居》、《玉雞苗館》諸本並作「確」。《詩紀》、《詩話》、《學詩》本作「榷」。「搉」、「榷」古通，「確」爲俗字。

〔淄澠並泛〕「泛」，《秘書》本作「之」，蓋缺筆而誤。

〔喧議競起〕「喧議」，《梁書》、《集成》、《全梁文》本均作「誼譁」。車柱環《校證》：「喧與誼同。作『喧議』較雅。」

〔俊賞之士〕「俊」，《秘書》本誤作「笈」。○「賞」，《廣博物志》作「爽」。

〔口陳標榜〕「口陳」，明《考索》本誤作「具陳」。逯欽立《叢考》：「韓氏《群書考索》所載《詩品》序文，『口陳標榜』之『口』，則作『具』字……皆較今本爲勝。」車柱環《校證》：「《山堂考索》引『口』作『具』，『具陳』與下文『未遂』相應，於義較勝。作『口』疑涉上文『口實』而誤。」旭按：逯、車二説誤，其説均據明《群書考索》本，今檢元延祐年刻《群書考索》本，並作「口陳」，不作「具陳」。又，宋王應麟《玉海》卷五九《藝文・詩評序》亦引作「口陳標榜，其文未遂」，可證逯、車二氏之誤。

〔嶸感而作焉〕「嶸」字原無，據《梁書》、《玉海》、《廣博物志》、《古逸書》、《會函》、《梁文紀》、《集成》、《全梁文》本補。車柱環《校證》：「有嶸字，文意較勝。」

【集注】

〔一〕「觀王公」句：搢，插也。紳，古之腰帶。搢紳，即插笏版於腰帶，乃官吏之妝束，復引申指代爲官宦之人。《晉書·典服志》：「所謂縉紳之士者，插笏而垂紳帶者也。」　旭按：此王公搢紳之士，或即前「膏腴子弟」、「輕薄之徒」之父兄。

〔二〕「每博」二句：博論，高談闊論。　口實：原指口中之物，後引申爲談資、話題。《周易》：「頤，貞吉，觀頤，自求口實。」朱震《集傳》曰：「口實者，頤中之物也。」《尚書·湯誓》：「成湯放桀于南巢，惟有慚德曰：『予恐來世以台爲口實。』」《孔傳》：「恐來世論道我放天子常不去口。」此謂看那些王公貴族、官宦之家的人，每於高談闊論之餘，何嘗不以詩歌爲話題。

〔三〕「隨其」二句：嗜慾，嗜好慾望。此指評詩之審美趣味。　商搉，商量、商討。《文選》卷二八陸機樂府《吴趨行》：「淑美難窮紀，商搉爲此歌。」李善注：「《廣雅》曰：『商，度也。』許慎《淮南子注》曰：『商搉粗略也。』言商度其粗略也。」此謂各從自己的嗜好慾望出發，任意評判。

〔四〕淄澠並泛：淄、澠，二水名，均在今山東境内。舊説二水味異，合則難辨。《列子》卷八《説符篇》：「曰：『若以水投水，何如？』孔子曰：『淄澠之合，易牙嘗而知之。』」古直《箋》：「《列子·仲尼》篇曰：『口將爽者，先辨淄澠。』」　並泛，並流、合流。張湛注：『淄水出魯郡萊蕪縣，澠水西自北海郡千乘縣界，流至壽光縣，二水相合。』殷敬順《釋文》：『淄澠水異味，既合則難别。』」古氏引《列子》張湛注，乃是殷敬順《釋文》内容；　而所引《釋文》，乃是《列子》張湛注，兩者顛倒。　淄澠並泛，謂淄澠合流，味道混合在一起，喻詩歌好壞糅雜，不能分辨其優劣。

〔五〕朱紫相奪：朱紫，兩種不同的顏色。朱是正色，紫是偏色。相奪，由於紫色美麗炫目，故常奪朱之正統位置。《論語・陽貨》篇：「子曰：『惡紫之奪朱也，惡鄭聲之亂雅樂也。』」何晏《集解》：「孔曰：『朱，正色；紫，間色之好者。惡其邪好而奪正色。』」

〔六〕喧議競起：喧議，喧囂混雜之議論。競起，蜂擁而起。

〔七〕准的無依：准的，射箭之靶，此指評論之標準。《晉書・良吏傳序》：「斯並惇史播其徽音，良吏以爲準的。」無依，喪失依據。江淹《雜體詩序》：「至於世之諸賢，各滯所迷，莫不論甘則忌辛，好丹則非素。豈所謂通方廣恕，好遠兼愛者哉？乃及公幹、仲宣之論，家有曲直；安仁、士衡之評，人立矯抗，況復殊於此者乎？」

〔八〕「近彭城」二句：彭城劉士章，《南齊書・劉繪傳》：「劉繪，字士章，彭城人……聰警，有文義，善隸書，數被賞召，進對華敏。」詳見下品「劉繪」條注。俊賞之士，謂劉士章是鑒賞力卓越之人。

〔九〕「疾其」二句：《南齊書・劉繪》曰：「永明末，京邑人士盛爲文章談義，皆湊竟陵王西邸。繪爲後進領袖。機悟多能。」又贊云：「士章機悟，立行砥名。」此謂劉士章不滿那些紛亂混淆的議論，想寫當代的詩品。旭按：由此知「纔能勝衣，甫就小學」，即甘心馳騖；「庸音雜體，各各爲容」；「膏腴子弟，恥文不逮，終朝點綴，分夜呻吟」；「輕薄之徒，笑曹、劉爲古拙，謂鮑昭羲皇上人，謝朓今古獨步」；「徒自棄於高聽，無涉於文流」及「隨其嗜慾，商榷不同。淄澠並泛，朱紫相奪，喧議競起，准的無依」：非唯鍾嶸一人之感觸，亦使劉士章憤慨激動耳。

〔一〇〕「口陳」三句：口陳標榜，口頭上陳説、宣揚。其文未遂，指其欲撰之詩品未寫成。旭按：鍾嶸撰寫《詩品》，有多種原因，而此爲直接觸發點。鍾、劉均對詩壇混亂深惡痛絶，劉口頭陳説未能撰成詩品，鍾嶸遂感而作此。

【參考】

一、蕭綱《與湘東王書》：「比見京師文體，懦鈍殊常，競學浮疎，争爲闡緩。玄冬修夜，思所不得。既殊比興，正背《風》《騷》。」「吾既拙於爲文，不敢輕有掎摭。但以當世之作，歷方古之才人，遠則揚、馬、曹、王，近則潘、陸、顔、謝，而觀其遺辭用心，了不相似。若以今文爲是，則古文爲非；若昔賢可稱，則今體宜棄；俱爲盍各，則未之敢許。又時有效謝康樂、裴鴻臚文者，亦頗有惑焉。何者？謝客吐言天拔，出於自然，時有不拘，是其糟粕。裴氏乃是良史之才，了無篇什之美。是爲學謝則不届其精華，但得其冗長；師裴則蔑絶其所長，惟得其所短。謝故巧不可階，裴亦質不宜慕。」「故玉徽金銑，反爲拙目所嗤；《巴人》、《下里》，更合郢中之聽。《陽春》高而不和，妙聲絶而不尋，竟不精計錙銖，覈量文質。有異巧心，終媿妍手。是以握瑜懷玉之士，瞻鄭邦而知退；章甫翠履之人，望閩鄉而嘆息。詩既若此，筆又如之。徒以煙墨不言，受其驅染；紙札無情，任其搖襞。甚矣哉，文之横流，一至於此！」

二、蕭繹《金樓子》：「今之俗也，搢紳稚齒，閭巷小生，苟取成章，貴在悦目。龍首豕足，隨時之宜，牛頭馬髀，强相附會。」

三、翁同書《鍾記室詩品三卷序》：「粤自《風》、《騷》闃響，蘇、李騰聲，建安則體樹曹、劉，正始則才標嵇、阮。張、潘、左、陸，比肩典午之初；鮑、謝、陶、顏，接武彭城之代。洎夫竟陵愛士，萃才俊於貴遊；降而天監尚文，變家風於宫體。加以元長創知音之論，彦昇矜用事之奇，斯實文章升降之樞機，今古源流之總會。所當區分畛域，仰樹先型，剖析妍媸，俯貽來哲。而慧地贊英華之縟，大略空陳；士章逞標榜之談，雅懷未遂。鍾記室所由有《詩品》之作也。」

昔九品論人〔一〕，《七略》裁士〔二〕，校以賓實，誠多未值〔三〕。至若詩之爲技，較爾可知〔四〕，以類推之，殆均博弈〔五〕。

【校異】

〔校以賓實〕「校」，《津逮》、《紫藤》、《學津》、《硯北》、《談藝》諸本並作「挍」。「挍」，通「校」。

〔至若詩之爲技〕「之」，《廣博物志》誤引作「人」。○「技」，《秘書》本誤作「拔」。

〔較爾可知〕「較」，《詩觸》、《萃編》本並作「校」。「校」，通「較」。

〔殆均博弈〕「殆均」，《梁書》、《全梁文》本並作「殆同」。○「弈」，原作「奕」，據《梁書》、《詩話》、《全梁文》本改。案「奕」者，大也，閑也，重也。《詩經·商頌·那》：「萬舞有奕。」《毛傳》：「奕奕然閑也。」《國語·周語》：「奕世載德，不忝前人。」是其證。「弈」釋大時通「奕」。此「博弈」謂弈棋，義不與「奕」通。

【集注】

〔一〕九品論人：九品，東漢以後，隨着薦舉人材政策的施行，社會上流行品評人物之風氣。所品人物，分上上、上中、上下、中上、中中、中下、下上、下中、下下九品。班固《漢書》著《古今人表》，凡舉古今人物，亦列九等之序。至魏曹丕始行「九品中正制」，按九等選拔任用官吏。古直《箋》：「《魏志·陳群傳》：『制九品官人之法，群所建也。』嚴可均輯《傅子》曰：『魏司空陳群，始立九品之制，郡制中正平人才之高下，各爲品目。』」論人：挑選人。《墨子·所染》篇：「故善爲君者，勞於論人，而佚於治官。」孫詒讓《閒詁》：「高誘云：『論，猶擇也。』」此謂魏時分「九品」選拔人才。

〔二〕《七略》裁士：《七略》，我國最早的圖書總目。其書已佚，清人有輯本，《漢書·藝文志》載其綱目。班固《漢書・藝文志》曰：「成帝時，詔劉向校經傳、諸子、詩賦。向條其目，撮其指意，録而奏之。會向卒，向子歆總群書，而奏《七略》。故有《輯略》、《六藝略》、《諸子略》、《詩賦略》、《兵書略》、《數術略》、《方技略》。」略，類也。　裁士，取捨人物。　旭按：《七略》本非專門品評人物之書，鍾嶸取其凡著録於《七略》者，便有才士名目之意。亦即自謂「預此宗流者，便稱才子」（《中品序》）。

〔三〕「校以」二句：校，校核、核對。　賓實，即名實。《莊子・逍遥遊》篇：「名者，實之賓也。」誠多未值，此謂前人以「九品」選拔人才、《七略》取捨人物，若校核其名分與實際，確實有許多不能相符之處。

〔四〕「至若」二句：較，通「皎」，顯明，分明。司馬遷《史記・平津侯主父列傳》：「身行儉約，輕財重義，較然著明。」此「較爾」與「較然」同義。此謂寫詩作爲一種藝術技巧，優劣可一目瞭然。

〔五〕「以類」二句：殆，大致、大體上。　均，等於、同於。　博弈：古代的棋戲。博，即六博。古代的一種棋戲，先擲彩而後行棋。弈，圍棋。《論語・陽貨》：「不有博弈者乎？」邢昺疏曰：「博，《説文》作簙，局戲也。圍棋謂之弈。」古直《箋》：「殆均博弈，謂品人難值，品詩易當，如博弈之技，勝負白黑，較爾可知也。」王叔岷《疏證》：「南朝人好博弈，並爲之品第，故仲偉引以爲喻。」此謂若以類似譬喻，大概和博戲、弈棋差不多。　旭按：鍾嶸謂詩之優劣，如博如弈，高下分明，可以判別。時人著有《棋品》，品棋與品詩相鄰。以「博弈」喻詩文，乃六朝習，非特仲偉而已。劉勰《文心雕龍·總術》篇：「是以執術馭篇，似善弈之窮數；棄術任心，如博塞之邀遇。」「若夫善弈之文，則術有恒數。」是其證。

【參考】

一、班固《漢書》卷二〇《古今人表序》：「可與爲善，不可與爲惡，是謂上智。」「可與爲惡，不可與爲善，是謂下愚。」「可與爲善，可與爲惡，是謂中人。因茲以列九等之序，究極經傳，繼世相次，總備古今之略要云。」

二、李徽教《詩品彙注》：「六朝時，品第優劣之風頗盛，如《海內史品》一卷、《梁官品格》一卷、梁沈約撰《新定官品》二十卷、范汪等撰《碁九品序録》一卷、袁遵撰《碁後九品序》一卷、梁武帝撰《圍碁品》一卷、陸雲撰《碁品序》一卷（以上見《隋志》），范汪等撰《圍碁九品序録》五卷、《碁品敘略》三卷，梁褚思莊撰《建元、永明碁品》二卷、梁柳惲撰《天監碁品》一卷（以上見《隋志》原注），庾肩吾撰《書品》（分九品）、謝赫撰《古畫品》（分六品）、沈約撰《碁品》（以上見《全梁文》），范汪《碁品》（見《世説新語·方正》篇劉孝標注引。案，不知范汪所撰三種同一書否）等，皆出於六朝，而尤多出於齊、梁之世。以此推之，則仲偉作《詩品》，非但由感劉士章，而蓋趨風氣之所爲也。」

方今皇帝〔一〕，資生知之上才〔二〕，體沈鬱之幽思〔三〕。文麗日月〔四〕，學究天人〔五〕。昔在貴遊〔六〕，已爲稱首〔七〕。況八紘既奄〔八〕，風靡雲蒸〔九〕。抱玉者聯肩，握珠者踵武〔一〇〕。固以瞰漢、魏而不顧，吞晉、宋於胸中〔一一〕。諒非農歌轅議，敢致流別〔一二〕。嶸之今録，庶周旋於閭里，均之於談笑耳〔一三〕。

【校異】

〔體沈鬱之幽思〕「體」，《龍威》本誤作「禮」。《增漢魏》、《采珍》本並遺闕。

〔學究天人〕「學」，原作「賞」，據《梁書》、《古逸書》、《會函》、《廣博物志》、《集成》、《全梁文》本改。車柱環《校證》：「『學究天人』爲習見語，作『賞』較佳。」高木正一注：「『賞』，賞識。《梁書》引本序作『學』，此以『賞』字爲優。」　旭按：二説均非是。此論梁武帝蕭衍學識詩才，語本司馬遷《報任少卿書》：「亦欲以究天人之際，通古今之變，成一家之言。」《梁書·武帝紀》云：「歷觀古昔人君，恭儉莊敬，藝能博學，罕或有焉。」此處「博學」，即鍾品「學究天人」之謂。路百占《校記》：「『賞究天人』不詞，『賞』作『學』是。」高松亨明《詳解》作「學」，是也。

〔況八紘既奄〕「紘」原作「絃」。　旭按：「八紘」即八維，八方之謂。「八紘既奄」，語本曹植《與楊德祖書》：「吾王於是設天網以該之，頓八紘以掩之。」今《梁書》、《廣牘》、顧氏、《津逮》、希言齋、

《梁文紀》、《廣漢魏》諸明本並作「紘」，因據改。　○「奄」，《梁書》、《古逸書》、《會函》、《集成》、《全梁文》本均作「掩」。「掩」、「奄」古義通。

〔抱玉者聯肩〕　「聯」，《梁書》、《集成》、《全梁文》本並作「連」。「連」、「聯」古義通。

〔固以瞰漢魏而不顧〕　「固」字原無，據《梁書》、《古逸書》、《會函》、《廣博物志》、《集成》、《全梁文》本補。有「固」字，於文意較完足。　○「以」，《龍威》本作「已」；許文雨校：「明鈔本無『固』字，『以』作『已』」。「以」、「已」古義通。　○「瞰」，《梁書》、《古逸書》、《會函》、《廣博物志》、《集成》、《全梁文》本均作「睨」。車柱環《校證》：「『瞰』字較『睨』字義勝。」　○「魏」，《對雨樓》、《擇是居》本並作「⿱魏山」。朱希祖校：「『魏』，一作『⿱魏山』，凡『魏』字皆如此作。」車柱環《校證》以爲「魏」誤作「⿱魏山」，非是。路百占《校記》：「明人陋習，嘗作怪字。或以魏文禪前有『當途高』讖語，故書『魏』作『巍』，又以諂媚魏閹，將曹魏之『魏』作『⿱魏山』。清人梁紹壬《兩般秋雨盦隨筆》卷四『魏字改書』條云：『天啓朝魏璫生祠遍天下。山東巡按李精白祝詞云：「堯天巍蕩，帝德難名。」「巍」字，「山」移下書，懼壓上公之首，此等諂媚，真是想空心血者。』是其證。」　○「不」，《梁書》、《集成》、《全梁文》本均作「弗」。義同。　○「顧」，原作「雇」。「顧」，回瞻也。《詩經・檜風・匪風》：「顧瞻周道，中心怛兮。」是其例。　此謂俯視漢魏而不屑顧也。因據《梁書》、退翁、《廣牘》、希言齋、天都閣、繁露堂、《津逮》、《廣漢魏》、《梁文紀》諸明本改。

〔諒非農歌轅議〕「轅」，《龍威》本壞損而作「輬」。

〔庶周旋於閭里〕「周旋」，《梁書》、《集成》、《全梁文》本均作「周遊」。車柱環《校證》：「蓋聯想而誤，或涉上文『貴遊』而誤。」退翁鈔本誤作「用杈」。

〔均之於談笑耳〕「耳」，《廣牘》本作「爾」。「爾」、「耳」古通。

【集注】

〔一〕方今皇帝：指梁武帝蕭衍。

〔二〕「資生知之上才」：資，稟賦、天賦也，此用作動詞。生知，生而知之。生知之上才，即生而知之之一流人才。《論語·季氏》篇：「孔子曰：『生而知之者，上也；學而知之者，次也；困而學之，又其次也；困而不學，民斯爲下矣！』」李徽教《彙注》：「此爲班固分九等品人之本，而又爲仲偉分三等論詩之源。」旭按：鍾嶸上書齊明帝，明帝不懌，謂欲斷朕機務；上書梁武帝，武帝敕付尚書行之（見《南史·鍾嶸傳》）。則鍾嶸以爲梁武帝天資聰慧、斷事明晰，故有此評，未可知也。

〔三〕體沈鬱之幽思：體，賦有、具有。王逸《離騷序》：「今若屈原，膺忠貞之質，體清潔之性。」陳琳《答東阿王箋》：「君侯體高世之才，秉青萍、干將之器。」沈鬱之幽思，謂梁武帝有沈鬱幽深之文思。劉歆《與揚雄書從取方言》：「子雲澹雅之才，沈鬱之思，不能經年，鋭積以成此書，良爲勤矣。」

〔四〕文麗日月：文章富麗，如日月經天。《易·離》：「日月麗乎天，百穀草木麗乎土。」又劉勰《文心雕龍·原道》篇：「日月疊璧，以垂麗天之象；山川焕綺，以鋪理地之形，此蓋道之文也。」

〔五〕學究天人：謂梁武帝學識可窮極自然與社會之理。此語本司馬遷《報任少卿書》：「亦欲以究天人之際，通古今之變，成一家之言。」又李白《與韓荆州書》：「筆參於造化，學究於天人。」參見「學究天人」校語。張錫瑜《詩平》：「《梁書·武帝紀》：『天情睿敏，下筆成章。千賦百詩，直疏便就。皆文質彬彬，超邁今古。』又云：『六藝備閑，棋登逸品。陰陽緯候，卜筮占決，並悉稱善。』」

〔六〕昔在貴遊：指與沈約、謝朓、王融等人在竟陵王西邸文學上之交遊。《南史·梁武帝紀》：「竟陵王子良開西邸，招文學，帝（蕭衍）與沈約、謝朓、王融、蕭琛、范雲、任昉、陸倕等並遊焉，號曰『八友』。」

〔七〕已爲稱首：稱，舉也。稱首，指其時蕭衍已被舉爲首領，推爲第一。《漢書》卷九二《遊俠傳序》：「搤掔而遊談者，以四豪爲稱首。」《文心雕龍·才略》篇：「然而魏時話言，必以元封爲稱首。」

〔八〕八紘既奄：八紘，八維，八方極遠處。《文選》卷四二曹植《與楊德祖書》：「吾王於是設天網以該之，頓八紘以掩之，今悉集茲國矣。」李善注：「《淮南子》曰：『九州之外，是有八澤，八澤之外，乃有八紘。』」奄，同也，引申爲統一。《詩經・周頌・執競》：「自彼成康，奄有四方。」八紘既奄，謂天下既已一統。

〔九〕風靡雲蒸：以從風之披靡、雲之蒸騰喻賢材紛涌，輔佐君王。《史記・淮陰侯列傳》：「發使使燕，燕從風而靡。」《後漢書・馮異傳》：「方今英俊雲集，百姓風靡。」賈誼《鵩鳥賦》：「雲蒸雨降兮糾錯相紛。」李善注：「韋昭《國語》注曰：『蒸，升也。』」

〔一〇〕「抱玉」二句：抱玉者、握珠者，均指腹有奇才之文士。蕭綱《與湘東王書》：「是以握瑜懷玉之士，瞻鄭邦而知退。」《文選》卷四二曹植《與楊德祖書》：「人人自謂握靈蛇之珠，家家自謂抱荆山之玉。」聯肩、踵武，即比肩，繼踵之意，言人材之多也。《文心雕龍・才略》篇：「傅毅、崔駰，光采比肩，瑗實踵武，能世厥風者矣。」旭按：《梁書・文學傳序》云：「高祖聰明文思，光宅區宇，旁求儒雅，詔采異人，文章之盛，焕乎俱集。每所御幸，輒命群臣賦詩，其文善者，賜以金帛，詣闕庭而獻賦頌者，或引見焉。其在位者，則沈約、江淹、任昉，並以文采，妙絶當時。至若彭城到沆、吴興丘遲、東海王僧孺、吴郡張率等，或入直文德，通讌壽光，皆後來之選也。」可爲此二句注腳，非儘是鍾嶸恭維之詞。

〔一一〕「固以」二句：瞰，俯視。不顧，不屑一顧。　吞，包涵，包容。《文選》卷七司馬相如《子虛賦》：「吞若雲夢者八九於其胸中，曾不蔕芥。」此謂當今文壇之盛，遠非漢魏、晉宋所能比擬也。

〔一二〕「諒非」二句：農歌，農人之歌謡。　轅，駕車所用曲木，引申爲車駕，此指駕車之人。轅議，車夫之議論。　致流別：辨析、評論作家作品之風格、淵源。此謂以上這些，誠然不是我這如農人、車夫般識見短淺之人，所敢辨析評論的。　旭按：「致流別」爲鍾嶸《詩品》詩學重要法則。

〔一三〕「嶸之」三句：庶，庶幾，大概。　周旋，應接，交際。《晉書・殷浩傳》：「浩曰：『我與君周旋久，寧作我也。』」　閭里，即鄉里。《周禮・天官・小宰》：「聽閭里以版圖。」賈公彦疏：「在六鄉則二十五家爲閭，在六遂則二十五家爲里。」　均，等同。此謂我之作《詩品》，大概可以流傳於里巷，差不多可提供談笑之資罷了。　旭按：此數句爲仲偉自謙之詞，亦作序常套語。曹植《與楊德祖書》云：「今僕少小所著辭賦一通相與。夫街談巷説，必有可采；擊轅之歌，有應《風》、《雅》。匹夫之思，未易輕棄也。」王僧虔《樂表》：「今帝道斯達，禮樂交通，誠非寡陋，所敢裁酌。」均其例也。許文雨《講疏》云：「此記室謙詞。農歌轅議，即太史公所謂：其言不雅馴，薦紳先生所不道也。」

【參考】

一、沈約《梁武帝集序》：「我皇誕縱自天，生知在御；　清明内發，疏通外典。　爰始貴遊，篤志經術；　究淹中之雅旨，盡曲台之奥義。　莫不因流極源，披條振藻。　……至於春風秋月，送别望歸，皇王高宴，心期促賞，莫不超挺睿興，濬發神衷。　……皆詠志摛藻，廣命群臣，上與日月争光，下與鍾石比韻，事同觀海，義等窺天。」

二、張溥《漢魏六朝百三家集·梁武帝集題辭》：「梁武帝《浄業賦序》，即曹孟德之《述志令》也。孟德奸雄善文，自許西伯，梁武亦謬比湯武，大言不怍。　夫長沙酷禍，樊鄧興兵，勢成騎虎，延頸爲難。　獨無道既誅，鼎新有主，忽焉狐盜，覆齊宗祀。　猶總師稱朕，妄擬南巢白旗，則石勒胡人，且笑曹馬矣。　帝負龍虎之相，兼文武之才，史贊其恭儉莊敬，藝能博學，人君罕有。　惜羯寇滔天，台城煨燼，制旨二百餘卷，五禮一千餘卷，通史六百卷，後世無繇誦讀。　今得其詔令書敕諸篇，置帝王集中，則魏晉風烈，間有存者。　雕蟲小技，壯夫不爲。　尚幸見之朝廷，未容以《河中之水》、《東飛伯勞》數詩，定帝高下也。　舍道歸佛，躬爲教宗，顧白衣所急，首唱《斷肉》耳！　據帝自序，絶魚肉，斷房室，欲天下知其不貪，其責賀散騎又云：　腰瘦二尺，救物故也。　神器至重，逆取順守，僅欲以黄蠃菜味，自救不臣，爲計短矣。　至今愚夫愚婦身盜賊而口素食，即云消孽滅過，率祖帝術也。」

三、鄭文焯《手校津逮本》：「夫古今選家，知人論世，病在不親。稗官紀事，又多失實。史傳或意爲軒輊，未足定月旦也。嶸之今録，去古未遥，且有周旋當代者，宜其較爾賓實，宏致流别矣。」又云：「《書品》著于《墨池編》，未若鍾氏精博，亦以詩家與書人一藝之能事，而所執之心聲心畫，流傳迥殊，故品題不可同日而語也。」

詩品上

古　詩〔一〕

其體源出於《國風》〔二〕。陸機所擬十四首〔三〕，文温以麗，意悲而遠〔四〕。驚心動魄〔五〕，可謂幾乎一字千金〔六〕！其外《去者日以疏》四十五首〔七〕，雖多哀怨，頗爲總雜〔八〕。舊疑是建安中曹、王所製〔九〕。《客從遠方來》、《橘柚垂華實》，亦爲驚絶矣〔一〇〕！人代冥滅〔一一〕，而清音獨遠〔一二〕，悲夫！

【校異】

〔詩品上〕　原脱此三字，今據明正德三年建陽知縣區玉本補。

〔古詩〕　《稗史》引此段文字，題爲「陸機詩」，蓋涉下文「陸機擬詩」而誤。

〔其體源出於《國風》〕　《吟窗》、《格致》、《詩法》、《詞府》諸本句前有「評曰」二字。　旭按：此系統板本於上、中、下三品詩人前各冠以「評曰」二字，與他本異。皎然《詩式》亦有此形式，未知得《詩品》之舊否？　○《竹莊》、《玉屑》、《吟窗》、《格致》、《詩法》、《詞府》諸本均無「體」字。路百占《校記》：「此後所評諸人，若『魏陳思王植，其源出於《國風》』，『魏文學劉楨，其源出於古詩』……源上俱無『體』字，疑《竹莊》及《玉屑》引，無『體』字是。」立命館《疏》：「以下全章，言其系譜者：如以爲李陵詩『其源出於《楚辭》』，謂班婕妤詩『其源出於李陵』，謂阮籍詩『其源出於《小雅》』。均謂『其源出於某』，而不言『其體源出於某』。則此『體』字，恐爲衍字也。然唯《吟窗雜録》本無『體』字，而他本率皆有之。」楊祖聿《校注》：「《吟窗雜録》本無『體』字，立命館《疏》以爲『體』爲衍字，『體』下並脱『源』字，不當。今傳各本並有『體』字。古詩總雜，然皆源出於《國風》，自成體格，蔚成大宗，後之摹者，多仿其體，故云。」車柱環《校證》：「以下評語『源』上皆無『體』字，惟首標出『體』字，文意較勝。凡言某人之詩源出於某，皆指其詩體而言。」　○「源」，《詩品詩式》本作「原」。陳注、杜注從之。「原」、「源」古今字，此當以「源」爲正。

〔陸機所擬十四首〕　「十四首」，《竹莊》、《玉屑》引作「十二首」，與《陸士衡集》及《文選》載陸機擬《古詩》數相契合，或存宋本之舊。胡應麟《詩藪》謂：「今《士衡集·擬古》止十二章，昭明又去其一，益以他作爲十九首。如《去者日以疏》、《客從遠方來》，皆鍾氏所稱，則《凜凜歲云暮》、《孟冬寒氣至》、《生年不滿百》、《回車駕言邁》等六首，亦當在四十五首之内。外陸所擬，《蘭若生春陽》與《橘柚垂華實》等九篇，別爲章次，較鍾所稱原數，今世僅存十五，大半失亡。然《冉冉孤生竹》、《驅車上東門》，又載《樂府》，則《飲馬長城窟》之類，舊亦鍾氏數中，未可知也。」陳衍《平議》：「陸機所擬『古詩』，見於《文選》及《漢魏百三家・陸平原集》者，只十二首，爲《擬行行重行行》、《今日良宴會》、《迢迢牽牛星》、《涉江采芙蓉》、《青青河畔草》、《明月何皎皎》、《蘭若生朝陽》、《青青陵上柏》、《東城一何高》、《西北有高樓》、《庭中有奇樹》、《明月皎夜光》，其尚有二首不知何指。」吴汝綸《古詩鈔》：「陸機所擬，今可見者十二首。鍾記室云十四首，蓋二篇亡佚矣。舊傳爲枚乘作者，殆此諸篇。《玉臺》所録枚乘《雜詩》皆在此。惟《今日良宴會》、《青青陵上柏》、《明月皎夜光》三首，以非『玉臺體』，徐陵不録。而李善據『遊戲宛與洛』與『驅車上東門』，辨其非盡枚乘。知此三篇，舊必亦云乘作。陸機擬亡二篇，其一篇必《驅車上東門》矣。餘一篇不可復考。」許文雨《講疏》：「吴説甚是。惟於陸氏篇章欠考。」「十二章擬作外，其《駕言出北闕行》，唐人《藝文類聚》於題下有『驅車上東門』五字，爲十四篇擬作之一甚明，毋勞以《選》注迂回定之。又其《遨遊出西城》，以辭氣考之，亦明是《回車駕車邁》之作。吴《鈔》發其疑，而不指出陸氏所擬之篇，誠有遺憾而已。」車柱環《校證》：「疑《詩人玉屑》本不如此，蓋後人改合。」路百占《校記》：「若嶸見機集，與今本同，十二之數，當屬固定；如文集已非原璧，究孰爲是，尚待詳考也。」旭按：此處原校改爲「十二首」，證據不足，商榷諸賢，仍作「十四首」，謹此説明。

〔意悲而遠〕「遠」，《竹莊》、《玉屑》引作「切」。車柱環《校證》：「作『遠』較佳。《文鏡秘府論》（南）《論文意》篇稱《古詩》『格高而詞温，語近而意遠』即本此文。可證《詩品》本作『遠』。」

〔驚心動魄〕「魄」，《玉屑》引作「魂」。

〔可謂幾乎一字千金〕《竹莊》、《玉屑》本並無「可謂」二字。〇「幾乎」，《竹莊》、《玉屑》引作「幾於」。路百占《校記》：「詞句嚴密，優雅盡致，疑原作『幾於一字千金』。」

〔其外《去者日以疏》四十五首〕《吟窗》、《格致》、《詩法》、《詞府》並作「其外四十五首」。〇「其」，《萃編》本作「此」。

〔雖多哀怨〕《梁文紀》、《全梁文》本無「多」字。

〔舊疑是建安中曹王所製〕《吟窗》、《格致》、《詩法》、《詞府》本並略「舊」字。〇「曹王」，紀昀《四庫全書總目提要》、馮舒《詩紀匡謬》並作「陳王」。

〔亦爲驚絶矣〕「亦」，《詩觸》本誤作「以」。〇「驚」，《稗史》、《全梁文》本並作「警」。「警」、「驚」古通。旭按：此以「警」字爲正。鍾品愛奇，論詩多用「警」字。《序》言「警策」，品語言「警拔」、「警遒」，當與「警絶」義近。〇《稗史》略「矣」字。

〔人代冥滅〕《吟窗》、《格致》、《詩法》、《詞府》諸本「人」上俱有「然」字。旭按：有「然」字轉折，於文氣較完，當補入。〇「冥滅」，《吟窗》、《格致》、《詩法》、《詞府》諸本並作「寂滅」。旭按：疑作「寂滅」是。「冥」或爲「寂」之壞字。

【集注】

〔一〕古詩：原意頗爲歧紛。此指流傳於兩晉南北朝時期之兩漢無名五言詩。內容多寫閨人怨別、遊子思鄉、親朋聚散、人生倏忽及懷才不遇等下層文士失意、彷徨、痛苦、傷感之思想，反映當時人的生命意識，表達人的覺醒與悲歡離合之典型感情。文温以麗，意悲而遠，清新醇厚。其中多以白描方法及情真、景真、語真、意真的描寫，若秀才説家常話之風格，爲古今文論家所尊崇。劉勰稱其爲「五言之冠冕」，鍾嶸譽爲「一字千金」。成爲繼《詩經》、《楚辭》之後，中國五言詩之伐山，直接啓迪建安詩歌新途，確立中國五言詩歌新美學，成爲五言抒情詩之新經典。然「古詩」篇目，《漢書・藝文志》未詳載，鍾嶸《詩品》此條謂曾見近六十首，蕭統《文選》選「古詩」十九首，遂成其思想藝術之代表。而「古詩」作者、作年、時代、篇目，或西漢，或東漢，或枚乘，或傅毅，或曹、王，陸機，劉勰，鍾嶸，蕭統，徐陵，各有歧説，難以詳考。近人多謂東漢末年桓、靈之際下層失意知識分子所爲，非一人一時一地之所作，亦未爲確論，尚可進一步研究。

〔二〕其體源出於《國風》：此謂「古詩」之體貌風格，源出於《詩經》之《國風》。《詩品》評「某體源出於某」，自此條始。旭按：《詩品》品評詩人風格，多追溯其詩歌淵源，深從六藝溯流别。追溯亦多從風格體貌入手，注重主題、題材、體裁、語言、詩人經歷諸因素，並以「某體源出於某」構建全書理論框架。所評一百二十三人(「古詩」算一人)中，追根溯源者三十六人，非惟其他八十七人不可追溯，而以「三十六」《周易》模式數字代表「全部」(詳拙著《詩品研究》)。其所出源頭，又分《國風》、《小雅》、《楚辭》三系。《國風》系，分「古詩」、劉楨諸人及曹植代表之二支；《楚辭》系分班姬、王粲、曹丕三人所代表之三支。由此，歷代五言詩發展及詩人淵源流別，均綱舉目張，有條不紊。楊載《詩法家數》：「詩體《三百篇》，流爲楚辭，爲樂府，爲《古詩十九首》，爲蘇、李五言，爲建安、黄初，此詩之祖也。」王世懋《藝圃擷餘》：「余謂《十九首》，五言之《詩經》也。」孫鑛《文選評》：「《三百篇》後，便有《十九首》。宏壯、婉細、和平、險急，各極其致，而總歸之渾雅。」許學夷《詩源辯體》：「漢魏五言，源於《國風》，而本乎情，故多托物興寄，體制玲瓏，爲千古五言之宗。」又曰：「《古詩十九首》，鍾嶸謂『其體源出於《國風》』，劉勰謂『宛轉附物，怊悵切情』，是也。」李因篤《漢詩音注》：「《三百篇》後，定以《十九首》爲傳箕裘。無妙不備。」葉燮《原詩》：「漢蘇、李始創爲五言，其時又有亡名氏之《十九首》，皆因乎《三百篇》者也。」沈德潛《古詩源》：「《十九首》，大率逐臣、棄妻、朋友闊絶、死生新故之感。中間或寓言，或顯言，反覆低徊，抑揚不盡，使讀者悲感無端，油然善入，此《國風》之遺也。」劉熙載《藝概》謂：「《古詩十九首》與蘇、李同一悲慨。然《古詩》兼有豪放曠達之意，與蘇、李之一於委曲含蓄，有陽舒陰慘之不同。知人論世者，自能得諸言外，固不必如鍾嶸《詩品》謂《古詩》出於《國風》，李陵出於《楚辭》也。」説皆本鍾嶸此語，可相參讀。許文雨《講疏》：「《文心雕龍·宗經》篇亦分析《易》、《書》、《詩》、《禮》、《春秋》爲各種文體之源，與本書論詩源意相似。」

〔三〕「陸機」句：指陸機模擬的十四首古詩。許印芳《詩法萃編》：「印芳按，此論漢無名氏詩。陸機擬者，《十九首》中詩，並載昭明《文選》，此書引以爲據，非論陸詩也。」旭按：模擬「古詩」，效其字面，窺其作意，爲學詩之途徑，陸機創其首；陸機之後，模擬者代不乏人，如江淹等，「古詩」遂成一種詩學法則。

〔四〕「文温」二句：指古詩文詞温厚婉麗，意藴悲愴清遠。胡應麟《詩藪·内編》卷二曰：「古詩軌轍殊多，大要不過二格：以和平、渾厚、悲愴、婉麗爲宗者……有以高閑、曠逸、清遠、玄妙爲宗者。」又曰：「詩之難，其《十九首》乎！畜神奇於温厚，寓感愴於和平；意愈淺愈深，詞愈近愈遠。」又《文鏡秘府·南卷·論文意》篇稱古詩「格高而詞温，語近而意遠」，亦本仲偉此評。

〔五〕驚心動魄：謂美感移情，亦足使人意奪神駭，心折骨驚。許文雨《講疏》：「《詩藪·内編》卷二以爲此諸詩『氣（興）象玲瓏，意致深婉，真可以泣鬼神，動天地』，其言似本仲偉。」

〔六〕一字千金：典出《史記·吕不韋傳》：秦相吕不韋使門客著《吕氏春秋》，書成，「布咸陽市門，懸千金其上，延諸侯遊士賓客，有能增損一字者，予千金」。此謂古詩字字皆如珠璣，不可改易。

《文心雕龍·明詩》篇謂：「古詩佳麗……觀其結體散文，直而不野，婉轉附物，怊悵切情，實五言之冠冕也。」楊愼《文心雕龍》評本：「(此爲)評《古詩十九首》得其髓者。鍾嶸評《十九首》云：『文溫以麗，意悲以(而)遠，驚心動魄，(可謂幾乎)一字千金。』與此互相發。」方東樹《昭昧詹言·漢魏》：「昔人稱漢魏曰：『天衣無縫。』又曰：『一字千金。』『驚心動魄。』此二語最說得好。今當即此二語，深求而解悟其所以然，自然有得力處。」陳衍《平議》：「此十二首評品自當。」

〔七〕「其外」句：指「陸機所擬十二首」之外的四十五首。今詩多亡佚，除《去者日以疎》、《客從遠方來》、《橘柚垂華實》三首外，殆難一一確指。《去者日以疎》收入《文選》，爲《十九首》之一。詩曰：「去者日以疎，来者日以親。出郭門直視，但見丘與墳。古墓犂爲田，松柏摧爲薪。白楊多悲風，蕭蕭愁煞人。思還故里閭，欲歸道無因。」許文雨《講疏》：「此四十五首，就現存漢京之詩考之：本品所舉，則有《客從遠方來》、《橘柚垂華實》二首。《十九首》除上所舉，餘篇尚有《冉冉孤生竹》(《文心雕龍·明詩》篇曰：「古詩佳麗，或稱枚叔。其《孤竹》一篇，蓋傅毅之詞。」可知舊本均題爲「古詩」，彥和亦無斷然之意也。)、《去者日以疎》、《生年不滿百》、《凛凛歲云暮》、《孟冬寒氣至》五首。此外，則有古詩《上山采蘼蕪》、《四坐且莫諠》、《悲與親友別》、《穆穆清風至》、《橘柚垂華實》、《十五從軍征》、《新樹蘭蕙葩》、《步出城東門》八首。又古詩《采葵莫傷根》、《甘瓜抱苦蒂》二首。又《太平御覽》卷九九四引古詩之《青青陵中草》一首。統計以上，僅得古詩十八首耳。別有明黃庭鵠《古詩冶》，本王世貞之説，録『兩漢古詩十八首』，號稱『後十九首』。其前六首，即上舉古詩八首之前六首也。其第七首以下，曰《長歌行》，曰《雞鳴高樹巔》，曰《陌上桑》，曰《相逢行》，曰《傷歌行》，曰《羽林郎》，曰《董嬌嬈》，曰《飛鵠行》，曰《豔歌行》，曰《飲馬長城窟行》，曰《古八變歌》，曰《豔歌》，皆樂府詩而移稱古詩者也。誠若是，則費錫璜《漢詩説》連舉『荒昧高古』之《江南可采蓮》、《里中有啼兒》、《晨行梓道中》、《棗下何攢攢》四首，亦得充數矣。推之凡五言樂府，如《怨詩行》、《尹賞歌》、《邪徑童謡》，均可備篇。竊恐漢代聲詩與徒詩，容有辭同及聲調互用者，此係詩樂初分時之現象，若遂泯其標界，概目以古詩，終非事實所允也。《詩藪·雜編》卷一云：『古詩《冉冉孤生竹》、《驅車上東門》，又載樂府，則《飲馬長城窟》之類，舊亦鍾氏四十五首數中，未可知也。』此説亦不敢苟同。又楊升庵《詩話》載漢無名氏詩《客從北方來》一首，又謂從類書中會合叢殘，得《閨中有一婦》一首，又雜録漢古詩逸句，謂皆四十餘首之遺句，見於類書中者也。然明人僞撰及仿古之風，皆極盛行。庭鵠之效顰蕭《選》，固不足取，而升庵匿類書之名所録者，亦難保必無杜撰耳。又王闓運目《玉臺》所載古絶句四首爲古詩，察其音製，何殊《子夜》、《讀曲》？闓運殆襲李于鱗《古今詩删》之誤耳。《詩源辯體》卷三云：『《日暮秋雲陰》，乃六朝人詩。《菟絲從長風》則六朝樂府語耳。』所鬮甚是。」可參。

〔八〕頗爲總雜：總雜，駁雜、猥雜也。《禮記·月令》注：「總，猥卒。總雜，猶猥雜也。」顔延之《庭詁》：「逮李陵衆作，總雜不類。」中品「江淹」條：「文通詩體總雜。」胡應麟《詩藪》曰：「鍾氏謂古詩，士衡擬外四十五首，頗爲總雜，疑出建安諸子，而取《客從遠方來》、《橘柚垂華實》二首爲優。今讀《去者日以疎》、《生年不滿百》等篇，已列《十九首》者，詞皆絶倒，非《行行重行行》下。外九首，《上山采蘼蕪》一篇，章旨渾成，特爲神妙，第稍與古詩不同，是當時樂府體；《四坐且莫諠》，中四語極工；惟《悲與親友別》、《蘭若生朝陽》七篇，奇警略遜，疑鍾氏所謂總雜者，足覘昭明鑑裁。然詞氣温厚，非建安所及，謂出曹、王，非也。」陳衍《平議》：「其《去者日以疎》一首，尤覺驚心動魄，可以下孟嘗之涕者。末二句不下斷語尤高，不知何以謂之『總雜』？」許文雨《講疏》：「其所謂『總雜』，約合二義：一係雜有樂府性質，二係體兼文質。」汪中注：「《十九首》外，古詩存者尚有十餘首。如《十五從軍征》爲樂府詩，與古詩自有涇渭。殆仲偉所謂『總雜』者歟？」李徽教《彙注》：「許文雨此説，不敢從之。愚以爲此所謂『總雜』之旨，毋勞深求，蓋就其詩體而言也。文通『善於摹擬』，模甲仿乙，故評其詩云：『詩體總雜』也。《古詩》非一人一時之作，其文體自然殊異無疑。仲偉已謂其體源出於《國風》，而《去者日以疎》四十五首，則中或雜有《小雅》、《楚辭》之遺者，故云『總雜』也。」

〔九〕「舊疑」句：古詩作者，説頗歧紛。陸機所擬，因不明作者，故統稱「擬古詩」。《文心雕龍・明詩》篇謂：「古詩佳麗，或稱枚叔，其《孤竹》一篇，則傅毅之詞。比采而推，兩漢之作乎？」蕭統亦不明作者,《文選》並稱《古詩十九首》。徐陵《玉臺新詠》謂《西北有高樓》諸篇爲枚乘《雜詩》。《文選·古詩十九首》李善注云:「並云古詩,蓋不知作者,或云枚乘,疑不能明也。詩云:『驅馬上東門。』又云:『遊戲宛與洛。』此則辭兼東都,非盡是乘明矣。」又呂向注云:「不知時代,又失姓氏,故但云古詩。」仲偉此謂「舊疑是建安中曹、王所製」,亦爲傳聞耳。曹,謂曹植。王,謂王粲。胡應麟《詩藪·雜編》卷一曰:「然詞氣温厚,非建安所及,謂出曹、王,非也。」古直《箋》:「《去者日以疎》諸篇,温麗淳厚,自是漢風。試取建安篇什,與之同誦,鴻溝立判矣。舊疑曹、王所製,必不然已。」許文雨《講疏》:「至《詩藪·雜編》又謂『蘭若』等詩,詞氣温厚,非建安所及,不得謂出曹、王,則洵爲近實。然仲偉亦僅舉舊疑,本未標爲定論,自不爲過。觀《北堂書鈔》樂部『箏』所引曹植詩『彈箏奮逸響,新聲妙入神』二句,又見《古詩十九首》『今日良宴會』篇。《書鈔》當有舊據,足證仲偉所疑,亦未必盡出臆見也。若許學夷《詩源辯體》云:『又或疑十九首多建安中曹、王所製,其説亦似有見。班固《詠史》,質木無文,當爲五言之始。蓋先質木,後完美,其造詣與唐人相類。』是則徒求理論之通暢,與今動輒曰以文學史眼光觀察者,如出一轍。而核實與否,則在所不計也。」又案,曹、王分指曹植、王粲,而馮舒《詩紀匡謬》『樂府起於漢,又其辭多古雅』條,引此作『陳王』。又紀昀《四庫·古詩解提要》亦引作『陳王』,則專指曹植一人。」李徽教《彙注》:「案,《序》有云:『《古詩》眇邈,人世難詳。推其文體,固是炎漢之製,非衰周之倡也。』而建安諸詩人,仲偉皆算爲魏人，而無一人標爲漢人者也（劉楨、王粲皆卒於建安二十二年，而仲偉云『魏文學劉楨』、『魏侍中王粲』，他人標題亦然）。然則此序中所謂『炎漢』，非包括建安之言也。以此推之，則仲偉不信舊説以爲《古詩》出於曹、王之手，明矣。」

〔一〇〕「客從」三句：《客從遠方來》，《古詩十九首》之第十八首。其辭云：「客從遠方來，遺我一端綺。相去萬餘里，故人心尚爾。文彩雙鴛鴦，裁爲合歡被。著以長相思，緣以結不解。以膠投漆中，誰能别離此！」《橘柚垂華實》，古詩。其辭云：「橘柚垂華實，乃在深山側。聞君好我甘，竊獨自雕飾。委身玉盤中，歷年冀見食。芳菲不相投，青黄忽改色。人儻欲我知，因君爲羽翼。」驚絶，六朝人習用語，即驚采絶倫之意。鮑照《芙蓉賦》：「抱兹性之清芬，稟若華之驚絶。」《全梁文》卷四六陶弘景《與梁武帝啓》：「惟覺勢力驚絶。」又《全齊文》卷八王僧虔《論書》：「唯見其筆力驚絶耳。」古直《箋》：「《文心雕龍·辨騷》篇曰：『驚采絶豔，難與並能矣。』又贊曰：『驚才風逸。』仲偉所云『驚絶』，蓋『驚采絶豔』，或『驚才絶豔』之省詞。」

〔一一〕人代冥滅：人代，指作者與時代。冥滅，無聲無息，湮没不彰。此即《詩品序》謂「古詩眇邈，人世難詳」之意。

〔一二〕清音獨遠：謂清越之音傳之久遠，令人曠世同情。左思《招隱詩》：「非必絲與竹，山水有清音。」古直《箋》：「使果出曹、王之手，則人代甚近，何云『冥滅』？知仲偉亦不以『舊疑』爲然也。」

【參考】

一、録古詩十二首（陸機所擬，鍾嶸譽爲一字千金者）：

（一）《行行重行行》：「行行重行行，與君生別離。相去萬餘里，各在天一涯。道路阻且長，會面安可知？胡馬依北風，越鳥巢南枝。相去日已遠，衣帶日已緩。浮雲蔽白日，遊子不顧返。思君令人老，歲月忽已晚。棄捐勿復道，努力加餐飯。」

（二）《今日良宴會》：「今日良宴會，歡樂難具陳。彈箏奮逸響，新聲妙入神。令德唱高言，識曲聽其真。齊心同所願，含意俱未申。人生寄一世，奄忽若飆塵。何不策高足，先據要路津。無爲守窮賤，轗軻長苦辛。」

（三）《迢迢牽牛星》：「迢迢牽牛星，皎皎河漢女。纖纖擢素手，札札弄機杼。終日不成章，泣涕零如雨。河漢清且淺，相去復幾許。盈盈一水間，脈脈不得語。」

（四）《涉江采芙蓉》：「涉江采芙蓉，蘭澤多芳草。采之欲遺誰？所思在遠道。還顧望舊鄉，長路漫浩浩。同心而離居，憂傷以終老。」

（五）《青青河畔草》：「青青河畔草，鬱鬱園中柳。盈盈樓上女，皎皎當窗牖。娥娥紅粉妝，纖纖出素手。昔爲倡家女，今爲蕩子婦。蕩子行不歸，空牀難獨守。」

（六）《明月何皎皎》：「明月何皎皎，照我羅牀幃。憂愁不能寐，攬衣起徘徊。客行雖云樂，不如早旋歸。出户獨彷徨，愁思當告誰！引領還入房，淚下沾裳衣。」

（七）《蘭若生春陽》：「蘭若生春陽，涉冬猶盛滋。願言追昔愛，情欵感四時。美人在雲端，天路隔無期。夜光照玄陰，長歎戀所思。誰謂我無憂？積念發狂癡。」

（八）《青青陵上柏》：「青青陵上柏，磊磊澗中石。人生天地間，忽如遠行客。斗酒相娱樂，聊厚不爲薄。驅車策駑馬，遊戲宛與洛。洛中何鬱鬱，冠帶自相索。長衢羅夾巷，王侯多第宅。兩宫遥相望，雙闕百餘尺。極宴娱心意，戚戚何所迫。」

（九）《東城一何高》（一説即《東城高且長》）：「東城高且長，逶迤自相屬。廻風動地起，秋草萋已緑。四時更變化，歲暮一何速！晨風懷苦心，蟋蟀傷局促。蕩滌放情志，何爲自結束。燕趙多佳人，美者顔如玉。被服羅裳衣，當户理清曲。音響一何悲，弦急知柱促。馳情整中帶，沈吟聊躑躅。思爲雙飛燕，銜泥巢君屋。」

（十）《西北有高樓》：「西北有高樓，上與浮雲齊。交疏結綺窗，阿閣三重階。上有絃歌聲，音響一何悲！誰能爲此曲？無乃杞梁妻。清商隨風發，中曲正徘徊。一彈再三歎，慷慨有餘哀。不惜歌者苦，但傷知音稀。願爲雙鴻鵠，奮翅起高飛。」

（十一）《庭中有奇樹》：「庭中有奇樹，緑葉發華滋。攀條折其榮，將以遺所思。馨香盈懷袖，路遠莫致之。此物何足貴，但感别經時。」

（十二）《明月皎夜光》：「明月皎夜光，促織鳴東壁。玉衡指孟冬，衆星何歷歷。白露霑野草，時節忽復易。秋蟬鳴樹間，玄鳥逝安適。昔我同門友，高舉振六翮。不念攜手好，棄我如遺跡。南箕北有斗，牽牛不負軛。良無盤石固，虚名復何益。」

二、《世説新語·文學》篇：「王孝伯在京，行散至其弟王睹户前。問：『古詩何句爲最？』睹思未答。孝伯詠『所遇無故物，焉得不速老』，此句爲最。」

三、江淹《雜體詩·古離别》：「遠與君别者，乃至雁門關。黄雲蔽千里，遊子何時還？送君如昨日，簷前露已團。不惜蕙草晚，所悲道里寒。君在天一涯，妾身長别離。願一見顔色，不異瓊樹枝。菟絲及水萍，所寄終不移。」

四、葉夢得《石林詩話》：「魏晉間詩人，大抵專攻一體，如侍宴、從軍之類，故後來相與祖習者，亦因其所長取之耳，謝靈運『擬鄴中七子』與江淹『雜擬』是也。梁鍾嶸作《詩品》，皆云出於某人，亦以此。」

五、劉熙載《藝概》卷二云：「《古詩十九首》與蘇、李同一悲慨。然古詩兼有豪放曠達之意，與蘇、李之一於委曲含蓄，有陽舒陰慘之不同。知人論世者，自能得諸言外，固不必如鍾嶸《詩品》謂古詩出於《國風》，李陵出於《楚辭》也。」

六、章學誠《文史通義·内篇》五：「《詩品》深從六藝溯流别也。論詩論文，而知溯流别，則可以探源經籍，而進窺天地之純，古人大體矣。此意非後世詩話家流所能喻也。」

七、逯欽立《鍾嶸詩品叢考》：「就其别流者言之，此體例則應乎當時摹擬之習，采之書畫等師承之説也。考摹擬之習，仿於擬作樂府（如：鮑照《代陳思王京洛篇》，袁淑《效子建白馬篇》等），暢於專仿某題（如鮑照《擬阮公夜中不能寐》，劉孝綽《學潘安仁河陽詩》等），而大成於專效一人之詩體（如鮑照《學劉公幹體》、《學陶彭澤體》，王素《學阮步兵體》等）。其結果，齊、梁以降，遂悉依傍一家，鄙薄他體，以致於古人詩各有體之説，大行於世。」「鍾嶸之作《詩品》，欲彰明五言詩之流别優劣，固自然之事也。士習文風，詎可忽乎？」

漢都尉李陵詩〔一〕

其源出於《楚辭》〔二〕。文多悽愴〔三〕，怨者之流〔四〕。陵，名家子〔五〕，有殊才〔六〕，生命不諧，聲頹身喪〔七〕。使陵不遭辛苦，其文亦何能至此〔八〕！

【校異】

〔漢都尉李陵詩〕　《吟窗》、《格致》、《詩法》、《詞府》、《廣漢魏》、《五朝》、《説郛》、《詩話》、《學詩》、《龍威》、螢雪軒諸本並無「詩」字。 路百占《校記》：「句下有『詩』字，是。」車柱環《校證》：「有『詩』字蓋《詩品》之舊。」 旭按：路、車之説，未必其然。 今檢諸本，有無「詩」字，實與標題形式有關。 凡標題與正文連接，僅以陰文或加黑框區别不分行者，人名後均有「詩」字，如顧氏、《津逮》、希言齋、《硯北》諸本即是； 凡標題另立一行，不與品語接者，除退翁、《對雨樓》、《擇是居》（後二種版本仿退翁鈔本）外，一般俱無「詩」字。 可知「詩」字實有區别標題人名與正文之作用，前校《吟窗》諸本均其例，故不得以有無「詩」字斷爲是否《詩品》之舊。 下同，不再言及。

〔其源出於《楚辭》〕 《吟窗》、《格致》、《詩法》、《詞府》諸本並作「少卿詩，其源出於《楚辭》」； 《竹莊》作「漢李少卿詩，其源出於《楚辭》」。 旭按：有「少卿詩」三字，呼應下文，似於文氣較完。

〔文多悽愴，怨者之流〕 「悽愴」，原無「愴」字。 明《考索》、《梁文紀》、《詩話》、《全梁文》、《詩紀》、《稗史》諸本並作「悽愴」； 《吟窗》、《格致》、《詩法》、《詞府》、《竹莊》引，均作「悽斷」。 高松亨明《詳解》：「『悽斷』、『悽愴』，俱勝於『悽』。」車柱環《校證》：「有『愴』字較長。『愴』字斷句，讀爲二句爲勝。《淮南子・覽冥篇》：『家老羸弱，悽愴於内。』《本經篇》：『愚夫蠢婦皆有流連之心，悽愴之志。』王充《論衡・恢國篇》：『紂屍赴於火中，所見悽愴。』秦嘉《贈婦詩》：『省書情悽愴。』劉子《新論・辨樂》第七：『此皆淫泆、悽愴、憤厲、哀思之聲。』陸機《文賦》：『誄纏綿而悽愴。』《金樓子・立言篇》上：『襲貂狐之煖者，不知至寒之悽愴。』皆以『悽愴』連文，與此同例。」王叔岷《鍾嶸詩品箋證稿》："李白《澤畔吟詩序》：'忠憤義烈，形於清詞，其怨者之流乎！余覽之愴然。'《唐詩紀事》二十五：'(孟)雲卿詩，詞氣傷苦，怨者之流'並本仲偉句意。"諸説是，因據明《考索》等本補。

〔名家子〕《竹莊》作"名家之子"。

〔有殊才〕"殊才"，《大觀》本作"逸才"。

〔使陵不遭辛苦〕"不遭"，《竹莊》作"不遇"。○"辛苦"，退翁、《對雨樓》、《擇是居》本均脱"辛"字。

〔其文亦何能至此〕《竹莊》、《吟窗》、《格致》、《詩法》、《詞府》本俱無"亦"字。

【集注】

〔一〕李陵(？——前七四)：西漢名將、詩人。漢名將李廣之孫。字少卿，隴西成紀(今甘肅秦安)人。少爲侍中，善於騎射，交結朋友，禮賢下士，漢武帝以爲他有李廣遺風，爲侍中建章監。後派往邊疆，曾率八百騎過居延察看地形，深入敵境二千餘里，拜爲騎都尉。漢武帝劉徹天漢二年(前九九)，主動請纓，率步卒五千人擊匈奴。因矢盡糧絶，被俘投降。武帝誅殺陵母、弟、妻、子全家。單于則以女妻之，立爲右校王。初，蘇武與李陵俱爲侍中。單于使陵至海上，爲武置酒設樂勸降。武終不屈。陵決别而去，起舞歌曰："徑萬里兮度沙幕，爲君將兮奮匈奴。路窮絶兮矢刃摧，士衆滅兮名已隤。老母已死，雖欲報恩將安歸！」元平元年（前七四）病卒。《隋志》謂有「漢騎都尉李陵集二卷」，已散佚。今《漢書·蘇武傳》載李陵騷體歌一首，《文選》録李陵《與蘇武詩》三首，《古文苑》録李陵《録別詩》八首。顔延之《庭誥》曰：「逮李陵衆作，總雜不類，元是假託，非盡陵製，至其善篇，有足悲者。」劉勰《文心雕龍·明詩》篇亦曰：「所以李陵、班婕妤見疑於後代也。」今人亦多以爲僞作。事見《史記》卷一〇九《李將軍列傳》、《漢書》卷五四《李廣傳》附。

〔二〕「其源」句：謂李陵詩風貌體制源出於《楚辭》也。宋濂《答章秀才論詩書》：「蘇子卿、李少卿，非作者之首乎？觀二子之所著，紆曲悽婉，實宗《國風》與楚人之辭。」錢謙益《與遵王書》：「古人論詩，研究體源，鍾記室謂李陵出於《楚辭》，陳王出於《國風》，劉楨出於《古詩》，王粲出於李陵，莫不應若宫商，辨同蒼素。」許文雨《講疏》：「仲偉此説，謝榛《四溟詩話》訐其一脈不同。實則楚臣去境，與漢將負戈外戍，所處悲境何殊？即以少卿《别歌》與《楚辭·國殤》，較其體製，亦非無源流可言也。奈何紛紛附響謝山人者之末之思耶！近代王闓運答唐鳳廷問漢唐詩家流派，嘗言：『漢初有詩，即分兩派，枚、蘇寬和，李陵清勁，自後五言，莫能外之。』厥語實於無意中符合仲偉之評見。仲偉隱枚、蘇於《古詩》中，以『温麗』稱之，上配《國風》。是即湘綺所謂前者一派。次以少卿怨者之流，附於《楚辭》，是即湘綺所謂後者一派。張玉穀《古詩賞析》云：『論其氣體，蘇較敷腴，李較清折，其猶李唐中之太白、少陵二家乎！』是更沿流言之，可補仲偉所不及見者。」陳衍《平議》：「夫五言古，首推蘇、李，子卿與少卿並稱。李詩固悽怨，所謂愁苦易好也；蘇詩則懇至悱惻，豈遂歡娛難工乎？鍾『上品』數少卿而不及子卿，深所未解。況《楚辭》之怨，由於忠而獲罪，信而見疑；李陵之怨，則有異矣！徒以其爲怨之同，遂謂其源出於此。則《小雅》之怨悱不亂，《國風》之《氓》與《谷風》，不更在《楚辭》之前乎？《楚辭》香草美人，語多比興；李陵則直賦而已，溝而合之，非知言也。」王叔岷《疏證》：「蘇武詩，《文選》但題云『古詩』，不云贈陵，故劉勰、鍾嶸皆不言蘇武，武詩即在古詩内也。石遺翁似未解此。」

〔三〕悽愴：悽怨悲愴。《楚辭・九辯》：「中憯惻之悽愴兮，長太息而增欷。」旭按：「王充《論衡・變動》曰：『《離騷》、《楚辭》悽愴。』仲偉謂李陵源出《楚辭》，故『文亦悽愴』意或本此。」

〔四〕怨者之流：可作二解：一解泛指李陵詩爲悽怨悲愴者之屬，二解「怨者」爲屈原。司馬遷《史記・屈原賈生列傳》曰：「信而見疑，忠而被謗，能無怨乎？屈平之作《離騷》，蓋自怨生也。」故「怨者之流」，即陵爲屈平怨者流亞之意。王世貞《藝苑卮言》卷二：「李少卿三章，清和調適，怨而不怒。」劉熙載《藝概》：「李陵《贈蘇武》五言，但敘別愁，無一語及於事實，而言外無窮，使人黯然不可爲懷。」許文雨《講疏》：「《詩源辯體》云：『馮元成云：「少卿怨而不怒。」』愚案，少卿三篇，慷慨悲懷，自是羈臣口吻。如：「屏營衢路側，執手野踟躕」、「風波一失所，各在天一隅」、「臨河濯（濯）長纓，念子悵悠悠」、「行人懷往路，何以慰我愁」、「行人難久留，各言長相思」等句，皆羈臣口吻也。』案，此説亦都尉源出《楚辭》之證。」楊祖聿《校注》：「《楚辭》情悽以促，少卿河梁之什，自是羈臣口吻。又仲偉以王粲源出李陵，『發愀愴之詞』；盧諶源出王粲，『善爲悽戾之詞』，統系一貫。」王叔岷《鍾嶸詩品箋證稿》：「李白《澤畔吟詩序》：『忠憤義烈形於清辭，其怨者之流乎？余覽之愴然！』亦本於《詩品》。」

〔五〕名家子：《史記·甘茂傳》：「昔甘茂之孫甘羅，少年耳。然名家之子孫。諸侯皆聞之。」李陵先人李信，爲秦代大將；祖父李廣，叔父李敢，皆漢代名將，故稱。

〔六〕殊才：出衆之才華。參見注〔一〕。

〔七〕「生命」二句：生命，指命運。李陵一生命運多舛，以至身敗名裂。不諧，不順遂、不如意。聲頽，名聲敗壞。司馬遷《報任安書》：「李陵既生降，隤其家聲。」《史記·李廣傳附李陵傳》：「自是之後，李氏名敗，而隴西之士居門下者，皆用爲恥焉。」《漢書·李廣傳附李陵傳》：「陵在匈奴歲餘。上遣因杅將軍公孫敖，將兵深入匈奴迎陵。敖軍無功還，曰：『捕得生口，言李陵教單于爲兵，以備漢軍。故臣無所得。』上聞，於是族陵家，母弟妻子皆伏誅。隴西士大夫，以李氏爲愧。」

〔八〕「使陵」二句：謂假使李陵不遭受苦難，其詩即不能達此境界。古直《箋》云：「陵詩除《文選》所録三首外，又有《録别》八首，見《藝文類聚》及《古文苑》。延之所謂『總雜不類，元是假託』者，當即指此。然曰『非盡陵製』，則固有陵製者矣。『善篇足悲』，非《文選·與蘇武詩》三首如何？」

旭按：此論詩人遭逢身世與詩歌創作、詩風形成之關係。後世如歐陽修《梅聖俞詩集序》：「詩人少達而多窮，夫豈然哉？蓋世所傳詩者，多出於古窮人之辭也。凡士之蘊其所有，而不得施於世者，多喜自放於山巔水涯，外見蟲魚草木、風雲鳥獸之狀類，往往探其奇怪，内有憂思，感憤之鬱積，其興於怨刺，以道羈臣寡婦之所歎，而寫人情之難言。蓋愈窮，則愈工。然則非詩之能窮人，殆窮者而後工也。」《漢詩總説》謂：「屈原將投汨羅而作《離騷》，李陵降胡不歸而賦《别蘇武》詩，蔡琰被掠失身而賦《悲憤》諸詩，千古絶調，必成於失意不可解之時。惟其失意不可解，而發言乃絶千古。」均胎源於鍾氏此評。

【參考】

一、録李陵《與蘇武詩》三首：

（一）「良時不再至，離别在須臾。屏營衢路側，執手野踟躕。仰視浮雲馳，奄忽互相踰。風波一失所，各在天一隅。長當從此别，且復立斯須。欲因晨風發，送子以賤軀。」

（二）「嘉會難再遇，三載爲千秋。臨河濯長纓，念子悵悠悠。遠望悲風至，對酒不能酬。行人懷往路，何以慰我愁？獨有盈觴酒，與子結綢繆。」

（三）「攜手上河梁，遊子暮何之？徘徊蹊路側，悢悢不得辭。行人難久留，各言長相思。安知非日月，弦望自有時？努力崇明德，皓首以爲期。」

二、江淹《雜體詩·李都尉陵從軍》：「樽酒送征人，踟躕在親宴。日暮浮雲滋，握手淚如霰。悠悠清水川，嘉魴得所薦。而我在萬里，結髮不相見。袖中有短書，願寄雙飛燕。」

三、蕭子顯《南齊書·文學傳論》：「少卿離辭，五言才骨，難與爭鶩。」

漢婕妤班姬詩〔一〕

其源出於李陵〔二〕。《團扇》短章〔三〕，辭旨清捷〔四〕，怨深文綺〔五〕，得匹婦之致〔六〕。侏儒一節，可以知其工矣〔七〕！

【校異】

〔漢婕妤班姬詩〕《竹莊》、《記纂》引作「漢班婕妤詩」。旭按：鍾品標題，均先列時代，次列職銜，後列姓名。「上品」如「魏陳思王植詩」、「魏文學劉楨詩」、「晉步兵阮籍詩」、「宋臨川太守謝靈運詩」均其例。故作「漢婕妤班姬詩」是。

〔辭旨清捷〕「清捷」原作「清婕」。曾慥《類説》作「清婉」。《吟窗》、《格致》、《詩法》、《詞府》諸本作

「清怨」，實由上句「清」下句「怨」字删拼而成。上句「清」後删略「捷」字；下句「怨」後删略「深文綺」三字，「得匹婦之致」至末並删。「婕」，爲「捷」之誤，因據顧氏、退翁、《廣牘》、繁露堂、希古齋、《津逮》諸本改。

〔得匹婦之致〕「匹婦」，退翁、《對雨樓》、《擇是居》本作「匹夫」。

【集注】

〔一〕班婕妤（前四七—前六？）：西漢女辭賦家、皇妃詩人。本名班恬。樓煩（今山西甯武縣）人。是击匈奴名将越骑校尉班況之女，班固祖姑。有美德，漢成帝劉驁時，以才學被選入宮。始爲少使，後得寵幸，爲婕妤，居增成舍。謹守禮教，行事端正；擅長音律，尤熟悉史事，在宮中與成帝言常引經據典。成帝爲與她同輦，形影不離，特製一大車，婕妤以古代賢君邊當坐名臣，不當坐寵妃爲由拒絶。被稱爲「古有樊姬，今有班婕妤」賢妃之典型。後趙飛燕姊妹寵盛，婕妤恐久見危，急流勇退，因而繕就一篇奏章，自請前往長信宮侍奉王太后，亦將自己置於王太后保護之下，漢成帝允其所請。婕妤遂日日奉掃，悄然隱退在長信宮春花秋月之中。寂寞作賦自悼。成帝崩，婕妤充奉園陵，死後亦葬園中。婕妤善詩賦，《隋志》謂有「漢成帝班婕妤集一卷」，已散佚。今存《自悼賦》、《擣素賦》及《怨歌行》詩一首（《玉臺新詠》題作《怨詩》），後人疑爲僞作。事見《漢書》卷九七

《外戚傳》。

〔二〕「其源」句：謂班婕妤詩歌體貌風格源出於李陵。許文雨《講疏》：「《文心雕龍・明詩》篇以李陵、班婕妤連稱，而仲偉序西京詩人，起李都尉訖班婕妤，此更著其源流，蓋以二人同具騷怨耳。」陳衍《平議》：「婕妤身世尚與屈平相似，然亦從《國風・緑衣》、《燕燕》得來。謂出李陵，更擬不於倫。」陳延傑《注》：「沈德潛《古詩源》曰：『用意微婉，音韻和平，《緑衣》諸什，此其嗣響。』此又謂其出於《國風》焉。」此則與仲偉乖悖矣。王叔岷《疏證》：「仲偉評婕妤『辭旨清捷，怨深文綺』，與評李陵『文多悽愴，怨者之流』相符，故謂『其源出於李陵』。復評王粲詩『發悽愴之詞』，故亦謂『其源出於李陵』。凡仲偉謂某人詩出於某人之例，大都如此。石遺、延傑並未達。」

〔三〕《團扇》短章：指《怨歌行》，《玉臺新詠》題作《怨詩》。因詠團扇，故借指詩題。旭按：《怨歌行》真僞，古今説頗歧紛。《文選》卷三一江淹《雜體詩》三十首第三首即爲《擬班婕妤詠扇》，謝朓《和王主簿季哲怨情》亦涉及此詩，均以爲班婕妤作。蕭統《文選》、徐陵《玉臺新詠》均選此詩，以爲班婕妤作，《詩品》論同。劉勰《文心雕龍・明詩》篇曰：「李陵、班婕妤見疑於後代。」嚴羽《滄浪詩話・考證》曰：「班婕妤《怨歌行》，《文選》直作班姬之名，《樂府》以爲顔延年作。」亦疑而不信，均可參考。

〔四〕辭旨清捷：謂辭藻詩旨明快清婉。

〔五〕怨深文綺：謂哀怨深切而文詞綺麗。

〔六〕得匹婦之致：匹婦，指平民婦女。《論語·憲問》：「豈若匹夫匹婦之爲諒也。」邢昺疏：「匹夫匹婦，謂庶人也。」此謂體現了一位普通女子的情致。謝榛《四溟詩話》卷一：「班姬託扇以寫怨。」許文雨《講疏》：「李因篤《音評》云：『《團扇》之歌，怨而不亂。』成書《選評》云：『清婉秀弱，想見柔腸百結。』張玉穀《賞析》云：『意婉音和，不流噍殺。』諸氏稱譽其工，與仲偉所評初無二致。《詩源辯體》云：『班婕好樂府五言《怨歌行》，託物興寄，而文采自彰。馮元成謂怨而不怒，風人之遺。王元美謂可與《十九首》、蘇、李並驅是也。成帝品録詞人，不應遂及後宮，不必致疑。』此更辨其劉勰之所疑，其言洵有見解。前此嚴羽《詩話》卻因未瞭此層，至妄易詩人主名，今人復不自知，爲嚴氏所欺，紛紛獻疑義，盍亦取許伯清之論，以上窺仲偉之旨乎？」

〔七〕「侏儒」二句：《太平御覽》卷四九六《人事部》引桓譚《新論》曰：「諺曰：『侏儒見一節，而長短可知。』孔子言：『舉一隅，足以三隅反。』觀吾小時二賦，亦足以揆其能否。」仲偉語本此。「侏儒一節」指《團扇》短章」，謂班姬雖一短章，然可知其詩之工，當與李陵並驅，故列入「上品」。范文瀾《文心雕龍注》引黄侃《詩品講疏》：「班婕好，宮闈之流，當其感物興歌，初不殊於謠諺，然風人之旨，感慨之言，竟能擅美當時，垂範來世，推其原始，亦閭里之聲也。」嚴羽《滄浪詩話》曰：「班婕好《怨歌行》，《樂府》以爲顔延年作。頗似之。」

【參考】

一、録班婕妤詩一首：

《怨歌行》：「新製齊紈素，皎皎如霜雪。裁爲合歡扇，團團似明月。出入君懷袖，動摇微風發。常恐秋節至，涼風奪炎熱。棄捐篋笥中，恩情中道絶。」

二、陸機《班婕妤》詩（《詩紀》云：一作《婕妤怨》）云：「婕妤去辭寵，淹留終不見。寄情在玉階，託意唯《團扇》。春苔暗階除，秋草蕪高殿。黄昏履綦絶，愁來空雨面。」可與仲偉此評相發。

三、江淹《雜體詩·班婕妤詠扇》：「紈扇如團月，出自機中素。畫作秦王女，乘鸞向煙霧。彩色世所重，雖新不代故。竊愁涼風至，吹我玉階樹。君子恩未畢，零落在中路。」

四、胡應麟《詩藪·内編》卷二：「班姬《團扇》，文君《白頭》，徐淑《寶釵》，甄后《塘上》，漢、魏婦人，遂與文士並驅，六代至唐蔑矣。」

五、許印芳《詩法萃編》：「印芳按，兩漢能詩婦人，可考者十餘人，何僅收班姬及徐淑耶？」

魏陳思王植詩〔一〕

其源出於《國風》〔二〕，骨氣奇高〔三〕，詞彩華茂〔四〕。情兼雅怨〔五〕，體被文質〔六〕。

粲溢今古〔七〕，卓爾不群〔八〕。嗟乎！陳思之於文章也，譬人倫之有周、孔〔九〕，鱗羽之有龍鳳〔一〇〕，音樂之有琴笙〔一一〕，女工之有黼黻〔一二〕。俾爾懷鉛吮墨者〔一三〕，抱篇章而景慕〔一四〕，映餘暉以自燭〔一五〕。故孔氏之門如用詩〔一六〕，則公幹升堂，思王入室〔一七〕，景陽、潘、陸，自可坐於廊廡之間矣〔一八〕。

【校異】

〔魏陳思王植〕「植」，《吟窗》、《格致》、《詩法》作「曾植」，「曾」當爲「曹」字之誤。

〔其源出於《國風》〕《竹莊》、《玉屑》並作「子建詩，其源出於《國風》」。《詩紀》略「其」字。

〔骨氣奇高〕《御覽》引，「骨」上有「其」字。○「奇高」，《御覽》、《竹莊》、《玉屑》、《吟窗》、《格致》、《詩法》、《詞府》諸本並作「高奇」。旭按：疑作「高奇」是。

〔情兼雅怨〕「雅怨」，《詩紀》乙作「怨雅」。

〔體被文質〕「被」，《御覽》、《玉屑》、《記纂》、《吟窗》、《格致》、《詩法》、《詞府》諸本並作「備」。車柱環《校證》：「『被』引作『備』，文意較佳。兼、備，互文。『被』疑與『備』音近而誤。」《大觀》本作「兼」。

〔粲溢今古〕《御覽》、《玉屑》、《吟窗》、《格致》、《詩法》、《詞府》諸本並作「粲然溢古」。張錫瑜《詩平》作「粲然逸古」，校云：「原作『粲溢今古』。今據《太平御覽》五百八十六文部所引校改。」案：「溢」、「逸」古字通。車柱環《校證》：「此作『粲溢今古』，文既較勝，與下文『卓爾不群』義尤相應。」

〔嗟乎〕《全梁文》本作「嗟夫」。

〔陳思之於文章也〕「陳思」，《竹莊》、《玉屑》二家本均作「陳思王」。　○《稗史》所引脱「之」字，《御覽》、《記纂》脱「於」字，《竹莊》所引脱「也」字。

〔譬人倫之有周孔〕「譬」，《竹莊》、《玉屑》作「譬如」。　○「人倫」，《錦繡萬花谷》作「群倫」。

〔鱗羽之有龍鳳〕「鱗羽」，退翁、《對雨樓》、《擇是居》諸本作「麟羽」。

〔音樂之有琴笙〕「音樂」，《錦繡萬花谷》作「五音」。　○「琴笙」，《御覽》、《錦繡萬花谷》、《記纂》作「笙竽」，《廣博物志》作「琴瑟」。車柱環《校證》：「作『琴笙』較勝。琴笙爲並舉管絃。」

〔俾爾懷鉛吮墨者〕「者」，《竹莊》、《玉屑》作「之士」。

〔抱篇章而景慕〕《竹莊》、《玉屑》「抱」字上並多「宜乎」二字。車柱環《校證》：「『者』並作『之士』，下並多『宜乎』二字。文意較今本完好，蓋存《詩品》之舊。」　○「抱」，《玉屑》本壞損而作「拘」。　○「景慕」，二家本作「景從」。

〔映餘暉以自燭〕「映」，《玉屑》作「仰」。

〔故孔氏之門如用詩〕「故」，《御覽》、《記纂》均作「若」。　○「孔氏」，《御覽》作「孔子」。　○「用」，

《詩紀》作「有」。　〇「詩」，《御覽》作「文」。車柱環《校證》：「文猶詩也，惟此作詩較佳。」路百占《校記》：「案：《論語》：『賜也，可與言詩矣。』『不學詩，無以言。』『誦詩三百，授之以政，不達，使于四方，不能專對，雖多，奚爲？』可知孔門用詩、尚詩、有詩矣。仲偉言『故孔氏之門如用詩』不詞。又《論語》曰：『小子，何莫學夫詩。詩可以興，可以觀，可以群，可以怨。邇之事父，遠之事君。多識於鳥獸草木之名。』路百占又案：仲偉學識深邃，不當不知孔氏之門亦用詩。仲偉所云之詩，必係單指五言詩也。」

〔則公幹升堂〕「公」，《梁文紀》作「功」，蓋音近而誤。

〔思王入室〕「思王」，《廣博物志》作「陳思」。

〔景陽潘陸〕「景陽」，《御覽》作「王陽」。徐復《校記》：「『景』字作『王』，疑是。『王』謂王粲，序云：『陳思，建安之傑，公幹、仲宣爲輔。』公幹、仲宣，正以劉、王並言，與此序正合。又『陽』疑『阮』字之誤，『阮』謂阮籍，『上品』内依次言之，景陽（張協字）不容居潘、陸之先，亦可證也。自『阮』誤爲『陽』，抄者以『王陽』連文無可索解，遂改爲景陽耳。」

〔自可坐於廊廡之間矣〕《竹莊》、《玉屑》無「之」字，《御覽》、《記纂》無「矣」字。

【集注】

〔一〕曹植（一九二—二三二）：三國魏著名文學家、王子詩人。字子建，沛國譙（今安徽亳州市）人。

是曹操妻卞氏所生第三子，曹丕之弟。自幼穎慧，年十歲餘，便誦讀詩、文、辭賦數十萬言；出言爲論，下筆成章，深得曹操寵信，欲立爲太子，以爲是在諸子中「最可定大事」者。後因行爲放任，屢犯法禁而失寵。及曹丕、曹叡父子相繼爲帝，備受猜忌迫害，屢徙封地。建安十六年（二一一）封平原侯，十九年徙封臨淄侯，太和三年（二二九）徙封東阿王，六年又徙陳王。鬱鬱寡歡，憂慮憤疾，不久病卒，謚號「思」，世稱「陳思王」。植詩以黄初元年（二二〇）曹丕稱帝而分前後二期，前期豪放俊賞，骨氣翩翩，多抒發政治抱負，渴望建功立業；後期雅怨慷慨，宏肆沉痛，多寫畏言避禍之憤，骨肉分離之悲。骨氣奇高，詞采華茂，善發詩端，代表了建安詩歌的最高成就。曹植生前自編作品選集《前録》七十八篇；逝世後，明帝曹叡爲之集録著作百餘篇；《隋志》謂有「魏陳思王曹植集三十卷」，已散佚。今存南宋嘉定六年刻本《曹子建集》十卷，輯録詩、賦、文二百零六篇。明張溥輯有《陳思王集》。今詩存八十餘首，其中五言詩六十餘首。事見《三國志·魏書》卷一九《陳思王植傳》。

〔二〕其源出於《國風》：此謂曹植詩體貌風格源出於《詩經》之《國風》。旭按：「古詩」源出於《國風》，曹植亦源出《國風》；曹植與「古詩」並列而不源出「古詩」，其中深意，大可玩味。《詩品》雖以曹植爲詩歌美學中心，但「古詩」地位，亦不可動摇。且「舊疑是建安中曹、王所製」，對此説法，鍾嶸未置可否。源出「古詩」，僅左思一人；協左思風力，僅陶淵明一人而已。《國風》派詩人，皆出於曹植，由此確立曹植正宗地位，實亦依經立論之義。沈約《宋書・謝靈運傳論》曰：「子建、仲宣，以氣質爲體，並標能擅美，獨映當時。是以一世之士，各相慕習。其飈流所始，莫不同祖《風》、《騷》。」鍾嶸當受其影響。張戒《歲寒堂詩話》卷上：「鍾嶸《詩品》以古詩第一，子建次之，此論誠然。觀子建『明月照高樓』、『高臺多悲風』、『南國有佳人』、『驚風飄白日』、『謁帝承明廬』等篇，鏗鏘音節，抑揚態度，温潤清和，金聲而玉振之，辭不迫切而意已獨至，與《三百五篇》異世同律，此所謂韻不可及也。」《風月堂詩話》：「魏曹植詩出於《國風》，晉阮籍詩出於《小雅》，其餘遞相祖襲，雖各有師承，而去《風》、《雅》猶未遠也。」王世貞《藝苑巵言》：「子建《雜詩》六首，可入《十九首》不能辨也。」胡應麟《詩藪》：「子建《雜詩》，全法《十九首》意象。」鍾嶸以古詩與曹植詩同一淵源，均出於《國風》。陳延傑《注》：「陳思詩頗擅風謠之美，或蓄憤斥言，或環譬記諷，亦《國風》之支派也。」許文雨《講疏》：「胡應麟《詩藪・内編》卷二曰：『陳王四言，源出《國風》。』此以體言。劉熙載《詩概》云：『曹子建《贈丁儀王粲》有云：「歡怨非貞則，中和誠可經。」此意足推《風》、《雅》正宗。』此以義言。黄子雲《野鴻詩的》曰：『子建詩，駸駸乎有三代之隆焉。』此以氣象言。」

〔三〕骨氣奇高：此指曹植詩内容充實，文詞剛勁而奇警高絶。陳沆《詩比興箋》謂：「子建美秀而文，語多綺靡，大有文士習氣。以此風骨不及乃翁，然超出子桓之上。」陳衍《詩品平議》：「（子建詩）骨氣自高，奇處時有。」陳延傑《注》謂：「《十九首》詞藻氣骨，略無可尋，而古樸真至，自然意遠。魏氏而下，若子桓、仲宣、士衡、安仁、景陽、康樂，以詞勝者也。公幹、太沖、越石、明遠，以氣骨勝者也。兼備二者，唯獨子建。」旭按：「骨氣」一詞，爲漢魏以來品評人物用語；謂挺拔端直而富有生氣。劉劭《人物志·九徵》篇曰：「彊弱之植，在於骨；躁静之決，在於氣。」同書《八觀》篇曰：「是故骨直氣清，則休名生焉。」劉昞注：「骨氣相應，名是以美。」後用爲畫論、詩論之術語。與「風力」、「風骨」義同。《文心雕龍·風骨》篇：「沈吟鋪辭，莫先於骨。故辭之待骨，如體之樹骸。」「結言端直，則文骨成焉……故練於骨者，析辭必精。」又云：「故魏文稱：『文以氣爲主。氣之清濁有體，不可力强而致。』故其論孔融，則云：『體氣高妙。』論徐幹，則云：『時有齊氣。』論劉楨，則云：『有逸氣。』公幹亦云：『孔氏卓卓，信含異氣。筆墨之性，殆不可勝。』並重氣之旨也。」《明詩》篇：「暨建安之初，五言騰踊，文帝、陳思，縱轡以騁節……慷慨以任氣，磊落以使才。」《時序》篇：「觀其時文，雅好慷慨，良由世積亂離，風衰俗怨，並志深而筆長，故梗概而多氣也。」

〔四〕詞彩華茂：指曹植詩歌詞彩華麗豐茂。《三國志·魏書·曹植傳評》曰：「陳思文才富艷，足以自通後葉。」注引魚豢曰：「余每覽植之華采，思若有神。」胡應麟《詩藪·内編》卷二謂：「子建華贍精工。」「子建《名都》、《白馬》、《美女》諸篇，辭極贍麗，然句頗尚工，語多致飾，視東西京樂府天然古質，殊自不同。」「陳王才藻宏富，骨氣雄高，八斗之稱，良非溢美。」又謂：「《送應氏》、《贈王粲》等篇，全法蘇、李，詞藻、氣骨有餘。」王世貞《藝苑卮言》：「子建天才流麗，雖譽冠千古，而實遜父兄，何以故？材太高，辭太華。」許文雨《講疏》：「子建《薤露行》收句云：『騁我徑寸翰，流藻垂華芬。』自述如此。」方東樹《昭昧詹言》卷二曰：「子建樂府諸篇，意厚詞贍，氣格渾雄。」　旭按：「質」與「文」、「風力」與「丹彩」、「骨氣奇高」與「詞采華茂」，爲互相對立、互相排斥之美學範疇，兩者融合，對立統一，實爲鍾嶸最高之美學理想。　劉楨「質」勝「文」，王粲「文」勝「質」。唯曹植「文」、「質」兼備，爲理想之詩人。　劉勰《文心雕龍・才略》篇謂曹植「詩麗而表逸」，義頗近之。

〔五〕情兼雅怨：指曹植詩歌風格既具《國風》之雅，又具《小雅》之怨，得二者之長。《毛詩序》：「雅者，正也。」又曰：「至於王道衰，禮義廢，政教失，國異政，家殊俗，而變《風》《變》《雅》作矣。」此即李白《古風》所謂：「《大雅》久不作，吾衰竟誰陳？……正聲何微茫，哀怨起騷人。」陳衍《平議》：「竊謂『詞彩華茂』、『情兼雅怨』八字，評品最當。　謝康樂所謂『公子不及世事，但美遨遊，然頗有憂生之嗟』者也。」古直《箋》：「《史記・屈原傳》：『《國風》好色而不淫，《小雅》怨誹而不亂。　若《離騷》者，可謂兼之矣。』」陳延傑《注》：「陳思有憂生之嗟，故樂府贈送，雜詩諸什，皆具《小雅》怨誹之致。」李徽教《彙注》：「此『雅』字之釋，諸家之說有二：　一爲以《小雅》之『雅』解，如陳注、古箋、葉《集釋》、杜注、汪注等說是也；　又一爲以對『怨』字之『雅』解，如張氏標點、許釋、車校、立命館疏等說是也。　以上兩說，皆未嘗不可，後說較勝。」　旭按：　陸機《遂初賦序》曰：「崔、蔡沖虛温敏，『雅』之屬也；　（馮）衍抑揚頓挫，『怨』之徒也。」曹植詩風，既具沖虛温敏之雅，又具抑揚頓挫之怨。可當别解。此處「雅怨」，與下文「文質」，均爲並列關係。乃指由《詩經》之《國風》、《小雅》昇華出兩種對應之美學風格。

〔六〕體被文質：被，覆也，加也。此指曹植詩「骨氣」、「詞彩」結合，兼具對立統一之美學。《論語·雍也》：「質勝文則野，文勝質則史。文質彬彬，然後君子。」又，《藝文類聚》卷五五引曹植《前録序》曰：「故君子之作也，儼乎若高山，勃乎若浮雲。質素也，如秋蓬。摛藻也，如春葩。氾乎洋洋，光乎皜皜，與《雅》、《頌》争流可也。」《宋書·謝靈運傳論》：「至於建安，曹氏基命。二祖、陳王，咸蓄盛藻。甫乃以情緯文，以文被質。」　旭按：曹植《前録序》論「君子之作」，實自述其創作主張、詩學理想也。謂「質素」、「摛藻」相兼，又《宋書·謝靈運傳論》「以文被質」，均爲鍾氏所本。

〔七〕粲溢今古：粲，光芒四射貌。溢，水滿外流。此謂植詩光彩奪目，照耀古今。《三國志·曹植評傳》謂：「陳思文才富豔，足以自通後葉。」陳延傑《注》謂：「鍾氏謂陸機、謝靈運詩，其源並出於陳思，是其所景慕者。他若燭餘暉者，如阮籍、左思、郭璞等，蓋其著者焉。」

〔八〕卓爾不群：卓然突出，超拔於時流。《漢書》卷五三《景十三王傳贊》：「夫唯大雅，卓爾不群，河間獻王近之矣。」張戒《歲寒堂詩話》：「古今詩人，推陳王及《古詩》第一。此乃不易之論。」《蘭莊詩話》：「曹子建詩質樸渾厚，春容雋永，風調非後人易到。陳子昂、李太白慕以爲宗，信乎晉以下鮮其儷也。予每讀其詩，灑然有千古之想。」黄子雲《野鴻詩的》：「余謂孟德霸則有餘，而子桓王則不足，若子建騣騣乎有三代之隆焉。」許印芳《詩法萃編》：「子建詩沈健而兼華美，篇什又富，焜燿雅俗之耳目，宜乎領袖群英，垂輝千載。後代言詩者，咸稱建安。或從魏號稱黄初，要皆宗仰子建，奉爲模楷。鍾氏極力推尊。」旭按：「骨氣」以下六句，爲評曹植，實亦鍾氏之詩學理想、審美標準、評詩之準的也。

〔九〕「陳思」二句：文章，許學夷《詩源辯體》曰：「詩賦通稱。」周，周公。孔，孔子。皆古之聖人。《孟子·離婁》篇曰：「聖人，人倫之至也。」此以周、孔喻曹植。謂人之有聖人，猶詩之有詩聖也。許印芳《詩法萃編》：「比於人倫之有周、孔，僭且妄矣。」陳衍《平議》：「譬以『周、孔』、『龍鳳』，未免太過。《三百篇》、《離騷》、漢樂府、《古詩》又居何等乎？」許文雨《講疏》：「子建《薤露行》云：『孔氏删《詩》《書》，王業燦已分。』似子建一生精神事業，未嘗無希聖之意。劉熙載《詩概》云：『子建詩隱有「仁義之人，其言藹如」之意。』竊謂子建之詩，譬之諸子，則儒家也。」

〔一〇〕「鱗羽」句：鱗羽，原指鱗甲類和毛羽類動物，此泛指水族和禽鳥在内的動物界。龍鳳，龍爲水族之尊，鳳爲百鳥之王。此以龍鳳爲喻，謂詩人之有曹植，猶鱗介之有神龍，百鳥之有鳳凰也。曹植《薤露行》：「鱗介尊神龍，走獸宗麒麟。」

〔一一〕琴笙：均古代宴禮所用樂器。《詩經·小雅·鹿鳴》：「我有嘉賓，鼓瑟吹笙。」《文選》卷一八嵇康《琴賦序》：「衆器之中，琴德最優。」李善注：「桓譚《新論》曰：『八音廣博，琴德最優。』」

《文選》卷一八潘岳《笙賦》：「惟簧也，能研群聲之清；　惟笙也，能總衆清之林。衛無所措其邪，鄭無所容其淫。非天下之和樂，不易之德音，其孰能與於此乎？」此以音樂爲喻，謂詩人之有曹植，猶音樂中有「最優」之琴笙，能總衆音之林也。

〔一二〕「女工」句：　女工，指婦女所擅之紡織、縫紉、刺繡之類的手工藝勞動。　黼黻，古代禮服上所繪繡之花紋。黑白相交者稱「黼」，青黑相交者稱「黻」。《説郛》卷三八《孔叢子·嘉言》：「黼黻，文章之義，婦人之所有大功也。」此以女工黼黻爲喻，黼黻繪繡，爲女工之最。詩之有曹植，猶女工之有黼黻繪繡也。古直《箋》：「《漢書》宣帝曰：『辭賦大者與古詩同義，小者辯麗可喜，如女工有綺縠。』」許文雨《講疏》：「杜甫《寄張彪三十韻》云：『曹植休前輩。』仇兆鰲云：『自東漢至建安，詩盛於七子，而以子建爲稱首。』《詩品》謂其：『骨氣奇高，詞采華茂。』『粲溢今古，卓爾不群。』『譬人倫之有周、孔，鱗羽之有龍鳳，音樂之有琴笙，女工之有黼黻。』據此可見其壓倒前輩矣。」旭按：以上四喻，極言植詩最尊之地位。非「笑曹、劉爲古拙」之「輕蕩之徒」所可動摇也。

〔一三〕「俾爾」句：俾，使也。　爾，爾等、你們。　懷鉛吮墨者，指操筆寫作的人。鉛、墨，均爲書寫工具。懷鉛，即握鉛粉筆。《西京雜記》：「揚子雲好事，常懷鉛提槧，從諸計吏，訪殊方絶域四方之語，以爲裨補《輶軒》所載，亦洪意也。」《文選》卷三八任昉《爲范始興作求立太宰碑表》：「人蓄油素，家懷鉛筆。」李善注：「葛龔《與梁相牋》：『曹褒，寢懷鉛筆，行誦文書。』」吮墨，謂以舌舔蘸筆尖，使筆毛鋒穎，引申爲寫作。《梁書·劉孝綽傳》：「故韜翰吮墨，多歷寒暑。」李商隱《太尉衛公會昌一品集序》：「吮墨摛詞，詠日月之光華。」

〔一四〕抱篇章而景慕：懷抱曹植的作品篇章而景仰欽慕。

〔一五〕映餘暉以自燭：餘暉，指曹植詩章之光輝，即上文所謂「粲溢今古」者。自燭，自照也。謂以曹植詩之光輝照亮自己的創作道路，從中汲取營養，獲得啓發也。陳延傑《注》：「鍾氏謂陸機、謝靈運詩，其源並出於陳思，是其所景慕者。他若燭餘暉者，如阮籍、左思、郭璞等，蓋其著者焉。」

〔一六〕「故孔氏」句：此句及以下五句語式本揚雄《法言·吾子》篇：「如孔氏之門用賦也，則賈誼升堂，相如入室矣。」又《論語·先進》篇：「子曰：『由也升堂矣，未入於室也。』」邢昺疏：「言子路之學識深淺，譬如自外入内，得其門者，入室爲深，顔淵是也；升堂次之，子路是也。」古直《箋》：「《論語》記孔子用詩之言甚衆，如《學而》篇：『子貢曰：「《詩》云：『如切如磋，如琢如磨。』其斯之謂與？」子曰：「賜也，始可與言《詩》已矣。」』《述而》篇：『曰：「子所雅言，《詩》、《書》、執禮，皆雅言也。」』《八佾》篇：『子夏問曰：「巧笑倩兮。美目盼兮，素以爲絢兮，何謂也？」子曰：「繪事後素。」曰：「禮後乎？」子曰：「起予者商也！始可與言《詩》已矣。」』《泰伯》篇：『子曰：「興於詩，立於禮，成於樂。」』《爲政》篇：『曰：「《詩》三百，一言而蔽之，曰：『思無邪。』」』《子路》篇：『曰：「誦《詩》三百，授之以政，不達；使於四方，不能專對；雖多，亦奚以爲？」』《季氏》篇：『陳亢問於伯魚曰：「子亦有異聞乎？」對曰：「未也。嘗獨立，鯉趨而過庭。曰：『學詩乎？』對曰：『未也。』『不學詩，無以言。』鯉退而學詩。」」《陽貨》篇：『子曰：「小子何莫學夫詩？詩，可以興，可以觀，可以群，可以怨。」』又曰：『子謂伯魚曰：「汝爲《周南》、《召南》乎？人而不爲《周南》、《召南》，其猶正牆面立也與？」』據此，孔氏之門特重用詩，仲偉於是爲失言。」然仲偉「用詩」之意，謂以詩品衡詩人高下也。古氏所舉，爲孔氏之門「言詩」之例。

〔一七〕「則公幹」三句：公幹，劉楨字公幹，見上品「劉楨」條。升堂，古代宮室，前爲堂，後爲室，比喻由淺入深。思王，陳思王曹植。入室，進入内室。比升堂更進一層。此謂劉楨之詩可以登上廳堂，而曹植之詩則可邁進内室。

〔一八〕「景陽」三句：景陽，張協字景陽，見上品「張協」條。潘，指潘岳，見上品「潘岳」條。陸，指陸機，見上品「陸機」條。廊廡，屋檐下過道或獨立有頂之通道。此謂張協、潘岳、陸機，自然可以坐在堂下廊屋的过道之间了。沈德潛《古詩源》卷五：「子建詩，五色相宣，八音朗暢。使才而不矜才，用博而不逞博。蘇、李以下，故推大家。仲宣、公幹，烏可執金鼓而抗顔行也？」王夫之《薑齋詩話》卷下：「建立門庭，自建安始。曹子建鋪排整飾，立階級以賺人升堂。用此致諸趨赴之客，容易成名。伸紙揮毫，雷同一律。」陳衍《詩品平議》：「升堂、入室，孔門不止一人，子建優於入室也。子建詩最傳者，如《箜篌引》、《怨歌行》、《名都篇》、《美人篇》、《白馬篇》、《聖皇篇》、《吁嗟篇》、《棄婦篇》、《贈徐幹》、《贈丁儀》、《贈白馬王彪》、《雜詩》、《七哀詩》諸作。《箜篌引》自『置酒高殿上』至『馨折欲何求』使他人爲之，詞意俱盡，將結束終篇矣，乃忽振起：『驚風飄白日，光景馳西流。盛時不可再，百年忽我遒。生存華屋處，零落歸山丘。先民誰不死，知命復何憂！』世只知『生存』二語之沉痛，不知非有『驚風』四語之兔起鶻落，如何接得上？此子建奇處也。」許文雨《講疏》：「此數語爲張爲《詩人主客圖》所本。《茗香詩論》曰：『前人謂：「孔氏之門如有(用)詩，則公幹升堂，思王入室，景陽、潘、陸，自可坐於廊廡之間。」憶！是何言也。以漢之樂府古歌辭升堂，《十九首》入室，廊坐陶、杜，庶幾得之。』《詩源辯體》卷四云：『鍾嶸云：「孔氏之門如用詩，則公幹升堂，思王入室。」此但以其才質所就言之，必至李、杜、高、岑，方可以堂室論也。』斯二説者，一上移之於漢，一下移之於唐，皆憑己之好惡爲説耳。」旭按：此以入孔氏門之深淺，喻詩歌成就之高低。首爲「入室」，謂入其内室者，曹植也；次爲「升堂」，謂登於堂而未入其室者，劉楨也；再次爲「廊廡之間」，謂入其門庭而未登於堂者，張協、潘岳、陸機也。遍照金剛《文鏡秘府論》：「縱復屈、宋奮飛於南楚，楊、馬馳鶩於西蜀，或升堂擅美，或入室稱奇，爭日月之光，竦淩雲之氣。」《詩品序》云：「曹公父子，篤好斯文；平原兄弟，鬱爲文棟；劉楨、王粲，爲其羽翼。次有攀龍託鳳，自致於屬車者，蓋將百計。」又云：「故知陳思爲建安之傑，公幹、仲宣爲輔。」又云：「昔曹、劉殆文章之聖。」均與此評相發。

【參考】

一、録曹植詩六首：

（一）《公讌詩》：「公子敬愛客，終宴不知疲。清夜遊西園，飛蓋相追隨。明月澄清景，列宿正參差。秋蘭被長坂，朱華冒緑池。潛魚躍清波，好鳥鳴高枝。神飈接丹轂，輕輦隨風移。飄颻放志意，千秋長若斯。」

（二）《送應氏》（二首）：「步登北芒坂，遥望洛陽山。洛陽何寂寞，宫室盡燒焚。垣牆皆頓擗，荆棘上參天。不見舊耆老，但覩新少年。側足無行徑，荒疇不復田。遊子久不歸，不識陌與阡。中野何蕭條，千里無人煙。念我平常居，氣結不能言。」

「清時難屢得，嘉會不可常。天地無終極，人命若朝霜。願得展嬿婉，我友之朔方。親昵並集送，置酒此河陽。中饋豈獨薄，賓飲不盡觴。愛至望苦深，豈不愧中腸。山川阻且遠，别促會日長。願爲比翼鳥，施翮起高翔。」

（三）《雜詩》（録三）：「南國有佳人，容華若桃李。朝遊江北岸，夕宿瀟湘沚。時俗薄朱顔，誰爲發皓齒？俛仰歲將暮，榮曜難久恃。」

「僕夫早嚴駕，吾將遠行遊。遠遊欲何之？吴國爲我仇。將騁萬里塗，東路安足由。江介多悲風，淮泗馳急流。願欲一輕濟，惜哉無方舟。閑居非吾志，甘心赴國憂。」

「飛觀百餘尺，臨牖御櫺軒。遠望周千里，朝夕見平原。烈士多悲心，小人媮自閑。國讎亮不塞，甘心思喪元。拊劍西南望，思欲赴太山。絃急悲風發，聆我慷慨言。」

二、謝靈運《擬魏太子鄴中集詩・平原侯植》小序：「公子不及世事，但美遨遊，然頗有憂生之嗟。」詩云：「朝遊登鳳閣，日暮集華沼。傾柯引弱柏，攀條摘蕙草。徙倚窮騁望，目極盡所討。西顧太行山，北眺邯鄲道。平衢修且直，白楊信嫋嫋。副君命飲讌，歡娱寫懷抱。良遊匪晝夜，豈云晚與早。衆賓悉精妙，清辭麗蘭藻。哀音下迴鵠，余哇徹清昊。中山不知醉，飲德方覺飽。願以黄髮期，養生念將老。」

三、江淹《雜體詩・陳思王曹植贈友》：「君王禮英賢，不吝千金璧。雙闕指馳道，朱宫羅第宅。從容冰井臺，清池映華薄。涼風盪芳氣，碧樹先秋落。朝與佳人期，日夕望青閣。褰裳摘明珠，徙倚拾蕙若。眷我二三子，辭義麗金雘。延陵輕寶劍，季布重然諾。處富不忘貧，有道在葵藿。」

四、沈約《宋書・謝靈運傳論》：「子建、仲宣，以氣質爲體，並標能擅美，獨映當時。是以一世之士，各相慕習。源其飈流所始，莫不同祖《風》、《騷》。」

五、劉勰《文心雕龍・才略》篇：「子建思捷而才儁，詩麗而表逸。」又《時序》篇：「陳思以公子之豪，下筆琳瑯。並體貌英逸，故俊才雲蒸。」

六、張溥《漢魏六朝百三家集・陳思王集題辭》：「余讀陳思王《責躬》、《應詔》詩，泫然悲之，以爲伯奇履霜、崔子渡河之屬。既讀《升天》、《遠遊》、《仙人》、《飛龍》諸篇，又何翩然遐征，覽思方外也。王初蒙寵愛，幾爲太子，任性章釁，中受拘攣，名爲懿親，其朝夕縱適，反不若一匹夫徒步。慷慨請試，求通親戚，賈誼奮節于匈奴，劉勝低首于鬬樂，斯人感慨，豈空云爾哉？司馬氏睥睨神器，魏忽不祀，彼所綢繆者藩防，而取代者他族，思王之言不再世而驗，然則審舉諸文，固魏宗之磐石也。集備衆體，世稱繡虎，其名不虛。即自然深致，少遜其父，而才大思麗，兄似不如。人但見文帝居高，陳王伏地，遂謂帝王人臣，文體有分，恐淮南中壘不爲武成受屈也。黄初二令，省愆悔過，詩文怫郁，音成於心，當此時而猶泣金枕，賦感甄，必非人情。論者又云，禪代事起，子建發憤怨泣，使其嗣爵，必終身臣漢，則王之心其周文王乎！余將登箕山而問許由焉。」

魏文學劉楨詩〔一〕

其源出於「古詩」〔二〕。仗氣愛奇〔三〕，動多振絶〔四〕。貞骨凌霜〔五〕，高風跨俗〔六〕。但氣過其文，雕潤恨少〔七〕。然自陳思已下，楨稱獨步〔八〕。

【校異】

〔魏文學劉楨〕　古直《箋》：「《魏志》不言楨爲文學，而《隋志》云：『魏太子文學劉楨集四卷，録一卷。』與仲偉合，知《魏志》略之也。」《文選》卷三一江淹《雜體詩三十首》第六首亦題作「劉文學楨」，皆其證。李徽教《彙注》：「魏文篡漢爲建安二十五年十月事，而劉楨病卒於建安二十二年。然楨則爲漢人，而非魏人也。然而仲偉云『魏文學』，蓋從俗也。」張錫瑜《詩平》曰：「楨與王粲、阮瑀、應瑒並卒於漢建安之世，而楨與瑒皆爲魏太子文學。時魏國已建，文學係魏朝私屬，例得稱魏。故《隋書·經籍志》亦以魏太子文學爲稱，與此同也。」

〔其源出於「古詩」〕　《竹莊》、《玉屑》作「公幹詩，其源出於《古詩》」，《劉公幹集題辭》作「其詩出《古詩》」，蓋臆改。　○「其源」，《御覽》、《記纂》作「文體」。

〔仗氣愛奇〕　「仗」，原作「壯」，據顧氏、《廣牘》、退翁、天都閣、希言齋、《津逮》、《廣漢魏》、《吟窗》、《格致》、《詩法》、《詞府》、《竹莊》、《玉屑》諸本改。此處「仗氣」、「愛奇」均以動賓結構相偶。《詩品序》評劉琨「仗清剛之氣」亦以「仗」、「氣」搭配，意與此同。

〔動多振絶〕　「振」，《御覽》、《記纂》並作「震」。「振」、「震」古字通。

〔貞骨凌霜〕　「貞」，原作「真」，據《竹莊》、《玉屑》、《稗史》、退翁、《對雨樓》、《擇是居》諸本改。蓋宋人避諱，諱「貞」作「真」，後世遂多溷用。高木正一注曰：「『真骨』，即真的骨力。此作爲醫家語，見於《黃帝内經・太素刺制法篇》『壯士真骨』……文學批評中的用例未見。」則「貞」、「真」混淆矣。又何焯《讀書記》引「貞骨」爲「峻骨」。　○「淩」，《竹莊》、《玉屑》引作「陵」。「陵」，通「淩」。○《御覽》引，「淩霜」上有「氣」字。

〔雕潤恨少〕《記纂》引，「雕」上有「而」字。　○「雕潤」，《吟窗》、《格致》、《詩法》、《詞府》諸本作「雕蟲」。

〔然自陳思已下〕《御覽》、《玉屑》均作「然陳思已往」。　○「陳思已下」，《詩紀》作「思王以下」；張溥《劉公幹集題辭》作「思王而下」。　○「已」，《梁文紀》、《全梁文》、《萃編》本作「以」。「已」、「以」古字通。

【集注】

〔一〕劉楨（？—二一七），漢魏間著名文學家、詩人，「建安七子」之一。字公幹，東平寧陽（今山東寧陽）人。父劉梁，漢章王宗室子孫，以文學見貴。劉楨聰慧，應答敏捷，記憶超群，有逸氣，八歲能誦《論語》、《詩經》，賦文數萬字，衆目爲神童。十一歲隨母兄避兵亂至許昌，在驛館中結識曹植，曹植即驚服其飽學。被曹操辟爲丞相掾屬，常與曹操、曹植吟詩作賦，對酒歡歌，與曹丕兄弟頗相親愛。建安十六年（二一一）爲五官中郎將文學。與王粲、陳琳、徐幹、阮瑀、應瑒相友善。與曹植並稱爲「曹、劉」。因耿性忠直，不滿曹丕迎娶，在席上平視丕妻甄氏，以「不敬罪」罰作苦力，在京洛西石料廠磨石料。魏王曹操至石料廠視察，衆官吏與苦力均匍匐在地，唯有劉楨未跪，勞作不止。後免罪署爲小吏。建安二十二年（二一七），與應瑒、徐幹等同染瘟疫而亡。劉楨五言詩氣骨高舉，不重雕飾，清新剛勁，妙絶時人。作品多抒寫懷抱，贈答親友。《隋志》謂有「魏太子文學劉楨集四卷，録一卷」，已散佚。明張溥輯有《劉公幹集》。今存詩二十首，斷句若干。事見《三國志·魏書·王粲傳》附。

〔二〕「其源」句：此謂劉楨詩體貌風格源出於「古詩」。皎然《詩式》：「劉楨辭氣偏正得其中，不拘對屬，偶或有之。語與興驅，勢逐情起。不由作意，氣格自高。與《十九首》其流一也。」楊慎《升菴詩話》卷一三：「劉公幹《贈從弟詩》，有《國風》餘法。」陳延傑《注》：「楨之《公讌》、《贈從弟》、《雜詩》等篇，皆所謂情高會采，而質樸頗類古詩。」又云：「公幹詩氣特蒼鬱，直抒懷抱，云源出《古詩》者，亦以格言之。」旭按：《古詩》源出《國風》，劉楨源出「古詩」，劉楨爲隔代源出《國風》，與直接源出《國風》之曹植，不能平起平坐。此即「劉楨升堂，思王入室」之謂；又《古詩》「驚絶」，楨詩「動多振絶」，或是其源出處。

〔三〕仗氣愛奇：謂依仗卓犖之氣，偏愛奇特之語。陳衍《平議》：「『仗氣愛奇』之説，實本康樂《擬鄴中集詩》小序，謂『（劉楨）卓犖偏人，而文最有氣，所得頗經奇』者也。」古直《箋》：「魏文帝《與吴質書》曰：『公幹有逸氣，但未遒耳。其五言詩之善者，妙絶時人。』」《御覽》三百八十五引《文士傳》曰：『劉楨辭氣鋒烈，莫有折者。』《文心雕龍・體性》篇曰：『公幹氣褊，故言壯而情駭。』又《才略》篇曰：『劉楨情高以會采。』案，諸説並與仲偉相發。惟顔延之《庭誥》云：『劉楨五言流靡。』則異議耳。」

〔四〕動多振絶：動，動輒。《助詞辨略》云：「凡云動者，即兼動輒之義，乃省文也。」宋文帝《誡江夏王義恭書》：「無由復得，動相規誨。」振絶，驚世駭俗。此謂劉楨性亢直卓犖，文仗其氣，又偏好奇警之句，故每有所作，則往往驚駭世人。

〔五〕貞骨淩霜：貞骨，堅貞不移之氣骨。淩霜，欺淩霜雪。謝惠連《甘賦》：「性耿介而淩霜。」沈約《傷謝朓》：「豈言陵霜質，忽隨人事往。」此由草木喻人之節操，引申爲文章風格。劉楨曾詠貞松以寄意，葛立方《韻語陽秋》卷二十：「公幹嘗有《贈從弟》云：『亭亭山上松，瑟瑟谷中風。風聲一何盛，松枝一何勁！』其寄意如是。」

〔六〕高風跨俗：謂其詩風高邁，超凡出俗。何焯《義門讀書記》評劉楨《贈從弟》詩三章云：「此教以修身俟時，首章致其潔也，次章勵其節也，三章擇其從也。峻骨淩霜，高風跨俗，要惟此種足以當之。」

〔七〕「但氣」二句：此謂劉楨詩「質」勝於文，「骨氣」勝於「丹彩」，可惜雕繪潤飾少了一點。許文雨

《講疏》：「此有贊從仲偉之説者，如《詩藪・内編》卷二：『公幹才偏，氣過詞。』《詩源辯體》卷四云：『公幹詩聲詠常勁，鍾嶸稱公幹氣過其文，是也。如「靈鳥宿水裔，仁獸遊飛梁。華館寄流波，豁達來風涼」、「步出北寺門，遥望西苑園。細柳夾道生，方塘含清源」、「涼風吹沙礫，霜風何皚皚？明月照緹幕，華燈散炎輝」等句，聲韻爲勁。』又有否從仲偉之説者，如陳祚明評選云：『公幹詩有氣故高，如翠峯插空，高雲曳壁，秀而不近，幾無浩蕩之勢，頗饒顧盼之姿。《詩品》以爲氣過其文，此言未允。』自以正説爲是。」夏敬觀曰：「余以爲專以氣勝言，不足以概劉楨，蓋其體直接李陵，而曲折在直幹之中，是勁氣，亦是潛氣也。若雕潤過多，正傷骨力，鍾嶸少之，未爲當也。王粲五言，亦不過十數篇，以比劉楨，特爲拙重。情勝二字，亦不足以概之也。」

〔八〕「然自」二句：獨步，獨一無二，超群出衆。曹植《與楊德祖書》：「昔仲宣獨步於漢南……公幹振藻於海隅。」《後漢書・戴良傳》：「我若仲尼長東魯，大禹出西羌，獨步天下，誰與爲偶？」許學夷《詩源辯體》卷四：「公幹、仲宣，一時未易優劣。鍾嶸以公幹爲勝，劉勰以仲宣爲優。予嘗爲二家品評：公幹氣勝于才，仲宣才優於氣。鍾嶸謂陳思以下，楨稱獨步。元美謂二曹龍奮，公幹角立，是也。」劉熙載《詩概》：「公幹氣勝，有陳思之一體。」古直《箋》：「魏文稱公幹『五言詩妙絶時人』，仲偉之評，殆因此發。然《典論》又云：『劉楨壯而不密。』其不能飛軒絶迹，一舉千里，亦明矣。『獨步』之評，非篤論也。」又案：「江淹《雜體詩序》曰：『公幹、仲宣之論，家有曲直。』今考劉彦和曰：『兼善則子建、仲宣，偏美則太沖、公幹。』又曰：『仲宣溢才，捷而能密。文多兼善，辭少瑕累。摘其詩賦，則七子之冠冕。』沈休文曰：『子建、仲宣，以氣質爲體，並標能擅美，獨映當時。』梁簡文曰：『遠則揚、馬、曹、王。』是皆右王者也。江文通曰：『僕以爲各具美兼善而已。』是調和者也。抑王揚劉，首推仲偉。然殆聖之譽，固知溢量；獨步之評，亦恐難值。王、劉比肩，同事思王，則平心之論耳。」旭按：鍾嶸詩歌美學觀，前已備述。參見上品「曹植」條。《詩品》所評詩人，唯曹植「文」、「質」相兼，「風力」與「丹彩」結合，「骨氣奇高」與「詞采華茂」統一，爲理想之化身。餘皆有不足：劉楨「雕潤恨少」，王粲「文秀質羸」，均爲「偏勝」詩人，且代表兩種不同之審美傾向。仲偉揚劉抑王，以爲「陳思已下，楨稱獨步」，又《詩品序》謂「昔曹、劉殆文章之聖」，「曹植」條謂「孔氏之門如用詩，則公幹升堂，思王入室」，不及王粲，可知鍾嶸美學觀念，偏勝之中，更重視「質」及「風力」、「骨氣」也。公幹、仲宣之論，非惟江淹序爲「家有曲直」。鍾嶸曾爲記室之「晉安王」蕭綱，亦不贊同鍾嶸說法。其《與湘東王書》曰：「歷方古之才人，遠則揚（雄）、馬（司馬相如）、曹（植）、王（粲）。」以曹植、王粲並稱，而承沈約、劉勰之論，謂王粲優於劉楨。可見「風骨美學」在齊梁之低迷，潛伏至唐初陳子昂《與東方虯修竹篇序》方始抬頭，與王粲「情詞美學」合而爲盛唐詩。王漁洋謂「楨之視植，豈但鵾鵬之與斥鴳」，則未達此旨。

【參考】

一、録劉楨詩四首：

（一）《公讌詩》：「永日行遊戲，歡樂猶未央。遺思在玄夜，相與復翱翔。輦車飛素蓋，從者盈路傍。月出照園中，珍木鬱蒼蒼。清川過石渠，流波爲魚防。夫容散其華，菡萏溢金塘。靈鳥宿水裔，仁獸遊飛梁。華館寄流波，豁達來風涼。生平未始聞，歌之安能詳。投翰長歎息，綺麗不可忘。」

（二）《贈從弟》（三首）：「汎汎東流水，磷磷水中石。蘋藻生其涯，華葉紛擾弱。采之薦宗廟，可以羞嘉客。豈無園中葵？懿此出深澤。」

「亭亭山上松，瑟瑟谷中風。風聲一何盛，松枝一何勁。冰霜正慘悽，終歲常端正。豈不罹凝寒，松柏有本性。」

「鳳凰集南嶽，徘徊孤竹根。於心有不厭，奮翅淩紫氛。豈不常勤苦？羞與黄雀羣。何時當來儀？將須聖明君。」

二、謝靈運《擬魏太子鄴中集詩·劉楨》小序：「卓犖偏人，而文最有氣，所得頗經奇。」詩云：「貧居晏里閈，少小長東平。河兗當衝要，淪漂薄許京。廣川無逆流，招納廁群英。北渡黎陽津，南登宛郢城。既覽古今事，頗識治亂情。觀友相解達，敷奏究平生。矧荷明哲顧，知深覺命輕。朝遊牛羊下，暮坐括揭鳴。終歲非一日，傳卮弄新聲。辰事既難諧，歡願如今並。唯羨肅肅翰，繽紛戾高冥。」

三、江淹《雜體詩・劉文學楨感懷》：「蒼蒼山中桂，團團霜露色。霜露一何緊，桂枝生自直。橘柚在南國，因君爲羽翼。謬蒙聖主私，託身文墨職。丹彩既已過，敢不自雕飾。華月照芳池，列坐金殿側。微臣固受賜，鴻恩良未測。」

四、杜甫《寄高適》：「方駕曹劉不啻過。」

五、元稹《唐故工部員外郎杜君墓係銘並序》：「言奪蘇、李，氣吞曹、劉。」

六、元好問《論詩絶句三十首》之二：「曹劉坐嘯虎生風，四海無人角兩雄。」又《自題中州集後》：「鄴下曹劉氣盡豪。」

七、胡應麟《詩藪・内編》卷二：「建安首稱曹、劉。陳王精金粹璧，無施不可；公幹才偏，氣過詞。」

八、張溥《漢魏六朝百三家集・劉公幹集題辭》：「魯國孔文舉、廣陵陳孔璋、山陽王仲宣、北海徐偉長、陳留阮元瑜、汝南應德璉、東平劉公幹，魏文帝所稱文人七子也。劉楨表章書記，壯而不密。又稱其五言詩，妙絶當時。今公幹書記，傳者絶少，知其物化以後，遺失多矣。集詩大悉五言，《詩品》亦云：『其詩出古詩，思王而下，楨稱獨步。』豈緣本魏文爲之申譽乎？近日詩選，痛貶建安，亦度已跡削他人足耳。未若南皮觴酌，公燕贈答，當時得失，相知者深也。劉公幹贈五官中郎將詩，有云：『昔我從元后，整駕至南鄉。過彼豐沛都，與君共翺翔。』王仲宣從軍詩亦云：『籌策運帷幄，一由我聖君。』嚴滄浪黜之，謂元后、聖君並指曹操，心敢無漢，大義批引，二子固當叩頭伏罪。然詩頌鋪張，詞每過實，文人之言，豈必由中情哉。公幹平視甄夫人，操收治罪，文帝獨不見怒。死後致思，悲傷絶弦，中心好之，弗聞其過也。其知公幹，誠猶鍾期伯牙云。」

九、陳衍《詩品平議》：「公幹詩佳者頗少。《贈五官中郎將》第一首起云：『昔我從元后，整駕至南鄉。過彼豐沛都，與君共翺翔。』時漢帝尚在，遽稱操爲元后，譙爲豐沛，真不知羞恥事矣。末章云：『君侯多壯思，文雅縱横飛。小臣信頑鹵，僶俛安能追？』竟自稱小臣，尚何譏於諂諛之辭乎？其餘傳作，若《贈徐幹》云：『誰謂相去遠，隔此西掖垣。』《贈從弟》一章云：『豈無園中葵，懿此出深澤。』二章云：『豈不罹凝寒，松柏有本性。』三章云：『豈不常辛苦，羞與黄雀羣。』小作矯健而已。以云『升堂』，瞠乎遠矣。劉楨幸得與曹並稱，即由鍾氏妄列上品之故。所評殆無一當者。」

魏侍中王粲詩〔一〕

其源出於李陵〔二〕。發愀愴之詞〔三〕，文秀而質羸〔四〕。在曹、劉間别構一體〔五〕。方陳思不足，比魏文有餘〔六〕。

【校異】

〔魏侍中王粲〕 張錫瑜《鍾記室詩平三卷》：「《隋志》稱『後漢侍中』。疑當以《志》爲是。」李徽教《彙注》：「仲宣卒時尚漢，而此云『魏侍中』，亦與劉楨同例。且《隋志》正作『後漢侍中』。」

〔其源出於李陵〕 《竹莊》、《玉屑》作「仲宣詩，其源出於李陵」。

〔發愀愴之詞〕 《竹莊》、《玉屑》所引，「發」上有「若」字。車柱環《校證》：「蓋『善』之形誤。（「善」之俗書作「着」，「若」之俗書作「若」，兩形相近，往往互誤。）有善字，文意較備。『中品』評應璩詩有云：『善爲古語。』評謝眺詩有云：『善自發詩端。』與此句法相似。又『中品』評鮑照詩云：『其源出於二張，善製形狀寫物之詞。』與此句法尤符。則今本『發』上挩『善』字，明矣。」

〔文秀而質羸〕 《對雨樓》、《擇是居》本作「文質而秀羸」，誤。

〔在曹劉間別構一體〕 「間」，嘉靖辛酉《吟窗》、《格致》本均誤作「聞」。

【集注】

〔一〕王粲（一七七—二一七）：漢魏間著名文學家、詩人，「建安七子」之一。字仲宣，山陽高平（今山東鄒縣）人。其祖爲漢朝三公，父親王謙爲大將軍何進長史。粲少有異才，性善算，作算術，略尽其理。善作文，举笔便成，无所改定，时人常以为宿构，然正復精意覃思，亦不能加也。蔡邕聞知王粲來訪，竟倒屣相迎。王粲進内，年既幼弱，容狀短小，一坐盡驚。蔡邕道：「此是王公（暢）之孫也，有異才，吾所不如。吾家書籍文章，當盡與之。」獻帝西遷，徙居長安。十七歲時，逢董卓之亂，流寓荆州，依附劉表。劉表以其貌不副盛名且軀體羸弱，不甚見重。表卒，粲勸表子劉琮歸曹操。曹操辟粲爲丞相掾，賜爵關内侯，後遷軍謀祭酒。魏國既建，拜爲侍中。劉勰譽爲「七子之冠冕」。後隨曹操征討孫吴，返回鄴城途中病逝，時年四十一歲。曹丕主持追悼會，曹植作《王仲宣誄》。東漢名醫張仲景曾爲診斷，言其身上帶有隱性「癘疾」，復發而亡。王粲文學分前後兩期：前期親歷戰亂，流寓荆州，懷才不遇，詩賦哀傷；後期渴望建功立業，詩賦激奮昂揚。《隋志》謂有「後漢侍中王粲集十一卷」，已散佚。明張溥輯有《王侍中集》一卷。今存詩二十四首，其中五言詩十五首。事見《三國志·魏書》卷二一《王粲傳》。

〔二〕「其源」句：此謂王粲詩體貌風格源出於李陵。張溥《王侍中集題辭》：「仲宣《詠史》，託諷《黄鳥》，披文下涕，幾《秦風》矣。」又曰：「以《七哀》之悲，爲顯廟之頌，擇木而窮，雅誹見志，世謂其詩出李陵，今觀書命，亦相近也。」陳祚明《采菽堂古詩選》：「王仲宣詩跌宕不足而直摯有餘，傷亂之情，《小雅》、變風之餘也。」劉熙載《藝概·詩概》：「王仲宣之詩出於《騷》。」許文雨《講疏》：「謝靈運《擬魏太子鄴中集·王粲詩序》曰：『家本秦川，貴公子孫。遭亂流寓，自傷情多。』蓋與李陵『爲名家子，生命不諧，聲頽身喪』者，同有身世之悲。故仲偉評陵『文多悽愴』，評粲『發愀愴之詞』，足見二人寄情篇什之相似矣。」

〔三〕發愀愴之詞：愀愴，悲哀傷情之貌。此謂王粲詩歌抒發悲哀傷情之詞。《文選》卷一八嵇康《琴賦》：「懷戚者聞之，莫不憯懔慘悽，愀愴傷心。」又潘岳《笙賦》：「愀愴惻減，虺韡熠熠。」許文雨《講疏》：「徐禎卿《談藝録》曰：『仲宣流客，慷慨有懷。』陳祚明評選其詩曰：『王仲宣詩如天寶樂工，身經播遷之後，作《雨淋鈴》曲，發聲微吟，覺山川奔逆，風聲雲氣，與歌音並至，祇緣述親歷之狀，故無不沉切。』」古直《箋》：「『發愀愴之詞』，指《七哀詩》。」陳延傑《注》：「粲之《七哀詩》，寫兵亂之象，悽愴欲絶，所以沈約甚稱其『灞岸』之篇，而嘆爲茂製也。」

〔四〕文秀而質羸：文秀，文采秀美。質，即體質、氣骨。羸，弱也。此指王粲詩文詞華彩秀逸而體質、氣骨羸弱。《文選》卷五六曹子建《王仲宣誄》：「文若春華，思若涌泉，發言可詠，下筆成篇。」《全梁文》載王僧孺《太常敬子任府君傳》曰：「仲宣病於弱。」與「質羸」同義。陳衍《平議》：「《從軍詩》五首，詞旨亦復英邁。在建安七子中，無陳思殆可獨步。康樂謂『家本秦川，貴公子孫。遭亂流寓，自傷情多』，於其詩未或貶也。乃鍾記室以爲『文秀質羸』，若情多者氣必弱，豈其然乎？」古直《箋》：「《文心雕龍·隱秀》篇曰：『文之英蕤，有隱有秀。秀也者，篇中之獨拔者也。』案，『文秀質羸』相對，言文辭秀拔而體質羸弱也。何義門未達此旨，便謂：『仲宣詩極沈鬱頓挫。鍾記室以爲「文秀而質羸」，殆所未喻矣。』《魏志》曰：『王粲容貌短小。』又曰：『劉表以粲貌寢而體弱，不甚重也。』魏文帝《與吴質書》曰：『仲宣獨自善於辭賦，惜其體弱，不足起其文。』是並仲宣『質羸』之證。」許文雨《講疏》：「此有否從仲偉之説者。如《文選》何義門評王粲《詠史詩》云：『仲宣詩極沉鬱頓挫，而鍾記室以爲「文秀而質羸」，殆所未喻。』亦有贊從仲偉之説者，如《詩源辯體》卷四云：『仲宣詩聲韻常緩，鍾嶸稱仲宣「文秀而質羸」，是也。如：「常聞詩人語，不醉且無歸。今日不極歡，含情欲待誰？」「軍中多飫饒，人馬皆溢肥。徒行兼乘還，空出有餘資。」「征夫懷親戚，誰能無戀情？撫衿倚舟檣，眷眷思鄴城」等句，聲韻爲緩。』殆各有所見耳。」立命館《疏》：「王粲之詩，其體稍略。此已爲當時人所指出者也。曹丕謂其『體弱』，即此評之『質羸』者，均就其文學内容而言。古直以爲就其健康狀態言之，非也。」李徽教《彙注》：「此『質羸』之評，解者蓋有二説。一爲如古直《箋》所謂『體質羸弱』者也，而葉《集釋》、汪注從之，陳注、杜注亦暗合。又一爲如許釋所謂『聲韻常緩』，立命館《疏》所謂『内容稍弱』者也。以上二説，各有所見，不知所從。然凡有身體虚弱者，則其文體亦蓋爲弱，然則此兩説之旨，本非甚遠。」楊祖聿《校注》：「『文秀』者，謂文藻秀拔也；『質羸』者，氣勢羸弱也，文質正相對照。仲宣文勝於質，未若子建之兼善（體被文質）。曹丕《典論・論文》評論七子，莫不以『氣』爲準鵠，且重陽剛而貶陰柔。孔融氣體高妙，劉楨壯而有逸氣，陳琳章表殊健，魏文一一稱讚。至若徐幹時有齊氣，應瑒和而不壯，仲宣體弱，魏文以爲美中不足。陳祚明亦曰：『王仲宣詩跌宕不足，而直摯有餘。』粲詩雖發端遒麗，藻飾潤澤，情溢辭表，然氣勢不足，壯采無繼。故《詩源辯體》謂其詩聲韻常緩，此乃氣勢羸弱之表徵也。又《詩品》評張華源出於王粲，『其體華豔』，然『風雲氣少』，可爲『文秀質羸』之助證。」又，「方東樹《昭昧詹言》謂：『建安七子，除陳思，其餘略同，而仲宣爲偉，局面闊大，公幹氣緊，不如仲宣。』又謂：『《七哀詩》蒼涼悲慨，才力豪健，陳思而下，一人而已。』方説正與仲偉相左，揄揚過其情。」

〔五〕「在曹」句：曹，指曹植。劉，指劉楨。謂王粲詩在曹植、劉楨之間別具一種體貌風格。旭按：王粲「別構一體」，知「曹、劉」亦構一體。故南宋嚴羽《滄浪詩話・詩體》曰：「以人而論，則有曹、劉體。」又中品「曹丕」條謂曹丕「頗有仲宣之體則」，「體則」即體貌、法則，則知王粲在「曹、劉體」外自開「仲宣體」。兩體之間，源頭不同。曹植源出《國風》，劉楨源出「古詩」，「古詩」源出《國風》，故曹、劉同一源頭；王粲源出李陵，李陵源出《楚辭》。《詩經・國風》系統與《楚辭》系統體貌、法則不同，此「曹、劉體」與「仲宣體」之所分也。曹植「骨氣奇高」與「詞采華茂」統一結合，爲鍾嶸詩歌美學理想化身；劉楨雕潤不足然氣骨有餘，仍可與曹植合爲「文章之聖」。王粲骨氣不足而文詞秀逸。故知「仲宣體」別于曹、劉之「雅」，而得《楚辭》之「怨」。胡應麟《詩藪・内編》卷二曰：「陳王精金粹璧，無施不可。公幹才偏，氣過詞；仲宣才弱，肉勝骨。」劉熙載《藝概・詩概》卷二曰：「公幹氣勝，仲宣情勝，皆有陳思之一體。後世詩，率不越此二宗。」陳延傑《注》：「《宋書》曰：『子建、仲宣，以氣質爲體。』又曰：『體變曹、王。』故知仲宣在曹、劉間，別構一體也。」古

《箋》謂：「建安諸子，雖才性各異，而體製大略相同。仲偉此言未當。」則誤矣。

〔六〕「方陳」二句：方，比也。魏文，即魏文帝曹丕。見中品「曹丕」條注。此謂王粲詩比曹植不足，比曹丕有餘，地位在植、丕之間。沈德潛《古詩源》謂：「蘇、李以後，陳思繼起，故應爲一大宗。鄴下諸子，各自成家，未能方埒也。」陳祚明《采菽堂古詩選》曰：「王仲宣詩……與子桓兄弟，氣體本殊，無緣相比。」陳延傑注謂：「鍾氏謂魏文詩，雜有仲宣之體，故比魏文有餘。」李徽教《彙注》：「《序》云：『故知陳思爲建安之傑，公幹、仲宣爲輔。』此爲『方陳思不足』者也；魏文列入『中品』，而仲宣得居『上品』，此爲『比魏文有餘』者也。」

【參考】

一、録王粲詩四首：

（一）《七哀詩》三首：「西京亂無象，豺虎方遘患。復棄中國去，委身適荆蠻。親戚對我悲，朋友相追攀。出門無所見，白骨蔽平原。路有飢婦人，抱子棄草間。顧聞號泣聲，揮涕獨不還。未知身死處，何能兩相完？驅馬棄之去，不忍聽此言。南登霸陵岸，回首望長安。悟彼下泉人，喟然傷心肝。」

「荆蠻非吾鄉，何爲久滯淫？方舟泝大江，日暮愁吾心。山岡有餘映，巖阿增重陰。狐狸馳赴穴，飛鳥翔故林。流波激清響，猴猿臨岸吟。迅風拂裳袂，白露沾衣襟。獨夜不能寐，攝衣起撫琴。絲桐感人情，爲我發悲音。羈旅無終極，憂思壯難任。」

「邊城使心悲，昔吾親更之。冰雪截肌膚，風飄無止期。百里不見人，草木誰當遲。登城望亭燧，翩翩飛戍旗。行者不顧返，出門與家辭。子弟多俘虜，哭泣無已時。天下盡樂土，何爲久留茲？蓼蟲不知辛，去來勿與諮。」

（二）《雜詩》：「日暮遊西園，冀寫憂思情。曲池揚素波，列樹敷丹榮。上有特棲鳥，懷春向我鳴。褰衽欲從之，路險不得征。徘徊不能去，佇立望爾形。風飆揚塵起，白日忽已冥。回身入空房，托夢通精誠。人欲天不違，何懼不合併？」

二、謝靈運《擬魏太子鄴中集詩·王粲》小序：「家本秦川，貴公子孫。遭亂流寓，自傷情多。」詩云：「幽厲昔崩亂，桓靈今板蕩。伊洛既燎煙，函崤没無像。整裝辭秦川，秣馬赴楚壤。沮漳自可美，客心非外獎。常歎詩人言，式微何由往！上宰奉皇靈，侯伯咸宗長。雲騎亂漢南，紀郢皆掃盪。排霧屬盛明，披雲對清朗。慶泰欲重疊，公子特先賞。不謂息肩願，一旦值明兩。並載遊鄴京，方舟汎河廣。綢繆清讌娱，寂寞梁棟響。既作長夜飲，豈顧乘日養。」

三、江淹《雜體詩·王侍中粲懷德》：「伊昔值世亂，秣馬辭帝京。既傷蔓草別，方知伏杜情。崤函蕩丘墟，冀闕緬縱横。倚棹汎涇渭，日暮山河清。蟋蟀依桑野，嚴風吹枯莖。鸛鶂在幽草，客子淚已零。去鄉三十載，幸遭天下平。賢主降嘉賞，金貂服玄纓。侍宴出河曲，飛蓋遊鄴城。朝露竟幾何，忽如水上萍。君子篤恩義，柯葉終不傾。福履既所綏，千載垂令名。」

四、劉勰《文心雕龍·才略》篇：「仲宣溢才，捷而能密。文多兼善，辭少瑕累。摘其詩賦，則七子之冠冕乎！」又《體性》篇：「仲宣躁鋭，故穎出而才果。」《詮賦》篇：「仲宣靡密，發端必遒。」

五、張溥《漢魏六朝百三家集·王侍中集題辭》：「袁顯思兄弟争國，王仲宣爲劉荆州移書苦諫，今讀其文，非獨詞章縱横，其言誠仁人也。昔潁考叔一言能感鄭莊，使母子如初。仲宣二書，疾呼泣血，無救鬩牆。袁氏將喪，頑子執兵，即蘇、張復生何益哉？子桓、子建交怨若仇，仲宣婉孌其間，耦居無猜。身没之後，太子臨喪，陳思作誄，素旗表德，頌言不忘。彼固善處人骨肉，亦由天性宿深，長於感激，不但和光宴詠，爲兩公子樓護也。孟德陰賊，好殺賢士，仲宣《詠史》，托諷《黄鳥》，披文下涕，幾《秦風》矣。高平上胄，世爲漢公，遭時流離，依徙荆許。以《七哀》之悲，爲顯廟之頌，擇木而窮，雅誹見志。世謂其詩出李陵，今觀書命，亦相近也。」

晉步兵阮籍詩〔一〕

其源出於《小雅》〔二〕。無雕蟲之巧〔三〕，而《詠懷》之作〔四〕，可以陶性靈〔五〕，發幽思〔六〕。言在耳目之内，情寄八荒之表〔七〕。洋洋乎會於《風》、《雅》〔八〕，使人忘其鄙近，自致遠大〔九〕。頗多感慨之詞〔一〇〕。厥旨淵放〔一一〕，歸趣難求〔一二〕。顔延注解〔一三〕，怯言其志〔一四〕。

【校異】

〔晉步兵阮籍〕 張錫瑜《詩平》作「魏步兵阮籍」。校云：「『魏』，原作『晉』，誤。案：籍卒於魏景元四年冬，不及晉世。步兵校尉又屬王官。方籍爲大將軍從事中郎，時託於好酒而求爲之，其意可見。《晉書》爲籍及嵇康立傳，謬也。《隋志》稱『魏步兵校尉』，爲得其實，今據改。」古直《箋》：「嗣宗卒時，尚未易代，稱晉非也。《隋志》正稱『魏步兵校尉阮籍集』也。」楊明《譯注》：「阮籍卒時，司馬氏集團已掌握大權，但尚未受禪，晉朝未立。故阮籍實爲魏人，鍾嶸稱『晉步兵校尉』不確。但其亦自有根據。西晉朝廷于撰寫晉史時，已有當起於何時的論辯，有人即主張始于魏正始年間，還有人主張將魏嘉平以來朝臣全都列入（見《晉書・賈謐傳》、《初學記》卷二一引陸機《晉書限斷議》等）。東晉人撰晉代史，多載魏末人士如嵇康、阮籍事迹（唐初官修《晉書》，據東晉、南朝人所撰十餘家晉史，即爲嵇、阮立傳），鍾嶸之稱嵇、阮爲晉人，均據此原則。」 〇「籍」，《續百川》、《五朝》、《説郛》、《廣漢魏》、《詩觸》、《增漢魏》、《大觀》、螢雪軒諸本並作「藉」。「藉」，通「籍」。

〔其源出於《小雅》〕　《竹莊》、《玉屑》引，「其源」上並有「嗣宗詩」三字。　○《小雅》，《玉屑》引作「《風》、《雅》」。路百占《校記》：「『小』作『風』，是。案序文曰『取效《風》、《騷》』，《升庵詩話》引『騷』作『雅』，與此同爲源於《風》、《雅》一義，又下文『洋洋乎會於《風》、《雅》』，實爲此呼應之詞。『會於《風》、《雅》』，爲其蛛絲馬跡也。《宋書・謝靈運傳論》：『莫不同祖《風》、《騷》。』」車柱環《校證》：「『小雅』作『風雅』，蓋由聯想，或涉下文『風雅』而誤。」車説是。

〔無雕蟲之巧〕　《御覽》、《吟窗》、《格致》、《詩法》、《詞府》諸本「無」上並有「雖」字。　旭按：「雖」字與下文「而」字氣脈相連，有「雖」字，於義較勝。　○「雕蟲」，《御覽》作「彫斲」。車柱環《校證》：「疑聯想而改。『下品』評王文憲詩云：『忽是雕蟲。』與此『雕蟲』合。揚雄《法言・吾子篇》：『童子雕蟲篆刻。』即鍾氏所本。」　○「巧」，原作「功」，據《御覽》、《竹莊》、《玉屑》諸本改。陳衍《平議》：「夫既云『源出《小雅》』，當矣，尚何至用功雕蟲而待辯其無乎？」高木正一《注》：「『功』，即『功夫』、『工夫』之意，作此理解，其意更爲通暢。」　旭按：有無「雕蟲之功」，均屬不詞。裴子野《宋略》曰：「於是天下向風，人自藻飾，雕蟲之藝，盛於時矣。」「雕蟲之巧」，即雕蟲之藝巧。當從宋詩話及《御覽》作「巧」是。鍾品多用「巧」字，如上品「張協」條「又巧構形似之言」、「謝靈運」條「故尚巧似」，中品「張華」條「巧用文字」、「顔延之」條「尚巧似」、「鮑照」條「然貴尚巧似」，下品「孝武帝」條「見稱輕巧矣」、「鮑令暉」條「往往嶄絕清巧」，均可佐證。

〔而《詠懷》之作〕　《竹莊》、《玉屑》作「而詠物詠懷」。

〔可以陶性靈〕　「性靈」，原作「性雲」，據顧氏、退翁、《廣牘》、《吟窗》、《格致》、《津逮》、繁露堂、天都閣、希言齋諸明本及《竹莊》、《玉屑》所引改。

〔言在耳目之内〕　「在」，《御覽》、《竹莊》、《玉屑》作「猶」。　〇「内」，《全梁文》作「外」。

〔情寄八荒之表〕　「表」，《御覽》、《竹莊》、《玉屑》均作「外」。「外」、「表」義同。

〔洋洋乎會於《風》、《雅》〕　「會於」，《玉屑》作「源於」。　〇《御覽》引，「《風》、《雅》」後有「矣」字。旭按：《御覽》引「阮籍」條至於此，「矣」字因結文而臆加。

〔自致遠大〕　「遠大」，《續百川》、《五朝》、《説郛》、《廣漢魏》、《學詩》、《增漢魏》、《硯北》、《龍威》、《秘書》、《萃編》、螢雪軒、《大觀》諸本均作「遠方」。「方」、「大」義近，或聯想而誤。

〔厥旨淵放〕　「放」，《稗史》作「永」。

〔顏延注解〕　「顏延」，天一閣、《津逮》、《説郛》、《五朝》、《學津》、《詩話》、《紫藤》、二家、《硯北》、《學詩》、《續百川》、《龍威》、《集成》、《談藝》、《大觀》、螢雪軒諸本均作「顏延年」；《梁文紀》、繁露堂、《全梁文》諸本及《詩紀》所引，均作「顏延之」。顧氏本以墨塗去「延」後一字。　〇「注」，原作「往」，據退翁、顧氏、《廣牘》、《津逮》、希言齋、天都閣諸本改。

〔怯言其志〕　「怯」，《續百川》、《説郛》、《五朝》、《廣漢魏》、《增漢魏》、《學詩》、《龍威》、《秘書》、《集成》、《萃編》、《大觀》諸本並作「法」，均因形而誤。顧氏重刻本作「法」，誤；原本作「怯」，不誤，然字跡模糊缺裂，今之作「法」諸本均在顧氏本後，或爲「法」字所誤之祖。《文心雕龍·通變篇》：「趨時必果，乘機無怯。」衆本亦誤作「法」，爲六朝典籍同一誤例。

【集注】

〔一〕阮籍（二一〇—二六三）：魏晉間著名文學家、詩人，「竹林七賢」代表人物。字嗣宗，陳留尉氏（今河南尉氏縣）人。阮瑀之子。少好學，博覽群籍，才藻艷逸，嗜酒能嘯，善彈琴。倜儻放蕩，任性不羈。曾任太尉蔣濟幕府尚書郎，後任曹爽參軍。曹爽被誅，任司馬懿從事中郎。司馬懿死後，任司馬師、司馬昭從事中郎。本有濟世之志，因魏晉之際，天下多故，名士少有全者，籍由是不與世事，如處褌之蝨，逃乎深縫，喜怒不形於色。曾與嵇康、山濤、向秀、阮咸、王戎、劉伶共遊於竹林，又爲司馬昭封晉公、備九錫撰寫「勸進文」。故或閉户視書，累月不出；或登山臨水，經日忘歸。當其得意，忽忘形骸；或窮途痛哭，以青白眼看人。曾登廣武山，觀楚、漢古戰場，歎：「時無英雄，使豎子成名！」内心苦悶，可想而知。時人多謂之癡。因聞步兵營廚人善釀，有貯酒三百斛，乃求爲步兵校尉，世稱「阮步兵」。阮籍長於詩歌、散文及辭賦。《詠懷詩》八十餘篇，悲憤哀怨，隱晦曲折，以比興、象徵、寄託方法，借古諷今，寄寓情懷，成「正始之音」代表。《隋志》謂有「魏步兵校尉阮籍集十卷。梁十三卷，録一卷」，已散佚。明張溥輯有《阮步兵集》。近人黃節有《阮步兵詠懷詩注》。今存《詠懷詩》九十五首，其中五言詩八十二首。事見《三國志・魏書》卷二一、《晉書》卷四九。

〔二〕其源出於《小雅》：此謂阮籍詩體貌風格源出於《詩經》之《小雅》。旭按：鍾嶸《詩品》雖無劉勰《文心雕龍・宗經》篇，然依經立論，以《詩經》爲正宗，以《楚辭》爲輔助。如檀道鸞《續晉陽秋》及沈約《宋書・謝靈運傳論》所謂天下文章，「莫不同祖《風》、《騷》」。鍾嶸與劉勰並無二致。然《詩品》中，另有源出《小雅》者，且源出《小雅》僅阮籍一人，下無嗣承，殊覺怪異。或阮籍至於曹植，劉楨，時代遭際，《小雅》乃《國風》之變，正始乃建安之變，正始阮籍之《小雅》，即建安曹植、劉楨之《國風》乎？胡應麟《詩藪》曰：「阮嗣宗《詠懷詩》，其源本諸《離騷》，而鍾記室以爲出於《小雅》。」何焯《義門讀書記》曰：「《詠懷》之作，其歸在於魏晉易代之事，而其辭旨亦復難以直尋，若篇篇附會，又復失之……其源本諸《離騷》，而鍾記室以爲出於《小雅》。」方東樹《昭昧詹言》曰：「愚謂《騷》與《小雅》，特文體不同耳。其憫時病俗，憂傷之指，豈有二哉？阮公之時與世，真《小雅》之時與世也，其心則屈子之心也。以爲《騷》，以爲《小雅》，皆無不可。而其文之宏放高邁，沈痛幽深，則於《騷》、《雅》皆近之。鍾、何之論，皆滯見也。」黃節《阮步兵詠懷詩注自敘》：「鍾嶸有言：嗣宗之詩，源於《小雅》。夫《雅》廢國微，謂無人服《雅》，而國將絶爾。今注嗣宗詩，開篇『鴻號』、『翔鳥』、『徘徊』、『傷心』。視《四牡》之詩：『翩翩者鵻，載飛載下，集於苞栩。王事靡盬，我心傷悲。』抑復何異？嗣宗其《小雅》詩人之志乎？」陳延傑《注》：「阮詩憤懷禪代，憑弔古今，頗具《小雅》怨而不怒之旨。」

〔三〕無雕蟲之巧：雕蟲，揚雄《法言・吾子》篇：「或問：『吾子少而好賦？』曰：『然，童子雕蟲篆刻。』俄而曰：『壯夫不爲也。』」雕蟲、篆刻，爲秦漢書法八體中之二體，爲學齡童子所習，故曰：「壯夫不爲也。」此謂阮籍詩神至興到，直抒胸臆，無雕琢之跡。《竹林詩評》曰：「阮籍之作，如剡溪雪夜，孤楫沿流，乘興而來，興盡而已。」陳祚明《采菽堂古詩選》卷八曰：「阮公《詠懷》，神至之筆，觀其抒寫，直取自然，初非琢煉之勞，吐以匠心之感。」

〔四〕《詠懷》之作：阮籍有《詠懷詩》八十餘篇，抒發憂世情懷，爲世所重。

〔五〕陶性靈：陶冶性情。顔之推《顔氏家訓・文章》篇：「至於陶冶性靈，從容諷諫，入其滋味，亦樂事也。」杜甫《解悶十二首》之一：「陶冶性靈存底物，新詩改罷自長吟。」

〔六〕發幽思：啓發内心幽微的情思。司馬遷《史記・屈原賈生列傳》：「故憂愁幽思而作《離騷》。」班固《西都賦》：「發思古之幽情。」嚴羽《滄浪詩話・詩評》十二曰：「黄初之後，唯阮籍《詠懷》之作，極爲高古，有建安風骨。」王夫之《古詩評選》卷四阮籍詩評曰：「且其記體之妙，或以自安，或以自悼，或標物外之旨，或寄疾邪之思。」劉熙載《藝概》卷二曰：「此爲以性靈論詩者所本。」吴汝綸《古詩鈔》卷二曰：「阮公雖云志在刺譏，文多隱避，要其八十一章決非一時之作，吾疑其總集平生所爲詩，題爲《詠懷》耳。」陳衍《詩品平議》：「《詠懷詩》實八十餘章，《文選》只選十七首，顔延年、沈約等注。陳沆《詩比興箋》録三十八首，詮次翔實，多悲魏氏，憤司馬氏之辭，非徒『陶性靈，發幽思』也。」

〔七〕「言在」二句：《列子》卷四《仲尼》篇曰：「唯然之音，雖遠在八方之外，近在眉睫之内。」此本其語意。謂阮詩言近而旨遠，語近而情遥。「言在耳目之内」即「近在眉睫之内」，言其近也。八荒，八方荒遠之地。劉向《説苑·辨物》篇：「八荒之内有四海，四海之内有九州。」表，外也，言其遠也。劉勰《文心雕龍·明詩》篇：「阮旨遥深。」《體性》篇曰：「嗣宗俶儻，故響逸而調遠。」王世貞《藝苑巵言》卷三：「阮公《詠懷》，遠近之間，遇境即止，坐不着論宗佳耳。」王夫之《古詩評選》卷四曰：「此詩（夜中不能寐）以淺求之，若一無所懷，而字後言前，眉端吻外，有無盡藏之懷，令人循聲測影而得之。」劉熙載《藝概·詩概》曰：「阮嗣宗《詠懷》，其旨固爲淵遠。其屬辭之妙，去來無端，不可蹤迹。後來如射洪《感遇》、太白《古風》，猶瞻望弗及矣。」許學夷《詩源辯體》卷四曰：「嗣宗五言《詠懷》八十二首，中多興比。體雖近古，然多以意見爲詩，故不免有跡。其他託旨太深，觀者不能盡通其意。鍾嶸謂其『言在耳目之内，情寄八荒之表』是也。」

〔八〕「洋洋乎」句：洋洋，美盛之貌。語本《論語·泰伯》篇：「子曰：師摯之始，《關雎》之亂，洋洋乎盈耳哉！」又《莊子・天地》篇：「夫道，覆載萬物者也，洋洋乎大哉！」會，合也。此句謂阮籍《詠懷》詩合乎《風》、《雅》。可與首句「其源出於《小雅》」相參。

〔九〕「使人」二句：鄙近，鄙俗猥近。遠大，邈遠闊大。旭按：歷來評阮籍詩風，於此二語，理解不同。胡應麟《詩藪・内編》卷二曰：「嗣宗《詠懷》，興寄沖遠。」立命館《疏》亦以爲：「『鄙近』呼應『言在耳目之内』，『致遠大』呼應『情寄八荒之表。』」恐非是。此當指阮籍詩言近旨遠、語近情遥之美感功能。謂讀之者忘卻己之凡俗鄙近，自致闊大之襟懷、邈遠之幽思。故當與「陶性靈，發幽思」呼應。

〔一〇〕「頗多」句：陳祚明《采菽堂古詩選》卷八評《詠懷》詩曰：「嗣宗《詠懷詩》，如白首狂夫，歌哭道中，輒向黄河亂流欲渡，彼自有所以傷心之故，不可爲他人言。」旭按：《詠懷》詩中，如「感慨懷苦辛，怨毒常苦多」、「徘徊將何見，憂思獨傷心」、「一身不自保，何況戀妻子」、「戰士食糟糠，賢者處蒿萊」、「終身履薄冰，誰知我心焦」均其例。

〔一一〕厥旨淵放：厥，其也。淵放，深遠放達。此謂阮籍詩旨深遠放達。

〔一二〕歸趣难求：歸趣，詩旨意趣之所歸。此謂阮籍詩旨意趣，难以寻求。《文選》阮籍《詠懷詩十七首》李善注引顔延年、沈約曰：「嗣宗身仕亂朝，常恐罹謗遇禍，因兹發詠，故每有憂生之嗟。雖志在譏刺，而文多隱避，百代之下，難以情測。」張溥《阮步兵集題辭》：「《詠懷》諸篇，文隱指遠，定哀之間多微辭，蓋指此也。」沈德潛《說詩晬語》上曰：「阮公《詠懷》，反覆零亂，興寄無端，和愉哀怨，俶詭不羈，讀者莫求歸趣。遭阮公之時，自應有阮公之詩也。箋釋者必求時事以實之，則鑿矣。」何焯《義門讀書記》卷四六曰：「《詠懷》之作，其歸在於魏、晉易代之事，而其詞旨亦復難以直尋。若篇篇附會，又復失之。」王夫之《古詩評選》卷四曰：「步兵《詠懷》，意固逕庭，而言皆一致。信其但然而不徒然；疑其必然，而彼固不然。不但當時雄猜之渠長，無可施其怨忌；且使千秋以還，了無覓腳根處。」劉熙載《藝概・詩概》曰：「阮嗣宗《詠懷》，其旨固爲淵遠。其屬辭之妙，去來無端，不可蹤跡。」陳延傑《注》謂：「讀阮詩者有兩派，沈德潛謂其興寄無端，雜寫哀怨，此一派也；陳沆則謂文多刺譏，有悼宗國將亡者，有刺權奸者，有述己志者，此又一派也。較而論之，以陳說爲優，故《詩比興箋》，頗能引伸厥趣。蓋嗣宗《詠懷》，亦憤發之所爲作也。」古直箋：「江文通《擬詠懷》曰：『精衛銜木石，誰能測幽微。』蓋知阮詩者也。」

〔一三〕「顏延」句：顏延年注解阮籍《詠懷》詩，原注已佚。今所見者，唯有《文選》李善注引數則。《文選》卷二三阮籍《詠懷》十七首下題「顏延年、沈約等注」。其《題解》云：「五言。顏延年曰：說者阮籍在晉文代，常慮禍患，故發此詠耳。」又《詠懷》「夜中不能寐」詩末李善注云：「嗣宗身仕亂朝，常恐罹謗遇禍，因茲發詠，故每有憂生之嗟。雖志在譏刺，而文多隱避。百代之下，難以情測。故粗明大意，略其幽志也。」何焯《義門讀書記》卷四六曰：「籍豈徒慮患也哉？延年遜詞以謝逆卻，宜其不足知此。」方東樹《昭昧詹言》曰：「阮公於曹、王另爲一派，其意指所及，昔賢皆怯言之。休文所解，粗略膚淺，毫無發明。」「顏年之説當矣。而何義門謂顏説爲非。豈以其忠悃激發，痛心府朝，而不徒爲一己禍福生死也乎？姚薑塢先生譏何不當一一舉其事以實之。夫誦其詩，則必知其人，論其世，求通其詞，求通其志。於讀阮詩尤切。」

〔一四〕怯言其志：謂顏延年爲阮籍《詠懷》詩作注，不敢説出阮詩的旨意。許文雨《講疏》曰：「今《文選》所載顏延年注數條，止輯事類，未標義諦。延年詠《阮步兵》有云：『物故不可論，途窮能無慟？』則延年雖怯言其志，固非不明其志者也。成書《古詩存》評《詠懷詩》云：『着一毫穿鑿，便不必讀此。』蓋得延年之意矣。」旭案：「粗明大意，略其幽志。」或即仲偉「怯言其志」之謂也。古直《箋》曰：「延年亦身當易代之際，故不敢質言。」甚是。阮籍佯狂玩世，而張溥《顏光禄集題辭》謂延年「玩世如阮籍，善對如樂廣，其得功名耆壽，或非無故也」。延年遭際，與阮籍類同，「怯言其志」，即怯言「己」志也。

【參考】

一、録阮籍《詠懷詩》四首：

(一)「夜中不能寐，起坐彈鳴琴。薄帷鑒明月，清風吹我襟。孤鴻號外野，翔鳥鳴北林。徘徊將何見？憂思獨傷心。」

(二)「嘉樹下成蹊，東園桃與李。秋風吹飛藿，零落從此始。繁華有憔悴，堂上生荊杞。驅馬舍之去，去上西山趾。一身不自保，何況戀妻子？凝霜被野草，歲暮亦云已。」

(三)「徘徊蓬池上，還顧望大梁。緑水揚洪波，曠野莽茫茫。走獸交横馳，飛鳥相隨翔。是時鶉火中，日月正相望。朔風厲嚴寒，陰氣下微霜。羈旅無儔匹，俯仰懷哀傷。小人計其功，君子道其常。豈惜終憔悴，詠言著斯章。」

(四)「駕言發魏都，南向望吹臺。蕭管有遺音，梁王安在哉！戰士食糟糠，賢者處蒿萊。歌舞曲未終，秦兵已復來。夾林非吾有，朱宮生塵埃。軍敗華陽下，身竟爲土灰。」

二、顔延之《五君詠·阮步兵》：「阮公雖淪跡，識密鑒亦洞。沈醉似埋照，寓辭類託諷。長嘯若懷人，越禮自驚衆。物故不可論，途窮能無慟？」

三、江淹《雜體詩·阮步兵籍詠懷》：「青鳥海上遊，鷽斯蒿下飛。浮沈不相宜，羽翼各有歸。飄飄可終年，湟洋安是非？朝雲乘變化，光耀世所希。精衛銜木石，誰能測幽微？」

四、劉勰《文心雕龍·明詩》篇：「阮旨遥深。」又《體性》篇：「嗣宗俶儻，故響逸而調遠。」

五、張溥《漢魏六朝百三家集·阮步兵集題辭》：「嗣宗論樂，史遷不如，通《易》達《莊》，則王弼、郭象二注，皆其環内也。以此三論，垂諸藝文，六家指要，綱羅精闊。曹氏父子，詞壇虎步，論文有餘，言理不足。嗣宗視之，猶輕塵於泰岱，豈特其人褌虱哉！大言小言，清風穆如，間覽賦苑，長篇争麗，《兩都》、《三京》，讀未終卷，觸鼻欲睡。展覩阮作，則一丸消疹，胸懷蕩滌，惡可謂世無萱草也！晉王九錫，公卿勸進，嗣宗制詞，婉而善諷。司馬氏孤雛人主，豺聲震怒，亦無所加。正言感人，尚愈寺人孟子之詩乎？《詠懷》諸篇，文隱指遠，定哀之間多微辭，蓋指此也。履朝右而談方外，羈仕宦而慕真仙，《大人先生》一傳，豈子虚、亡是公耶？步兵廚人，可以索酒；鄰家當壚，可以醉卧。哭兵家之亡女，慟窮途之車轍，處魏晉如是足矣。叔夜日與酣飲，而文王復稱至慎，人與文皆以天全者哉！」

晉平原相陸機詩〔一〕

其源出於陳思〔二〕。才高詞贍〔三〕，舉體華美〔四〕。氣少於公幹〔五〕，文劣於仲宣〔六〕。尚規矩〔七〕，不貴綺錯〔八〕，有傷直致之奇〔九〕。然其咀嚼英華〔一〇〕，厭飫膏澤〔一一〕，文章之淵泉也〔一二〕。張公歎其大才〔一三〕，信矣！

【校異】

〔晉平原相陸機詩〕　張錫瑜《詩平》作「晉平原内史陸機」。校云：「『内史』，原作『相』。案：《晉書・職官志》『王國改太守爲内史省相』，《地理志》有平原國。則此云『相』，非也。本傳及《隋志》並稱『平原内史』，今據改。」楊明《譯注》：「晉時諸王國並不設相，但漢代諸王國初由内史治民，成帝時省内史之職，而由相治民，東漢亦然（據《宋書・百官志》）。晉時復設内史治民而省相。内史之職務實與漢代之相相同，故人或沿用漢時舊稱以稱之。」

〔其源出於陳思〕　《竹莊》、《玉屑》作「士衡詩，其源出於陳思」。

〔舉體華美〕　「舉體」，《吟窗》、《格致》、《詩法》、《詞府》諸本並作「衆體」。　〇「華美」，《竹莊》、《玉屑》並作「華密」。　旭按：作「華密」疑是。陸詩深密，六朝人多有論述。如《世説新語・文學篇》注引孫綽語：「陸文深而蕪。」《文心雕龍・才略篇》：「陸機才欲窺深，辭務索廣。」《金樓子・立言篇》：「曹子建、陸士衡，皆文士也，觀其辭致側密。」鍾氏亦持此論，評潘岳「猶淺於陸機」、「《翰林》篤論，故嘆陸爲深」，顔延之源出陸機，故其「體裁綺密，情喻淵深」。「華密」與「綺密」同一句法。車柱環《校證》以爲「作密與上文義複。蓋美音近之誤」。

〔文劣於仲宣〕　「劣」，原作「力」，據顧氏、退翁、《廣牘》、繁露堂、希言齋、天都閣、《津逮》、《竹莊》、《玉屑》諸本改。

〔尚規矩〕《竹莊》、《玉屑》引及《吟窗》、《格致》、《詩法》、《詞府》諸本「尚」上有「但」字。有「但」字於文意較完。

〔不貴綺錯〕車柱環《校證》：「案：『不』字，蓋淺人妄加。考今所傳陸機詩，皆『尚規矩，貴綺錯』之作。前賢評其詩，最早而較著者如《文心雕龍·鎔裁篇》有云：『士衡才優而綴辭尤繁。』《才略篇》有云：『陸機才欲窺深，詞務索廣，故思能入巧，而不製繁。』《宋書·謝靈運傳論》有云：『降及元康，潘、陸特秀，縟旨星稠，繁文綺合。』咸與『尚規矩，貴綺錯』之説相符。此文上言『舉體華美』，下言『咀嚼英華，厭飫膏澤』，並與『貴綺錯』相應。且『尚規矩，貴綺錯』乃『有傷直致之奇』。『不貴綺錯』則無傷於直致之奇矣。又案：『中品』謂顔延之詩出於陸機，評語有云：『體裁綺密』，與此『貴綺錯』相應。又云『動無虛散，一句一字皆致意焉』，與此『尚規矩』相應，亦可證此文『貴綺錯』上本無『不』字。又引湯惠休云：『顔如錯彩鏤金』，倘陸機『不貴綺錯』，顔之詩體其源尚得出於陸機耶？據『中品』鮑照詩評語有云：『貴尚巧似，不避危仄，頗傷清雅之調。』與此句法相似，此文之有『不』字，或者淺人據彼文所加也。」楊祖聿《校注》：「車氏以爲『不』字爲淺人妄加，宜刪，非是。」「（車氏）誤『綺錯』乃華麗綺密之意也。蓋『綺錯』，交錯也。《後漢書·班固傳·西都賦》：『周廬千列，徼道綺錯。』注：『綺錯，交錯也。』《文選》何晏《景福殿賦》：『綺錯鱗比。』注：『錯雜如鱗之相比次也。』」「今傳各本但作『不貴綺錯』。車氏無可靠之版本而遽言『淺人妄加』，非所敢輕許也。」蔡錦芳以爲：宋人刻書，「榘」、「矩」可以通用，此「尚規矩」亦可刻作「尚規榘」。《詩品》流傳，淺人妄將字形較長的「榘」誤刻成「矩」、「不」二字。「不」作下讀，與「貴綺錯」連成「不貴綺錯」，遂成千古錯案。（《鍾嶸〈詩品〉評陸機「不貴綺錯」文獻考辨》，《文獻》二〇〇八年第二期）此論亦無版本根據，然翻空出奇，可備一説。

〔有傷直致之奇〕「直致」，《竹莊》、《玉屑》作「直寄」。○「之奇」，《竹莊》作「乏奇」，《玉屑》句末有「也」字。

〔然其咀嚼英華〕「其」，《玉屑》誤作「且」。

〔文章之淵泉也〕《竹莊》、《玉屑》「文」上有「故」字。有「故」字於文氣較勝。○「淵」，《竹莊》、《玉屑》作「源」。以「淵」作「源」，蓋承唐本舊貌，避唐高祖諱。

〔張公歎其大才〕「張公」，《竹莊》、《玉屑》脱「公」字。

【集注】

〔一〕陸機（二六一—三〇三）：西晉著名文學家、文學理論家、詩人。字士衡，吴郡吴縣（今江蘇蘇州）人。祖陸遜，吴丞相；父陸抗，吴大司馬，均吴國名將。機少時居華亭（今上海松江）讀書，後任牙門將，有異才，文章冠世。年二十而吴亡，遂與其弟陸雲隱退故里，閉門勤學十年。晉武帝

（司馬炎）太康末，與弟陸雲同至洛陽，神情俊邁，文藻宏麗，言論慷慨，名動一時。爲當時文壇領袖張華所激賞，謂：「伐吴之役，利獲二俊。」歷官太子洗馬、著作郎、中書郎等職。永康元年（三〇〇），趙王倫專擅朝政，以陸機爲相國參軍，倫敗，陸機連坐，收付廷尉，徙邊，遇赦而止。後入成都王穎幕，參與軍事，被表爲平原内史，故世稱「陸平原」。太安二年（三〇三），成都王舉兵伐長沙王司馬乂，以陸機爲前將軍前鋒都督，兵敗被讒，爲司馬穎所殺。臨刑歎曰：「華亭鶴唳，豈可復聞乎！」陸機詩才綺練，華密整飭，是西晉太康、元康間最負盛名的詩人；尤以《文賦》爲劃時代文論著作，在中國文學史上占重要地位。陸機著作宏富，《隋志》謂有「晉平原内史陸機集十四卷，梁四十七卷，録一卷」，已散佚。南宋徐民瞻得遺文十卷，與陸雲集合刻爲《晉二俊文集》，明陸無大翻刻爲《陸士衡集》，又明張溥輯有《陸平原集》。今存詩一百餘首，其中五言詩六十餘首。事見《晉書》卷五四《陸機傳》。

〔二〕「其源」句：謂陸機詩體貌風格源出於曹植。宋濂《答章秀才論詩書》謂：「陸士衡兄弟則仿子建。」《詩紀别集》四引李空同曰：「陸機本學陳思王，而四言渾成過之，然五言則不及矣。」許學夷《詩源辯體》卷五曰：「士衡樂府五言，體製聲調，與子建相類，而俳偶雕刻，愈失其體。時稱曹、陸爲乖調是也。」又何焯《義門讀書記》謂：「陸士衡樂府數詩，沉着痛快，可以直追曹、王。」説皆本仲偉。　旭按：陸機、曹植詩風相近，故齊梁時多加連舉。劉勰《文心雕龍·樂府》篇謂：「子建、士衡，咸有佳篇。」蕭繹《金樓子・立言》篇曰：「曹子建、陸士衡，皆文士也。觀其辭致側密，事語堅明，意匠有序，遺言無失，雖不以儒者命家，此亦悉通其義也。」然仲偉謂陸機源出曹植，非唯辭采華美，事語堅明，聲調相類，亦仲偉詩學史觀及全書之結構使之然也。陸機源出曹植，曹植源出《國風》，則陸機亦出《國風》。《詩品序》謂「陳思爲建安之傑，公幹、仲宣爲輔；陸機爲太康之英，安仁、景陽爲輔；謝客（源出曹植、《國風》）爲元嘉之雄，顔延年爲輔」。可知，由曹植、陸機、謝靈運構建之漢魏晉宋詩史，當以《國風》爲主，《楚辭》爲輔也。

〔三〕才高詞贍：才高，才氣高華。詞贍，謂文詞富贍。

〔四〕舉體華美：舉體，即總體，六朝習見語。《世説新語・賞譽》篇：「謝公語王孝伯：『君家藍田，舉體無常人事。』」又《排調》篇：「范啓與郗嘉賓書曰：『子敬舉體無饒。』」劉勰《文心雕龍・才略》篇：「陸機才欲窺深，辭務索廣，故思能入巧而不製繁。」《鎔裁》篇曰：「士衡才優，而綴辭尤繁。」陸機《文賦》李善注引臧榮緒《晉書》曰：「機天才綺練，當時稱絶，新聲妙句，繫蹤張、蔡。」《晉書・陸機傳》曰：「機天才秀逸，辭藻宏麗。」又記葛洪語曰：「機文猶玄圃之積玉，無非夜光焉；五河之吐流，泉源如一焉。其弘麗妍贍，英鋭漂逸，亦一代之絶乎！」《宋書・謝靈運傳論》：「降及元康，潘、陸特秀，律異班、賈，體變曹、王。縟旨星稠，繁文綺合。」旭按：既謂陸機「出於陳思」，則「才高辭贍」、「舉體華美」皆是曹植詩學之遺傳。

〔五〕「氣少」句：公幹，劉楨字。劉楨見「上品」。此謂陸機詩氣骨少於劉楨。

〔六〕「文劣」句：仲宣，王粲字。王粲見「上品」。此謂陸機詩詞采遜於王粲。王世貞《藝苑卮言》卷三曰：「陸士衡翩翩藻秀，頗見才致。無奈俳弱何。」沈德潛《說詩晬語》卷上曰：「士衡舊推大家，然通贍自足，而絢綵無力，遂開出排偶一家。」陳延傑《注》謂：「此言兼劉、王之長。士衡《赴洛詩》『仰瞻淩霄鳥，羨爾歸飛翼』，本公幹『方塘含白水』四句也。《赴洛道中》，又學仲宣者。惟楨以氣勝，此不如其壯；粲以文勝，此不如其秀耳。」古直《箋》：「《文心雕龍·明詩》篇曰：『晉世群才，稍入輕綺。潘、張、左、陸，比肩詩衢，采縟於正始，力柔於建安。』亦與仲偉之說相發。」許文雨《講疏》：「記室以文秀許仲宣。劉彥和《文心雕龍·隱秀》云：『雕削取巧，雖美非秀。』是陸文之不逮仲宣者，乃由其俳偶雕刻，漸失自然渾成之氣歟。」楊明《譯注》：「《世說新語·品藻》：『時人道阮思曠（阮裕）骨氣不及右軍（王羲之），簡秀不如真長（劉惔），韶潤不如仲祖（王濛），思致不如淵源（殷浩），而兼有諸人之美。』鍾嶸評陸機，當受此種品藻方式影響，謂陸機兼有劉、王二人之美。又如南朝宋羊欣對東漢書法家張芝評價很高，稱其『精勁絶倫』，『人謂之草聖』（《古來能書人名》）。但又說『張字形不及右軍，自然不如小王（獻之）』（虞龢《論書表》引）。可見六朝評論，往往進行比較，在高度讚揚的同時，又指出其某方面不及他人。」　旭按：「氣少」、「文劣」，各言仲偉詩歌美學之一端也。仲偉以曹植爲詩學典範，劉楨、王粲各爲氣骨、文采之一翼，陸機後來祖襲，必遜於前，此乃仲偉之詩學觀念。至明王圻《稗史彙編》謂：「或謂其氣少於公幹，文劣於仲宣，豈確論哉！」亦未達此旨。

〔七〕尚：崇尚，注重。規矩：規則，法度。旭按：《北堂書鈔》卷一百、《太平御覽》卷六〇二引葛洪《抱朴子》佚文云：「嵇君道（嵇含）問二陸之優劣。抱朴子曰：『吾見二陸之文百許卷，似未盡也。』」朱淮南嘗曰：『二陸重規沓矩，無多少也。』」又，《世説新語·言語篇》劉孝標注引《（陸）機別傳》曰：「（陸機）博學，善屬文，非禮勿動。」仲偉評陸機「尚規矩」，或本此。張溥《題辭》曰：「二陸用心，先質後文，重規沓矩。」指陸機深疾放蕩流遁之説，不爲虚誕無稽之言，注重儒家古詩體式法度之故。

〔八〕綺錯：原指絲織品花紋錯綜變化，此喻詩歌詞藻交錯安排。《文選》卷一班固《兩都賦》：「周廬千列，徼道綺錯。」注：「綺錯，交錯也。」旭按：「不貴綺錯」與下句「有傷直致之奇」矛盾抵牾。二十餘年前在復旦，師兄楊明即以此句教我。其《譯注》曰：「綺錯與直致相對，貴綺錯，所以傷害直致之美。唐初元兢《古今詩人秀句序》自述其選録標準云：『以情緒爲先，直置爲本；以物色留後，綺錯爲末。』（《文鏡秘府論·南卷·論文意》引）即以綺錯與直置相對，可爲旁證（直置意同於直致）。」甚是。

〔九〕「有傷」句：直致，即自然率直。此言本性稟賦如此，非後天雕飾假借而成。爲六朝習見語，如袁宏《七賢序》論嵇康：「舉體秀異，直致自高。」用以品評詩歌，則與《詩品序》中「直尋」意近。唐殷璠《河嶽英靈集序》：「至如曹、劉，詩多直致，語少切對。」宋朱熹《楚辭集注・九章序》：「今考其辭，大抵多直致，無潤色。」　奇，新穎奇警，出人意表。此謂陸機詩因崇尚規矩，重視組織安排，故有損於自然率真、新穎奇警。宋嚴羽《滄浪詩話・詩評》：「晉人舍陶淵明、阮嗣宗外，唯左太沖高出一時，陸士衡獨在諸公之下。」王世貞《藝苑巵言》：「陸病不在多，而在模擬，寡自然之致。」王夫之《古詩評選》卷四：「平原《擬古》，步趨如一。」李重華《貞一齋詩話》：「陸士衡《擬古詩》名重當時，余每病其呆板。」陳祚明《采菽堂古詩選》卷一〇：「士衡束身奉古，亦步亦趨，在法必安，選言亦雅，思無越畔，語無溢幅。」姚範《援鶉堂筆記》：「體俳之語，亦所未了，豈謂方幅同於《詩品》『尚規矩』者邪！　然『規矩』似謂步驟前人者。　黄子雲《野鴻詩的》：『平原五言樂府，一味俳比敷衍，間多硬句，且踵前人步伐，不能流露性情，均無足觀。』」劉熙載《藝概》謂：「劉彦和謂士衡矜重，而近世論陸詩者，或以累句訾之。　然有累句，無輕句，便是大家品味。」陳延傑《注》謂：「矜重，即尚規矩之謂，亦即世所訾累句也。　然士衡詩直而不野，又非輕句，故無傷焉。　此又劉熙載所謂『士衡詩粗枝大葉，平實處屢見，獨到處亦躋卓絶也』。」許文雨《講疏》：「按，此旨蓋見於《文賦》。《文賦》歷舉『言徒靡而弗華』、『或徒尋虚以逐微』、『或務嘈囋而妖冶』諸弊，實即排斥綺錯之言也。」楊祖聿《校注》：「陸機《文賦》『理扶質以玄幹，文垂條以結繁』、『辭程才以效技，意司契而爲匠』、『其會意也尚巧，其遺言也貴妍，暨音聲之迭代，若五色之相宣』，此尚規矩之論也。」

〔一〇〕咀嚼英華：即體會玩味前代優秀的作品。劉勰《文心雕龍·序志》篇：「傲岸泉石，咀嚼文義。」韓愈《昌黎集》卷一二《進學解》：「沈浸醲郁，含英咀華。」

〔一一〕厭飫膏澤：厭、飫，均飽食之意。膏澤，美味佳肴。厭飫膏澤，指陸機博覽典籍，吸取文學遺産之精華。

〔一二〕文章之淵泉：指陸機開排偶之體，啓晉初詩風，成爲後世文章之淵泉。何焯《義門讀書記》卷四六曰：陸機《答賈長淵》「鋪陳整贍，實開顏光禄之先」。陳延傑《注》謂：「陸機《爲顧彦先贈婦詩》有曰：『京洛多風塵，素衣化爲緇。』此真英華膏澤者。其後謝脁本之曰：『緇塵染素衣。』遂爲名句。其衣被詩人，諒非一代。他若鋪陳整贍，開顏光禄一派，信文章之淵泉矣。」旭按：中品「顔延之」條謂顔延之「其源出於陸機」，下品「謝超宗」諸人條謂「並祖襲顔延」，即陸機爲「文章淵泉」之謂。

〔一三〕張公：即張華，詳見「中品」。歎其大才：事見南朝宋劉義慶《世説新語·文學》篇，劉孝標注引《文章傳》：「機善屬文，司空張華見其文章，篇篇稱善，猶譏其作文大治，謂曰：『人之作文，患於不才，至子爲文，乃患太多也。』」

【參考】

一、録陸機詩五首：

（一）《赴洛道中作》（二首）：「總轡登長路，嗚咽辭密親。借問子何之，世網嬰我身。永歎遵北渚，遺思結南津。行行遂已遠，野途曠無人。山澤紛紆餘，林薄杳阡眠。虎嘯深谷底，雞鳴高樹巔。哀風中夜流，孤獸更我前。悲情觸物感，沈思鬱纏綿。佇立望故鄉，顧影淒自憐。」

「遠遊越山川，山川修且廣。振策陟崇丘，案轡遵平莽。夕息抱影寐，朝徂銜思往。頓轡倚嵩巖，側聽悲風響。清露墜素輝，明月一何朗。撫枕不能寐，振衣獨長想。」

（二）《招隱詩》：「明發心不夷，振衣聊躑躅。躑躅欲安之，幽人在浚谷。朝采南澗藻，夕息西山足。輕條象雲構，密葉成翠幄。激楚佇蘭林，回芳薄秀木。山溜何泠泠，飛泉漱鳴玉。哀音附靈波，頹響赴曾曲。至樂非有假，安事澆淳樸。富貴苟難圖，稅駕從所欲。」

（三）《擬庭中有奇樹》：「歡友蘭時往，迢迢匿音徽。虞淵引絕景，四節逝若飛。芳草久已茂，佳人竟不歸。躑躅遵林渚，惠風入我懷。感物戀所歡，采此欲貽誰？」

（四）《擬明月何皎皎》：「安寢北堂上，明月入我牖。照之有餘暉，攬之不盈手。涼風繞曲房，寒蟬鳴高柳。踟蹰感節物，我行永已久。遊宦會無成，離思難常守。」

二、陸雲《與兄平原書》：「往日論文，先辭而後情，尚絜而不取悅澤。嘗憶兄道張公父子論文，實自欲得。今日便欲宗其言。兄文章之高遠絶異，不可復稱言，然猶皆欲微多。但清新相接，不以此爲病耳。」「仲宣文，如兄言，實得張公力。如子桓書，亦自不乃重之。兄詩多勝其思親耳。《登樓賦》無乃煩，《感丘賦》、《弔夷齊》，辭不爲偉，兄『二弔』自美之。」「張公昔亦云兄，新聲多之不同也。典當故爲未及，彦藏亦云爾。」「文章實自不當多，古今之能爲新聲絶曲者，無又過兄。兄往日文雖多瑰鑠，至於文體，實不如今日。間在洛有所視，已當赦而比更隆，以今意觀文，見此，真臾以爲不盡善。文罷云，故日向人歎兄文。人終來同，殆以此爲病。張公文無他異，正自情（清）省，無煩長，作文正爾，自復佳。兄文章已顯一世，亦不足復多自困苦。」

三、江淹《雜體詩・陸平原機羈宦》：「儲後降嘉命，恩紀被微身。明發眷桑梓，永歎懷密親。流念辭南噬，銜怨别西津。驅馬遵淮泗，旦夕見梁陳。服義追上列，矯述廁官臣。朱黻咸髦士，長纓皆俊民。契闊承華内，綢繆逾歲年。日暮聊總駕，逍遥觀洛川。殂殁多拱木，宿草淩寒煙。遊子易感慨，躑躅還自憐。願言寄三鳥，離思非徒然。」

四、劉勰《文心雕龍・聲律》篇：「張華論韻，謂士衡多楚。」

五、張溥《漢魏六朝百三家集・陸平原集題辭》：「陸氏爲吴世臣，士衡才冠當世，國亡主辱，顛沛圖濟，成則張子房，敗則姜伯約，斯其人也。俯首入洛，竟縻晉爵，身事仇讎，而欲高語英雄，難矣。太康末年，釁亂日作，士衡豫誅賈謐，俛得通侯，俗人謂福，君子謂禍。趙王誅死，羈囚廷尉，秋風蓴鱸，可早決幾，復戀成都活命之恩，遭孟玖青蠅之譖，黑幰告夢，白帢受刑，晝獄自投，其誰戚哉？張茂先博物君子，昧于知止，身族分滅，前車不遠，同堪痛哭。然冤結亂朝，文懸萬載，吊魏武而老奸掩袂，賦豪士而驕王喪魄，《辨亡》懷宗國之憂，《五等》陳建侯之利，北海以後，一人而已。排沙簡金，興公造喻；子患才多，司空歎美。尚屬輕今賤目，非深知平原者也。」

六、王士禎《漁洋詩話》：「陸機宜在『中品』。」

晉黄門郎潘岳詩〔一〕

其源出於仲宣〔二〕。《翰林》嘆其翩翩奕奕〔三〕，如翔禽之有羽毛，衣被之有綃縠〔四〕，猶淺於陸機〔五〕。謝混云：「潘詩爛若舒錦，無處不佳；陸文如披沙簡金，往往見寶〔六〕。」嶸謂：益壽輕華，故以潘勝〔七〕；《翰林》篤論〔八〕，故歎陸爲深〔九〕。余常言：陸才如海，潘才如江〔一〇〕。

【校異】

〔晉黄門郎潘岳詩〕「黄」，顧氏、希言齋、《津逮》、《續百川》、《五朝》、《説郛》、《硯北》、《廣漢魏》、《學津》、《詩觸》、《增漢魏》、《龍威》、《秘書》、《玉雞苗館》、螢雪軒諸本及《稗史》所引，均作「王」。旭案：《晉書·潘岳傳》云：「出爲河陽令，尋爲著作郎，遷給事黄門侍郎。」《隋志》云：「晉黄門郎潘岳集十卷。」作「黄」是。《吟窗》、《格致》、《詩法》、《詞府》諸本並略「郎」字。

〔其源出於仲宣〕　《吟窗》、《格致》、《詩法》、《詞府》、《竹莊》、《玉屑》本並作「安仁詩，其源出於仲宣」。

〔《翰林》嘆其翩翩奕奕〕　《類説》、《錦繡萬花谷》引作「翩翩」。除《吟窗》、《格致》、《詩法》、《詞府》外，其餘諸本均作「翩翩然」。　〇「奕奕」，原壞損作一「亦」字，據《竹莊》、《玉屑》補。車柱環《校證》：「『翩翩弈弈』，並狀其文彩之美，『翩翩』與『翔禽之有羽毛』相應；『弈弈』與『衣被之有綃縠』相應，文理緊密。儻無『奕奕』二字，則不相稱矣。《山堂考索》引作『翩翩亦』，亦蓋弈之壞字（亦與弈古通，奕又與弈通，則「亦」亦可通奕，但此恐乃壞字），又誤不疊也。今本作『然』，蓋後人所改。《史通·内篇》四《論贊》第九有云：『孟堅辭惟温雅，理多愜當。其尤美者，有典誥之風，翩翩奕奕，良可詠也。』此亦以『翩翩奕奕』連文，且以狀文彩之美。劉氏蓋亦用李充《翰林論》語，與《詩品》所引可互證。今本《詩品》作『翩翩然』，不惟失《詩品》之舊，且失《翰林論》之舊，而《史通》『翩翩奕奕』四字之來源亦無從考究矣。」《吟窗》諸本略此二字。

〔如翔禽之有羽毛，衣被之有綃縠〕　「翔禽」、「衣被」句，《竹莊》、《玉屑》所引，無二「有」字。　旭案：此與《初學記》、《御覽》引李充《翰林論》「潘安仁之爲文也，猶翔禽之羽毛，衣被之綃縠」語同，似無「有」字爲愜。然上品「曹植」條評語有「陳思之於文章也，譬人倫之有周孔，鱗羽之有龍鳳，音樂之有琴笙，女工之有黼黻」，語式相同，而「之」下均有「有」字。孰爲《詩品》之舊，待考。○「羽毛」，《吟窗》、《格致》、《詩法》諸本作「毛羽」。○「衣被」，顧氏、《廣牘》、《津逮》、希言齋、《續百川》、《説郛》、《五朝》、《硯北》、《廣漢魏》、《學詩》、二家、《紫藤》、《增漢魏》、《學津》、《龍威》、《秘書》、《談藝》、《玉雞苗館》、《集成》、《全梁文》、《詩話》、《萃編》、《大觀》、《詩品詩式》、《采珍》、螢雪軒諸本並作「衣服」。「被」，《類説》、《玉屑》引作「帔」。○「綃」，《吟窗》、《格致》、《詩法》、《詞府》諸本作「絹」，形近而誤。

〔猶淺於陸機〕《竹莊》、《玉屑》作「猶尚淺於陸機，則機爲深矣」。車柱環《校證》：「『則機爲深矣』五字當是後人注語竄入正文者。又案：『猶淺於陸機』亦本於《翰林論》，下文『《翰林》篤論，故歎陸爲深』可證。惟此語與上文似本不相接，蓋上文爲讚賞之辭，而此則略近貶語。竊疑『猶』下有挩文，或挩一『云』字。蓋鍾氏合引《翰林論》兩處之文，以潘相較，與下文引謝混語以潘陸相較互配耳。」　旭按：車謂「尚」字「蓋聯想而加」，「則機爲深矣」爲「後人注語竄入正文」，非是。江淹《雜體詩三十首序》云：「安仁、士衡之評，人立矯抗。」其高下優劣，各執一詞。鍾氏此評，意在先列矯抗之説，而後爲之仲裁。《翰林論》贊嘆潘詩「翩翩奕奕，如翔禽之有羽毛，衣被之有綃縠」，但與陸機相比，則稍遜，蓋深博不如也；謝混譬陸詩「披沙簡金，往往見寶」，但仍不如潘詩之「爛若舒錦」。鍾氏則以爲潘陸才性不同，各臻佳處，折衷以「陸才如海，潘才如江」。車氏未解《翰林論》本旨，亦未察鍾氏作意，故謂《翰林》前著讚辭，後近貶語，似不相接，實誤。宋詩話有「尚」字，爲其轉折。又，「則機爲深矣」，與下文「《翰林》篤論，故嘆陸爲深」呼應，於文氣較完，文義較勝，當可從。

〔謝混云〕「混」，《竹莊》誤作「琨」，《記纂》誤作「鯤」。

〔潘詩爛若舒錦，無處不佳；陸文如披沙簡金，往往見寶〕「若」，《記纂》引作「如」，二字通。○「舒錦」，《記纂》誤倒作「錦舒」。○「簡金」，《竹莊》、《玉屑》、《記纂》、《稗史》並作「揀金」。○「簡」、「揀」古通。○「見寶」，曾慥《類説》、《玉屑》、《記纂》作「得寶」。旭按：以上四句，又見於《世説新語》。《世説新語·文學篇》云：「孫興公云：『潘文爛若披錦，無處不善；陸文若排沙簡金，往往見寶。』」《世説新語》謂孫興公語，《詩品》以爲謝混語，未知孰是。

〔益壽輕華〕「壽」，《龍威》本誤作「薵」。

〔故以潘勝〕《廣牘》、《津逮》、《硯北》、《學津》、二家、《紫藤》、《對雨樓》、《擇是居》、《詩話》、《談藝》、《玉雞苗館》、螢雪軒諸本「以」下有「爲」字。旭按：有「爲」字於文氣、文意較完。

〔故歎陸爲深〕「歎」，《詩紀》引作「謂」。

〔余常言〕「常」，《廣牘》、《萃編》、《竹莊》、《玉屑》本均作「嘗」。「常」，通「嘗」。

【集注】

〔一〕潘岳（二四七—三〇〇）：西晉著名文學家、詩人。字安仁，滎陽中牟（今河南中牟）人。祖潘瑾，安平太守；父潘芘，瑯邪内史。岳少有文才，摛藻清艷，鄉邑稱爲「奇童」。早舉秀才，司馬炎建晉後，被司空荀勖召授司空掾，高步一時。因作《藉田賦》歌頌晉武帝司馬炎躬耕事，招致忌恨，滯官不遷達十年之久。咸寧四年（二七八），賈充召潘岳爲太尉掾。後出爲河陽縣令，四年後遷懷縣令，調補尚書度支郎，遷廷尉評，不久被免職。永熙元年（二九〇），楊駿輔政，召潘岳爲太傅府主簿。楊駿被賈后所殺，潘岳因牽連被免職，又選爲長安令。元康六年（二九六）前後回洛陽，歷任著作郎、給事黄門侍郎等職。其時，經常參與依附賈謐的「二十四友」文人集團，是其中的首要人物。永康元年，趙王倫擅政，中書令孫秀誣潘岳、石崇、歐陽建等陰謀奉淮南王允、齊王冏作亂，與石崇、歐陽建等同時被殺，夷三族。潘岳美姿儀，詩文與陸機齊名，並稱「潘陸」。又與其叔潘勖、侄兒潘尼並稱文學史上「三潘」。詩風哀艷清綺，辭藻絶麗，善以淡筆寫深情；尤善爲哀誄之文，以《悼亡詩》新創詩歌主題類型，在文學史上産生重要影響。《隋志》謂有「晉黄門郎潘岳集十卷」，已散佚。明張溥輯有《潘黄門集》。今存詩五十餘首，斷句若干。事見《晉書》卷五五《潘岳傳》。

〔二〕「其源」句：此謂潘岳詩體貌風格源出於王粲。宋濂《答章秀才論詩書》：「（潘岳詩）學仲宣。」劉熙載《藝概・詩概》：「王仲宣、潘安仁悲而不壯，與記室之評仲宣『文秀而質羸』意近。」陳延傑《注》：「安仁學仲宣，不僅以其秀也，而其慷慨悲怨亦似之。」旭按：潘岳源出王粲，非唯悲怨清綺，翰藻翩翩，亦時之論也。《宋書・謝靈運傳論》曰：「降及元康，潘、陸特秀，體變曹、王。」則潘岳之源出王粲，猶陸機之源出曹植也。

〔三〕「《翰林》」句：《翰林》，李充《翰林論》之略稱（李充生平詳後），五十四卷。或疑充編《翰林集》（詩文總集），《翰林論》爲其中評論部分。全書已佚。翩翩奕奕，輕捷優美貌。此謂李充《翰林論》曾讚歎潘岳詩文詞如飛鳥一般輕捷美好。

〔四〕「衣被」句：綃縠，有文彩之絹綢。此處「羽毛」、「綃縠」，均喻潘詩清綺飄舉、文彩翩翩之風格。唐徐堅等撰《初學記》引《翰林論》曰：「潘安仁之爲文也，猶翔禽之羽毛、衣被之綃縠。」

〔五〕「猶淺」句：亦仲偉轉述《翰林論》潘岳評語。與下「《翰林》篤論，故歎陸爲深」呼應。旭按：潘淺陸深、潘浄陸蕪，時人多有定評。如《世説新語・文學篇》載：「孫興公云：潘文淺而浄，陸文深而蕪。」注引《晉陽秋》曰：「岳善屬文，清綺絶世。」引《續文章志》曰：「岳爲文，選言簡章，清綺絶倫。」胡應麟《詩藪》謂：「潘、陸俱詞勝者也，陸之才富，而潘氣勢稍雄也。」又何焯《義門讀書記》

曰：「安仁氣質，高於士衡數倍，陸蕪潘浄，故是定論。」」

〔六〕「謝混」五句：謝混，字叔源，小字益壽。參見中品「謝混」條。此引謝混語評潘、陸風格，潘爲「爛若舒錦，無處不佳」，陸爲「披沙簡金，往往見寶」。此二語出處，又見《世説新語·文學篇》：「孫興公云：潘文爛若披錦，無處不善；陸文若排沙簡金，往往見寶。」僅有個別語詞不同。古直《箋》：「（此）仲偉以爲益壽之言，豈益壽之祖述興公邪？」許文雨《講疏》：「安仁詩如《辨體》所舉『幽谷茂纖葛，峻巖敷榮條。落英隕林趾，飛莖秀陵喬』、『川氣冒山嶺，驚湍激若阿。歸鴈映蘭時，遊魚動圓波』等句，誠所謂『爛若舒錦』者也。」「《世説·文學》篇引孫綽云與此同。緣古人恒憑口耳傳述故耳。近人劉師培曰：『蓋陸氏之文工而縟，潘氏之文雖綺而清，故孫氏論文以爲潘美於陸。』」李徽教《彙注》：「此一段評文，《世説新語》以爲孫綽之言。劉義慶十歲時，謝混乃卒。此評如出謝混之口，則義慶似應知之。又義慶以其封王之尊，廣招文學之士，袁淑、陸展、何長瑜、鮑照等皆從之遊。義慶之書，此輩理應過目。然而不改，則可推知此輩亦以爲然。又劉孝標注《世説新語》，引援詳確，盛享後人之譽，而於此不提出一異説，蓋其可信之故。以此種種而推之，則雖未敢確信，而總之義慶之説較信。……然則仲偉言其出謝混，疑爲誤矣。」可參。

〔七〕「嶸謂」三句：益壽輕華，有二説。一爲謝混輕視張華譽陸機「才多」之論，此「華」爲「張華」之「華」。姚振宗《經籍志考證》曰：「輕華，張華也。」二爲謝混詩風輕綺華美。二説相較，後説義長。

旭按：謝混詩源出張華，故不當輕視。「輕華」爲謝混詩風，下品「殷仲文」條「謝益壽、殷仲文爲華綺之冠」是其證。《梁書・武陵王紀傳》：「(紀)字世詢，高祖第八子也。少勤學，有文采，屬詞不好輕華，甚有骨氣。」亦是「輕華」用例。故以潘勝，此謂謝混詩輕綺華美，與潘岳相近，故潘、陸比較，以爲潘岳勝出。

〔八〕《翰林》篤論：篤論，確論也。《文心雕龍・才略》篇：「遂令文帝以位尊減才，思王以勢窘益價，未爲篤論也。」鍾嶸此讚譽李充《翰林論》爲確論。陳衍《平議》：「士衡長於駢儷，故詩中偶句，十居七八，早開康樂之先。然康樂幽秀，平原平淺，以爲深於黃門，所未喻矣。」黃侃《文論講疏》曰：「《翰林》以禽羽綃縠況潘之文，其於作風之體認，雖與興公、益壽無殊，然優劣之見恰與孫、謝相反。檢《詩品・潘岳品》云：『《翰林》歎其……』，又云：『《翰林》篤論……』知《翰林》之旨，實甲陸乙潘，自異於贊潘文之無處不佳者矣。」

〔九〕故歎陸爲深：深，詞旨過密，語彙綺錯造成閱讀困難。陸機之深，如張華所言，原因在於才大，才大而文詞繁博，故深。此處「深」爲褒義詞，與「陸機」條「文章之淵泉」意近。楊明《譯注》：「此就表現風格而言，非指思想意義之深淺。如《抱朴子外篇・釋義》：『其深者則患於譬煩言冗。』《文心雕龍・定勢》引曹植語：『世之作者，或好煩文博采，深沈其旨者。』都將深與文辭繁富相聯繫。文辭繁富，易流於蕪雜而不清便，故謝混云陸如披沙揀金而以潘爲勝。但由繁富亦可見其才大。《翰林論》歎陸爲深，亦即寓有贊其才大之意，故鍾嶸稱爲篤論，即深入而不只看表面的議論。」

〔一〇〕「陸才」二句：此以「海」喻陸機詩，「江」喻潘岳詩，乃就潘、陸詩歌風格、才性特點而言。潘、陸二人詩風特點、興趣才力、總體評價，「江」、「海」囊括殆盡。《詩品》比喻，此爲第一。旭按：潘、陸優劣，前人説頗歧紛。江淹《雜體詩三十首序》謂「安仁、士衡之評，人立矯抗」，故《詩品》必當論及。「陸機」條似有闡釋西晉詩歌主軸重任，故在「潘岳」條展開。各引一支持者後，謂「益壽輕華」、「《翰林》篤論」，即寓褒貶。可結合《詩品序》「陸機爲太康之英，安仁、景陽爲輔」深研之。唐人《晉書·潘岳傳》謂「機文喻海，韞蓬山而育蕪；岳藻如江，濯美錦而增絢」，乃是拾慧《詩品》。張溥《潘黄門集題辭》：「《籍田賦》、《客舍議》並以典則見稱，陸海潘江，無不善也。」胡應麟《詩藪·外編》曰：「『陸才如海，潘才如江。』潘、陸之定評也。」語皆本仲偉。又許學夷《詩源辯體》曰：「安仁體制既亡，氣格亦降，察其才力，實在士衡之下。元美謂安仁氣力勝士衡，誤矣。鍾嶸云：『陸才如海，潘才如江。』」沈德潛《古詩源》卷七曰：「安仁詩品，又在士衡之下。……格雖不高，其情自深也。」黄子雲《野鴻詩的》曰：「安仁情深，而語冗繁，唯《内顧》詩『獨悲』云云一首、《悼亡》詩『曜靈』云云一首，抒寫新婉，餘罕佳構。昔人謂之『潘江』，過矣。」乃承李充、鍾嶸甲陸乙潘之旨。至陳祚明《采菽堂古詩選》謂：「安仁情深之子，每一涉筆，淋漓傾注，宛轉側折，旁寫曲訴，刺刺不能自休。夫詩以道情，未有情深而語不佳者……安仁過情，士衡不及情；安仁任天真，士衡準古法……故安仁有詩而士衡無詩。鍾嶸惟以聲格論詩，曾未窺其詩旨。其所云『陸深而蕪，潘淺而淨』互易評之，恰合不謬矣。不知所見何以顛倒如此！」則又如許文雨《講疏》所云：「倩父（陳祚明）此評，實亦遥本益壽，與記室左傾於《翰林論》者自殊。倩父不尋其立説之點，顯恃意氣爭之，已屬不當；且深蕪與淺淨二種意誼，亦有誤解。」

【參考】

一、録潘岳詩四首：

（一）《悼亡詩》（録一）：「荏苒冬春謝，寒暑忽流易。之子歸窮泉，重壤永幽隔。私懷誰克從，淹留亦何益。僶俛恭朝命，迴心反初役。望廬思其人，入室想所歷。幃屏無髣髴，翰墨有餘跡。流芳未及歇，遺掛猶在壁。悵怳如或存，回惶忡驚惕。如彼翰林鳥，雙棲一朝隻；如彼遊川魚，比目中路析。春風緣隟來，晨霤承檐滴。寢息何時忘，沈憂日盈積。庶幾有時衰，莊缶猶可擊。」

（二）《楊氏七哀詩》：「漼如葉落樹，邈若雨絶天。雨絶有歸雲，葉落何時連？山氣冒岡嶺，長風鼓松柏。堂虚聞鳥聲，室暗如日夕。晝愁奄逮昏，夜思忽終昔。展轉獨悲窮，泣下沾枕席。人居天地間，飄若遠行客。先後詎能幾，誰能弊金石！」

（三）《内顧詩》（録一）：「獨悲安所慕？人生若朝露。綿邈寄絶域，眷戀想平素。爾情既來追，我心亦還顧。形體隔不達，精爽交中路。不見山上松，隆冬不易故。不見陵澗柏，歲寒守一度。無謂希見疏，在遠分彌固。」

（四）《河陽縣作詩二首》（録一）：「日夕陰雲起，登城望洪河。川氣冒山嶺，驚湍激巖阿。歸鴈映蘭畤，遊魚動圓波。鳴蟬厲寒音，時菊耀秋華。引領望京室，南路在伐柯。大廈緬無覯，崇芒鬱嵯峨。總總都邑人，擾擾俗化訛。依水類浮萍，寄松似懸蘿。朱博糾舒慢，楚風被琅邪。曲蓬何以直，託身依叢麻。黔黎竟何常，政成在民和。位同單父邑，愧無子賤歌。豈敢陋微官，但恐忝所荷。」

二、江淹《雜體詩·潘黄門岳悼亡》：「青春速天機，素秋馳白日。美人歸重泉，悽愴無終畢。殯宫已肅清，松柏轉蕭瑟。俯仰未能弭，尋念非但一。撫衿悼寂寞，恍然若有失。明月入綺窗，仿佛想蕙質。銷憂非萱草，永懷寄夢寐。夢寐復冥冥，何由覿爾形。我慚北海術，爾無帝女靈。駕言出遠山，徘徊泣松銘。雨絶無還雲，華落豈留英。日月方代序，寢興何時平。」

三、劉勰《文心雕龍·體性》篇曰：「安仁輕敏，故鋒發而韻流；士衡矜重，故情繁而辭隱。」又《才略》篇曰：「潘岳敏給，詞旨和暢；陸機才欲窺深，辭務索廣。」

四、元好問《論詩絶句三十首》之一：「鬬靡夸多費覽觀，陸文猶恨冗於潘。心聲只要傳心了，布穀瀾翻可是難。」

五、張溥《漢魏六朝百三家集·潘黄門集題辭》：「予讀安仁《馬汧督誄》，惻然思古義士，猶班孟堅之傳蘇子卿也。及《悼亡》詩賦，《哀永逝文》，則又傷其閨房辛苦，有古落葉哀蟬之歎。史云『善爲哀誄』，誠然哉！《籍田賦》、《客舍議》並以典則見稱，陸海潘江，無不善也。獨惜其滑懷詐書，呈身牝後，屈長卿之典册，行江充之告變，重污泥以自辱耳。《閒居》一賦，板輿輕軒，浮杯高歌，天倫樂事，足起愛慕。孰知其仁宦情重，方思熱客，慈母拳拳，非所念也。楊駿被誅，綱紀當坐，安仁賴河陽舊客得脱軀命，而好進不休，舉家糜滅，害由小吏，生之者公孫宏，殺之者孫秀，禍福何常，古人所以畏蜂蠆也。二陸屠門，戎毒相類，天下哀之，遂騰討檄。安仁東市，獨無憐者，士之賢愚，至死益見，余深爲彼美惜焉。」

六、王士禛《漁洋詩話》：「潘岳宜在『中品』。」

晉黄門郎張協詩〔一〕

其源出於王粲〔二〕。文體華淨，少病累〔三〕。又巧構形似之言〔四〕。雄於潘岳，靡於太沖〔五〕。風流調達，實曠代之高才〔六〕。詞彩葱蒨〔七〕，音韻鏗鏘，使人味之，亹亹不倦〔八〕。

【校異】

〔晉黄門郎張協詩〕《吟窗》、《格致》、《詩法》、《詞府》諸本並略「郎」。

〔其源出於王粲〕《竹莊》、《玉屑》並作「景陽詩，其源出於王粲」。《御覽》作「張協詩，其原出於王粲」。

〔文體華净〕「文體」，《御覽》作「文章」。○「净」，《御覽》作「静」。「静」、「净」古通。

〔少病累〕《御覽》「少」上有「實」字。徐復《校記》：「『實少病累』，句法較整齊，抄者脱去實字耳。」車柱環《校證》：「『實』字疑涉下文『實曠代』而衍。」○「病累」，希言齋、《稗史》並作「疵累」。

〔又巧構形似之言〕「又」，《竹莊》、《玉屑》作「有」，《秘書》本作「文」。

〔靡於太沖〕「太」，原作「大」，據退翁、顧氏、《廣牘》諸本改。

〔風流調達〕「調達」，《御覽》作「調遠」。徐復《校記》：「風流下綴以調達，於義似隔。《御覽》引作『調遠』，其義是矣。《文心雕龍·體性》篇云：『嗣宗俶儻，故響逸而調遠。』俶儻正謂風流，故承以調遠矣。」旭按：「調達」謂風流瀟灑，通達協暢；「調遠」指詞格高遠，披於後世，均可通。

〔實曠代之高才〕「高才」，原作「高手」，據《御覽》、《竹莊》、《玉屑》改。車柱環《校證》：「『高才』於文較雅，音韻亦較勝。上下文句末字，皆以一平一仄調諧。『手』蓋『才』之形誤，或由聯想而誤。《抱朴子·外篇·鈞世》有云：『諸碩儒高才之賞文者。』又《顔氏家訓》六《書證》第一七云：『然其文義允愜，實是高才。』並與此作『高才』同例。」車説是。

〔詞彩葱倩〕「詞」，《詩話》、《詩品詩式》均誤作「調」。○《御覽》、《竹莊》、《玉屑》「詞」上均有「其」字。《竹莊》、《玉屑》並作「其辭葱倩」，無「彩」字。○「倩」，《詩話》、《詩觸》、《萃編》諸本作「菁」。

〔音韻鏗鏘〕「鏗鏘」，二家本作「鏗鏗」。

〔亹亹不倦〕「不倦」，《竹莊》、《玉屑》作「不絶」，蓋聯想而誤。

【集注】

〔一〕張協（？—三〇七）：西晉文學家、詩人。字景陽，安平武邑（今河北武邑縣）人。少有儁才，曾任公府掾、秘書郎、華陽令等職。永寧元年（三〇一），爲征北將軍司馬穎從事中郎，後遷中書侍郎，轉河間内史，爲官無爲寡欲，治郡清簡。惠帝末年，見天下紛亂，遂棄官回鄉，屏居草澤，守道不競，以詠吟自娱。永嘉初，復徵爲黄門侍郎，託病不就。以疾終於家。協與兄張載、弟張亢並稱「三張」，名震一時。張協文稍讓兄張載，而詩獨勁出，尤以《雜詩》爲其代表作品。詩注重寫景抒情，多以白描手法，洗練傳神。語言清麗，詩境淒婉。張協賦今存六篇，較完整的有《七命》，屬七體。《隋志》謂有「晉黄門郎張協集三卷。梁四卷，録一卷」，已散佚。明張溥輯有《張孟陽景陽集》。今存詩十三首，斷句若干。事見《晉書》卷五五。

〔二〕其源出於王粲：此謂張協詩歌之體貌風格，源出於王粲。　旭按：上品「謝靈運」條謂：「其源出於陳思，雜有景陽之體。」故知《楚辭》一系風格由王粲傳張協，張協傳謝靈運，謝靈運兼得《國風》、《楚辭》二系。張協源出王粲，景陽、仲宣俱以詞采勝。鍾嶸評王粲「文秀而質羸」，評張協「文體華淨，少病累」、「詞彩葱蒨」。張協、王粲遭際類似，經歷社會動亂、人際感蕩，詩歌工於狀物抒情，均具悽怨之悲情美。八王之亂譬猶漢末董卓之亂，景陽《雜詩》，不啻仲宣之《七哀》也。惟《七哀》「南登灞陵岸，回首望長安。悟彼下泉人，喟然傷心肝」爲建安之慷慨；「密葉日夜疏，叢林森如束。疇昔嘆時遲，晚節悲年促。歲暮懷百憂，將從季主卜」成晉人之精緻。《詩品序》謂「陳思（《國風》系）爲建安之傑，公幹（《國風》系）、仲宣（《楚辭》系）爲輔；陸機（源出曹植《國風》系）爲太康之英，安仁（源出王粲《楚辭》系）、景陽（源出王粲《楚辭》系）爲輔」，以《國風》系、《楚辭》系搭配時代詩歌主輔，乃鍾嶸理論構架設計。宋濂《答章秀才論詩書》：「（張協詩）學仲宣。」陳衍《平議》：「《文選》選《雜詩》十首，《詠史》一首，頗少動人處。惟《雜詩》第六首、第七首略有氣勢；第一首、第二首有一二可誦之句。……其餘不及太沖，焉問王粲？其以爲源出於粲者，殆以第七首『此鄉非吾地，此郭非吾城』二句，有仲宣《登樓賦》之意邪！」陳延傑《注》：「景陽《詠史》及《雜詩》，流韻清綺，風味雋永，固是濫觴仲宣焉。」

〔三〕「文體」二句：此謂張協詩歌風貌華美明浄，少有疵病。許文雨《講疏》：「江淹《雜體詩序》（旭按：當爲劉勰《文心雕龍・才略》篇語）曰：『仲宣文多兼善，辭少瑕累。』與此品協詩『少病累』同。」楊祖聿《校注》：「景陽《雜詩》諸作，華而鮮長語，不流蕪穢，故云少病累，正是後世清綺一派之先導。」

〔四〕又巧構形似之言：形似，即描摹事物，形象逼真。遍照金剛《文鏡秘府論・十體》：「形似體者，謂貌其形而得其似。可以妙求，難以粗測者也。」胡仔《苕溪漁隱叢話》：「形似語者，如鏡取形，燈取影也。」何焯《義門讀書記》謂：「詩家煉字琢句始於景陽，而極於鮑明遠。」又謂：「張景陽《雜詩》『朝霞』首『叢林森如束』，鍾記室所謂『巧構形似之言』。」車柱環《校證》曰：「『形似之言』，爲齊、梁所重，故每見稱道。沈約《宋書・謝靈運傳論》『相如巧爲形似之言』，《顔氏家訓・文章・第九》『何遜詩，實爲清巧，多形似之言』，皆此類也。」李徽教《彙注》：「此爲張協一派詩之特性也。仲偉謂鮑照詩出於二張，而評文有『善製形狀寫物之詞』，『貴尚巧似』等語；又謂謝靈運詩雜有景陽之體，而評文有『故尚巧似』之言。形似，即寫形渾似之簡稱也；巧似，即巧構形似之簡稱也。」

〔五〕「雄於」二句：靡，美麗。陸機《文賦》：「言徒靡而不華。」李善注：「靡，美也。」此謂張協詩氣骨強於潘岳，詞采綺麗於左思。劉勰《文心雕龍·明詩》篇：「景陽振其麗。」《才略》篇：「孟陽、景陽，才綺而相埒。」陳祚明《采菽堂古詩選》曰：「《詩品》謂『雄於潘岳，靡於太沖』，此評獨當。一反觀之，正是靡類安仁，其情深語盡同，但差健；有斬截處，正是雄類太沖，其節高調亮同，但不似太沖簡老，一語可當數語。固當勝潘遜左。」陳延傑《注》：「景陽與安仁，雖同出王粲，而骨氣橫絶，潘視之稍羸矣。」又：「左思不假雕飾，而沖淡有味，非若景陽之以綺靡相尚焉。」許文雨《講疏》：「試就潘、張之詩觀之，安仁寫景之詩曰『遊魚動圓波』、『時菊耀秋華』，興象本極生發。而繼之曰『依水類浮萍，寄松似懸蘿』，則頓失之弱矣。若景陽『寒花發黄采，秋草含緑滋』，亦寫景，而能振之曰『閒居玩萬物』、『高尚遺王侯』，得非雄于安仁乎？更就張、左之詩觀之：景陽詩曰『密葉日夜疏，叢林森如束』，太沖詩曰『柔條旦夕勁，緑葉日夜黄』，同寫秋象，詞亦近似。而太沖詩終之曰『高志局四海，塊然守空堂。壯齒不恒居，歲暮常慨慷』，幽情忽奮，靡辭爲之變色。若景陽則終意屈於象，逐靡不返。執是定品，豈非所謂靡於太沖乎？」李徽教《彙注》：「案，張協『風流調達』、『音韻鏗鏘』，自當比潘岳淺如『翔禽之有羽毛』，靡如『爛若舒錦』者雄。又其『文體華凈』、『詞彩葱蒨』，自當比之太沖『文典以怨』、『得諷諭之致』者靡矣。」

〔六〕「風流」二句：調達，俊逸灑脱貌。此謂協詩俊逸風流，暢達灑脱，實乃絶代之高才。陳祚明《采菽堂古詩選》卷一一曰：「景陽詩寫景生動，而語蒼蔚，自魏以來，未有是也。」何焯《義門讀書記》曰：「胸次之高，言語之妙，景陽與元亮之在兩晉，蓋猶長庚、啓明之麗天矣。」

〔七〕詞彩葱蒨：葱蒨，青翠繁盛貌，此以草木喻詞彩。《宋書·謝靈運傳》：「當嚴勁而葱蒨，承和煦而芬腴。」

〔八〕「使人」二句：亹亹，和諧美好貌。《詩經·大雅·文王》：「亹亹文王，令聞不已。」范曄《後漢書·班彪傳論》：「若（班）固之序事，不激詭，不抑抗，贍而不穢，詳而有體，使讀之者亹亹而不厭。」李賢注：「《爾雅》曰：亹亹，猶勉也。」楊明《譯注》：「六朝人所用亹亹一語，實亦有美好動人之義。如郭璞《贈温嶠》：『蘭薄有芷，玉泉産玫。亹亹含風，灼灼猗人。』康僧淵《代答張君祖詩序》：『省贈法頵詩，經通妙遠，亹亹清綺。』均不得以勉釋之。《宋書·五行志二》載東晉民謡云：『金刀既已刻，娓娓金城中。』孟顗釋之曰：『金刀，劉也。倡義諸公，皆多姓劉。娓娓，美盛貌也。』亹、娓同音通用。」此謂張協詩耐人品味，諷誦不覺疲倦。劉勰《文心雕龍·時序》篇：「應、傅、三張之徒，並結藻清英，流韻綺靡。」許學夷《詩源辯體》卷五：「景陽五言雜詩，華彩俊逸，實有可觀。……鍾嶸謂景陽雄於潘岳，至使人亹亹不倦，此論甚當。」何焯《義門讀書記》卷三曰：「（張協《雜詩》）於建安能者而外，復變創斯體。鍾記室品目之曰：『風流調達，實曠代之高手。詞采葱蒨，音韻鏗鏘，使人味之，亹亹不倦。』不爲妄歎也。」劉熙載《藝概·詩概》曰：「張景陽詩開鮑明遠。明遠遒警絶人，然練不傷氣，必推景陽獨步。『苦雨』諸詩，尤爲高作，故鍾嶸《詩品》獨稱之。」

古直《箋》：「(《文心雕龍》稱景陽詩)曰麗，曰綺，曰結藻清英，流韻綺靡，亦與仲偉調(詞)采葱蒨，音韻鏗鏘之説相發。」　旭按：末句「使人味之，亹亹不倦」，是又一「味」字，可與《詩品序》中「味」字相參讀。

【參考】

一、録張協《雜詩》三首：

(一)「秋夜涼風起，清氣蕩暄濁。蜻蛚吟階下，飛蛾拂明燭。君子從遠役，佳人守煢獨。離居幾何時，鑽燧忽改木。房櫳無行跡，庭草萋以緑。青苔依空牆，蜘蛛網四屋。感物多所懷，沈憂結心曲。」

(二)「朝霞迎白日，丹氣臨湯谷。翳翳結繁雲，森森散雨足。輕風摧勁草，凝霜竦高木。密葉日夜疏，叢林森如束。疇昔嘆時遲，晚節悲年促。歲暮懷百憂，將從季主卜。」

(三)「金風扇素節，丹霞啓陰期。騰雲似涌煙，密雨如散絲。寒花發黄采，秋草含緑滋。閒居玩萬物，離群戀所思。案無蕭氏牘，庭無貢公綦。高尚遺王侯，道積自成基。至人不嬰物，餘風足染時。」

二、江淹《雜體詩・張黄門協苦雨》：「丹霞蔽陽景，緑泉湧陰渚。水鸛巢層甍，山雲潤柱礎。有弁興春節，愁霖貫秋序。燮燮涼葉奪，戾戾颸風舉。高談玩四時，索居慕儔侶。青苕日夜黄，芳蕤成宿楚。歲暮百慮交，無以慰延佇。」

晉記室左思詩〔一〕

其源出於公幹〔二〕。文典以怨〔三〕，頗爲清切〔四〕，得諷諭之致。雖淺於陸機，而深於潘岳〔五〕。謝康樂常言：「左太沖詩，潘安仁詩，古今難比〔六〕。」

【校異】

〔其源出於公幹〕《竹莊》作「太沖詩，其源出於公幹」。

〔文典以怨〕「典」，二家本作「典雅」。

〔頗爲清切〕「清切」，原作「情切」，顧氏、退翁、《廣牘》、《津逮》、希言齋、天都閣、《續百川》、《廣漢魏》、《説郛》、《五朝》、《紫藤》諸本，均作「精切」；《吟窗》、《格致》、《詩法》、《詞府》、《竹莊》則均作「清切」。旭按：作「清切」是，因據改。參該句注。

〔得諷諭之致〕「諷」，退翁鈔本、《對雨樓》本並作「風」。「諷」、「風」古義通。

〔雖淺於陸機，而深於潘岳〕「淺」，原作「野」，據《吟窗》、《格致》、《詩法》、《詞府》諸本改。旭按：在批評術語中，「野」與「文」相對，「深」與「淺」相對，若作「野」，則與「深」失去對應。又，陸機詩「深」，六朝人所共識，「野於陸機」不詞。總攬《詩品》，鍾氏屢以「深」、「淺」評潘岳、左思與陸機。如上品「潘岳」條以「深」、「淺」評潘、陸，「左思」條以「深」、「淺」評左、陸、潘關係，而其與陸機相比，則顯爲「淺」，不爲「野」。沈德潛《古詩源》謂鍾氏此評是「不知太沖者」，劉熙載《藝概》亦謂太沖豪放，「非野也」，均不知此爲訛字之故。　○此二句《竹莊》作「雖淺野於陸機，而深勁於潘岳」。

〔謝康樂常言〕　退翁、《對雨樓》、《擇是居》脱「常」字。

〔左太沖詩，潘安仁詩〕　《萃編》本作「左太沖及潘安仁詩」。《硯北》本「太沖」後脱「詩」字。

〔古今難比〕　「難比」，《御覽》、《竹莊》作「獨絶」。「獨絶」爲六朝人習見語，義似較勝。

【集注】

〔一〕左思（二五〇—三〇五？）：西晉著名文學家、詩人。字太沖，齊國臨淄（今山東淄博）人。家世儒學，貌寢口訥，不好交遊，而才華出衆，潛心勤學。晉武帝時，因妹左棻以才德入宮，遂舉家遷居洛陽，任秘書郎。曾作《齊都賦》，一年乃成。復作《三都賦》，構思十年，門庭藩溷，皆著紙筆。及賦成，豪貴之家競相傳寫，洛陽爲之「紙貴」。元康年間，曾參與當時「二十四友」文人集團之遊，爲賈謐講《漢書》。元康末年，賈謐被誅，思退隱居宜春里，專意典籍。齊王冏命爲記室督，辭疾不就。及張方縱暴洛陽，思舉家遷冀州，數歲，以疾卒。左思賦體制宏大，辭藻壯麗；詩承建安，骨氣端翔。《詠史》詩八首，抒發社會之不平、内心之鬱悶，語言勁直，一氣貫注。雖非一時之所作，大都錯綜史實，融會古今，名爲詠史，實爲詠懷。慷慨任氣，筆力充沛。開創以詠史詠懷新途，成爲中國詩歌史上之典型。尤以「振衣千仞岡，濯足萬里流」、「非必絲與竹，山水有清音」爲品格，亦爲六朝詩歌最高貴之品格。《隋志》謂有「晉齊王府記室左思集二卷。梁有五卷，録一卷」，已散佚。今存詩十五首，其中五言詩十三首。事見《晉書》卷九二《文苑傳》。

〔二〕「其源」句：謂左思詩體貌風格源出於劉楨。宋濂《答章秀才論詩書》：「（左思詩）法公幹。」許文雨《講疏》：「按，仲偉前評公幹詩，以爲仗氣愛奇，動多振絶，但雕潤恨少。《藝苑卮言》卷三亦謂太沖莽蒼，但太不雕琢。《詩源辯體》卷五又論太沖語多訐直。是皆足徵其淵源之所自也。劉熙載《詩概》：『劉公幹、左太沖詩壯而不悲。』以劉、左同談，則關係愈見。」李徽教《彙注》：「《文心雕龍・明詩》篇云：『故平子得其雅，叔夜含其潤，茂先凝其清，景陽振其麗。兼善則子建、仲宣，偏美則太沖、公幹。』此偏美者，指清、雅而言也。即公幹、太沖，皆得清、雅之美者之意也。此旨亦可窺見於仲偉所評文中矣。」

〔三〕文典以怨：文典，文詞典則，多排比史實。怨，怨刺。此指左思《詠史》以史實典事抒胸臆，刺怨情，頗得風人諷諭之旨。《文選·左思·詠史詩八首》吕向注：「是詩之意，多以喻己。」嚴羽《滄浪詩話·詩評》：「晉人捨陶淵明、阮嗣宗外，唯左太沖高出一時。」沈德潛《古詩源》卷七：「太沖胸次高曠，而筆力又復雄邁，陶冶漢魏，自製偉詞，故是一代作手。」何焯《義門讀書記》曰：「（太沖《詠史》）題云《詠史》，其實乃詠懷也。」許文雨《講疏》：「太沖《詠史》云『卓犖觀群書』，則其典可知。又云『著論準《過秦》』，是欲效賈生之傷，則其怨亦自明矣。張玉穀《古詩賞析》卷一〇曰：『太沖《詠史》，初非呆衍史事，特借史事以詠己之懷抱也。或先述己意，而以史事證之；或先述史事，而以己意斷之；或止述己意，而史事暗含；或止述史事，而己意默寓。』是則其精切可知。」

〔四〕清切：一指近於帝居，而門户有禁，終爲森嚴有所阻限。《文選》劉公幹《贈徐幹》詩：「拘限清切近，中情無由宣。」二指詩文聲調清徹瀏亮。唐杜甫《樂遊園歌》：「拂水低徊舞袖翻，緣雲清切歌聲上。」此當指左思詩聲調清徹激越，與評景陽詩「音韻鏗鏘」意同。胡應麟《詩藪》曰：「太沖以氣勝者也。『振衣千仞岡，濯足萬里流』，至矣！而『非必絲與竹，山水有清音』，其韻故足賞也。」唐李嶠《評詩格》稱詩有「十體」，「清切」即其一體。

〔五〕「雖淺」二句：此謂左思雖比陸機爲「淺」，然較潘岳爲「深」，在潘、陸之間。沈德潛《説詩晬語》：「左太沖拔出衆流之中，胸次高曠，而筆力足以達之，自應盡掩諸家。鍾記室嶸季孟于潘、陸間，謂『野於陸機，而深於安仁』，太沖弗受也。」又《古詩源》卷七謂「鍾嶸評左思謂『野於陸機，而深於潘岳』，此不知太沖者也。」陳祚明《采菽堂古詩選》卷一一：「其雄在才，而其高在志。有其才而無其志，語必虛矯；有其志而無其才，音難頓挫。鍾嶸以爲『野於陸機』，悲哉！」又劉熙載《藝概・詩概》：「野者，詩之美也。故表聖《詩品》中有『疏野』一品。若鍾仲偉謂左太沖『野於陸機』，『野』乃不美之辭。然太沖是豪放，非野也。」夏敬觀曰：「《晉書》本傳稱其辭藻壯麗，『壯』字是太沖詩確評，不得謂之『野』。」旭按：「野」爲訛字，當作「淺於陸機」。參見「校異」。歷代評家均以訛字相責，吾恐仲偉亦弗肯受也。

〔六〕「謝康樂」四句：此謂謝靈運曾説：「左太沖詩，潘安仁詩，古今難比。」旭按：謝靈運此贊左太沖語，今未審出處。然謝靈運不謂「曹子建詩，陸平原詩，古今難比」，而謂「左太沖詩」、「潘安仁詩」「古今難比」。鍾嶸引用，其中奥義，可以研究。胡應麟《詩藪・外編》卷二曰：「《詠史》之名，起自孟堅，但指一事。魏杜摯《贈毋丘儉》，疊用八古人名，堆垛寡變。太沖題實因班，體亦本杜，而造語奇偉，創格新特，錯綜震蕩，逸氣干雲，遂爲古今絶唱。」沈德潛《古詩源》卷七曰：「太沖《詠史》，不必專詠一人，專詠一事。詠古人，而己之性情俱見，此千古絶唱也。後惟明遠、太白能之。」陳祚明《采菽堂古詩選》卷一一曰：「太沖一代偉人，胸次浩落，灑然流詠。似孟德而加以流麗，倣子建而獨能簡貴。創成一體，垂式千秋。」黄子雲《野鴻詩的》曰：「太沖祖述漢魏，而修詞造句全不沿襲一字，落落寫來，自成大家。」成書《多歲堂古詩存》卷四曰：「太康詩，二陸才不勝情；二潘才情俱減；情深而才大者，左太沖一人而已。」何焯《義門讀書記》謂：「左太沖《詠史》，『鬱鬱』首，良圖莫騁，職由困於資地，托前代以自鳴所不平也。……『濟濟』首……言地勢既非，立功難覬，則柔翰故在，潛於篇籍，以章厥身者，乃吾師也。……『荆軻』首，又言雖博徒狗屠，猶有軼倫之才，視碌碌豪右，自詫攀龍者，方復夷然不屑，況吾儕也。……『主父』首，此又言士之遇合有時，顧爲國家計，則方隅未靖，創業垂統，方待奇才，不當棄群策而任私昵耳。……『習習』首，言誠欲俟時，而勢利相激，幾不可堪，自守亦難矣。……『飲河期滿腹』四句，此太沖所以獨得考終，異乎潘、陸輩也。」許文雨《講疏》：「康樂詩實擅有二種之長：一曰妙合自然，取之于喻，猶如初發芙蓉。二曰經緯綿密，察諸其文，桓見麗典絡繹。自前者言之，潘詩輕華，容有螺蛤之思。由後者言之，左思精切，尤篤平生之好。其所以置左於潘上者，亦緣己之所作，多出深思苦索，鍛鍊而成。如『池塘生春草』率然信口而致者，殆罕有焉。《丹鉛餘録》云：『左太沖《招隱詩》「峭蒨青葱間，竹柏得其真」，五言詩用四連綿字，前無古，後無今。』」

【參考】

一、録左思詩五首：

（一）《詠史》（録三首）：「弱冠弄柔翰，卓犖觀群書。著論準《過秦》，作賦擬《子虛》。邊城苦鳴鏑，羽檄飛京都。雖非甲胄士，疇昔覽《穰苴》。長嘯激清風，志若無東吳。鉛刀貴一割，夢想騁良圖。左眄澄江湘，右盼定羌胡。功成不受爵，長揖歸田廬。」

「鬱鬱澗底松，離離山上苗。以彼徑寸莖，蔭此百尺條。世胄躡高位，英俊沈下僚。地勢使之然，由來非一朝。金張藉舊業，七葉珥漢貂。馮公豈不偉，白首不見招。」

「皓天舒白日，靈景耀神州。列宅紫宮裏，飛宇若雲浮。峨峨高門内，藹藹皆王侯。自非攀龍客，何爲欻來遊？被褐出閶闔，高步追許由。振衣千仞岡，濯足萬里流。」

（二）《招隱》：「杖策招隱士，荒塗橫古今。巖穴無結構，丘中有鳴琴。白雲停陰岡，丹葩曜陽林。石泉漱瓊瑶，纖鱗或浮沈。非必絲與竹，山水有清音。何事待嘯歌？灌木自悲吟。秋菊兼餱糧，幽蘭間重襟。躊躇足力煩，聊欲投吾簪。」

（三）《嬌女詩》：「吾家有嬌女，皎皎頗白晳。小字爲紈素，口齒自清歷。鬢髮覆廣額，雙耳似連璧。明朝弄梳臺，黛眉類掃跡。濃朱衍丹脣，黃吻瀾漫赤。嬌語若連瑣，忿速乃明憒。握筆利彤管，篆刻未期益。執書愛綈素，誦習矜所獲。其姊字惠芳，面目粲如畫。輕莊喜縷邊，臨鏡忘紡績。舉觶擬京兆，立的成復易。玩弄眉頰間，劇兼機杼役。從容好趙舞，延袖像飛翮。上下弦柱際，文史輒卷襞。顧眄屏風畫，如見已指擿。丹青日塵闇，明義爲隱賾。馳騖翔園林，果下皆生摘。紅葩掇紫蔕，萍實驟抵擲。貪華風雨中，倏忽數百適。務躡霜雪戲，重綦常累積。並心注肴饌，端坐理盤槅。翰墨戢函按，相與數離逖。動爲鑪鉦屈，屣履任之適。心爲荼菽劇，吹噓對鼎鑊。脂膩漫白袖，煙薰染阿錫。衣被皆重池，難與次水碧。任其孺子意，羞受長者責。瞥聞當與杖，掩淚俱向壁。」

二、江淹《雜體詩・左記室思詠史》：「韓公淪賣藥，梅生隱市門。百年信荏苒，何爲苦心魂？當學衛霍將，建功在河源。圭組賢君眄，青紫明主恩。終軍才始達，賈誼位方尊。金張服貂冕，許史乘華軒。王侯貴片議，公卿重一言。太平多歡娛，飛蓋東都門。顧念張仲蔚，蓬蒿滿中園。」

三、劉勰《文心雕龍・才略》篇：「左思奇才，業深覃思。盡鋭於《三都》，拔萃於《詠史》，無遺力矣。」

四、陳衍《詩品平議》：「竊謂筆力雄邁，自是太沖本色，胸次亦自高曠。但説得太實太露，便近矯飾。若阮嗣宗、陶元亮爲之，更有一種超脱不黏滯之妙。試將阮公《詠懷》、陶公《擬古》諸詩，讀之自見。且八首中多重複之語。如『功成恥受賞』以下六句，非即『功成不受爵』二句意乎？『濟濟京城内』八句，非即『金張藉舊業』二句意乎？『詞賦擬相如』，非即『作賦擬子虚』乎？『峨峨高門内』二句，非即『濟濟京城内』二句乎？『高步追許由』，非即『希段幹木』、『慕魯仲連』乎？『何世無奇才』二句，非即『英俊沈下僚』意乎？鍾氏評云：『其源出於公幹，文典以怨，頗爲精切，得諷諭之致。雖野於陸機，而深於潘岳。謝康樂常言：「左太沖詩，潘安仁詩，古今難比。」』所評殆無一當者。」

宋臨川太守謝靈運詩〔一〕

其源出於陳思，雜有景陽之體〔二〕。故尚巧似〔三〕，而逸蕩過之〔四〕。頗以繁蕪爲累〔五〕。嶸謂：若人學多才博〔六〕，寓目輒書，内無乏思〔七〕，外無遺物〔八〕，其繁富，宜哉〔九〕！然名章迥句，處處間起〔一〇〕；麗曲新聲，絡繹奔發〔一一〕。譬猶青松之拔灌木，白玉之映塵沙，未足貶其高潔也〔一二〕。初，錢塘杜明師夜夢東南有人來入其館〔一三〕，是夕，即靈運生於會稽。旬日而謝安亡〔一四〕。其家以子孫難得，送靈運於杜治養之〔一五〕。十五方還都，故名「客兒」〔一六〕。

【校異】

〔宋臨川太守謝靈運詩〕張錫瑜《詩平》作「宋臨川内史謝靈運」。校云：「内史，原作『太守』。《宋書》本傳及《隋志》並云『臨川内史』。考《宋書・州郡志》，作『内史』是也，今據改。」鄭騫《鍾嶸詩品謝靈運條訂誤》云：「太守與内史，名義不同，實際則一樣，這是晉宋時的官制。《晉書》卷二十四

《職官志》云，郡皆置太守，諸王國以内史掌太守之任。《宋書》卷四十《百官志》下亦云，宋用晉制，王國太守稱内史。宋時臨川郡是王國，撰《世説新語》的劉義慶即是臨川王，所以《宋書》卷三十六《州郡志》二，江州諸郡長官皆稱太守，只有臨川稱内史。謝靈運的官銜當然是臨川内史。《詩品》太守之稱，實與當時官制不合。」車柱環《校證》：「鄭説是也。當據《宋書》作『臨川内史』爲正。」旭按：郡州長官，稱名屢變，歷代反覆，故世多混用。如靈運官職，《宋書》本傳、《隋志》稱「内史」；劉敬叔《異苑》、鍾品稱「太守」；《文選》注引《宋書》稱「臨川守」是也。〇《吟窗》、《格致》、《詩法》、《詞府》諸本「謝靈運」名下有注「小名客兒」。

〔其源出於陳思〕《竹莊》作「靈運詩，其源出於陳思」。

〔雜有景陽之體〕「雜有」，《御覽》作「雅有」。

〔故尚巧似〕「尚」，張錫瑜《詩平》校：「一作『傷』。」

〔頗以繁蕪爲累〕旭按：四十九種版本同。惟人民文學出版社陳延傑《詩品注》臆改「繁蕪」爲「繁富」，因涉下文「其繁富，宜哉」誤。

〔嶸謂若人，學多才博〕旭按：「學多才博」原作「興多才高博」，此五字之内，必有訛誤。《萃編》本由是增二字，作「興多才高而學博」，訛誤更甚。「興多」，宋人《太平御覽》、《竹莊詩話》均引作「學多」，車柱環《校證》謂「興」作「學」，「蓋聯想才學互文而意改」。恐非是。《御覽》、《竹莊》所引，均爲宋本《詩品》，一爲類書，一爲詩話，兩者不同系統，均引作「學」，疑作「學」是。「興」或爲「學」壞去「子」而誤。「才高博」不詞。《太平御覽》、《竹莊詩話》均引作「才博」（《竹莊詩話》「博」誤作「薄」）；　鄭文焯手校本曰：「高、博二字，當有一衍文。」《詩紀》、《稗史》、《詩話》、螢雪軒諸本作「才高」。車柱環《校證》曰：「疑一本『高』作『博』，傳寫因併溷入，作『博』，音韻較勝。」路百占《校記》曰：「嶸原文實作『嶸謂若人，學多才博。』」根據宋代引文與古本《詩品》文字較近，且參諸家之說，因據改。有學者謂此句當作「興多才高」，自圓其說，亦可參考。

〔寓目輒書〕「寓目」，《竹莊》作「遇物」。

〔内無乏思〕「乏思」，《御覽》作「文思」。

〔其繁富〕「繁富」，《御覽》作「繁且富」。

〔然名章迥句〕「迥句」，《御覽》作「秀句」，意同。

〔處處間起〕「處處」，《竹莊》作「處」，脱一「處」字。

〔麗曲新聲，絡繹奔發〕「麗曲」，原作「麗典」，據《竹莊》本改。《御覽》作「妙曲」。○「奔發」原作「奔會」，據《御覽》、《竹莊》改。　旭按：徐復《校記》：「《御覽》引『麗典』作『妙曲』。蓋『曲』字訛爲『典』，因並改『妙』爲『麗』字耳。又『奔會』引作『奔發』，義亦較長。」高松亨明《校勘》：「『曲』字似是。」二說是。此處「曲」字，是可以入樂的韻文，此指五言詩。故以「新聲」承之明之，如陸雲《與兄平原書》：「古今之能爲新聲絶曲者，無又過兄。」即是。沈約《宋書·謝靈運傳論》：「清辭麗曲，時發乎篇。」「麗曲」「發乎篇」，實爲鍾氏此語所本。「曲」、「典」互誤，《文心雕龍·明詩篇》、《總術篇》均見其例。

〔譬猶青松之拔灌木，白玉之映塵沙〕《御覽》引，略作「類青松拔木，白玉映竹」，「竹」當爲「沙」之誤。○「猶」，《竹莊》作「若」。○「拔」，《竹莊》作「披」。○「塵沙」，《竹莊》作「泥沙」。○「映」，《詩品詩式》本誤作「英」。

〔未足貶其高潔也〕《御覽》「未足」下有「以」字，「高潔」作「高才」。《竹莊》引，脱「潔」字。

〔初，錢塘杜明師夜夢東南有人來入其館〕「明」，《秘書》本作「門」。○「師」，希言齋、《稗史》本並作「詩」。

〔旬日而謝安亡〕「謝」，《秘書》本誤作「説」。○「謝安」，原作「謝玄」，「玄」字諸清刊本或缺筆，或改作「元」，蓋避清聖祖玄燁諱。張錫瑜《詩平》校：「本傳云：祖玄，晉車騎將軍。父瑍，生而不慧。靈運幼便穎悟，玄甚異之。謂親知曰：『我乃生瑍，瑍哪得生靈運？』考靈運見誅，在宋文帝元嘉十年，年四十九。逆數之，生於晉孝武帝太元十年。《晉書·謝玄傳》：玄以太元十三年卒。則玄之卒，靈運生四歲矣！『旬日玄亡』之語，近出無稽。且惟靈運生已四歲，漸有知識，故玄得見其穎悟而加稱嘆。若止旬日，尚自蒙昧無識，玄何由發此語？此蓋《異苑》妄談，仲偉不察而誤筆之耳。」旬日亡者非謝玄，張氏辨之甚明。亡者爲誰？近有三説：一爲謝𤘽説。許文雨《講疏》曰：「仲偉殆誤其父𤘽爲祖玄歟！」逯欽立《叢考》：「『玄』，應作『𤘽』。」郝昺衡《謝靈運年譜》曰：「本傳謂：『父𤘽，生而不慧，爲秘書郎，蚤亡。』則『玄』之爲『𤘽』之僞，無疑。」車柱環《校證》：「又以常情而論，祖死，不可謂『子孫難得』。疑本作𤘽，由𤘽、玄音近，又由聯想而誤。」高松亨明《詳解》亦從謝𤘽説。旭謂，《晉書·謝玄傳》曰：「玄既輿疾之郡，十三年，卒於官，時年四十六。……子𤘽嗣，秘书郎，早卒。子靈運嗣。」言謝玄卒後謝𤘽襲爵，謝𤘽卒後靈運襲爵，此爲謝𤘽卒於父謝玄後之明證。謝玄卒時，靈運已四歲，故「旬日亡」者決非父親謝𤘽。二爲謝安説。葉笑雪《謝靈運詩選》曰：「據《通鑑》的記載，謝安卒於太元十年八月二十二日，恰好與鍾嶸的説法相合，可證鍾嶸記錯了人。」「謝玄」當爲「謝安」。鄭騫、楊祖聿、清水凱夫、楊勇諸氏均從「謝安」説，吕德申《校釋》改「謝玄」爲「謝安」。三爲謝玄「稚子」説。近來李雁、許雲和諸學者，據《晉書·謝玄傳》所載謝玄上疏「不謂臣愆咎夙積，罪鍾中年，上延亡叔臣安、亡兄臣靖，數月之間，相係殂背，下逮稚子，尋復夭昏。哀毒兼纏，痛百常情。臣不勝禍酷暴集，每一慟殆弊」，知靈運生時（三八五），謝家有三人死亡，即謝玄之叔謝安、兄謝靖及謝玄稚子。「其家以子孫難得」，故「旬日亡者」當是謝玄稚子而非謝安。旭謂，若以謝氏家族死亡憂患言，一則，靈運生時，謝家有三人死亡如前述；二則，謝玄本人身體亦不好，故乞辭官歸養，皇帝不許，寧可派醫生爲之治療；三是靈運出生，亦體弱多病。《藝文類聚》五十一載謝靈運《封康樂侯表》自謂：「豈臣尫弱，所當忝承。」當非客氣話。謝玄上疏自稱「稚子」「夭昏」，《左傳・昭公十九年》疏謂：「子生三月，父名之，未名之曰昏。」知此「夭昏」稚子雖然姓「謝」，但尚無名字。而劉敬叔《異苑》、鍾嶸《詩品》均言之鑿鑿，謂「旬日而亡」者爲「謝某人」，故知決非謝玄「夭昏」無名之子，而指「謝安」。「玄」，當爲「安」之形誤。「子孫難得」實有兩種理解：一是死亡及健康原因，二爲逸話新聞。謝安雖爲靈運叔曾祖父，年輩相隔較遠，屬同宗不同系。然謝安爲謝氏掌門人，最有影響。謝玄出仕及建赫赫戰功，均因謝安薦舉。故謝玄上疏，必當以謝安逝世告知天下。而此段逸話，亦自有因果。或上天托夢「錢塘杜明師」，通知「東南」方向，有靈異之人轉世「來入其館」，生即謝靈運，「旬日而亡」即謝安，由逸話理解，亦順理成章。清水凱夫《詩品謝靈運條逸話考》亦持「謝安」說，辨之甚詳。因據改。

〔送靈運於杜治養之〕「送」，《秘書》本誤作「譬」。

〔故名客兒〕退翁、顧氏、《廣牘》、《津逮》、希言齋、繁露堂、天一閣、天都閣等近五十種明清板本「客兒」後均有小字注：「治，音稚。奉道之家靖室也」十字。旭按：車柱環《校證》曰：「各本『客兒』下皆有注……疑後人所加，惟杜治爲杜家靖室，當符鍾書原意。」又案：「自『初，錢塘杜明師云云』至『故名客兒』與謝詩了無相干，疑亦後人所注誤入本文。」清水凱夫《詩品謝靈運條逸話考》：「此舊注，或鍾嶸撰《詩品》時或其近期所加……或爲自注。」旭謂本條，「初，錢塘杜明師夜夢東南有人來入其館，是夕，即靈運生於會稽。旬日而謝玄亡。其家以子孫難得，送靈運於杜治養之。十五方還都，故名客兒」五十五字，全録自劉敬叔《異苑》卷七，小注亦爲《異苑》原有，非鍾嶸自注。或鍾嶸撰寫《詩品》時，參考録入南朝宋劉敬叔《異苑》，成今本文字，不可知也。楊祖聿《校注》：「『初錢塘……名客兒』共五十四字，與鍾嶸《詩品》之體例文詞不一，鍾氏若引故事，必以之證詩人之詩，如中品『江淹』條、『謝惠連』條，下品『區惠恭』條。故疑此五十四字原稿本無（陳學士《吟窗雜録》本即無此五十四字），或爲後人引《異苑》爲注而傳鈔刊刻羼入也。」路百占《校記》：「《御覽》引，無上（「初，錢塘」至「客兒」）數句，《竹莊詩話》引同，此故事之篡入也。」旭謂，今北宋曾慥《類説》引《詩品》，即有此五十四字。曾慥《類説》在陳學士《吟窗雜録》前，可知《吟窗雜録》無此五十五字，爲删節之故。

【集注】

〔一〕謝靈運（三八五—四三三）：南朝宋著名文學家、書法家、山水詩人。小名「客兒」，故又稱「謝客」，陳郡陽夏（今河南太康）人。世居會稽（今浙江紹興）。晉車騎將軍謝玄之孫，十八歲襲封康樂公，世稱「謝康樂」。靈運少好學，博覽群書，文章之美，江左莫逮，從叔謝混特賞愛之。晉末，曾出任瑯琊王德文大司馬行參軍、豫州刺史劉毅記室參軍、北府兵將領劉裕太尉參軍等。入宋，降爵爲侯。改食邑爲五百户，起爲散騎常侍，轉太子左衛率。宋少帝（劉義符）即位，出爲永嘉太守。文帝時爲臨川内史。靈運自恃門第高貴，又才華横溢，不得志而放浪形骸，作「謝公屐」。自謂「天下才共一石，子建獨佔八斗，吾占一斗，天下才共分一斗」。日聚衆百餘人在郡遊放。爲有司所彈劾，徙廣州，不久以「叛逆」罪名被殺，年四十九。靈運性喜山水，多所吟詠。記敍遊賞經歷，描繪自然景物，多有形象鮮明、意境優美之佳句。凡泉林幽壑，朝嵐夕霞，盡著筆底。以清新、自然、恬静之韻味，一變東晉以來玄言詩晦澀之風氣。又善書，每一詩出，手自寫之，文帝稱爲「二寶」。遠近欽慕，名動京師，遂成中國山水詩始祖。靈運詩章宏富，《隋志》謂有「宋臨川内史謝靈運集十九卷，梁二十卷，録一卷」，已散佚。明張溥輯有《謝康樂集》。今存詩九十餘首，其中五言詩約八十首。以黄節《謝康樂詩注》最詳備。事見《宋書》卷六七、《南史》卷一九《謝靈運傳》。

〔二〕「其源」二句：此謂謝靈運詩歌體貌風格，源出於曹植，又雜有張景陽之體。旭按：靈運源出陳思，非唯「才高詞盛，富豔難蹤」出曹植之「骨氣奇高，詞采華茂」；「尚巧似」亦源於張協之「巧構形似之言」。又，曹植源出《國風》，張景陽源出王粲，王粲源出《楚辭》。則謝靈運一人兼得《國風》、《楚辭》二系，上品詩人中，惟謝靈運耳。中品兼得二系者，惟陶淵明一人。宋濂《答章秀才論詩書》謂「三謝亦本子建，而雜參于郭景純」。胡應麟《詩藪·内編》卷二謂「靈運之詞，淵源潘、陸」。陳祚明《采菽堂古詩選》卷一二謂「（張協）風氣微開康樂」，何焯《義門讀書記》謂「《贈從弟惠連》，逼真《贈白馬王彪》」，均不如後晉李瀚《蒙求》宋徐子光集注載謝靈運自謂「天下才共有一石，曹子建獨得八斗，我得一斗，自古及今共用一斗」爲得「源出陳思」本意。許文雨《講疏》：「《詩源辯體》卷七引李獻吉云：『康樂詩是六朝之冠，然其始本于陸平原。』但仲偉已云平原出陳思，知獻吉所云，仍不離《詩品》之旨也。陳祚明選靈運《酬從弟惠連五章》，評其源出陳思，此恐僅就聯章體而言耳。實則陳思之詞彩華茂，大爲靈運導其先路。又陳思之詩，已有響字。《詩家直説》舉其『朱華冒緑池』、『時雨静飛塵』之『冒』、『静』二字爲例，而靈運詩尤爲數見，如『蘋萍泛沈深，菰蒲冒清淺』、『初篁包緑籜，新蒲含紫茸』、『白雲抱幽石，緑篠媚清漣』、『海鷗戲春岸，天雞弄和風』等句，中字盡響，是與陳思又有源可溯也。皎然《詩式》云：『謝詩上躡《風》《騷》，下超魏晉，建安製作，其椎輪乎？』斯爲得其宗旨矣。黄子雲《野鴻詩的》云：『景陽寫景，漸啓康樂。』意殆謂靈運所雜之體乎？」

〔三〕尚巧似：喜歡以巧妙形似的遣詞造句，描摹風景物象。陳延傑注謂：「如《石壁精舍還湖中作》『昏旦變氣候，山水含清暉』，《游南亭》詩『密林含餘清，遠峰隱半規』，《遊赤石進帆海》『溟漲無端倪，虚舟有超越』等，並得其巧似者。張景陽巧構形似之言，此學其體焉，但超放耳。」旭按：此與評張景陽「巧構形似之言」意同。仲偉謂靈運詩「雜有景陽之體」，正在「巧似」、「逸蕩」二句。又劉勰《文心雕龍·物色》篇謂「自近代以來，文貴形似，窺情風景之上，鑽貌草木之中。吟詠所發，志惟深遠；體物爲妙，功在密附。故巧言切狀，如印之印泥，不加雕削，而曲寫毫芥，故能瞻言而見貌，即字而知時也。」可知以「巧似」描摹風景物象，亦時代使然耳。

〔四〕逸蕩過之：逸蕩，放縱、放蕩；即下筆洋洋灑灑、毫無檢束之謂，此亦與張景陽「風流調達」意近。《列子》卷七《楊朱》篇：「恣耳目之所娱，窮意慮之所爲，熙熙然以至於死，此天民之逸蕩者也。」《南史·齊武陵昭王曄傳》曰：「康樂放蕩，作體不辨有首尾。」此謂靈運巧似雖嗣承張協，而其筆力放縱處，更過於張協也。旭按：劉勰《文心雕龍·明詩》篇曰：「宋初文詠，體有因革。莊老告退，而山水方滋。儷采百字之偶，争價一句之奇；情必極貌以寫物，辭必窮力而追新。」此謂宋初吟詠山水，「極貌寫物」、「窮力追新」，當與仲偉評謝靈運「尚巧似」、「逸蕩」之論相發明。

〔五〕頗以繁蕪爲累：繁蕪，繁縟蕪雜。劉勰《文心雕龍·總術》篇：「蕪者亦繁。」王叔岷《疏證》曰：「梁簡文帝《與湘東王書》謂：『學謝則不届其精華，但得其冗長。』又謂：『時有不拘，是其糟粕。』（見《梁書·庾肩吾傳》）可與仲偉『繁蕪爲累』之説相發。靈運詩如『鼻感改朔氣，眼傷變節榮』（《悲哉行》）、『節往感不淺，感來念已深』（《晚出西射堂》）、『孤遊非情歎，賞廢理誰通』（《湖中瞻眺》），皆拙劣强凑。『楚人心昔絶，越客腸今斷。斷絶雖殊念，俱爲歸慮款』（《道路憶山中》）、『火逝首秋節，明經弦月夕。月弦光照户，秋首風入隙』（《七夕詠》），此皆牽强雜沓，不可爲訓。其他蕪詞累句尚多（説詳汪師韓《詩學纂聞》），皆由放蕩逞才之過。嚴滄浪謂：『靈運詩，無一篇不佳。』吾不敢信也。姚範《援鶉堂筆記》云：『按，康樂詩，頗多六代強造之句，其音詐滯。』此説最爲有識。」陳衍《平議》：「『繁蕪爲累』等語，以評士衡，猶覺太過，可施之康樂乎？」《文心雕龍·明詩》篇注引黄侃《講疏》：「夫極貌寫物，有賴於深思；窮力追新，亦資於博學。將欲排除膚語，洗盪庸音，於此假途，庶無迷路。世人好稱漢、魏，而以顔、謝爲繁巧，不悟規摹古調，必須振以新詞。若虚響盈篇，徒生厭倦，其爲蔽害，與勦襲玄語者正復不殊。以此知顔謝之術，乃五言之正軌矣。」

〔六〕若人：若此人。《論語·公冶長》：「君子哉，若人。」何晏《集解》：「包曰：若人者，若此人也。」此指謝靈運。學多才博：《宋書·謝靈運傳》謂靈運：「少好學，博覽群書，文章之美，江左莫逮。」可以互釋。

〔七〕内無乏思：内心詩思涌溢而不枯竭。

〔八〕外無遺物：外界景物皆可入詩，無一遺漏。陳延傑《注》：「謝客善用理語，往往以《易》、《老》、《莊》入詩，如《富春渚》：『洊至宜便習，兼山貴止託。』此用《易》坎艮卦象辭也。《石壁精舍還湖中作》：『慮澹物自輕，意愜理無違。』《登石門最高頂》：『居常以待終，處順故安排。』此並用《老》、《莊》也。凡此皆能化其境，而造語頗似之，此所以『内無乏思』也。」「謝客詩刻畫微眇，在詩家爲獨闢之境。故山水之作，全用客觀，皆寓目即書者，是『外無遺物』也。」

〔九〕「其繁」二句：繁富，繁縟富麗。此謂謝靈運既有「學多才博」、「内無乏思」、「外無遺物」等特點，其文章繁縟富麗，就是當然的了。《梁書·劉孝綽傳》：「天子文章繁富。」魏文帝《與吴質書》：「孔璋章表殊健，微爲繁富。」張溥《謝康樂集題辭》曰：「（康樂）詩冠江左，世推富豔，以予觀之，吐言天拔，政繇素心獨絶耳！」沈德潛《古詩源》曰：「謝詩經營慘澹，鉤深索隱，而一歸自然，山水閒適，時遇理趣；匠心獨運，少規往則。建安諸公，都非所屑，况士衡以下。」

〔一〇〕「然名章」二句：名章迥句，爲人所傳誦之名篇佳句。與「中品」評謝朓「然奇章秀句，往往警遒」同義。此謂謝靈運爲人所傳誦的名篇佳句，在篇章中不斷湧現。劉熙載《藝概》曰：「康樂詩較顔爲放手，較陶爲刻意。煉句用字，在生熟之間。」

〔一一〕「麗曲」二句：絡繹，相繼不斷也。上句「處處間起」，亦即「時發乎篇」之意。此謂靈運詩朗朗上口，如美麗清新之樂曲，絡繹奔發而來。沈約《宋書·謝靈運傳論》：「清辭麗曲，時發乎篇。」宋敖器之《敖陶孫詩評》：「謝康樂如東海揚帆，風日流麗。」嚴羽《滄浪詩話》：「謝靈運無一篇不佳。」《雪浪齋日記》：「爲詩欲詞格清美，當看鮑照、謝靈運。」陳繹曾《詩譜》：「謝靈運以險爲主，以自然爲工。」王夫之《古詩評選》卷五：「謝詩有極易入目者而引之益無盡，有極不易尋取者而徑遂正自顯然。顧非其人，弗與察爾。言情則於往來動止、縹緲有無之中，得靈蠁而執之有象；取景則於擊目經心、絲分縷合之際，貌固有而言之不欺。而且情不虚情，情皆可景，景非滯景，景總含情。神理流於兩間，天地供其一目，大無外而細無垠；落筆之先，匠意之始，有不可知者存焉，豈徒『興會標舉』如沈約之所云者哉！」陳祚明《采菽堂古詩選》：「謝康樂詩，如湛湛江流，源出萬山之中，穿巖激石，瀑掛湍迴，千轉百折，歕爲洪濤，及其浩漾澄湖，樹影山光，雲容花色，涵徹洞深，蓋緣派遠長，時或潴爲小潤，亦復采曳澄瀠，波蕩不定。」皆是個人理解。

〔一二〕「譬猶」三句：此以青松之拔於灌木，白玉之映於塵沙，喻謝詩雖有「繁蕪」之弊，然多「名章迥句」、「麗曲新聲」，故不當以「灌木」、「塵沙」之繁冗，貶「青松」之「高」、「白玉」之「潔」也。梁簡文帝《與湘東王書》：「謝客吐言天拔，出於自然。時有不拘，是其糟粕。」汪師韓《詩學纂聞》：「鍾嶸《詩品》既見其『以繁蕪爲累』矣，而乃云『譬猶青松之拔灌木，白玉之映塵沙，未足貶其高潔』。後人刻畫山水，無不奉謝爲崐崙虚，不敢異議，甚矣！」楊祖聿《校注》：「靈運開山闢水，詠詞新變，一反莊、老之平淡，乃知縣密蕪蔓亦不足以掩其聳拔璀璨也。」

〔一三〕杜明師：名昺，字叔恭，錢塘人。唐陸龜蒙《小名録》曰：「明師名昊，字不恭。性敏悟，宗事正一，少參天師治録。陸納爲尚書，年三十患創，昊爲奏章，延之七十。」又《南史·沈約傳》載：「初，錢塘人杜炅，字子恭，通靈有道術。東土豪家及都下貴望並事之爲弟子，執在三之敬。」《三洞珠囊》卷一救導品《道學傳》曰：「杜炅，字子恭。及壯，識信精勤，宗事正一。少參天師治録，以是化導。接濟周普，行己精潔，虚心拯物，不求信施。遂立治静，廣宣救護，莫不立驗。」對杜明師名字異同，張伯偉、清水凱夫均著文辯説，可參考。王發國《詩品考索》謂：杜明師本名杜昺，字叔恭，因唐人避諱改「昺」爲「炅」或「炯」，字亦隨改作「子恭」，或徑作一「恭」字。作「杜昺」字「不恭」，則是陸龜蒙誤作，不可爲據。杜明師生年不可考，卒年則當在孫泰陷咎後不久之隆安三年（三九九）。此年，謝靈運正十五歲，因明師之死而離開杜治。　東南有人來入其館：靈運生會稽，會稽在錢塘東南方向，故云。

〔一四〕旬日而謝安亡：説詳「校異」。

〔一五〕「送靈運」句：杜治，即杜子恭明師之静室。《康熙字典·水部》：「治，又道家静室曰治。《六朝詩話》：『送靈運於杜治。』猶今之宫觀也。」張錫瑜《詩平》：「陶弘景《冥通記》云：『陸仍送憩天師治堂，而子良已寄治内住。』是道家室名治。」楊慎曰：「道室稱治，猶今之觀也。又奉道之室曰化。蜀有文昌二十四化。又有主簿化。化，治也。猶今之曰宫、曰觀耳。然亦罕知之。」此謂謝家因子孫難得，送靈運至杜子恭明師静室寄養。

〔一六〕「十五」二句：都，京都，指東晉國都建康（今江蘇南京）。此謂謝靈運至十五歲才返回京都建康家中，所以小名叫「客兒」。　旭按：自「初，錢塘杜明師」至末，爲佳話故事之例，源本宋劉敬叔《異苑》。《異苑》曰：「初，錢塘杜明師夢有人入其館，是夕，靈運生於會稽，旬日而謝玄亡。其家以子孫難得，送靈運於杜治養之，十五方還都，故名客兒。」日本清水凱夫以爲，靈運既長於道家之静室，故對其詩風之形成，有重要影響。道家思想，當爲謝詩之核心。（詳見清水凱夫《詩品謝靈運條逸話考》，載中國藝文研究會《學林》第十一號，一九八八年十一月十日。）

【參考】

一、録謝靈運詩五首：

（一）《登池上樓》：「潛虯媚幽姿，飛鴻響遠音。薄霄愧雲浮，棲川怍淵沈。進德智所拙，退耕力不任。狥禄反窮海，卧痾對空林。衾枕昧節候，褰開暫窺臨。傾耳聆波瀾，舉目眺嶇嶔。初景革緒風，新陽改故陰。池塘生春草，園柳變鳴禽。祁祁傷豳歌，萋萋感楚吟。索居易永久，離群難處心。持操豈獨古，無悶徵在今。」

（二）《石壁精舍還湖中作》：「昏旦變氣候，山水含清暉。清暉能娱人，遊子憺忘歸。出谷日尚早，入舟陽已微。林壑斂暝色，雲霞收夕霏。芰荷迭映蔚，蒲稗相因依。披拂趨南徑，愉悦偃東扉。慮澹物自輕，意愜理無違。寄言攝生客，試用此道推。」

（三）《石門巖上宿》：「朝搴苑中蘭，畏彼霜下歇。暝還雲際宿，弄此石上月。鳥鳴識夜棲，木落知風發。異音同至聽，殊響俱清越。妙物莫爲賞，芳醑誰與伐？美人竟不來，陽阿徒晞髮。」

（四）《遊赤石進帆海》：「首夏猶清和，芳草亦未歇。水宿淹晨暮，陰霞屢興没。周覽倦瀛壖，況乃凌窮髮。川后時安流，天吴静不發。揚帆采石華，掛席拾海月。溟漲無端倪，虚舟有超越。仲連輕齊組，子牟眷魏闕。矜名道不足，適己物可忽。請附任公言，終然謝天伐。」

（五）《答謝惠連詩》：「懷人行千里，我勞盈十旬。别時花灼灼，别後葉蓁蓁。」

二、《南史·顏延之傳》：「延之嘗問鮑照，己與靈運優劣。照曰：『謝五言如初發芙蓉，自然可愛；君詩若鋪錦列繡，亦雕繢滿眼。』」

三、齊王僧虔《論書》：「謝靈運書，乃不倫；遇其合時，亦得入流。」旭按：「不倫」爲六朝習見語，謂利鈍相雜，良莠不齊。謝書「不倫」，正可與其詩「繁蕪」相參發。

四、江淹《雜體詩·謝臨川靈運遊山》：「江海經邅迴，山嶠備盈缺。靈境信淹留，賞心非徒設。平明登雲峰，杳與廬霍絶。碧障長周流，金潭恒澄徹。桐林帶晨霞，石壁映初晰。乳竇既滴瀝，丹井復寥泬。岩崿轉奇秀，岑崟還相蔽。赤玉隱瑶溪，雲錦被沙汭。夜聞猩猩啼，朝見鼯鼠逝。南中氣候暖，朱華凌白雪。幸遊建德鄉，觀奇拜禹穴。身名竟誰辨，圖史終磨滅。且泛桂水潮，映月遊海澨。攝生貴處順，將爲智者説。」

五、蕭子顯《南齊書·文學傳論》：「啓心閑繹，託辭華曠，雖存巧綺，終致迂迴。宜登公宴，本非準的。而疏慢闡緩，膏肓之病，典正可采，酷不入情。此體之源，出靈運而成也。」

六、竇泉《述書賦》上：「後見三謝兩張，聯輝並俊。若夫小王風範，骨秀靈運。快利不拘，威儀或擯，猶飛湍激石，電注雷震。」

七、白居易《讀謝靈運詩》:「吾聞達士道,窮通順冥數。通乃朝廷來,窮即江湖去。謝公才廓落,與世不相遇。壯士鬱不用,須有所洩處。洩爲山水詩,逸韻諧奇趣。大必籠天海,細不遺草樹。豈惟翫景物,亦欲攄心素。往往即事中,未能忘興諭。因知康樂作,不獨在章句。」

八、釋皎然《詩式》:「嘗與諸公論康樂爲文,直於情性,尚於作用,不顧詞采而風流自然。彼清景當中,天地秋色,詩之量也;慶雲從風,舒卷萬壯,詩之變也。不然,何以得其格高、其氣正、其體貞、其貌古、其詞深、其才婉、其德宏、其調逸、其聲諧哉? 至如《述祖德》一章、《擬鄴中》八首、《經廬陵王墓》、《臨池上樓》,識度高明,蓋詩中之日月也,安可攀援哉?」

九、劉克莊《題六二弟》:「萬卷胸中融化成,却憐郊島太寒生。霜啼歷塊駿無匹,赤子探珠龍失驚。警句宜爲康樂弟,癡年謬作季方兄。此詩異日君牢記,後有鍾嶸不改評。」

十、張溥《漢魏六朝百三家集·謝康樂集題辭》:「謝玦不慧,乃生客兒,車騎先大笑之。宋公受命,客兒稱臣。夫謝氏在晉,世居公爵,淩忽一代,無其等匹。何知下伾徒步,乃作天子,客兒比肩等夷,低頭執版,形迹外就,中情實乖。文帝繼緒,輕戮大臣,與謝侯無夙昔之知,綢繆之托,重以孟覬扇謗,彭城墜淵,尋山陟嶺,伐木開徑,盡録罪狀。其自訟表有云:『未聞俎豆之學,欲爲逆節,山棲之士,而構陵上。』言最明痛,不免棄市。蓋酷禍造於虛聲,怨毒生於異代,以衣冠世族,公侯才子,欲倔強新朝,送齡丘壑,勢誠難之。予所惜者,涕泣非徐廣,隱遁非陶潛,而徘徊去就,自殘形骸，孫登所謂抱歎於嵇生也。《山居賦》云：『廢張左，尋台皓，致在取飾去素。』宅心若此，何異秋水齊物？詩冠江左，世推富豔，以予觀之，吐言天拔，政繇素心獨絶耳！客好佛經，其《辯宗論》、《曇隆誄》，又皆祇洹奇趣，道門閣筆。彼出處語默，無一近人，予固知其不殺不止。牽犬、聽鶴、追松、鼓棹，均無累其本度也。」

詩品中

序曰：一品之中，略以世代爲先後，不以優劣爲詮次〔一〕。又其人既往，其文克定；今所寓言，不録存者〔二〕。

【校異】

〔不以優劣爲詮次〕「詮」，希言齋、《集成》、《吟窗》、《格致》、《詩法》、《詞府》諸本並作「銓」。

〔不録存者〕車柱環《校證》：「自『一品之中』至『不録存者』，乃《詩品》撰例之一，與下論用事之弊無涉。考《中品序》論次，此三十五字疑本在下文『止乎五言』下，『雖然網羅云云』上，今本此文在文首，蓋錯簡也。」

【集注】

〔一〕「序曰」四句：詮次，編排次第。陶淵明《飲酒詩序》：「紙墨遂多，辭無詮次。」此謂一品之中，大致按詩人世代排列先後，不以優劣爲次序。張錫瑜《詩平》曰：「此亦大判言之，檢勘全書，殊不盡爾。如『中品』謝混在宋謝瞻下，『下品』魏應瑒在晉歐陽建下，魏繆襲在晉張載二傅等下。蓋亦微存優劣之意也。」

〔二〕「又其」四句：既往，已經逝世。《左傳・僖公九年》：「送往事居。」《集解》曰：「往，死者；居，生者。」克定，能論定。《詩經・周頌・桓篇》：「桓桓武王，保有厥士，于以四方，克定厥家。」寓言，寄言，託言。此指品評之言。存者，尚活在世上的人。此謂其人去世以後，其作品方能論定；這裏所作之評論，不涉及在世之作者。鄭文焯手校本曰：「蓋棺論定，此其例也。」古直《箋》曰：「以上標明撰次之例。」

夫屬詞比事，乃爲通談〔一〕。若乃經國文符，應資博古〔二〕；撰德駁奏，宜窮往烈〔三〕。至乎吟詠情性，亦何貴於用事〔四〕？「思君如流水」，既是即目〔五〕；「高臺多悲風」，亦唯所見〔六〕；「清晨登隴首」，羌無故實〔七〕；「明月照積雪」，詎出經史〔八〕？觀古今勝語，多非補假，皆由直尋〔九〕。

【校異】

〔夫屬詞比事〕「夫」，《永樂》作「大率」。○「屬」，《會函》作「詩」，蓋聯想而誤。

〔應資博古〕「應」，《吟窗》、《格致》、《詩法》、《詞府》諸本誤作「庸」。

〔至乎吟詠情性〕「吟」，原作「會」，據退翁、顧氏、《廣牘》、希言齋、天都閣、天一閣、《津逮》、《五朝》、《說郛》、《硯北》及《吟窗》諸本改。○「情性」，《梁文紀》、《津逮》、《硯北》、《學津》、《對雨樓》、《擇是居》、《集成》、《談藝》、《玉雞苗館》、《全梁文》諸本均作「性情」。許文雨校：「明鈔本作『性情』。」車柱環《校證》：「作『性情』，與上下文音韻調諧。《上品序》有云：『故搖蕩性情』（諸本無異文）與此作『性情』同，《滄浪詩話》云：『詩者，吟詠性情也。』即用此文。則作『性情』蓋《詩品》之舊。」旭按：鍾品此語，本之漢《毛詩・大序》。《毛詩序》云：「吟詠情性，以風其上。」正作「情性」。《玉屑》略「至乎」二字，亦作「情性」。疑作「情性」是。

〔亦何貴於用事〕《玉屑》作「何貴用事」。○《永樂》引無「於」字。

〔既是即目〕《苕溪》、《石林》引此句，一本作「既是所見則曰」，一本作「既非前所即目」，並誤。○「即目」，《永樂》引作「即事」。

〔羌無故實〕「羌」，《永樂》引作「差」，《石林》、《吟窗》、《格致》、《詩法》、《詞府》諸本均作「若」，《玉屑》引作「尤」。車柱環《校證》：「作『尤』於義較勝。惟是否《詩品》之舊，未敢遽斷。因原本如作

『尤』，則不易誤爲『羗』，原本作『羗』，則較易誤爲『尤』。羗爲語辭，或後人不明羗之義而改爲尤，亦未可知。」

〔詎出經史〕「詎」，《石林》、《永樂》並作「非」。

〔觀古今勝語〕《石林》、《玉屑》、《永樂》並略「觀」字。

〔多非補假〕「補假」，《石林》作「假借」；《吟窗》、《格致》、《詩法》、《詞府》諸本作「補綴」。

〔皆由直尋〕「直尋」，《吟窗》、《格致》、《詩法》、《詞府》諸本並作「直置」。旭按：《文心雕龍·才略》篇：「孫楚綴思，每直置以疏通。」李嶠《評詩格》稱詩有「直置」、「雕藻」等十體。《文鏡秘府論·南卷》引元兢《古今詩人秀句序》：「余於是以情緒爲先，直置爲本；以物色留後，綺錯爲末。」「直置」爲六朝習見批評術語。「直尋」與「直置」義近，在《詩品》與《文鏡秘府論》用例中皆與「綺錯」對舉，均指直抒胸臆之創作方法。

【集注】

〔一〕「夫屬詞」二句：屬，連綴。屬詞，連詞成文，指寫作詩文。比，比輯、排比。事，事類、典事。比事，指運用典故。《禮記·經解》篇曰：「屬辭比事，《春秋》教也。」鄭玄注曰：「屬，猶合也。《春秋》多記諸侯朝聘會同，有相接之辭，罪辨之事。」孔穎達《疏》曰：「屬，合也；比，近也。《春秋》聚合會同之辭，是屬辭；比次褒貶之事，是比事也。」通談，即常談、通説。《全宋文》卷三七顏延之《又釋何衡陽達性論》曰：「徒謂支離，以爲通説。」此謂寫作文章，運用典事，本爲常談，人所共識。劉勰《文心雕龍·事類》篇：「事類者，蓋文章之外，據事以類義，援古以證今者也。」

〔二〕「若乃」二句：經國，治理國家。曹丕《典論·論文》：「蓋文章，經國之大業，不朽之盛事。」文符，指文書、文告等行政文件及「符命」之類的文體。王羲之《與尚書僕射謝安書》：「又吾自到此……文符如雨，倒錯違背，不復可知。」資，資用、借助。博古，博通古事。《文選》卷二張衡《西京賦》：「有憑虚公子者，心奓體忲，雅好博古，學乎舊史氏，是以多識前代之載。」薛綜注：「言公子雅性好，博知古事。」此謂至於治理國家的文書、文告，則應借助廣博的歷史知識。

〔三〕「撰德」二句：撰德，撰述德行的文章。如「頌讚」、「銘」之類。《周易·繫辭》下：「若夫雜物撰德，辯是與非，則非其中爻不備。」孔穎達《疏》：「言聚天下之物，撰數衆人之德。」駁，駁議。奏，奏疏。駁、奏均爲臣下進呈皇帝的公文。蔡邕《獨斷》曰：「凡群臣上書於天子者有四名：一曰章，二曰奏，三曰表，四曰駁議。」劉勰《文心雕龍·奏啓》篇曰：「陳政事，獻典儀，上急變，劾愆謬，總謂之奏。奏者，進也。言敷於下，情進於上也。」往烈，古人已往之勳業。此謂撰述德行的文章以及臣下進呈皇帝的公文，就應該窮究既往之事實。

〔四〕「吟詠」二句：吟詠情性，《毛詩序》曰：「國史明乎得失之跡，傷人倫之廢，哀刑政之苛，吟詠情性，以風其上。」孔穎達《疏》曰：「動聲曰吟，長言曰詠；作詩必歌，故言吟詠情性也。」用事，在詩中運用典事。《南史・任昉傳》：「（昉）用事過多，屬辭便不得流便。」此謂至于吟咏情性，又何必以运用典故为贵？王叔岷《疏證》：「經國文符，如詔、令、檄、移之屬。撰德駁奏，如碑、誄、議、奏之類。《梁書・庾肩吾傳》，太子《與湘東王書》云：『若夫六典三禮，所施則有地；吉凶嘉賓，用之則有所。未聞吟詠情性，反擬《内則》之篇；操筆寫志，更摹《酒誥》之作。遲遲春日，翻學《歸藏》；湛湛江水，遂同《大傳》。』可與仲偉之説相輔。」

〔五〕「思君」二句：思君如流水，爲徐幹《室思》詩第三章句。詩曰：「浮雲何漾漾，願因通我辭。飄摇不可寄，徙倚徒相思。人離皆復會，君獨無返期。自君之出矣，明鏡暗不治。思君如流水，何有窮已時。」即目，眼前所見。江總《入攝山棲霞寺詩序》：「率製此篇，以記即目。」此謂「思君如流水」即是就眼前景物而作。

〔六〕「高臺」二句：「高臺多悲風」，爲曹植《雜詩》詩句。其詩云：「高臺多悲風，朝日照北林。之子在萬里，江湖迥且深。方舟安可極？離思故難任。孤雁飛南遊，過庭長哀吟。翹思慕遠人，願欲記遺音。形影忽不見，翩翩傷我心。」此謂「高臺多悲風」，也只是寫所見之景象。

〔七〕「清晨」二句：「清晨登隴首」，爲張華殘詩句。陳延傑《注》、古直《箋》、杜天際《注》等均未詳出處。許文雨《講疏》曰：「案吴均《答柳惲》首句云『清晨發隴西』，沈約《有所思》起句云：『西征登隴首』，仲偉殆誤合二句爲一句耶？」汪中注從許文雨，亦誤。王叔岷《疏證》曰：「『清晨登隴首』，舊注諸家皆不知何人詩。考《北堂書鈔》一百五十七引張華詩云：『清晨登隴首，坎壈行山難。嶺阪峻阻曲，羊腸獨盤桓。』則仲偉所舉，固茂先句矣。王漁洋《論詩絶句》：『五字清晨登隴首，羌無故實使人思。定知妙不關文字，已是千秋幼婦詞。』漁洋吟詠，喜用僻事新字，而能立論如此，蓋讀仲偉書而有所悟歟。」　羌，發語詞。陳元勝《〈詩品中序〉疑難問題辨説》以爲，「羌」在楚辭中，多用爲反詰副詞。《離騷》「羌内恕己以量人兮」，王逸《楚辭章句》釋「羌，楚人語詞也，猶言卿，何爲也」。此以「羌無故實」、「詎出經史」二反詰句式，承上「既是即目」「亦唯所見」二判斷句式，可參。故實，典故、典實。顔延年《三月三日曲水詩序》：「選賢建戚，則宅之於茂典；施命發號，必酌之於故實。」　此謂「清晨登隴首」，就没有運用典故。

〔八〕「明月」二句：明月照積雪，爲謝靈運《歲暮》詩句，全詩已佚，《藝文類聚》卷三《歲時・冬》及《初學記》卷三《歲時部》引曰：「殷憂不能寐，苦此夜難頽。明月照積雪，朔風勁且哀。運往無淹物，年逝覺易催。」　詎，豈。　經史，經書與史書，詩歌典事，多出於此。　此謂「明月照積雪」，哪裏是出於經史？　日本中沢希男《詩品考》曰：「沈約《宋書・謝靈運傳論》曰：『子建函京之作，仲宣灞岸之篇，並直舉胸情，非傍詩史。』此可與《詩品》之説相發明，或此語即爲鍾氏所本（《文鏡秘府論》引「非傍詩史」作「非傍經史」）。」胡應麟《詩藪・外編》：「至『明月照積雪』，風神頗乏，音調未諳，鍾氏云云，本以破除事障，世便喧傳以爲警絶，吾不敢知。」古直《箋》：「以上標明《詩品》宗旨，並舉例以明之。」

〔九〕「觀古」三句：勝語，名句、佳句。補假，補綴、假借。直尋，即直致，直書即目所見。此謂觀覽古今勝語佳句，大多并非補綴假借，而是詩人即景會心之作。旭按：此是鍾嶸詩歌創作論之核心。舊説一謂「直尋」乃直接反映現實；二謂「直尋」即直抒胸臆，皆與「直尋」真諦擦肩而過。「直尋」本義，當是劉勰《文心雕龍·神思》篇所謂：「窺意象而運斤」，即詩人「即景會心」，將瞬間直覺之審美意象直接表達之意。此可從「直尋」與：「不貴用事」、「既是即目」、「亦唯所見」、「羌無故實」、「詎出經史」、「多非補假」及「滋味」諸説一併考察。劉大勤《師友詩傳續録》曰：「仲偉所舉詩，如『高臺多悲風』、『明月照積雪』、『清晨登隴首』皆書即目，羌無故實，而妙絶千古。」陳衍《平議》曰：「此鍾記室論詩要旨所在也，而其流極，乃有嚴滄浪『詩有别才，非關學也』之説。夫語由直尋，不貴用事，無可訾議也。然何以能直尋而不窮於所往？則推見至隱故也；何以能推見至隱？則關學故也。」「守記室之説，一人傳作不越一二篇，一篇傳誦不越一二句。漢高《大風》之作，斛律金《敕勒》之歌，豈不横絶今古？請益問更端，謝不敏矣！」陳延傑《注》謂：「鍾意蓋謂詩重在興趣，直由作者得之于内，而不貴用事。此在詩中敍事寫景則然耳。若夫抒情，則非借古人成語，不足以寫其胸臆。觀張、潘、左、陸、陶、謝、顔、鮑諸家詩，其用事深奥，皆出經、史，豈非明驗哉。」古直《箋》：「王漁洋《香祖筆記》曰：『越處女與勾踐論劍術曰：「妾非受於人也，而忽自有之。」』司馬相如《答盛覽論賦》曰：『賦家之心，得之於内，不可得而傳；詩家妙諦，無過此數語。』云云，亦即仲偉直尋之義也。」許文雨《講疏》：「文資事義者謂之補假，《文心雕龍》專闢《事類篇》以論之矣。直尋之義，在即景會心，自然靈妙。實即禪家所謂『現量』是也。《薑齋詩話》卷下曰：『禪家有三量，惟現量發光爲依佛性。「長河落日圓」，初無定景；「隔水問樵夫」，初非想得。則禪家所謂現量也。「僧敲月下門」，祇是妄想揣摩，若即景會心，則或推或敲，必居其一，何勞擬議哉？』」

【參考】

一、沈約《宋書・謝靈運傳論》曰：「至於先士茂製，諷高歷賞，子建函京之作，仲宣灞岸之篇，子荆零雨之章，正長朔風之句，並直舉胸情，非傍詩史，正以音律調韻，取高前式。」

二、皎然《詩式》「詩有五格」條曰：「不用事第一；作用事第二（其有不用事而措意不高者，黜入第二格）；直用事第三（其中亦有不用事而格稍下，貶居第三）；有事無事第四（比於第三格中稍下，故入第四）；有事無事，情格俱下第五（情格俱下，有事無事可知也）。」

三、嚴羽《滄浪詩話》曰：「夫詩有別材，非關書也；詩有別趣，非關理也。……詩者，吟詠情性也。

……近代諸公，乃作奇特解會，遂以文字爲詩，以才學爲詩，以議論爲詩，夫豈不工，終非古人之詩。」

四、楊慎《升庵詩話》曰：「古人善詩者，皆不喜以故事填塞。若填塞，則詞重而體不靈，氣不逸，必俗物也。本地風光，用之不盡，或有故事赴筆下，即用之不見痕跡，方是作者。」

五、袁枚《仿元遺山論詩》絶句曰：「天涯有客太詅癡，錯把鈔書當作詩。鈔到鍾嶸《詩品》日，該他知道性靈時。」

六、章太炎《國故論衡・辨詩篇》曰：「詩又與奏、議異狀，無取數典，鍾嶸所以起例，雖杜甫愧之矣。」

顏延、謝莊〔一〕，尤爲繁密，於時化之〔二〕。故大明、泰始中〔三〕，文章殆同書抄〔四〕。近任昉、王元長等〔五〕，詞不貴奇，競須新事〔六〕。爾來作者，寖以成俗〔七〕。遂乃句無虚語，語無虚字〔八〕，拘攣補納，蠹文已甚〔九〕。但自然英旨，罕值其人〔一〇〕。詞既失高，則宜加事義〔一一〕。雖謝天才，且表學問，亦一理乎〔一二〕！

【校異】

〈顔延、謝莊〉「顔延」，《石林》、《永樂》並作「顔延之」。車柱環《校證》：「此句與上文文理不順通，疑有脱誤，又『謝莊』疑本作『謝客』。鍾氏於謝莊詩但以『氣候清雅』許之，而無『繁密』之評。《上品序》既並舉謝客、顔延之爲元嘉之雄輔，又評靈運詩有云『頗以繁蕪爲累』，評顔詩則謂『體裁綺密』，正與此『繁密』相符。『客』之作『莊』，蓋草書形近之誤。」

〈尤爲繁密〉「尤」，退翁、《對雨樓》、《擇是居》諸本作「猶」。張錫瑜《詩平》：「尤，疑當作『先』。」○「爲」，《梁文紀》、《全梁文》本誤作「無」。

〈於時化之〉「於時」，《永樂》作「當時」。

〈故大明、泰始中〉《玉屑》略「故」字。

〈文章殆同書抄〉「殆」，《永樂》誤作「進」。○「抄」，《石林》作「鈔」。「鈔」，同「抄」。《增漢魏》本誤作「按」。

〈爾來作者〉「爾」，《石林》、《玉屑》並作「邇」。「爾」，通「邇」。《永樂》作「後」。

〈寖以成俗〉「寖」，原作「寢」，據顧氏、退翁、《廣牘》、繁露堂、希言齋、天一閣、天都閣、《津逮》、《五朝》、《説郛》諸本改。《玉屑》作「浸」。「浸」，同「寖」。

〈遂乃句無虚語〉「乃」，《梁文紀》、《全梁文》本並脱。○「句」，曾慥《類説》作「詩」。○「語」，明

《考索》作「詞」。《永樂》作「字」。

〔拘攣補納〕「拘攣」，《石林》、《永樂》作「牽攣」；《苕溪》作「牽聯」。○「納」，各本作「衲」。

〔但自然英旨，罕值其人〕《石林》略「但」字，「罕值」作「罕遇」；《苕溪》引《石林》同，又「英旨」作「英特」；《會函》誤作「英音」。鄭文焯手校：「胡仔所見，當據宋本。」

〔則宜加事義〕退翁、《對雨樓》、《擇是居》諸本無「則」字；《詩紀》引，塗去「則」字。

〔亦一理乎〕車柱環《校證》：「自『屬辭比事』至此專評用事之弊，與下文無涉。竊疑此段本附於謝靈運評語末，以明宋以後上品獨取謝詩之由者。蓋謝亦勤於用事，故鍾評云『頗以繁蕪爲累』也。惟謝以獨造之匠心，經營鉤深，却有反於自然，得無如顏延之詩顯然有雕鏤之痕而乏『自然英旨』矣。」

【集注】

〔一〕顏延：顏延之之省稱。詳見中品「顏延之」條。　謝莊：詳見下品「謝莊」條。

〔二〕於時化之：指顏延之、謝莊喜用繁密之典故，改變當時詩壇風氣。當指謝莊隨侍應詔一類作品。《宋書・謝靈運傳論》：「延年體裁明密。」《南史・謝靈運傳》曰：「(靈運)縱横俊發，過於延之，深密則不如也。」張戒《歲寒堂詩話》曰：「詩以用事爲博，始於顏光禄(延之)。」語本仲偉。

〔三〕大明：南朝宋孝武帝劉駿年號（四五七—四六四）。泰始：南朝宋明帝劉彧年號（四六五—四七一）。

〔四〕「文章」句：書抄，資料輯録。此謂大明、泰始之時，文章差不多等同於資料輯録。劉勰《文心雕龍·論説》篇：「至如張衡《譏世》，韻似俳説；孔融《孝廉》，但談嘲戲；曹植《辨道》，體同書抄。」唐崔融《代皇太子請修書表》：「又近代書鈔，實繁部帙，至如《華林園偏略》、《修文殿御覽》……《藝文類聚》、《文思博要》等，並包括宏遠，卒難詳悉。」章太炎《國故論衡》謂：「《詩品》云：『顏延之喜用古事，彌見拘束。』『任昉博物，動輒用事，所以詩不得奇。』尋此諸論，實詩人之藥石。但顏、任諸公，足詒書鈔之誚。方今作者，豈直書鈔而已！」古直《箋》曰：「《南齊書·文學傳論》曰：『今之文章，略有三體。次則緝事比類，非對不發，博物可嘉，職成拘制；或全借古語，用申今情，崎嶇牽引，直爲偶説。』亦與仲偉之説相發。」王運熙師《謝莊作品簡論》以爲，此處「文章」，當「兼指詩、賦、文各體而言」，非僅爲詩也。

〔五〕任昉：字彦昇，詳見中品「任昉」條。元長：王融字。詳見下品「王融」條。旭按：清紀昀《四庫全書提要》曰：「又一百三人之中，惟王融稱王元長，不著其名，或疑其有所私尊。然徐陵《玉臺新詠》，亦惟融書字，蓋齊梁之間，避齊和帝之諱，故以字行，實無他故。」此説不確。《詩品》中稱字者，除王元長，尚有殷仲文、王文憲、羊曜璠諸人，非惟王融稱王元長也。古直《箋》曰：「見行《詩品》，如汲古閣本、《歷代詩話》本、《漢魏叢書》本、嚴可均輯《全梁文》本，均稱齊甯朔將軍王融詩，不稱元長，與《提要》異。不知《提要》所據何本也？齊司徒長史張融，亦不稱字，知非避和帝諱矣，《提要》誤也。」又紀昀此説，實本之其父紀容舒。紀容舒《玉臺新詠考異》「王元長古意」下曰：「《古文苑》作《和王友德元古意》二首。按王融獨書其字，疑齊和帝名寶融，當時避諱，而以字行。入梁猶相沿未改。鍾嶸《詩品》曰：『近任昉、王元長等，詞不貴奇，競須新事。』又曰：『王元長創其首，謝朓、沈約揚其波。』是則齊梁之間，融以字行之明證。」曹道衡、沈玉成《中古文學史料叢考》謂「齊末梁初人記事，多諱『融』字。」其説是。

〔六〕「詞不」二句：新事，人所未見之生僻典事。《南史·王僧儒傳》：「其文麗逸，多用新事，人所未見者，時重其富博。」此謂寫詩不貴新奇獨創之辭，而競相運用生僻新典。古直《箋》：「又《王諶傳》曰：『諶從叔摛，以博學見知。尚書令王儉嘗集才學之士總校虛實，類物隸之，謂之隸事，自此始也。儉嘗使賓客隸事多者賞之，事皆窮，摛後至，儉以所隸示之，摛操筆便成，舉座擊賞。』又《劉峻傳》曰：『武帝每集文士策經史事，曾策錦被事，咸言已罄。帝試呼問峻。峻忽請紙筆，疏十餘事，坐客皆驚，帝不覺失色。』諸傳所言，並可與仲偉相發。」旭按：任昉博物用事，人所共識。《南史·任昉傳》曰：「時人云：『任筆沈詩。』昉聞，甚以爲病。晚節轉好著詩，欲以傾沈。用事過多，屬辭不得流便。自爾都下之士慕之，轉爲穿鑿，於是有才盡之談矣。」中品「任昉」條亦曰：「但昉既博物，動輒用事，所以詩不得奇。」與史傳合。下品「王融」條謂融「五言之作，幾乎尺有所短」，實亦「詞不貴奇，競須新事」之謂也。

〔七〕「爾來」二句：爾，通「邇」，近。爾來，近來，自那時以來。諸葛亮《出師表》：「爾來二十有一年矣。」寖，同「浸」，漸也。俗，風氣。此謂自喜好「詞不貴奇，競須新事」以來之作者，以典入詩，漸成風氣。葉長青《集釋》引陳鐘凡《中國文學批評史》曰：「自宋顔延之爲文喜用故事，於時化之。齊、梁之際，任昉用事尤多，都下之士慕之，轉爲穿鑿。……又《劉峻傳》：武帝每集文士，策經史事。范雲、沈約之徒，皆引短推長。當時安成王秀，使劉峻撰《類苑》一百二十卷。武帝即命諸學士，撰《華林偏略》以高之。由是類書大興，文貴數典，不復能自鑄偉詞矣。鍾氏云云，明詩文以抒情體物爲尚，不以數典隸事爲工也。」

〔八〕「遂乃」二句：虛語、虛字，此指無典事出處的字句。意謂句句有典，無一字無來歷也。

〔九〕「拘攣」二句：拘攣，拘束、拘謹。《後漢書·曹褒傳》：「帝知群寮拘攣，難與圖治。」唐章懷太子賢注：「拘攣：相拘束也，前書鄒陽曰：『能越拘攣之語也。』」補衲：補綴拼合。《三國志·魏書·武帝紀》注引《魏書》曰：「帷帳屏風，壞則補納。」納，通「衲」。蠹文，蟲蛀曰蠹，蠹文謂蟲蛀後詩意不連貫之文。已甚，太甚。葉燮《原詩·外篇》曰：「然鍾嶸之言曰：『邇來作者，競須新事；牽攣補衲，蠹文已甚。』斯言爲能中當時後世好新之弊。」此謂拘束補綴拼湊，即成蟲蛀後不連貫之文。

〔一〇〕「自然」二句：英，花。旨，美味。《説文》：「旨，美也，從甘。」段玉裁注曰：「甘爲五味之一。」英旨，原指甘美之物，此指自然精美之詩歌。罕，很少。值，遇也。此謂很少遇到詩歌寫得自然精美的詩人。旭按：自《論語・述而》曰：「子在齊聞《韶》，三月不知肉味，曰：『不圖爲樂之至於斯也。』」味覺審美遂移作藝術審美，鍾嶸用之。「自然英旨」，爲記室自鑄新詞。葉夢得《石林詩話》（《苕溪漁隱叢話》引）論上述數句曰：「余每愛此言簡切，明白易曉，但觀者未嘗留意耳。」

〔一一〕「詞既」二句：失高，不高明。事義，指典事、義理。此謂文辭既不高明，那麽只能多用典故。《文心雕龍・事類》：「學貧者迍邅於事義。」

〔一二〕「雖謝」三句：謝，愧也、慚也。顔延年《贈王太常》曰：「屬美謝繁翰，遥懷具短札。」李善注曰：「謝，猶慚也。」吕向注曰：「愧我無繁辭之翰，綴屬君之美事，然遠寫懷抱，具短札之中。」理，指既無詩才，只能在詩裏填塞學問之事。楊明《譯注》：「《禮記・樂記》：『禮也者，理之不可易者也。』鄭玄注：『理，猶事也。』孔穎達《正義》：『禮見於貌，行之則恭敬。理，事也，言事之不可改易也。』」「駢文中亦常見『事』、『理』對舉之例，如陸厥《與沈約書》言文思之遲速：『率意寡尤，則事促乎一日；翳翳愈伏，而理賒乎七步。』理即事也。理、義包含於事中。今言事、理或事、義，有具體與抽象之别。但古人有時混同言之，不甚顯示出區别。故其理、義即可理解爲『事』，不必拘執爲意義、道理之類。」此謂既愧於無作詩之天才，姑且炫耀學問，亦只能如此而已矣。陳延傑《注》謂：「詩人之詞，既非得之自然，則宜以其事其義潤澤之，亦足表學問。」許文雨《講疏》：「《文心雕龍·事類》篇所謂文章之外，據事以類義者也。」王叔岷《疏證》曰：「夫詩以自然爲主，所謂『感物吟志，莫非自然』也。故大家之作，絕無矯揉妝束之態。《顔氏家訓·文章》篇：『學問有利鈍，文章有巧拙。鈍學累功，不妨精熟。拙文研思，終歸嗤鄙。但成學士，自足爲人，必乏天才，勿強操筆。吾見世人，至無才思，自謂清華，流布醜拙，亦以衆矣。』此可以申仲偉之説。至王國維《人間詞話》云：『以《長恨歌》之壯采，而所隸之事，不過「小玉」、「雙成」四字，才有餘也。梅村歌行，則非隸事不辦。白、吴優劣，即見於此。』此尤『雖謝天才，且表學問』之良證也。」

【參考】

一、朱弁《風月堂詩話》卷上：「詩人勝語，咸得于自然，非資博古。若『思君如流水』、『高臺多悲風』、『清晨登隴首』、『明月照積雪』之類，皆一時所見，發於言辭，不必出於經史。故鍾嶸評之云：『吟詠情性，亦何貴於用事？』顔、謝椎輪，雖表學問，而太始化之，寖以成俗。當時所以有書抄之譏者，蓋爲是也。大抵句無虚辭，必假故實；語無空字，必究所從。拘攣補綴而露斧鑿痕迹者，不可與論自然之妙也。」

二、日本中沢希男《詩品考》：「『詞既失高，則宜加事義』與『雖謝天才，且表學問』意思相對。故『宜』上『則』字恐衍。又，『雖謝天才』中『雖』字亦恐有誤。《上品序》『意深則詞躓』，以『意』、『詞』對應，故此『雖』字，恐爲『意』音近而誤，或爲『惟』形近而誤。」

陸機《文賦》〔一〕，通而無貶〔二〕；李充《翰林》〔三〕，疏而不切〔四〕；王微《鴻寶》〔五〕，密而無裁〔六〕；顏延論文〔七〕，精而難曉〔八〕；摯虞《文志》〔九〕，詳而博贍〔一〇〕，頗曰知言〔一一〕：觀斯數家，皆就談文體，而不顯優劣。至於謝客集詩〔一二〕，逢詩輒取〔一三〕；張騭《文士》〔一四〕，逢文即書〔一五〕。諸英志録〔一六〕，並義在文〔一七〕，曾無品第〔一八〕。

【校異】

〔李充《翰林》〕　「李充」，原作「表孝充」，據顧氏、退翁、《廣牘》、希言齋、天一閣、繁露堂、天都閣、《續百川》、《津逮》、《學津》、二家、《硯北》、《五朝》、《説郛》諸本改。《詩紀》誤作「孝充」。

〔王微《鴻寶》〕「王微」，《秘府》一本作「王徵」，一本作「王徽」，皆形近而誤。

〔精而難曉〕「精」，原作「情」，據退翁、顧氏、《廣牘》、希言齋、繁露堂、天一閣、天都閣、《津逮》、《續百川》、《五朝》、二家、《説郛》、《硯北》、《學津》諸本改。

〔張騭《文士》〕「張騭」，一作張隱。退翁、顧氏、《廣牘》、希言齋、《津逮》、《四庫》、天都閣、《續百川》、《説郛》、《五朝》、《詩觸》、《廣漢魏》、《硯北》、二家、《增漢魏》、《學津》、《龍威》、《秘書》、《談藝》、《對雨樓》、《擇是居》、《詩話》、《采珍》諸本並作「張隲」；繁露堂、《梁文紀》、《集成》、《萃編》、《玉雞苗館》、《精華》、《全梁文》諸本作「張騭」；天一閣本誤作「張騫」。古直箋：「三國注所引有張隲《文士傳》、張衡《文士傳》，《太平御覽》引書目録張隲《文士傳》、張隱《文士傳》之外，有張鄢《文士傳》，隱、鄢、衡，蓋即『隲』之譌也。」許文雨《講疏》：「『隱』字疑爲『隲』字形近而譌。」旭按：甚是。《隋書·經籍志》曰：「《文士傳》五十卷，張隱撰。」中華書局標點本校記曰：「『騭』原作『隱』，據《魏志·王粲傳》注及《舊唐志》上、《新唐志》二改。」可從。○「文」，《萃編》本誤作「愛」。○「士」，《秘書》本誤作「事」。

〔逢文即書〕「文」，《廣牘》本作「人」。車柱環《校證》：「『人』，他本皆作『文』。『人』之作『文』，蓋涉上下文而誤，當從《夷門廣牘》本作『人』爲是，『詩』與『人』互文。考《五朝小説大觀》所收《文士傳》録有二十人，而劉楨、潘尼數人外，皆爲尋常文士，與仲偉所謂『逢人即書』相符。又《文士傳》所論不限於詩，凡涉詩賦章奏以及雜著，乃知作『逢文即書』（文亦詩也），則不符《文士傳》之内容矣。周履靖所校本幸存《詩品》之舊。」旭按：車説非是。《文士》所録，唯其不限於詩，凡涉詩賦章奏及雜著皆録之，故謂「逢文即書」也。元明清諸本均作「文」，「人」當爲「文」之壞損字。又《詩觸》、《萃编》本均作「士」，蓋聯想而誤。

〔並義在文〕「義」，退翁、《對雨樓》、《擇是居》、《詩紀》、《會函》諸本作「載」。車柱環《校證》：「作『義』較長。載與『志録』義複，蓋義之形誤。」

【集注】

〔一〕陸機《文賦》：我國古代重要文學理論著作，其中論述十種文體特點和文學創作構思問題，尤以倡「詩緣情而綺靡」成爲我國詩歌主情論之先驅。陸機《文賦》載於《文選》卷一七。李善注引臧榮緒《晉書》曰：「機妙解情理，心識文體，故作《文賦》。」

〔二〕通而無貶：通，通達文理。即「妙解情理，心識文體」之謂。無貶：即無辨。貶，通「辨」，辨即明之意。日本中沢希男《詩品考》曰：「貶字或爲『辨』、『偏』之訛（參照朱駿聲《説文通訓定聲》「貶」字條）。『貶』釋作『褒貶』之『貶』，當爲誤解（郭紹虞氏《中國文學批評史》釋此句爲：「蓋以此本非品評性格，故不貶優劣也。」王瑶氏《中古文學思想》曰：「鍾嶸亦言『陸機《文賦》，通而無貶……』所謂無貶，乃指其未如《詩品》之銓衡等第而已。」均出於誤解）。此語以『觀斯數家，皆就談文體，而不顯優劣』作結。故釋『無貶』爲『不顯優劣』即與此意重。『陸機《文賦》，通而無貶』與『王微《鴻寶》，密而無裁』、『顔延《論文》，精而難曉』對舉成文。『無貶』與『無裁』、『難曉』作爲相類似的缺點加以列舉。……無貶即『要旨含糊不清』之意。此與《文心雕龍·序志》篇『陸機巧而碎亂』、《總術》篇『陸氏《文賦》，號爲曲盡，然汎論纖悉，而實體未該』相發明。」黄侃《講疏》曰：「案，《文賦》以辭賦之故，舉體未能詳備。彦和拓之，所載文體，幾於網羅無遺。然經傳子史，筆劄雜文，難於羅縷，視其經略，誠恢廓于平原。至其詆陸氏非知言之選，則尚待商兑也。」許文雨《講疏》曰：「陸機《文賦》，妙解情理，心識文體，自可謂之通矣。但仲偉謂其『無貶』，則殊不見然。《賦》中明有『雖應不和，雖和不悲，雖悲不雅，既雅不豔』云云，即區分褒貶之證也。」楊祖聿《校注》：「文之精微，言辭難逮，士衡得之於心，作《文賦》，自不在褒貶，即偶及優劣，亦與《詩品》定甲乙之旨殊。仲偉所謂貶，謂如《詩品》之分評某某之失也。許所謂貶，乃泛言其失，仲偉非不知也。」

〔三〕李充《翰林》：李充，生卒年不詳。字弘度，江夏平春（今河南信陽）人。官至中書侍郎。幼好刑名之學，曾任大著作郎。於時典籍混亂，充删削煩重，以類相從，創立我國圖書經、史、子、集四部分類法。《翰林》，李充撰《翰林論》以辨析文體。《隋志》謂：有「《翰林論》三卷，梁五十四卷」，已亡佚。今存佚文十數則。

〔四〕 疏而不切：疏，通也。此指李充《翰林論》文理通暢而欠精審貼切。旭按：仲偉評潘岳、陸機、郭璞諸人詩，均本之《翰林》，間有所取。此「疏而不切」云云，乃大判言之也。又劉勰《文心雕龍·序志》篇云：「《翰林》淺而寡要。」楊明照《校注》：「《玉海》六二引作『《翰林》博而寡要』。按以上各句皆美惡同辭，先褒後貶，此亦應爾。然《詩品序》『李充《翰林》，疏而不切』，與舍人持論略同。則《玉海》所引者，或伯厚意改之也。」陳書良《文心雕龍校注辨正》曰：「此句亦應先褒後貶。疑作『《翰林》清而寡要』。清、淺，形近而訛，且兼含『疏』意。」可知「疏而不切」，非唯仲偉私見，亦時論之謂也。

〔五〕 王微《鴻寶》：王微，字景玄，詳見中品「王微」條。《鴻寶》，書名。張錫瑜《詩平》曰：「《隋志》：《鴻寶》十卷，不著撰人名氏。案，《梁書·張纘傳》：『纘著《鴻寶》一百卷。』則此十卷者，疑是微作。」古直《箋》：「《宋書·王微傳》，不言著《鴻寶》。《隋志·子部·雜家》有《鴻寶》十卷，不著撰人姓名。不知即微撰否。」旭按：遍照金剛《文鏡秘府論·天卷·四聲論》曰：「王微之製《鴻寶》。」疑《鴻寶》爲王微論聲韻之作。《文鏡秘府論》所引，爲遍照金剛親見此書？或本之仲偉？殆難知曉。

〔六〕 密而無裁：謂雖曰細密，然於詩人、作品無所裁定也。旭按：齊李季節《音譜決疑序》曰：「吕静之撰《韻集》，分取無方；王微之製《鴻寶》，詠歌少驗。」亦證王微《鴻寶》，當是聲韻之作。

可與「密而無裁」相發。

〔七〕顔延論文：古直《箋》：「《顔光禄集》無『論文』專篇，惟《庭誥》内有論文之言，或即指此。」古説是。

〔八〕精而難曉：《詩品序》載王元長語曰：「顔憲子（延之）乃云『律吕音調』，而其實大謬。」又劉勰《文心雕龍・總術》篇引顔延之語：「筆之爲體，言之文也；經典則言而非筆，傳記則筆而非言。」評曰：「將以立論，未見其論立也。」范文瀾注曰：「顔延年語未知所出，當爲《庭誥》逸文。」

〔九〕摯虞《文志》：摯虞（？—三一一）：字仲洽，京兆長安（今陝西西安）人。武帝泰始中舉賢良，累官至太常卿。永嘉五年，在雒陽大饑荒中餓死。《文志》，摯虞曾分類編輯古代文章爲《文章流别集》，撰《文章流别志論》，論作家與文體，辭理愜當，爲世所重。《隋志》謂有「《文章志》四卷」，又謂有「《文章流别集》四十一卷，梁六十卷，志二卷，論二卷」。已亡佚，今僅存所輯片斷若干。

〔一〇〕詳而博贍：謂虞書詳明而宏富。

〔一一〕知言：有識之論。《左傳・襄公十四年》：「秦伯以爲知言，爲之請於晉而復之。」《孟子・公孫醜上》：「何謂知言？曰：詖辭知其所蔽，淫辭知其所陷，邪辭知其所離，遁辭知其所窮。」《全宋文》卷三六顔延之《庭誥》曰：「摯虞文論，足稱優洽。」劉勰《文心雕龍・才略》篇：「摯虞述懷，必循規以温雅；其品藻流别，有條理焉。」劉師培《左盦外集・搜集文章志材料方法古代論詩評文各書必宜詳録也》：「古代之書，莫備於晉之摯虞，虞之所作，一曰《文章志》；一曰《文章流别》。志者，以人爲綱也。流别者，以文體爲綱者也。」張溥《摯太常集題辭》曰：「《流别》曠論，窮神盡理，劉勰《雕龍》，鍾嶸《詩品》，緣此起議，評論日多矣。」楊祖聿《校注》：「仲偉於士衡等文論，微寓貶意，而獨重摯虞，豈《文志》果勝於陸氏諸子乎？《文心・序志》謂：『流别精而少巧（《梁書》作功）。』《才略》篇謂：『摯虞品藻流别，有條理焉。』或可爲佐證。」李徽教《彙注》：「頗曰知言。」「總評四家之作也，而非僅評《文志》一書之言也。」李説是。

〔一二〕謝客集詩：謝靈運曾編纂《詩集鈔》、《詩英》等，今俱亡佚。《隋志》：「《詩集鈔》十卷。」注：「謝靈運撰。梁有《雜詩鈔》十卷，録一卷，謝靈運撰，亡。」又曰：「《詩集》五十卷。」注：「謝靈運撰，梁五十一卷。」又曰：「《詩英》九卷。謝靈運集。梁十卷。」亡佚。

〔一三〕逢詩輒取：謂謝靈運輯録詩歌，遇詩輒録，並不加甄别選擇。

〔一四〕張騭《文士》：《隋志》曰：「《文士傳》五十卷。張騭（隱）撰。」書已散佚，今存所輯録十餘條。

〔一五〕逢文即書：與上文「逢詩輒取」同義。

〔一六〕諸英志録：諸英，諸位俊傑之士。志録，記録。

〔一七〕並義在文：指其意義僅在文章纂輯本身。

〔一八〕曾無品第：曾無，乃無。品第，品評高下，辨彰清濁。古直《箋》：「案，以上言本書與諸家論文之書，並異其趣也。」「言本書與詩文選集，亦不同流。」

【參考】

一、劉勰《文心雕龍·序志》篇：「詳觀近代之論文者多矣：至於魏文述《典》，陳思序《書》，應瑒《文論》，陸機《文賦》，仲洽《流別》，宏範《翰林》，各照隅隙，鮮觀衢路。或臧否當時之才，或詮品前修之文，或泛舉雅俗之旨，或撮題篇章之意。魏《典》密而不周，陳《書》辯而無當，應《論》華而疏略，陸《賦》巧而碎亂，《流別》精而少功，《翰林》淺而寡要……並未能振葉以尋根，觀瀾而索源。不述先哲之誥，無益後生之慮。」

二、遍照金剛《文鏡秘府論·天卷·四聲論》：「文體周流，備於茲賦矣。陸公才高價重，絕世孤出，實辭人之龜鏡，固難得文名焉。至於四聲條貫，無聞焉爾。李充之制《翰林》，褒貶古今，斟酌病利，乃作者之師表；摯虞之《文章志》，區別優劣，篇輯勝辭，亦才人之苑囿。其於輕重巧切之韻，低昂曲折之聲，並秘之胸懷，未曾開口。」

嶸今所録，止乎五言〔一〕。雖然，網羅今古，詞人殆集。輕欲辨彰清濁〔二〕，掎摭病利〔三〕，凡百二十人〔四〕。預此宗流者〔五〕，便稱才子〔六〕。至斯三品升降，差非定制〔七〕；方申變裁〔八〕，請寄知者爾〔九〕。

【校異】

〔嶸今所録〕《吟窗》、《格致》、《詩法》、《詞府》諸本並略「嶸」字。

〔止乎五言〕車柱環《校證》：「文首『一品之中』至『不録存者』三十五字，當移在此句下。鍾氏先評陸機等先賢論文之書，次及《詩品》之撰例，撰例先言品評之詩形，次明所取詩人之界限，末表成書之面貌，論理始整然矣。」

〔雖然，網羅今古〕《古逸書》、《會函》並略「雖」字；《詩紀》引，「雖」字置上句「止乎五言」上。○《津逮》、二家、《硯北》、《紫藤》、《學津》、《玉雞苗館》諸本「網羅」上並有「夫」字，《談藝》本空一字。車柱環《校證》：「有『夫』字，於意無變，但疑《詩品》原無『夫』字。」

〔詞人殆集〕「詞人」，明清各本均作「詞文」。青木正兒《支那文學概説》：「『文』，疑『人』之誤。」車柱環《校證》：「《山堂考索》、《稗編》引『文』並作『人』，與下文『凡百二十人』相應。上文多文字，故人誤文耳。前序『詞人作者，罔不愛好』，與此稱『詞人』同。」○「殆集」，《廣牘》、天都閣、《四庫》、《詩紀》、《會函》諸本並作「始集」。「殆集」是。「始」爲「殆」之形誤。

〔輕欲辨彰清濁〕《稗編》略「輕」字。《廣牘》、《稗編》「辨」並作「辦」，《詩紀》作「辯」。「辯」、「辦」、「辨」古字通，此當以「辨」字爲正。　○「彰」，退翁、《對雨樓》、《擇是居》、《詩紀》並作「張」。

〔掎摭病利〕「摭」，原作「撫」，據退翁、顧氏、《廣牘》、希言齋、天一閣、天都閣、繁露堂、《津逮》、《續百川》諸本改。「掎撫」不詞，「掎摭」爲指摘之意。《梁文紀》、《全梁文》本「摭」作「拓」，亦形近而誤。

〔凡百二十人〕《吟窗》、《格致》、《詩法》、《詞府》諸本並作「凡一百二十一人」。車柱環《校證》：「鍾嶸所評詩人，古詩之無名氏外，上中下三品凡一百二十二人。」又，《校證補》：「雜録本於『下品・阮瑀』等人條，所品之人挩『晉黄門棗據』一人，或由此作『一百二十一人』也。」　旭按：車説非是。「百二十人」乃舉其成數，「一百二十一人」爲精確數。鍾品版本不同，計算方法不同，其人數亦不同。説詳《前言・詩品的稱名、序言與體例》。

〔預此宗流者〕「宗流」，《吟窗》、《格致》、《詩法》、《詞府》諸本作「宗派」，下並略「者」字。

〔請寄知者爾〕張錫瑜《詩平》：「此論原在『中品』之首，行世各本皆然。今觀『不録存者』以上及『陸機《文賦》』以下，皆是略表全書之例；『夫屬辭此事』至『亦一理乎』，則因謝有『明月照積雪』之句，歷標勝語，以劇論任昉等用事之非，所以砭時失也。不繫任昉條後者，昉後爲沈約，約後方論音韻拘忌之失。若昉後又繫此條，則於文爲繁重，故昉條内略具數語，而詳論於此。其割屬中卷，不知誰何所爲？於『中品』了無所當，且標舉凡例，亦唯在上卷内故可，若『上品』不之及，而『中品』始及之，非其理矣。據此二端，輒爲更定（張錫瑜《詩平》置此論於「上品」之末），知無所逃於僭妄也。」車柱環《校證》：「自『陸機《文賦》』至此，略同全書之撰例，不限於『中品』，疑本亦書諸『上品』之末。」

【集注】

〔一〕「嶸今」二句：鍾嶸謂己之品評對象，僅止乎五言詩。許文雨《講疏》曰：「仲偉評小謝綺麗風謡，已非盡五言。又評夏侯湛見重潘安仁，以《世説》考之，乃湛《周詩》爲安仁所稱。然《周詩》實四言也。可知古人著書，例不甚嚴。」李徽教《彙注》曰：「許説是也。中品『魏文帝』條所評『百許篇』，恐亦非盡五言。」楊祖聿《校注》：「『止乎五言』，僅其原則。……然樂府、四言，如夏侯湛《周詩》、劉琨《扶風歌》、鮑照《代出自薊北門行》，不乏佳篇，仲偉偶及之，亦批評之常法，非『古人著書，例不甚嚴也』。」旭按：日本學者青木正兒《中國文學概説》因「沈約條」有「剪除淫雜，收其精要，允爲中品之第矣」語，以爲《詩品》除評論外，另有詩選。此論爲日本中沢希男《詩品考》所反駁。筆者曾與日本《詩品》研究家高松亨明先生信函往返，高松亨明謂青木正兒氏非專治《詩品》者，不過論中國文學偶涉之耳。其所著《詩品詳解》亦謂「剪除淫雜，收其精要」爲「如剪除沈約淫濫蕪雜之作，僅觀其精要之詩，可居中品之第」。日本由二十多名研究家（包括興膳宏先生）發起《詩品》研究會，後由高木正一執筆完成《鍾嶸詩品》，其釋「嶸今所録，止乎五言」謂「批評前人，確定以五言詩爲評論對象」，説法與高松亨明相同。惟興膳宏《異域之眼》謂《詩品》「評論之外，可能還列有詩人五言詩作品」，當爲揣測之詞。近梁臨川力證《詩品》除評論外，另有詩選；繼承前説，發覆舊案，開拓思路，精神可嘉。然興膳宏所著《詩品》（吉川幸次郎、小川環樹監修《中國文明選》之十三）「沈約條」即未言及鍾嶸另有詩集；釋「嶸今所録，止乎五言」亦謂「本書所論述對象，僅限定爲五言詩」。筆者曾在京都大學與興膳先生探討此問題，先生亦謂其《異域之眼》爲隨筆集，不過「感想」而已，以目前資料，不能證鍾嶸另有詩選也。

〔二〕「輕欲」句：輕欲，輕易隨便之想。古直《箋》：「輕欲，猶便欲也。《戰國策·齊策》：『使輕車。』注云：『輕，便。』」辨彰，即辨章，辨析品評之意。辨彰清濁，即品評、辨析五言詩人流別之意。郭璞《方言序》：「辨章風謡而區分，嘲通萬殊而不雜。」旭按：「輕欲」，乃是鍾嶸自謙之詞。

〔三〕掎摭病利：掎，拖住、拉住。摭，拾取。病利，利弊得失。此謂指摘詩歌之利弊。曹植《與楊德祖書》：「劉季緒才不能逮於作者，而好詆訶文章，掎摭利病。」蕭綱《與湘東王書》：「吾既拙於爲文，不敢輕有掎摭。」

〔四〕凡百二十人：陳延傑《注》曰：「陳振孫《書録解題》曰：『鍾嶸以古今作者三品而評之，「上品」

十一人，「中品」三十九人，「下品」六十九人。』今考上、中二品，適合陳氏之數；唯『下品』有七十二人。不知陳氏何云六十九也。都凡百二十有二人。鍾氏『百二十人』者，蓋舉成數而言也。」

〔五〕預此宗流者：預，通「與」，參預，進入。宗流，流派、源流。此指《詩品》品評範圍。李徽教《彙注》：「宗流者，宗上流下者也。《詩品》常論詩家源流，故云。」

〔六〕才子：有文才之士。《左傳·文公十八年》：「昔高陽氏有才子八人。」潘岳《西征賦》：「賈生，雒陽之才子。」

〔七〕「至斯」二句：差，大略，比較。此謂詩人置於何品，或升或降，亦大致而言，本非確定不移之論。《晉書·李充傳》：「世有險夷，運有通圮；損益適時，升降惟理。」《後漢書·胡廣傳》：「蓋選舉因才，無拘定制。」

〔八〕方：將也。《詩經·秦風·小戎》：「方何爲期，胡然我念之？」朱熹《詩集傳》曰：「將以何時爲歸期乎？」　申：申明；表明。　變裁：原指變更衣服樣式。蔡邕《司空房禎碑》：「衣不變裁，食不兼味。」方申變裁，此指變更品第。

〔九〕知者：知我者；知音。司馬遷《報任少卿書》：「此可爲知者道，難爲俗人言也。」　旭按：此二句爲序論末套語。如慧遠《大智論鈔序》：「如其未允，請俟來哲。」謝敬法師《後出雜心序》：「至於折中，以俟來哲。」均如此。王世貞《藝苑卮言》曰：「魏文不列乎上，曹公屈第乎下，尤爲不公。」王士禛《漁洋詩話》曰：「『上品』之陸機、潘岳，宜在『中品』；『中品』之劉琨、郭璞、陶潛、鮑照、謝朓、江淹，『下品』之魏武，宜在『上品』。」今觀仲偉「三品升降，差非定制」諸語，乃覺元美、漁洋辭費。

【參考】

一、許印芳《詩法萃編》：「鍾氏《詩品》凡三卷，取漢魏晉宋齊梁六代稱詩者百二十三人。分上、中、下三品，評隲優劣。公允者由此論定千秋，乖舛者悉經後賢駁正。而見聞之陋，著録之疏，猶有不可不辨者。」「漢京作者，既多遺漏，魏晉宋齊，亦未賅括。於魏不録陳琳，爲其《飲馬長城窟》，工樂府也；於晉不録束晳，爲其《補亡詩》，工四言也；録晉之帛道猷，而不録同時之慧遠；録宋之鮑令暉，而不録魏之甄后、晉之謝道韞，殆未見三人五言爾。譾陋如此，猥欲網羅今古，辨彰清濁，將誰欺乎！」

漢上計秦嘉〔一〕　嘉妻徐淑詩〔二〕

士會夫妻事既可傷，文亦悽怨〔三〕。二漢爲五言者〔四〕，不過數家，而婦人居二一〔五〕。徐淑敍別之作〔六〕，亞於《團扇》矣〔七〕。

【校異】

〔漢上計秦嘉〕「上計」，張錫瑜《詩平》：「《隋志》稱『後漢黄門郎』。此以嘉夫婦贈答，時爲上計掾，故稱『上計』。」徐陵《玉臺新詠》秦嘉《贈婦詩》稱「郡上掾」。《西溪》引此校云：「掾，一作計。」李徽教《彙注》曰：「案，漢法：『歲終，郡國各遣吏上計。』鄭玄注《周禮》『歲終則令群吏致事』句謂：『若今上計是也。其所遣之吏，亦謂之上計。』《後漢書·趙壹傳》：『光和元年舉郡上計。』《晉書·宣帝紀》：『建安六年郡舉上計掾。』是也。鍾嶸《詩品》直題『漢上計秦嘉』，嘉及其妻往來書亦並爲郡詣京師，則作計爲是。《玉臺》誤也。馮氏《詩紀》又因漢有上郡，遂倒其文爲上郡掾，更誤中之誤也。」○「秦」，《吟窗》、《格致》、《詩法》、《詞府》諸本並作「陳」，蓋音近而誤。

〔嘉妻徐淑詩〕《廣牘》、天都閣本中、下品標題，每人名下皆有「詩」字，下不復及。李徽教《彙注》：「數人共置一條而並品其詩者，始見於此。『上品』中不見此例，而『中品』間見，至於『下品』，則十有八九，更有多至六七人而束爲一條者，於此可見仲偉評詩態度之一例，即以『上品』爲重，而『中品』、『下品』漸次焉。」

〔士會夫妻事既可傷〕「士會」二字原無，據《吟窗》、《格致》、《詩法》、《詞府》、《竹莊》本補。有「士會」二字於文意較完，文氣較暢。

〔文亦悽怨〕「悽怨」，《吟窗》、《格致》、《詩法》、《詞府》諸本作「悽楚」。

〔二漢爲五言者〕「二漢」二字原無，據《吟窗》、《格致》、《詩法》、《詞府》、《竹莊》、《西溪》諸本補。張錫瑜《詩平》校：「此二字原脱。據《西溪叢話》卷下所引補。」旭按：張説是。鍾品序謂預此宗流者「凡百二十人」，此下云「不過數家」，脱「二漢」二字，文殊不可解。下言「婦人居二」，徐淑、班婕妤，一在前漢，一在後漢，合稱「二漢」，與品語意合。又「二漢」爲時人所習稱。范曄《後漢書·耿恭傳論》：「以爲二漢當疏高爵，宥十世。」即其證。當據《吟窗》諸本及宋人詩話補。車柱環《校證》謂二字臆加，非。

〔徐淑敘別之作〕「敘別」，《西溪》作「寶釵」，車柱環《校證》：「蓋涉同書前引徐淑答書『寶釵不列也』而誤。」○二家本誤脱「淑」字，蓋「淑」、「敘」形近而誤。○「作」，《詩紀》引作「什」。

【集注】

〔一〕秦嘉：東漢詩人。生卒年不詳。東漢永和年間生，漢桓帝延熹八年以前在世。陸侃如《系年》謂卒於延熹八年（一六五）。王發國《考索》謂約生於一三六年，卒於一六四年。字士會，隴西（今屬甘肅）人。東漢桓帝（劉志）時，爲隴西郡上計吏。歲末時，赴雒陽，將郡内户口、田畝、銀錢、獄訟等各種情況編册向中央政府呈報。除黄門郎。後病卒於津鄉亭。嘉工詩文，所作今存《與妻徐淑書》、《重報妻書》文二篇，詩五首，斷句若干。以舉上計赴雒陽，未及與妻徐淑面别所作《贈婦詩》爲著名。事見《玉臺新詠》秦嘉《贈婦詩》三首序。

〔二〕徐淑：東漢女詩人。生卒年不詳。隴西（今屬甘肅）人。秦嘉妻。與秦嘉同郡，有才章。秦嘉赴雒陽時，淑因病還母家，未及面别。秦嘉客死他鄉，兄逼她改嫁，淑毁形不嫁，守寡終生。嘉、淑有一女，無子，淑遂乞子養之，哀慟至傷。《隋志》謂「梁又有婦人後漢黄門郎秦嘉妻徐淑集一卷」，已散佚。今僅存文三章，《答秦嘉》五言詩一首。事見《玉臺新詠》秦嘉《贈婦詩》三首序、《太平御覽》卷四四一引杜預《女記》，及《鐵橋漫稿》卷七「後漢秦嘉妻徐淑傳」等。

〔三〕「士會」二句：夫妻事既可傷，讀秦嘉、徐淑傳，恩愛夫妻，生離死别，情自傷矣。文亦悽怨，指秦嘉、徐淑贈答詩如同室晤言，共傾衷腸，哀怨悽絶。文，此指詩，與上品「李陵」條「文多淒愴」義同。陳衍《平議》：「『悽怨』，指淑『答夫』兩書言也。」陳説非是。胡應麟《詩藪·内編》卷二曰：「秦嘉夫婦往還曲折，具載詩中。真事真情，千秋如在，非他託興可以比肩。」沈德潛《古詩源》卷三曰：「（贈答詩）詞氣和易，感人自深。然去西漢渾厚之風遠矣。」

〔四〕二漢：指東漢、西漢。

〔五〕婦人居二：指西漢之班婕妤，東漢之徐淑。許文雨《講疏》：「淑詩今所存《答秦嘉》一首，據

《玉臺新詠考異》：『此亦歌詞，特連「兮」字爲五言耳。然鍾嶸《詩品》謂五言不過數家，而婦人居二，徐淑敘別之作，亞於《團扇》。則當時固以爲五言詩矣。』要之，紀氏以此即充仲偉所指之例，殊未必然。他家五言，當時固未有此種也。姚寬《西溪叢語》以秦嘉《留郡贈婦詩》之第一首爲即淑詩，人多不信，恐其誤據小序耳。今既不能斷言，但頗疑淑本有集一卷，已佚，其中當有五言詩歟。」

〔六〕敘別之作：或指徐淑《答秦嘉》詩，或是佚詩，詳上文注。胡應麟《詩藪·外編》卷一曰：「《西溪叢語》備載秦氏夫婦往還詩，末引鍾嶸《詩品》云：『兩漢五言不過數家，而婦人居二。徐淑「寶釵」之什，亞《團扇》矣。』按嘉以寶釵寄淑，故詩有『寶釵可耀首』之語。淑惟答嘉五言，絶無所謂寶釵者，當從嶸本書，作『敘別之什』爲是。」旭按：鄔國平《鍾嶸詩品注釋辨證》謂：鍾嶸所舉《離騷》「名余曰正則兮，字余曰靈均」首句，去「兮」語助成五言之濫觴。而此亞於《團扇》之徐淑敘別之作，若指《答秦嘉詩》，則是四言加語氣詞「兮」成了五言詩耳。雖與「名余曰正則兮」之「兮」所在位置有別，然二者皆是語氣詞相同。故知「兮」字是否計算詩句内，鍾嶸實模棱兩可，能以佐證己之結論爲前提也。甚是。

〔七〕亞於《團扇》：謂遜於班婕妤之《怨歌行》（歌詠「團扇」）。《怨歌行》見上品「班婕妤」條。旭按：此同以女性詩人作比較。班婕妤居「上品」，徐淑敘別之作亞於《團扇》，故居「中品」。至許文雨《講疏》曰：「李因篤評淑詩云：『不在《團扇》之亞。』說似與仲偉相反。按仲偉語意，似亦以時代爲次，今語即『班姬第二』之謂也。所以置淑中卷者，以與其夫秦嘉連述，故降而合之，于行文爲便耳。」此說非是。至於秦嘉、徐淑夫婦詩優劣，說亦不同。李因篤《漢詩音注》以爲：「淑詩不煩追琢，質在自然，勝于秦掾矣。」陳衍《平議》謂：「（淑）詩平平，不及嘉作。」其不同如此。又，此以夫妻同品，爲古今文學評論之首創。陳延傑《注》曰：「秦嘉夫婦詩，皆未著其源者，又一例焉。」

【參考】

一、録秦嘉《贈婦詩》三首：

（一）「人生譬朝露，居世多屯蹇。憂艱常早至，歡會常苦晚。念當奉時役，去爾日遥遠。遣車迎子還，空往復空返。省書情悽愴，臨食不能飯。獨坐空房中，誰與相勸勉？長夜不能眠，伏枕獨展轉。憂來如循環，匪席不可卷。」

（二）皇靈無私親，爲善荷天禄。傷我與爾身，少小罹煢獨。既得結大義，歡樂苦不足。念當遠離别，思念敘款曲。河廣無舟梁，道近隔丘陸。臨路懷惆悵，中駕正躑躅。浮雲起高山，悲風激深谷。良馬不迴鞍，輕車不轉轂。針藥可屢進，愁思難爲數。貞士篤終始，恩義可不屬。」

（三）「肅肅僕夫征，鏘鏘揚和鈴。清晨當引邁，束帶待雞鳴。顧看空室中，髣髴想姿形。一别懷萬恨，起坐爲不寧。何用敘我心，遺思致款誠。寶釵好耀首，明鏡可鑒形。芳香去垢穢，素琴有清聲。詩人感木瓜，乃欲答瑶瓊。愧彼贈我厚，慚此往物輕。雖知未足報，貴用敘我情。」

二、録徐淑詩一首：

《答秦嘉》：「妾身兮不令，嬰疾兮來歸。沉滯兮家門，歷時兮不差。曠廢兮侍覲，情敬兮有違。君今兮奉命，遠適兮京師。悠悠兮離別，無因兮敘懷。瞻望兮踴躍，佇立兮徘徊。思君兮感結，夢想兮容暉。君發兮引邁，去我兮日乖。恨無兮羽翼，高飛兮相追。長吟兮永歎，淚下兮沾衣。」

三、許印芳《詩法萃編》：「樂府五言之工者，多無名氏。其可考者，張衡《同聲歌》、繁欽《定情篇》而外，如《羽林郎》篇之辛延年、《董嬌嬈》篇之宋子侯、《飲馬長城窟行》之蔡中郎、《梁甫吟》之諸葛公，婦人如《白頭吟》之卓文君、《陌上桑》之秦羅敷，皆五言妙手。樂府無詩，而以五言古詩名世者，蘇、李、枚乘、傅毅、班固、酈炎、趙壹、秦嘉、徐淑而外，更有《遠送新行客》篇之孔北海，《悲憤詩》之蔡文姬，合之樂府可考之人，爲五言者凡十餘家。鍾氏乃云不過數家，已屬孟浪；又云婦人有二，尤踈謬矣。彼既不知有唐山文君、羅敷、文姬，又不知有賦《盤中詩》之蘇伯玉妻，《古怨歌》之竇玄妻，《怨詩》之王嬙，《箜篌引》之麗玉，而僅僅知有班姬、徐淑，何其隘也！」

四、陳衍《詩品平議》：「捨甄后《塘上行》而獨録此，伍諸劉琨、郭璞、陶潛、顔延之、鮑照、謝朓諸作者，斯不倫矣。《團扇》其殆庶乎？」

魏文帝詩〔一〕

其源出於李陵，頗有仲宣之體則〔二〕。新歌百許篇，率皆鄙直如偶語〔三〕。唯「西北有浮雲」十餘首〔四〕，殊美贍可玩〔五〕，始見其工矣〔六〕。不然，何以銓衡群彦〔七〕，對揚厥弟者耶〔八〕？

【校異】

〔其源出於李陵〕《竹莊》作「魏文詩，其源出於李陵」；《玉屑》作「魏文帝」，「帝」或「詩」之誤。○《詩紀》略「其」字。○「源」，《續百川》、《五朝》、《説郛》、《廣漢魏》、《詩觸》、《增漢魏》、《龍威》諸本並作「文」。

〔頗有仲宣之體則〕「體則」，二家、《增漢魏》、螢雪軒諸本均從「體」字斷句，陳延傑《注》、許文雨《講疏》、杜天縻《廣注》從之。楊祖聿《校注》云：「疑『頗有仲宣之體』下脱一字，或即『體』字，古書疊字，往往第二字作『々』，後之抄刻者甚易脱漏，如此可斷句爲『頗有仲宣之體，體則新奇。』句讀自然順暢。」非是。高松亨明《詳解》：「體則爲體製、體法之意。《文選·宋書謝靈運傳論》李善注引

《續晉陽秋》：『代尚詩賦，皆體則《風》、《騷》。』」《北史・杜詮傳》：『論爲文體則，甚有條貫。』」「然本書他處，如『景陽之體』（上品「謝靈運」）、『顏陸體』（下品「謝超宗」等），均無此用例。故此點尚存疑懼。」車柱環《校證》：「當從『則』字斷句爲是。體則謂文體之規模。」旭按：車説是。《硯北偶鈔》本、《詩法萃編》、《諸子百家精華》、《漢魏小説采珍》諸本均從「體則」斷句。又張溥《漢魏百三名家集》、張陳卿《研究》、范文瀾注《文心雕龍》引，均同。《吟窗》、《格致》、《詩法》、《詞府》諸本删「則」字。

〔新歌百許篇〕「新歌」，原作「新奇」。《詩話》、《詩品詩式》、螢雪軒諸本作「所計」。《萃編》本作「新製」。近藤元粹螢雪軒本校云：「諸本『所計』作『新奇』，並非。」古直《箋》云：「『新奇』、『所計』均不詞，原文當是『所製百許篇』。『所』字以形近訛爲『新』字，『製』字以音近訛爲『奇』字或『計』字也。」范文瀾《文心雕龍》注引「新奇」，曰：「『奇』，疑作『製』。」許文雨《講疏》云：「『新奇』二字，所斷正恰，或本『新奇』作『所計』，殆刻之誤焉。」路百占《校記》云：「《隋書經籍志考證》引『計』作『訂』，是。按文帝曾將自撰文章百許篇自訂爲集。《魏志・本紀》：『初，帝好學，以著述爲務，自所勒成垂百篇。』又《本紀》注《魏書》曰：『故論撰所著典論詩賦，蓋百餘篇……』是其證。」恐非是。《玉屑》引「新奇」爲「新歌」。高松亨明《校勘》云：「『奇』，『哥』之訛，『新歌』似是。」車柱環《校證》：「作『新歌』，於文最勝，當從之。『歌』，古人作『哥』。因誤爲『奇』耳。『哥』誤爲『奇』，後人見

『新奇百許篇』之不可通，乃以形近而改『新』爲『所』，以音近而改『奇』爲『計』，『所計百許篇』義雖可通，但決非《詩品》之舊也。古直復定爲『所製百許篇』，亦臆説耳。」因據改。《吟窗》、《格致》、《詩法》、《詞府》諸本删「新奇」二字。「許」作「餘」。

〔率皆鄙直如偶語〕「鄙直」，《詩話》、《四庫》、《詩品詩式》、螢雪軒、《詩紀》並作「鄙質」。陳注、杜注、汪注均從。旭按：「質」爲何文焕臆改，當作「鄙直」是。《吟窗》、《格致》、《詩法》、《詞府》諸本作「皆鄙直」。○「偶語」，宋紅理校當爲「俚語」（見《文學遺産》二〇〇五年第一期）；「偶」、「俚」相似，「偶語」當爲「俚語」形近而誤。

〔唯「西北有浮雲」十餘首〕「浮雲」，《吟窗》、《格致》、《詩法》、《詞府》並作「高樓」。旭按：「西北有高樓」爲「古詩」之一，則非丕作甚明。

〔殊美贍可玩〕「可玩」，《吟窗》、《格致》、《詩法》、《詞府》諸本並作「可觀」。《玉屑》此句作「殊美體贍可觀」，衍「體」字，然亦作「可觀」。疑「可觀」得《詩品》之舊。

〔始見其工矣〕「工」，《玉屑》作「功」。「工」、「功」古通。○「矣」，《梁文紀》、《全梁文》諸本並作「夫」。《稗史》引無「矣」字。

〔不然何以銓衡群彦〕「不然」，《竹莊》作「非然」。○「何以」，《竹莊》、《玉屑》作「亦何以」。車柱環《校證》：「『何』上有『亦』字，文意較完。後謝惠連評語有云『亦何以加焉』，與此作『亦何以』同例。」《全梁文》本「何」壞損而作「可」。　○「群彦」，《玉屑》引作「群英」。

〔對揚厥弟者耶〕　「揚」，原作「楊」，據退翁、顧氏、《廣牘》、繁露堂、希言齋、天一閣、天都閣、《津逮》、《五朝》、《説郛》、《梁文紀》、《竹莊》、《玉屑》諸本改。　○「者耶」，《玉屑》引作「之美。」車柱環《校證》：「疑所據本本作『對揚厥弟之美耶』，蓋略『耶』字耳。『下品』評鮑行卿、孫察詩有云『甚擅風謡之美』與此言『之美』同例。」《稗史》引，脱「者」字。

【集注】

〔一〕魏文帝：曹丕（一八七—二二六），三國時期曹魏著名文學家、文學批評家、曹魏開國皇帝詩人。曹操次子。字子桓，沛國譙（今安徽亳縣）人。八歲能文，善騎射、好擊劍。建安十六年（二一一）爲五官中郎將、副丞相；二十二年，立爲魏太子；二十五年，嗣位爲丞相、魏王；代漢即帝位，改延康爲黄初。並於黄初三年（二二二）、六年兩次親征東吴，均未能打過長江，無功而返。七年五月，病卒於雒陽，謚號「文」。曹丕性喜文學，天資文藻，下筆成章；在文學史上與其父曹操、其弟曹植並稱爲「三曹」。詩風委婉，筆致清麗。其中《燕歌行》二首，敍述一位女子對丈夫的思念，感情纏綿，悱惻動人，具民歌抒情風味，爲現存最早完整之七言詩。又博聞彊識，才藝兼賅。著有《典論》五卷及詩賦百餘篇。其中《論文》一篇，是我國最早之文學批評專論，其中涉及各種文體之特點、作家之才性、創作之規律、文學作品之價值，影響陸機、摯虞、李充、沈約、劉勰、鍾嶸諸人，開中國文學批評史之先河。《隋志》謂有「魏文帝集十卷。梁二十三卷」，已散佚。明張溥輯有《魏文帝集》。今存詩四十餘首，斷句若干，分四言、五言、六言、七言、雜言等。事見《三國志·魏書·文帝紀》。

〔二〕「其源」二句：體則，體貌，法則。此謂曹丕詩體貌風格源出於李陵，又有王粲詩歌之體貌法則。旭按：《楚辭》一系，由李陵承傳；下傳三人：上品班婕妤、上品王粲、中品曹丕。故知曹丕實處《詩品》重要地位。非惟《詩品序》謂「平原兄弟，鬱爲文棟」，中品嵇康、應璩、陶淵明均屬曹丕派系是其證。鍾嶸此前，劉勰《文心雕龍》評丕、植兄弟：「俗情抑（丕）揚（植），雷同一響，遂令文帝以位尊減才，思王以勢窘益價，未爲篤論也。」劉勰全面評價丕、植成就，鍾嶸僅評詩歌，其不同如此。此標舉曹植，亦有平衡曹丕之意。陳衍《平議》曰：「（魏文帝）『其源出於李陵，頗有仲宣之體』，則殆以語多悲感。而『西北有浮雲』，亦《登樓賦》之『信美非吾土』意耳。然少卿、仲宣，有窮途失路之歎，子桓所悄然以悲者，日月逝於上，體貌衰於下。與吴質兩書，備言之矣！『漫漫秋夜長，候鴈叫雲中』，漢武之落葉哀蟬也；《燕歌行》『飛燕之歸風送遠』也。」陳延傑《注》：「魏文詩感往增愴，其高古似陵，其宏贍又似粲。」許文雨《講疏》：「王船山評選文帝《雜詩》二首：『果與「行行重行行」、「攜手上河梁」狎主齊盟者，唯此二詩而已。』亦以文帝詩，推並李陵。然則仲偉固不昧於其源所自出，而謝山人殆可謂輕議前賢矣。」又：「按仲偉已云仲宣源出李陵，此又云文帝源出於李陵而有仲宣之體，故可致其新奇，説殊周至。今以文帝詩觀之，例如《於譙作》、《孟津》諸首，華腴矯健，則陳倩父所謂『建安體』者，自不能與少卿盡肖，應共仲宣而論矣。……又按《詩鏡總論》：『子桓、王粲時激《風》、《雅》餘波，子桓逸而近《風》，王粲莊而近《雅》。』然則文帝之與仲宣，大檢似，而亦有流别矣。」李徽教《彙注》：「仲偉分李陵之下爲三派，一爲班姬，二爲王粲，三爲魏文。然班姬唯一人成一派，而無繼之者，不能集較而窺其所評之特性。王粲一派，其流最廣，而其所評之特性，殆在『文秀』。又魏文之派，共有四人，其所評之特性，實在『鄙直如偶語』。故評嵇康爲『訐直』，評應璩爲『古語』，評陶潛爲『質直』也。至於『頗有仲宣之體則』，則由於『美贍可玩』之故也。」楊祖聿《校注》：「子桓才調清綺，善爲繾綣悱惻之言，若『漫漫秋夜長』，情韻擅揚，足移人意，蓋亦少卿之亞也。」

〔三〕「新歌」二句：新歌，指曹丕写作乐府新词，如《折楊柳行》、《夏日詩》、《煌煌京雒行》等。率，大體上。偶語，相對私語。司馬遷《史記·秦始皇本紀》：「有敢偶語《詩》、《書》者，棄市。」《漢書·張良傳》：「上居雒陽南宫，從複道望見諸將，往往數人偶語。」古直《箋》：「陳壽評曰：『文帝天資文藻，下筆成章。』劉勰亦曰：『魏文之才，洋洋清綺。』仲偉謂之鄙直，過矣。」許文雨《講疏》：「文帝詩如《煌煌京雒行》、《折楊柳行》，議論古事，運以排偶。仲偉所評『鄙直如偶語』者，殆此種矣。」此謂曹丕寫作樂府新歌一百多篇，大體上鄙俗質直如俚語。　旭按：此鄙直如兩人偶語不詞，以前釋作「口語」，亦差強人意。若按宋紅校作「俚語」解，則妥帖準確。「鄙」常與「俚」搭配成詞，《三國志·魏書·荀彧傳》注引《彧別傳》：「凡諸云云，皆出自鄙俚。」《舊唐書·高霞寓傳》：「又非斥朝列，侮慢僚屬，鄙辭俚語，日聞于時。」亦是「鄙辭俚語」連用。胡應麟《詩藪·内編》：「（文帝）樂府雖酷本色，時有俚語。」皆與此「鄙直如俚語」相切合。而子桓之詩如《折楊柳行》「西山一何高，高高殊無極」、《夏日詩》「巧拙更勝負，歡美樂人腸」、殘句「行行遊且獵，且獵路南隅」、《代劉勳妻王氏雜詩》「翩翩牀前帳，張以蔽光輝」，率皆鄙直如俚語者。

〔四〕西北有浮雲：曹丕《雜詩》二首之一。詩云：「西北有浮雲，亭亭如車蓋。惜哉時不遇，適與飄風會。吹我東南行，行行至吴會。吴會非我鄉，安得久留滯？棄置勿復陳，客子常畏人。」

〔五〕殊美贍可玩：殊，很。美贍，華美富贍。可玩，可供玩味、欣賞。　旭按：齊梁人均賞魏文帝《雜詩》「西北有浮雲」。江淹有《學魏文帝詩》：「西北有浮雲，繚繞華陰山。」鍾品與江淹擬詩同趣。

〔六〕工：工整；工巧。王世貞《藝苑卮言》卷三：「子桓『西北有浮雲』、『秋風蕭瑟』，非鄴中諸子可及。仲宣、公幹，遠在下風。」陳祚明《采菽堂古詩選》卷五：「（《雜詩》二首）獨以自然爲宗，言外有無窮悲感，若不止故鄉之思。寄意不言，深遠獨絶，詩之上格也。」

〔七〕銓衡群彦：指曹丕《典論・論文》與《與吴質書》品評當代著名作家。銓衡，原爲量具衡器，此作動詞，引申爲衡量品評之意。《典論・論文》曰：「今之文人，魯國孔融文舉，廣陵陳琳孔璋，山陽王粲仲宣，北海徐幹偉長，陳留阮瑀元瑜，汝南應瑒德璉，東平劉楨公幹：斯七子者，於學無所遺，於辭無所假，咸自騁驥騄於千里，仰齊足而並馳。」可參。

〔八〕對揚厥弟：對揚，答對、稱揚，多用於臣下對於君上。這裏有比對、較量之意。《詩經・大雅・江漢》：「虎拜稽首，對揚王休。」《尚書・説命下》：「敢對揚天子之休命。」《孔傳》：「對，答也。答受美名而稱揚之。」 厥弟：其弟，指曹丕弟曹植。王夫之《薑齋詩話》卷下：「建立門庭，自建安始。曹子建鋪排整飭，立階級以賺人升堂，用此致諸趨之客，容易成名。伸紙揮毫，雷同一律。子桓精思逸韻，以絶人攀躋，故人不樂從，反爲所掩，子建是以壓倒阿兄，奪其名譽。實則子桓天才駿發，豈子建所能壓倒耶？」「曹子建之於子桓，有仙凡之隔，而人稱子建，不知有子桓，俗論大抵如此。」張溥《魏文集題辭》：「曹子桓生長戎馬之間，善騎馬，左右射，又工擊劍彈棋，技能戲弄，不減若父，其詩歌文辭仿佛上下。即不堪弟蓄陳思，孟德大兒，固有餘也。」許學夷《詩源辯體》：「子桓《西山》、《彭祖》、《朝日》、《朝遊》四篇，雖若合作，然《雜詩》而外，去弟實遠。謂子建實遜父兄，豈爲定論？」胡應麟《詩藪・内編》卷二：「三曹，魏武太質，子桓樂府、《雜詩》十餘篇佳，餘皆非陳思比。」陳衍《平議》：「（子桓）『卑枝拂羽蓋，修條摩蒼天。丹霞夾明月，華星出雲間。』何亞厥弟之

『清夜遊西園』邪？然末章仍不免『茂陵劉郎』之感。『觀兵臨江水』，勉作壯語，較諸乃父，又秋風之視《大風》矣！」許文雨《講疏》：「仲偉前云平原兄弟，鬱爲文棟，本無軒輊之意，與此許文帝對揚厥弟正同。王船山謂仲偉『伸子建以抑子桓，莽許陳思以入室』，是徒議表面之編列，未之細剔原文也。」

【參考】

一、録曹丕詩三首：

（一）《雜詩》：「漫漫秋夜長，烈烈北風涼。展轉不能寐，披衣起彷徨。彷徨忽已久，白露沾我裳。俯視清水波，仰看明月光。天漢回西流，三五正縱橫。草蟲鳴何悲，孤雁獨南翔。鬱鬱多悲思，綿綿思故鄉。願飛安得翼？欲濟河無梁。向風長歎息，斷絶我中腸。」

（二）《至廣陵於馬上作詩》：「觀兵臨江水，水流何湯湯。戈矛成山林，玄甲耀日光。猛將懷暴怒，膽氣正縱横。誰云江水廣，一葦可以航。不戰屈敵虜，戢兵稱賢良。古公宅岐邑，實始剪殷商。孟獻營虎牢，鄭人懼稽顙。充國務耕殖，先零自破亡。興農淮泗間，築室都徐方。量宜運權略，六軍咸悦康。豈如東山詩，悠悠多憂傷？」

（三）《見挽船士兄弟辭別詩》：「鬱鬱河邊樹，青青野田草。舍我故鄉客，將適萬里道。妻子牽衣袂，抆淚霑懷抱。還附幼童子，顧托兄與嫂。辭訣未及終，嚴駕一何早。負笮引文舟，飽（饑）渴常不飽。誰令爾貧賤？咨嗟何所道。」

二、謝靈運《擬魏太子鄴中集詩・魏太子》：「百川赴巨海，衆星環北辰。照灼爛霄漢，遥裔起長津。天地中横潰，家皇拯生民。區宇既蕩滌，群英必來臻。忝此欽賢性，由來常懷仁。況值衆君子，傾心隆日新。論物靡浮説，析理實敷陳。羅縷豈闕辭，窈窕究天人。澄觴滿金罍，連榻設華茵。急絃動飛聽，清歌拂梁塵。莫言相遇易，此歡信可珍。」

三、江淹《雜體詩・魏文帝曹丕遊宴》：「置酒坐飛閣，逍遥臨華池。神飆自遠至，左右芙蓉披。緑竹夾清水，秋蘭被幽崖。月出照園中，冠帔相追隨。客從南楚來，爲我吹參差。淵魚猶伏浦，聽者未雲罷。高文一何綺，小儒安足爲？肅肅廣殿陰，雀聲愁北林。衆賓還城邑，何以慰我心？」

四、劉勰《文心雕龍・才略》篇：「魏文之才，洋洋清綺，舊談抑之，謂去植千里。然子建思捷而才俊，詩麗而表逸；子桓慮詳而力緩，故不競於先鳴。而樂府清越，《典論》辯要，迭用短長，亦無懵焉。但俗情抑揚，雷同一響，遂令文帝以位尊減才，思王以勢窘益價，未爲篤論也。」

五、王世貞《藝苑卮言》：「至魏文不列乎上……尤爲不公。」

六、张溥《汉魏六朝百三家集・魏文帝集題辭》：「曹子桓生長戎馬之間，善騎馬，左右射，又工擊劍彈棋，技能戲弄，不減若父。其詩歌文辭彷佛上下，即不堪弟蓄陳思；孟德大兒，固有餘也。魏王帝業無足稱，惟令宦人爲官，不得過諸署令；詔群臣家不得奏事太后；後族家不得常輔政任，石室金策，可寶萬世。彼親見漢室炎隆，女主中人手撲滅之，麥秀黍離，恫傷心目。霸朝初創，力更舊轍，至待山陽公以不死，禮遇漢老臣楊彪不奪其志，盛德之事，非孟德可及。當日符命獻諛，璽綬被躬，群衆推奉，時與勢迫。倘建安君臣有能爲比干者，觀望卻步，竟保常節，未可知也。《典論自序》，善述生平，《論文》一篇，直自言所得。《與王朗書》，務立不朽於著述間，不肯以七尺一棺畢其生死。雅慕漢文，没而得謚，良云厚幸。占其旨趣，亦古諸侯之博聞者也。甄后《塘上》，陳王《豆歌》，損德非一，崇華首陽，有餘恨焉。」

七、許印芳《詩法萃編》：「文帝時，甄后亦能詩，《塘上行》又五言之最警策者，何以不録？」

八、沈德潛《古詩源》曰：「子桓詩有文士氣，一變乃父悲壯之習矣。要其便娟婉約，能移人情。」

晉中散嵇康詩〔一〕

其源出於魏文〔二〕。過爲峻切，訐直露才〔三〕，傷淵雅之致〔四〕。然託諭清遠，良有鑒裁〔五〕，亦未失高流矣〔六〕。

【校異】

〈晉中散嵇康詩〉　「晉中散嵇康」，張錫瑜《詩平》改作「魏中散」，校云：「『魏』，原作『晉』，誤。案：《三國志・魏書・王粲傳》：『康景元中坐事誅。』不及晉世。且其誅以不附司馬氏故也。冠以『晉』，不惟失其實，且乖其意矣。《晉書・忠義・嵇紹傳》及《隋志》並稱『魏中散大夫』。」　旭按：張説是，然正如「晉步兵阮籍」，乃爲約定俗成説法，或是鍾嶸《詩品》原貌，故不改正。説詳上品「阮籍」條。　〇「嵇康」，原作「稽康」。　裴松之《三國志・魏志》注引虞預《晉書》云：「康家本姓奚，會稽人。先自會稽遷於譙之銍縣，改爲嵇氏，取稽字之上以爲姓，蓋以志其本也。」因據顧氏、《廣牘》、繁露堂、希言齋、《津逮》、《五朝》、《説郛》諸本改。

〈其源出於魏文〉　原作「頗似魏文」，《吟窗》、《格致》、《詩法》、《詞府》諸本並作「其源出於魏文」。旭按：「其源出於某某」爲鍾氏追溯源流，提綱挈領，由此品語如駿馬注坡，氣勢直下，遂成固定格式。因據《吟窗》、《格致》、《詩法》、《詞府》諸本改。

〈過爲峻切〉　「峻切」，《吟窗》、《格致》、《詩法》、《詞府》諸本作「峻拔」。可參。

〈訐直露才〉　「才」，《吟窗》、《格致》、《詩法》、《詞府》諸本作「材」。「才」、「材」古通。

〈傷淵雅之致〉　車柱環《校證》：「『傷』上疑本有『有』字。『上品』陸機詩評語：『尚規矩，不貴綺錯，有傷直致之奇。』與此文例同。且此文下云：『然其咀嚼英華，厭飫膏澤，文章之淵泉也。』並以

「然」字承接上文，文例亦同，可證此文「傷」上本有「有」字。『中品』鮑照詩評語：「然貴尚巧似，不避危仄，頗傷淵雅之調。」彼文「傷」上有「頗」字，亦可證此文「傷」上有脱文。惟此文「傷」上非脱「頗」字，蓋如原有「頗」字，則與上文「頗似魏文」之「頗」字複矣。」可參。

〔然託諭清遠〕《吟窗》、《格致》、《詩法》、《詞府》諸本均無「然」字。○「託諭」，《廣牘》、《吟窗》、《格致》、《詩法》、《詞府》、《硯北》、《紫藤》、天都閣、二家、《學津》、《談藝》諸本並作「託喻」。「諭」、「喻」古通。

〔良有鑒裁〕「鑒」，顧氏、繁露堂、《津逮》、《續百川》、《五朝》、《説郛》、《硯北》、二家、《紫藤》、《廣漢魏》、《龍威》、《增漢魏》、《學津》、《秘書》、《談藝》、《玉雞苗館》諸本並作「鑿」。

〔亦未失高流矣〕天都閣本「高」上有「其」字。

【集注】

〔一〕嵇康（二二四—二六三）：三國魏末著名文學家、音樂家、詩人。字叔夜，譙郡銍（今安徽宿縣市西）人。幼年喪父，勵志勤學，精通音律，篤好莊老。有奇才，學不師授，博覽無不賅通。爲人風儀，身長七尺八寸，遠邁不群；不自藻飾，天質自然，人以爲龍章鳳姿。生性耿直，意趣疏遠，心性放達，越名教而任自然。娶曹操曾孫女長樂亭主爲妻。在曹氏政府中曾任中散大夫，史稱「嵇中散」。與陳留阮籍、河内山濤神交，又與河内向秀、沛國劉伶、籍兄子阮咸、瑯邪王戎爲山林之遊，世稱「竹林七賢」，康爲領袖。山濤將去選官，舉康自代，康乃與濤書告絶。因爲友人吕安辯護不孝之罪，牽連下獄，被處死，三千太學生上書，請求赦免，未獲准，臨刑奏《廣陵散》，神情自若。嵇康工於詩文。詩以四言詩成就爲高，《贈秀才入軍》爲佳作；五言託諭清遠。文以《與山巨源絶交書》、《難自然好文論》、《聲無哀樂論》爲代表。往往析理綿密，思想新穎，詞采壯麗。《隋志》謂有「魏中散大夫嵇康集十三卷，梁十五卷，録一卷」，已散佚。明汪士賢刻有《嵇中散集》，魯迅輯有《嵇康集》。今存詩三十餘首，有四言、雜言，五言詩僅十餘首。事見《晉書》卷四九。

〔二〕其源出於魏文：此謂嵇康詩體貌風格源出於曹丕。陳延傑《注》：「叔夜有超絶塵世之想，其遨遊快志，亦頗似魏文焉。」旭按：鍾嶸品評詩人，多用歷史批評之法而溯其師承源流。魏文帝條謂魏文「鄙直」，此謂嵇康「訐直」，或是其「源出魏文」處。

〔三〕「過爲」二句：峻切，嚴峻激切。《魏書·陳奇傳》：「時令峻切，不敢不赴。」訐直：揭人私隱，直言不諱。《論語·陽貨》篇：「惡訐以爲直者。」《集解》引包注曰：「訐，謂攻發人之陰私也。」露才：才華外露。班固《離騷序》：「今若屈原，露才揚己。」此謂嵇康詩過於嚴峻激切，直擊陰邪，表露思想才華。旭按：「訐直露才」，嵇康之詩也、文也、人格之一面也，人格即詩也。《晉書·嵇康傳》謂：「康嘗采藥遊山澤……至汲郡山中見孫登，康遂從之遊。……康臨去，登曰：

『君性烈而才儁，其能免乎！』」「山濤將去選官，舉康自代。康乃與濤書告絶。」語多侮慢，至「九患」、「七不堪」、「非湯武而薄周孔」；故《絶交》一書，乃是向司馬昭下戰表。又鍾會來觀鍛鐵，「康揚槌不輟，傍若無人，移時不交一言」。均峻切之甚也。

〔四〕傷淵雅之致：淵雅，淵博敦厚、深沉高雅。《三國志·魏書·管寧傳》：「淵雅高尚，確然不拔。」劉勰《文心雕龍·詔策》篇：「武帝崇儒，選言弘奥。策封三王，文同訓典，勸戒淵雅，垂范後代。」旭按：此謂嵇康性格即詩，詩風過於清峻激切，未能蘊藉淵博、深沉高雅。同品任昉詩，鍾嶸即謂「拓體淵雅，得國士之風」。陳衍《平議》：「『過爲峻切』，『傷淵雅之致』，此言尚允。劉彦和亦以『清峻』目之，然如『淩厲中原，顧盼生姿』、『目送歸鴻，手揮五弦』、『抗心希古，任其所尚』、『曰余不敏，好善闇人』各名句，雖不足上追《風》、《雅》，直可俯視《補亡》。」古直《箋》：「《文心雕龍·明詩》篇曰：『嵇志清峻。』亦與仲偉之説相發。」許文雨《講疏》：「仲偉評魏文，已嫌其百許篇之率直。此謂叔夜之峻切，則又過之。顔延年《詠嵇中散》有云：『立俗迕流議，尋山洽隱淪。鸞翮有時鎩，龍性誰能馴？』皆可謂知人之論。即如叔夜《幽憤》詩所云：『性不傷物，頻致怨憎。昔慚下惠，今愧孫登。』已足爲顔、鍾二家評詠之徵證矣。陳倩父云：『叔夜婞直，所觸即形。』又云：『婞直之人，心不能爲婉轉之調。』豈其然歟！《詩源辯體》卷四曰：『王元美云，嵇叔夜土木形骸，不事藻飾，想于文亦爾，如《養生論》、《絶交書》，類信筆成者，詩少涉矜持，更不如嗣宗。愚按叔夜四言，雖稍入繁衍，而實得風人之致，以其出於性情故也。惟五言或不免於矜持耳。』此亦王船山評叔夜四言居勝之意。殆以五、四言相較云然。若謂四言非矜持，則不免掩護前人矣。仲偉固不如是也。」日本立命館《疏》：「今所見嵇康作品六十餘篇，鍾嶸所品評之五言詩，僅十二首。四言之《幽憤詩》（《文選》卷二三），則可當『峻切』、『訐直』之評，而十二首五言詩則無一當其評者。或其亡佚之五言詩，當有峻切、訐直之作。」

〔五〕「然託」二句：託諭，託物以諷諭。曹植《七啓》：「假靈龜以託諭，寧掉尾於塗中。」又張華《鷦鷯賦》：「夫言有淺而可以託深，類有微而可以諭大。」清遠，清峻深遠。《世説新語・言語》篇：「會稽賀生，體識清遠，言行以禮。」《賞譽》篇：「康子紹，清遠雅正。」陳延傑《注》：「叔夜《遊仙詩》：『飄搖戲玄圃，黄老路相逢。』《述志詩》：『斥鷃擅蒿林，仰笑神鳳飛。』皆託諭清遠者。而激烈悲憤，自在言外。」良有，甚有、確實有。鑒裁，鑒察評判之識力。《晉書・王羲之傳》：「亮臨薨上疏，稱羲之貴有鑒裁。」此謂嵇康詩寄意清峻深遠，確實具有鑒察評判之識力。旭按：嵇康有雙重性格，是非分明。峻切、訐直之外，未嘗不温文爾雅、自賞風流。《晉書・嵇康傳》謂「（王）戎自言與康居山陽二十年，未嘗見喜愠之色」。《贈秀才入軍》詩十八首，語若初陽，温情如沐，託諭飛鳥，風調清遠。即鍾嶸所謂「託諭清遠，良有鑒裁」者。

〔六〕亦未失高流矣：高流，詩家之名流。許文雨《講疏》：「如叔夜《酒會》數首，淡宕有致，王船山所謂賦即事自遠；陳祚明所謂未有酒會之意，但覺身世之感甚深。誠皆知言矣。陳祚明又云：『嵇中散詩，如獨流之泉，臨高赴下，其勢一往必達，不能曲折瀠洄，然固澂澈可鑒。』亦可謂達仲偉所謂鑒裁之意。……近人劉師培曰：『按，鍾氏《詩品》謂康詩露才，頗傷淵雅之志，然託喻清遠，良有鑒裁，亦未失高流。與彦和所評相近。』竊謂彦和係顯從藝苑立論；仲偉結語許其高流，似尚存知人論世之旨。葉少藴《石林詩話》以爲叔夜不肯附晉，絶高於阮，豈得嵇、阮連稱。陳繹曾《詩譜》曰：『嵇康人品胸次高，自然流出。』蓋深得之。」日本立命館《疏》：「鍾氏《詩品序》所標舉五言警策者，叔夜『雙鸞匿景曜』篇，可當此評。」　旭按：「高流」、「高才」之類，皆是讚語，屬模糊評論。「未失高流」，語終勉強，故入中品。

【參考】

一、録嵇康詩二首：

（一）《贈秀才入軍》：「雙鸞匿景曜，戢翼太山崖。抗首漱朝露，晞陽振羽儀。長鳴戲雲中，時下息蘭池。自謂絶塵埃，終始永不虧。何意世多艱，虞人來我維。雲網塞四區，高羅正參差。奮迅勢不便，六翮無所施。隱姿就長纓，卒爲時所羈。單雄翩獨逝，哀吟傷生離。徘徊戀儔侶，慷慨高山陂。鳥盡良弓藏，謀極身必危。吉凶雖在己，世路多嶮巇。安得反初服，抱玉寶六奇。逍遥遊太清，攜手長相隨。」

（二）《述志詩》（選一）：「斥鷃擅蒿林，仰笑神鳳飛。坎井蝤蛙宅，神龜安所歸。恨自用身拙，任意多永思。遠實與世殊，義譽非所希。往事既已謬，來者猶可追。何爲人事間，自令心不夷。慷慨思故人，夢想見容輝。願與知己遇，舒憤啓幽微。巖穴多隱逸，輕舉求吾師。晨登箕山顛，日夕不知饑。玄居養營魄，千載長自綏。」

二、向秀《思舊賦》曰：「余與嵇康、吕安，居止接近，其人并有不羈之才；然嵇志遠而疏，吕心曠而放。」是人品，亦是詩品。向謂「有不羈之才」，嶸謂「托諭清遠，良有鑒裁，亦未失高流」。向謂「嵇志遠而疏」，嶸謂「過爲峻切，訐直露才，傷淵雅之致」。歷代史臣、文評家論嵇康，均從此來，劉勰《文心雕龍·明詩》亦復如此。

三、顔延之《五君詠·嵇中散》：「中散不偶世，本自餐霞人。形解驗默仙，吐論知凝神。立俗迕流議，尋山洽隱淪。鸞翮有時鎩，龍性誰能馴！」

四、江淹《雜體詩·嵇中散康言志》：「曰余不師訓，潛志去俗塵。遠想出宏域，高步超常倫。靈鳳振羽儀，戢景西海濱。朝食琅玕食，夕飲玉池津。處順故無累，養德乃人神。曠哉宇宙惠，雲羅更四陳。哲人貴識義，大雅明庇身。莊生悟無爲，老氏守其真。天下皆得一，名實久相賓。咸池饗爰居，鍾鼓或愁辛。柳惠善直道，孫登庶知人。寫懷良未遠，感贈以書紳。」

五、劉勰《文心雕龍·體性》篇：「叔夜儁俠，故興高而采烈。」《明詩》篇：「嵇志清峻。」「叔夜含其潤。」《才略》篇：「嵇康師心以遣論，阮籍使氣以命詩，殊聲而合響，異翮而同飛。」

六、竇㬎《述書賦》上：「叔夜才高，心在幽憤。允文允武，令望令聞。精光照人，氣格淩雲。力舉巨石，芳逾衆芬。」

七、張溥《漢魏六朝百三家集·嵇中散集題辭》：「『嵇詞清峻，阮旨遥深。』兩家詩文定論也。叔夜著文論六七萬言，唐志猶有十五卷，今存者僅若此，殆百一耳。然視建安諸子，篇章雕落，斯又歸然大部矣。家誡小心篤誨，酒坐語言，兢兢集木。獨以柳下踞鍛，傲睨鍾會，竟遭譖死。馬文淵誡其兄子效龍伯高，毋效杜季良，足稱至慎，善保家門；而薏苡一車，妻孥草索，怨謗之來，非人所意。凡性不近物者，勉爲抑損，終與物乖，中散絶交巨源，非惡山公，于當世人事誠不耐也。書中自敍蓬首垢面，懶癖入真，阮嗣宗口不臧否，亦心知師之，卒不能學人，實不宜仕宦，強衣被之，適速死耳。集中大文，諸論爲高諷，《養生》而達莊老之旨，辨管蔡而知周公之心，其時役役司馬門下者，非惟不能作，亦不能讀也。范升系獄，楊政肉袒道旁，哀泣請命，明主立釋；叔夜將刑東市，太學生三千人求爲師，不許；抱卧龍之志，攖譖臣之忌，其死也正以此耳。贈兄詩云：『雖曰幽深，豈無顛沛。』《幽憤詩》云：『縶此幽阻，實恥訟冤。』夫人身隱矣，而禍猶隨之，禍至而復不欲與直也，不死安歸乎？廣陵散絶，弊在用光，鍾士季、吕長悌獸睡耳。豈能殺叔夜者哉！」

晉司空張華詩〔一〕

其源出於王粲〔二〕。其體華豔〔三〕，興託多奇〔四〕。巧用文字，務爲妍冶〔五〕。雖名高曩代〔六〕，而疏亮之士〔七〕，猶恨其兒女情多，風雲氣少〔八〕。謝康樂云：「張公雖復千篇，猶一體耳〔九〕。」今置之甲科疑弱，抑之中品恨少〔一〇〕，在季、孟之間矣〔一一〕。

【校異】

〔其源出於王粲〕《竹莊》、《玉屑》並作「茂先詩，其源出於王粲」。

〔其體華豔〕「華豔」，《竹莊》、《玉屑》作「浮艷」。《吟窗》、《格致》、《詩法》、《詞府》諸本並作「華馳」。車柱環《校證》：「『其體』，疑本作『文體』，涉上『其』字而誤也。『上品』張協詩評語『其源出於王粲，文體華浄』，『中品』陶潛詩評語『其源出於應璩，又協左思風力，文體省浄』，並可證此文『其』字之誤。」可參。

〔興託多奇〕「多奇」，原作「不奇」。《錦繡萬花谷》作「興託不凡」。旭按：《吟窗》、《格致》、《詩法》、《詞府》諸本均作「多奇」，宋代詩話《竹莊》、《玉屑》所引，亦作「多奇」。宋詩話與明刻宋本《詩品》出自不同版本系統，結合張華條異文考察，作「多奇」似是。

〔務爲妍治〕「務爲」，《竹莊》、《玉屑》並作「務其」。○「妍治」，原作「妍治」，據《竹莊》、《玉屑》、顧氏、退翁、《廣牘》、繁露堂、希言齋、天一閣、天都閣、《津逮》、《五朝》、《説郛》、《梁文紀》諸本改。許文雨《講疏》所據本作「妍合」。

〔而疏亮之士〕「疏亮」，《竹莊》、《玉屑》並作「敦亮」。車柱環《校證》：「作『敦亮』，文義亦同。敦引申有大義，故可與龐大字連用。《淮南子·俶真篇》：『而復反於敦龐。』即其例。」《全梁文》本錯倒爲「亮疏」。

〔猶恨其兒女情多〕《竹莊》、《玉屑》脱「其」字。

〔張公雖復千篇〕「千篇」，曾慥《類説》、《玉屑》引作「千箱」。

〔猶一體耳〕許文雨《講疏》所據本脱「猶」字。○「耳」，《廣牘》、天都閣、《竹莊詩話》並作「爾」。「耳」、「爾」古通。

〔今置之甲科疑弱，抑之中品恨少〕原作「今置之中品疑弱，處之下科恨少」。○「中品」，《竹莊》、《玉屑》作「甲科」。○「處之」，《竹莊》作「抑之」，《玉屑》作「乙之」。「抑」、「乙」義同。○「下科」，《竹莊》、《玉屑》並作「中品」。　旭按：今以《詩品》體例，「在季孟之間」語意語式，合而觀之，當從宋詩話，因據改。說詳拙文《詩品評語與張華等第》。

〔在季孟之間矣〕《續百川》、《五朝》、《稗史》並脱「之」字。車柱環《校證》：「《中品序》有云：『一品之中，略以世代爲先後，不以優劣爲銓次。』則此晉張華詩評語，當與下魏應璩詩評語互易，乃合世代之次序。今本蓋錯簡也。」

【集注】

〔一〕張華（二三二—三〇〇）：西晉著名政治家、文學家、詩人。字茂先，范陽方城（今河北固安縣西南）人。少孤貧，曾以牧羊爲生。然好學不倦，及圖緯方伎之書，莫不悉覽。魏末作《鷦鷯賦》托物言志，陳留阮籍見之，歎曰：「王佐之才也！」由是聲名始著。薦爲太常博士。晉武帝時，因力主伐吴有功，封廣武縣侯，歷任太子少傅、中書監等職，官至司空，進封廣武縣公。當時詔告，皆出其手，衆所推服，有台輔之望。武帝嘗問漢宫室制度，及建章千門萬户，華應對如流，聽者忘倦，畫地成圖，左右矚目，武帝甚異之，時人比之春秋子產。惠帝時，賈皇后專權，廢太子，趙王司馬倫欲竊國柄，聯合張華誅賈皇后，華不從，被司馬倫、孫秀以黨附賈皇后罪名殺害。亂平後，齊王冏上奏爲張華雪冤，朝廷下詔，恢復張華爵位以及被没收的財產。華性好人物，獎掖後進，名重一時，當時俊彥如陸機、陸雲、左思、陳壽、束晳、摯虞等人，均出其門下。尤以推崇王粲，先情後辭，開陸機緣情綺靡一路，對奠定西晉詩學走向居功至偉。著述甚富，《隋志》謂有「晉司空張華集十卷。録一卷」，已散佚。又著《博物志》十篇。明張溥輯有《張茂先集》。今存詩近五十首，斷句若干。詩風清麗靡嫚，興託多奇，尤以《情詩》膾炙人口。事見《晉書》卷三六《張華傳》。

〔二〕「其源」句：此謂張華詩體貌風格源出於王粲。宋濂《答章秀才論詩書》：「（張華詩）學仲宣。」許學夷《詩源辯體》卷四：「宋景濂謂安仁、茂先、景陽學仲宣，此論出於鍾嶸，不免以形似求之。」顔延之《庭誥》曰：「至於五言流靡，則劉楨、張華。」王夫之《古詩評選》曰：「張公始爲輕俊，以灑子建、仲宣之樸澀」。劉師培曰：「晉代之詩，張華與士衡體近。」許文雨《講疏》：「仲偉評士衡詩，其源出於陳思，而文劣於仲宣。」劉熙載《詩概》云：「仲宣情勝，得陳思之一體。『情』即謂『文』」，係互詞。蓋仲宣、士衡皆有得於陳思之文，仲偉此云茂先詩源出王粲，當亦言其文耳。」旭按：張華源出王粲，前人多所不解。至如《四庫提要》詬病鍾嶸某人出於某人，「若一一親見者」，則不免拘泥。張華重「情」尚「文」，性好王粲，對王粲詩揄揚鼓吹，不遺餘力。此是太康年間事實。原話已逸，但見陸機、陸雲兄弟間書信議論。陸雲《與兄平原書》曰：「仲宣（王粲）文，如兄言，實得張（華）公力。」可知西晉詩壇，張華推崇王粲，重「情」尚「文」風格遂大行於世。此或爲張華「源出於王粲」之旁證。

〔三〕其體華豔：指張華詩歌風格，鋪排對偶，詞藻華美。《晉書·衛恒傳》：「摛華豔於紈素。」

〔四〕興託多奇：興託，比興寄託。多奇：《情詩》及《鷦鷯賦》託物言志是其證。旭按：或以爲「其體華豔」，往往「興託不奇」，是也。然張華爲西晉初年詩壇之坐標。其重情、重美、重詩歌言外之意，均爲陸機老師，開詩界緣情綺靡一派。魏響入于晉調，非張華「其體華豔」、「興託多奇」、「務爲妍冶」者不能擔綱。

〔五〕「巧用」二句：務爲妍冶，執意追求文辭之艷麗。古直《箋》：「《晉書》本傳曰：『（華）辭藻溫麗。』『華艷』、『溫麗』，其評略同。」許文雨《講疏》：「《文心雕龍·時序》云：『茂先搖筆而散珠。』亦言其文字之妍冶也。《詩源辯體》云：『茂先如「朱火清無光，蘭膏坐自凝」、「佳人處遐遠，蘭室無容光」、「巢居知風寒，穴處識陰雨。不曾遠別離，安知慕儔侶」等句，其情甚麗。』」旭按：世易時移，自晉至今，「華豔」、「妍冶」標準不同矣。陳衍《詩品平議》謂：「評晉司空張華云……『興託不奇』，信矣。『華艷』、『妍冶』，亦所未覩也。」此是舟已行矣，而劍不行，求劍若此，不亦惑乎！

〔六〕各高曩代：曩代，前代，此指晉代。《晉書·張華傳》謂張華「名重一世，衆所推服」。張華非惟朝廷重臣，於詩世界亦領袖群倫也。

〔七〕疏亮之士：即通達有識之士。《孔叢子》卷五《陳士義》：「今東閭子，疏達亮直，大丈夫也。」

〔八〕「猶恨」二句：恨，憾也。此謂張華詩兒女之情多，風雲慷慨之氣少，故爲「疏亮之士」所憾焉。

元好問《論詩絶句三十首》之一：「鄴下風流在晉多，壯懷猶見缺壺歌。風雲若恨張華少，温李新聲奈爾何！」自注：「鍾嶸評張華詩：『恨其兒女情多，風雲氣少。』」沈德潛《古詩源》：「茂先詩，《詩品》謂其『兒女情多，風雲氣少』，此亦不盡然。總之筆力不高，少淩空矯捷之致。」陳衍《平議》：「『氣少』，信矣。《情詩》二首，了不動人，以言『情多』，潘黄門斯無愧色。」何焯《義門讀書記》卷四六：「張茂先《勵志詩》：張公惟此一篇，餘皆女郎詩也。」《世説新語·排調》篇：「頭責秦子羽云：『予曾不如……范陽張華……此數子者，……或淹伊多姿態……而猶以文采可觀。意思詳序，攀龍附鳳，並登天府。』」《文士傳》曰：「華爲人少威儀，多姿態。」古直《箋》：「此雖譏其爲人，然與文『務爲妍冶』、『兒女情多』，實相表裏也。」許文雨《講疏》：「茂先情麗，殊見虚思清氣，大抵時代推遷，漸致淺綺，其勢然也。」王叔岷《疏證》：「《文心雕龍·麗辭》篇云：『張華詩稱：「遊鴈比翼翔，歸鴻知接翮。」若期重出，即對句之駢枝也。』據此，則茂先之用文字，亦有不巧者矣。」

〔九〕「謝康樂」三句：雖復，猶雖令，縱有。遍照金剛《文鏡秘府論·北卷》「句端」條曰：「假令、假使、假復、假有、縱令、縱使……雖使、雖復……言彼事不越此也。謂若已敘前事，假令深遠高大則如此，此終不越。」又「論對屬」條：「雖復異名，終是同體。」一體：謂一種風格體式。此謂謝康樂評曰：張華雖然詩歌千篇，但大體是一種體式風格。旭按：靈運此語，未詳出處，僅見《詩品》。然聯繫上品「左思」條謂「謝康樂常言：『左太沖詩，潘安仁詩，古今難比』」，或謝靈運曾編纂《詩集鈔》、《詩英》，每於詩人後，亦有數句評語耶？今書俱亡佚，不可知也。然《宋書·謝惠連傳》曰：「靈運見其（惠連）新文，每曰：張華重生，不能易也。」可見謝靈運對張華詩歌之推崇，或可與「千篇一體」相參閲，作對立統一之全面理解。許學夷《詩源辯體》：「張茂先五言，得風人之致。題曰《雜詩》、《情詩》，體固應爾。或疑其調弱，非也。觀其《答何劭》二作，其調自別矣。但格意終少變化。故昭明不多録耳。謝康樂云：『張公雖復千篇，猶一體也。』語雖或過，亦自有見。」黄子雲《野鴻詩的》：「茂先失於氣綏而不健，然其雍和温雅，中規中矩，頗有儒者氣象。《情詩》、《雜詩》等篇，不免康樂『千篇一律』之譏。餘若《勵志》諸什，不可一概掩之。」陳祚明《采菽堂古詩選》卷一一：「張司空範古爲趨，聲情秀逸，蓋步趨繩墨之内者，未可以『千篇一律』少之。」古直《箋》：「陸雲《與兄平原書》曰：『張公箴誄，自過五言詩耳。』亦不滿茂先詩也。」

〔一〇〕「今置」二句：科，品級。甲科，即「上品」之謂。少，輕視之意。《史記·蘇秦列傳》：「顯王左右素習知蘇秦，皆少之。」此謂現置之「上品」，似乎稍弱了一點；置之「中品」，又不免委屈了一點。

〔一一〕在季、孟之間矣：語出《論語·微子》篇：「齊景公待孔子，曰：『若季氏，則吾不能；以季、孟之間待之。』」《史記》引此語，《集解》引孔安國曰：「魯三卿，季氏爲正卿，最貴；孟氏爲下卿，不用事。言待之以二者之間也。」「季、孟之間」遂成習見語。《世説新語·賞譽》篇：「山濤以下，魏舒以上。」注引《晉陽秋》曰：「時人謂湛上方山濤不足，下比魏舒有餘。湛聞之曰：『欲以我處季、孟之間乎！』」仲偉本其語式。

【參考】

一、録張華詩三首：

（一）《雜詩》：「晷度隨天運，四時互相承。東壁正昏中，涸陰寒節升。繁霜降當夕，悲風中夜興。朱火青無光，蘭膏坐自凝。重衾無暖氣，挾纊如懷冰。伏枕終遥昔，寤言莫予應。永思慮崇替，慨然獨撫膺。」

（二）《情詩》（二首）「清風動帷簾，晨月照幽房。佳人處遐遠，蘭室無容光。襟懷擁虚景，輕衾覆空牀。居歡惜夜促，在戚怨宵長。撫枕獨嘯歎，感慨心内傷。」

「遊目四海外，逍遥獨延佇。蘭蕙緣清蕖，繁華蔭緑渚。佳人不在兹，取此欲誰與。巢居知風寒，穴處識陰雨。不曾遠離别，安知慕儔侣？」

二、陸雲《與兄平原書》：「張公文無他異，正自情〔清〕省無煩長。作文正爾，自復佳。」「張公《女史》清約。」

三、江淹《雜體詩·張司空華離情》「秋月照簾櫳，懸光人丹墀。佳人撫鳴琴，清夜守空帷。蘭徑少行跡，玉台生網絲。庭樹發紅彩，閨草含碧滋。延佇整綾綺，萬里贈所思。願垂湛露惠，信我皎日期。」

四、劉勰《文心雕龍·樂府》篇：「張華新篇，亦充庭萬。」《明詩》篇：「故平子得其雅，叔夜含其潤，茂先凝其清。」《時序》篇：「張華短章，奕奕清暢。」

五、張溥《漢魏六朝百三家集·張茂先集題辭》：「張壯武博物君子，晉室老臣，彌縫暗主虐后之間，足稱補衮。竟以猶豫族誅，横屍前殿，悲哉！壯武初未知名，作《鷦鷯賦》以寄意，感其不才善全，有莊周木雁之思。既賦相風朽社，亦躊躇于在高戒險，盛衰交心。及涉台司，不祥數見，中台星坼，少子韙勸其避位，猶戀勿忍決。漢王京兆不念牛衣，遂沈牢獄。然死以直諫，誠重泰山，壯武豈忘牧羊時乎？名位已極，篤於守經，徒爲賈氏而死，適資人口耳！晁氏書目云：『張司空集有詩一百二十，哀詞册文二十一，賦三。』今予所輯綴，賦數過之，文不及全，詩歌八十餘，中間拂舞、白紵舞、杯盤舞諸篇，晉代無名氏之作，藏書家本亦有系之張司空者。然觀其壯健頓挫，類非司空温麗之素。餘詩平雅，近代詩家，深貶其博學爲累，豈所謂聽古樂而卧乎？壯武文章，賦最蒼涼，文次之，詩又次之。大抵去漢不遠，猶存張蔡之遺。《詩藪》論詩：『晉以下，若茂先《勵志》，廣微《補亡》，季倫吟歎等曲，尚有前代典型。』余于司空諸文亦云。」

六、鄭振鐸《中國文學史》：「華詩實能以平淡不飾之筆，寫真摯不隱之情。」「意未必曲折，辭未必絕工，語未必極新穎，句未必極穠麗，而其情思卻終是很懇切坦白，使人感動的。」「華雖未必及陳王，至少可追仲宣，仲宣則列『上品』，茂先則並『中品』而不逮，何故？」

魏尚書何晏〔一〕　**晉馮翊太守孫楚**〔二〕　**晉著作郎王贊**〔三〕　**晉司徒掾張翰**〔四〕　**晉中書令潘尼**〔五〕

平叔「鴻雁」之篇〔六〕，風規見矣〔七〕。子荆「零雨」之外〔八〕，正長「朔風」之後〔九〕，雖有累札，良亦無聞〔一〇〕。季鷹「黄華」之唱〔一一〕，正叔「緑蘩」之章〔一二〕，雖不具美，而文彩高麗〔一三〕。並得虯龍片甲，鳳凰一毛〔一四〕。事同駁聖〔一五〕，宜居中品〔一六〕。

【校異】

〔魏尚書何晏〕　許印芳《萃編》：「此數人當置應璩後，方合次序。」張錫瑜《詩平》：「下就孫、王等同評，故在張華後。」

〔晉馮翊太守孫楚〕　原脱「馮」字，玆據《晉書》本傳及諸本補。　○「太守」，原作「守」，張錫瑜《詩平》：「書中多稱『太守』。唯此及陸雲但稱『守』，無『太』字。大抵此書隨便而言，本無定例，難以劃一求也。」車柱環《校證》云：「考太守亦可省稱『守』（《史記》中多此例）。惟此文恐原無『太』字。蓋馮翊爲古三輔之一，馮翊守疑爲内史之異稱。下稱陸雲爲『清河守』，而《晉書》則作『清河内史』可證。」　旭按：有「太」字于文意爲完，故據《吟窗》、《格致》、《詩法》、《詞府》諸本補。

〔晉著作郎王贊〕　「郎」原無，據《吟窗》、《格致》、《詩法》、《詞府》諸本補。有「郎」字於文意較完整。　○「王贊」，《吟窗》、《格致》、《詩法》、《詞府》、《詩話》、《梁文紀》、《全梁文》、《詩品詩式》、螢雪軒諸本作「王讚」。李善《文選》注引臧榮緒《晉書》作「王瓚」。

〔晉司徒掾張翰〕　「晉司徒掾」，原作「晉王司徒椽」。「王」字疑涉上文「王贊」而衍，「椽」顯誤，《晉書》載張翰惠帝時爲大司馬東曹掾，因據《吟窗》、《格致》、《詩法》、《詞府》、《詩話》、《全梁文》等本删改。張錫瑜《詩平》此題作「晉司馬掾張翰」，校云：「『馬』，原作『徒』，誤。考齊王冏當國時爲大司馬，位在三司之上。是時司徒乃王戎耳。今改正。然『司馬』上猶當有『大』字。《隋志》稱『大司馬東曹掾』是也。『司』上一本有『齊王』二字。」古直《箋》云：「《隋志》：『大司馬東曹掾張翰集二卷。』與本傳同。仲偉云司徒掾，疑誤。」

〔晉中書令潘尼〕　張錫瑜《詩平》：「中書令，《隋志》稱太常卿，乃其所終之官。此不然者，全書於各人所歷之職，每擇其顯近者稱之，不盡以所終時爲限故也。」

〔平叔「鴻雁」之篇〕　「鴻雁」，《吟窗》、《格致》、《詩法》、《詞府》諸本均作「鳴雁」。何晏五言詩有「鴻鵠比翼遊，群飛戲太清」句。何文煥《歷代詩話》本遂改「鴻雁」爲「鴻鵠」，以與詩合。陳注、許疏、杜注從之。　旭按：各本俱作「鴻雁」。「鴻鵠」未必《詩品》之舊。疑何晏詩一本作「鴻雁比翼遊」。

〔風規見矣〕　「見」，《吟窗》、《格致》、《詩法》、《詞府》諸本誤作「凢」。北圖鈔本《吟窗》誤作「允」。

〔正長「朔風」之後〕　「之後」，《竹莊》引作「以後」。

〔雖有累札〕　「累札」，《竹莊》引作「異札」。

〔季鷹「黄華」之唱〕　「季鷹」，《全梁文》本誤作「季膺」。

〔正叔「緑蘩」之章〕　「正叔」，退翁本誤作「正淑」。　○「緑」，《全梁文》本誤作「緣」。　○「蘩」，退翁、《梁文紀》、《對雨樓》、《擇是居》、《全梁文》、《竹莊》本並作「繁」。蓋脱誤。《吟窗》、《格致》、《詩法》、《詞府》諸本誤作「藥」。天一閣本誤作「蘩」。　○「章」，原作「良」，曾慥《類説》亦引作「良」；《竹莊》、《吟窗》、《格致》、《詩法》、《詞府》引文及《硯北》、《詩話》諸本作「章」，中沢希男《詩品考》曰：「『章』字是也。」因據改。

〔雖不具美〕「具」，《竹莊》壞損而作「且」。

〔而文彩高麗〕「而文彩」原脱「而」、「彩」字。據《竹莊》及其他諸本補。「文彩」，《竹莊》、《吟窗》、《格致》、《詩法》、《詞府》諸本並作「文旨」，可參。○「麗」，《五朝》本誤作「竝」。

〔鳳凰一毛〕「凰」，《廣牘》本作「皇」。「皇」、「凰」古今字。

【集注】

〔一〕何晏（？—二四九）：三國魏玄學家、文學家、詩人。字平叔，南陽宛（今河南南陽）人。漢大將軍何進孫。晏父早逝，曹操纳晏母为妾，晏爲曹操收養，为操宠爱。晏少以才秀知名，好老、莊之言，「美姿儀而色白」，猶如敷粉，「行步顧影」，人稱「傅粉何郎」。娶魏金鄉公主。服飾擬于太子。因貌美，爲魏文帝曹丕所嫉，史載何平叔（何晏）美資儀而色白，魏文帝疑其著粉。夏月予熱湯餅，既啖，大汗出，隨以朱衣自拭，色轉皎然。文帝憎其「假子」腔，未授官职。明帝以其浮華，亦抑之。至曹爽秉政，何以黨附，累官侍中、吏部尚書，典選舉，爵列侯，後爲司馬懿所殺。何晏與夏侯玄、王弼等競尚清談，倡導玄學，是當時開風氣的玄學家。曾撰《道德論》、《無名論》、《無爲論》、《論語集解》及諸文賦著述數十篇。《隋志》謂有「魏尚書何晏集十一卷，梁十卷，録一卷」，已散佚。今存《論語集解》及五言詩二首，斷句一則。事見《三國志·魏書》卷九《曹爽傳》附。

〔二〕孫楚（二一八？—二九三）：西晉詩人。字子荆，太原中都（今山西平遥）人。孫楚自幼才藻卓絶，爽邁不群，議論風飛，多所陵傲，屢屢得罪權貴，故乏鄉曲之譽。四十歲後方入仕爲鎮東將軍石苞參軍，後爲晉扶風王司馬駿征西參軍，晉惠帝即位後，任馮翊太守。少欲隱居，謂王濟道：「吾欲漱石、枕流。」濟笑道：「流非可枕，石非可漱。」楚曰：「枕流欲洗其耳，漱石欲厲其齒。」遂成佳語，爲人所稱。《隋志》謂有「晉馮翊太守孫楚集六卷，梁十二卷，録一卷。」已散佚。明張溥輯有《孫子荆集》。今存詩六首，其中五言詩二首。事見《晉書》卷五六。

〔三〕王贊：西晉詩人。生年不詳。約晉惠帝初年前後在世。據王發國《考索》，卒年爲公元三一一年，與石勒戰於陽夏，被擒，十月被殺。字正長，義陽（今河南信陽市西北）人。曾辟司空掾，歷任著作郎、散騎侍郎等職。博學有俊才，善爲詩文。曾受命作誄文及《梨樹頌》，辭義甚美。《隋志》謂「梁有散騎侍郎王讚集五卷，亡」，今存詩五首，其中五言詩一首。事見《文選》卷二九王正長《雜詩》李善注引臧榮緒《晉書》及房玄齡等《晉書》卷一〇四《載記》。

〔四〕張翰：西晉詩人。約生於公元二五六年後，卒於公元三一二年後。字季鷹，吴郡吴（今江蘇蘇州）人。魏高貴鄉公甘露至晉元帝大興年間在世。晉惠帝時，爲大司馬東曹掾。當時王室争權，天下將亂，翰爲全身避禍，謂人曰：「人生貴適意爾，何能羈宦數千里以要名爵乎？」乃托言秋風生鱸魚蒓菜之思，辭官命駕南歸，遂成思家鄉美味全身退出官場之典故。在陶淵明歸隱田園前，獨成一種歸隱理由，爲人所津津樂道。張翰有清才，善屬文而縱任不拘，時人比之爲阮籍，有「江東步兵」之稱。所著詩文數十篇。《隋志》謂「梁有大司馬東曹掾張翰集二卷，録一卷」，已散佚。今存詩六首，其中五言詩三首。事見《晉書·文苑傳》。

〔五〕潘尼（二五〇？—三一一？）：西晉詩人。字正叔，滎陽中牟（今屬河南）人。潘岳之侄。性格恬淡，不喜交遊，專心著述。太康年間，舉秀才。初應州辟，永興末爲中書令；永嘉中，遷太常卿。後因參與平定趙王司馬倫之亂，封安昌公。洛陽被劉聰攻破之前，潘尼攜家還鄉，中途病卒。潘尼少有清才，與叔父潘岳俱以文章見知，世並稱爲「兩潘」。《隋志》謂有「晉太常卿潘尼集十卷」，已散佚。明張溥輯有《潘太常集》。今存詩近五十首，斷句若干。事見《晉書》卷五五《潘尼傳》。

〔六〕平叔「鴻雁」之篇：指何晏《擬古》詩。因《擬古》詩中有「鴻鵠比翼遊」句，故以此指代全詩。「鴻雁」、「鴻鵠」或有異文。《世説新語·規箴》篇注引《名士傳》：「是時曹爽輔政，識者慮有危機。晏有重名，與魏姻戚，内雖懷憂，而無復退也。著五言詩以言志曰：『鴻鵠比翼遊，群飛戲太清。常畏入羅網，憂禍一旦並。豈若集五湖，從流唼浮萍。永寧曠中懷，何爲怵惕驚？』蓋因輅言，懼而賦詩。」旭按：此是摘句評論法。摘佳句以指代全詩，晉、宋以後，成爲風氣。《南齊書·丘靈鞠傳》曰：「宋孝武殷貴妃亡，靈鞠獻挽歌詩三首，云：『雲横廣階閣，霜深高殿寒。』帝摘句嗟賞。」

《南齊書・文學傳論》載：「張視摘句褒貶。」沈約《宋書・謝靈運傳論》、劉勰《文心雕龍》均用此法。《詩品》中頗見用例，此條承沈約《宋書・謝靈運傳論》來，摘爲佳句，當是定論。

〔七〕風規見矣：謂其詩諷喻規勸之意，顯現若揭矣。張衡《東京賦》：「卒無補於風規。」李善注：「規，猶諫也。」《文選・應休璉百一詩》李善注引李充《翰林論》曰：「以風規治道，蓋有詩人之旨焉。」許文雨《講疏》：「何晏《擬古》詩首句，即『鴻鵠比翼遊』，故以稱篇。其詩云：『常恐失（畏入）網羅，憂禍一旦並！』蓋有諷時自規之意。陳祚明《評選》云：『非不自知，而不自克，悲哉！』」許學夷《詩源辯體》卷四曰：「何晏五言二篇，託物興寄，體制猶存。」

〔八〕子荆「零雨」：指孫楚《征西官屬送於陟陽侯作》詩。因句中有「零雨被秋草」句，故以此指代全詩。

〔九〕正長「朔風」：指王贊《雜詩》。因句中有「朔風動秋草」句，故以此指代全詩。劉世偉《過庭詩話》曰：「孫楚『晨風飄歧路』，王讚『朔風動秋草』，自陳思詩『驚風飄白日』來；而陳思乃得之《楚辭・悲回風》也。」王闓運《八代詩選》：「『朔風』二語，當時傾倒。是以自然爲勝，故與子荆『零雨』並稱。」

〔一〇〕「雖有」二句：累札，連篇累牘之詩，此言其多。北齊魏收《太子監國冬會議》：「苟別君臣同異之禮，恐重紙累札，書不盡也。」良，確實、誠然。無聞，聲名不彰。此謂子荆在「零雨」詩之後，正長在「朔風」詩之後，雖有連篇累牘之作，但確實沒有著名的篇章了。《論語・子罕》：「四十五十而無聞焉，斯亦不足畏也已。」張溥《孫子荆集題辭》：「子荆『零雨』、正長『朔風』，稱於詩家，今亦未見其絕倫也。」許文雨《講疏》：「然則仲偉所謂『累札無聞者』即言子荆、正長他詩坐少此種，並非謂他詩皆不佳也。方東樹喜立異説，至謂『零雨』、『朔風』，並非佳製。其《昭昧詹言》卷一云：「正長『朔風』，原本《風》、《雅》，韻律似《十九首》，然無甚警妙。若子荆『零雨』，非所知也。姚先生云：『子荆以喪妻而歸，故其詞云爾。』余謂即如是，而篇中無一言交代明白，三命十句，與起處詞意，全不相貫接，何足取乎！」」

〔一一〕季鷹「黄華」之唱：黄華，即黄花，此指菜花。「黄華」之唱，指張翰《雜詩》。因句中有「黄華如散金」句，故以此指代全詩。《雜詩》三首之一云：「暮春和氣應，白日照園林。青條若總翠，黄華如散金。嘉卉亮有觀，顧此難久耽。延頸無良塗，頓足託幽深。榮與壯俱去，賤與老相尋。歡樂不照顔，慘愴發謳吟。謳吟何嗟及，古人可慰心。」王叔岷《疏證》：「案季鷹《雜詩》云：『暮春和氣應，白日照園林。青條若總翠，黄華如散金。』寫景入神，江淹《莟賦》：『假青條兮總翠，借黄華兮舒金。』即本於此。《晉書》稱其：『黄華之什，濬發神府。』李白亦云：『張翰黄華句，風流五百年！』（《金陵送張十一再遊東吴》詩）皆非過譽也。又案宋濂《與章秀才論詩書》云：『張季鷹則法公幹。』可補仲偉之略。」

〔一二〕正叔「緑蘩」之章：此指潘尼《迎大駕》詩。因句中有「緑蘩被廣隰」句，故以此指代全詩。詩云：「南山鬱岑崟，洛川迅且急。青松蔭修嶺，緑蘩被廣隰。朝日順長塗，夕暮無所集。歸雲乘幰浮，凄風尋帷入。道逢深識士，舉手對吾揖。世故尚未夷，崤函方嶮澀。狐狸夾兩轅，財狼當路立。翔鳳嬰籠檻，騏驥見維縶。俎豆昔常聞，軍旅素未習。且少停君駕，徐待干戈戢。」許文雨《講疏》：「按張翰《雜詩》有『黄華如散金』之句，潘尼《迎大駕》有『緑蘩被廣隰』之句，『唱』、『章』互文。」

〔一三〕「雖不」二句：具美，盡善盡美。具，通「俱」。日本立命館《疏》：「具美語例，見《晉書·山濤傳論》：『非山公之具美，其孰能與於此者哉？』此類語意，皆源出《論語·八佾》之『子謂《韶》，盡美矣，又盡善也』者哉。」高麗：高雅典麗。《南史·謝惠連傳》：「爲《雪賦》，以高麗見奇。」此謂季鷹「黄華」之唱、正叔「緑蘩」之章，雖不能説盡善盡美，但文采亦高雅典麗。葉長青《集釋》：「所謂麗，咸指麗辭。麗，古文作丽，有相並之形。《文心雕龍》有『麗辭篇』，猶言駢儷之辭也。季鷹《雜詩》、正叔《迎大駕》詩，十八偶句，而文彩自高，故云『高麗』。」

〔一四〕「并得」二句：虯龍，傳説中有角之龍曰虯。鳳凰，傳説中的神鳥，爲百鳥之王。此謂前所舉五子之佳作，都得到虯龍之片甲，鳳凰之一毛。旭按：此亦以「龍鳳」喻詩。上品「曹植」條謂：「陳思之於文章也，譬人倫之有周、孔，鱗羽之有龍鳳。」此謂何晏五子「並得虯龍片甲，鳳凰一毛」，皆得曹植詩美之一端。唐張懷瓘《書斷》：「麟鳳一毛，龜龍片甲，亦無所不録。」日本《經國集序》：「琬琰圓色，則取虬龍片甲，麒麟一毛。」語皆本此。

〔一五〕「事同」二句：駁，駁雜不純。聖，聖人。駁聖，即賢者，乃非完美之聖人。王符《潛夫論·實貢》篇曰：「夫聖人純，賢者駁，周公不求備，四肢不相兼。」《世説新語·文學》篇注引《文章敘録》云：「自儒者論，以老子非聖人，絶禮棄學，晏説與聖人同，著論行於世也。」旭按：此亦以「聖」喻詩之例。上品「曹植」條謂「陳思之於文章也，譬人倫之有周、孔。」《詩品序》：「昔曹、劉殆文章之聖。」曹、劉爲聖，何晏五子得曹植詩美之一端，故爲「聖人」之亞，當爲「駁聖」，聖人居「上品」，「中品」宜爲「駁聖」賢者之席。

〔一六〕宜居中品：即居中品最相宜者。陳延傑《注》謂：「《詩品》之例，凡二三人以上同居一品者，或同出一源，或風骨相似，此則五人風骨俱相似，故同品。此亦未著其源者。」旭按：入中品詩人亦分三種情況：一是「宜居中品」及「允爲中品之第」者，如沈約、何晏、孫楚、王贊、張翰、潘尼諸人；二是「越居中品」或「擢居中品」者，如郭泰機、顧愷之、謝世基、顧邁、戴凱、任昉諸人；三是置之上品嫌弱，處之中品恨少，「抑之中品」者，如張華（參見諸人條）。此謂何晏、孫楚、王贊、張翰、潘尼爲標準之中品詩人。

【參考】

一、録何晏詩一首：

《言志詩》：「轉蓬去其根，流飄從風移。芒芒四海塗，悠悠焉可彌？願爲浮萍草，託身寄清池。且以樂今日，其後非所知。」

二、録孫楚詩一首：

《征西官屬送於陟陽侯作》：「晨風飄歧路，零雨被秋草。傾城遠追送，餞我千里道。三命皆有極，咄嗟安可保？莫大於殤子，彭聃猶爲夭。吉凶如糾墨，憂喜相紛繞。天地爲我爐，萬物一何小。達人垂大觀，誡此苦不早。乖離即長衢，惆悵盈懷抱。孰能察其心，鑒之以蒼昊。齊契在今朝，守之與偕老。」

三、沈約《宋書·謝靈運傳論》：「至於先士茂製，諷高歷賞。子建『函京』之作，仲宣『霸岸』之篇，子荆『零雨』之章，正長『朔風』之句，並直舉胸情，非傍詩史，正以音律調韻，取高前式。」

四、張溥《漢魏六朝百三家集·孫子荆集題辭》：「子荆『零雨』，正長『朔風』，稱於詩家，今亦未見其絶倫也。除婦服詩，王武子歎爲情文相生，然以方嵇君道伉儷詩，兄弟間耳。江東未順，司馬文王發使遺書，子荆與荀公曾各奮筆劄，孫最傑出，而荀獨見用，謂勝十萬師。文章有神，不在遇合，朝廟之上，賞音尤難。必欲如元瑜、孔璋見知孟德，豈易言哉！石驃騎，府主也，郭奕，其同里也，睥睨忿争，遂致沈廢。子荊平日數有傲名，鄉曲缺譽，此亦其見短之一事乎！然同閈相知，有一武子，生死願足，靈床驢鳴，何必非叔夜之琴也。《笑賦》調謔自得，《反金人銘》蚩薄箝口，似狂非狂，言各有寄。若夫長虞勁直，箋頌夜光，威輦被發，遺書勸仕。知人實長，未聞玩物。太原名士，磊落英多，其爲品狀，寧讓汝潁哉？」

五、録王贊詩一首：

《雜詩》：「朔風動秋草，邊馬有歸心。胡寧久分析，靡靡忽至今？王事離我志，殊隔過商參。昔往鶬鶊鳴，今來蟋蟀吟。人情懷舊鄉，客鳥思故林。師涓久不奏，誰能宣我心。」

六、録張翰詩二首：

（一）《雜詩》其二：「東鄰有一樹，三紀裁可拱。無花復無食，亭亭雲中竦。隰禽不爲巢，短翮莫肯任。」

（二）《雜詩》其三：「忽有一飛鳥，五色雜英華。一鳴衆鳥至，再鳴衆鳥羅。長鳴摇羽翼，百鳥互相和。」

七、劉勰《文心雕龍·才略》篇：「季鷹辯切於短韻。」

八、竇臮《述書賦》上：「季鷹有聲，古貌磅礴。雖無名驗，攀附張、索。如凝陰斷雲，垂翅一鶚。」

九、沈德潛《古詩源》卷七曰：「唐人以『黄華如散金』命題試士。士多以黄華爲菊。合式者不滿其數。」旭按：王發國諸人補充宋吴曾《能改斋漫录》卷五《误以黄花作菊花》条，以爲「黄华如散金」试士，乃在宋仁宗之时。可参考。

十、録潘尼詩一首：

《贈河陽(叔潘岳)詩》：「密生化單父，子奇莅東阿。桐鄉建遺烈，武城播弦歌。逸驥騰夷路，潛龍躍洪波。弱冠步鼎鉉，既立宰三河。流聲馥秋蘭，摛藻豔春華。徒美天姿茂，豈謂人爵多。」

十一、張溥《漢魏六朝百三家集·潘太常集題辭》：「史稱潘正叔：『著論究人道之綱，裁箴懸乘輿之鑒。』此二文者，非徒龍甲鳳毛，亦其生平所以自立也。元康蕩亂，八王鬥争，從父安仁，一門罹禍，正叔知幾，歸掃墳墓，後得封公顯職，壽終塢壁。當安仁初任河陽，贈詩祖遒，美其天姿。刑僇之後，樹碑紀事，增慟覆醢。其于叔父情篤，猶中郎也。存没異路，榮辱天壤，逃死須臾之間，垂聲三王之際，至今誦《閒居》者，笑黄門之乾没，讀《安身》者，重太常之居正。人物短長，亦懸禍福，泉下嘿嘿，烏誰雌雄。即有不平，能更收召魂魄，抗眉争列哉。傅長虞會定九品，正叔作詩規之，其爲人也，無詭隨；其爲文也，無戲謔，大致類然。若琴有八分之書，賦著琉璃之椀，適文人餘韻也。」

魏侍中應璩詩〔一〕

祖襲魏文〔二〕。善爲古語〔三〕，指事殷勤〔四〕，雅意深篤，得詩人激刺之旨〔五〕。

至於「濟濟今日所」〔六〕，華靡可諷味焉〔七〕。

【校異】

〔魏侍中應璩〕「侍中」，《吟窗》、《格致》、《詩法》、《詞府》諸本作「侍郎」。張錫瑜《詩平》「應璩詩評」置「嵇康詩評」之前，「魏文帝詩評」之後。校云：「此條原在『何晏』條後，傳寫誤失其次耳。今據『略以世代爲先後』之語移置。」許印芳《萃編》云：「此人當置魏文帝後，方合次序。」旭按：張、許所言甚是。然各本皆然，或傳寫失誤，或原本如此，不可知也。

〔祖襲魏文〕「祖襲」，《吟窗》、《格致》、《詩法》、《詞府》諸本作「詩襲」。

〔雅意深篤〕《詞府》、《全梁文》本脱「篤」字。《梁文紀》本「篤」作「獨」，蓋音近之誤。

〔得詩人激刺之旨〕「激刺」，《大觀》本作「譏刺」，蓋音近並聯想而誤。

〔華靡可諷味焉〕「諷味」，《詩紀》作「諷詠」。

【集注】

〔一〕應璩（一九〇—二五二）：三國時曹魏文學家、詩人。字休璉，汝南南頓（今河南項城）人。五官中郎將文學應瑒之弟。文帝、明帝時，歷官散騎常侍。魏齊王曹芳即位，遷侍中、大將軍長史。

曹爽秉政，擅權多違法度，璩作《百一詩》以諷，其言多切時要，世共傳之。卒，贈衛尉。應璩博學好屬文，以文章顯，尤善爲書記文。《隋志》謂有「魏衛尉卿應璩集十卷。梁有録一卷」。又《隋志》「干寶撰《百志詩》九卷」原注：「梁又有應貞注應璩《百一詩》八卷，亡。」《文心雕龍》范注：「《魏書・李壽傳》：『龔壯作詩七首，託言應璩以諷壽。』是《百一詩》有後人依託，故多至八卷。」已散佚。明張溥輯有《應德璉休璉集》。事見《三國志・魏書》卷二一《王粲傳》。

〔二〕祖襲魏文：祖襲，師法，承襲。是源出的又一種説法。旭按：魏文帝曹丕詩「鄙直如偶語」，應詩「善爲古語」；丕詩有「美贍可翫」者，應詩亦有「華靡可諷味」者，此祖襲魏文之證據也。許文雨《講疏》：「至璩詩與魏文有似，尤易言之。如陳祚明評璩《百一詩》『年命在桑榆』章云：『此自質切。』成書評：『此詩有所爲而言，不妨直質。』皆與仲偉評魏文鄙質（或本作「直」字）之言相合。再如璩《雜詩》純用古事，此與魏文《煌煌京雒行》、《折楊柳行》議論故事者尤近。徐昌穀《談藝録》謂璩詩微傷於媚，與仲偉評魏文美贍可玩，更覺同脈。」王叔岷《疏證》：「陳延傑云：『今觀其所作，頗類《國風》，謂祖襲魏文，非也。』岷案，休璉詩『善爲古語』，亦有『華靡可諷味』者，正如魏文詩『鄙直如偶語』，後有『美贍可翫』者。則仲偉謂休璉『祖襲魏文』，固未爲失，其言某人詩出於某人之例，大都如此。」

〔三〕善爲古語：善以古人古事古樸之語表達自己的感情。蕭子顯《南齊書・文學傳論》：「今之文章，作者雖衆，總而爲論，略有三體……次則輯事比類，非對不發，博物可嘉，職成拘制。或全借古語，用申今情；崎嶇牽引，直爲偶説。唯睹事例，頓失精彩。此則傅咸《五經》，應璩指事，雖不全似，可以類從。」陳延傑《注》謂：「如『下流不可處』、『是謂仁者居』，皆古語也。」許文雨《講疏》：「《詩源辯體》卷四論曰：『應璩《百一詩》則猶近拙樸。』……按《南齊書·文學傳論》所言三體，其次一體，所謂『全借古語，用申今情』，即舉應璩指事爲例。蓋加以事義，故其詩不得奇。」李徽教《彙注》：「仲偉此句解『祖襲魏文』之言。評魏文謂『鄙直如偶語』，此謂『善爲古語』，評陶潛『豈直爲田家語耶』。『偶語』、『古語』、『田家語』，相差不甚遠。」

〔四〕指事殷勤：指事，指説事情，陳述事理。殷勤，情意懇切，委曲盡意。如《百一詩》，規諷世人，即持此態度。

〔五〕「得詩人」句：詩人，指《詩經》作者。傳統認爲，《詩經》中多有諷諭之作。《毛詩序》：「上以風化下，下以風刺上。」激刺，激切地諷刺。《後漢書·文苑傳·崔琦傳》：「豈獨吾人之尤，君何激刺之過乎？」此謂應璩之詩，得《詩經》作者感事諷刺之旨。旭按：李充《翰林論》曰：「應休璉五言詩百數十篇，以風規治道，蓋有詩人之旨。」仲偉語當本此。《文選》應休璉《百一詩》李善注引張方賢《楚國先賢傳》曰：「汝南應休璉作《百一篇》詩，譏切時事，篇以示在事者，咸皆怪愕，或以應焚棄之，何晏獨無怪也。」又引孫盛《晉陽秋》：「應璩作五言詩百三十篇，言時頗有補益，世多傳之。」《三國志·魏書·王粲傳》注引《文章敘録》曰：「曹爽秉政，多違法度，璩爲詩以諷焉。」許文雨《講疏》：「黄庭鵠《古詩治》評《百一詩》『下流不可處』云：『本譏朝士，而借己以諷，亦微而婉矣。』」王叔岷《疏證》：「至於『年命在桑榆』（據葛勝中所述，即郭茂倩所載《百一詩》第三篇）、『細微不可慎』（即胡應麟所稱一篇）、『散騎常師友』及『古有行道人』四篇，古樸敦厚，猶見詩人之旨。類書中如《北堂書鈔》、《藝文類聚》、《御覽》等，常稱引休璉詩，雖不必載其全，而『指事殷勤，雅意深篤』，猶可概見。」

〔六〕濟濟今日所：古直《箋》：「案休璉詩，除《文選》所録一首外，諸書所載，尚有四首，而『濟濟今日所』句，俄空焉。」許文雨《講疏》：「聞黄季剛先生有云：『應之「濟濟今日所」，是其詩佚句，刻有譌字。』」今案：『濟濟今日所』，恐係應詩首句，亦如嵇康《答二郭》開句『天下悠悠者』之比。黄氏豈疑『所』字有譌，查漢京固用之甚多，不容再疑，如《散樂》、《俳歌辭》『呼俳噏所』，《鄭白渠歌》『田于何所』，用法與應此句正同。」旭按：「濟濟今日所」爲璩詩佚句，當從「所」字斷句。《苕溪漁隱叢話》曰：「璩詩不多見。惟《文選》載其《百一詩》一篇。今《詩品》所稱『濟濟今日』，蓋亦其四言句，例舉篇目以概之耳。」當誤。後陳延傑《注》初本從「濟」下斷句，亦誤。

〔七〕「華靡」句：此謂至於「濟濟今日所」，華麗綺靡，堪可諷誦玩味。胡應麟《詩藪》曰：「昌穀謂休璉《百一》，微傷於媚。此詩如『下流不可處，君子慎厥初』、『所占於此土，是謂仁知居』，皆拙樸類措大語，謂之傷媚，何居？」陳延傑《注》曰：「《詩品》之例，往往引詩句以證其風格，此品之以華靡證『濟濟今日所』，亦猶魏文品以美贍證『西北有浮雲』，其例一也。」許文雨《講疏》：「『華靡』即陶潛品中所謂『風華清靡』，特用字有衍省耳。仲偉以潛詩原出於璩，故評語亦同。」逯欽立《叢考》曰：「夫華靡二字，兼言詞采音節之美。華者在目，靡者入耳。與陸機所謂『詩緣情而綺靡』而兼『綺靡』二字論文章之聲色者也，旨趣正同。」李徽教《彙注》：「『濟濟今日所』者，今屬佚句，不得辨其華靡與否。今見諸家評休璉詩，殆無以華靡目之者。……然則應璩佚詩爲十之九強，而鍾氏在梁代，去魏未遠，或得見其全貌。且如諸家所評今傳璩詩者，鍾氏已評之於上。以此可推，應詩本亦有華靡者，而其詩概已亡佚歟！」

【參考】

一、録應璩詩二首：

（一）《百一詩》其一：「下流不可處，君子慎厥初。名高不宿著，易用受侵誣。前者隳官去，有人適我閭。田家無所有，酌醴焚枯魚。問我何功德，三入承明廬。所占於此土，是謂仁知居。文章不經國，筐篋無尺書。用等稱才學，往往見歎譽。避席跪自陳，賤子實空虛。宋人遇周客，慚愧靡所如。」

（二）《雜詩》（當亦是《百一》新詩）：「秋日苦促短，遥夜邈綿綿。貧士感此時，慷慨不能眠。」

二、劉勰《文心雕龍·明詩》篇：「若乃應璩《百一》，獨立不懼，辭譎義貞，亦魏之遺直也。」又《才略》篇曰：「休璉風情，則《百一》標其志。」

三、張溥《漢魏六朝百三家集·應德璉休璉集題辭》：「德璉集鮮書記，世所傳者，止報龐公一牘耳。休璉書最多，俱秀絶時表。列諸辭令之科，陳孟公王景興其人也。德璉善賦，篇目頗多，取方弟書，文藻不敵。詩雖比肩，亦覺《百一》爲長，休璉火攻，良可畏也。魏祖二十二年，徐、陳、應、劉，一時俱逝，曹子桓輒申痛惜。德璉周旋時主，年位較遠，規諷曹爽，殷勤指諭，憂患存焉。汝南應氏，世濟文雅，德璉幸遇子桓，時可著書，忽化蒿萊，美志不遂。休璉歷事二主，喉舌可舒，而世無賞音，義存優孟，嗟乎命也！機、雲著聲入洛，載、協齊名王府，原其風流，二應爲始，低回建章，仰送朝鴈，予尤善其足傳云。」

晉清河太守陸雲〔一〕　晉侍中石崇〔二〕　晉襄城太守曹攄〔三〕

晉朗陵公何劭〔四〕

清河之方平原，殆如陳思之匹白馬〔五〕。于其哲昆，故稱二陸〔六〕。季倫、顏遠，並有英篇〔七〕。篤而論之，朗陵爲最〔八〕。

【校異】

〔晉清河太守陸雲〕「太守」原作「守」。張錫瑜《詩平》作「内史」。校云：「『内史』，原作『守』，誤。今據《晉書》傳志改正。然《隋志》亦云『太守』。」旭按：《詩品》標題習稱「太守」，同條「曹攄」亦稱「襄城太守」。因據《吟窗》、《格致》、《詩法》、《詞府》諸本補。

〔晉侍中石崇〕《詩觸》本脱「晉」字。○張錫瑜《詩平》：「『侍中』，《隋志》稱『衛尉卿』。」

〔晉襄城太守曹攄〕張錫瑜《詩平》：「《隋志》稱『征南司馬』，乃其所終之官。此以幕佐不如王官之尊，故稱太守也。」

〔晉朗陵公何劭〕「劭」，退翁、《對雨樓》、《擇是居》本誤作「邵」。○張錫瑜《詩平》：「『朗陵公』，《隋志》稱『太宰』。此不然者，太宰本趙王倫僞授，而劭豪侈，爲世指目，以朗陵著聲，故稱爵也。」

〔殆如陳思之匹白馬〕「殆」，《吟窗》、《格致》、《詩法》、《詞府》諸本脱。○「之匹」，二家本誤作「王匹」。○此句，張錫瑜《詩平》作「殆如白馬之匹陳思」。校云：「原作『陳思之匹白馬』，今察文意改正。」車柱環《校證》：「前句先言『清河』，則此句亦當先言『白馬』爲允。」

〔于其哲昆〕「于」，原誤作「千」，據《廣牘》、天都閣、《津逮》、二家、《紫藤》、《對雨樓》、《秘書》、《采珍》、《大觀》諸本改。《硯北》、《詩話》、《集成》、《全梁文》、《萃篇》、《精華》、螢雪軒諸本作「於」。

〔季倫、顔遠〕「顔」，《吟窗》、《格致》、《詩法》、《詩府》諸本壞損而作「彦」。○「遠」，《對雨樓》、《擇是居》誤作「延」。

【集注】

〔一〕陸雲（二六二—三〇三）：西晉文學家、詩人。字士龍，吴郡吴縣（今江蘇蘇州）人。陸機之弟，與兄陸機齊名，並稱「二陸」。吴亡後，與其兄陸機隱退故里，閉門勤學十年。晉太康十年（二八九），與兄機離家同赴晉都洛陽。出補浚儀令，到任後，下不能欺，市無二價，又能斷疑案，一縣稱神明。後爲吴王司馬晏郎中令，成都王司馬穎表爲清河内史。陸機兵敗被殺，陸雲一起遇害，年四十二。陸雲好學有才思，五歲能讀《論語》、《詩經》，六歲能屬文。清省自然，旨意深雅。文雖不及陸機，而持論過之。所著文章三百四十九篇，又撰新書十篇。《隋志》謂有「晉清河太守陸雲集十二卷。梁十卷。録一卷」，已散佚。明張溥輯有《陸清河集》。今存詩三十餘首，其中五言詩八首，以四言詩成就較高。事見《晉書》卷五四。

〔二〕石崇（二四九—三〇〇）：西晉文學家、富豪詩人。字季倫，渤海南皮（今河北南皮）人。少敏惠，好學不倦，勇而有謀。初任修武縣令。元康初年，任南中郎將，荆州刺史。曾在荆州劫掠商客，遂致巨富，在河陽金谷建一别墅，納緑珠爲姬，生活奢豪。歷官黄門侍郎、散騎常侍、侍中等職，復拜衛尉。是賈謐文人集團「二十四友」之一。永康元年（三〇〇），賈謐被誅，趙王司馬倫專權。因與潘岳、歐陽建等謀誅趙王倫，事發被殺。石崇善詩文，《隋志》謂有「晉衛尉卿石崇集六卷。梁有録一卷」，已散佚。今存詩八首，其中五言詩三首。事見《晉書》卷三三《石苞傳》附。

〔三〕曹攄（？—三〇八）：西晉詩人。字顔遠，譙國譙（今安徽亳縣）人。太尉王衍見而器之，初補臨淄令，不事權貴，不徇私情，以能昭雪冤獄及准許囚犯探家，一縣號爲「聖君」。轉洛陽令。齊王冏輔政，攄與左思俱爲記室。晉惠帝司馬衷時，起爲襄城太守。永嘉二年（三〇八）爲征南司馬，討伐流人王逌，軍敗身死。曹攄篤志好學，工於詩賦，清靡于长篇。《隋志》謂「梁有征南司馬曹攄集三卷，録一卷」，已散佚。今存詩十首，其中五言詩三首。事見《晉書》卷九〇《良吏傳》。

〔四〕何劭（二三六—三〇一）：西晉詩人。字敬祖，陳郡陽夏（今河南太康）人。何曾子，襲爵朗陵郡公。少與武帝同年，有總角之好。及武帝即位，以劭爲散騎常侍，累遷侍中尚書；惠帝即位，遷左僕射；趙王司馬倫篡位，以劭爲太宰。劭博學善屬文，陳説近代事，若指諸掌。驕奢簡貴有父風。不貪權勢，諸王交争時，劭遊其間，無怨之者，故不爲所害。永寧元年（三〇一）卒，贈司徒，謚曰康子。何劭博學善屬文，所撰《荀粲傳》、《王弼傳》及諸奏議文章，並行於世。尤以《遊仙詩》

著名。《隋志》謂「梁有太宰何劭集一卷。録一卷」，已散佚。今存詩四首，其中五言詩三首。事見《晉書》卷三三《何曾傳》附。

〔五〕「清河」二句：清河，指陸雲。陸雲曾任清河内史，此以官職代人名。方，比也。平原，指陸機。陸機曾任平原内史，亦以官職代人名。白馬，指白馬王曹彪。曹彪爲曹植異母弟。下品「曹彪」條云：「白馬與陳思答贈，偉長與公幹往復，雖曰以莛扣鐘，亦能閑雅矣。」此謂陸雲之比陸機，大致如曹彪之比曹植。旭按：此謂曹彪不足配匹曹植，陸雲亦不足與陸機相提並論。此評未免貶損清河太過。《北堂書鈔》引《抱朴子》佚文曰：「吾見二陸之文，猶玄圃積玉，無非夜光；他人方之，若江、漢之於潢汙。」此是二陸與他人相比。二陸之間，胡應麟《詩藪·内編》卷二曰：「士龍文章，差亞乃昆，詩遠不如。」而沈德潛《古詩源》卷七則曰：「清河五言甚朗練，擒采鮮凈，與士衡亦復伯仲。」陳延傑《注》謂：「清河詩力，不亞于平原，誠所謂伯仲之間，鍾氏此評，頗有軒輊焉。」許文雨《講疏》：「按仲偉下卷評陳思與白馬答贈，如以莛扣鐘，清河與平原，亦不乏往復之什，其品恐未至如是懸遠，故云『殆如』。乃大約言之耳。」

〔六〕「于其」二句：于其，以其。哲，智。昆，兄。哲昆，猶賢兄。陸機《漢高祖功臣頌》：「曲周之進，于其哲兄。俾率爾徒，從王于征。」二陸，指陸機、陸雲。謂陸雲因有賢兄長陸機，故得並稱「二陸」。《晉書·陸雲傳》：「(雲)少與兄機齊名。雖文章不及機，而持論過之，號曰『二陸』。」

《世説新語·賞譽》篇注引《褚氏家傳》張華《與褚陶書》：「二陸龍躍于江漢。」

〔七〕「季倫」二句：英篇，優秀佳篇。此謂石崇（季倫）、曹攄（顔遠）俱有優秀出色之佳篇。石崇英篇，如《王明君辭》、《思歸引》即是。王世貞《藝苑卮言》卷三曰：「石衛尉縱横一代，領袖諸豪，豈獨以財雄之，政才氣勝耳！《思歸引》、《明君辭》，情質未離，不在潘、陸下。」何焯《義門讀書記》卷四七曰：「石季倫《王明君辭》逼似陳王。此詩可以諷失節之士。」又曹攄《感舊詩》、《思友人詩》，均爲《文選》所收。劉勰《文心雕龍·才略》篇曰：「曹攄清靡於長篇。」何焯《義門讀書記》卷四七曰：「曹顔遠《感舊詩》，淺薄無餘味，殷領軍誦之而泣下。蓋各有所感耳。」

〔八〕「篤而」二句：篤，誠也，確也。南齊謝赫《古畫品録》評王微、史道碩曰：「細而論之，景玄爲劣。」仲偉本其語式。朗陵爲最，此謂深入細究，比較諸人，當以何劭（朗陵）之詩最佳。旭按：張華《答何劭》譽劭詩「穆如灑清風，奂若春華敷」，則「清風」、「春華」，何劭詩之定評也。又，清河「清省」、顔遠「清靡」、朗陵公「穆如清風」，四子當以風格相類，故同條合評也。「朗陵爲最」，當從此處窺探。何焯《義門讀書記》曰：「何敬祖《遊仙詩》，遊仙正體，弘農其變。」許文雨《講疏》：「按本書所評止於五言，清河長於四言，蓋非其選。又仲偉不貴用事，以警策爲高，則季倫、顔遠，似均有不及朗陵之清雋歟。朗陵詩如《贈張華》云：『暮春忽復來，和風與節俱。俯臨清泉涌，仰觀嘉木敷。』讀之狀溢目前。此仲偉所以深許之也。」陳延傑《注》曰：「四人骨力相等，故同居一品，此亦未著其源者。」

【參考】

一、録陸雲《爲顧彦先贈婦往返詩》二首：

（一）「我在三川陽，子居五湖陰。山海一何曠，譬彼飛與沉。目想清慧姿，耳存淑媚音。獨寐多遠念，寤言撫空衿。彼美同懷子，非爾誰爲心？」

（二）「悠悠君行邁，煢煢妾獨止。山河安可踰？永路隔萬里。京師多妖冶，粲粲都人子。雅步嫋纖腰，巧笑發皓齒。佳麗良可美，衰賤焉足紀。遠蒙眷顧言，銜恩非望始。」

二、劉勰《文心雕龍·熔裁》篇：「士衡才優，而綴辭尤繁；士龍思劣，而雅好清省。」《才略》篇：「陸機才欲窺深，辭務索廣，故思能入巧，而不制繁。士龍明練，以識檢亂，故能布采鮮净，敏於短篇。」

三、張溥《漢魏六朝百三家集·陸清河集題辭》：「士龍《與兄書》，稱論文章，頗貴『清省』，妙若《文賦》，尚嫌『綺語』未盡。又云：『作文尚多，譬家豬羊耳。』其數四推兄，或云『瑰鑠』，或云『高遠絶異』，或云『新聲絶曲』，要所得意，惟『清新相接』。士衡文成，輒使弟定之，不假他人。二陸用心，先質後文，重規遝矩，亦不得已而複見耳。哲昆詩匹，人稱如陳思、白馬。士龍所傳，四言偏多，《有皇》、《思文》諸篇，誦美祈陽，式模大雅，類以卑頌尊，非朋舊之體。餘篇一致，間有至極。使盡其才，即不得爲韋侯《諷諫》，仲宣《思親》，顧高出《補亡》六首，則有餘矣。宰治浚儀，善察疑獄，佐相吴王，屢陳讜論，神明之長，諫諍之臣，有兼能焉。士衡枉死，遂同殞墮，聞河橋之鼓聲，哀華亭之鶴唳，巢覆卵破，宜相及也。集中大文雖小，而江漢同名，劉彦和謂其『布采鮮净，敏於短篇』，殆質論歟！」

四、録石崇詩一首：

《王明君辭並序》：「王明君者，本是王昭君，以觸文帝諱改焉。匈奴盛請婚於漢，元帝以後宫良家子昭君配焉。昔公主嫁烏孫，令琵琶馬上作樂，以慰其道路之思。其送明君亦必爾也。其造新曲，多哀怨之聲。故敘於紙云爾。我本漢家子，將適單于庭。辭訣未及終，前驅已抗旌。僕御涕流離，轅馬悲且鳴。哀鬱傷五内，泣淚濕朱纓。行行日已遠，遂造匈奴城。延我於穹廬，加我閼氏名。殊類非所安，雖貴非所榮。父子見陵辱，對之慚且驚。殺身良不易，默默以苟生。苟生亦何聊，積思常憤盈。願假飛鴻翼，乘之以遐征。飛鴻不我顧，佇立以屏營。昔爲匣中玉，今爲糞上英。朝花不足歡，甘與秋草並。傳語後世人，遠嫁難爲情。」

五、録曹攄詩一首：

《感舊詩》：「富貴他人合，貧賤親戚離。廉藺門易軌，田竇相奪移。晨風集茂林，棲鳥去枯枝。今我唯困蒙，郡士所背馳。鄉人敦懿義，濟濟蔭光儀。對賓頌有客，舉觴詠露斯。臨樂何所歎，素絲與路歧。」

六、録何劭詩一首：

《遊仙詩》：「青青陵上松，亭亭高山柏。光色冬夏茂，根柢無凋落。吉士懷貞心，悟物思遠託。揚志玄雲際，流目矚巖石。羨昔王子喬，友道發伊洛。迢遞陵峻岳，連翩御飛鶴。抗跡遂遺萬里，豈戀生民樂？長懷慕仙類，眩然心綿邈。」

晉太尉劉琨〔一〕　晉中郎盧諶詩〔二〕

其源出於王粲〔三〕。善爲悽戾之詞，自有清拔之氣〔四〕。琨既體良才，又罹厄運〔五〕，故善叙喪亂，多感恨之詞〔六〕。中郎仰之，微不逮者矣〔七〕。

【校異】

〔晉中郎盧諶詩〕「中郎」，原作「中詩」。盧諶曾爲劉琨從事中郎，諸本均作「中郎」，因據改。○「盧諶」，原作「劉湛」。「劉」涉上文「劉琨」而誤，「湛」爲「諶」之壞損字。因據《吟窗》、《格致》、《詩法》、《詞府》、《詩話》諸本改。陳慶浩《集校》：「劉湛無考。《晉書》曰：『盧諶字子諒，范陽人。

爲劉琨主簿，轉從事中郎。』《隋志》：『晉司空中郎盧諶集十卷，梁有録一卷。』中郎之稱，與評語正合。」

〔其源出於王粲〕《吟窗》、《格致》、《詩法》、《詞府》諸本及《竹莊》、《玉屑》俱作「越石詩，其源出於王粲」。可參考。

〔善爲悽戾之詞〕「戾」，《竹莊》作「唳」。

〔自有清拔之氣〕「自有」，《玉屑》作「且有」。車柱環《校證》：「『且』字，進一層言之，於義較勝。『自』蓋『且』之形誤。」恐非是。

〔又罹厄運〕「罹」，《竹莊》、《玉屑》、膠卷《吟窗》、《格致》、《詩法》、《詞府》諸本俱作「離」。「罹」、「離」古義通。《續百川》、《五朝》、《説郛》、《廣漢魏》、《增漢魏》、《大觀》、《詩觸》諸本均作「懼」。

〔多感恨之詞〕「詞」，《竹莊》、《玉屑》作「言」。車柱環《校證》：「作『言』較勝。作『詞』，與上文複（上品·「張協」詩評語有云：「又巧構形似之言。」與此作『言』同例）。」

〔微不逮者矣〕「者」，《吟窗》、《格致》、《詩法》諸本作「之」。《詞府》、《詩紀》、《野客》本均無「者」字。○「矣」，《稗史》作「也」。

【集注】

〔一〕劉琨（二七一—三一八）：西晉著名愛國將領、音樂家、詩人。字越石，中山魏昌（今河北無極）

人。漢中山靖王劉勝之後。祖父劉邁，曾爲相國參軍、散騎常侍。父親劉蕃，官至光禄大夫。劉琨少年俊朗，神采奕奕，才華出衆。初辟太尉隴西秦王府，未就。趙王司馬倫執政，引爲記室督。晉懷帝永嘉元年（三〇七）爲并州刺史。建興三年（三一五）加大將軍，都督并、冀、幽三州諸軍事。次年爲石勒所敗，投幽州刺史鮮卑人段匹磾，相約共扶助晉室。晉元帝建武元年（三一七）轉爲侍中太尉。後爲段匹磾殺害。琨少好莊老，尚清談，與陸機、石崇等事權貴賈謐，爲「二十四友」之一。後值逆亂，英雄失路，孤危困頓，家國殘破，遂立志收復中原。曾與祖逖同寢共被，「聞鷄起舞」，枕戈待旦，抗擊異族入侵。雖屢遭挫折而意氣雄豪，故爲後世所敬重。發爲歌詠，悽戾清拔，悲涼慷慨，頗多風雲之氣，爲當時所推許。《隋志》謂有「晉太尉劉琨集九卷。梁十卷，劉琨别集十二卷」，已散佚。明張溥輯有《劉中山集》。今存詩四首，其中五言詩三首。事見《晉書》卷六二《劉琨傳》。

〔二〕盧諶（二八五—三五一）：西晉詩人。字子諒，范陽涿郡（今河北涿縣）人。清敏有理思，好莊老，善屬文。劉琨爲司空，以諶爲主簿，與劉琨詩歌贈答，深受劉琨重用。轉從事中郎。晉元帝之初，累徵爲散騎中書侍郎。隨琨投段匹磾，劉琨死後，投遼西段末波，流寓近二十年。石季龍破遼西，任盧諶爲中書侍郎、國子祭酒、中書監。冉閔建立魏國後，又任盧諶爲中書監，隨軍攻襄國，大敗，于襄國被胡人殺害。中原淪陷，盧諶每以任異族之官爲恨。常謂諸子曰：「吾身没之後，但稱晉司空從事中郎爾。」盧諶撰祭法，注《莊子》，著文集行世。《隋志》謂有「晉司空從事中郎盧諶集十卷。梁有録一卷」，已散佚。今存詩八首，其中五言詩七首，斷句二則。事見《晉書》卷四四《盧諶傳》。

〔三〕「其源」句：此謂劉琨詩體貌風格源出於王粲。劉熙載《藝概·詩概》：「鍾嶸謂越石詩出於王粲，以格言耳。」古直《箋》：「案仲宣亦遭亂流離，故《七哀》諸詩，悽愴特甚。仲偉謂源出王粲，當指此也。」許文雨《講疏》：「按仲宣流客，慷慨有懷，論其處境，越石、子諒，或有足擬，故詩並愀愴悽戾耳。仲偉述源，大致在此。必分別之，則仲宣文秀，當與越石不同……蓋不可盡以藻詞求之也。」又施補華《峴傭説詩》曰：「蔡琰《悲憤詩》，王粲《七哀》『路逢饑婦人』一首，劉琨《重答盧諶》作，已開少陵宗派。」

〔四〕「善爲」二句：悽戾，淒厲、悲涼。潘岳《笙賦》：「夫其悽戾辛酸，嚶嚶關關，若離鴻之鳴子也。」清拔，清新峭拔。《梁書·吴均傳》：「均文體清拔，有古氣。」此謂劉琨詩善寫淒厲悲涼之句，別有一股清新峭拔的氣概。沈德潛《説詩晬語》：「過江以還，越石悲壯，景純超逸，足稱後勁。」陳繹曾《詩譜》：「劉琨、盧諶，忠義之氣，自然形見，非有意於詩也。杜子美以此爲根本。」「六朝文氣衰緩，唯劉越石、鮑明遠，有西漢氣骨。李、杜筋取此。」陳沆《詩比興箋》曰：「劉楨淺狹闃寂之作，未能以敵三曹，惟劉越石氣蓋一世，始與曹公蒼茫相敵也。」又曰：「盧子諒《覽古詩》，通篇直敘藺生事，而結以張弛二字，何等筆力。疑爲越石從事時，見并、幽拘攣而作。」劉熙載《藝概・詩概》：「劉公幹、左太沖詩，壯而不悲；王仲宣、潘安仁悲而不壯。兼悲壯者，其惟劉越石乎。」劉師培《劉申叔先生遺書》卷一五《南北學派不同論》：「劉琨之作，善爲淒戾之音，而出以清剛。」

〔五〕「琨即」二句：體，稟有。良才，優秀之詩才。《晉書・劉琨傳》：「琨少得儁朗之目。」又曰：「琨少負志氣，有縱横之才。」《贊》曰：「越石才雄，臨危效忠。」皆「體良才」之謂。罹，經歷，遭遇。厄運，參見注〔一〕。此謂劉琨既稟有優異的才華，又遭遇困厄的命運。《晉書・劉琨傳》載琨謂盧諶曰：「遇此厄運，人誰不死？死生命也，唯恨下不能效節於一方，上不得歸誠於陛下。」又劉琨《答盧諶》詩：「厄運初遘，陽爻在六。」是皆自謂「罹厄運」者。

〔六〕「故善」二句：此謂所以善於敍述傷亡亂離之事，多感慨憤恨之詞。旭按：劉琨《答盧諶書》曰：「自頃輈張，困於逆亂，國破家亡，親友凋殘。負杖行吟，則百憂俱至；塊然獨坐，則哀憤兩集。」亦是自謂多感恨之詞者。張溥《劉中山集題辭》：「越石兄弟與石崇、賈謐友善，金谷文詠，秘書唱和，詩賦豈盡無傳，顧乃奔走亂離，僅存書表。想其當日執槊倚盾，筆不得止，勁氣直辭，迴薄霄漢。推此志也，屈平沉湘，荆卿易水，其同聲邪！」沈德潛《古詩源》曰：「越石英雄失路，萬緒悲涼，故其詩隨筆傾吐，哀音無次，讀者烏得于語句間求之？」何焯《義門讀書記》曰：「劉越石《重贈盧諶》，慷慨悲涼，故是幽、并本色。」劉熙載《藝概》曰：「兼悲壯者，其惟劉越石乎！」許文雨《講疏》：「陳祚明曰：『越石英雄失路，滿衷悲憤，即是佳詩，隨筆傾吐，如金笳成器，本擅商聲，順風而吹，嘹飃悽戾，足使櫪馬仰歎，城烏俯咽。』按如《重贈盧諶》云：『功業未及見……』其感恨最深。」

〔七〕「中郎」二句：中郎，指盧諶。諶曾任從事中郎，此以官職代人名。仰之，此指盧諶仰慕劉琨。《詩經・小雅・車舝》：「高山仰止，景行行止。」《管子・九守》：「高山仰之，不可極也。」不逮，不及。此謂盧諶仰慕劉琨，然寫詩實略有不及。《晉書・劉琨傳》曰：琨爲段匹磾所拘，「自知必死，神色怡如也。爲五言詩贈其别駕盧諶。……琨詩託意非常，攄暢幽憤，遠想張、陳，感鴻門、白登之事，用以激諶。諶素無奇略，以常詞酬和，殊乖琨心。重以詩贈之，乃謂琨曰：『前篇帝王大志，非人臣所言矣。』」許文雨《講疏》：「按盧諶《贈劉琨》二十章，其書中亦自謂：『貢詩一篇，不足以揄揚弘美，亦以攄其所抱而已。』」

【參考】

一、録劉琨詩二首：

（一）《扶風歌》：「朝發廣莫門，暮宿丹水山。左手彎繁弱，右手揮龍淵。顧瞻望宫闕，俯仰御飛軒。據鞍長歎息，淚下如流泉。繫馬長松下，發鞍高岳頭。烈烈悲風起，泠泠澗水流。揮手長相謝，哽咽不能言。浮雲爲我結，歸鳥爲我旋。去家日已遠，安知存與亡。慷慨窮林中，抱膝獨摧藏。麋鹿遊我前，猨猴戲我側。資糧既乏盡，薇蕨安可食？攬轡命徒侶，吟嘯絶巖中。君子道微矣，夫子故有窮。惟昔李騫期，寄在匈奴庭。忠信反獲罪，漢武不見明。我欲竟此曲，此曲悲且長。棄置勿重陳，重陳令心傷。」

（二）《重贈盧諶》：「握中有懸璧，本自荆山璆。惟彼太公望，昔在渭濱叟。鄧生何感激，千里來相求。白登幸曲逆，鴻門賴留侯。重耳任五賢，小白相射鉤。苟能隆二伯，安問黨與讎？中夜撫枕歎，想與數子遊。吾衰久矣夫，何其不夢周？誰云聖達節，知命故不憂？宣尼悲獲麟，西狩泣孔丘。功業未及建，夕陽忽西流。時哉不我與，去乎若雲浮。朱實隕勁風，繁英落素秋。狹路傾華蓋，駭駟摧雙輈。何意百鍊鋼，化爲繞指柔！」

二、録盧諶詩三首：

（一）《覽古詩》：「趙氏有和璧，天下無不傳。秦人來求市，厥價徒空言。與之將見賣，不與恐致患。簡才備行李，圖令國命全。藺生在下位，繆子稱其賢。奉辭馳出境，伏軾逕入關。秦王御殿坐，趙使擁節前。揮袂睨金柱，身玉要俱捐。連城既僞往，荆玉亦真還。爰在澠池會，二主克交歡。昭襄欲負力，相如折其端。眥血下沾襟，怒髮上衝冠。西缶終雙擊，東瑟不隻彈。捨生豈不易，處死誠獨難。稜威章臺顛，彊禦亦不干。屈節邯鄲中，俛首忍迴軒。廉公何爲者，負薪謝厥僭。智勇冠當世，弛張使我歎。」

（二）《重贈劉琨詩》：「璧由識者顯，龍因慶雲翔。茨棘非所憩，翰飛遊高岡。余音非九韶，何以儀鳳凰。新城非芝圃，曷由殖蘭芳？」

（三）《答劉琨詩》：「隨寶産漢濱，摛此夜光真。不待卞和顯，自爲命世珍。」「誰言日向暮？桑榆猶啓晨；誰言繁菜實？振藻耀芳春。百鍊或致屈，繞指所以伸。」

三、江淹《雜體詩·劉太尉琨傷亂》：「皇晉遘陽九，天下横氛霧。秦趙值薄蝕，幽并逢虎據。伊餘荷寵靈，感激殉馳騖。雖無六奇術，冀與張韓遇。甯戚扣角歌，桓公遭乃舉。荀息冒險難，實以忠貞故。空令日月逝，愧無古人度。飲馬出城濠，北望沙漠路。千里何蕭條，白日隱寒樹。投袂既憤懣，撫枕懷百慮。功名惜未立，玄髮已改素。時哉苟有會，治亂惟冥數。」

四、江淹《雜體詩·盧郎中諶感交》：「大廈須異材，廊廟非庸器。英俊著世功，多士濟斯位。眷顧成綢繆，乃與時髦匹。姻媾久不虧，契闊豈但一？逢厄既已同，處危非所恤。常慕先達概，觀古論得失。馬服爲趙將，疆埸得清謐。信陵佩魏印，秦兵不敢出。慨無握中策，徒慚素絲質。羈旅去舊京，感遇逾琴瑟。自顧非杞梓，勉力在無逸。更以畏友朋，濫吹乖名實。」

五、劉勰《文心雕龍·才略》篇：「劉琨雅壯而多風，盧諶情發而理昭，亦遇之於時勢也。」

六、竇臮《述書賦》上：「越石偉度，秕糠翰墨。如伐樹而愛人，似問鼎而在德。」

七、元好問《論詩絶句》三十首之一：「曹劉坐嘯虎生風，四海無人角兩雄。可惜并州劉越石，不教横槊建安中。」

八、張溥《漢魏六朝百三家集·劉中山集題辭》：「晉劉司空集十卷，在宋時已多缺誤，今日欲覩全書，未可得也。越石兄弟與石崇、賈謐友善，金谷文詠，秘書唱和，詩賦豈盡無傳？顧乃奔走亂離，僅存書表。想其當日執槊倚盾，筆不得止，勁氣直辭，回薄霄漢。推此志也，屈平沅湘，荆卿易水，其同聲邪？晉元渡江，無心北伐，越石再三上表，辭雖勸進，義切複讎，讀者苟有胸腹，能無慷慨？以彼雄才，結盟戎狄，揚旌幽并，身死而復生，國危而復安，間患差跌，不病驅馳。及同盟見疑，命窮幽縶，子諒文儒，坐觀其斃，爲之君者，孝非子胥，爲之友者，仁非魯連；殷勤贈詩，送哀而已。夫漢賊不滅，諸葛出師；二聖未還，武穆鞠旅。二臣忠貞，表懸天壤，上下其間，中有越石。追鞭祖生，投書盧子，英雄失援，西狩興悲。予嘗感中夜荒雞，月明清嘯，抑覽是集，仿佛其如有聞乎？」

九、王士禎《漁洋詩話》：「劉琨宜在『上品』。」

晉弘農太守郭璞詩〔一〕

憲章潘岳〔二〕，文體相暉〔三〕，彪炳可玩〔四〕。始變中原平淡之體〔五〕，故稱中興第一〔六〕。《翰林》以爲詩首〔七〕。但《遊仙》之作，辭多慷慨，乖遠玄宗〔八〕。而云「奈何虎豹姿」〔九〕，又云「戢翼棲榛梗」〔一〇〕，乃是坎壈詠懷，非列仙之趣也〔一一〕。

【校異】

〔晉弘農太守郭璞詩〕「弘」，《吟窗》避宋諱而作「洪」，明刻《格致叢書》、《詩法統宗》、《詞府靈蛇》諸本均從之。

〔憲章潘岳〕《竹莊》、《玉屑》作「景純詩，憲潘岳」。

〔文體相暉〕「文體」，《竹莊》作「文質」。旭按：「文質」疑是。「文質相暉」，即「文質彬彬」之意。○「暉」，《吟窗》、《格致》、《詩法》、《詞府》、《廣牘》、退翁、《對雨樓》、顧氏、《津逮》、《擇是居》、《詩話》、《龍威》、《談藝》諸本均作「輝」。「暉」、「輝」古通。

〔始變中原平淡之體〕《竹莊》、《玉屑》俱脱「始」字。○「中原」，原作「平原」，據曾慥《類説》、《吟窗》、《格致》、《詩法》、《詞府》、《竹莊》、《玉屑》、《記纂》諸本改。又，顧氏、《廣牘》、退翁、天都閣、《津逮》、《硯北》、希言齋、繁露堂、《五朝》、《説郛》、《梁文紀》、二家、《紫藤》、《龍威》、《廣漢魏》、《詩觸》、《秘書》、《增漢魏》、《集成》、《學津》、《對雨樓》、《擇是居》、《大觀》、《精華》、《采珍》、《詩話》、螢雪軒、《全梁文》諸明清本均作「永嘉」。旭按：作「永嘉」，於義較勝。《詩品序》：「永嘉時……

先是郭景純用儁上之才，變創其體。」又下品「王濟」條評語：「永嘉以來，清虛在俗。」均其用例。唯宋人詩話、宋人類書、元本及《吟窗》一系均作「中原」，似「中原」爲得《詩品》之舊。

〔翰林以爲詩首〕　《對雨樓》、《擇是居》本脱「林」字。

〔但《遊仙》之作〕　《竹莊》、《玉屑》、《野客》並略「但」字。

〔辭多慷慨〕　「慷慨」，退翁、《對雨樓》、《擇是居》諸本倒作「慨慷」。

〔乖遠玄宗〕　《竹莊》、《玉屑》作「垂玄遠之宗」。　路百占《校記》云：「《文心雕龍·明詩》篇曰：『所以景純仙篇，挺拔而爲俊矣。』《才略》篇曰：『景純……仙詩亦飄飄而淩雲矣。』《文選》注云：『遊仙之製，文多自敘，志狹中區，而辭無俗累。』論遊仙詩莫不推崇備至，流風遺韻及於後者，不可計矣。『垂玄遠之宗』，自屬正論也。」　旭按：路校可參。如是，則爲褒贊之語。然細繹詞旨，上文以「但」轉折，下以「而云」承接，實有微詞，末以「乃是坎壈詠懷，非列仙之趣」呼應。故當以「乖遠玄宗」是。

〔而云〕　曾慥《類説》作「嘗云」。　《集成》、《詩話》、《四庫》、《詩品詩式》本均作「其云」。

【集注】

〔一〕郭璞（二七六——三二四）：東晉著名語言學家、文字學家、文學家、詩人。西晉建平太守郭瑗之子。字景純，河東聞喜（今屬山西）人。性疏放，不修威儀；好經術，家傳易學外，又承襲道教術數學。通陰陽曆算、卜筮之術、古文奇字。而洽聞強記，博學有高才。以時亂避江東。過江後，任宣城太守殷祐及丹陽太守王導參軍。晉元帝即位後，璞著《江賦》，其辭甚偉，爲世所稱。後復作《南郊賦》，帝見而嘉之，授著作佐郎，遷尚書郎，任大將軍王敦記室參軍。王敦逆謀起兵，使璞筮，璞曰：「無成。」勸阻勿起兵，敦乃問璞曰：「卿更筮吾壽幾何？」答曰：「思向卦，明公起事，必禍不久。若住武昌，壽不可測。」敦大怒曰：「卿壽幾何？」曰：「命盡今日日中。」敦怒，收郭璞，遂被殺害。及王敦亂平，追贈弘農太守。郭璞好奇書，曾注《爾雅》、《方言》、《山海經》、《穆天子傳》等數十萬言。雖訥於言論，而詞賦爲中興之冠。尤以《遊仙詩》寫想像中神仙居所及生活情態，形象鮮明生動，開闢詩歌新主題。《隋志》謂有「晉弘農太守郭璞集十七卷。梁十卷，録一卷」，已散佚。明張溥輯有《郭弘農集》。今存詩近三十首，其中五言詩二十餘首，斷句若干。事見《晉書》卷七二《郭璞傳》。

〔二〕憲章潘岳：憲章，作爲法則學習仿效。此謂郭璞學習仿效潘岳之詩。《中庸》：「仲尼祖述堯、舜，憲章文、武。」《章句》：「憲章者，近守其法。」陳衍《平議》曰：「夫景純勸王敦以勿反，知壽命之不長。陳秋舫《詩比興箋》述前人議論，即屈子《遠遊》之思，殆知言乎！記室以爲憲章潘岳，真老子與韓非同傳矣。」陳延傑《注》曰：「郭璞高蹈遊仙，直抒胸臆，始會合道家之言而韻之。鍾氏云

『憲章潘岳』者，以文體彪炳言之耳。」　旭按：「憲章」與「祖襲」意近，多對舉成文，亦是「源出」之另一種説法。「源出」爲詩評家眼中流變之軌跡，「憲章」、「祖襲」爲創作家心摹手追之過程，説法稍有角度之不同。

〔三〕文體相暉：謂郭璞詩與潘岳詩風格一致，相映成輝。《詩品》「潘岳」條引李充《翰林論》評潘岳「翩翩奕奕，如翔禽之有羽毛，衣服之有綃縠」，又引謝混語曰「潘詩爛若舒錦」。此評郭璞「彪炳可玩」，意頗近之，故可相映成輝且可見憲章之淵源也。

〔四〕彪炳可玩：彪，虎皮之花紋。炳，鮮明貌。此謂文采之絢麗。左思《蜀都賦》：「符采彪炳，暉麗灼爍。」《世説新語·文學》篇注引《郭璞别傳》曰：「璞奇博多通，文藻粲麗。」足與仲偉「彪炳」之説相發。可玩，可供玩味、欣賞。

〔五〕「始變」句：中原平淡之體，此指玄言詩體。此謂郭璞詩文采絢麗，情辭慷慨，拔擢於時流，開始轉變玄言詩平淡之體。故曰「始變」。《詩品序》曰：「永嘉時，貴黄老，稍尚虚談。於時篇什，理過其辭，淡乎寡味。……先是郭景純用儁上之才，變創其體。」可參酌。

〔六〕「故稱」句：中興，指東晉時期。西晉滅亡，晉元帝司馬睿在江南建立東晉王朝，史稱「中興」。此謂郭璞被稱爲中興時期第一詩人。劉勰《文心雕龍·才略》篇：「景純豔逸，足冠中興。」《晉書·郭璞傳》曰：「璞好經術，博學有高才，而訥於言論，詞賦爲中興之冠。」

〔七〕「《翰林》」句：《翰林》，指李充《翰林論》。詳見《詩品序》注。　詩首，謂詩中首稱，執牛耳者也。　旭按：此亦引李充《翰林論》品評爲據，與「潘岳」條引文有對照呼應之妙。

〔八〕「但《遊仙》」三句：乖遠，背離，遠離。　玄宗，指宗教玄理。《文選》卷五八王仲寶《褚淵碑文》：「眇眇玄宗，萋萋辭翰。」注：「翰曰：玄宗，道也。」指道教。又，《維摩經注・序》：「而恨支竺所出，理滯於文，常恐玄宗，墜於譯人。」指佛教。　此謂郭璞的《遊仙》詩歌，詞句多慷慨激烈，與道家玄遠之旨趣背離甚遠。《文選》郭璞《遊仙》詩七首李善注：「凡遊仙之篇，皆所以滓穢塵網，錙銖纓紱，飡霞倒景，餌玉玄都。而璞之制，文多自叙，雖志狹中區，而辭無俗累，見非前識，良有以哉。」劉熙載《藝概》卷二：「郭景純亮節之士……《遊仙》詩假棲遯之言，而激烈悲憤，自在言外，乃知識曲宜聽其真也。」

〔九〕「奈何」句：與下「戢翼棲榛梗」，均郭璞《遊仙》詩佚句。　郭璞《遊仙》詩，《文選》録其七首，《古詩紀》輯其十四首，逯欽立《先秦漢魏晉南北朝詩》又由《太平御覽》、《北堂書鈔》、《韻補》諸書輯出斷句，共十九首，但均無此二句。

〔一〇〕「戢翼」句：戢翼，收斂羽翼。　榛梗，荆棘、榛莽。

〔一一〕「乃是」二句：坎壈，困頓不得志貌。《楚辭・九歎・怨思》：「惟鬱鬱之憂毒兮，志坎壈而不違。」王逸注：「坎壈，不遇貌也。」　列仙，衆仙人。　此謂以上諸詩，乃詠困頓失志之懷抱，並非遊仙之情趣也。劉向著有《列仙傳》。班固《西都賦》：「實列仙之攸館，非吾人之所寧。」列仙之趣，遊仙之情趣。沈德潛《古詩源》：「《遊仙》詩本有託而言，坎壈詠懷，其本旨也，鍾嶸貶其少列仙之趣，謬矣。」何焯《義門讀書記》：「景純《遊仙》，當與屈子《遠遊》同旨。蓋自傷坎壈，不成匡濟。寓旨懷生，用以寫鬱。鍾嶸《詩品》譏其無列仙之趣，此以辭害義也。」古直《箋》：「『乖遠玄宗』、『非列仙之趣』，言其名雖遊仙，實則詠懷，非貶辭也。乃李善不寤，而有『見非前識』之言。沈歸愚、陳沆亦遂集矢仲偉，以爲謬妄。然沈氏曰：『《遊仙》詩本有託而言，坎壈詠懷，其本旨也。』陳氏曰：『六龍安可頓一首，直舉胸臆，慷慨如斯。』其說皆本之仲偉，而反操戈入室，何哉？」許文雨《講疏》：「許學夷曰：『愚按景純《遊仙》中，雖雜坎壈之語，至如「放情淩霄外，嚼蕊挹飛泉」、「神仙排雲出，但見金銀臺」、「升降隨長煙，飄颻戲九垓」、「鮮裳逐電曜，雲蓋隨風迴」等句，則亦稱工矣。』陳祚明曰：『景純本以仙姿遊於方內，其超越恒情，乃在造語奇傑，非關命意。《遊仙》之作，明屬寄託之詞，如以列仙之趣求之，非其本旨矣。』方東樹曰：『景純此詩，正道其本事，鍾記室乃譏之，誤也。』鄭文焯曰：『湘綺翁論璞《遊仙詩》，舉典繁富，言之有物，蓋託詠當時宮中之事，喻以列仙之遊，義多諷歎。而此謂坎壈自悲，未爲得也。』案昭明所選，亦未及『戢翼棲榛梗』一篇，則仲偉所云，或爲當時之通論也。」　旭按：古、許說甚是。「非列仙之趣」，「乃是坎壈詠懷」，爲辨其名雖詠仙而旨在詠懷。「非列仙之趣」即「乖遠玄宗」之意，「詠懷」云云，當可聯想阮步兵《詠懷》，非貶詞甚明。又，仲偉言郭璞詩「變中原平淡之體，故稱中興第一」，許爲「詩首」，《詩品序》末舉「景純詠仙」爲五言警策，皆其證。

【參考】

一、録郭璞《遊仙》詩三首：

（一）「京華遊仙窟，山林隱遯棲。朱門何足榮，未若託蓬萊。臨源挹清波，陵岡掇丹荑。靈谿可潛盤，安事登雲梯。漆園有傲吏，萊氏有逸妻。進則保龍見，退爲觸藩羝。高蹈風塵外，長揖謝夷齊。」

（二）「翡翠戲蘭苕，容色更相鮮。緑蘿結高林，蒙籠蓋一山。中有冥寂士，静嘯撫清絃。放情淩霄外，嚼蘂挹飛泉。赤松臨上遊，駕鴻乘紫煙。左挹浮丘袖，右拍洪崖肩。借問蜉蝣輩，寧知龜鶴年。」

（三）「暘谷吐靈曜，扶桑森千丈。朱霞升東山，朝日何晃朗。迴風流曲櫺，幽室發逸響。悠然心永懷，眇爾自遐想。仰思舉雲翼，延首矯玉掌。嘯傲遺世羅，縱情在獨往。明道雖若昧，其中有妙象。希賢宜勵德，羨魚當結網。」

二、江淹《雜體詩·郭弘農璞遊仙》：「崦山多灵草，海濱饒奇石。偃蹇尋青雲，隐淪駐精魄。道人读丹經，方士鍊玉液。朱霞入窗牖，曜灵照空隙。傲倪摘木芝，陵波采水碧。眇然萬里遊，矯掌望煙客。永得安期術，豈愁濛汜迫。」

三、劉勰《文心雕龍・明詩》篇：「江左篇製，溺乎玄風。袁孫以下，雖各有雕采，然辭趣一揆，莫與爭雄。所以景純仙篇，挺拔而爲俊矣。」

四、蕭子顯《南齊書・文學傳論》：「江左風味，盛道家之言，郭璞舉其靈變。」

五、張溥《漢魏六朝百三家集・郭弘農集題辭》：「神仙傳言：『郭河東得兵解之道，今爲水仙伯。』其然與否，吾不敢知，亦足見烈士殉義，雖死可生，亂臣賊子不能殺也。景純才學，見重明帝，埒于温嶠、庾亮，余謂其抗節王敦，贊成大事，匡國之志，嶠可庶幾，亮安敢班哉？雙柏鵲巢，越城伍佰，絶命之期，先知之矣。猶然解髮銜刀，祁祥幽穢，非苟求活，欲觀須臾，得一當以報國家耳。陳述早亡，呼之爲福；景純亦縱酒色，自滅精神。李陵惜死，若所恥也。負豫讓之志，蹈嵇生之禍，豈非天乎？阮嗣宗厭苦司馬，以狂自晦，彼亦無可如何，不得已而逃爲酒人，景純則非無術以處敦者也。令桓彝不窺裸袒，生命不盡日中，勤王之師，義當先驅，其取敦也，猶廬江主人家婢爾！南岡斷頭，遺文彌烈，今讀其集，直臣諫諍，神靈博物，無不有也。如斯人而不謂之仙乎？不可得已。」

晉吏部郎袁宏詩〔一〕

彦伯《詠史》〔二〕，雖文體未遒〔三〕，而鮮明緊健，去凡俗遠矣〔四〕。

【校異】

〔晉吏部郎〕 張錫瑜《詩平》：「《隋志》稱『東陽太守』。」

〔雖文體未遒〕 《龍威》本脱「文體」二字。 ○「遒」，二家本誤作「遵」。

【集注】

〔一〕袁宏（三二八—三七六）：東晉文學家、詩人。字彦伯，小字「虎」，三國袁渙之後。陳郡陽夏（今河南太康縣）人。少孤貧，曾以江上運租爲業。因在租船上誦詩，爲鎮西將軍謝尚所賞識，引爲參軍。後遷大司馬桓温記室，因文筆典雅、才思敏捷，深受桓温器重，使專掌書記。桓温北伐，袁宏奉命作露布，倚馬疾書，頃刻間即成七紙。入爲吏部郎，授東陽太守。太元初去世。感諸種《後漢書》雜亂，因撰《後漢紀》三十卷，與范曄《後漢書》並傳。又撰有《竹林名士傳》三卷及詩賦、誄表等雜文凡三百篇。《隋志》謂有「晉東陽太守袁宏集十五卷，梁二十卷，録一卷」，已散佚。今存詩六首，其中五言詩四首，以《詠史》詩爲著名。事見《晉書・文苑傳》。

〔二〕彦伯《詠史》：《世説新語・文學》篇：「袁虎少貧，嘗爲人傭載運租。謝鎮西經船行，其夜清風朗月，聞江渚間估客船上有詠詩聲，甚有情致。所誦五言，又其所未嘗聞，歎美不能已。即遣委曲訊問，乃是袁自詠其所作《詠史》詩，因此相要，大相賞得。」注引《續晉陽秋》：「虎少有逸才，文章絶麗。曾爲《詠史》詩，是其風情所寄。少孤而貧，以運租爲業。鎮西謝尚，時鎮牛渚，乘秋佳風月，率而與左右微服泛江。會虎在運租船中諷詠。聲既清會，辭文藻拔，非尚所曾聞。遂往聽之，乃遣問訊。答曰：『是袁臨汝郎（袁宏父袁勖，曾爲臨汝令）誦詩。』即其《詠史》之作也。尚佳其率有勝致，即遣要迎，談話申旦。自此名譽日茂。」袁宏《詠史》詩今存二首。

〔三〕文體未遒：遒，精警老成。《文選》五臣注：吕延濟曰：「遒，盡也。言未盡美也。」未遒，則未能精警老成，亦未能盡美也。陳延傑《注》謂：「（袁宏《詠史》）是學左太沖者，有諷喻之致，特波瀾不大耳。」旭按：「遒」爲中國古代文論重要風格術語。曹丕《與吴質書》：「公幹有逸氣，但未遒耳。」當爲鍾嶸此條所本。有「逸氣」，但「未遒」，即「鮮明緊健」，而「文體未遒」，在二概念術語之間轉折，謂比上不足比下有餘也。鍾嶸《詩品》中，「遒」字凡四見。此條最早，其次分别爲中品「謝朓」條：「然奇章秀句，往往警遒。」中品「任昉」條：「晚節愛好既篤，文亦遒變。」及中品「沈約」

條：「于時，謝朓未遒。」讀者可以參看互酌。又，諸種風格中，鍾嶸尤重視「遒」。或「遒」與「風力」、「老成」意思相近；或即後世杜工部所謂「庾信文章老更成，淩雲健筆意縱横」同一概念也。

〔四〕「而鮮」二句：鮮明，指詞采鮮明。緊健，指思想感情强健剛勁。去，離開。凡俗，指平庸之作。此謂袁宏《詠史》詩詞采明麗，骨力勁健，高出那些平庸之作甚遠。

【參考】

一、録袁宏《詠史》詩二首：

（一）「周昌梗概臣，辭達不爲訥。汲黯社稷器，棟梁表天骨。陸賈厭解紛，時與酒檮杌。婉轉將相門，一言和平勃。趨舍各有之，俱令道不没。」

（二）「無名困螻蟻，有名世所疑。中庸難爲體，狂狷不及時。楊惲非忌貴，知及有餘辭。躬耕南山下，蕪穢不遑治。趙瑟奏哀音，秦聲歌新詩。吐音非凡唱，負此欲何之。」

二、劉勰《文心雕龍·才略》篇：「袁宏發軫以高驤，故卓出而多偏。」

三、胡應麟《詩藪·外編》卷二：「晉人能文而不能詩者袁宏，名出一時。所存《詠史》二章，吃訥陳腐可笑，當時亦以爲工。」

晉處士郭泰機〔一〕　晉常侍顧愷之〔二〕　宋謝世基〔三〕　宋參軍顧邁〔四〕　宋參軍戴凱詩〔五〕

泰機「寒女」之製〔六〕，孤怨宜恨〔七〕。長康能以二韻答四時之美〔八〕。世基「横海」〔九〕，顧邁「鴻飛」〔一〇〕。戴凱人實貧羸，而才章富健〔一一〕。觀此五子，文雖不多，氣調警拔〔一二〕。吾許其進〔一三〕，則鮑照、江淹，未足逮止〔一四〕；越居中品，僉曰宜哉〔一五〕。

【校異】

〔宋謝世基〕　張錫瑜《詩平》：「謝世基上亦當有稱謂，傳寫脱去耳。」李徽教《彙注》：「『宋』字下，脱其官名數字。《詩品》中除婦人以外，惟世基與『下品・羊曜璠』不録官名，蓋誤脱也。」楊祖聿《校注》：「《宋書》亦未言世基官位，或非誤脱。」

〔宋參軍戴凱〕　天一閣本脱「參」字。○「凱」，原作「鄖」，據諸本改。《萃編》本「戴凱」作「戴凱之」。古直《箋》：「《隋志・湯惠休集》下注云：『梁又有《戴凱之集》六卷，亡。』戴凱或即凱之而奪一字，未可知也。」

〔泰機「寒女」之製〕「泰」，天都閣、《四庫》本均誤作「秦」。

〔孤怨宜恨〕「宜恨」，《吟窗》、《格致》、《詩法》、《詞府》諸本作「宜録」。中沢希男《詩品考》：「『録』字似是。」

〔長康能以二韻答四時之美〕「四時」原爲「四首」。王發國《考索》謂：「春水滿四澤，夏雲多奇峯，秋月揚明輝，冬嶺秀孤松。」所言乃四時。「時」之古字，與「首」字形近。「四首」當爲「四時」之誤，甚有道理，因據改。

〔世基「横海」，顧邁「鴻飛」〕車柱環《校證》：「此二句下疑本有評語，乃與上下文一律。今本蓋誤脱也。」

〔戴凱人實貧羸〕「戴」，《秘書》本誤作「或」。○「羸」，退翁、《對雨樓》、《擇是居》本均誤作「嬴」。

〔文雖不多〕《吟窗》、《格致》、《詩法》、《詩府》諸本脱「文」字。

〔則鮑照、江淹，未足逮止〕「鮑照」，原避諱作「鮑昭」，據諸本及本書體例改。○「止」，明《考索》本壞損而作「上」。張錫瑜《詩平》作「則鮑昭江淹未足逮上」，校云：「『上』，謂『上品』。本或作『止』者，非。」

【集注】

〔一〕郭泰機：西晉布衣詩人。生卒年不詳，约公元二三九年至二九四年间在世。河南（今河南洛陽）人。出身寒素，終生未仕。與傅咸同時，曾以詩答贈，求爲薦舉，未果。《文選》李善注引《傅咸集》曰：「河南郭泰機，寒素後門之士。不知余無能爲益，以詩見激切。可施用之才，而況沈淪不能自拔於世。余雖心知之，而未如之何。此屈非復文辭所了，故直戲以答其詩云。」贫寒不能自拔，故情见乎辞。《答傅咸》詩，今存於《文选》。

〔二〕顧愷之（三五〇？—四一一？）：東晉著名畫家、書法家、詩人。字長康，小字虎頭，晉陵無錫（今江蘇無錫）人。曾在南京爲石棺寺畫維摩詰像，名動一時。爲桓温及殷仲堪參軍，義熙初任通直散騎常侍。博學多藝，有才氣，工詩賦、善書法，尤精繪畫。畫技師法衛賢，行筆細勁連綿，如春蠶吐絲，行雲流水，出之自然。多作人物肖像及佛像、神仙、禽獸、山川圖等。畫人風格清瘦俊秀，所謂「秀骨清像」，尤善點睛，自謂：「四體妍蚩，本無關於妙處；傳神寫照，正在阿堵（指眼珠）之中。」唐張彦遠評其：「意存筆先，畫盡意在。」遷想妙得，以形寫神。嘗有「才絶、畫絶、癡絶」之稱。《隋志》謂有「晉通直常侍顧愷之集七卷。注：梁二十卷」，已散佚。今存詩一首，斷句三則。事見《晉書》卷九二《文苑傳》。

〔三〕謝世基（？—四二六）：南朝晉宋間詩人。陳郡陽夏（今河南太康）人。謝晦侄兒。宋文帝劉義隆元嘉三年（四二六），謝晦舉兵叛宋，兵敗，晦攜世基等七騎北逃，至安陸被擒，押送建鄴，爲文帝所殺。世基有才氣，善詩，詩今存一首。事見《宋書》卷四四、《南史》卷一九《謝晦傳》。

〔四〕顧邁：南朝宋詩人。據王發國《考索》，生卒年爲（？—四五三），吴郡吴（今江蘇蘇州市）人。曾爲臨川王劉義慶衛將軍府行參軍、始興王劉濬揚州刺史主簿；劉濬爲征北將軍，邁爲征北行參軍。濬待之甚厚，深言密事，皆參與之。而邁輕信劉瑀，濬所言密事，悉以語瑀。瑀乃以告濬，濬怒，啓文帝徙邁廣州。元嘉三十年（四五三），因助南海太守蕭簡反，亂平後被殺。邁喜佛善詩，詩格警拔。《隋志》注「梁又有征北行參軍顧邁集二十卷，亡」，事蹟散見於沈約《宋書·自序》、《宋書·劉穆之傳》所附穆之孫《劉瑀傳》、《宋書·沈慶之傳》所附其從弟《沈法系傳》、《法苑珠林》卷二十引《冥祥記》、《隋書·經籍志》等。詩今不存。

〔五〕戴凱：南朝宋詩人。據王發國《考索》，戴凱，一作戴凱之（？—四六六），字慶豫，武昌人。曾爲晉安王劉子勳參軍，秦始元年（四六五）十二月，子勳起兵叛乱，戴凱參與其中，爲守南康郡城。公元四六六年，城陷奔逃被殺。戴凱詩富健警拔，原有集，《隋志》謂「有《戴凱之集》六卷，亡」。今存《竹譜》四言韻語一卷。事迹散見《南齊書·武帝紀》、《宋書·鄧琬傳》等。

〔六〕「寒女」之製：指郭泰機《答傅咸》詩。因其中有「皦皦白素絲，織爲寒女衣。寒女雖妙巧，不得秉杼機」句，故以佳句代全詩。張玉穀《古詩賞析》曰：「按傅詩及序，則此乃贈傅，非答傅也，題誤。」何焯《義門讀書記》曰：「詩乃贈傅，非答也。」　旭按：此或後人傳鈔之誤，抑或郭、傅數往答贈，不可知也。張玉穀《古詩賞析》謂郭爲「贈詩」，傅爲「答詩」（今作「贈詩」），可參。

〔七〕孤怨宜恨：謂「寒女」詩寫孤寂怨恨，恰如其分地抒發了其孤獨憤懣之情。《文選》李善注此詩曰：「素絲喻德，寒女喻賤也。」「言不見用也。」沈德潛《古詩源》曰：「通體喻言，諷傳之不能薦己也。老杜《白絲行》本此。」許文雨《講疏》：「陳祚明評其詩曰：『（孟）郊、（賈）島用意，不能過之。』然則仲偉所謂『孤怨宜恨』，蓋言其工也。」

〔八〕「長康」句：二韻，四句詩爲二韻，此當指顧愷之《神情詩》。四時，指春、夏、秋、冬四季。此謂顧愷之（長康）能以二韻詩表現四季之美。古直《箋》曰：「《藝文類聚》引顧愷之《神情詩》曰：『春水滿四澤，夏雲多奇峯，秋月揚明輝，冬嶺秀孤松。』仲偉謂『能以二韻答四首之美』者，或即指此。《世說·言語》篇曰：『顧長康拜桓宣武墓，作詩云：「山崩溟海竭，魚鳥將何依？」』又《文學》篇注引《續晉陽秋》曰：『愷之爲散騎常侍，與謝瞻連省，夜於月下長詠。自云「得先賢風制」，瞻每遥贊之；愷之得此，彌自力忘倦。』則愷之於詩，亦甚自負矣。」

〔九〕世基「横海」：指謝世基臨刑所作連句詩。《宋書》卷四四《謝晦傳》：（世基）臨死爲連句詩：「偉哉横海鱗，壯矣垂天翼。一旦失風水，翻爲螻蟻食。」因中有「横海」句，故以名篇。《謝晦傳》又云：「晦續之曰：『功遂侔昔人，保退無智力。既涉太行險，斯路信難陟。』」

〔一〇〕顧邁「鴻飛」：當指顧邁逸句，詩今不傳。

〔一一〕「戴凱」二句：貧羸，家道貧寒，窘迫無勢。《鹽鐵論·地廣》第一六：「儒皆貧羸。」才章，才華，文章。《三國志·魏書·王粲傳》注引《魏略》：「（邯鄲）淳字子叔，博學有才章。」《後漢書·仲長統傳》：「東海繆襲，常稱統才章足繼西京董、賈、劉、揚。」此謂戴凱雖家道貧寒，窘迫無勢，但才華詩章富贍勁健。

〔一二〕氣調警拔：此指五子詩氣韻風調奇警卓拔。胡應麟《詩藪·外編》卷二謂世基「横海」詩「雖一時口占，千載生氣」。

〔一三〕吾許其進：漢魏六朝習用語。指我允許他們前進一步，入於中品。何休《公羊傳》注：「去惡就善曰進。」《論語·述而》篇：「子曰：與其進也，不與其退也。」《後漢書·郭太傳》（附賈淑傳）：「然洗心向善，仲尼不逆互鄉，故吾許其進也。」

〔一四〕「則鮑照」二句：逮，及。止，語助詞，無實義。謂五子就詩風「氣調警拔」而言，則可追攀鮑照、江淹，不在話下也。

〔一五〕「越居」二句：越居，超越提拔而处在（中品）。僉，皆，都。宜，合適。此謂拔擢他們居於中品，大家都會説很適合。日本立命館《疏》：「此以鮑照、江淹爲比較對象，當以二人均爲寒門出身，而又得盛名於當時之故。」李徽教《詩品彙注》：「『越居中品』，則仲偉以爲此五人詩，稍損『中品』水準。與張華同例也。」　旭按：《彙注》非是。張華乃是「抑居中品」，當是「上品」稍損，「中品」有餘者，參見「張華」條。

【參考】

一、録郭泰機詩一首：

《答傅咸》：「皦皦白素絲，織爲寒女衣。寒女雖妙巧，不得秉杼機。天寒知運速，況復雁南飛。衣工秉刀尺，棄我忽若遺。人不取諸身，世事焉所希。況復已朝餐，曷由知我飢。」

二、録顧愷之詩一首：

《神情詩》：「春水滿四澤，夏雲多奇峯。秋月揚明輝，冬嶺秀孤松。」

三、録謝世基詩一首：

《連句詩》：「偉哉横海鱗，壯矣垂天翼。一旦失風水，翻爲螻蟻食。」

四、陳延傑《注》：「五子同居一品者，以其風格皆警拔，亦一例也。此亦未著其源者。」

宋徵士陶潛詩〔一〕

其源出於應璩，又協左思風力〔二〕。文體省静，殆無長語〔三〕。篤意真古，辭興婉愜〔四〕。每觀其文，想其人德〔五〕。世歎其質直〔六〕。至如「歡言酌春酒」〔七〕、「日暮天無雲」〔八〕，風華清靡〔九〕，豈直爲田家語耶〔一〇〕？古今隱逸詩人之宗也〔一一〕。

【校異】

〔宋徵士陶潛詩〕《吟窗》、《格致》、《詩法》、《詞府》諸本作「宋陶淵明」。古直《箋》：「靖節本在『上品』，《御覽》可證。」陳延傑《注》：「《太平御覽·文部》詩之類曰：『鍾嶸《詩評》曰：《古詩》、李陵、班婕妤、曹植、劉楨、王粲、阮籍、陸機、潘岳、張協、左思、謝靈運、陶潛十二人，詩皆上品。』是陶詩原屬『上品』。」錢鍾書《談藝録》：「近有箋《詩品》者二人，力爲記室回護。」「余所見景宋本《太平御覽》，引此則並無陶潛。二人所據，不知何本。」「一作箋者所引《御覽》有張協，然合之《古詩》，數爲十三，不得云十二。」

〔其源出於應璩〕《竹莊》作「彭澤詩，其源出於應璩」。

〔文體省静〕「静」，《御覽》作「浄」。張錫瑜《詩平》：「『静』，《御覽》作『浄』。案：今世行用，自當以『浄』爲是。但古無『浄』字，多用『清』及『静』字。爲之『静』，非誤字，故不改從『浄』也。」

〔篤意真古〕「真古」，《詩紀》、《稗史》作「高古」。

〔辭興婉愜〕「婉」，《梁文紀》、《全梁文》本並作「惋」。○「愜」，《御覽》作「媚」。

〔想其人德〕　《竹莊》引作「相爲其德」，《類説》、《記纂》作「想見其人」。

〔世歎其質直〕　「歎」，退翁、《對雨樓》、《擇是居》諸本誤作「難」。許文雨校：「歎，明鈔本作『難』。」又，顧氏、繁露堂、《續百川》、《五朝》、《廣漢魏》、《説郛》、《龍威》、《增漢魏》、《秘書》、《精華》、《采珍》、《大觀》諸本均誤作「欲」。　○「質直」，《竹莊》作「質真」。《全梁文》本「質」上脱「其」字。

〔至如「歡言酌春酒」〕　「至如」，《御覽》、《津逮》、《硯北》、《秘書》、二家、《談藝》諸本均作「至於」。○「歡言」，《吟窗》、《格致》、《詩法》、《詞府》諸本均誤作「觀」（北圖藏手鈔《吟窗》作「歡」，不誤）。　○「酌」，原作「醉」，曾慥《類説》亦引作「醉」；　而《御覽》、《竹莊》、《吟窗》、《格致》、《詩法》、《詞府》所引及《廣牘》、退翁、《對雨樓》、《擇是居》諸本均作「酌」。又今所見南宋紹熙三年刊陶集、汲古閣藏南宋刊陶集、焦竑藏南宋刊本陶集、李公煥元刻本陶集，均作「酌春酒」，因據改。

〔風華清靡〕　「清靡」，《竹莊》作「清美」。

〔豈直爲田家語耶〕　《御覽》無「爲」字。　○「直爲」，曾慥《類説》引作「但爲」。　○「耶」，《詩話》、《詩品詩式》、《全梁文》、《竹莊》諸本，俱作「邪」。「耶」、「邪」古通。

〔古今隱逸詩人之宗也〕　「今」，螢雪軒本脱。　○《御覽》「詩」下脱「人」字。

【集注】

〔一〕　陶潛（三六五—四二七）：南朝晉宋間著名文學家、田園詩人。字淵明。一説在晉時名淵明，字元亮；入宋後改名潛，字淵明，私謚靖節。潯陽柴桑（今江西九江）人。晉大司馬陶侃曾孫。父早卒，家境貧寒。初任江州祭酒，自行解職而歸；後入劉裕幕，任鎮軍參軍；義熙元年（四〇五），轉任建威將軍劉敬宣參軍；同年八月，任彭澤令，在官八十餘日，《宋書·陶潛傳》謂：「郡遣督郵至，縣吏白：『應束帶見之。』潛歎曰：『我不能爲五斗米折腰向鄉里小人！』即日解印綬去職。」晉末徵爲著作佐郎，不就；入宋後屢徵，不復出仕。晚年與顏延之交好；元嘉四年冬，貧病而卒。潛少有高趣，好讀書，不求甚解，性嗜酒，飲少輒醉。因避官場黑暗，歸隱田園，著書自娛。詩多描繪自然景色、田園風光，歌唱勞作之艱辛、秋收之喜悦，抒發真古之襟抱，是單純與豐富、清新與淳厚、質樸與綺麗、自然美與人格美之統一，爲古今田園隱逸詩歌之宗祖。尤以《歸園田居》、《飲酒》、《讀山海經》、《詠荆軻》及散文《歸去來兮辭》、《五柳先生傳》、《桃花源記》等最膾炙人口。梁蕭統編有《陶淵明集》八卷，又經北齊陽休之增補。《隋志》謂有「宋徵士陶潛集九卷，梁五卷，録一卷」。今存詩一百二十五首，其中五言詩一百十六首。事見《宋書》卷九三《隱逸傳》、《晉書》卷九四、《南史》卷七五及顏延年《陶徵士誄》、蕭統《陶淵明傳》等。

〔二〕「其源」二句：此謂陶淵明詩源出應璩，又兼有左思風力。旭按：陶淵明源出應璩，應璩源出曹丕，曹丕源出李陵，李陵源出《楚辭》；則陶淵明亦是《楚辭》在晉宋之際之傳人。然「又協左思風力」，左思源出劉楨，劉楨源出《國風》，則陶淵明一人兼得《楚辭》、《國風》二系，中品詩人中，惟陶淵明。上品兼得二系者，爲謝靈運一人。對此溯源，後世意頗歧紛。葉夢得《石林詩話》卷下云：「（鍾嶸）論陶淵明，乃以爲出於應璩，此語不知其所據。應璩詩不多見，惟《文選》載其《百一》詩一篇，所謂『下流不可處，君子慎厥初』者，與陶詩了不相類。五臣注引《文章録》云：『曹爽用事，多違法度，璩作此詩以刺在位，意若百分有補於一者。』淵明正以脱略世故、超然物外爲意，顧區區在位者，何足累其心哉？且此老何嘗有意欲以詩自名，而追取一人而模仿之？此乃當時文士與世進取競進而争長者所爲，何期此老之淺？蓋嶸之陋也。」許學夷《詩源辯體》卷六曰：「鍾嶸謂淵明詩『其源出於應璩，又協左思風力』，葉少藴嘗辯之矣。愚按，太沖詩渾樸與靖節略相類，又太沖常用魚、虞二韻，靖節亦常用之，其聲氣又相類。應璩有《百一》詩，亦用此韻，中有云：『前者隮官去，有人適我閭。田家無所有，酌酒焚枯魚。』又《三叟詩》簡樸無文，中具問答，亦與靖節口語相近。嶸蓋得之於驪黄間耳。要知靖節爲詩，但欲寫胸中之妙，何嘗依倣前人哉！」《江西詩社宗派圖録》：「山谷云：『淵明於詩直寄焉耳，絳雲在霄，舒卷自如，寧復有派？夫無派，即淵明之派也。鍾記室謂其源出於應璩，又協左思風力，果何所見而云然耶？』」沈德潛《説詩晬語》卷上曰：「陶公以名臣之後，際易代之事，欲言難言，時時寄託，不獨《詠荆軻》一章也。六朝第一流人物，其詩自能曠世獨立。鍾記室謂其源出於應璩，目爲中品，一言不智，難辭厥咎已。」有持贊同意見者，如王夫之評陶詩《擬古·迢迢百尺樓》篇云：「此真《百一》詩中傑作，鍾嶸一品，千秋論定耳。」張錫瑜《詩平》云：「今案仲偉之意，直取其古樸相似耳。若以刺在位與否定其優劣，則陶詩之諷刺者亦多矣。且淵明所以可貴者，正以其忠君愛國之忱，時時流露耳。徒以脱略世故、超然物外爲美談，乃是皮相淵明，非真知其心者也。」至於「又協左思風力」，宋濂《答章秀才論詩書》曰：「獨陶元亮天分之高，其先雖出於太沖、景陽，究其所自得，直超建安而上之，高情遠韻，殆猶太羹充鉶，不綴鹽醢，而至味自存者也。」胡應麟《詩藪》曰：「元亮得步兵之澹，而以趣爲宗。」沈德潛不同意出於應璩，以爲陶詩多用《論語》。《古詩源》曰：「先生專用《論語》，漢人以下，宋人以前，可推聖門弟子者，先生也。」劉熙載《藝概》曰：「陶淵明則大要出於《論語》。」陳延傑《注》曰：「鍾氏謂陶源出應璩，沈、劉二氏，則謂出於《論語》，其實一也。蓋應璩亦學《論語》者，如《百一詩》『下流不可處』、『是謂仁智居』二句，可證也。陶詩引《論語》者不一：若《五月旦作和戴主簿》『曲肱豈傷沖』，用《論語》『子曰：飯蔬食，飲水，曲肱而枕之，樂亦在其中矣』。《和郭主簿》『舊谷猶儲今』，用《論語》『舊穀既没』。《始作鎮軍參軍經曲阿》『屢空常晏如』，用《論語》『回也其庶乎屢空』。《癸卯歲始春懷古田舍》二首『是以植杖翁，悠然不復返』，用《論語》『植其杖而芸』。『先師有遺訓，憂道不憂貧』，用《論語》『君子憂道不憂貧』。《與從弟敬遠》『深得固窮節』，用《論語》『君子固窮』。《庚戌歲九月中于西田獲早稻》『四體誠乃疲，庶無異患幹』，用《論語》『四體不勤』。《詠貧士》『朝與仁義生，夕死複何求』，用《論語》『子曰：朝聞道，夕死可矣』。此皆以《論語》入詩而得其化境者。」又曰：「綜合觀之，陶詩學應璩，而又以阮籍、張協、左思化之。蓋應璩、張協，儒家之言；阮籍、左思，道家之言。陶淵明之思想，沖夷抗烈，既不違反名教，又信任自然，殆會合儒家、道家之言而韻之者。」古直箋：「直案，此説最爲後世非議。然璩世以文學顯，冰生於水，而寒于水，陶詩何渠不能出璩？考璩詩，以譏切時事、風規治道爲長，陶詩亦多諷刺，故昭明序云：『語時事，則指而可想。』源出應璩，殆指此耳。」許文雨《講疏》：「今人游國恩君舉左思《雜詩》、《詠史》，與淵明《擬古》、《詠荆軻》相比，以爲左之胸次高曠、筆力雄邁，與陶之音節蒼涼激越、辭句揮灑自如者，同其風力。此論甚是。」逯欽立《叢考》曰：「欽立按：左、陶詩章，確有風力相合之作。左思《詠史》，震鑠古今，其詠荆軻，尤懔懔有生氣。然陶潛《詠荆軻》一篇，獨足伯仲之。……又陶潛之《詠三良》、《詠貧士》等作，亦皆詠史體，與左思各作，悉相仿佛，凡此皆風力之極協者也。次則隱世之作，左、陶抑尤有合者。……鍾嶸之論，甚足玩味，未可慢然視之也。」王叔岷《疏證》曰：「鍾氏謂陶詩源出應璩，尤爲後世所非。……然鍾氏並非爲陶公模仿應璩之詩，不過溯其淵源，與應詩相近，故謂『出於應璩』耳。……源出應璩之説，似偏就『文體』而言，而不重在寓意也。……陶詩之『文體省静，殆無長語。篤意真古，辭興惋愜』，正與應詩之『善爲古語，指事殷勤，雅意深篤』相類。陶詩復有『風華清靡』之篇，亦與應詩有『華靡』之作相符。則鍾氏謂陶詩出於應璩，自有見地，可無苛論也。……陶詩淵源雖出於應璩，然復時有勁氣流露，則非應詩所具。觀其《詠田疇》、《詠荆軻》，『少時壯且厲』、『萬族各有託』諸篇，直與左思相頡頏。故鍾氏謂其『又協左思風力』也。……後人非議鍾氏之評陶詩，但就『其源出於應璩』一語爲説，而忽其所謂『又協左思風力』一層，此非鍾氏不知陶公，蓋由後人不解鍾氏耳。」頗爲知言。

〔三〕「文體」二句：省静，即「省浄」。簡潔明浄。長，讀如「賬」，多餘。長語，繁冗多餘的話。許印芳《萃編》：「長，讀去聲。」陳延傑《注》謂：「陶詩雖恬淡，其實從綺麗來，漸趨省浄，故無一冗語。」此謂陶淵明詩歌風格簡潔明浄，絶無繁冗多餘之詞。李徽教《彙注》：「審上下評文，即『長』恐爲『張』之假借。『長語』，疑猶『張語』，即張皇之語，或誇張之語。」恐非是。杜甫《哀王孫》詩云：「不敢長語臨交衢。」此謂陶詩文體簡潔明浄，大抵無冗長繁複之語。與陸雲《與兄平原書》謂「張公文無他異，正自情（清）省無煩長。作文正爾，自復佳」意同。許學夷《詩源辯體》卷六曰：「靖節詩不爲冗語，惟意盡便了，故其中長篇甚少，此韋、柳所不及也。」此釋「長語」爲「長篇」。可參。

〔四〕「篤意」二句：篤意，深厚之意，真心誠意。真古，真率古樸。興，興致、興會。婉愜，婉曲愜意。此謂陶淵明詩意深厚，喜好真淳古樸，詞采興致婉曲愜意。蕭統《陶淵明集序》曰：「（陶詩）語時事，則指而可想；論懷抱，曠而且真。」楊時《楊龜山集》曰：「淵明詩所不可及者，沖淡深邃，出於自然。若曾用力學，然後知淵明詩非著力之所能及也。」蔡絛《西清詩話》：「淵明意趣真古，清淡之宗。詩家視淵明，猶孔門視伯夷也。」葛立方《韻語陽秋》曰：「陶潛、謝朓詩，皆平淡而有思致，非後來詩人鉥心劌目雕琢者所爲也。老杜云『陶、謝不枝梧，《風》、《騷》共推激。紫燕自超詣，翠駮誰剪剔』是也。」嚴羽《滄浪詩話》曰：「謝所以不及陶者，康樂之詩精工，淵明之詩直而自然耳！」陳師道《後山詩話》曰：「淵明不爲詩，寫胸中之妙爾。」葉夢得《玉澗雜書》曰：「陶淵明直是傾倒所有，借書於手，初不知爲語言文字也，此其所以不可及。」俞弁《山樵暇語》曰：「陶彭澤詩，顔、謝、潘、陸皆不及者，以其平昔所行之事，賦之於詩，無一點愧辭，所以能爾。」旭按：「篤意真古」、「辭興婉愜」，各言其人品與詩品也。「篤意真古」謂其襟抱情懷，「辭興婉愜」謂其詩多興會。謂有此襟抱而有此詩也。陶集言襟抱多用「真」字。「真想初在襟」（《始作鎮軍參軍經曲阿》）、「抱樸含真」（《勸農》）、「羲農去我久，舉世少復真」（《飲酒》）皆是。如劉熙載《藝概》所言：「陶淵明自庚子距丙辰十七年間，作詩九首，其詩之真，更須問耶？」

〔五〕「每觀」二句：此承上二句來，謂讀其詩而想其爲人，由詩品及於人品也。語本司馬遷《史記·孔子世家》：「太史公曰：『余讀孔氏書，想見其爲人。』」後蕭統《陶淵明集序》謂「余愛嗜其文，不能釋手。尚想其德，恨不同時」，則又本之仲偉。

〔六〕世歎其質直：歎，感嗟之歎，惋惜之歎。質直，質樸、率直。旭按：此謂當世之人，惋歎陶淵明詩過於質樸率直，略嫌不足。當世重聲美之文、形美之文，不重自然淳美之文；沈約《宋書》，未將陶淵明列入「文學傳」，而置之「隱逸傳」。好友顔延之《陶徵士誄》曰：「（潛）學非稱師，文取指達。」未涉其詩。陽休之《陶集序録》曰：「（陶詩）詞采未優。」劉勰、蕭子顯均未提及陶詩，此皆仲偉所謂「世歎其質直」者。仲偉之後，歷代詩評家亦有持此説而歎之者。如杜甫《遣興五首》曰：「陶潛避俗翁，未必能達道。觀其著詩集，頗亦恨枯槁。」陳師道《後山詩話》曰：「陶淵明之詩，切於事情，但不文耳。」施補華《峴傭説詩》曰：「陶公自寫悲痛，無意作詩人，故時有直率之筆。」唯蘇軾云：「淵明作詩不多，然其詩質而實綺，癯而實腴，自曹（植）、劉（楨）、鮑（照）、謝（靈運）、李（白）、杜（甫）諸人，皆莫及也。」（蘇轍《欒城集·子瞻和陶淵明詩集引》）故鍾嶸下舉「歡言酌春酒」、「日暮天無雲」，謂陶詩中亦有風華清靡之句以反詰。今人或以爲鍾嶸此歎爲讚賞之歎，非是。

〔七〕歡言酌春酒：爲陶淵明《讀山海經》十三首之一中句。全詩云：「孟夏草木長，遶屋樹扶疏。衆鳥欣有託，吾亦愛吾廬。既耕亦已種，時還讀我書。窮巷隔深轍，頗迴故人車。歡言酌春酒，摘我園中蔬。微雨從東來，好風與之俱。汎覽周王傳，流觀山海圖。俯仰終宇宙，不樂復何如。」

〔八〕日暮天無雲：爲陶淵明《擬古》九首之一中句。全詩云：「日暮天無雲，春風扇微和。佳人美清夜，達曙酣且歌。歌竟長歎息，持此感人多。皎皎雲間月，灼灼葉中華。豈無一時好，不久當如何！」旭按：陶淵明《讀山海經》及《擬古》詩共二十二首，《詩品》標舉此二首，均爲蕭統《文選》選録；《詩品》影響蕭統《文選》，可見一斑。

〔九〕風華清靡：此謂如「歡言酌春酒」、「日暮天無雲」之類，風韻華美清麗。

〔一〇〕「豈直」句：田家語，指農夫質樸無文的日常生活語，有時兼指鄙俚之語音。此謂陶詩佳句風調華美，韻致清麗，哪里只是鄙俚之田家語耶？　旭按：「田家」、「田舍」，爲六朝習見語。與貴人典雅之語相對。既指語言之朴野無文，亦指語音鄙俚鄉氣。如魏明帝曹叡《詔陳王植》云：「吾既薄才，至於賦誄特不閑。從兒陵上還，哀懷未散，作兒誄，爲田家公語耳。」（《太平御覽》卷五六引）此指語言。又，《世説新語·文學》篇：「殷中軍嘗至劉尹所清言。良久，殷理小屈，遊辭不已；劉亦不復答。殷去後，乃云：『田舍兒，強學人作爾馨語。』」《世説新語·豪爽》篇：「王大將軍（王敦）年少時，舊有田舍名，語音亦楚。」則語言兼指語音鄙俚者。　惠洪《冷齋夜話》：「東坡嘗言：『淵明詩初看若散緩，熟看有奇句。……大率才高意遠，則所寓得其妙，造語精到之至，遂能如此，似大匠運斤，不見斧鑿之痕。』」陳知柔《休齋詩話》：「人之爲詩，要有野意。蓋詩非文不腴，非質不枯，能始腴而終枯，無中邊之殊，意味自長。風人以來得野意者，惟淵明耳。」方東樹《昭昧詹言》卷一：「然其曰：『文體省静……殆無長語，篤意真古，辭興婉愜。每觀其文，想其人德。世歎其質直。至如「歡言酌春酒」、「日暮天無雲」，風華清靡，豈直爲田家語耶？』此論陶最篤。讀陶詩者，宜體會之。」陳延傑《詩品注》謂：「此舉例以闢世人質直之説。蘇軾曰：『淵明詩不多，然質而實綺，癯而實腴。』」

〔一一〕「古今」句：此謂陶淵明乃古今隱逸詩人之宗主。胡仔《苕溪漁隱叢話·後集》：「鍾嶸品淵明詩爲『古今隱逸詩人之宗』，余謂：陋哉斯言，豈足以盡之！」黄文煥《陶詩析義自序》：「鍾嶸品陶，徒曰『隱逸之宗』，以『隱逸』蔽陶，陶又不得見也。析之以憂時念亂，思扶晉衰，思抗晉禪，經濟熱腸，語藏本末，湧若海立，屹若劍飛，斯陶之心膽出矣。」陳衍《平議》：「謂『日暮天無雲』、『歡言酌春酒』，『豈直田家語，古今隱逸詩人之宗』，猶皮相耳。元亮以仲宣之筆力，寫嗣宗之懷抱。《飲酒》、《擬古》、《讀山海經》、《詠貧士》、《詠荆軻》諸作，中有不啻痛哭流涕者。」又胡應麟《詩藪·外編》曰：「善乎！鍾嶸之品元亮也，『千古隱逸詩人之宗也』。」王夫之《古詩評選》卷四：「鍾嶸以陶詩……爲『古今隱逸詩人之宗』，論者不以爲然。然自非沈酣六義，豈不知此語之確也。」陳沆《詩比興箋》曰：「讀陶詩者有二蔽：一則惟知《歸園》、《移居》及田間詩十數首，景物堪玩，意趣易明。至若《飲酒》、《貧士》，便已罕尋；《擬古》、《雜詩》，意更難測。徒以陶公爲田舍之翁，閒適之祖，此一蔽也。二則聞陶淵明恥二姓，高尚羲皇，遂乃逐影尋響，望文生義，稍涉長林之想，便謂采薇之吟。豈知考其甲子，多在强仕之年，寧有未到義熙，預興易代之感？至《飲酒》、述史、《讀山海經》，本寄悲憤，翻謂恒語，此二蔽也。」陳延傑《注》謂：「一蔽之説，即鍾氏駁斥田家語者；其二蔽，乃闢世人附會易代之事。至陳氏又曰：『早歲肥遯，匪關激成。』此即鍾氏評陶爲隱逸詩人者也。」古直《箋》曰：「六朝人如鮑照、江淹、梁昭明、梁簡文、陽休之等，均好陶詩。陶公固不僅爲古今隱逸詩人之宗，然古今隱逸詩人，則未有不宗陶公者。仲偉之言，未爲失也。」旭按：古説極是。齊梁之際，視淵明爲隱者，《宋書》、《晉書》、《南史》，並置淵明於《隱逸傳》。鮑照《學陶彭澤體》（奉和王義興）、江淹《雜體詩三十首·陶徵君潛田居》，均倣其詩、酒、友朋、農事、隱逸也。知陶潛隱逸詩風，已爲時人共識，其爲古今隱逸詩人宗祖，於鍾品之前，已成定論。然古氏引《太平御覽》：「鍾嶸《詩評》曰：『《古詩》、李陵、班婕妤、曹植、劉楨、王粲、阮籍、陸機、張協、左思、謝靈運、陶潛十二人，詩皆上品。』」謂「據此，則陶公本在上品，今傳《詩品》列之中品，乃後人竄亂之本也」。陳延傑人民文學出版社新改本亦從之，遂鑄大錯。錢鍾書《談藝録》（補訂本）二四《陶淵明詩顯晦》「補訂一」已加撥正，其説甚是。參見本條「校異」。

【參考】

一、録陶淵明詩五首：

（一）《歸園田居》选一：「少無適俗韻，性本愛丘山。誤落塵網中，一去三十年。羈鳥戀舊林，池魚思故淵。開荒南野際，守拙歸園田。方宅十餘畝，草屋八九間。榆柳蔭後簷，桃李羅堂前。曖曖遠人村，依依墟里煙。狗吠深巷中，鷄鳴桑樹顛。户庭無塵雜，虚室有餘閑。久在樊籠裏，復得返自然。」

（二）《飲酒》选一：「結廬在人境，而無車馬喧。問君何能爾，心遠地自偏。采菊東籬下，悠然見南山。山氣日夕佳，飛鳥相與還。此中有真意，欲辨已忘言。」

（三）《移居》选一：「昔欲居南村，非爲卜其宅。聞多素心人，樂與數晨夕。懷此頗有年，今日從茲役。敝廬何必廣，取足蔽牀席。鄰曲時時來，抗言談在昔。奇文共欣賞，疑義相與析。」

（四）《雜詩》选一：「人生無根蒂，飄如陌上塵。分散逐風轉，此已非常身。落地爲兄弟，何必骨肉親？得歡當作樂，斗酒聚比鄰。盛年不重來，一日難再晨。及時當勉勵，歲月不待人。」

（五）《詠荆軻》：「燕丹善養士，志在報強嬴。招集百夫良，歲暮得荆卿。君子死知己，提劍出燕京。素驥鳴廣陌，慷慨送我行。雄髮指危冠，猛氣衝長纓。飲餞易水上，四座列群英。漸離擊悲筑，宋意唱高聲。蕭蕭哀風逝，淡淡寒波生。商音更流涕，羽奏壯士驚。心知去不歸，且有後世名。登車何時顧，飛蓋入秦庭。淩厲越萬里，逶迤過千城。圖窮事自至，豪主正怔營。惜哉劍術疏，奇功遂不成。其人雖已没，千載有餘情。」

二、江淹《雜體詩·陶徵君潛田居》：「種苗在東皋，苗生滿阡陌。雖有荷鋤倦，濁酒聊自適。日暮巾柴車，路暗光已夕。歸人望煙火，稚子候簷隙。問君亦何爲？百年會有役。但願桑麻成，蠶月得紡績。素心正如此，開逕望三益。」

三、蕭統《陶淵明集序》：「其文章不群，詞采精拔，跌宕昭彰，獨超衆類，抑揚爽朗，莫之與京。橫素波而傍流，干青雲而直上。語時事則指而可想，論懷抱則曠而且真。加以貞志不休，安道苦節，不以躬耕爲恥，不以無財爲病。自非大賢篤志，與道污隆，孰能如此乎！余愛嗜其文，不能釋手。尚想其德，恨不同時。」

四、顔之推《顔氏家訓·文章》篇：「劉孝綽當時既有重名，無所與讓；唯服謝朓，常以謝詩置几案間，動静輒諷味。簡文愛陶淵明文，亦復如此。」

五、元好問《論詩絶句》：「一語天然萬古新，豪華落盡見真淳。南窗白日羲皇上，未害淵明是晉人。」

六、張溥《漢魏六朝百三家集·陶彭澤集題辭》：「古來詠陶之作，惟顔清臣稱最相知。謂其公相子孫，北窗高卧；永初以後，題詩甲子，志猶『張良思報韓，龔勝恥事新』也。思深哉！非清臣孰能爲此言乎！吴幼清亦云：『元亮《述酒》、《荆軻》等作，欲爲漢相孔明而無其資。』嗚呼！此亦知陶者，其遭時何相似也！君臣大義，蒙難愈明，仕則爲清臣，不仕則爲元亮，舍此，則華歆、傅亮攘袂勸進，三尺童子咸羞稱之。此昔人所以高楊鐵崖而卑許平仲也。《感士》類子長之倜儻，《閑情》等宋玉之好色，《告子》似康成之誡書，《自祭》若右軍之誓墓。孝贊補經，傳記近史，陶文雅兼衆體，豈獨以詩絶哉？真西山云：『淵明之作，宜自爲一編，附《三百篇》、《楚辭》之後，爲詩根本準則。』是最得之。莫謂宋人無知詩者也。陶刻頗多，而學者多善焦太史所訂宋本，故仍其篇。」

七、王士禛《漁洋詩話》：「陶潛宜在『上品』。」

宋光禄大夫顔延之詩〔一〕

其源出於陸機〔二〕。故尚巧似〔三〕。體裁綺密〔四〕。然情喻淵深〔五〕，動無虚發；一句一字，皆致意焉〔六〕。又喜用古事，彌見拘束〔七〕。雖乖秀逸，固是經綸文雅〔八〕，才減若人，則陷於困躓矣〔九〕。湯惠休曰：「謝詩如芙蓉出水，顔詩如錯彩鏤金〔一〇〕。」顔終身病之〔一一〕。

【校異】

〔宋光禄大夫顔延之詩〕《吟窗》、《格致》、《詩法》、《詞府》諸本略「大夫」二字。○「顔延之」，原脱「之」字，據諸本補。

〔其源出於陸機〕《竹莊》、《吟窗》、《格致》、《詩法》、《詞府》諸本並作「延年詩，其源出於陸機」。

〔故尚巧似〕原本無「故」字，據《吟窗》、《格致》、《詩法》、《詞府》諸本補。旭按：鍾品評詩人，其首三句喜用「六・四・四」句式。如評李陵、班婕妤、曹植、劉楨、陸機、左思等皆是也。《竹莊》引文，略去「尚巧似」，仍保留「故」字，直與下句「體裁綺密」銜接，可佐證此處當有「故」字。

〔然情喻淵深〕　原本無「然」字，據《竹莊》、《吟窗》、《格致》、《詩法》、《詞府》諸本補。　旭按：「然」字轉折文意，挈領下文，乃文章關捩處。脱「然」字，則下文「又」、「彌」頓覺落空，因據補。

〔動無虚發〕　「虚發」，原本作「虚散」，據《竹莊》、《吟窗》、《格致》、《詩法》、《詞府》諸本改。　旭按：此承「情喻淵深」來，謂延之託喻深遠，詩緣「情喻」而發，故曰動無「虚發」也。「虚散」不詞。

〔一句一字〕　《吟窗》、《格致》、《詩法》、《詞府》諸本作「一字一句」。

〔又喜用古事〕　《竹莊》作「又善用事」。《吟窗》、《格致》、《詩法》、《詞府》諸本作「文喜用事」。

〔固是經綸文雅，才減若人〕　原作「是經綸文雅才，雅才減若人」。傅校《津逮秘書》、繁露堂本曰：「『是』，恐當作『實』，『才雅才減若人』，謂雅才稍減于古人也。上『才』即『纔』字之義。」非是。　王叔岷《疏證》：「（下）『雅』字，疑涉上文『文雅才』而衍。《稗篇》引無『雅才』二字。『才』字不當無。」車柱環《校證》：「『是經綸文雅才，雅才減若人』，意頗難通。蓋『才』字兼『經綸文雅』四字而言。『雅才』不足以承『經綸文雅才』。」「疑此本作『亦是經綸文雅才，才減若人』，下句『雅』字，蓋涉上句『雅』字而衍，『才』字承接『才』字，文理甚明。」　旭按：《竹莊》引此二句，作「故是經綸文雅，才減若人」。《吟窗》、《格致》、《詩法》、《詞府》諸本作「固是經綸，才減若人」，均不疊「才」、「雅」二字。「是」前有「固」字（「故」當爲「固」之聲誤）。　今據宋詩話及《吟窗》諸本改。　〇「是」，《稗史》引作「自是」。

〔則陷於困躓矣〕「陷」，原作「蹈」，據《竹莊》、《吟窗》、《格致》、《詩法》、《詞府》諸本改。

〔湯惠休曰〕「曰」，曾慥《類説》、《竹莊》、《野客》並引作「云」。《竹莊》「曰」上有「陽」字。

〔謝詩如芙蓉出水〕「謝詩」，《稗史》作「謝靈運詩」。〇「出水」，《竹莊》、《稗史》並作「照水」。

〔顔詩如錯彩鏤金〕「詩」字原無，據曾慥《類説》、《竹莊》引文及《詩紀》補。「顔詩」與上文「謝詩」對應成文，《詩品》比較評論，多對應相稱之例。如「潘詩爛若舒錦，無處不佳；陸文如披沙簡金，往往見寶」、「陸才如海，潘才如江」、「范詩清便宛轉，如流風回雪；丘詩點綴映媚，似落花依草」等皆是。

〔顔終身病之〕「終身」，《竹莊》作「深」。

【集注】

〔一〕顔延之（三八四—四五六）：南朝宋著名文學家、詩人。字延年，琅玡臨沂（今山東臨沂）人。出身世家，少孤貧，室巷甚陋，行年三十猶未婚；好讀書，無所不覽。東晉末年，官江州刺史劉柳後軍功曹；劉裕代晉建宋，爲太子舍人。少帝時，出爲始安太守；文帝時，官至金紫光禄大夫，故世稱「顔光禄」，卒謚憲子。延之好酒疏誕，佯狂狷介，每以言辭犯權要。與陶淵明友善，在江州任軍功曹時，二人過從盤桓，交誼甚密；後出任始安郡，路經潯陽，又與陶淵明一起飲酒，臨行以兩萬錢相贈。淵明逝世，曾作《陶徵士誄》紀念。延之文章之美，冠絶當時，與陳郡謝靈運以詞彩齊名，自潘岳、陸機之後，並稱「顔謝」。詩風凝煉規整，喜用古事，錯彩鏤金。《五君詠》抒發懷抱，清朗勁健。奉使至洛陽，道中作詩二首，文辭藻麗，感慨至深，爲謝晦、傅亮所激賞。尤以「故國多喬木，空城凝寒雲」爲其代表佳作。又閒居無事，爲《庭誥》之文以訓子弟，部分論及《詩》、《易》、《春秋》諸經及文學。《隋志》謂有「宋特進顔延之集二十五卷，梁三十卷，又有顔延之逸集一卷」，已散佚。明張溥輯有《顔光禄集》。今存詩三十餘首，斷句若干。事見《宋書》卷七三、《南史》卷三四《顔延之傳》。

〔二〕「其源」句：此謂顔延之詩體貌風格源出於陸機。宋濂《答章秀才論詩書》：「延之則祖士衡。」何焯《義門讀書記》卷四六評陸機詩云：「（陸機）鋪陳整贍，實開顔光禄之先。鍾嶸品第顔詩，以爲其源出於陸機，是也。」陳延傑《注》曰：「陸文深而蕪。顔詩深似之，而清壯則過也。」許文雨《講疏》：「仲偉評士衡詩云：『才高辭贍，舉體華美。』而成書（《古詩存》）評延年詩亦云：『力厚思深，吐屬華贍。』此一同也。仲偉又評士衡詩『尚規矩』，而王船山却評延年詩立法自縛，此二同也。統以觀之，顔源於陸，信哉！」

〔三〕故尚巧似：此指顔詩多體物工巧，摹寫逼真。旭按：此與評張協「巧構形似之言」，評謝靈運「尚巧似」，評鮑照「善製形狀寫物之詞」意同。延之雖喜古事，鋪陳繁密，然其寫景狀物，亦多工巧之句，如「嶠霧下高鳥，冰沙固流川」（《從軍行》）、「故國多喬木，空城凝寒雲」（《還至梁城作》）、

「松風遵路急，山煙冒隴生」（《拜陵廟作》）、「庭昏見野陰，山明望松雪」（《贈王太常僧達》）等皆是。

〔四〕體裁綺密：體裁，體格風貌。綺密，綴辭繁密。此謂延之詩風綺麗，綴辭繁密。沈約《宋書·謝靈運傳論》：「延之體裁明密。」《南史·謝靈運傳》：「（靈運）縱横俊發，過於延之，深密則不如也。」陳祚明《采菽堂古詩選》曰：「延之束於時尚，填綴求工，《曲阿後湖》之篇，誠擅密藻，其他繁掞之作，間多滯響。」

〔五〕情喻淵深：指延之詩情意真切，託喻深遠。旭按：延之《五君詠》，當爲情喻淵深之作。《宋書·顔延之傳》謂延之「每犯權要」，「出爲永嘉太守。延之甚怨憤，乃作《五君詠》，以述竹林七賢，山濤、王戎以貴顯被黜。詠嵇康曰：『鸞翮有時鎩，龍性誰能馴？』詠阮籍曰：『物故可不論，途窮能無慟？』詠阮咸曰：『屢薦不入官，一麾乃出守。』詠劉伶曰：『韜精日沉飲，誰知非荒宴。』此四句，蓋自序也」。可謂知音。

〔六〕「動無」三句：動，動輒。虚發，輕易放過。此謂延之每詩，情必求其深，喻必求其遠，發乎情喻而自檢束。故一句一字，皆寓深意而見其用心。劉熙載《藝概·詩概》：「顔延年詩體近方幅，然不失爲正軌，以其字字稱量而出，無一苟下也。文中子稱之曰：『其文約以則，有君子之心。』蓋有以覩其深矣。」許文雨《講疏》：「《文心雕龍·才略》篇曰：『陸機才欲窺深，辭務索廣，故思能入巧，而不制煩。』與仲偉此評延年數語亦頗近。……按，『虚』指意浮，仲偉序云：『意浮則文散，嬉成流移，文無止泊。』延年體密，故無是病也。」李徽教《彙注》：「『尚巧似』，故云『綺』；『情喻淵深，動無虛散，一句一字，皆致意焉』，故云『密』。」

〔七〕「又喜」二句：古事，即典故。《文心雕龍·事類》篇：「觀夫屈、宋屬篇，號依詩人，雖引古事，而莫取舊辭。」彌見拘束，此謂顏延之詩又喜歡運用典故，愈發顯得拘束不自然。旭按：《詩品序》批評延之用典詩風曰：「顏延（之）、謝莊，尤爲繁密，于時化之。故大明、泰始中，文章殆同書鈔。……爾來作者，寖以成俗。遂乃句無虛語，語無虛字，拘攣補衲，蠹文已甚。但自然英旨，罕值其人。」可與此相參。元稹《見人詠韓舍人新律詩因有戲贈》云：「延之苦拘忌。」許文雨《講疏》：「張戒《歲寒堂詩話》卷上曰：『詩以用事爲博，始於顏光禄。』例如《侍遊曲阿》云：『虞風載帝狩，夏諺頌王遊。』《應詔觀北湖田收》云：『周御窮轍迹，夏載歷山川。』《拜陵廟》云：『周德共明祀，漢道遵光靈。』皆才不勝學。」

〔八〕「雖乖」二句：乖，背離、不合。秀逸，此指秀美俊逸之創作原則。固，確實。經綸，指經營、治理。《易·屯卦象》：「雲雷屯，君子以經綸。」《中庸》：「惟天下至誠，爲能經綸天下之大經。」朱熹注：「經綸，皆治絲之事：經者，理其緒而分之；綸者，比其類而合之也。」文雅，文采雅致。此是當時評價人語。吴均《入蘭台贈王治書僧孺詩》：「寂寞少交遊，紛綸富文雅。」蕭琛《和元帝詩》：「奕奕工辭賦，翩翩富文雅。」皆是也。此謂顏延之詩雖不合秀麗飄逸之美，但確實具有雍容典雅之風範。

〔九〕「才減」二句：若人，此人。《論語·憲問》：「南宫适出，子曰：『君子哉若人，尚德哉若人。』」《集解》：「包曰：若人者，此人也。」困躓，困頓跌倒。此謂典雅之才不及此人（顔延之），就會陷入困窘失敗之境地。何焯《義門讀書記》曰：「江文通《雜體詩·顔特進侍宴》擬顔，遂蹈困躓，然顔之詩體本爾。」葉長青《集釋》：「二句謂：才不及顔者學顔，則蹈於困躓矣。」

〔一〇〕「湯惠休」三句：湯惠休，字茂遠。詳見下品「湯惠休」條注。芙蓉出水，芙蓉花亭亭玉立於碧水之上。此喻靈運詩清新秀拔，自然可愛。李白《經亂離後感恩流夜郎，憶舊遊書懷贈江夏韋太守良宰》云：「清水出芙蓉，天然去雕飾。」葉夢得《石林詩話》：「湯惠休稱謝靈運詩爲初日芙蓉，最當人意。初日芙蓉，非人力所能爲，而精采華妙之意，自然見于造化之外。靈運諸詩，可以當此者亦無幾。」錯彩鏤金，錯比色彩，鏤刻花纹。喻延之詩人工雕琢。此謂湯惠休曾説：「謝靈運詩好像芙蓉花亭亭玉立於碧水之上，顔延之詩好像錯比色彩、鏤刻花紋。」胡應麟《詩藪·外編》卷二：「『清水芙蓉』、『鏤金錯彩』，顔、謝之定衡也。」「延之與靈運齊名，才藻可耳。至於丰神，皆出諸謝下，何論康樂！」許學夷《詩源辯體》卷七：「豈當時以艱澀深晦者爲鋪錦鏤金耶？然延年較靈運，其妙合自然者，雖不得，而拙處亦少，觀其集當知之。」劉熙載《藝概》曰：「《宋書》謂：『靈運興會標舉，延年體裁明密。』所以示學者當相濟有功，不必如惠休上人，好分優劣。」陳衍《平議》：「竊謂顏詩鏤錯處頗鮮，殆指『玉水方流』、『璇源圓折』等語，然實未數數然也。據湯説，謝勝於顏，然《北使洛》、《五君詠》諸篇，沈雄簡練，轉過康樂。」旭按：《南史·顏延之傳》載：「延之嘗問鮑照己與靈運優劣。照曰：『謝五言如初發芙蓉，自然可愛；君詩如鋪錦列繡，亦雕繢滿眼。』」黄徹《䂬溪詩話》卷五曰：「顏延之嘗問鮑照，己與靈運優劣……鍾嶸《詩品》乃記湯惠休云……與本傳不同。《傳》又稱延之嘗薄惠休製作，以爲委巷中歌謡耳。豈惠休因爲延之所薄，遂爲芙蓉、錯鏤之語，故史取以文飾之耶？」此論顏、謝優劣，《南史》與《詩品》記載不同。是鮑照襲惠休語，抑或爲《詩品》誤記，今不可考。

〔一二〕顏終身病之：謂顏延之對此評價，終生懷恨在心。

【參考】

一、録顏延之詩四首：

（一）《北使洛詩》：「改服飭徒旅，首路跼險艱。振楫發吴洲，秣馬陵楚山。塗出梁宋郊，道由周鄭間。前登陽城路，日夕望三川。在昔輟期運，經始闊聖賢。伊洛絶津濟，臺館無尺椽。宫階多巢穴，城闕生雲煙。王猷升八表，嗟行方暮年。陰風振涼野，飛雲瞀窮天。臨塗未及引，置酒慘無言。隱憫徒禦悲，威遲良馬煩。遊役去芳時，歸來屢徂愆。蓬心既已矣，飛薄殊亦然。」

（二）《還至梁城作詩》：「眇默軌路長，憔悴征戍勤。昔邁先徂師，今來後歸軍。振策眷東路，傾側不及群。息徒顧將夕，極望梁陳分。故國多喬木，空城凝寒雲。丘壟填郛郭，銘誌滅無文。木石肩幽闥，黍苗延高墳。惟彼雍門子，籲嗟孟嘗君。愚賤同埋滅，尊貴誰獨聞？曷爲久遊客？憂念坐自殷。」

（三）《從軍行》：「苦哉遠征人，畢力幹時艱。秦初略陽越，漢世争陰山。地廣旁無界，嵒阿上虧天。嶠霧下高鳥，冰沙固流川。秋飈冬未至，春液夏不涓。閩烽指荆吴，胡埃屬幽燕。横海咸飛驪，絶漠皆控弦。馳檄發章表，軍書交塞邊。接鏑赴陣首，卷甲起行前。羽驛馳無絶，旌旗晝夜懸。卧伺金柝響，起候亭燧燃。悲矣遠征人，惜哉私自憐。」

（四）《歸鴻詩》：「昧旦濡和風，霑露踐朝暉。萬有皆同春，鴻雁獨辭歸。相鳴去澗汜，長引發江幾。皎潔登雲侣，連綿千里飛。長懷河朔路，緬與湘漢違。」

二、江淹《雜體詩·顔特進延之侍宴》：「太微凝帝宇，瑶光正神縣。揆日粲書史，相都麗聞見。列漢構仙宫，開天製寶殿。桂棟留夏飆，蘭橑停冬霰。青林結冥濛，丹巘被蔥蒨。山雲備卿靄，池卉具靈變。重陽集清氛，下輦降玄宴。鶩望分寰隊，矚曠盡都甸。氣生川嶽陰，煙滅淮海見。中坐溢朱組，步櫚簉瓊弁。禮登佇睿情，樂閱延皇眄。測恩躋逾逸，沿牒懵浮賤。承榮重兼金，巡華過盈瓊。敢飾輿人詠，方慚淥水薦。」

三、張溥《漢魏六朝百三家集·顔光禄集題辭》：「顔延年飲酒袒歌，自云狂不可及。元兇肆逆，子竣贊世祖入討，復爲孫辭以免。玩世如阮籍，善對如樂廣，其得功名耆壽，或非無故也。江左詞采，顔、謝齊名，延年文莫長於《庭誥》，詩莫長於《五君》。嵇中散任誕魏朝，獨家戒恭謹，教子以禮。顔誥立言，意亦類是。名士在世，動得顛挫，俯循人情，以卑致福，雖能言之，不能行之，即能行之，未嘗不深知之也。竣既貴重，延年輒多謝避，觀其笑第宅之拙，惡雲霞之傲，視謝瞻籬隔謝晦，達尤過之。然彼雖厭見要人，其享榮終也，可不謂要人力哉？惟有子而不受子累，可以不壽而卒壽也，狂不可及，蓋在斯乎！三十不昏，以文出仕，歷四主，陪兩王，浮沈上下，老不改性。詆尚之爲朽木，斥慧琳爲刑餘，顔彪之呼，亦牛馬應之，其閲世久矣。遠吊屈大夫，近友陶徵士，其風流固可想見云。」

宋豫章太守謝瞻〔一〕　宋僕射謝混〔二〕　宋太尉袁淑〔三〕　宋徵君王微〔四〕　宋征虜將軍王僧達詩〔五〕

其源出於張華〔六〕。才力苦弱，故務其清淺〔七〕。殊得風流媚趣〔八〕。課其實録〔九〕，則豫章、僕射，宜分庭抗禮〔一〇〕。徵君、太尉，可託乘後車〔一一〕。征虜卓卓，殆欲度驊騮前矣〔一二〕。

【校異】

〔宋豫章太守謝瞻〕「豫章太守」，《詩觸》本誤作「太守章」。

〔宋僕射謝混〕張錫瑜《詩平》作「晉僕射謝混」。校云：「『晉』，原作『宋』，誤。混以黨劉毅見害。劉裕受禪，謝晦恨不得謝益壽奉璽紱。何得入宋？《隋志》稱『晉左僕射』是也。今據改。但準以『世代爲先後』之語，混當居瞻上，不合反列其下，而評語先瞻後混，則是原次如此，蓋意有抑揚，不盡循世代也。」旭按：謝混未入宋，人皆知之。鍾嶸乃循晉宋時慣例稱宋，謝混傳今亦在《宋書》中，故不必改。參見阮籍、嵇康諸人條。〇「謝混」，原誤作「謝鯤」，據顧氏、退翁、《廣牘》、《津逮》、繁露堂、天都閣、《五朝》、《續百川》、《説郛》、二家、《紫藤》、《硯北》、《對雨樓》、《擇是居》諸本改。

〔宋徵君王微〕《秘書》本脱「宋」字。〇「王」，原誤作「工」，據諸本改。「微」，螢雪軒本誤作「徵」。張錫瑜《詩平》置「宋徵君王微」於「宋太尉袁淑」前。校云：「徵君名原在袁淑下，據評語，先微後淑，故移其次。」

〔宋征虜將軍王僧達詩〕「征虜」，《四庫》本作「征邊」，《詩觸》本作「征南」，《説郛》、《五朝》「虜」字處空格，均避清廷諱。下同。　○《吟窗》、《格致》、《詩法》、《詞府》諸本脱「將軍」二字。

〔其源出於張華〕　《吟窗》、《格致》、《詩法》、《詞府》諸本作「五賢詩，其源出於張華」。

〔才力苦弱〕　「苦弱」，曾慥《類説》引作「較弱」。《對雨樓》、《擇是居》本「弱」下均有「張」字。誤。

〔故務其清淺〕　「務其」，曾慥《類説》引作「務爲」。「其」，《吟窗》、《格致》、《詩法》、《詞府》諸本均作「於」。　○「清淺」，《錦繡萬花谷》作「清淡」。車柱環《校證》：「《錦銹萬花谷》前集二十一、《古今合璧事類》、《山堂肆考》引皆略『故』字，『其』皆作『爲』。『爲』字較勝。今本作『其』，蓋涉上文其字而誤。」可參酌。

〔殊得風流媚趣〕　「媚趣」，曾慥《類説》引作「靈趣」。

〔課其實録〕　《吟窗》、《格致》、《詩法》、《詞府》諸本脱「課」字。

〔可託乘後車〕　「後車」，《對雨樓》、《擇是居》本均誤倒作「車後」。

〔征虜卓卓〕　「卓卓」，《吟窗》、《格致》、《詩法》、《詞府》諸本作「卓絶」，意同。

〔殆欲度驊騮前矣〕　「殆」，《硯北》本誤作「苑」。　○「度」，曾慥《類説》作「渡」。《吟窗》、《格致》、《詩法》、《詞府》諸本均作「處」。　○「前矣」，原作「前」，曾慥《類説》、《吟窗》、《格致》、《詩法》、《詞府》所引及《稗史》諸本作「前矣」，是。因據改。天都閣、《四庫》本作「前驅矣」。

【集注】

〔一〕謝瞻（三八三—四二一）：南朝晉宋間詩人。於謝瞻通行生年，嚴可均、逯欽立二氏皆有置疑。逯氏曰：靈運生年無誤。《宋書》、《南史》載瞻年三十五，當爲三十九之訛。若瞻年三十五，又永初二年（四二一）卒，則靈運反長瞻二歲。甚是。據《宋書·謝瞻傳》，瞻爲謝靈運族兄，長靈運兩歲。謝靈運生於三八五年，則瞻當生於三八三年。字宣遠，一名檐，字通遠。謝朗孫。陳郡陽夏（今河南太康）人。與謝靈運同族。東晉時，曾任桓偉安西參軍等職，入宋後，爲相國從事中郎。弟謝晦時爲宋台右衛，權遇已重，賓客輻輳，門巷填咽。時瞻在家，驚駭謂晦曰：「汝名位未多，而人歸趣乃爾。吾家以素退爲業，不願干預時事，交遊不過親朋，而汝遂勢傾朝野，此豈門户之福邪？」乃籬隔門庭。且上書高祖，請求降黜；前後屢陳，高祖以瞻爲吴興郡；又自陳請，乃爲豫章太守。晦建佐命之功，瞻愈憂懼。因病卒，時年三十五。謝瞻六歲能屬文，爲《紫石英讚》、《果然詩》，當時才士，莫不歎異。善於文章，辭采之美，與族叔混、弟靈運相抗。作《喜霽詩》，由靈運書寫，謝混吟詠，時稱「三絶」。《隋志》謂有「宋豫章太守謝瞻集三卷」，已散佚。今存五言詩六首。事見《宋書》卷五六、《南史》卷一九《謝瞻傳》。

〔二〕謝混（三七七？—四一二）：南朝晉宋間文學家、詩人。謝安孫。字叔源，小字益壽，陳郡陽夏（今河南太康）人。混少有美譽，善屬文，辭采風流，文章號稱「江左第一」。娶孝武帝女晉陵公主爲妻。官至尚書左僕射。因與劉毅交密，劉毅與劉裕争權，毅敗，謝混爲劉裕所殺。謝混詩風清新，大變東晉以來玄言風氣。《續晉陽秋》謂：「至義熙中，謝混始改（玄言之風）。」沈約《宋書·謝靈運傳論》：「仲文始革孫、許之風，叔源大變太元之氣。」《游西池》詩：「景昃鳴禽集，水木湛清華。」胡應麟以爲幾與謝靈運「池塘生春草」、「清輝能娱人」諸名句競爽。《隋志》謂有「晉左僕射謝混集三卷，梁五卷」，已散佚。今存五言詩三首。事見《晉書》卷七九《謝安傳》附。

〔三〕袁淑（四〇八—四五三）：南朝晉宋間詩人。三國袁涣之後，袁豹之子。陳郡扶樂（今河南扶溝）人。字陽源。少有風氣，不爲章句之學，而博涉多通，好屬文，辭采遒豔，縱横有才辯，爲姑夫王弘所賞。臨川王義慶雅好文學，請爲諮議參軍。元嘉二十六年（四四九），爲尚書吏部郎。後爲太子劉劭左衛率，因勸阻劉劭謀反被殺。宋孝武帝劉駿即位，追贈侍中、太尉，謚忠憲。《隋志》謂有「宋太尉袁淑集十一卷，並目録，梁十卷，録一卷」，已散佚。明張溥輯有《袁忠憲集》。今存詩七首，其中五言詩五首。事見《宋書》卷七〇、《南史》卷二六《袁淑傳》。

〔四〕王微（四一五—四五三）：南朝宋畫家、詩人。字景玄，瑯琊臨沂（今山東臨沂）人。少好學，多才藝。工於詩文，通曉音律，擅長書畫，又博通醫方、陰陽、術數，曾爲始興王劉濬後軍功曹記室參軍、太子中舍人等職。微素無宦情，以父憂去官。後屢徵，皆稱疾不就。常住門屋一間，尋書玩古，終日端坐，席皆生塵埃。惟坐處獨浄。弟僧謙遇疾，微躬自處治，以服藥失度卒。微深自咎，發病不復自治，哀痛不已，四旬後亦卒。贈秘書監。《隋志》謂有「宋秘書監王微集十卷。梁有録一卷」，已散佚。今存五言詩四首。事見《宋書》卷六二、《南史》卷二一《王微傳》。

〔五〕王僧達（四二三—四五八）：南朝宋文學家、詩人。王弘之子，劉義慶之婿。瑯琊臨沂（今山東臨沂）人。少好學，年未二十爲始興王濬後軍參軍，遷太子舍人。曾为宣城太守，然性好遊獵，政事荒怠。宋孝武帝劉駿即位，歷任征虜將軍、吴郡太守、中書令。王僧達自負高門華胄，又助劉駿討伐太子劉劭有功，以不得爲宰相頗多怨艾，又輕視皇太后路氏家族，屢經犯忤，被孝武帝藉故賜死獄中。王僧達善屬文，《祭顔光禄文》爲《文選》收録。《答顔延年》詩「輕雲出東岑，麥壟多秀色」，寫眼前景色，筆致清新；《和瑯邪王依古》詩「仲秋邊風起，孤蓬卷霜根。白日無精景，黄沙千里昏」有瀚海無邊、大漠蒼莽之氣，直逼唐人。《隋志》謂「宋護軍將軍王僧達集十卷。梁有録一卷」，已散佚。今存詩五首，其中五言詩四首。事見《宋書》卷七五、《南史》卷二一《王僧達傳》。

〔六〕「其源」句：此謂謝瞻、謝混、袁淑、王微、王僧達五詩人，詩體貌風格皆源出於張華。旭按：張華爲當時詩壇領袖，故有多名詩人源出。足證其品第，不在中、下品之间。許文雨《講疏》：「仲偉評張華詩『兒女情多，風雲氣少』。即此評五人詩，皆清淺風流之意也。茲就五人現存之詩觀之：宣遠之詩，爲《辨體》所舉者，如『開軒滅華燭，月露皓已盈』、『巢幕無留燕，遵渚有來鴻。輕霞冠秋日，迅商薄清穹』、『四筵霑芳醴，中堂起絲桐』等句，叔源之詩如『惠風蕩繁囿，白雲屯曾阿。

景昃鳴禽集，水木湛清華』等句，陽源之詩如『寒燠豈如節，霜雨多異同。迺知古時人，所以悲轉蓬』等句，景玄之詩，如『思婦臨高臺，長想憑華軒。弄絃不成曲，哀歌送苦言』等句。僧達之詩，如『聿來歲序暄，輕雲出東岑。麥壟多秀色，楊園流好音』等句，皆語工而清淺者也。惟景玄規撫子建之句，則頗不弱，故仲偉又謂文通詩得筋力於景玄也。」

〔七〕「才力」二句：才力，作文之才華與能力。清淺，清朗淺淨。此謂這五名詩人才氣筆力苦於短弱，所以致力學習張華清朗淺淨的一面。楊明《譯注》：「古人所謂才力大，有善於大量地組織、調遣詞藻之意，而詞藻繁密則往往意旨深隱；反之，才力小，則可能與清朗、精簡相關聯。如《世說新語・賞譽》：『王恭有清辭簡旨，能敍說，而讀書少，頗有重出。』注引《中興書》：『恭才雖不多，而清辨過人。』又劉勰《文心雕龍・熔裁》：『士衡才優，而綴辭尤繁；士龍思劣，而雅好清省。』又《才略》：『陸機才欲窺深，辭務索廣，故思能入巧，而不製繁；士龍朗練，以識檢亂，故能布采鮮淨，敏於短篇。』謝瞻諸人，鍾嶸以爲出於張華。陸雲《與兄書》評張華作品云：『無他異，正自情（通「清」）省，無煩長。』是謝瞻諸人之『務其清淺』，亦正與張華之『清省無煩長』相似。」

〔八〕殊得風流媚趣：媚趣，婉約柔媚之致。《晉書・王獻之傳》：「獻之骨力遠不及父（羲之），而頗有媚趣。」此謂五詩人均得到風流瀟灑、婉約柔媚之風格特點。劉勰《文心雕龍・才略》篇：「殷仲文之孤興，謝叔源之閒情。並解散辭體，縹緲浮音，雖滔滔風流，而大澆文意。」陳衍《平議》：「叔源一二對仗可誦耳。」葉長青《集釋》：「《隋書・經籍志》：《誹諧文》十卷，袁淑撰。可爲風流媚趣之證。」王運熙師《魏晉南北朝文學批評史・詩品》云：「南朝書法理論中時有以媚與骨力相對的例子。如劉宋羊欣《采古來能書人名》評王獻之云：『骨勢不及父，而媚趣過之。』齊王僧虔《論書》評郗超云：『緊媚過其父，骨力不及也。』評蕭思話云：『風流趣好，殆當不減，而筆力恨弱。』評謝綜云：『書法有力，恨少媚好。』均是其例。鍾嶸此處『風流媚趣』之論，當受書論影響。書論中的骨力與媚好，猶如文論中的風骨與文采。」

〔九〕課其實録：課，考核、考察。實録，實際記録。《漢書・司馬遷傳贊》：「其文直，其事核，不虚美，不隱惡，故謂之實録。」此謂考察他們詩歌的實際情況。

〔一〇〕「則豫章」二句：豫章，指謝瞻。謝瞻曾经任「豫章太守」，此以官职代人名。僕射，指謝混。謝混曾任「尚書左僕射」，亦以官职代人名。分庭抗禮，原指以平等之禮節相見，後引申爲地位平等，不分高下之意。《莊子・漁父》篇：「萬乘之主，千乘之君，見夫子未嘗不分庭伉禮。」成玄英疏：「伉，對也。分處庭中，相對設禮，位望相似，無階降也。」抗禮，即伉禮。此謂考察结果，謝瞻（豫章）、謝混（僕射），應是旗鼓相當。《宋書》卷五六《謝瞻傳》：「瞻善於文章，辭采之美，與族叔混、弟靈運相抗。」胡應麟《詩藪》曰：「宣遠《子房》、《戲馬》，格調詞藻，可坦步延之、靈運間。」

〔一一〕「徵君」二句：徵君，指王微。王微以父憂去官，後屢徵不就，尊称徵君。太尉，指袁淑。袁淑曾被追贈为「太尉」，此以官职代人名。後車，副車、侍從之車。《詩經·小雅·緜蠻》：「命彼後車，謂之載之。」《孟子·盡心》下：「驅騁田獵，後車千乘。」旭按：此謂王微、袁淑比謝瞻、謝混稍遜，只能「託乘」侍從之車耳。《宋書·王微傳》：「微爲文古甚，頗抑揚，袁淑見之，謂爲訴屈。」陳延傑《注》曰：「景玄《思婦》之唱，清怨有味。陽源《傚曹子建白馬篇》，大有建安風骨。」

〔一二〕「征虜」二句：征虜，即「征虜將軍」，指王僧達。王僧達曾任「征虜將軍」，亦以官職代人名。卓卓，特立不凡貌。劉勰《文心雕龍·風骨》篇：「公幹亦云：『孔氏卓卓，信含異氣。』」《世説新語·容止》篇：「嵇延祖卓卓，如野鶴之在鷄群。」殆，幾乎。度，超過。驊騮，即棗騮，紅色駿馬。《玉篇》：「驊騮，駿馬，周穆王八駿之一。」殆欲度驊騮前，語出王僧虔《論書》：「亡從祖中書令（王）珉，筆力過於子敬（王獻之）書。……子敬戲云：『弟書（指王珉）如騎騾駸駸，恒欲度驊騮（獻之自喻）前。』」此謂王僧達不同凡響，幾乎要超越他們了。楊明《譯注》：「王珉與王獻之（子敬）同出於晉光禄大夫王覽，王珉爲獻之之族弟。獻之頗自重其書，其語殆以驊騮自比。王微、王僧達同出於晉尚書令王絢（即王珉之兄）。僧達于微爲從弟。而作《論書》引用王獻之語的王僧虔，又正是王微、王僧達之從弟。故鍾嶸此處借用王獻之語，實非偶然，所言應亦指王氏家族中事。其意殆以王僧達與從兄王微相比，云僧達欲度于王微之前，並非泛言王僧達欲度于謝瞻等人之前。」甚是。陳延傑《注》曰：「僧達《答顏延年詩》，甚古幽，《古詩源》所謂『答顏詩，與顏體相似』者是也。」許文雨《講疏》：「今就仲偉評詩之意推之，宣遠不爲厲響，叔源頗有閒情，自無軒輊之分。陽源語弱，而時寓古悲；景玄辭哀，而情入淒怨；若論五言之警策，自亞於二謝矣。僧達與顏延年贈答雖加事義，未乖秀逸，由天才豐盛，不徒恃閑趣成什故也。謂之度驊騮前，殆以此歟。」

【參考】

一、録謝瞻詩一首：

《答靈運》：「夕霽風氣涼，閒房有餘清。開軒滅華燭，月露皓以盈。獨夜無物役，寢者亦云寧。忽獲愁霖唱，懷勞奏所誠。歎彼行旅艱，深兹眷言情。伊余雖寡慰，殷憂暫爲輕。牽率酬嘉藻，長揖愧吾生。」

二、録謝混詩一首：

《遊西池》：「悟彼蟋蟀唱，信此勞者歌。有來豈不疾？良遊常蹉跎。逍遥越城肆，願言屢經過。迴阡被陵闕，高臺眺飛霞。惠風蕩繁囿，白雲屯曾阿。景昃鳴禽集，水木湛清華。褰裳順蘭沚，徙倚引芳柯。美人愆歲月，遲暮獨如何。無爲牽所思，南榮戒其多。」

三、蕭子顯《南齊書·文學傳論》：「仲文玄氣，猶不盡除；謝混清新，得名未盛。」

四、江淹《雜體詩·謝僕射混遊覽》：「信矣勞物化，憂襟未能整。薄言邁郊衢，總轡出臺省。淒淒節序高，寥寥心悟永。時菊耀巖阿，雲霞冠秋嶺。眷然惜良辰，徘徊踐落景。卷舒雖萬緒，動復歸有静。曾是迫桑榆，歲暮從所秉。舟壑不可攀，忘懷寄匠郢。」

五、録袁淑詩一首：

《傚古》：「誶此倦遊士，本家自遼東。昔隸李將軍，十載事西戎。結車高闕下，極望見雲中。四面各千里，縱横起嚴風。寒燠豈如節，霜雨多異同。夕寐北河陰，夢還甘泉宫。勤役未云已，壯年徒爲空。迺知古時人，所以悲轉蓬。」

六、江淹《雜體詩·袁太尉淑從駕》：「宫廟禮哀敬，枌邑道嚴玄。恭潔由明祀，肅駕在祈年。詔徒登季月，戒鳳藻行川。雲旆象漢徙，宸綱擬星懸。朱棹麗寒渚，金鍐映秋山。羽衛藹流景，彩吹震沈淵。辨詩測京國，履籍鑒都鄽。岷謡響玉律，邑頌被丹弦。文軫薄桂海，聲教燭冰天。和惠頒上笏，恩渥浹卜筵。幸侍觀洛後，豈慕巡河前。服義方無沫，展歌殊未宣。」

七、張溥《漢魏六朝百三家集·袁忠憲集題辭》：「史載袁氏世多忠烈，若陽源死於元兇，名爲風霜松筠，不虚也。或責彼既志不從亂，曷不疾驅告變，出君險阨？然事發倉卒，身閉宫省，翹首君門，叫呼莫屬。儒者雍容，亦莫可如何耳。陽源《誹諧集》，文皆調笑，其於藝苑，亦博簺之類也。

《禦虜議》世譏其誕，然文采遒豔，才辯鮮及，即不得爲儀、秦縱横，方諸燕然勒銘，廣成作頌，意似欲無多讓。詩章雖寡，其摹古之篇，風氣竟逼建安。此人不死，顔、謝未必能出其上也。彭城少文，情好不接，劉湛貴盛，未輕㪅裾，文人寡合，其落拓之性固然。」

八、録王微詩一首：

《雜詩》：「思婦臨高臺，長想憑華軒。弄絃不成曲，哀歌送苦言。箕帚留江介，良人處雁門。詎憶無衣苦，但知狐白温。日暗牛羊下，野雀滿空園。孟冬寒風起，東壁正中昏。抱景自愁怨，朱火獨照人。誰知心思亂，所思不可論。」

九、江淹《雜體詩·王徵君微養疾》：「窈藹瀟湘空，翠澗澹無滋。寂曆百草晦，欻吸鵾雞悲。清陰往來遠，月華散前墀。煉藥矚虛幌，汎瑟卧遥帷。水碧驗未黷，金膏靈詎緇？北渚有帝子，蕩漾不可期。悵然山中暮，懷冋屬此詩。」

一〇、録王僧達詩一首：

《答顔延年》：「長卿冠華陽，仲連擅海陰。圭璋既文府，精理亦道心。君子聳高駕，塵軌實爲林。崇情符遠迹，清氣溢素襟。結遊略年義，篤顧棄浮沈。寒榮共偃曝，春醞時獻斟。聿來歲序暄，輕雲出東岑。麥隴多秀色，楊園流好音。歡此乘日暇，忽忘逝景侵。幽衷何用慰，翰墨久謡吟。棲鳳難爲條，淑貺非所臨。誦以永周旋，匣以代兼金。」

宋法曹參軍謝惠連詩〔一〕

小謝才思富捷，恨其蘭玉夙彫〔二〕，故長轡未騁〔三〕。《秋懷》、《擣衣》之作〔四〕，雖復靈運鋭思，亦何以加焉〔五〕。又工爲綺麗歌謡，風人第一〔六〕。《謝氏家録》云〔七〕：「康樂每對惠連，輒得佳語〔八〕。後在永嘉西堂，思詩竟日不就〔九〕，寤寐間，忽見惠連，即成『池塘生春草』〔一〇〕。故常云：『此語有神助，非吾語也〔一一〕。』」

【校異】

〔宋法曹參軍謝惠連詩〕《吟窗》、《格致》、《詩法》、《詞府》諸本脱「參軍」二字。

〔小謝才思富捷〕「小謝」，《玉屑》誤作「二謝」。○「富捷」，《竹莊》、《玉屑》作「富健」。車柱環《校證》：「鍾書或言『富捷』，或言『富健』，而取義有別。此言才思，自當以作『富捷』爲是。」

〔恨其蘭玉夙彫〕「其」，《集成》本誤作「以」。○「夙彫」，曾慥《類説》、《玉屑》、《記纂》作「早彫」。

〔故長轡未騁〕《玉屑》、《記纂》略「故」字。○「騁」，原作「聘」，據《竹莊》、《玉屑》、《記纂》並諸本改。

〔《秋懷》、《擣衣》之作〕　《竹莊》「秋」上有「然」字。　旭按：有「然」字於文氣較完，疑是。○「作」，《竹莊》作「製」。

〔雖復靈運鋭思〕　「雖」，原作「歸」，據諸本及宋詩話改。　○《玉屑》略「復」字。

〔亦何以加焉〕　《玉屑》略「亦」字。

〔又工爲綺麗歌謡〕　「工」，《竹莊》作「巧」。　○「綺」，《詩紀》略「綺」字。《竹莊》「綺麗」作「淫麗」。

〔康樂每對惠連〕　《淵鑑》「康」上有「謝」字。

〔輒得佳語〕　「輒」字原脱，據諸本補。　明《考索》「佳」作「嘉」。「嘉」、「佳」古通，但此涉下文「永嘉」而誤。

〔後在永嘉西堂〕　「後在」，《御覽》作「嘗於」。

〔思詩竟日不就〕　《對雨樓》、《擇是居》本「思」下誤植「謝」字。

〔即成「池塘生春草」〕　「即成」，《竹莊》作「即得」。

〔此語有神助，非吾語也〕　《竹莊》無「助」字。　○「吾」，《詩話》、《詩品詩式》本臆改作「我」字。　陳注、杜注、葉長青《集釋》均從之。

【集注】

〔一〕　謝惠連（四〇七—四三三）：　南朝宋文學家、詩人。　陳郡陽夏（今河南太康）人。　謝靈運族弟。

早慧，幼而聰敏，十歲能屬文，深得謝靈運賞識。因行爲輕薄不檢，同性戀，且父喪期間仍爲其男寵寫詩，爲時論所非，故不得仕進。宋文帝元嘉七年（四三〇），由尚書僕射殷景仁力薦，任彭城王劉義康法曹行參軍。惠連多才藝，書畫並妙。曾爲《雪賦》，寫雪之醞釀、飄飛至雪霽天晴，展現奇麗而素浄之畫面，與謝莊《月賦》並爲六朝寫景抒情小賦代表作。詩雖不如謝靈運精警，然遣詞清新，意象老成，作風頗似靈運。世稱「小謝」，又與謝靈運、謝朓合稱「三謝」。《隋志》謂有「宋司徒府參軍謝惠連集六卷。梁五卷。録一卷」，已散佚。明張溥輯有《謝法曹集》。今存詩三十餘首，其中五言詩二十餘首，斷句若干。事見《宋書》卷五三、《南史》卷一九《謝方明傳》附。

〔二〕「恨其」句：蘭玉，語出《世説新語·言語》篇：「謝太傅（安）問諸子姪：『子弟亦何預人事，而正欲使其佳？』諸人莫有言者。車騎（謝玄）答曰：『譬如芝蘭玉樹，欲使其生於階庭耳。』」後遂喻才俊子弟。　夙彫：早彫。蘭玉夙彫，謂惠連爲謝家芝蘭玉樹，但不幸早亡。惠連卒時年二十七。

〔三〕故長轡未騁：轡，馬繮繩。長轡，謂善於騎馬。未騁，未能施展馳騁。旭按：此亦「中品」未著其詩歌淵源者。王叔岷《疏證》曰：「宋濂《與章秀才論詩書》云：『惠連本子建，而雜參於郭景純。』可補仲偉所略。」甚是。

〔四〕「《秋懷》」句：《秋懷》詩、《擣衣》詩，是謝惠連代表作品。《秋懷》詩云：「平生無志意，少小嬰憂患。如何乘苦心，矧復值秋晏。皎皎天月明，奕奕河宿爛。蕭瑟含風蟬，寥唳度雲雁。寒商動清閨，孤燈曖幽幔。耿介繁慮積，展轉長宵半。夷險難預謀，倚伏昧前算。雖好相如達，不同長卿慢。頗悦鄭生偃，無取白衣宦。未知古人心，且從性所玩。賓至可命觴，朋來當染翰。高臺驟登踐，清淺時陵亂。頹魄不再圓，傾義無兩旦。金石終銷毁，丹青暫凋焕。各勉玄髮歡，無貽白首歎。因歌遂成賦，聊用布親串。」《擣衣》詩云：「衡紀無淹度，晷運倏如催。白露滋園菊，秋風落庭槐。肅肅莎鷄羽，烈烈寒螿啼。夕陰結空幕，宵月皓中閨。美人戒裳服，端飾相招携。簪玉出北房，鳴金步南階。櫩高砧響發，楹長杵聲哀。微芳起兩袖，輕汗染雙題。紈素既已成，君子行未歸。裁用笥中刀，縫爲萬里衣。盈篋自余手，幽緘俟君開。腰帶準疇昔，不知今是非。」何焯《義門讀書記》謂小謝《秋懷》詩：「一往清綺，而不乏真味。」謂《擣衣》詩：「結語托意高妙。」

〔五〕「雖復」二句：加，超过。此謂惠連《秋懷》、《擣衣》詩，雖謝靈運精心構思，亦不能過也。《詩品序》：「惠連《擣衣》之作，斯皆五言之警策者也。」張溥《謝法曹集題辭》曰：「詩則《秋懷》、《擣衣》居最。《詩品》云：『康樂鋭思，無以復加。』」許文雨《講疏》：「《古詩存》評云：『小謝詩平鋪直敘，無見才力處，殊不足爲乃兄接武。惟《秋懷》、《擣衣》二首，在集中爲有意經營之作。』案，成書似用本品爲説。劉履《選詩補注》不取《秋懷詩》，並詆其篇中『頹魄』、『傾義』二句爲失理，未免苛論古人。」

〔六〕「又工」二句：歌謡，指樂府民歌體作品。《詩經・魏風・園有桃》：「我歌且謡。」傳：「曲合樂曰歌；徒歌曰謡。」《漢書・藝文志》：「自孝武立樂府，而采歌謡。」風人，六朝樂府民歌的一種體裁，語多雙關借意。第一，兼指得風氣之先與成就之高。如評郭璞：「始變永嘉平淡之體，故稱中興第一。」此謂謝惠連又善於寫綺麗的樂府詩，風人詩體，得風氣之先，成就在當時亦首屈一指。《宋書・謝惠連傳》：「靈運見其新文，每曰：『張華重生，不能易也。』」何焯《義門讀書記》曰：「謝惠連《西陵遇風獻謝康樂》，輕便婉轉，此等詩亦復憲章陳王，但比之康樂爲差弱耳。」許文雨《講疏》：「仲偉評小謝歌謡綺麗，用一『又』字。以本書所録止乎五言，歌謡則非盡五言故也。」王船山評選《前緩聲歌》云：『小謝樂府，奕奕標舉，短歌微吟，亦復關情不淺。遥想此士風流，當知緱嶺吹笙，月明人濇，而飄然欣賞，固不在洞庭張樂下也。』蓋與仲偉評其綺麗者正合。」古直《箋》：「《南史》曰：『惠連先愛幸會稽郡吏杜德靈。及居父憂，贈以五言十餘首，《乘流遵歸渚》篇是也。』此殆仲偉所謂『綺麗歌謡』邪？《南史》又曰：『（惠連）輕薄，多尤累，故官不顯。』蓋亦指此。」

旭按：風人是當時流行的民歌體裁，人多愛作；其本風俗之言，如《子夜歌》、《讀曲歌》等皆是。後人謂之「風人體」。下品「齊朝請吴邁遠」條謂：「吴善於風人答贈。」徐陵《玉臺新詠序》曰：「曾無參於《雅》《頌》，亦靡濫於風人。」

〔七〕《謝氏家録》：書佚。傳永嘉西堂舊有《謝氏譜》十一卷，未知即《謝氏家録》否。

〔八〕「康樂」二句：此謂謝靈運每當與謝惠連晤對，就能寫出佳句。

〔九〕永嘉，即今浙江省永嘉縣。《南史・謝靈運傳》：「（靈運）出爲永嘉太守。」西堂，當是靈運居室。思詩，構思詩篇。此謂後來住在永嘉的西堂，構思詩篇終日未成。

〔一〇〕「寤寐」三句：寤寐間，似睡非睡、似醒非醒之時。「池塘生春草」，謝靈運《登池上樓》詩句。詩見上品「謝靈運」條。此謂在打瞌睡時，忽然夢見惠連，就寫出了「池塘生春草」的佳句。

旭按：《南史・謝惠連傳》：「年十歲能屬文，族兄靈運嘉賞之，云：『每有篇章，對惠連輒得佳語。』嘗於永嘉西堂，思詩竟日不就，忽夢見惠連，即得『池塘生春草』，大以爲工。常云：『此語有神功，非吾語也。』」《南史》本傳此語，皆本之鍾嶸。清張錫瑜《鍾記室詩平》以爲此雖出《謝氏家録》，亦未必可信。據《宋書・謝方明傳》：子惠連，年十歲，能屬文，族兄靈運深相知賞。而靈運、惠連深交，則在景平元年（四二三）秋九月，靈運稱疾去職之時。時惠連十七歲，跟隨何長瑜在會稽讀書，詩歌始與靈運相磨礪。而《謝氏家録》所記靈運「池塘生春草，園柳變鳴禽」（《登池上樓》）則作于此前永嘉任上，夢惠連得佳語，亦在「永嘉西堂」，均是前事，兩者相隔近十年，乃是好事者以前詩連綴後事而成。葉夢得《石林詩話》：「『池塘生春草，園柳變鳴禽。』世人多不解此語爲工，蓋欲以奇求之耳。此語之工，正在無所用意，猝然與景相遇，借以成章，不假繩削，故非常情所能到。詩家妙處，當須以此爲根本，而思苦難言者，往往不悟。」元好問《論詩絶句》：「池塘生草謝家春，萬古千秋五字新。傳語閉門陳正字，可憐無補費精神。」又云：「坎井鳴蛙自一天，江山放眼更超然。情知春草池塘句，不到柴煙糞火邊。」胡應麟《詩藪·外編》卷二：「『池塘生春草』，不必苦謂佳，亦不必謂不佳。靈運諸佳句，多出深思苦索。如『清暉能娱人』之類，雖非鍛煉而成，要皆真積所致，此却率然信口，故自謂奇。」何焯《義門讀書記》曰：「謝靈運《登池上樓》，只似自寫懷抱，然刊置别處不得，循諷再四，乃覺巧不可階。池塘一聯，驚心節物，乃爾清綺；惟病起即目，故千載常新。」王叔岷《疏證》：「靈運才高詞盛，駢儷之極，時流於繁蕪。惠休『初日芙蓉』之譽，誠未必值。至如『池塘生春草』之句，則真自然可愛，故自謂『此語有神助』也。……盛唐李白，才由天授，詩以神運，故極愛靈運此句，而時形諸吟詠。如《感時留别》云：『夢得春草句，將非惠連誰。』《送舍弟》云：『他日相思一夢君，應得池塘生春草。』《贈從弟》云：『夢得池塘生春草，使我長價登樓詩。』皆其例也。餘如《宫中行樂詞》云：『宫花争笑日，池塘暗生春。』《書情寄從弟》云：『東風引碧草，不覺生華池。』亦並本於此。」

〔一二〕「故常」三句：因此經常説：「這句詩有神相助，不是我自己的句子啊。」旭按：此謂創作靈感之通滯，靈感之來，如有神助。《唐文補》載蔡節綜《書法論》曰：「右軍此數帖，皆筆下鮮媚，紙墨精新，不可復得。右軍亦自訝焉。或它日更書，無復似者。乃歎而言曰：『此神助耳！何吾力能致。』」意與此同，皆佳話之例。

【參考】

一、録謝惠連詩一首：

《西陵遇風獻康樂詩》（五章）：「我行指孟春，春仲尚未發。趣途遠有期，念離情無歇。成裝候良辰，漾舟陶嘉月。瞻塗意少悰，還顧情多闕。」「哲兄感仳别，相送越坰林。飲餞野亭館，分袂澄湖陰。悽悽留子言，眷眷浮客心。迴塘隱艫栧，遠望絶形音。」「靡靡即長路，戚戚抱遥悲。悲遥但自彌，路長當問誰？行行道轉遠，去去情彌遲。昨發浦陽汭，今宿浙江湄。」「屯雲蔽曾嶺，驚風涌飛流。零雨潤墳澤，落雪灑林丘。浮氛晦崖巘，積素惑原疇。曲汜薄停旅，通川絶行舟。」「臨津不得濟，佇檝阻風波。蕭條洲渚際，氣色少諧和。西瞻興游嘆，東睇起悽歌。積憤成疢痗，無萱將如何？」

二、江淹《雜體詩・謝法曹惠連贈别》：「昨發赤亭渚，今宿浦陽汭。方作雲峰異，豈伊千里别？芳塵未歇席，零淚猶在袂。停艫望極浦，弭棹阻風雪。風雪既經時，夜永起懷思。汎濫北湖遊，苕亭南樓期。點翰詠新賞，開袠瑩所疑。摘芳愛氣馥，拾蘂憐色滋。色滋畏沃若，人事亦銷鑠。子衿怨勿往，谷風誚輕薄。共秉延州信，無慚仲路諾。靈芝望三秀，孤雲情所託。所託已殷勤，祗足攪懷人。今行嶀嵊外，銜思至海濱。親子杳未僝，凝睇在何辰。雜珮雖可贈，疏華竟無陳。無陳心悁勞，旅人豈遊遨？幸及風雪霽，青春滿江皋。解纜候前侶，還望方鬱陶。煙景若離遠，末響寄瓊瑶。」

三、張溥《漢魏六朝百三家集·謝法曹集題辭》：「《謝法曹集》，文字頗少，惟《祭古塚文》簡而有意。曹子建伏軾而問髑髏，辭不逮也。《雪賦》雖名高麗，與希逸《月賦》，僅鴈序耳。詩則《秋懷》、《擣衣》二篇居最，《詩品》云：『康樂銳思，無以復加。』若西陵遇風則非敵矣。『乘流遵歸路』諸篇，一生坎坷所繇，今逸不存。豈自悔失言，先絶其傳哉？謝客四友，尤莫逆者，東海何長瑜與從弟阿連。長瑜輕嘲僚佐，黜作流人，後殞暴風。阿連愛幸小吏，淪廢下位，命亦不長。蓋自康樂失志，知己寂寞，廷尉論刑，目爲反叛，一二輕厚，寧免輕薄之誚。連即才悟無雙，而榮華路絶，同時憔悴，亦物各以類乎！然芝蘭堦庭不爲父知，而賞音幕悦出於昆從。歎張華之重生，惜海嶠之初别，小謝雖才，得兄益顯。莊惠濠梁，鍾牙流水，朋友間事，又烏足云。」

四、張錫瑜《鍾記室詩平》曰：「《宋書·謝靈運傳》：『惠連幼有才悟，而輕薄不爲父方明所知。靈運去永嘉還始寧，時方明爲會稽郡。靈運嘗自始寧至會稽造方明，過視惠連，大相知賞。』則康樂之賞愛惠連，明在去永嘉之後，若此書云云，乃是爲永嘉前已與惠連嘗相接洽矣。雖出自《家録》，恐係藻飾之詞，未足信也。」

五、王闓運《八代詩選》曰：「小謝詩殊冗弱，但工作聯句，以從兄奬借，故聲名至今耳。」

六、陳衍《詩品平議》：「惠連步趨康樂，方諸二陸，尚愧士龍。對之能得佳句，恐是興到語。」

宋參軍鮑照詩〔一〕

其源出於二張〔二〕。善製形狀寫物之詞〔三〕。得景陽之諔詭〔四〕，含茂先之靡嫚〔五〕。骨節強於謝混〔六〕，驅邁疾於顔延〔七〕。總四家而擅美〔八〕，跨兩代而孤出〔九〕。嗟其才秀人微〔一〇〕，故取湮當代〔一一〕。然貴尚巧似，不避危仄，頗傷清雅之調〔一二〕。故言險俗者，多以附照〔一三〕。

【校異】

〔宋參軍鮑照〕「鮑照」，原作「鮑昭」，據退翁、《詩話》、《對雨樓》、《擇是居》、《全梁文》、《詩品詩式》諸本改。末句同。張錫瑜《詩平》校：「『照』，原作『昭』。唐人避武后嫌名，後世因循而未改也。今據《宋書・宗室傳》正。篇内並同。」鄭校《津逮》：「《潘子真詩話》云：『唐武后以諱照，因以昭名之，事具《昭祠堂記》。《南史》本傳正作「照，字明遠」。』《宋子京筆記》云：『今人多誤照爲昭，玉溪生詩有云：「濃烹鮑照葵。」』又金陵有人得地中石刻作『鮑照』。」

〔其源出於二張〕《竹莊》作「明遠詩，其源出於張協」，「二張」誤作「張協」。○退翁本脱「於」字。

〔善製形狀寫物之詞〕「寫物」，《竹莊》誤倒作「物寫」。

〔得景陽之諔詭〕「諔詭」，原作「淑詭」，據退翁、顧氏、《廣牘》、《津逮》諸本改。《竹莊》、《詩紀》作「俶詭」。「俶」、「諔」古字通。

〔含茂先之靡嫚〕「嫚」，《竹莊》作「漫」，北圖膠卷《吟窗》作「熳」，並誤。

〔骨節強於謝混〕「謝混」，《竹莊》、《稗史》並作「謝琨」。

〔驅邁疾於顏延〕《竹莊》作「驅汎邁於顏延」。○「顏延」，《吟窗》、《格致》、《詩法》諸本作「顏延之」。《詞府》本作「延之」。《詩紀》引作「延年」。○「疾」，《秘書》本作「病」。

〔嗟其才秀人微〕「微」，《龍威》本誤作「似」。

〔故取湮當代〕「取」，《集成》本作「致」。許文雨《講疏》從之。○「當代」，《竹莊》作「於當世」，原本成爲唐人避太宗諱改。

〔不避危仄〕「危仄」，《竹莊》作「危戹」。

〔頗傷清雅之調〕「清」，《龍威》本作「有」。○「調」，《竹莊》作「語」。

〔故言險俗者〕「險」，《竹莊》作「嶮」。

〔多以附照〕「附照」，《竹莊》作「附益云」。

【集注】

〔一〕鮑照（四一四？—四六六）：南朝宋著名文學家、詩人。字明遠，東海（今山東郯城縣北）人，一説上黨（今屬山西）人。鮑照的青少年時代，大約是在京口（今江蘇鎮江）一帶度過的。宋文帝元嘉十六年（四三九），鮑照二十多歲時，爲謀求官職，想獻詩謁見臨川王劉義慶。有人認爲他地位卑下，勸告不要輕舉觸犯劉義慶。鮑照勃然説：「千載上有英才異士沉没而不聞者，安可數哉！大丈夫豈可遂藴智能，終日碌碌與燕雀相隨乎！」於是獻詩獲得賞識，被任爲臨川王侍郎。劉義慶任江州刺史，鮑照亦于同年秋赴江州。元嘉二十一年（四四四），劉義慶病逝，他失職，在家閒居。後又任始興王劉濬侍郎、中書舍人、秣陵令等職。宋孝武帝大明六年（四六二），臨海王劉子頊鎮荆州，引爲前軍參軍，故世稱「鮑參軍」。孝武帝死後，明帝劉彧殺前廢帝子業自立，子頊起兵反劉彧，兵敗賜死，照亦爲亂兵所殺。鮑照才秀人微，沉淪下僚，鬱鬱不得志。然兼擅詩、賦、駢文，尤長於樂府和七言歌行，風格俊逸。與謝靈運、顔延之同時，合稱「元嘉三大家」。代表作有《蕪城賦》、《登大雷岸與妹書》、《梅花落》、《擬行路難》十八首等。鮑照詩歌想象奇特，感情豪邁，形象鮮明，骨力遒勁，具有濃厚的浪漫主義色彩，對唐代的李白、高適、岑參等人創作有一定影響。南齊永明時，虞炎曾編《鮑照集》十卷，今以張溥所輯《鮑參軍集》最通行。清末錢振倫，近人黄節、錢仲聯爲之作注。事見《宋書》卷五一、《南史》卷一三《臨川烈武王道規傳》附。

〔二〕其源出於二張：二張，指張協、張華。　此謂鮑照詩體貌風格源出於張協、張華，各得二張之一端。　旭按：此亦是一詩人源出二家者。然與上品謝靈運、中品陶淵明不同，鮑照雖源出二家，然張協、張華皆源出王粲，仍屬《楚辭》一系，此亦確定鮑照詩歌命運。縱然「總四家而擅美，跨兩代而孤出」，終因「傷清雅之調」，不入詩史正席，此由「源出」即可窺見。宋濂《答章秀才論詩書》：「明遠則效景陽。」劉熙載《藝概・詩概》：「張景陽詩開鮑明遠。」許文雨《講疏》：「仲偉下云：『得景陽之諔詭，含茂先之靡嫚。』等於自注。」

〔三〕「善製」句：謂鮑照詩善摹物狀，善寫物情。　旭按：既源出二張，張協之「巧構形似之言」、張華之「巧用文字」，即鮑照之「善製形狀寫物之詞」矣。黄節《鮑參軍詩注》卷三《吴興黄浦亭庾中郎別篇》注曰：「本集《河清頌》『蠢行藻性』；《舞鶴賦》『鍾浮曠之藻質』；《淩煙樓銘》『藻思神居』；及此篇之『藻志』，皆明遠自造詞，《詩品》所謂善製形狀寫物之詞者也。」陳延傑《注》曰：「若《詠史詩》『鞍馬光照地』，《東武吟》『腰鎌刈葵藿，倚杖牧雞豚』，《結客少年場行》『九塗平若水』，是皆能得寫物之狀者。」韓國李徽教《彙注》：「仲偉評張協云：『巧構形似之言。』又謝靈運雜有景陽之體，而仲偉評之云：『故尚巧似。』又此條云：『善製形狀寫物之詞。』『貴尚巧似。』可知此爲仲偉評張協一派之特性。」

〔四〕得景陽之諔詭：諔詭，怪異、奇異。《莊子・德充符》：「彼且蘄以諔詭幻怪之名聞。」陸德明

《爾雅音義》：「李云：諔詭，奇異也。」此謂鮑照得張協詩歌錘煉詞句、奇異精警之特點。即何焯《義門讀書記》所謂「詩家煉字琢句，始於景陽而極於鮑明遠」。日本立命館《疏》：「諔詭，奇異者也，謂其傾炫心魂，與下句『靡嫚』相對。」許文雨《講疏》：「今人劉盼遂云：『諔詭即弔詭，亦作弔儻，亦作倜儻，亦作佚蕩。』然則此評其『諔詭』，猶杜陵以『俊逸』題鮑耳。……又《辨體》卷七舉明遠詩之最軼蕩者，如『蔓草緣高隅，修楊夾廣津。迅風首旦發，平路塞飛塵』、『雞鳴洛城裏，禁門平旦開。冠蓋縱橫至，車騎四方來』、『驄馬金絡頭，錦帶佩吴鉤。失意杯酒間，白刃起相讎』、『嚴秋筋竿勁，虜陣精且彊。天子按劍怒，使者遥相望』、『疾風衝塞起，沙礫自飛揚。馬毛縮如蝟，角弓不可張』等句，以爲較之顔謝，如釋險阻而就康莊，所見甚是。」李徽教《彙注》：「詩爲諔詭者，自有逸蕩之氣。故仲偉評謝靈運云：『逸蕩過之。』此亦張協一派之又一特性也。」

〔五〕含茂先之靡嫚：靡嫚，華靡柔曼。劉晝《劉子·辨樂》章引阮籍《樂論》曰：「延年造傾城之歌，漢武思靡嫚之色。」枚乘《七發》：「今太子膚色靡曼。」《文選》李善注：「王逸《楚辭》注曰：『靡，細也；曼，澤也。』」此謂鮑照詩含張華華靡柔曼之風格。旭按：張華詩「其體華豔」、「務爲妍冶」、「兒女情多」，均與女色有染。鮑照詩學南朝樂府民歌，亦多男歡女愛，故其靡嫚相似。許文雨《講疏》：「按，靡嫚即靡曼。《吕覽·本生》篇高誘訓解云：『靡曼，細理弱肌美色也。』張茂先詩，仲偉評其兒女情多。舉例言之：如《情詩》云：『蘭蕙緣清渠，繁華蔭緑渚。佳人不在兹，取此欲誰與？』《雜詩》云：『微風摇莖若，層波動芰荷。榮采曜中林，流馨入綺羅。』皆綺靡傷情。明遠綺靡之句，《辨體》舉其『歸華先委露，別葉早辭風』、『蜀琴抽《白雪》，郢曲發《陽春》』、『珠簾無隔露，羅幌不勝風』、『揚芬紫煙上，垂綵緑雲中』等句，並體性不遠。《南齊書・文學傳論》曰：『雕藻淫豔，傾炫心魂，亦猶五色之有紅紫，八音之有鄭衛，斯鮑照之遺烈也。』則鮑詩之靡嫚，此《論》亦發之，不獨仲偉爲然。蓋亦一時之通談耳。後世亟稱其偉響，而略其豔詞，或不免有掩護之迹。《詩紀別集》卷之五引曾原曰：『明遠之詩，詞氣俊偉，而乏渾涵，然未至流於靡麗，下此則皆靡麗矣。』説近崇古。」何焯《義門讀書記》卷四七評鮑照樂府詩曰：「詩至明遠，已發露無餘。李、杜、元、白，皆從此出也。鍾記室謂其含景陽之諔詭，兼茂先之靡嫚。知之最深。然亦具太沖之瑰奇。」陳延傑《注》曰：「明遠詩造境奇譎，實得自景陽。若《翫月城西門廨中詩》，含靡嫚之音，則酷似茂先焉。」

〔六〕骨節強於謝混：骨節，原指人骨骼關節處，此指詩文的骨力、氣勢，謂鮑照之詩，骨力、氣勢強於謝混。旭按：鮑照、謝混均源出張華。而謝混「才力苦弱」、「故務其清淺」，上品「潘岳」條又謂「益壽（謝混）輕華」，而鮑照兼出「張協」，「得景陽之諔詭」，才力、骨節自然強于謝混也。宋濂《答章秀才論詩書》：「（鮑照詩）氣骨淵然，駸駸有西漢風。」陸時雍《詩鏡總論》：「鮑照材力標舉，淩勵當年，如五丁鑿山，開人世之所未有。當其得意時，直前揮霍，目無堅壁矣。」黄子雲《野鴻詩的》：「明遠沈雄篤摯，節亮句遒，又善能寫難寫之景。」許文雨《講疏》：「《詩譜》曰：『六朝文氣衰緩，唯劉越石、鮑明遠，有西漢氣骨。』至如謝混之詩，仲偉已病其淺弱，本不能與操調險急之鮑照相擬。特仲偉以二人同源出張華，故及之耳。考叔源《西池》之唱，起云：『悟彼蟋蟀唱，信此勞者歌。有來豈不疾，良遊常蹉跎。』所謂佳製，已是索莫乏氣之徵，而明遠之詩，任舉其一首，靡不骨節堅強。如《秋日示休上人》起云：『枯桑葉易零，疲容心易驚。今茲亦何早，已聞絡緯鳴。』何其出語之挺拔耶！」

〔七〕驅邁疾於顔延：驅邁，指驅辭運藻及詩之節奏力度。疾，敏捷、快速。顔延，即顔延之，古人時省寫如此。此謂鮑照詩歌節奏力度，比顔延之矯健有力。旭按：顔延之「尚巧似」，鮑照「貴尚巧似」、「善製形狀寫物之詞」，此是作法大略相同；而顔延之「喜用古事，彌見拘束」，故鮑照「驅邁疾於顔延」。又顔、鮑運用詞藻及典事，態度、喜好不同：顔延之喜古人，故「用古事」；鮑照喜今人，故「靡嫚」、「諔詭」，同中之異，其詩學脈絡，清晰可見。然顔延之源出「陸機」，「詩體典正，故《詩品序》謂「陸機爲太康之英，安仁、景陽爲輔」，可爲晉宋詩學主軸輔助。許學夷《詩源辯體》曰：「明遠樂府五言，步驟軼蕩。」敖器之《敖陶孫詩評》曰：「鮑明遠如飢鷹獨出，奇矯無前。」陳延傑《注》曰：「謝混才力苦弱，而明遠能爲抗壯之音，故比之稍強。顔延年苦拘束，明遠則奇矯無前焉。」

〔八〕總四家而擅美：總，綜合、匯集。四家，指張協、張華、謝混、顔延之。擅美，獨擅其美。此謂鮑照綜合四家之長而獨擅其美。《宋書·謝靈運傳論》：「子建、仲宣以氣質爲體，並標能擅美，獨映當時。」

〔九〕跨兩代而孤出：兩代，指張協、張華、謝混所屬晉代和顔延之所屬宋代。孤出，獨出。此謂鮑照跨晉宋兩代而獨舉高標。李徽教《彙注》曰：「雖云『總四家』而其性質不同。仲偉評鮑詩：於二張，則素有承受之意，故云『得景陽』、『含茂先』焉；然而於謝混、顔延之，則僅有比擬之意，故云『强於謝混』、『疾於顔延』焉。首云『源出於二張』，而不包謝混、顔延之，亦其意也。」古直《箋》：「此評非『上品』不可，益信列照『中品』，非嶸定制。」韓國車柱環《校證》：「古氏此説，斷章取義，審下文所評以及《上品序》所言，嶸本列照『中品』無疑。」許顗《許彦周詩話》曰：「明遠《行路難》壯麗豪放，詩中不可比擬，大似賈誼《過秦論》。」鄭厚《藝圃折中》：「鮑明遠則高鴻決漢，孤鶻破霜。」劉熙載《藝概·詩概》曰：「明遠長句，慷慨任氣，磊落使才，在當時不可無一，不能有二。杜少陵《簡薛華醉歌》云：『近來海内爲長句，汝與山東李白好。何劉沈謝力未工，才兼鮑照愁絶倒。』此雖意重推薛，然亦見鮑之長句，何、劉、沈、謝均莫及也。」丁福保《八代詩菁華録箋注》曰：「明遠獨俊逸，又時出奇警，所以獨步千秋，衣被百世。」

〔一〇〕才秀人微：才華秀逸而身世賤微。何焯《義門讀書記》曰：「詩至於鮑，漸事詩飾。雖奇之又奇，頗乏天然。又不嫻於廊廟之製，于時名價不逮顔公，非但人微也。」

〔一一〕取湮當代：埋没而不爲當世人所知。鮑照《拜侍郎上疏》自謂「臣北州衰淪，身地孤賤」。《解褐謝侍郎表》、《謝永安令解禁止啓》自謂：「臣照言，臣孤門賤生，操無炯迹。鶉棲草澤，情不及官。」「臣田茅下第，質非謝品。」又《瓜步山揭文》謂：「才之多少，不如勢之多少遠矣。」是自哀其情狀也。《南史》卷一三載：「照始嘗謁義慶，未見知。欲貢詩言。人止之曰：『郎位尚卑，不可輕忤大王。』照勃然曰：『千載上有英才異士，沉没而不聞者，安可數哉！』」張溥《鮑參軍集題辭》：「鮑明遠才秀人微，史不立傳，服官年月，考論鮮據。差可憑者，虞散騎奉一敕一序耳。」古直《箋》曰：「《宋書》不爲照立傳，僅附見於《臨川王道規傳》中，故曰『取湮當代』。」

〔一二〕「然貴」三句：危仄，險仄，險僻而不典正。　此謂鮑照詩，着意追求寫景狀物之逼真，不惜用險僻詞句，故有損清新典雅之格調。　王闓運《八代詩選》：「明遠詩氣急色濃，務追奇險，其品度卑矣。　然自成格調，亦無流騁無歸，無識者乃以爲風韻出顔、謝之上，是不知翰林之鷙，而以爲丹山之鳳也。」陳延傑《注》：「明遠藻思綺合，信爲絶出，尤獨擅古樂府，真天才也！　唯頗喜巧琢，流於險仄，是其所短也。」

〔一三〕「故言」二句：險俗，險僻卑俗。　此謂喜愛流俗險僻之人，大都追隨鮑照的風格。　旭按：「險俗」與上句「危仄」爲互文。　劉勰《文心雕龍·體性》篇：「新奇者，擯古競今，危側（仄）詭趣者也。」與此意近。《詩品序》曰：「次有輕薄之徒，笑曹、劉爲古拙，謂鮑照羲皇上人，謝朓今古獨步。而師鮑照，終不及『日中市朝滿』。」又蕭子顯《南齊書·文學傳論》論當時三種詩風云：「今之文章，作者雖衆，總而爲論，略有三體：……次則發唱驚挺，操調險急；雕藻淫豔，傾炫心魂。亦猶五色之有紅紫，八音之有鄭衛，斯鮑照之遺烈也。」則鮑詩危仄，「言險俗者，多以附照」，當爲時代定評，而非仲偉私見也。

【參考】

一、録鮑照詩四首：

（一）《代出自薊北門行》：「羽檄起邊亭，烽火入咸陽。徵騎屯廣武，分兵救朔方。嚴秋筋竿勁，虜陣精且彊。天子按劍怒，使者遥相望。雁行緣石徑，魚貫度飛梁。簫鼓流漢思，旌甲被胡霜。疾風衝塞起，沙礫自飄揚。馬毛縮如蝟，角弓不可張。時危見臣節，世亂識忠良。投軀報明主，身死爲國殤。」

（二）《代結客少年場行》：「驄馬金絡頭，錦帶佩吴鉤。失意杯酒間，白刃起相讎。追兵一旦至，負劍遠行遊。去鄉三十載，復得還舊丘。升高臨四關，表裏望皇州。九塗平若水，雙闕似雲浮。扶宫羅將相，夾道列王侯。日中市朝滿，車馬若川流。擊鐘陳鼎食，方駕自相求。今我獨何爲，埳壈懷百憂！」

（三）《登黄鶴磯》：「木落江渡寒，雁還風送秋。臨流斷商絃，瞰川悲棹謳。適郢無東轅，還夏有西浮。三崖隱丹磴，九派引滄流。淚行感湘别，弄珠懷漢遊。豈伊藥餌泰，得奪旅人憂。」

（四）《學劉公幹體》：「胡風吹朔雪，千里度龍山。集君瑶臺上，飛舞兩楹前。兹晨自爲美，當避豔陽天。豔陽桃李節，皎潔不成妍。」

二、江淹《雜體詩·鮑參軍昭戎行》：「豪士枉尺璧，宵人重恩光。狥義非爲利，執羈輕去鄉。孟冬郊祀月，殺氣起嚴霜。戎馬粟不暖，軍士冰爲漿。晨上城皋阪，磧礫皆羊腸。寒陰籠白日，大穀晦蒼蒼。息從税征駕，倚劍臨八荒。鷦鵬不能飛，玄武伏川梁。鎩翮由時至，感物聊自傷。堅儒守一經，未足識行藏。」

三、杜甫《春日憶李白》：「清新庾開府，俊逸鮑參軍。」《寄彭州高三十五使君適虢州岑二十七長史參三十韻》：「高岑殊緩步，沈鮑得同行。」

四、道潛《覽黄子理詩後》：「六載南官何所營？百篇翻覆見真情。霜鷗露鵠元非俗，雪竹風松本自清。俊逸固宜淩鮑照，優遊真已逼淵明。微言會有知君者，謾擬鍾嶸試一評。」

五、張溥《漢魏六朝百三家集·鮑參軍集題辭》：「鮑明遠才秀人微，史不立傳，服官年月，考論鮮據，差可憑者，虞散騎奉敕一序耳。明遠《松柏篇》，自敍危病中讀《傅休奕集》，見《長逝辭》，惻然酸懷，草豐人滅，憂生良深。後掌臨海書記，竟死亂兵。謝康樂云：『夭枉兼常。』其斯人乎！臨川好文，明遠自恥燕雀，貢詩言志。文帝驚才，又自貶下就之。相時投主，善周其長，非襧正平、楊德祖流也。集中文章，實無鄙言累句，不知當時何以相加？江文通遭逢梁武，年華望暮，不敢以文陵主，意同明遠，而蒙譏才盡，史臣無表而出之者，沈休文竊笑後人矣。鮑文最有名者，《蕪城賦》、《河清頌》及《登大雷書》。《南齊文學傳》所謂：『發唱驚挺，持調險急，雕藻淫豔，傾炫心魂。』殆指是邪？詩篇創絶，樂府五言，李、杜之高曾也。顔延年與康樂齊名，私問優劣於明遠，誠心折之。士顧才何如耳，寧論官閥哉！」

六、王士禛《漁洋詩話》：「鮑照宜在『上品』。」

齊吏部謝朓詩〔一〕

其源出於謝混〔二〕。微傷細密〔三〕，頗在不倫〔四〕，一章之中，自有玉石〔五〕。然奇章秀句，往往警遒〔六〕。足使叔源失步，明遠變色〔七〕。善自發詩端〔八〕，而末篇多躓〔九〕。此意鋭而才弱也〔一〇〕。至爲後進士子之所嗟慕〔一一〕。朓極與余論詩，感激頓挫過其文〔一二〕。

【校異】

〔齊吏部謝脁詩〕　張錫瑜《詩平》作「齊吏部郎謝脁」。校云：「『郎』字原脱，據《南齊書》本傳及《隋志》補。」

〔其源出於謝混〕　曾慥《類説》、《竹莊》、《玉屑》「其」上有「玄暉詩」三字。　○「謝混」，原誤作「謝鯤」，《錦繡萬花谷》亦誤作「謝鯤」。《類説》、《竹莊》、《玉屑》、《吟窗》、《格致》、《詩法》、《詞府》諸本誤作「謝琨」。退翁書院本、顧氏文房、夷門廣牘、天一閣諸本均作「謝混」，是。因據諸本改。

〔一章之中〕　「之中」《錦繡萬花谷》作「之内」。

〔明遠變色〕　「明遠」原誤作「明達」，據《竹莊》、《玉屑》諸本改。《記纂》此下有「晉宋之際，殆無詩乎？　義熙中，以謝益壽、殷仲文爲華綺之冠，不競矣」之語。乃引下品「殷仲文」條釋「叔源失步」之評。

〔而末篇多躓〕　「多」，《竹莊》作「詩」。

〔此意鋭而才弱也〕　《竹莊》「此」下有「其」字。　○「鋭」，《秘書》本作「王」。

〔至爲後進士子之所嗟慕〕　《竹莊》「至」上有「然」字。

〔脁極與余論詩〕　「極」，《廣牘》本作「亟」。「極」、「亟」通。

【集注】

〔一〕謝朓（四六四—四九九）：南朝齊著名文學家、詩人。字玄暉，陳郡陽夏（今河南太康）人。祖、父輩皆劉宋王朝親重，祖母是史學家范曄之姐，母親爲宋文帝之女長城公主。與謝靈運同族，亦時與謝靈運對舉，人稱「小謝」。少好學，有美名，文章清麗。初任豫章王太尉行參軍，歷隨王東中郎府，轉王儉衛軍東閣祭酒、太子舍人等。隨王好辭賦，數集僚友，朓以文才，尤被賞愛，并與竟陵王文學往來，爲「竟陵八友」之一。高宗輔政時，爲驃騎諮議，領記室，出爲宣城太守，故世稱「謝宣城」。後因告發岳父王敬則謀反事受賞，遷尚書吏部郎。齊東昏侯永元元年（四九九），因不肯依附始安王蕭遥光篡謀帝位，爲江祏構害，下獄死。謝朓善於草隸，長於五言詩。詩以描寫山水景物見長，風格清麗、骨力警遒、意境新穎、富有情致，佳句頗多，如「餘霞散成綺，澄江静如練」、「天際識歸舟，雲中辨江樹」、「魚戲新荷動，鳥散餘花落」等，至今膾炙人口。又重聲律，作新體，别宫商，是當時「永明體」的倡導者和代表作家。詩爲世人傳誦，沈約譽爲「二百年來無此詩也」。《太平廣記》引《談藪》：「梁高祖重陳郡謝朓詩，常曰：『不讀謝詩三日，覺口臭。』」《隋志》謂有「齊吏部郎謝朓集十二卷。謝朓逸集一卷」，已散佚。張溥輯有《謝宣城集》。今人曹融南有《謝宣城集校注》，較完備。事見《南齊書》卷四七、《南史》卷一九《謝朓傳》。

〔二〕「其源」句：此謂謝朓詩體貌風格源出於謝混。旭按：二謝詩淵源有自：謝混開啓山水詩一路，謝朓拓而展之，題材有前後相繼之迹，是其一；謝混詩「輕華」（輕俊華美），得「風流媚趣」，朓詩清麗流美，風華映人，「足使叔源（謝混）失步」，風格類似，是其二；又謝混「才力苦弱」，朓詩「意鋭才弱」，才性相似，是其三。故曰「其源出於謝混」也。陳延傑《注》曰：「玄暉工巧組麗，其秀逸頗似叔源《遊西池》一詩耳。」許文雨《講疏》：「按，叔源水木清華，想見閒雅之情；玄暉山水都邑，別饒曠逸之趣。謝家名章，接踵可稱，固不容昧厥源之所自也。」

〔三〕微傷細密：此指謝朓新體詩多講對仗、聲律，詩句略微繁密瑣碎。《詩品序》：「三賢（王融、沈約、謝朓）咸貴公子孫，幼有文辯。於是士流景慕，務爲精密，襞積細微，專相陵架。」與此「細密」意同。

〔四〕頗在不倫：頗在，略有，稍有。不倫，良莠不齊。旭按：「頗在不倫」一語，歷來注家，均不得正解。陳延傑《注》曰：「鍾氏之言，蓋謂玄暉細密，過於益壽，故擬之殊不倫，以益壽清淺也。」許文雨《講疏》：「陳祚明《評選》曰：『玄暉按章使字，法密旨工。』成書評玄暉《和徐都曹出新亭渚》，何等細密。按玄暉詩正多此例，仲偉以爲不倫，亦坐尊古而賤今之見耳。」皆誤。不倫，旭原釋爲不類、不同，亦誤。蕭華榮兄賜教曰：不倫，即良莠不齊之謂。齊王僧虔《論書》：「謝靈運書乃不倫，遇其合時，亦得入流。」竇臮《述書賦》上：「元子正草，厚而不倫。」《述書賦·語例字格》：「不倫：前濃後薄，半敗半成。」因知鍾嶸此評謝朓詩利鈍不一。此即下文「一章之中，自有玉石」

之意。

〔五〕「一章」二句：玉，指佳句；石，喻瑕疵。此謂謝朓詩雜有良莠，一詩之中，佳句和敗筆都很明顯。《楚辭・九章・懷沙》：「同糅玉石兮，一概而相量。」《孔叢子・對魏王》：「玉石俱揉，和氏爲之嘆息。」《(北)魏書・祖瑩傳》：「瑩之筆劄，亦無乏天才，但不能均調，玉石兼有。」何焯《義門讀書記》卷四六評謝朓《暫使下都夜發新林至京邑贈西府同僚》詩云：「玄暉俊句爲多，然求其一篇盡善，蓋不易得。」

〔六〕「然奇」二句：警遒，警策遒勁。此盛讚謝朓奇章秀句，往往警策遒勁。旭按：《詩品》中「遒」字出現四次，兩次用於謝朓。此贊謝朓詩「警遒」，又中品「沈約」條謂「於時，謝朓未遒」，似有矛盾。然謝朓比沈約小二十三歲，沈約盛名時，謝朓未遒耳。「警遒」就局部「奇章秀句」説，「未遒」指整體風格説，其不同如此。唐子西《語録》曰：「江左諸謝詩，至玄暉語益工，如『春草秋更緑』二句，『大江流日夜』二句，皆得《三百篇》之餘韻，是以古今以爲奇作。」沈德潛《古詩源》曰：「玄暉靈心秀口，每誦名句，淵然泠然，覺筆墨之中，筆墨之外，别有一段深情妙理。」劉熙載《藝概》曰：「謝玄暉以情韻勝，雖才力不及明遠，而語皆自然流出，同時亦未有其比。」王叔岷《疏證》：「玄暉妙語深情，清麗中時露壯語。沈約稱其『調與金石諧，思逐風雲上』（《傷謝朓》），誠非過譽。葛立方謂：『春草秋更緑，公子未西歸』、『大江流日夜，客心悲未央』，皆得三百篇餘韻（《韻語陽秋》）。胡應麟謂：《遊敬亭山》、《和伏武昌》、《劉中丞》之類，體裁鴻碩，詞氣沖瀜，往往與靈運、延之逐鹿（《詩藪》）。朱子儋謂：『大江流日夜，客心悲未央』、『金波麗鳷鵲，玉繩低建章』及『白日麗飛甍，參差皆可見』、『餘霞散成綺，澄江静如練』，皆吞吐日月，摘躡星辰之句（《存餘堂詩話》）。蓋其天才命也，獨步當代。即如『竹樹澄遠陰，雲霞成異色』（《和宋記室省中》）、『日隱澗疑空，雲聚岫如複』（《和王著作融八公山》）、『天際識歸舟，雲中辨江樹』（《之宣城郡出新林浦向板橋》），狀寫景物，思若有神。至其『非君不見思，所悲思不見』（《别王丞僧孺》）、『無論君不歸，君歸方已歇』（《王孫遊》），含不盡之意於言外，岷尤愛其得於性情獨深也，盛唐李、杜二公，於玄暉猶備極稱服，況其他乎？杜詩云：『謝朓每篇堪諷誦。』又云：『綺麗玄暉擁。』李詩云：『解道澄江静如練，令人長憶謝玄暉。』又云：『蓬萊文章建安骨，中間小謝又清發。』又云：『詩傳謝朓清。』又云：『三山懷謝朓。』又云：『我吟謝朓詩上語，朔風颯颯吹飛雨。』白《登華山落雁峰》，且有『恨不攜謝朓驚人句來』之語。故王士禛謂其『白紵青衫魂魄在，一生低首謝宣城』也。」陳衍《平議》：「以潘爲『爛若舒錦，無處不佳』，吾斯之未能信，移贈小謝，庶其可乎！」

〔七〕「足使」二句：失步，謂步失其態也。變色，臉變其色也。此贊謝朓「警遒」之「奇章秀句」，足使謝混裹足不前，讓鮑照大吃一驚。黄子雲《野鴻詩的》：「元暉句多清麗，韻亦悠揚，得於性情獨深。雖去古漸遠，而擺脱前人習弊，永元中誠冠冕也。」許文雨《講疏》：「玄暉五言之警策者，有如《詩源辯體》卷八所舉：『日出衆鳥散，山暝孤猿吟』、『天際識歸舟，雲中辨江樹』、『南中榮橘柚，寧知鴻雁飛』、『春草秋更綠，公子未西歸』、『大江流日夜，客心悲未央』、『金波麗鳷鵲，玉繩低建章』、『風動萬年枝，日華承露掌』、『餘霞散成綺，澄江静如練』、『寒城一以眺，平楚正蒼然』、『朔風吹飛雨，蕭條江上來』等句，以視叔源，則後來居上矣。若明遠慷慨任氣，磊落使才者，視此工密之製，亦不能無愧遜，惟其緊健處，亦尚略似。《詩藪·外編》卷二曰：『明遠得記室（左思）之雄，而以詞爲尚，故時與玄暉近也，而去魏遠也。』」

〔八〕善自發詩端：自，猶言「另自」、「別自」，此用作副詞。　詩端，詩歌起句。此謂謝朓善於別開生面地寫出與衆不同的詩歌開頭。楊慎《升菴詩話》卷二曰：「五言律起句最難。六朝人稱謝朓工於發端，如『大江流日夜，客心悲未央』，雄壓千古矣。」《秋窗隨筆》曰：「高仲武論郎士元詩云：『可齊衡古人，掩映時輩，如「荒城背流水」云云。古人謂謝朓工於發端。比之於今，有慚沮矣。』然『大江流日夜，客心悲未央』，君胄豈能到？」許文雨《講疏》：「《漁洋詩話》卷中云：『或問詩工於發端如何？應之曰，如謝宣城「大江流日夜，客心悲未央」。』王船山曾評此二語云：『舊稱朓詩工於發端。如此發端語，寥天孤出，正復宛詣，豈不夐絶千古，非但危唱雄聲已也。』又評『朔風吹飛雨，蕭條江上來』云：『發端峻甚，遽欲一空今古。』又評『滄波不可望，望極與天平』云：『此一發端者，洵爲驚人，然正一往得之！』」王叔岷《疏證》：「詩爭起結，起忌作舉止，結忌流躓弱。嚴滄浪謂：『結句好難得，發句好尤難得。』最見甘苦之言。自來論玄暉發端之妙，咸推『大江流日夜，客心悲未央』二句。岷謂其《觀朝雨》之『朔風吹飛雨，蕭條江上來』，《和宋記室省中》之『落日飛鳥遠，憂來不可極』，《和何議曹郊遊》之『春心澹容與，挾弋步中林』，《和王中丞聞琴》之『涼風吹月露，圓景動清陰』，並有神致。《新亭渚別范零陵雲》之『洞庭張樂地，瀟湘帝子遊』，《和江丞北戍瑯邪城》之『春城麗白日，阿閣跨層樓』，亦見氣象，不妨俱標出也。」

〔九〕末篇多躓：謂謝脁詩篇末往往躓樸窘迫，不能承其發端。《文鏡秘府論・天卷》引隋劉善經《四聲論》曰：「潁川鍾嶸之作《詩評》，料簡次第，議其工拙，乃以謝脁之詩，末句多蹇，降爲『中品』。侏儒一節，可謂有心哉。」陳衍《平議》：「此評多未當。玄暉之作，處處秀色可餐。敖陶孫評謝康樂爲『東海揚帆，風日流麗』，正可移贈。後先輝映者，千古惟一李太白。……玄暉佳句，略舉如上。首韻、篇中工者固多，結語工者尚不少。如『玉座猶寂寞，況乃妾身輕』、『長夜縫羅衣，思君此何及』、『車馬一東西，別後思今夕』、『徘徊東陌上，月出行人稀』、『誰能久京洛？緇塵染素衣』、『有情知望鄉，誰能鬒不變』、『寄言罻羅者，寥廓已高翔』、『雖無玄豹姿，終隱南山霧』，何謂『篇末多躓』？」陳延傑《注》曰：「玄暉詩末篇多喜用古事，所謂借古人成語，以自抒胸臆者，亦自奇警，不盡躓也。」許文雨《講疏》：「陳祚明《詩選》云：『玄暉結句幽尋，亦鏗湘瑟，而《詩品》以爲「末篇多躓」，理所不然。夫宦轍言情，旨投思遁，賦詩見志，固應歸宿是懷，仰希逸流，貞觀丘壑，以斯託興，趣頗蕭然，恒見其高，未見其蹟。』按，此論稍涉掩護，殆如王船山評玄暉『發端聲情，所引太高』，故篇末難以爲繼歟。」楊祖聿《校注》：「氣古則厚，若水到渠成，源源而至，《古詩十九首》勝處即在此；氣今則險，務爲驚人之語，而篇末往往難以爲繼。宣城詩如：『大江流日夜，客心悲未央』、『朔風吹飛雨，蕭條江上來』，造語遒峻，洵爲善發詩端，然接之以『徒念關山近，終知反路長』、『既灑百常觀，復集九成臺』，氣緩語平，無復先前景象矣。」

〔一〇〕意鋭而才弱：此指謝朓藻思敏捷而才力不足爲繼。王世貞《藝苑卮言》卷三：「（玄暉詩）特不如靈運者，匪直材力小弱，靈運語俳而氣古，玄暉調俳而氣今。」鄭校《津逮》：「謝宣城秀句，已開唐賢雅韻新聲。茲語其工於發端，未免弩末，亦骨力苦弱，文勝其質耳。」

〔一一〕「至爲」句：後進士子，晚輩後學。嗟慕：讚歎仰慕。此謂謝朓詩極爲後學士子讚歎仰慕。《詩品序》：「三賢（王融、沈約、謝朓）咸貴公子孫，幼有文辯，士流景慕。」又云：「次有輕薄之徒，笑曹、劉爲古拙，謂鮑照羲皇上人，謝朓今古獨步。」顔之推《顔氏家訓·文章》篇：「劉孝綽當時既有重名，無所與讓，唯服謝朓，常以謝詩置几案間，動靜輒諷味。」吴幵《優古堂詩話》：「梁王僧孺《中川長望》詩云：『岸際樹難辨，雲中鳥易識。』蓋全用謝玄暉『天際識歸舟，雲中辨江樹』，而不及也。梁元帝詩云：『遠村雲裏出，遥船天際歸。』亦效玄暉，而遠勝僧孺。」王士禛《論詩絶句》：「青蓮（李白）才筆九州横，六代淫哇總廢聲。白紵青山魂魄在，一生低首謝宣城。」施補華

《峴傭説詩》：「謝玄暉名句絡繹，清麗居宗，雖不如魏、晉諸賢之厚，然較之陰鏗、何遜、徐陵、庾信，骨幹堅強多矣。其秀氣成采……唐人往往效之，不獨太白也。」

〔一二〕「朓極」二句：極，通「亟」。屢也。此謂謝朓常與我談論詩歌，情辭激昂，聲調頓挫，持論超過他的詩歌創作。旭按：《詩品》之文，時有互見。下品「梁常侍虞羲」條謂：「子陽（虞羲）詩奇句清拔，謝朓常嗟頌之。」永明年間，鍾嶸爲國子生時，謝朓爲衛將軍王儉東閣祭酒，常與鍾嶸論詩，此當爲「與余論詩」之内容。（參見呂德申《校釋》）又，此以「朓極與余論詩，感激頓挫過其文」爲己評論公允之一證，以相知深論詩久而知其利鈍得失也。

【參考】

一、録謝朓詩四首：

（一）《暫使下都夜發新林至京邑贈西府同僚》：「大江流日夜，客心悲未央。徒念關山近，終知返路長。秋河曙耿耿，寒渚夜蒼蒼。引領見京室，宮雉正相望。金波麗鳷鵲，玉繩低建章。驅車鼎門外，思見昭丘陽。馳暉不可接，何況隔兩鄉？風煙有鳥路，江漢限無梁。常恐鷹隼擊，時菊委嚴霜。寄言罻羅者，寥廓已高翔。」

（二）《之宣城出新林浦向板橋》：「江路西南永，歸流東北騖。天際識歸舟，雲中辨江樹。旅思倦搖搖，孤遊昔已屢。既歡懷祿情，復協滄洲趣。囂塵自茲隔，賞心於此遇。雖無玄豹姿，終隱南山霧。」

（三）《晚登三山還望京邑》：「灞涘望長安，河陽視京縣。白日麗飛甍，參差皆可見。餘霞散成綺，澄江静如練。喧鳥覆春洲，雜英滿芳甸。去矣方滯淫，懷哉罷歡宴。佳期悵何許，淚下如流霰。有情知望鄉，誰能鬒不變。」

（四）《同王主簿有所思》：「佳期期未歸，望望下鳴機。徘徊東陌上，月出行人稀。」

二、沈約《傷謝朓》：「吏部信才傑，文鋒振奇響。調與金石諧，思逐風雲上。豈言陵霜質，忽隨人事往？尺璧爾何冤，一旦同丘壤。」

三、蕭綱《與湘東王書》：「至如近世謝朓、沈約之詩，任昉、陸倕之筆，斯實文章之冠冕，述作之楷模。」

四、蕭繹《金樓子・立言》篇：「遍觀文士，略盡知之。至於謝玄暉，始見貧小。然而天才命世，過足以補尤。」旭按：蕭繹亦謂謝朓詩「貧小」、「過足以補尤」。此亦鍾嶸「頗在不倫」、「一章之中，自有玉石」之意。謝詩「頗在不倫」，或爲當時時論，或蕭繹受鍾嶸影響。

五、胡應麟《詩藪・外編》：「六朝句於唐人，調不同而語相似者：『餘霞散成綺，澄江静如練』，初唐也；『金波麗鳷鵲，玉繩低建章』，盛唐也；『天際識歸舟，雲中辨江樹』，中唐也；『魚戲新荷動，鳥散餘花落』，晚唐也。俱謝玄暉詩也。」

六、张溥《汉魏六朝百三家集・謝宣城集題辞》：「李青蓮論詩，目無往古，惟于謝玄暉三四稱服，泛月登樓，篇詠數見，至欲攜之上華山，問青天。余讀青蓮五言詩，情文駿發，亦有似玄暉者，知其興歎難再，誠心儀之，非臨風空憶也。梁武帝絶重謝詩，云：『三日不讀，即覺口臭。』簡文《與湘東書》，推爲『文章冠冕，述作楷模』。劉孝綽日置几案，沈休文每稱未有，其見貴當時，又復如是。今反覆誦之，益信古人知言。雖漸啓唐風，微遜康樂，要已高步諸謝矣。隨王賞愛，唔對不舍，長史問之，殊痛離割。集中文字，亦惟文學辭箋、西府贈詩，兩篇獨絶，蓋中情深者爲言益工也。會稽孔顗粗有才華，未立聲名。元暉愛其讓表，不難折簡手寫，齒牙獎成。甯忍重背婦翁，生懟寡妻？然王公甫誅，二江構害，出反之譏，頗挂時論。嗚呼！康樂、宣城，其死等爾！康樂死於玩世，憐之者猶比于孔北海、嵇中散。宣城死於畏禍，天下疑其反覆，即與吕布、許攸，同類而共笑也。一死輕重，尤貴得所哉！」

梁光禄江淹詩〔一〕

文通詩體總雜，善於摹擬〔二〕。筋力於王微〔三〕，成就於謝朓〔四〕。初，淹罷宣城郡〔五〕，遂宿冶亭〔六〕，夢一美丈夫，自稱郭璞〔七〕，謂淹曰：「吾有筆在卿處多年矣，可以見還〔八〕。」淹探懷中，得一五色筆以授之〔九〕。爾後爲詩，不復成語，故世傳江淹才盡〔一〇〕。

【校異】

〔梁光禄江淹詩〕「梁光禄」，「禄」原誤作「録」，據諸本改。山堂考索本與《吟窗》、《格致》、《詩法》、《詞府》諸本作「梁」。其餘各本均誤作「齊」。張錫瑜《詩平》改作「梁光禄江淹」。校曰：「『梁』，原作『齊』，誤。淹仕齊止於秘書監兼衛尉。入梁，乃有金紫光禄大夫之授。今據《梁書》本傳及《隋志》改。」朱希祖校曰：「江淹入梁始爲金紫光禄大夫，當稱『梁光禄』，不應稱『齊光禄』也。」古直《箋》：「宜作梁光禄。」

〔文通詩體總雜〕《竹莊》作「文通能體物」。《吟窗》、《格致》、《詩法》、《詞府》諸本略「文通」二字。「總雜」作「叢雜」。天一閣本作「縱雜」。

〔善於摹擬〕《竹莊》略「於」字。

〔筋力於王微〕「筋」，《續百川》、退翁、《説郛》、《五朝》、《詩話》、《廣漢魏》、《龍威》、《對雨樓》、《擇是居》、《詩觸》、《增漢魏》、螢雪軒諸本作「觔」。「觔」，同「筋」。

〔成就於謝朓〕　朱希祖校：「《古詩紀》『成就於謝朓』下有『故君子貴自立，不可隨流俗』二句。」路百占《校記》：「今本《詩品》無末二句，而有『夢郭璞』事。」「《詩品》成書邈逾千祀，刪益訛謬，幾不可讀。此僅其一則耳。此二句疑嶸原文，下之夢郭璞事，疑注《詩品》者，節録《梁書》，後人不察，遂纂入正文耳。」車柱環《校證》：「十一字，蓋馮氏自評，恐非嶸語。」

〔淹罷宣城郡〕　《玉鷄苗館》本脱「罷」字。

〔遂宿冶亭〕　「冶亭」，《南史·江淹傳》、《秘書》、《談藝》均誤作「治亭」。《全梁文》本誤作「野寺」。

〔吾有筆在卿處多年矣〕　「吾」，《詩話》、《詩品詩式》本改作「我」。陳注本、杜注本皆從之。

〔得一五色筆以授之〕　諸本均無「一」字。有「一」字於文意較勝。

【集注】

〔一〕江淹（四四四—五〇五）：南朝齊梁間著名文學家、詩人。字文通，濟陽考城（今河南蘭考）人。六歲時能詩，十三歲喪父，家境貧寒，曾采薪養母。初爲檀超禮遇，起家南徐州從事，轉奉朝請。歷仕宋、齊、梁三朝。至梁時，爲散騎常侍、左衛將軍，遷金紫光禄大夫，改封醴陵侯。江淹爲官清正，不避權貴，直言敢諫，爲世人所稱。逝世後，梁武帝蕭衍爲素服舉哀，謚曰「憲」。江淹少以文章顯，詩賦清麗遒勁。賦以《恨賦》、《别賦》爲著名，寫社會人生，典型感情，膾炙人口，與鮑照同爲南朝辭賦大家。詩筆精工，情調哀怨，長於擬古。《雜體詩三十首》，模擬、學習前輩作家，亦是對前輩作家風格之總結與評論。其中模擬陶淵明詩歌體式之《陶徵君潛田居》，不啻爲早於鍾嶸、蕭統之陶詩評論。晚年任高官，才思減退，時人謂之「才盡」。故有「還筆」、「割錦」之傳説。生平著述，曾自編爲前後集。《隋志》謂有「梁金紫光禄大夫江淹集九卷。梁二十卷。江淹後集十卷。江淹擬古一卷」，已散佚。明人汪士賢、張溥輯有《江文通集》。事見《梁書》卷一四、《南史》卷五九《江淹傳》。

〔二〕「文通」二句：總雜，駁雜。此謂江淹詩歌風格駁雜不一，善於模仿前人的作品。旭按：「文通詩體總雜，善於摹擬」，未著源流。以「還筆」逸話可知，或有「源出郭璞」之意；而郭璞「憲章潘岳」，潘岳源出王粲，王粲源出《楚辭》。又據《南史·江淹傳》張景陽索錦事，則江淹亦有源出張景陽之可能，張景陽亦源出王粲。江淹詩歌體貌風格，實有跡可循。至于「摹擬」，今存江淹模擬之作有《雜體詩三十首》、《學魏文帝》、《效阮公詩十五首》等，所擬詩人，自漢至齊凡二十九家。嚴羽《滄浪詩話·詩評》曰：「擬古推江文通最長。擬淵明似淵明，擬康樂似康樂，擬左思似左思，擬郭璞似郭璞。獨擬李都尉一首，不似西漢耳。」陳繹曾《詩譜》曰：「（江淹）善觀古作，曲盡心手之妙，其自作乃不能爾。故君子貴自立，不可隨流俗也。」胡應麟《詩藪·外編》曰：「詩材稟賦，各有所近。靈運《鄴中》，不惟不類，並其故步失之。文通諸擬，乃遠出齊、梁上，尺短寸長，信不虛也。」又曰：「文通擬漢三詩俱遠，獨魏文、陳思、劉楨、王粲四作，置之魏風莫辨，真傑思也。」明佚名氏《竹林詩評》曰：「江淹清婉秀麗，才思有餘，雜擬之作，如季札聘魯，四代之樂，並歌於庭。非天下之至聰，其孰能喻？」何焯《義門讀書記》曰：「江文通《雜體詩》，所擬既衆，才力高下，時有不齊，意製體源，罔軼尺寸。爰自椎輪漢京，訖乎大明、泰始，五言之變，旁備無遺矣。雖孫、許似《道德論》，淵明爲隱逸宗，亦並别構，成是『總雜』。」劉熙載《藝概・詩概》：「江文通詩，有淒涼日暮，不可如何之意，此詩之多情而人之不濟也。雖長於雜擬，於古人蒼壯之作亦能肖吻，究非其本色耳。」

〔三〕筋力於王微：筋力，筋腱骨力。陳衍《平議》：「竊謂（文通）《望荆山》、《古别離》、《休上人怨别》，足以希蹤玄暉，王景玄可勿論矣！」許文雨《講疏》：「文通《雜體詩》，有《王微君微養疾》一首，黄庭鵠《古詩冶》注云：『原詩缺。』今就文通擬作觀之，其起語曰：『窈藹瀟湘空，翠澗澹無滋。』黄庭鵠引孫評云：『古峭甚！』然則以文通所擬必似者例之，此古峭之語，即筋力於王微也。」

旭按：此由人體筋骨移爲書評、詩評。「筋」、「骨」對舉成文。唐張彦遠《法書要録》引晉衛夫人《筆陣圖》，謂多骨力者爲「筋書」。後世書法，有「顔筋柳骨」之稱。又《後漢書・黄瓊傳》：「唐堯以德化爲冠冕，以稷契爲筋力。」均可參考。又，陳慶元論文謂：「筋力於王微」，即謂江淹詩「筋力」强於王微。是也。

〔四〕成就於謝朓：許文雨《講疏》：「文通調婉而詞麗之詩，有如《詩源辯體》卷八所舉『玉柱空掩露，金樽坐含霜』、『昔我别楚水，秋月麗秋天。今君客吴坂，春色縹春泉』、『愁生白霜日，思起秋風年』、『松氣鑑青靄，霞光鑠丹英』、『絳氣下縈薄，白雲上杳冥』、『電至煙流綺，水緑桂含丹』、『涼靄漂虚座，清香盪空琴』等句，似皆仲偉所謂成就於謝朓者也。」陳延傑注：「文通詩亦能極體物之奇，而聲調格律，皆逼肖謝朓，故鍾氏謂成就於謝朓者，差近之。」　旭按：此句意頗難通。仲偉置謝朓於「齊」，置江淹於「梁」。《詩品》之例，以所卒之朝代定其時代。姚鼐《惜抱軒筆記》卷八獻疑曰：「實則醴陵乃玄暉之前輩。故鍾嶸云：『齊永明中，謝朓未遒，江淹才盡。』以江在謝前也。」則鍾嶸自相矛盾矣。陳慶元論文謂：「成就於謝朓」，即謂江淹「成就」高於謝朓。蕭華榮《注譯》謂：「謝朓疑是謝混之誤：第一，謝混與王微在卷中同一條中，二人風格、成就相似；第二，江淹《雜體詩三十首》亦有擬謝混《遊覽》一首，他學過王微、謝混的風格。」又來函曰：「《中興間氣集》評韓翃：『前載「芙蓉出水」，未足多也。其比興深于劉員外，筋節成于皇甫冉也。』乃是學鍾嶸《詩品》。楊明《譯注》曰：「此句及上句皆費解。江淹行輩高於謝朓，且其創作成就，在劉宋、宋齊之際，亦早于謝朓。所謂成就于謝朓，大約只是將二人體貌加以比較，謂江詩中亦有謝詩那種風貌，而不是説江淹學習謝朓、江淹詩出於謝朓；只是比較二人詩風之異同，而不考慮其時代之先後。」陳元勝《詩品疑難問題辨説》以爲，句中「於」字，不當釋爲介詞「從」義，而當釋爲内動詞「在」義。如《韓非子・存韓》：「鼓鐸之聲於耳，而乃用臣斯之計，晚矣！」《漢書・司馬相如傳》：「麗靡爛漫於前，靡曼美色於後。」故「鍾嶸評江淹：筋力在王微，成就在謝朓。此猶言：氣質才力在王微之列，詩歌成就在謝朓之流」。其實，「《詩品》認爲江淹、王微、謝朓三位詩人的氣質才力、詩歌成就都不相上下；三人同列爲中品」。諸兄高論，均可參考。

〔五〕淹罷宣城郡：宣城郡治所在今安徽宣城縣。江淹於齊明帝時任宣城太守，後遷黄門侍郎。

〔六〕遂宿冶亭：冶亭在冶城内。故址在今南京市朝天宫附近，因爲吴國鑄冶之地，故名；後爲士人才子餞送之所。淹自宣城東下，將入都城，故宿此。

〔七〕「夢一」三句：謂江淹在冶亭夜宿，夢見一位美男子，自稱郭璞。郭璞見中品。

〔八〕「謂淹」三句：謂自稱郭璞的人對江淹説：「我有一支筆，在您那裏已經多年，可以還給我了。」

〔九〕「淹探」三句：此謂江淹從懷中掏出一支五色筆，交給那位夢中人。

〔一〇〕「爾後」三句：此謂江淹以後作詩，不再有佳篇妙句，所以世人都説「江淹才盡」。旭按：江淹才盡，事亦見《南史·江淹傳》：「淹少以文章顯，晚節才思微退，云爲宣城太守時罷歸，始泊禪靈寺渚，夜夢一人，自稱張景陽，謂曰：『前以一匹錦相寄，今可見還。』淹探懷中得數尺與之。此人大恚曰：『那得割截都盡！』顧見丘遲，謂曰：『餘此數尺，既無所用，以遺君。』自爾淹文章躓矣。」又，江淹才盡，後世見智見仁，説頗歧紛：一曰遭逢梁武，不敢以文陵主，非謂才盡。張溥《江醴陵集題辭》曰：「晚際江左，馳逐華采，卓爾不群，誠有未盡。世猶傳文通暮年才退，張載（當爲張景陽)問錦，郭璞索筆，則幾蚩口矣。」《鮑參軍集題辭》曰：「江文通遭逢梁武，年華望暮，不敢以文陵主，意同明遠，而蒙譏『才盡』，史臣無表而出之者，沈休文竊笑後人矣。」二曰文通不屑盡其才，非才盡也。王夫之評文通《卧疾怨別劉長史》云：「文通於時，乃至不欲取好景，亦不欲得好句，脈脈自持，一如處女，惟循意以爲尺幅耳。此其所作者自命何如也。前有任筆沈詩之俗譽，後有宫體之陋習，故或謂之『才盡』，彼自不屑盡其才，才豈盡哉！」三曰文通遇愈隆，官愈顯，無暇顧及詩文，非才盡也。王世貞《藝苑卮言》卷八曰：「文通裂錦還筆入夢以來，便無佳句，人謂『才盡』，殆非也。昔人夜聞歌渭城甚佳，質明跡之，乃一小民傭酒館者，捐百緡，予使鬻酒，久之，不復能歌渭城矣。近一江右貴人，彊仕之始，詩頗清淡，既涉貴顯，雖篇什日繁，而惡道坌出，人怪其故，予曰，此不能歌渭城也。」又姚鼐《惜抱軒筆記》曰：「江詩之佳，實在宋、齊之間，仕宦未盛之時。及名位益登，塵務經心，清思旋乏，豈才盡之過哉？後世詞人，受此病者，亦多有之。『匆匆不暇唱《渭城》』，文通、休文，固皆不免爾耳。」四曰文通固已才盡，夢爲其兆也。胡應麟《詩藪·外編》曰：「人之才固有盡時，精力疲，志意怠，而夢徵焉。其夢，衰也；其衰，非夢也。彦昇（任昉）與沈（約）競名，亦曰才盡，豈張、郭爲祟耶？」均可參酌。

【參考】

一、録江淹詩四首：

（一）《無錫縣歷山集詩》：「愁生白露日，思起秋風年。竊悲杜衡暮，攣涕弔空山。落葉下楚水，別鶴噪吴田。嵐氣陰不極，日色半虧天。酒至情蕭瑟，憑樽還惘然。一聞清琴奏，歔泣方留連。況乃客子念，直置絲竹間。」

（二）《詠美人春遊詩》：「江南二月春，東風轉緑蘋。不知誰家子？看花桃李津。白雪凝瓊貌，明珠點絳唇。行人咸息駕，争擬洛川神。」

（三）《雜體詩三十首·休上人怨别》：「西北秋風至，楚客心悠哉。日暮碧雲合，佳人殊未來。露彩方泛艷，月華始徘徊。寶書爲君掩，瑶琴詎能開。相思巫山渚，悵望陽雲臺。金爐絶沈燎，綺席生浮埃。桂水日千里，因之平生懷。」

（四）《雜體詩三十首·陶徵君潛田居》：「種苗在東皋，苗生滿阡陌。雖有荷鉏倦，濁酒聊自適。日暮巾柴車，路闇光已夕。歸人望煙火，稚子候簷隙。問君亦何爲？百年會有役。但願桑麻成，蠶月得紡績。素心正如此，開徑望三益。」

二、張溥《漢魏六朝百三家集·江醴陵集題辭》：「《南史》江文通、任彦昇、王僧儒同傳，三人俱有長者行，詩文新麗頓挫，並一時之傑也。文通《雜體三十首》，體貌前哲，欲兼關西、鄴下、河外、江南，總制衆善，興會高遠，而深厚不如。非其才絀，世限之也。謝客兒《擬魏太子鄴中集詩八首》，評者謂其氣象不類，下遜文通，亦意爲輕重，非謝所服。江詩擬臨川遊山，又似深知謝者。蓋文通之學，華少於宋，壯盛于齊，及梁，則爲老成人矣。身歷三朝，辭該衆體，《恨》、《别》二賦，音制一變。長短篇章，能寫胸臆，即爲文字，亦詩騷之意居多。余每私論江、任二子，縱橫騈偶，不受羈靮。若使生逢漢代，奮其才果，上可爲枚叔、谷雲，次亦不失馮敬通、孔北海，而晚際江左，馳逐華采，卓爾不群，誠有未盡。世猶傳文通暮年才退，張載問錦，郭璞索筆，則幾妬口矣。」

三、王士禛《漁洋詩話》：「江淹宜在『上品』。」

梁衛將軍范雲〔一〕　梁中書郎丘遲詩〔二〕

范詩清便宛轉，如流風迴雪〔三〕。丘詩點綴映媚，似落花依草〔四〕。故當淺於江淹，而秀於任昉〔五〕。

【校異】

〔梁中書郎丘遲〕「丘」，《硯北》、《學津》、《詩話》、《詩觸》、《備要》、《紫藤》、《談藝》諸本皆避孔子諱作「邱」，《全梁文》缺筆作「丘」。

〔范詩清便宛轉〕「范詩」，《南史·丘遲傳》、《御覽》並作「范雲」。○「清便宛轉」，《南史·丘遲傳》、《御覽》並作「婉轉清便」。

〔丘詩點綴映媚〕「丘詩」，《南史·丘遲傳》作「遲」。《賓退録》、《稗史》作「丘遲詩」。《御覽》作「遲詩」。

〔似落花依草〕「似」，《賓退録》、《稗史》、《吟窗》、《格致》、《詩法》、《詞府》諸本均作「如」，義同。○「依草」，《賓退録》、《稗史》、《吟窗》、《格致》、《詩法》、《詞府》諸本均作「在草」。「在」當爲「依」之壞損字。

〔故當淺於江淹，而秀於任昉〕《南史·丘遲傳》作「雖取賤文通，而秀於敬子」。《御覽》作「雖義淺文通，而秀於敬子」。可參。

【集注】

〔一〕范雲（四五一—五〇三）：南朝齊梁間文學家、詩人。字彦龍，南鄉舞陰（今河南泌陽）人。范縝從弟。性篤睦，精神秀朗而勤於學習。有識具，善屬文，八歲能詩，文思敏捷，爲尺牘，下筆輒成，未嘗改定，時人疑爲宿構。仕宋爲郢州西曹書佐，轉法曹行參軍。齊初爲竟陵王府主簿。齊永明十年（四九二），和蕭琛出使北魏，受魏孝文帝稱賞。從北魏還朝，遷零陵内史，又爲始興内史、廣州刺史，皆有政績。蕭衍代齊建梁，遷散騎常侍、吏部尚書，封霄城縣侯，領太子中庶子，遷尚書右僕射。天監二年（五〇三）卒，時年五十三。梁武帝蕭衍輿駕臨殯，參加追悼會，爲之流涕。卒贈侍中、衛將軍。謚曰「文」。范雲事寡嫂盡禮，家事必先諮而後行。爲官廉潔，居高位然家無蓄積，多接濟親友。與沈約、王融、謝朓等友善，爲「竟陵八友」之一。詩氣格警拔，聲調宛轉，若「江幹遠樹浮，天末孤煙起。江天自如合，煙樹還相似」、「積恨顔將老，相思心欲燃。幾回明月夜，飛夢到郎邊」諸詩，風格明浄，開啓唐音。《文選》録其《贈張徐州稷》、《古意贈王中書》、《效古》詩三首。《隋志》謂有「梁尚書僕射范雲集十一卷，並録」，已散佚。今存詩四十餘首。事見《梁書》卷一三、《南史》卷五七《范雲傳》。

〔二〕丘遲（四六四—五〇八）：南朝齊梁間文學家、詩人。字希範，丘靈鞠之子。吴興烏程（今浙江湖州市）人。齊時爲本州從事，舉秀才，任太學博士，累遷殿中郎、車騎録事參軍。遲曾入蕭衍幕，爲主簿。蕭衍代齊建梁，歷任中書侍郎，爲永嘉太守，因不稱職被彈劾。遷爲中書郎，卒於官。丘遲有雋才，八歲能屬文，所著詩文，詞采清麗。武帝作《連珠》，詔群臣繼作，遲文最美。中軍將軍臨川王蕭宏北伐，引爲諮議參軍，領記室。陳伯之率魏軍相拒，丘遲作《與陳伯之書》曉之以理、動之以情，伯之遂降。遲以功授司空從事中郎。《與陳伯之書》由此成駢文中代表作品，爲後人傳誦不已。《隋志》謂有「梁國子博士丘遲集十卷，並録，梁十一卷」，已散佚。明張溥輯有《丘中郎集》。今存五言詩十首。事見《梁書》卷四九、《南史》卷七二《文學傳》。

〔三〕「范詩」二句：便，閒雅秀逸。《世説新語・品藻》篇：「袁羊何如？曰：洮洮清便。」流風迴雪，輕逸飄飛貌。曹植《洛神賦》：「飄飄兮若流風之迴雪。」此謂范雲詩清新秀逸美好、聲調婉轉便捷，如流風之輕旋迴雪。何焯《義門讀書記》卷四六評《贈張徐州謖》云：「『疑是徐方牧』八句，流風迴雪，記室固最得其如此。」許文雨《講疏》：「此評范詩之聲調也。陳祚明選其《贈張徐州謖》詩，有『造章警快』之評，即其例。」楊祖聿《校注》：「彥龍諸作本諸古樂府，然宛轉麗質，滋味別於古漢，如『孤煙起新豐，候雁出雲中。草低金城霧，木下至門風』、『洛陽城東西，長作經時別。昔去雪如花，今來花似雪』，皆『飄飄兮若流風之迴雪』，聲情秀麗矣。非如許氏所言只評其聲調，蓋許其詩也。」

〔四〕「丘詩」二句：謂丘遲詩點綴詞采，相映生其媚趣，如落花之依傍於碧草也。　旭按：《南史・丘遲傳》謂遲詩「辭采麗逸」，可與鍾品相發。又，《南史・江淹傳》記「自稱張景陽」之人向淹索錦，「淹探懷中得數尺與之。此人大恚曰：『那得割截都盡！』顧見丘遲，謂曰：『餘此數尺，既無所用，以遺君。』自爾淹文章躓矣」。丘遲詩未著源流，但由此可知「其源出於張景陽」；而江淹「躓」不成文之日，正是丘遲辭采麗逸之時。張子容《贈張司勳》：「江山清謝朓，草木媚丘遲。」何焯《義門讀書記》曰：「丘希範《旦發魚浦潭》，步趨康樂，而未屆精華，所工特模範間矣。」又曰：「體物工矣，興象不逮。」陳衍《平議》：「此鍾評之最當者矣。彥龍、希範，頗有佳句。而『昔去雪如花，今來花似雪』，不可無一，不能有二。」許文雨《講疏》：「此評丘詩之辭筆也。丘詩如《旦發魚浦潭》中有云：『村童忽相聚，野老時一望。詭怪石異象，嶄絶峯殊狀。森森荒樹齊，析析寒沙漲。藤垂島易陟，崖傾嶼難傍。』歷寫山水人物，有如仲偉所評者。《竹林詩評》云：『丘遲之作，如琪樹玲瓏，金芝布濩，九霄春露，三島秋雲。』」楊祖聿《校注》：「丘遲《與陳伯之書》：『暮春三月，江南草長，雜花生樹，群鶯亂飛。』風姿摇曳。其詩如《九日侍宴樂遊苑》、《旦發魚浦潭》等，亦復如是。」

〔五〕「故當」二句：故當，六朝口語，即本當；畢竟應當。《世説新語·言語》篇：「謝中郎經曲阿後湖，問左右：『此是何水？』答曰：『曲阿湖。』謝曰：『故當淵注渟蓄，納而不流。』」又《品藻》篇：「撫軍問殷浩：『卿定何如裴逸民？』良久，答曰：『故當勝耳。』」此謂范雲、丘遲之詩，當比江淹淺顯，比任昉秀奇。張溥《丘中郎集題辭》：「鍾仲偉《詩評》云：『希範取賤文通，秀於敬子。』余未唯唯。或其時尚循『沈詩任筆』之稱，遂輕高下耳。」許文雨《講疏》：「以仲偉所評，知范、丘二家，均務於清淺，較諸江郎古峭之語，筋力于王微者，爲殊科矣。若夫任昉博物，動輒用事，視范、丘清淺之章，殊損奇秀之致焉。」李徽教《彙注》：「此評亦有論其優劣之意。即范、丘二家之詩，劣於江淹，而優於任昉也。江詩成就於謝朓，當得其優位；任詩依國士之風，而强居『中品』，宜置之於劣位也。」

【參考】

一、録范雲詩三首：

（一）《贈張徐州謖》：「田家樵采去，薄暮方來歸。還聞稚子説，有客款柴扉。儐從皆珠玳，裘馬悉輕肥。軒蓋照墟落，傳瑞生光輝。疑是徐方牧，既是復疑非。思舊昔言有，此道今已微。物情棄疵賤，何獨顧衡闈。恨不具鷄黍，得與故人揮。懷情徒草草，淚下空霏霏。寄書雲間雁，爲我西北飛。」

（二）《别詩》：「洛陽城東西，長作經時别。昔去雪如花，今來花似雪。」

（三）《送别詩》：「東風柳線長，送郎上河梁。未盡樽前酒，妾淚已千行。不愁書難寄，但恐鬢將霜。望懷白首約，江上早歸航。」

二、録丘遲詩三首：

（一）《侍宴樂遊苑送張徐州應詔詩》：「詰旦閶闔開，馳道聞鳳吹。輕荑承玉輦，細草藉龍騎。風遲山尚響，雨息雲猶積。巢空初鳥飛，荇亂新魚戲。實爲北門重，匪親孰爲寄。參差别念舉，肅穆思波被。小臣信多幸，投生豈酬義。」

（二）《旦發漁浦潭》：「漁潭霧未開，赤亭風已颺。櫂歌發中流，鳴鞞響沓障。村童忽相聚，野老時一望。詭怪石異象，嶄絶峯殊狀。森森荒樹齊，析析寒沙漲。藤垂島易陟，崖傾嶼難傍。信是永幽棲，豈徒暫清曠。坐嘯昔有委，卧治今可尚。」

（三）《贈何郎詩》：「向夕秋風起，野馬雜塵埃。憂至猶如繞，詎是故人來？檐際落黄葉，堦前網緑苔。遥情不入酒，望美信難哉！」

三、張溥《漢魏六朝百三家集·丘中郎集題辭》：「《南史·文學傳》首吴興丘氏。靈鞠在宋孝武時，獻殷貴妃挽歌，特蒙嗟賞；希範于梁王踐祚之日，勸進殊禮，專典文字。父子曲筆，非東南之蹇者也。然靈鞠面折褚彦回，語頗强切。東觀祭酒，自謂終身不恨。仕宦情淺，蓬髮遲鈍，無愧名士。希範少挫抑，即獻《責躬詩》，志在求進。出守永嘉，負乘騰刺，令非武帝憐才，爲寢白簡，維鵜濡翼，能長有鞶帶乎？革命諸文，連珠唱和，世不多見。其最有聲者，與陳將軍伯之一書耳！隗囂反背，安豐責讓；楊廣附逆，伏波曉勸：咸出腹心之言，示泣血之意，不能發其順心，使之回首。獨希範片紙，强將投戈，松柏墳墓，池台愛妾，彼雖有情，不可謂文章無與其英靈也。鍾仲偉詩評云：『希範取賤文通，秀於敬子。』余未唯唯。或其時尚循『沈詩任筆』之稱，遂輕高下耳。」

梁太常任昉詩〔一〕

彦昇少年爲詩不工，故世稱「沈詩任筆」〔二〕，昉深恨之〔三〕。晚節愛好既篤，文亦遒變〔四〕。善銓事理〔五〕，拓體淵雅〔六〕，得國士之風〔七〕，故擢居中品〔八〕。但昉既博學〔九〕，動輒用事，所以詩不得奇〔一〇〕。少年士子，效其如此，弊矣！〔一一〕。

【校異】

〔故世稱沈詩任筆〕「世」，原作「出」，據諸本改。

〔昉深恨之〕「恨」，顧氏、《續百川》、《五朝》、《説郛》、《詩觸》、《廣漢魏》、《龍威》、《增漢魏》、《秘書》、《稗史》諸本均作「悵」。「悵」當爲「恨」之壞損字。顧氏本字形在「悵」、「恨」之間，或爲訛字之祖本。

〔文亦遒變〕「文」，原作「又」，據天都閣、《詩話》、《四庫》、《萃編》、螢雪軒、《稗史》諸本改。中沢希男《詩品考》：「『文』字似是。」車柱環《校證》：「『又』蓋『文』之壞字。」

〔善銓事理〕「善」，原作「若」。《吟窗》、《格致》、《詩法》、《詞府》諸本作「善敘事銓理」，《詩紀》作「善銓事理」。因據改。

〔拓體淵雅〕《吟窗》、《格致》、《詩法》、《詞府》諸本作「文體洪雅」。可參。

〔故擢居中品〕《全梁文》本脱「居」字。

〔但昉既博學〕「但」，《吟窗》、《格致》、《詩法》、《詞府》諸本作「然」。〇「博學」，原作「博物」，據

《吟窗》、《格致》、《詩法》、《詞府》諸本改。《南史・任昉傳》云：「博學，於書無所不見。」可證。

〔效其如此，弊矣〕「如」字原脱，據諸本補。《稗史》作「效之弊矣」。

【集注】

〔一〕任昉（四六〇—五〇八）：南朝齊梁間文學家、詩人。字彦昇，樂安博昌（今山東博興縣南）人。父遥，齊中散大夫；母裴氏，嘗晝寢，夢有彩旗蓋四角懸鈴，自天而墜，其一鈴落入裴懷中，心悸動，既而有娠，生昉。幼而好學，早知名。四歲能誦詩數十首，十六歲舉秀才第一，爲宋丹陽主簿。後爲竟陵王子良記室，與蕭衍同爲「竟陵八友」之一，且相友善。蕭衍戲謂昉曰：「我登三府，當以卿爲記室。」昉亦答道：「我若登三事，當以卿爲騎兵。」蓋謂衍善騎馬。及蕭衍代齊建梁，果以昉爲記室，拜黄門侍郎、吏部郎中。武帝受禪文誥，多出昉手。後爲義興太守、御史中丞、秘書監。天監六年（五〇七），爲甯朔將軍，新安太守。爲政清省，卒於官舍，時年四十九。武帝即日爲之舉哀，哭之甚慟。追贈太常卿，謚「敬子」。任昉雅善屬文，尤長表誥，起草文書，不加點竄，下筆即成。於墳籍無所不見，家雖貧，聚書至萬餘卷，率多異本。昉卒後，武帝使學士賀縱共沈約勘其書目，官所無者，就昉家取之。齊永元以來，秘閣四部，篇卷舛雜，昉手自校勘，篇目由是得定。與沈約齊名，世稱「沈詩任筆」。著有雜傳二百四十七卷、地記二百五十二卷、文章三十三卷，《隋志》謂有「梁太常卿任昉集三十四卷」，今並佚。明張溥輯有《任彦昇集》。今存詩二十餘首。事見《梁書》卷一四、《南史》卷五九《任昉傳》。

〔二〕「彦昇」二句：沈詩任筆，謂沈約長於寫詩，任昉長於筆劄。此謂任昉（彦昇）年輕時詩寫得不够工巧，所以當時人稱「沈詩任筆」。旭按：此謂時論言二人才性不同。齊梁之際，有「文」、「筆」之辨。劉勰《文心雕龍・總術》篇謂「今之常言，有文有筆。以無韻者筆也，有韻者文也」。沈約詩歌屬「文」，任昉表誥屬「筆」。《南史・任昉傳》：「昉尤長爲筆，頗慕傅亮才思無窮，當時王公表奏無不請焉。昉起草即成，不加點竄。」又曰：「（昉）既以文才見知，時人云『沈詩任筆』，昉甚以爲病。」《南史・沈約傳》：「謝玄暉善爲詩，任彦昇工於筆，約兼而有之，然不能過也。」蕭綱《與湘東王書》：「近世謝朓、沈約之詩，任昉、陸倕之筆，斯實文章之冠冕，述作之楷模。」蕭繹《金樓子・立言》篇：「任彦昇甲部闕如，才長筆翰，善輯流略，遂有龍門之名，斯亦一時之盛。」均可見其端倪。

〔三〕恨之：犹病之。深恨之，即任昉對「沈詩任筆」之説，深感耻辱。

〔四〕「晚節」二句：任昉於詩「晚節愛好既篤」事，參見《南史・任昉傳》：「（昉）晚節轉好著詩，欲以傾沈。」遒，勁健有力，精警老成。此謂任昉晚年篤愛寫詩，詩風亦變得勁健有力、精警老成。旭按：齊謝赫《古畫品録》曰：「體韻遒舉，風彩飄然；一點一拂，動筆皆奇。」亦是用例。

〔五〕善銓事理：銓，銓衡，評判。　事理，典事義理。　此指任昉善於評量典事義理。

〔六〕拓體淵雅：拓，開拓、拓展。　淵雅，淵博敦厚、深沉高雅。　此謂任昉拓展淵博高雅之詩風。　旭按：鍾嶸以「淵雅」風格對照：任昉「拓體淵雅」；　嵇康「訐直露才」，「傷淵雅」之致，恰可並讀。

〔七〕得國士之風：國士，舉國傾慕之士。　司馬遷《報任少卿書》：「其素所蓄積也，僕以爲有國士之風。」李善注：「一國之中，推而爲士。」　旭按：鍾嶸以「國士之風」評任昉，实兼及品行，谓其「文行合一」，人格美及於詩歌美之意。　王通《中説》曰：「任昉其文約以則，有君子之心。」是也。　至于唐殷璠《河嶽英靈集》評盧象詩：「象雅而平，素有大體，得國士之風。」元辛文房《唐才子傳》謂盧象：「有詩名，譽充秘閣，雅而不素，有大體，得國士之風。」則效法鍾嶸此評。

〔八〕故擢居中品：擢，選拔、提升。　因任昉晚年詩風「遒變」、「善銓事理」、「拓體淵雅」、「得國士之風」，諸種因素，綜合考量，故提升爲中品。　陳延傑《注》曰：「彦昇詩不奇，然能直抒胸臆，情辭並茂，蓋以苦吟得之焉。　鍾氏於昉頗有微詞，擢居中品，殆非得已。」古直《箋》：「當時傾慕彦昇者多，仲偉擢昉『中品』，殆不得已。　故抑揚之際，微文寓焉。　自序所云：『三品升降，差非定制，方申變裁，請寄知者。』當爲此輩發也。」

〔九〕昉既博學：《南史·任昉傳》：「（昉）博學，於書無所不見。　家雖貧，聚書至萬餘卷，率多異本。」　旭按：詩人書多、事多、典多，故其詩淵雅有餘而奇秀不足。至嚴羽《滄浪詩話》呼籲：「詩有別才，非關書也；　詩有別趣，非關理也。」亦從鍾品得啓發。

〔一〇〕「動輒」二句：奇，指詩歌艺术奇警不凡。此謂任昉詩動輒運用典事，致使詩意堵塞，不能出奇。　旭按：典事過多，妨礙吟誦，亦乖秀逸。中品「范雲、丘遲」條謂「范詩清便宛轉，如流風迴雪。丘詩點綴映媚，似落花依草。故當淺於江淹，而秀於任昉」。未能「奇」、「秀」，或爲昉「得國士之風」之代價。胡應麟《詩藪》曰：「彦昇典質有餘，風神不足。」陳衍《平議》：「昉祈向康樂，心摹力追，所用事如『撤瑟』、『輟舂』之類，並非僻書。詩之工不工，不關乎此也。記室引爲大戒，然則《三百篇》之有待傳箋者，非盡删不可矣。」許文雨《講疏》：「陳祚明曰『以彦昇之才而晚節始能作詩，要將深詣于斯，不肯隨俗靡靡也。今觀其所存，僅二十篇許耳！而思旨之曲、情懷之真、筆調之蒼、章法之異，每一篇如構一迷樓，必也冥心洞神，雕搜無象，然後能作。方將抉《三百篇》、《離騷》之蘊，發《十九首》、漢魏之覆，雲變瀾翻，自成一家，而高視四代，此掣巨鼇手也。千秋而下，惟少陵與之相競爽。所造至此，鍾嶸胡足以知之？而謂「動輒用事，詩不得奇」。悲夫！奇孰奇於彦昇，且其詩具在，初亦未嘗用事也。作此品題，何殊夢語！』按陳説未是。史載彦昇有集三十四卷，今其所存詩僅二十許篇，則亡逸者必多，陳氏當亦無從證明其未嘗用事也。況仲偉前曾云『辭既失高，則宜加事義，雖謝天才，且表學問』，此又云『善銓事理，拓體淵雅』，前後一貫，循實酌中，初非有所武斷。其以『淵雅』許彦昇，又何嘗有排斥之意耶？陳氏坐昧其旨耳！」鄭文焯校云：「古以用事爲疏處，此爲詞必己出也。」「六朝文亦如是義例。」黄徹《䂬溪詩話》曰：「傳任昉『用事過多，屬辭不得流便』，余謂昉詩所以不能傾沈約者，乃才有限，非事多之過。」

〔一一〕「少年」三句：謂少年士子效法任昉用典事入詩，就糟糕了。旭按：此與《詩品序》「近任昉、王元長等，詞不貴奇，競須新事；爾來作者，寖以成俗。遂乃句無虚語，語無虚字，拘攣補衲，蠹文已甚」互爲表裏，互相發明。又《南史·任昉傳》：「（昉）用事過多，屬詞不得流便，自爾都下士子慕之者，轉爲穿鑿，於是有才盡之談矣。」史傳與此，可以互釋。

【參考】

一、録任昉詩二首：

（一）《落日泛舟東溪》：「黝黝桑柘繁，芃芃麻麥盛。交柯溪易陰，反景澄餘映。吾生雖有待，樂天庶知命。不學梁甫吟，唯識滄浪詠。田荒我有役，秩滿余謝病。」

（二）《贈郭桐廬出谿口見候余既至郭仍進村維舟久之郭生方至》：「朝發富春渚，蓄意忍相思。涿令行春返，冠蓋溢川坻。望久方來萃，悲歡不自持。滄江路窮此，湍險方自兹。疊嶂易成響，重以夜猿悲。客心幸自弭，中道遇心期。親好自斯絶，孤遊從此辭。」

二、顏之推《顏氏家訓·文章》篇：「邢子才、魏收俱有重名，時俗準的。以爲師匠。邢賞服沈約而輕任昉；魏愛慕任昉而毀沈約。每於談讌，辭色以之。鄴下紛紜，各有朋黨。祖孝徵嘗謂吾曰：『任、沈之是非，乃邢、魏之優劣也。』」

三、竇臮《述書賦》上：「體雜閑利，睹夫彥昇。構牽掣而無法，任胸懷而足憑。猶注懸泉，咽凝冰。」

四、杜甫《八哀·故相張公九齡》：「綺麗玄暉擁，牋誄任昉騁。」

五、張溥《漢魏六朝百三家集·任彥昇集題辭》：「王僧孺之傳任敬子也，曰：『少孺速而未工，長卿工而未速，孟堅辭不逮理，平子意不及文，孔璋傷于健，仲宣病於弱，集論尚書，窮文質之敏，駐馬停信，極亹亹之功，莫尚斯焉。』異哉，貶前修而昂任君，其東海之溢美乎！江南文勝，古學日微，方軌詞苑，代有名人。大抵采死翟之毛，抉焚象之齒，生意盡矣。居今之世，爲今之言，違時抗往，則聲華不立，投俗取妍，則爾雅中絶，求其儷體行文，無傷逸氣者，江文通、任彥昇，庶幾近之。然後知僧孺所稱，非盡謬也。彥昇在齊朝，紆意梅蟲兒，捷入中書。既委誠梁武，專典禪讓文誥，謂謂之節，豈彼任哉？然服官清儉，兒妾食麥。卒於新安，浣衣斂禮，有足多者。齊台初建，褚彥回、王仲寶首稱翊運，身後皆無餘財。論人當日，其大者生死去就耳！廉名非所難也。昭明《文選》載彥昇令、表、序、狀、彈文，生平筆長，可悉推見。輜軿擊轊，坐客恒滿，有以夫！」

梁左光禄沈約詩〔一〕

觀休文衆製，五言最優〔二〕。詳其文體，察其餘論〔三〕，固知憲章鮑明遠也〔四〕。所以不閑於經綸，而長於清怨〔五〕。齊永明中，相王愛文〔六〕，王元長、約等皆宗附之〔七〕。于時，謝朓未遒，江淹才盡〔八〕，范雲名級又微，故約稱獨步〔九〕。雖文不至，其功麗，亦一時之選也〔一〇〕。見重閭里，誦詠成音〔一一〕。嶸謂：約所著既多，今翦除淫雜，收其精要，允爲中品之第矣〔一二〕。故當詞密於范，意淺於江也〔一三〕。

【校異】

〔梁左光禄沈約詩〕《吟窗》、《格致》、《詩法》、《詞府》諸本無「左」字。○「光禄」，原誤作「光録」，據諸本改。

〔觀休文衆製，五言最優〕《吟窗》、《格致》、《詩法》、《詞府》諸本作「休文五言最優」。《詩紀》脱「衆」字。

〔固知憲章鮑明遠也〕《吟窗》、《格致》、《詩法》、《詞府》諸本作「憲章鮑昭」。

〔所以不閑於經綸〕 鄭文焯校：「『閑』，當作『嫻』。」

〔而長於清怨〕《吟窗》、《格致》、《詩法》、《詞府》諸本均作「長於清怨斷絶」，可參。

〔齊永明中〕 原作「永明」，《南史》引作「齊永明中」，下接「相王」，於意較愜，因據改。

〔約等皆宗附之〕 原作「皆宗附之約」，《南史》引作「皆宗附約」，「約」字屬後，於意難通。《廣牘》本「約」作「字」。張錫瑜《詩平》校云：「原衍『之』字。據《南史》删。」王叔岷《疏證》：「『約』字與下文『故約稱獨步』複，疑是衍文。」車柱環《校證》：「『皆宗附之約』，義頗難通。《南史》、《通志》引此並無『之』字，文雖可通，而無王元長等皆宗附沈約之事實。即以倡四聲論而言，鍾氏亦謂『王元長創其首，沈約、謝朓揚其波』（見《下品序》），則當云『約宗附王元長』，不當言『王元長宗附約』。竊疑此文『約』字本在『等』字上。原文本作『王元長、約等皆宗附之』，鍾書人名下用『等』字，不僅舉一人，如《中品序》『任昉、王元長等，詞不貴奇，競須新事』，即其例也。此文『之』字，當指永明相王而言，即竟陵王子良也。《梁書·武帝紀》上有云：『竟陵王子良開西邸，招文學。高祖與沈約、謝朓、王融、蕭琛、范雲、任昉、陸倕等並遊焉。號曰八友。』《南史·沈約傳》有云：『時竟陵王招士，約與蘭陵蕭琛、瑯邪王融、陳郡謝朓、南郡范雲、樂安任昉等遊焉。』則此言王元長、約等宗附竟陵王，正與史實相符。可證『約』字本在『等』字上也。」甚是，因據改。

〔范雲名級又微〕「又」，原作「故」，於意未愜。《南史》引作「又」。張錫瑜《詩平》校曰：「『又』，原作『故』，據《南史》改。」車柱環《校證》：「『故』，疑本作『尚』，涉下文『故』字而誤。《通志》引正作『尚』，《南史》引作『又』。『又』與『尚』義近。」李徽教《彙注》：「『故微』之『故』字，疑本作『固』。『故』與『固』音近，而又涉下文『故約稱』之『故』而誤歟。」諸説可參。

〔故約稱獨步〕《南史》無「約」字。有無「約」，均無大礙。

〔其功麗〕《稗史》「功」上略「其」字。旭按：鍾嶸謂沈約「憲章鮑明遠」、「不閑於經綸，而長於清怨」，均與「功」字無涉。而約詩「見重閭里，誦詠成音」，今讀沈約作品，乃是清麗、輕巧之屬；疑其「功麗」，當作「巧麗」。《詩品・晉步兵阮籍》條謂「其源出於《小雅》。無雕蟲之功」，據宋詩話及《太平御覽》引文考證，當爲「無雕蟲之巧」，亦「巧」誤作「功」之例。又鍾品多用「巧」字，如上品「張協」條「又巧構形似之言」、「謝靈運」條「故尚巧似」，中品「張華」條「巧用文字」、「顔延之」條「尚巧似」、「鮑照」條「然貴尚巧似」，《下品・孝武帝》條「見稱輕巧矣」、「鮑令暉」條「往往嶄絶清巧」，均可佐證。

〔今剪除淫雜〕「淫雜」，原作「滛雜」。《詩品》多「淫」字用例：下品「惠休」條：「惠休淫靡，情過其才。」「鮑令暉」條：「擬古尤勝，唯《百韻》淫雜矣。」此處「淫雜」，即「所著既多」，「見重閭里，誦詠成音」之謂。「滛雜」不詞。《津逮》本作「徑雜」，《四庫》本作「總雜」。二家本作「經雜」。「滛」、「徑」、

「經」均「淫」之形誤。因據《續百川》、《廣漢魏》、《五朝》、《説郛》、《硯北》、《詩話》、《詩觸》、《龍威》、《集成》、《談藝》、《備要》、《秘書》、《精華》、《大觀》、螢雪軒、《采珍》諸本改。

〔意淺於江也〕　《南史》、《通志》並略「也」字。

【集注】

〔一〕沈約（四四一—五一三）：南朝齊梁間著名史學家、文學家、詩人。字休文，吴興武康（今屬浙江德清）人。祖林子，宋征虜將軍；父璞，淮南太守，皇室内訌時，爲宋孝武帝劉駿所殺。約幼潛竄，會赦免。既而流寓孤貧，篤志好學，晝夜不倦。母恐其以勞生疾，常遣減油滅火。約左目重瞳子，腰有紫志，聰明過人。晝之所讀，夜輒誦之，遂博通群籍，起家奉朝請。仕宋、齊、梁三朝。劉宋時，濟陽蔡興宗聞其才而善之，引爲安西外兵參軍，兼記室，後任尚書度支郎。齊初爲文惠太子蕭長懋家令，出爲東陽太守，後任五兵尚書，遷國子祭酒。與蕭衍同爲「竟陵八友」之一。蕭衍謀代齊自立，沈約參預其間，建梁後，任尚書僕射，封建昌縣侯，後遷尚書令，領太子少傅，梁天監九年（五一〇）轉左光禄大夫，加特進。卒於官，年七十三。謚曰「隱」，世稱「隱侯」。沈約不喜喝酒，惟好讀書。聚書至二萬卷，京師莫比。地位顯赫，卻樸素自甘。詩文清俊遒麗，作詩注重音律，爲當時文壇宗主。時人謂謝玄暉善爲詩，任彦昇工于文，約兼而有之，然不能過也。與王融、謝脁等人共創「四聲八病」之説，爲「永明體」的倡導者和代表作家，對唐代律詩形成有重要影響。除所撰《宋書》一〇〇卷行世外，另撰有《晉書》一一一卷、《齊紀》二〇卷、《高祖紀》一四卷、《宋世文章志》、《四聲譜》及文集一〇一卷等，並已亡佚。明張溥輯有《沈隱侯集》，存詩一百九十餘首，其中五言詩一百五十餘首。事見《梁書》卷一三、《南史》卷五〇《沈約傳》。

〔二〕「觀休文」二句：謂沈約各種著述，以五言詩最優秀特出。何焯《義門讀書記》曰：「沈休文《游沈道士館》，休文五言詩，此篇是其壓卷。」許文雨《講疏》：「陳繹曾《詩譜》云：『沈約佳處，斲削清瘦可愛。自拘聲病，氣骨苶然。唐諸家聲律皆出此。』王船山五言評選曰：『休文得年七十三，吟成數萬言，唯《古意》「明月雖外照，寧知心内傷」十字爲有生人之氣，其他如敗鼓聲，如落葉色，庸陋酸滯，遂爲千古惡詩宗祖！大歷人以之而稱才子，宋人以之而稱古文，高廷禮以之而標《正聲》之目矣。』蓋船山用《詩譜》説，乃至概加誅伐，未免變本加厲。觀沈確士汰存休文諸詩，如《夜夜曲》、《新安江》、《直學省愁卧》、《宿東園》、《别范安成》、《遊沈道士館》、《早發定山》、《冬節後至丞相第》等篇，邊幅尚闊，詞氣尚厚，在蕭梁之代，亦推大家矣。」

〔三〕「詳其」二句：文體，指沈約詩歌的體制風格。　餘論，高論、宏論。此是對人言論的尊敬説法。司馬相如《子虛賦》：「願聞大國之風烈，先生之餘論也。」又張衡《東京賦》：「得聞先生之餘論，則大庭氏何以尚兹。」此當指沈約《宋書·謝靈運傳論》及其論詩文諸作。此從創作和理論兩方面考察沈約詩歌之淵源。「詳其」、「察其」，見鍾嶸品評沈約之鄭重其事，非同一般，自有情緒隱藏其中。

〔四〕「固知」句：憲章，效法，以此爲法則。此謂沈約效法鮑照。沈德潛《古詩源》曰：「家令詩，較之鮑、謝，性情聲色，俱遜一格矣。然在蕭梁之代，亦推大家，以邊幅尚闊，詞氣尚厚，能存古詩一脈也。」何焯《義門讀書記》曰：「沈休文《鍾山詩應西陽王教》規橅《蒜山詩》，而峭蒨則過。」許文雨《講疏》：「陳祚明以爲此評憲章明遠，謁厥源流，易其説曰：『休文詩體全宗康樂，以命意爲先，以煉氣爲主，辭隨意運，態以氣流，故華而不浮，雋而不靡。』」

〔五〕「所以」二句：閑，同「嫻」，熟習。曹叡《詔陳王植》：「吾既薄才，至於賦誄特不閑。」經綸，此指「應制」、「奉詔」之類風格典雅的作品。此謂沈約不善於應制、奉詔之類的經綸之作，而長於清愁哀怨之發抒。陳延傑《注》曰：「此言不閑於朝廟之製，與明遠同。若應詔應制諸作，皆困躓，非若顔延年之經綸也。他若《應王中丞思遠詠月》、《學省愁卧》諸詩，彌足清怨矣。」許文雨《講疏》：「此謂休文終非經國才，亦如明遠之才秀人微，而有清怨之詞也。《詩紀別集》六引劉會孟曰：『沈休文《懷舊》九首，杜子美《八哀》之祖也。』」旭按：《南史・蕭子雲傳》曰：「梁初，郊廟未革牲牷，樂詞皆沈約撰，至是承用。子雲啓宜改之。敕答曰：『此是主者守株，宜急改也。』仍使子雲撰定。敕曰：『郊廟歌辭，應須典誥大語，不得雜用子史文章淺言。而沈約所撰，亦多舛謬。』」此爲沈約「不嫻於經綸」之證。「長於清怨」，乃是中品語，若評曹植「情兼雅怨」，則是上品語矣。

〔六〕「齊永明」二句：永明，齊武帝蕭賾年號（四八三—四九三）。相王，指齊武帝次子竟陵王蕭子良（四六〇—四九四）。蕭子良於永明中曾爲司徒、侍中，其職務相當於宰相，故世人稱爲「相王」。愛文，喜愛文學與文士。許文雨《講疏》：「《文心雕龍·時序》篇云：『魏武以相王之尊，雅愛詩章。』與此言蕭子良重文，皆著上好之效。」

〔七〕「王元長」句：王元長，即王融，詳見下品「王融」條。宗附，宗奉依附。此指沈約、謝朓、王融等人皆宗奉依附竟陵王蕭子良。《梁書·武帝紀》：「竟陵王子良開西邸，招文學，高祖（蕭衍）與沈約、謝朓、王融、蕭琛、范雲、任昉、陸倕等並遊焉，號曰八友。」

〔八〕「謝朓」二句：遒，遒勁老成。曹丕《與吴質書》：「公幹有逸氣，但未遒耳。」江淹才盡：參見中品「江淹」條。此謂謝朓之詩尚未達到遒勁老成的境界，而江淹詩才已經退盡。旭按：「謝朓未遒」句，可與中品「謝朓」條譽其「奇章秀句，往往警遒」參看，似在抵牾中見鍾嶸詩學用心。姚鼐《惜抱軒筆記》卷八曰：「阮亭《五言詩鈔》，置謝朓于齊，置江淹于梁，此以二人所卒之朝定耳。實則醴陵乃玄暉之前輩。故鍾嶸云：『齊永明中，謝朓未遒，江淹才盡。』以江在謝前也。」

〔九〕「范雲」二句：名級，名聲與地位。微，低微。此謂永明時，范雲任竟陵王蕭子良記室，其名聲地位尚不顯露，故沈約在當時詩壇獨步。　旭按：解釋沈約「獨步」當時詩壇原因，不惜比較謝朓、江淹、范雲前後詩學關係；　用排除法：「未遒」、「才盡」、「名級又微」，剩下沈約「獨步」，亦見鍾嶸處心積慮。古直《箋》：「《南史・沈約傳》曰：『謝玄暉善爲詩，任彦昇工於筆，約兼而有之，然不能過。』然則『約稱獨步』，僅永明時耳。」

〔一〇〕「雖文」三句：不至，指未達到完美的程度。　選，最高等第。《詩經・齊風・猗嗟》：「舞則選矣。」鄭箋：「選者，謂於倫等最上。」此謂沈約詩雖未達到完美的程度，但其工巧華麗，亦堪稱一時期之代表。　旭按：此以「雖文不至」反襯「其功（巧）麗，亦一時之選」。然肯定爲局部風格，否定乃整體評價；　此語陰處傷人。陳祚明《采菽堂古詩選》卷二三：「《詩品》獨謂工麗見長，品題並謬。要其據勝，特在含毫之先，命旨既超，匠心獨造，渾淪跌宕，具以神行，句字之間，不妨率直。」又曰：「休文雖淡有旨，故應高出時手，卓然大家。三復之餘，慕思無已。」

〔一一〕「見重」二句：閭里，即鄉里。此指街巷之中。《周禮・天官・小宰》：「聽閭里以版圖。」賈公彦疏：「在六鄉則二十五家爲閭，在六遂則二十五家爲里。閭里之中有争訟，則以户籍之版、土地之圖聽決之。」誦詠，被人傳誦。　誦詠成音，此謂沈約詩歌大受市井里巷歡迎，流布人口。　旭按：此以讚揚語批評沈約。《南史・顔延之傳》：「延之每薄湯惠休詩，謂人曰：『惠休製作，委巷中歌謡耳，方當誤後生。』」謂沈約詩是「委巷歌謡」佳者，亦是批評。許文雨《講疏》：

「沈休文酷裁八病之説，仲偉極不謂然，嘗曰：『蜂腰鶴膝，閭里已具。』蓋薄之也。此又云『見重閭里，誦詠成音。』亦露貶意。」《詩品序》謂「王元長創其首，謝朓、沈約揚其波。三賢咸貴公子孫，幼有文辯。於是士流景慕，務爲精密。擗績細微，專相淩架。故使文多拘忌，傷其真美。……至如平上去入，則余病未能，蜂腰、鶴膝，閭里已甚」，可與此相參。

〔一二〕「約所著」四句：淫雜，淫濫蕪雜之作。精要，精華之作。允，允當、確實。此謂沈約作詩既多，若剪除淫濫蕪雜之作，收其精華，確可列「中品」之第矣。旭按：入中品者，一爲「抑之中品」，如張華（詳見中品「張華」條）；二爲「擢居中品」，如任昉（詳見中品「任昉」條）；三爲「宜居中品」，如何晏、孫楚、王贊、張翰、潘尼（詳見中品「何晏」諸人條），均考量再三，非滋疑惑，不作説明者。「允爲中品之第」，知置沈約中品之不易。《詩品》評品一百二十三位詩人（「古詩」算一人），惟沈約條文字最長（上品「謝靈運」條引《異苑》文字除外），亦最謹慎，鍾嶸亦爲有心哉！《南史・鍾嶸傳》：「嶸嘗求譽於沈約，約拒之。及約卒，嶸品古今詩，爲評其優劣云云，蓋追宿憾，以此報約也。」後人意頗歧紛：胡應麟《詩藪・外編》卷二曰：「休文四聲八病，首發千古妙銓，其於近體，允謂作者之聖。而自運乃無一篇，諸作材力有餘，風神全乏。視彦昇、彦龍，僅能過之。世以鍾氏私憾，抑置『中品』，非也。」《四庫全書總目》卷一九五：「史稱嶸嘗求譽於沈約，約弗爲獎借，故嶸怨之，列約『中品』。案：約詩列之《中品》，未爲排抑。惟《序》中深詆聲律之學，謂『蜂腰鶴膝，僕病未能；　雙聲疊韻，里俗已具』，是則攻擊約説，顯然可見。言亦不盡無因也。」張錫瑜《詩平》：「嶸之評約，實非有意貶抑。沈詩具在，後世自有公評。衡以范、江，適得其分。『報憾』之言，所謂以小人之腹，度君子之心耳。延壽載之，爲無識矣。」許印芳《萃編》：「隱侯列『中品』，已不爲屈。《南史》猶稱其追報宿憾。史書可盡信哉？」范文瀾《文心雕龍注》：「《南史》喜雜采小説家言，恐不足據以疑二賢也。」古直箋：「約身參佐命，劫持文柄。其人雖死，餘烈猶存。仲偉紆迴曲折，列之『中品』，蓋有苦心焉，非特不排抑而已。」又，有學者據此條謂鍾嶸除詩評外，另編有詩選，非是。説詳「中品序」。

〔一三〕「故當」二句：謂沈約詩詞采比范雲細密，文意比江淹浮淺，不易之論也。姚鼐《惜抱軒筆記》卷八：「阮亭謂梁時江淹、何遜爲兩雄，在沈約、范雲之上。吾謂醴陵果勝隱侯，若仲言詩才亦弱耳，隱侯猶當勝之。彥龍固非休文之匹。鍾嶸品休文云：『辭宏於范，意淺於江。』此殊爲公允，安得謂其追宿憾也。」陳衍《平議》：「然休文才調故優，顔、謝均所式型，詎域明遠？《别范安成》自是壓卷之作。其他《早發定山》、《宿東園》、《遊沈道士館》、《冬節後至丞相第直學省》、《愁卧》、《夜夜曲》、《新安江》，傳作林立，何至意淺於江乎！」陳延傑《注》曰：「范雲質直，而休文則典麗，且兼重聲律，故其詞密於范也。」許文雨《講疏》：「江、范二評，甫見於前，故連類及之耳。仲偉既評范詩清便，又評沈詞工麗，則范暢而沈密可知。又既評范淺于江，而稱江之筋力成就獨厚，則以工麗見選之沈詩，自亦視江爲較淺矣。」

【參考】

一、録沈約詩四首：

（一）《别范安成》：「生平少年日，分手易前期。及爾同衰暮，非復别離時。勿言一樽酒，明日難再持。夢中不識路，何以慰相思？」

（二）《新安江至清淺深見底貽京邑遊好》：「眷言訪舟客，茲川信可珍。洞澈隨深淺，皎鏡無冬春。千仞寫高樹，百丈見遊鱗。滄浪有時濁，清濟涸無津。豈若乘斯去，俯映石磷磷。紛吾隔囂滓，寧假濯衣巾。願以潺湲水，霑君纓上塵。」

（三）《泛永康江詩》：「長枝萌紫葉，清源泛緑苔。山光浮水至，春色犯寒來。臨睨信永矣，望美曖悠哉。寄言幽閨妾，羅袖勿空裁。」

（四）《登北固樓詩》：「六代舊山川，興亡幾百年。繁華今寂寞，朝市昔喧闐。夜月琉璃水，春風柳色天。傷時爲懷古，垂淚國門前。」

二、《梁書·何遜傳》：「世祖（蕭繹）著論論之云：『詩多而能者沈約；少而能者謝朓、何遜。』」

三、杜甫《寄彭州高三十五使君適虢州岑二十七長史參三十韻》：「高岑殊緩步，沈鮑得同行。」

四、張溥《漢魏六朝百三家集·沈隱侯集題辭》：「梁武篡齊，決策于沈休文、范彥龍。時休文年已六十餘，抵掌革運，鼓舞作賊，惟恐人非金玉，時失河清，舉手之間，大事已定，竟忘身爲齊文惠家令也。佛前懺悔，省訟小過，戒及綺語，獨諱言佐命，不敢播騰。及齊和入夢，赤章奏天，中使譴責，趣其病殞。回思妓師識面，君臣罷酒，又成往事。然攀附功烈于生前，龍鳳猜積於生後，易名一字，猶遭奪改，若重泉有知，能無抱恨于壽光閣外哉？休文大手，史書居長，傳者獨《宋書》；文集百卷，亦僅存十三，取其得意之篇，比諸傳論，膏沐餘潤，光輝蔽體，馬書班賦，別集偏行，適助南董之美貌耳。《四聲譜》自謂入神，後代遵奉，而不獲邀賞于武帝；聲病牽拘，固非英雄所喜也。禪筆紛作，於樹園紗吼、諦乘正説，遠遜乃公。意者逢時之意多，則覺性之辭少矣。」

詩品下

序曰：昔曹、劉殆文章之聖〔一〕，陸、謝爲體貳之才〔二〕。鋭精研思，千百年中，而不聞宮商之辨〔三〕，四聲之論〔四〕。或謂前達偶然不見，豈其然乎〔五〕？

【校異】

〔序曰〕《吟窗》、《格致》、《詩法》、《詞府》諸本作「敘曰」。「序」、「敘」通。其餘各本均無此二字。

〔陸、謝爲體貳之才〕「爲」，原作「於」，據諸本改。○「體貳」，天都閣本作「體二」。車柱環《校證》：「此當作『貳』，謂副也，亞也，與上文『聖』字對言。《論衡·超奇篇》：『所謂卓爾蹈孔子之跡，鴻茂參貳聖之才者也。』『體貳之才』，猶『參貳聖之才』也。」

〔而不聞宮商之辨〕「不聞」，《竹莊》引作「未聞」。○「辨」，《梁文紀》作「辯」。「辨」、「辯」正假通用。車柱環《校證》：「辯猶論也。蕭綱《與湘東王書》有云：『辯茲清濁，使如涇渭；論茲月旦，類彼汝南。』亦辯論互用之例。」

〔或謂前達偶然不見〕「謂」，《全梁文》本誤作「爲」。○「偶然」，《竹莊》作「偶所」。

【集注】

〔一〕曹：曹植。　劉：劉楨。　文章：此指詩歌。　旭按：「曹、劉殆文章之聖」爲鍾嶸詩學點睛七字。上品「曹植」條評曹植「陳思之於文章也，譬人倫之有周、孔，鱗羽之有龍鳳，音樂之有琴笙，女工之有黼黻」，評劉楨「自陳思已下，楨稱獨步」，又合評：「孔氏之門如用詩，則公幹升堂，思王入室。」可與此相發。

〔二〕陸：陸機。　謝：謝靈運。　體：體法；效法。　貳：此指曹植、劉楨。　體貳之才，指陸機、謝靈運體法曹植、劉楨，爲文章之亞聖。又，上品「陸機」條：陸機「其源出於陳思」，上品「謝靈運」條：謝靈運「其源出於陳思，雜有景陽之體」，均是注腳。郭紹虞書翰：「案，《文選》李康《運命論》云：『雖仲尼至聖，顏冉大賢，揖讓於規矩之內，誾誾於洙泗之上，不能遏其端。孟軻、孫卿體貳希聖，從容正道，不能維其末。』五臣注：『銑曰：孟、孫二子體法顏冉，故云體貳。』則鍾氏所謂體貳，當即本此。意謂體法曹、劉也。」郭紹虞《中國歷代文論選》：「（鍾嶸）意爲陸、謝二家之才接近曹、劉之聖。」楊明《譯注》：「六朝人好用歇後語。李康云『體貳希聖』，則鍾嶸言體貳，即希聖之意。」　旭按：「陸、謝爲體貳之才」，亦是鍾嶸詩學構架之骨梗。

〔三〕「不聞」句：宮商，中國古代音樂宮、商、角、徵、羽五聲音階之代稱。《毛詩注疏》卷一《周南·關雎》詁訓傳：「情發於聲，聲成文，謂之音。」鄭玄箋：「聲謂宮、商、角、徵、羽也。聲成文者，宮、商上下相應。」宮商之辨，指辨別字的讀音。楊明《譯注》：「南朝人言詩文聲律，常以宮、商、角、徵、羽指説字音。如范曄《獄中與諸甥侄書》：『性別宮商，識清濁。』沈約《宋書・謝靈運傳論》：『欲使宮羽相變，低昂互節。』四聲之説起，即以指説或比附四聲。如北齊李概《音韻決疑序》即以五音與四聲相配（見《文鏡秘府論・天卷・四聲論》引）。」

〔四〕四聲之論：四聲，指漢字平、上、去、入四種聲調。《文鏡秘府論・天卷》引隋劉善經《四聲指歸》：「宋末以來，始有四聲之目。沈氏（沈約）乃著其《譜論》，云起自周顒。」南齊永明年間（四八三—四九三），沈約、王融、謝脁等人辨四聲，別宮商，把聲韻的規律運用於詩歌創作，提出四聲八病説。沈約《宋書・謝靈運傳論》曰：「夫五色相宣，八音協暢，由乎玄黃律呂，各適物宜，欲使宮羽相變，低昂互節，若前有浮聲，後須切響。一簡之內，音韻盡殊；兩句之中，輕重悉異。妙達此旨，始可言文。」又周顒撰《四聲切韻》，沈約撰《四聲譜》，俱亡佚。「宮商之辨，四聲之論」指此，謂千百年中，從未聽説有「宮商」之辨別、「四聲」之論述。

〔五〕「或謂」二句：或謂，有人説。此指沈約之論。前達偶然不見，沈約《宋書・謝靈運傳論》曰：「自騷人以來，此秘未睹。至於高言妙句，音韻天成，皆暗與理合，匪由思至。張、蔡、曹、王，曾無先覺；潘、陸、謝、顏，去之彌遠。」前達不見指此。又，《梁書・沈約傳》：「又撰《四聲譜》，以爲在昔詞人，累千載而不寤，而獨得胸衿，窮其妙旨。自謂入神之作。」可參。旭按：此處文字，當爲《中品後序》(參見拙著《詩品研究》),故接中品「沈約」條後。鍾嶸詩學,反對以典事阻礙詩性,以聲律束縛詩思。然聲律問題,非三言兩語所能道明,故「沈約」條按下不表,留待此處申論也。

【參考】

一、《南史·陸厥傳》:「(永明)時盛爲文章,吴興沈約、陳郡謝朓、瑯玡王融,以氣類相推轂。汝南周顒,善識聲韻。約等文皆用宫商,將平、上、去、入四聲。以此製韻,有平頭、上尾、蜂腰、鶴膝;五字之中,音韻悉異;二句之内,角徵不同,不可增減,世呼爲『永明體』。」

二、陸厥《與沈約書》:「但觀歷代衆賢,似不都闇此處,而云此秘未覩,近於誣乎?……自魏文屬論,深以清濁爲言;劉楨奏書,大明體勢之致。岨峿妥帖之談,操末續顛之説,興玄黄於律吕,比五色之相宣,苟此秘未覩,兹論爲何所指邪?故愚謂前英已早識宫徵,但未屈曲指的,若今論所申。……論者乃可言未窮其致,不得言曾無先覺也。」

三、沈約《答陸厥書》:「宫商之聲有五,文字之别累萬。以累萬之繁,配五聲之約,高下低昂,非思力所學,又非止若斯而已也。十字之文,顛倒相配,字不過十,巧歷已不能盡,何況復過於此者乎?靈均以來,未經用之於懷抱,固無從得其髣髴矣。若斯之妙,而聖人不尚,何耶?此蓋曲折聲韻之巧，無當於訓義，非聖哲玄言之所急也。是以子雲譬之雕蟲篆刻，云『壯夫不爲』。自古辭人，豈不知宫羽之殊、商徵之别？雖知五音之異，而其中參差變動，所昧實多。故鄙意所謂『此秘未覩』者也。以此而推，則知前世文士，便未悟此處。」

嘗試言之：古曰詩頌，皆被之金竹〔一〕，故非調五音，無以諧會〔二〕。若「置酒高殿上」〔三〕，「明月照高樓」〔四〕，爲韻之首〔五〕。故三祖之詞〔六〕，文或不工，而韻入歌唱〔七〕。此重音韻之義也，與世之言宫商異矣〔八〕。今既不備於管絃，亦何取於聲律耶〔九〕？

【校異】

〔古曰詩頌〕　「古曰」，《竹莊》、《吟窗》、《格致》、《詩法》、《詞府》諸本均作「自古」。《增漢魏》、《精華》、《萃編》本作「曰古」。明《考索》、《廣牘》、天都閣、《四庫》諸本均作「古者」。○「頌」，《津逮》、《硯北》、二家、《紫藤》、《學津》、《談藝》、《玉鷄苗館》諸本作「誦」。「頌」、「誦」通。

〔若「置酒高殿上」〕　「高殿」，原作「高堂」。古直《箋》：「曹子建《箜篌引》：『置酒高殿上，親交從我遊。』……仲偉引作『高堂上』，蓋所見異文也。若阮瑀《雜詩》：『我行自凜秋，季冬乃來歸。置酒高堂上，友朋集光輝。』字雖不誤，而非韻首。仲偉必非指此。」高木正一《注》：「高殿」引作「高堂」，「或爲鍾嶸誤記」。旭按：二説均非是。鍾品原文當作「置酒高殿上」。「高堂」爲「高殿」傳寫之誤。今據《竹莊》引文改。

〔爲韻之首〕「韻」，《竹莊》、《吟窗》、《格致》、《詩法》、《詞府》諸本均作「入韻」。

〔今既不備於管絃〕「備於」，原脱「於」字。《吟窗》、《格致》、《詩法》、《詞府》諸本作「備於」。《竹莊》作「被於」。有「於」字於文意較勝，故據補。「備」，《廣牘》、《津逮》、二家、《硯北》、《紫藤》、《學津》、《詩話》、《集成》、《談藝》、《詩品詩式》、《玉鷄苗館》諸本均作「被」。「備」、「被」通。

【集注】

〔一〕「嘗試」三句：詩頌，指風詩雅頌，即可弦歌之「詩三百」。被，復也，加也。金竹，即金石絲竹，指樂器。古代以金、石、木、土、革、匏、絲、竹爲八音。《禮記·樂記》：「金石絲竹，樂之器也。」此謂我嘗試著談論一下這個問題：古代所説的「詩」、「頌」，都是配合樂器歌唱的。《禮記·樂記》：「弦歌詩頌，此謂之德音。」孔穎達《疏》：「弦歌詩頌者，謂以琴瑟之弦，歌此詩頌也。」司馬遷《史記·孔子世家》曰：「三百五篇（指《詩經》），孔子皆弦歌之，以求合《韶》、《武》、《雅》、《頌》

之音。」

〔二〕「故非」二句：五音，指宫、商、角、徵、羽五音階。諧，和諧。會，配合。此謂古之風詩雅頌皆入樂歌唱，則非調宫、商、角、徵、羽五音，便難和諧成曲也。

〔三〕「置酒」句：爲曹植《箜篌引》詩首句。此以首句代全詩。全詩云：「置酒高殿上，親友從我遊。中廚辦豐膳，烹羊宰肥牛。秦箏何慷慨，齊瑟和且柔。陽阿奏奇舞，京洛出名謳。樂飲過三爵，緩帶傾庶羞。主稱千金壽，賓奉萬年酬。久要不可忘，薄終義所尤。謙謙君子德，磬折欲何求？驚風飄白日，光景馳西流。盛時不可再，百年忽我遒。生存華屋處，零落歸山丘。先民誰不死？知命復何憂！」此詩屬《相和歌》，《宋書·樂志》列入《大曲》，王僧虔《技録》列入《瑟調》，曾配樂歌唱。許文雨《講疏》曰：「《詩品序》云：『置酒高堂上，爲韻之首。』歷來指爲阮瑀《雜詩》，自不誤。古（直）君獨以爲此句非瑀句之韻首，易箋爲曹植《箜篌引》『置酒高殿上』句。臆云：『《詩品》「殿」作「堂」，乃所見異文也。』不知六朝人如張正見、江總之擬『置酒高殿上』，《樂府》廁《相和·瑟調》；孔欣之擬『置酒高堂上』，《樂府》廁《相和·平調》，並無『堂』、『殿』異文之糾混。足證古説實誤。案，范曄《在獄與甥姪書》論文則曰：『别宫商，識清濁。』論筆則曰：『差易於文，不拘韻故也。』是『韻』，即指宫商清濁也（從黄侃説）。至阮元《文韻説》，尤詳言之，首云『梁時恒言所韻者，固指押腳韻，亦兼謂章句中之音韻，故古人所言之宫商，今人所言之平仄也』。中又引證沈約《答陸厥書》『韻與不韻』諸語，云：『休文此説，乃指各文章句之内有音韻宫羽而言，非謂句末之押韻腳也。』末復綜而論之曰：『凡文者在聲爲宫商……韻者即聲音也，聲音即文也。』統觀范、沈二氏用詛，恰與記室此文相合。記室先以詩頌非調五音，無以諧會爲言。次舉『置酒高堂上』、『明月照高樓』二句，爲韻之首。是其意謂二句音諧，堪稱第一也。若從古《箋》易爲『置酒高殿上』，則浮切既差，口吻安得調利？記室雖頗訴當日四聲八病之苛分，然於平仄之理，固非屏棄勿講者（此點即近儒陳衍《詩品平議》，亦有誤會）。觀此舉例，即謂重音韻，下文又有令清濁通流之言，皆顯證也。況果如古《箋》『韻首之説』，則是舉其起調，何以原文至此忽絶？徒例勿評，是當作脱簡論，亦豈可通乎！」旭按：許説頗詞費。曹植詩爲仲偉詩學理想之體現，骨氣、詞采外，亦當具諧會之美。此闢沈約四聲論，非標舉植詩，不足以服時人。故與之並舉之「明月照高樓」，正是曹植《七哀詩》中句。亦與下文「故三祖之詞，文或不工，而韻入歌唱」呼應。以爲「下品」之阮瑀，可糾四聲之偏，實因「殿」、「堂」一誤字所致。説詳「校異」。

〔四〕「明月」句：曹植《七哀詩》詩首句。此亦以首句代全詩。全詩云：「明月照高樓，流光正徘徊。上有愁思婦，悲歎有餘哀。借問歎者誰？言是宕子妻。君行踰十年，孤妾常獨棲。君若清路塵，妾若濁水泥。浮沈各異勢，會合何時諧？願爲西南風，長逝入君懷。君懷良不開，賤妾當何依？」此詩屬《相和歌》，《宋書·樂志》、王僧虔《技録》列入《楚調》，曾配樂歌唱。葉長青《集釋》：

「胡應麟《詩藪》曰：『「明月照高樓，想見餘光輝」，李陵逸詩也。子建「明月照高樓，流光正徘徊」全用此句而不用其意。』」又案：「以上兩篇皆樂府。」

〔五〕爲韻之首：韻，指詩歌適合配樂器的音樂性。而非講究平、上、去、入四聲。此謂上舉「置酒高殿上」、「明月照高樓」，就是詩歌中最具音樂性的一流作品。

〔六〕三祖：指魏太祖曹操，魏高祖曹丕，魏烈祖曹叡。《三國志·魏書·明帝紀》：「有司奏：武皇帝（曹操）撥亂反正，爲魏太祖……文皇帝（曹丕）應天受命，爲魏高祖……帝（曹叡）製作興治，爲魏烈祖。……三祖之廟，萬世不毀。」

〔七〕「文或」二句：文，文辭。韻入歌唱，指詩歌具有音樂性，適合配樂器歌唱。楊明《譯注》：「《出三藏記集》卷一四《鳩摩羅什傳》：『天竺國俗甚重文藻，其宫商體韻，以入弦爲善。凡覲國王，必有贊德；見佛之儀，以歌歎爲尊。經中偈頌，皆其式也。』謂古印度文辭，多能配樂歌唱。鍾嶸此處所説的『韻入歌唱』，與鳩摩羅什所謂『宫商體韻，以入弦爲善』同意。」

〔八〕「此重」二句：世之言宫商，指沈約等人所倡之四聲八病説。此謂詩之適宜歌唱，是重視詩歌音樂性的意思，和當今世人所談宫商是不同的。《三國志·魏書·武帝紀》裴松之注引《魏書》曰：「太祖創造大業，文武並馳，登高必賦，及造新詩，被之管弦，皆成樂章。」沈約《宋書·謝靈運傳論》：「至於建安，曹氏基命。三祖陳王，咸蓄盛藻。」又《宋書·樂志》曰：「《但歌》四曲，出自漢世，無弦節，作伎，最先一人倡，三人和。魏武帝尤好之。」郭茂倩《樂府詩集·清商曲辭》注曰：「『清商樂』，一曰『清樂』。清樂者，九代之遺聲，其始即『相和三調』是也。並漢魏已來舊曲，其辭皆古調及魏三祖所作。」謝榛《四溟詩話》卷一：「建安之作，率多平仄穩帖。此聲律之漸，而後流於六朝，千變萬化，至唐極矣。」古直《箋》：「《南史·蕭惠基傳》曰：『解音律，尤好魏三祖曲。』案，此言前達非不重音韻，特異近世聲律之談耳。」中沢希男《詩品考》曰：「《詩品·下品·魏武帝、魏明帝》條云：『叡不如丕，亦稱三祖。』此『三祖』與《宋書》所言『三祖』同。然此處之『三祖』，指魏武、文帝、曹植，當與《宋書》異。細按文意，前引曹植詩句『置酒高堂上』、『明月照高樓』，下即承之，謂『三祖之詞』，可知，此『三祖』當含曹植。唐皎然《詩議》曰：『建安三祖七子，五言始盛。』（《文鏡秘府論·南卷》引）即與之意同。」

〔九〕「今既」二句：管絃：管，指笙、簫等管樂器；絃，指琴、瑟之類的絃樂器。此概指樂器。沈德潛《説詩晬語》卷上：「詩三百篇，可以被諸管弦，皆古樂章也。漢時詩樂始分，乃立樂府……漢以後因之，而節奏漸失。」此謂現在的詩既不配合樂器歌唱，那又何必講究聲律呢？

【參考】

一、顏延之《庭誥》：「荀爽云：『詩者，古之歌章。』然則雅、頌之樂篇全矣。以是後之□詩者，率以歌爲名。及秦勒望岱，漢祀郊宫，辭著前史者，文變之高制也。雖雅聲未至，弘麗難追矣。逮李陵衆作，總雜不類，元是假託，非盡陵制。至其善寫，有足悲者。摯虞《文論》，足稱優洽。《柏梁》以來，繼作非一，所纂至七言而已，九言不見者，將由聲度闡緩，不協金石。至於五言流靡，則劉楨、張華；四言側密，則張衡、王粲；若夫陳思王，所謂兼之矣。」（《全宋文》卷三六）

二、劉勰《文心雕龍·聲律》篇：「夫音律所始，本於人聲者也。聲含宫商，肇自血氣，先王因之，以制樂歌。……若夫宫商大和，譬諸吹籥；翻回取均，頗似調瑟。瑟資移柱，故有時而乖貳；籥含定管，故無往而不壹。陳思、潘岳，吹籥之調也；陸機、左思，瑟柱之和也。概舉而推，可以類見。」又《樂府》篇曰：「至於魏之三祖，氣爽才麗，宰割辭調，音靡節平。」

齊有王元長者，常謂余云〔一〕：「宫商與二儀俱生，自古詞人不知用之〔二〕。唯顔憲子論文乃云『律吕音調』，而其實大謬〔三〕。唯見范曄、謝莊，頗識之耳〔四〕。」常欲造《知音論》，未就而卒〔五〕。

【校異】

〔齊有王元長者〕　《文鏡秘府論·天卷》載隋劉善經《四聲論》引，「齊」上有「昔」字。車柱環《校證》：「此追述前事，有『昔』字文意較完。今本誤挩，當據補。」　旭按：車説可參，然未可遽補。此述「前事」，爲王融親謂「余云」，故著「齊有」、「常（嘗）謂」即具「追述前事」之意。若再添「昔」字，意既與下文重複，更與王融親告之語氣隔閡。鍾嶸與王融同時，親告之語，不必稱「昔」。《竹莊》引宋本《詩品》，正無「昔」字，可證。

〔常謂余云〕　「謂」，《竹莊》作「語」。　〇「云」，《文鏡秘府論·天卷》載劉善經《四聲論》、《竹莊》並作「曰」。

〔宮商與二儀俱生〕　《吟窗》、《格致》、《詩法》、《詞府》諸本略「二」字。

〔自古詞人不知用之〕　「自古詞人」，《文鏡秘府論·天卷》載劉善經《四聲論》作「行古詩人」。〇「不知用之」，原脱「用」字，據《文鏡秘府論·天卷》載劉善經《四聲論》、《竹莊》、《吟窗》、《格致》、《詩法》、《詞府》諸本補。　旭按：此下皆談聲律之「用」，故「不知用之」義勝。

〔唯顔憲子論文乃云「律呂音調」〕　「論文」，二字原無，據《吟窗》、《格致》、《詩法》、《詞府》諸本補。　旭按：顔延年作《庭誥》論文，齊梁人多有稱引，《文心雕龍·總術篇》引其「言」、「筆」分體之論：「筆之爲體，言之文也；經典則言而非筆，傳記則筆而非言。」《詩品序》謂「顔延論文，精而難曉」。王融謂其云「律呂音調」「大謬」者，實指其《庭誥》論聲律内容。故據補。

〔唯見范曄、謝莊，頗識之耳〕《秘府論》「唯」下脱「見」字。○「范曄」，《四庫》本作「范氏」。○「謝莊」，《秘府論》作「謝公」。○「頗」，《梁文紀》本誤作「仍」，《全梁文》本誤作「乃」。○「耳」，《廣牘》本作「爾」。

〔常欲造《知音論》，未就而卒〕「造」，原作「進」；「而卒」二字原無。據《竹莊》、《吟窗》、《格致》、《詩法》、《詞府》諸本改補。旭按：「進《知音論》」不詞，當作「造」。《詩品》中多「造」字用例。下品「區惠恭」條「後造《獨樂賦》，語侵給主」、「且可以爲謝法曹造」。下品「釋寶月」條「《行路難》是東陽柴廓所造」，皆是。「未就」後有「而卒」二字，於文意較完，義亦較勝。

【集注】

〔一〕「齊有」二句：王元長，王融，字元長。詳見下品「王融」條。此謂齊時有一個叫王元長的人，曾對我説過。

〔二〕「宫商」二句：二儀，指天、地。《周易·繫辭·傳》曰：「是故易有太極，是生兩儀。」張協《七命》：「功與造化争流，德與二儀比大。」劉勰《文心雕龍·原道》篇：「仰觀吐曜，俯察含章；高卑定位，故兩儀既生矣。」

〔三〕「唯顔」二句：顔憲子，即顔延之。延之死後謚「憲子」。 論文，或指顔延之《庭誥》中論文之篇，參見《中品序》「顔延論文，精而難曉」句注。 律呂音調，古代樂律之總稱。分陰、陽各六，陽六爲律，陰六爲呂。合稱十二律。《文選》卷一八馬季長《長笛賦》：「律呂既和，哀聲五降。」又曰：「夔襄比律，子壄協呂。」李善注：「《周禮》：大師，掌六律、六呂。六律，陽聲：黄鍾、太簇、姑洗、蕤賓、夷則、無射。六呂，陰聲：大呂、應鍾、南呂、林鍾、中呂、夾鍾。」

〔四〕「唯見」二句：范曄，字蔚宗，詳見下品「范曄」條。 謝莊：字希逸，詳見下品「謝莊」條。 頗識之耳，范曄《獄中與諸甥侄書》曰：「性別宫商，識清濁，斯自然也。觀古今文人，多不全了此處。縱有會此者，不必從根本中來。言之皆有實證，非爲空談。年少中謝莊最有其分。手筆差易，文不拘韻故也。吾思乃無定方，特能濟難，適輕重，所禀之分，猶當未盡。但多公家之言，少於事外，遠致以此爲恨，亦由無意於文名故也。」《南史·謝莊傳》：「王玄謨問莊何者爲雙聲，何者爲疊韻。答曰：『玄護爲雙聲。碻磝爲疊韻。』」又范文瀾《文心雕龍·聲律》篇注：「謝莊深明聲律，故其所作《赤鸚鵡賦》，爲後世律賦之祖。」

〔五〕「常欲」二句：造，撰寫。王元長曾經想寫《知音論》，但沒有寫成就去世了。

【參考】

一、遍照金剛《文鏡秘府論》：「雖師曠調律，京房改姓，伯喈之出變音，公明之察鳥語，至於此聲，竟未先悟。且《詩》、《書》、《禮》、《樂》，聖人遺旨，探賾索隱，亦未之前聞。宋末以來，始有四聲之目。」

王元長創其首，謝朓、沈約揚其波〔一〕。三賢咸貴公子孫，幼有文辨〔二〕。於是士流景慕，務爲精密〔三〕。擗績細微，專相淩架〔四〕。故使文多拘忌，傷其真美〔五〕。余謂文製，本須諷讀，不可蹇礙〔六〕。但令清濁通流〔七〕，口吻調利〔八〕，斯爲足矣。至如平上去入，則余病未能〔九〕；蜂腰、鶴膝，閭里已甚〔一〇〕。

【校異】

〔王元長創其首〕《竹莊》略「王」字。

〔三賢咸貴公子孫〕「咸」，原作「或」，據《竹莊》、《吟窗》、《格致》、《詩法》、《詞府》諸本改。旭按：王融、謝朓、沈約皆貴公子孫，作「咸」是。「或」爲「咸」之形誤。《吟窗》諸本略「孫」字。

〔幼有文辨〕《竹莊》略「幼」字。

〔擗績細微〕「擗績」，《秘書》本作「襞績」，《竹莊》及其餘諸本均作「襞積」。「擗」、「襞」，「積」、「績」

古通。

〔專相淩架〕《竹莊》作「轉相淩駕」。○「專相」，《吟窗》、《格致》、《詩法》、《詞府》諸本作「專事」。

〔故使文多拘忌〕《竹莊》無「使」字。

〔本須諷讀〕「諷讀」，《竹莊》、《吟窗》、《格致》、《詞府》諸本均作「諷誦」。

〔但令清濁通流〕「但令」，《秘府論》作「但使」。《吟窗》、《格致》、《詩法》、《詞府》諸本略「令」字。○「通流」，《秘府論》作「同流」。

〔口吻調利〕「口吻」，《吟窗》、《格致》、《詩法》、《詞府》諸本作「脣吻」。案：諷誦詩篇，音韻吐納，習用「脣吻」。此似以作「脣吻」是。《漢書・東方朔傳》：「樹頰胲，吐脣吻。」《文心雕龍・聲律篇》：「吹律胸臆，調鍾脣吻。」「吐納律呂，脣吻而已。」《文鏡秘府論》：「然其聲調高下，未會當會，脣吻之間，何其滯歟！」皆其證。○「調利」，《秘府論》作「調和」，義同。

〔至如平上去入〕「如」字原缺，據《竹莊》、《吟窗》、《格致》、《詩法》、《詞府》諸本補。原本「至」下必脱一字。作「至如」於文意較完。《秘府論》作「至於」。

〔則余病未能〕《秘府論》略「則」字。

〔蜂腰鶴膝，閭里已甚〕《竹莊》「閭」上有「故」字。○「已甚」，原作「已具」。今據《竹莊》及《吟窗》、《格致》、《詩法》、《詞府》諸本改。旭按：兩字相比，「甚」表「具」之程度，於義較勝。與《詩品序》「拘攣補納，蠹文已甚」用例相同。又，《詩品序》：「今之士俗，斯風熾矣。」「於是庸音雜體，各各爲容。」「淄澠並泛，朱紫相奪，喧議競起，準的無依。」又中品「沈約」條謂約詩「見重閭里，誦詠成音」，皆「閭里已甚」之證；「具」當爲「甚」之壞字。

【集注】

〔一〕「王元長」三句：謂聲律之論，由王融首創其事，後由謝朓、沈約推波助瀾。《南史・庾肩吾傳》：「齊永明中，王融、謝朓、沈約，文章始用四聲，以爲新變。至是轉拘聲韻，彌爲麗靡，復踰往時。」《南史・陸厥傳》：「吴興沈約、陳郡謝朓、瑯琊王融，以氣類相推轂。汝南周顒，善識聲韻，爲文皆用宮商，以平、上、去、入爲四聲，且以之制韻：有平頭、上尾、蜂腰、鶴膝。五字之中，音韻悉異，兩句之内，角徵不同，不可增減，世號爲『永明體』。」

〔二〕「三賢」二句：貴公子孫，此謂王融、謝朓、沈約，三人均王公貴族子弟。王融爲宋征虜將軍王僧達之孫。謝朓爲宋僕射謝景仁之從孫。沈約爲宋征虜將軍沈林子之孫。幼有文辨，《南齊書・王融傳》：「融少而神明警惠，博涉有文才。……上以融才辨。」《南齊書・謝朓傳》：「朓少好學，有美名，文章清麗。」《梁書・沈約傳》：「（約少時）博通群籍，能屬文。」「聰明過人，好坟籍，聚書二萬卷，京師莫比。」

〔三〕「於是」二句：士流，士人之流。《南史·王儉傳》：「武帝深委仗之。士流選用，奏無不可。」景慕，景仰羡慕。《北史·楊敷傳》：「敷少有志操。重然諾，人景慕之。」此謂士人就景仰羡慕他們，寫詩務求精密。

〔四〕「擗績」二句：擗績，原指衣裙上的縐褶。《文選》張衡《思玄賦》：「美襞積以酷烈兮，允塵邈而難虧。」注：「襞積，衣縫也。」六臣注：「良曰：襞積，重疊也。」擗績同襞積，此以衣裙縐褶重疊喻聲律之細微繁瑣。淩架，謂超越他人之上，競相争勝也。

〔五〕「故使」二句：拘忌，拘束做作。真美，自然之美。此謂使詩歌繁瑣拘束，損害作品之自然真美。唐殷璠《河嶽英靈集序》：「齊梁陳隋，下品實繁，專争拘忌，彌損厥道。」語即本此。陳延傑《注》謂：「此言拘於聲韻之弊。如十字内有兩字雙聲者爲旁紐，十字内兩字疊韻者爲正紐，皆所忌也。此又《文心雕龍·聲律》篇所謂：『雙聲隔字而每舛，疊韻離句而必睽』者。」

〔六〕「余謂」三句：文製，文章，此指詩歌。蹇礙，阻滯而不通暢。古直《箋》：「《文心雕龍·聲律》篇曰：『迕其際會，則往蹇來連，其爲疾病，亦文家之痴也。』」此謂我以爲詩歌，本來應該誦讀的，故詩句不當滯澀。

〔七〕清濁通流：清，指平音；濁，指仄音。清濁通流，即平仄協暢之意。陸厥《與沈約書》引范曄《自序》：「性别宫商，識清濁，特能適輕重，濟艱難。」王通《中説·天地》：「分四聲八病，則剛柔清濁，各有端序。」阮逸注：「標逸則清，質實則濁。」黄侃《文心雕龍札記》釋劉勰音有「飛沉」曰：「飛爲平清，沉謂仄濁。」

〔八〕口吻調利：口吻，口唇也，此指口唇之音。　調利，調和，爽利。此謂讀來順口，調和流利。成公綏《嘯賦》：「隨口吻而發揚，假芳氣而遠逝。」陳延傑《注》謂：「《文心雕龍・聲律》篇曰：『左礙而尋右，末滯而討前，則聲轉於吻，玲玲如振玉；辭靡於耳，纍纍如貫珠矣。』此與鍾嶸説同旨。蓋文章之音聲迭代，期乎諧調而已，不必拘於四聲八病也。」古直《箋》：「《南齊書・文學傳論》曰：『雜以風謡，輕唇利吻。』《文心雕龍・聲律》篇曰：『吐納律吕，唇吻而已。』《金樓子》曰：『至如文者，惟須綺縠紛披，宫徵靡曼，唇吻遒會，情靈摇蕩。』並與仲偉之説相發。」黄侃《文心雕龍札記》曰：「善乎鍾記室之言曰：『文製本須諷讀……斯爲足矣。』斯可謂曉音節之理，藥聲韻之拘。」「記室云：『清濁通流，口吻調利』，蓋亦有尋討之功焉，非得之自然也。」　旭按：「余謂」以下六句，爲仲偉申己之聲律主張。　觀其要旨，乃在「口吻調利」，其具體運用，則在「清濁通流」，即平、仄音聲之協暢也。　沈約之倡四聲，酷裁八病，於唐律自有其功績，然初始時蹇礙文製，傷其真美，非藥石不能使其進化也。　四聲至唐，簡爲平、仄（上、去、入）二元相對，與仲偉「清濁通流」意頗近之。至隋劉善經《四聲指歸》曰：「嶸徒見口吻之爲工，不知調和之有術，譬刻木爲鳶，摶風遠揚，見其抑揚天路，騫翥煙霞，咸疑羽翮之行，然焉知王爾之巧思也。　四聲之體調和，此其效乎！　除四聲已外，别求此道，其獨之荆者而北魯燕，雖遇牧馬童子，何以解鍾生之迷？」陳衍《平議》稱：「其自謂『平上去入，僕病未能』，則上、去可以不分，平、仄豈能弗講？ 宜乎梁、陳古詩率多律句也。」均未達仲偉之旨。

〔九〕「至如」二句： 余病未能，此句一釋爲「余（鍾嶸）病其（沈約）未能以四聲入詩也」，誤。「余病未能」實爲漢魏六朝人習用語。 枚乘《七發》：「太子曰：僕病未能也。」張協《七命》：「公子曰：余病未能也。」皆其用例。 故當釋仲偉以自謝不能之謙，而闢沈約聲病之説。

〔一〇〕「蜂腰」二句： 蜂腰、鶴膝，沈約「八病説」之二種，此以「蜂腰、鶴膝」概八病。 王昌齡《詩格》曰：「沈約云：『詩有八病。』謂平頭、上尾、蜂腰、鶴膝、大韻、小韻、旁紐、正紐……蜂腰者，謂第二字與第五字同聲，兩頭大，中間細，似蜂腰也。 鶴膝者，謂第五字與第十五字同聲，以兩頭細，中間粗，如鶴膝也。」此處「蜂腰、鶴膝」所概八病，與前句「平上去入」爲互文，即「余病未能」者，亦含八病説也。 古直《箋》：「《南史·沈約傳》：『武帝問周捨曰：「何謂四聲？」捨曰：「天子聖哲是也。」然帝竟不遵用。』不特仲偉病未能也。」 閭里，即鄉里。 此指街巷之中。 已甚，已經很風行。 參見中品「沈約」條謂約詩：「見重閭里，誦詠成音。」此謂沈約之「四聲八病」説，已風行閭里，士子仿效，淫濫之極矣。 張錫瑜《詩平》曰：「《梁書·沈約傳》稱約撰《四聲譜》，以爲在昔詞人，累千載而不寤，而獨得胸衿，窮其妙旨。 自謂入神之作，高祖雅不好焉。 今觀仲偉此論，意同梁武。

然切中利病，固非希旨以立言也。」黄侃《文心雕龍札記》曰：「詳聲律之説，爲梁武帝所不好（見沈約傳）。而昭明、簡文（《與湘東王書》推謝朓、沈約之詩，任昉、陸倕之筆），元帝似皆信從。固知風氣既成，舉世仿傚，自非鍾記室，豈敢言『平上去入，余病未能』哉！」

【參考】

一、唐釋皎然《詩式·明四聲》曰：「樂章有宫商五音之説，不聞四聲。近自周顒、劉繪流出，宫商暢於詩體：輕重低昂之節，韻合情高，此未損文格。沈休文酷裁八病，碎用四聲。故風、雅殆盡。」

二、遍照金剛《文鏡秘府論·南卷》：「宋末以來，始有四聲之目。沈氏乃著其譜論，云起自周顒。」

三、許學夷《詩源辯體》卷三五：「鍾嶸與王融、謝朓、沈約同時，而論詩不爲所惑，良可宗尚。」

四、葉燮《原詩·外篇》：「約之才思，於此可推。乃爲音韻之宗。以四聲、八病、疊韻、雙聲等法，約束千秋風雅，亦何爲也。」

五、許印芳《詩法萃編》：「鍾氏於魏晉以下詩流，可謂擇之精而語之詳矣。褒貶群才，語多切實。撰著之工，名宿推許。而譏事類之繁縟，謂同書鈔；病聲律之拘攣，謂傷真美。如斯讜論，切中膏肓，傳教後生，足當藥石。」

六、黄侃《文心雕龍札記》：「當其時獨持己説，不隨波而靡者，惟鍾記室一人。其《詩品》下篇詆訶王、謝、沈三子，皆平心之論，非由於報宿憾而爲之（《南史》嶸傳：「嶸嘗求譽於約，約拒之。及約卒，嶸品古今詩爲評，言其優劣云云，蓋追宿憾以此報之也。」今案，記室之言，無傷直道，《南史》所言，非篤論也）。若舉此一節而言，記室固優於舍人無算也。」

陳思贈弟〔一〕，仲宣《七哀》〔二〕，公幹思友〔三〕，阮籍《詠懷》〔四〕，少卿「雙鳧」〔五〕，叔夜「雙鸞」〔六〕，茂先寒夕〔七〕，平叔衣單〔八〕，安仁倦暑〔九〕，景陽苦雨〔一〇〕，靈運《鄴中》〔一一〕，士衡《擬古》〔一二〕，越石感亂〔一三〕，景純詠仙〔一四〕，王微風月〔一五〕，謝客山泉〔一六〕，叔源離宴〔一七〕，鮑照戍邊〔一八〕，太沖《詠史》〔一九〕，顔延入洛〔二〇〕，陶公詠貧之製〔二一〕，惠連《擣衣》之作〔二二〕：斯皆五言之警策者也。所謂篇章之珠澤〔二三〕，文彩之鄧林〔二四〕。

【校異】

〔陳思贈弟〕《竹莊》作「其陳思贈答」。路百占《校記》云：「『其』字不辭。由上下文氣觀之，疑『若』

之訛。形似而誤。」可參。

〔少卿「雙鳧」〕　旭按：少卿（李陵），原作「子卿」（蘇武）。然釋「子卿」爲蘇武，於文理難通，且與《詩品》原意乖背。「子卿」當爲「少卿」連筆之誤，今據《詩品》體例及文意改正。　葉長青《集釋》：「『子卿雙鳧』，梁任公謂：『乃六朝另一子卿，非漢之子卿。』然《哀江南賦》：『李陵之雙鳧永去，蘇武之一雁空飛。』六朝另有一蘇子卿，六朝另有一李陵乎？《古文苑》載《蘇武别李陵詩》云：『雙鳧俱北飛，一鳧獨南翔。』即本《李陵録别詩》『爾行西南遊，我獨東北翔』及『雙鳧相背飛』諸句。」杜天縻注：「《詩品》不列蘇武，此云子卿，恐非蘇武字也。」中沢希男《詩品考》：「《詩品》不列蘇武。然此『子卿』可疑。恐子卿爲少卿（李陵）之訛。《古文苑》卷四載《蘇武别李陵詩》一首，中有『雙鳧俱北飛，一鳧獨南翔』之句。『子卿雙鳧』指此。《古文苑》此詩題爲『蘇武』之作，而《初學記》十八引則題爲《李陵贈蘇武詩》（《初學記》『雙鳧』作『二鳧』）。庾信《哀江南賦》曰：『李陵之雙鳧永去，蘇武之一雁空飛。』此即六朝人以『雙鳧』詩爲李陵作的一個證據。原文爲『少卿雙鳧』，『子卿雙鳧』當爲後人妄改。」日本立命館《疏》：「或如中沢氏之所言，『子卿雙鳧』爲後人妄改。然而，若聯繫此詩『子當留斯館，我當歸故鄉』之句史實看，以字子卿之蘇武爲作者方合情理。」車柱環《校證》：「《詩品》三品中皆未列子卿。……考『雙鳧詩』乃李陵贈蘇武之作。……古、陳二氏引蘇武《别李陵》詩，或失檢，或據《古文苑》標題妄改。……竊疑『子』、『我』二字當互易，本作『我當留斯館，子當歸故鄉』。因『子』、『我』二字誤錯，《古文苑》遂妄列入蘇武别李陵之作矣。……幸《初學記》引此爲李陵《贈蘇武》詩，此文『子卿』爲『少卿』之誤，可得而正。又據金王朋壽《類林雜說》七云：『陵贈武五言詩十六首，其詞曰：「二鳧俱北飛，一鳧獨南翔。我獨留斯館，子今還故鄉。一别秦與胡，會見何詎央。幸子當努力，言笑莫相忘。」出《臨川王集》中。』……《初學記》、《古文苑》『子當留斯館，我當歸故鄉』二句『我』、『子』二字之誤錯，《類林雜説》所引正可以證其誤。則此詩爲少卿贈子卿之作，可成定論。而《詩品》此文『子卿』爲『少卿』之誤，亦決無可疑矣。……葉長青《集釋・自叙》亦提從來此句之誤釋而云：『《古文苑》載蘇武《别李陵》詩云「雙鳧俱北飛，一鳧獨南翔」，即本李陵《録别詩》「爾行西南遊，我獨東南翔」及「雙鳧相背飛」諸句。』葉説未洽。」王叔岷《鍾嶸詩品箋證稿》曰：「今傳《詩品》『子卿雙鳧』，乃『少卿雙鳧』之誤。」又曰：「少卿之誤爲子卿，『少』、『子』草書形近易亂。《史記・越世家正義》引《吴越春秋》云：『大夫種姓文，名種，字子禽。』《文選》陸士衡《豪士賦序》李善注引『子禽』作『少禽』，即『子』、『少』相亂之例。」是也。

○「鳧」，《廣漢魏》本、《龍威》本誤作「亮」。

〔叔夜「雙鸞」〕「叔夜」，《竹莊》、《玉屑》並作「嵇康」。

〔茂先寒夕〕「寒夕」，《竹莊》、《玉屑》並作「寒食」。唯檢今存張華詩，既無「寒食」之篇，亦無「寒食」之句。

〔平叔衣單〕「衣單」，《竹莊》、《玉屑》作「單衣」，蓋誤倒。《詩品》此段爲頌贊之辭，「結言於四字之句，盤桓乎數韻之辭，約舉以盡情，昭灼以送文」。（《文心雕龍·頌贊》篇）此以「單」、「鸞」、「亂」、「泉」、「宴」押韻。故作「衣單」是。

〔景純詠仙〕「詠仙」，《竹莊》、《玉屑》並作「遊仙」。案：作「遊仙」似是。郭璞以「遊仙」詩擅名。中品「郭璞」條：「但《遊仙》之作，辭多慷慨，乖遠玄宗。」是其證。

〔謝客山泉〕「山泉」，《竹莊》、《玉屑》並作「山水」。路百占《校記》：「靈運善寫山水詩，作『水』是。」車柱環《校證》：「上文已舉靈運之《鄴中詩》，則此不得復舉其詩，上下文皆單舉一人。此謝客疑本作『謝朓』。謝朓《忝役湘州與宣城吏民別》詩甚佳，且其中有『山泉諧所好』之句；《直中書省》詩尤佳，末有『聊恣山泉賞』之句，可爲本作『謝朓山泉』之證。此作謝客，蓋由後人僅知謝客長於山水詩而臆改。」「『泉』與下文『宴』、『邊』爲韻，則《詩品》本不作『山水』明矣。」日本立命館《疏》：「『謝客山泉』當指謝靈運所作之山水詩。江淹《雜體詩三十首》中亦有《謝臨川靈運·遊山》的模擬之作。然謝靈運已見於上文的『靈運鄴中』，此重出。故車柱環氏疑『本作謝朓』，云其詩有『聊恣山泉賞』之句，故可以從之。但此處列舉，似皆限於建安以後及宋代詩人之作，中間插入齊代詩人謝朓不妥。雖説如此，若同一詩人重出亦不妥，『謝客』或爲宋謝莊之誤。『客』、『莊』二字草體相似，可知有訛誤之可能。」清水凱夫《詩品研究方法之研討與五言警策等問題的探究》：「既然在同組詩人（中品「謝瞻、謝混、袁淑、王微、王僧達」條）中評價明顯居於下位的王微亦被列入『五言之警策』，而與謝混齊名，在同組詩人中評價最高的謝瞻則當然更應該列入『五言之警策』。而且從越石→景純→王微→謝客→叔源→鮑照的排列順序及與『王微風月』的對仗方面來看，把謝瞻排列在『謝客』之處，可以説各方面都最合適。」「謝瞻是靈運的從兄，特別賞愛年輕的靈運的詩才，傾慕他的詩風。很可能受靈運詩的影響，創作過不少像靈運山水詩那樣描寫自然的詩。」力之以爲，《詩品序》與《詩品》價值取向存在差異，若無版本證明，則維護「子卿雙鳧」與「謝客山泉」不誤。（《關於〈詩品序〉和〈詩品〉價值取向的差異問題——兼辨「子卿雙鳧」與「謝客山泉」無誤》，《四川師範大學學報》二零零二年一月）諸説可參。「謝客」爲謝靈運、謝朓，抑或謝瞻？待考。

〔叔源離宴〕《竹莊》、《玉屑》並作「叔元離燕」。「宴」、「燕」通。「元」爲「源」之聲誤。

〔鮑照戍邊〕「鮑照」，《竹莊》、《玉屑》並作「明遠」。

〔斯皆五言之警策者也〕《吟窗》、《格致》、《詩法》、《詞府》諸本作「今擇其五言警策者凡七十三人」。〇《詩紀》「者」下脱「也」字。

〔所謂篇章之珠澤〕「所謂」，《詩話》、《詩觸》、《萃編》、《詩品詩式》諸本作「所以謂」。此當爲何氏《歷代詩話》本臆增，諸本及陳注、古箋、杜注、汪注皆承襲致誤。

〔文彩之鄧林〕《竹莊》、《玉屑》「鄧林」下並有「乎」字。以「乎」字作末句煞，於文氣較完，疑是。古直《箋》：「『昔曹、劉殆文章之聖』云云，專議聲律，末後所舉陳思諸人，又不屬於『下品』，其不能冠諸『中品』、『下品』以爲序……乃諸家刻本皆承訛襲謬，不能致辨，是可怪也。」中沢希男《詩品考》：「《下品序》應分二部分：前一部分論反對聲病，後一部分列舉五言詩優秀作品。但所舉的優秀作品又分别屬於『上品』和『中品』詩人，『下品』詩人的作品一篇也没有。像這樣的中、下品二序，内容既屬片斷拼合，散漫而無序的體裁特點，且與所品内容完全遊離，足以證明此序並非原有的『中品』和『下品』序。」車柱環《校證》：「審自『昔曹劉云云』至『閭里已具』，與『下品』無涉，蓋本爲鍾氏評沈約諸人聲病説，附在沈約評語末。自『陳思贈弟』至『文彩之鄧林』。既與『閭里已具』以上無關，亦與『下品』無涉。疑係上兩品之跋語。因二文相接，遂併爲一，後人不識，誤以爲『下品』之序耳。」諸説是。

【集注】

〔一〕陳思贈弟：指曹植《贈白馬王彪》並序：「黄初四年五月，白馬王、任城王與余俱朝京師。會節氣，到洛陽，任城王薨。至七月，與白馬王還國。後有司以二王歸藩，道路宜異宿止，意每恨之。蓋以大别在數日，是用自剖，與王辭焉，憤而成篇。謁帝承明廬，逝將返舊疆。清晨發皇邑，日夕過首陽。伊洛廣且深，欲濟川無梁。泛舟越洪濤，怨彼東路長。顧瞻戀城闕，引領情内傷。太谷何寥廓，山樹鬱蒼蒼。霖雨泥我塗，流潦浩縱橫。中逵絶無軌，改轍登高岡。修坂造雲日，我馬玄以黄。玄黄猶能進，我思鬱以紆。鬱紆將何念？親愛在離居。本圖相與偕，中更不克俱。鴟鳥鳴衡軛，豺狼當路衢。蒼蠅間白黑，讒言令親疏。欲還絶無蹊，攬轡止踟躕。踟躕亦何留？相思無終極。秋風發微涼，寒蟬鳴我側。原野何蕭條，白日忽西匿。歸鳥赴喬林，翩翩厲羽翼。孤獸走索羣，銜草不遑食。感物傷我懷，撫心長太息。太息將何爲？天命與我違。奈何念同生，一往形不歸。孤魂翔故域，靈柩寄京師。存者忽復過，亡没身自衰。人生處一世，去若朝露晞。年在桑榆間，影響不能追。自顧非金石，咄唶令人悲。心悲動我神，棄置莫復陳。丈夫志四海，萬里猶比鄰。恩愛苟不虧，在遠分日親。何必同衾幬，然後展殷勤？憂思成疾疢，無乃兒女仁。倉卒骨肉情，能不懷苦辛？苦辛何慮思，天命信可疑。虚無求列仙，松子久吾欺。變故在斯須，百年誰能持？離別永無會，執手將何時？王其愛玉體，俱享黄髮期。收淚即長路，援筆從此辭。」何焯《義門讀書記》謂：「曹子建《贈白馬王彪》，小雅嗣音。」

〔二〕仲宣《七哀》：指王粲《七哀詩》，詩例見上品「王粲」條「參考」部分。何焯《義門讀書記》謂：「王仲宣《七哀詩》，『路有饑婦人』六句，杜詩宗祖。『荆蠻』首，前詩哀王室之亂，此又自傷羈旅也。『羈旅終無極』，與前篇『方構患』首尾呼應，言亂靡有定也。」

〔三〕公幹思友：指劉楨《贈徐幹》詩。詩云：「誰謂相去遠？隔此西掖垣。拘限清切禁，中情無由宣。思子沈心曲，長歎不能言。起坐失次第，一日三四遷。步出北寺門，遥望西苑園。細柳夾道生，方塘含清源。輕葉隨風轉，飛鳥何翻翻。乖人易感動，涕下與衿連。仰視白日光，皦皦高且懸。兼燭八紘内，物類無頗偏。我獨抱深感，不得與比焉。」

〔四〕阮籍《詠懷》：阮籍《詠懷》詩八十二首。詩例見上品「阮籍」條「參考」部分。何焯《義門讀書記》謂：「《文選》所選十七篇，作者之要旨已具矣，惟其間尚有『王子年十五』一篇，言明帝不能辨宣王之奸，輕以愛子付託，最爲深永。當時以德施方當明兩之地，嫌于甄録耳。」

〔五〕少卿「雙鳧」：原作蘇武《別李陵詩》。詩曰：「雙鳧俱北飛，一鳧獨南翔。子（我）當留斯館，我（子）當歸故鄉。一別如秦胡，會見何詎央。愴恨切中懷，不覺淚沾裳。願子長努力，言笑莫相望。」此取其首二字作「雙鳧」詩。《初學記》十八引作李陵《贈蘇武詩》。其中「子」、「我」二字當互換。説詳本條「校異」。然無有力證據，此注尚可存疑，以備後人考證。

〔六〕叔夜「雙鸞」：指嵇康《贈秀才入軍》詩（十九首之一），首句爲「雙鸞匿景曜」故以代稱。詩見中品「嵇康」條參考部分。

〔七〕茂先寒夕：當指張華《雜詩》三首之一。詩云：「晷度隨天運，四時互相承。東壁正昏中，涸陰寒節升。繁霜降當夕，悲風中夜興。朱火青無光，蘭膏坐自凝。重衾無暖氣，挾纊如懷冰。伏枕終遥昔，寤言莫予應。永思慮崇替，慨然獨撫膺。」

〔八〕平叔衣單：何晏詩今存僅《擬古》、失題詩各一首，斷句二則。「衣單」之詩已佚。

〔九〕安仁倦暑：王叔岷《疏證》曰：「安仁《悼亡詩》有云：『溽暑隨節闌』，倦暑殆即指此。古直、陳延傑並以爲指《在懷縣作》，爲其有『隆暑方赫曦』之句也。然『隆暑方赫曦』，則不得云『倦暑』，恐非。」許文雨《講疏》亦疑指「溽暑隨節闌」句。案：「溽暑隨節闌」謂溽暑將逝，亦不得云「倦暑」。此指《在懷縣作》並不誤，其二詩云：「春秋代遷逝，四運紛可喜。寵辱易不驚，戀本難爲思。我來冰未泮，時暑忽隆熾。感此還期淹，歎彼年往駛。登城望郊甸，遊目歷朝寺。小國寡民務，終日寂無事。白水過庭激，緑槐夾門植。信美非吾土，祇攪還歸志。眷然顧鞏洛，山川邈離異。願言旋舊鄉，畏此簡書忌。祇奉社稷守，恪居處職司。」「我來」四句，即倦於隆暑淹留他鄉，位卑名末而不得歸也。

〔一〇〕景陽苦雨：張協「苦雨」詩，當指其《雜詩》十首之末章。詩云：「黑蜧躍重淵，商羊舞野庭。飛廉應南箕，豐隆迎號屏。雲根臨八極，雨足灑四溟。霖瀝過二旬，散漫亞九齡。階下伏泉涌，堂上水衣生。洪潦浩方割，人懷昏墊情。沈液漱陳根，緑葉腐秋莖。里無曲突煙，路無行輪聲。環堵自頹毀，垣閭不隱形。尺燼重尋桂，紅粒貴瑶瓊。君子守固窮，在約不爽真。雖榮田方贈，慚爲溝壑名。取志於陵子，比足黔婁生。」劉熙載《藝概·詩概》曰：「張景陽詩開鮑明遠，明遠遒警絶人，然練不傷氣，必推景陽獨步。《苦雨》諸詩，尤爲高作，故鍾嶸《詩品》獨稱之。」

〔一一〕靈運《鄴中》：指謝靈運《擬魏太子鄴中集詩》八首。詩見曹植、劉楨、王粲諸人「參考」部分。唐釋皎然《詩式·文章宗旨》條曰：「至如《述祖德》一章，《擬鄴中》八首……識度高明，蓋詩中之日月也。安可攀援哉！惠休所評『謝詩如芙蓉出水』，斯言頗近矣！」何焯《義門讀書記》謂：「惟陳、徐二詩爲可觀，首篇擬古變體。」

〔一二〕士衡《擬古》：指陸機《擬古詩》十二首。詩例見上品「陸機」條「參考」部分。

〔一三〕越石感亂：此當指劉琨《重贈盧諶》或《扶風歌》。二詩皆感亂之作也。詩見中品「劉琨」條「參考」部分。

〔一四〕景純詠仙：當指郭璞《遊仙詩》十九首。詩例見中品「郭璞」條「參考」部分。何焯《義門讀書記》謂：「景純之遊仙，即屈子之《遠遊》也。章句之士，何以知之？」《藝概》曰：「《遊仙》之詩，假棲遯之言，而激烈悲憤，自在言外。」

〔一五〕王微風月：古直《箋》：「王微詩今存五首，無『風月』句。」許文雨《講疏》曰：「江文通《雜體詩》有王徵君微《養疾》一首，中云：『清陰往來遠，月華散前墀。』寫風月也。原詩自有此。」王法國諸人以爲：王微今存《四氣詩》一首，寫四時美景。其詩云：「蘅若首春華，梧楸當夏翳。鳴笙起秋風，置酒飛冬雪。」王微「風月」詩。當指此。

〔一六〕謝客山泉：此句之意，亦多疑竇，説頗歧紛，參本句「校異」。靈運山水詩，參見上品「謝靈運」條「參考」部分。

〔一七〕叔源離宴：或指謝混《送二王在領軍府集》詩，今詩僅存殘句。古直《箋》曰：「《初學記》十八引謝琨《送二王在領軍府集》詩曰：『苦哉遠征人，將乘萃余室。明窗通朝暉，絲竹盛蕭瑟。樂酒輟今晨，離端起來日。』離宴，當指此也。」

〔一八〕鮑照戍邊：江淹《雜體詩三十首》有《鮑參軍照戎行》，「戍邊」與「戎行」義近。當指其《代出自薊北門行》詩，詩例見中品「鮑照」條「參考」部分。

〔一九〕太沖《詠史》：指左思《詠史詩》八首。詩例見上品「左思」條「參考」部分。何焯《義門讀書記》謂：「題云《詠史》，其實乃詠懷也。八首一氣揮灑，激昂頓挫，真是大手，晉詩中傑出者，太白多學之。」

〔二〇〕顏延入洛：指顏延之《北使洛》詩。詩云：「改服飭徒旅，首路跼險艱。振楫發吴洲，秣馬陵楚山。塗出梁宋郊，道由周鄭間。前登陽城路，日夕望三川。在昔輟期運，經始闊聖賢。伊瀔絶津濟，臺館無尺椽。宫陛多巢穴，城闕生雲煙。王猷升八表，嗟行方暮年。陰風振涼野，飛雲瞀窮天。臨塗未及引，置酒慘無言。隱憫徒御悲，威遲良馬煩。遊役去芳時，歸來屢徂諐。蓬心既已矣，飛薄殊亦然。」何焯《義門讀書記》謂：「擬士衡《赴洛詩》，在顏集中，亦爲清拔。」

〔二一〕陶公詠貧之製：當指陶淵明《詠貧士》詩。許文雨《講疏》曰：「如《乞食》一首，《詠貧士》十七首,及《飲酒》第十五首皆是。」 旭按: 此舉五言警策以示詩界法程,當非泛指,而爲專指。又鍾品所標舉警策之作,多爲蕭統《文選》所收録。如「歡言酌春酒」、「日暮天無雲」等皆是。《詠貧士》詩七首,《文選》所録一首云:「萬族各有託,孤雲獨無依。曖曖虚中滅,何時見餘輝? 朝霞開宿霧,衆鳥相與飛。遲遲出林翮,未夕復來歸。量力守故轍,豈不寒與饑? 知音苟不存,已矣何所悲!」

〔二二〕惠連《擣衣》之作: 惠連《擣衣》見中品「謝惠連」條注。

〔二三〕珠澤: 出産珠寶之澤。《穆天子傳》卷二:「天子北征,舍於珠澤。」郭璞注:「此澤出珠,因名之云。」

〔二四〕鄧林: 桃林。《山海經・海外北經》:「夸父與日逐走,入日,渴欲得飲,飲於河渭,河渭不足,北飲大澤,未至,道渴而死,棄其杖,化爲鄧林。」畢沅注曰:「鄧林,即桃林也,鄧、桃音相近。」此以「珠澤」、「鄧林」喻五言佳作之匯萃,文采之美盛。袁宏《東征賦》:「惟吾生於末運,託一葉於鄧林。」阮籍《詠懷》:「焉見王子喬,乘雲翔鄧林。」近藤元粹《螢雪軒》曰:「結得甚奇。」

【參考】

一、鄭文焯《手校津逮本》曰:「自『陳思贈弟』句,並有韻之文。故疑末句當以『澤』字煞。則宜爲

『所以爲文采之鄧林，篇章之珠澤矣。』」

二、許文雨《講疏》引王葆心曰：「記室品詩，别擇其尤，别標目録，備記陳思贈弟以下之成式。彦和所謂『選文以定篇』，亦其意也。」

漢令史班固〔一〕 漢孝廉酈炎〔二〕 漢上計趙壹〔三〕

孟堅才流〔四〕，而老於掌故〔五〕。觀其《詠史》，有感歎之詞〔六〕。文勝託詠「靈芝」，懷寄不淺〔七〕。元叔發憤「蘭蕙」，指斥「囊錢」〔八〕。苦言切句，良亦勤矣〔九〕。斯人也，而有斯困，悲夫〔一〇〕！

【校異】

〔漢上計趙壹〕「上計」，退翁、《對雨樓》、《擇是居》本並作「上記」，蓋音近之誤。

〔孟堅才流〕《吟窗》、《格致》、《詩法》、《詞府》諸本「孟」上皆有「以」字。

〔有感歎之詞〕「感歎」，退翁、《對雨樓》、《擇是居》諸本均誤倒作「歎感」。

〔懷寄不淺〕句前原有「觀」字，顧氏、退翁、《廣牘》、《津逮》、天都閣、繁露堂、希言齋、天一閣、《續百川》諸本並同。《吟窗》、《格致》、《詩法》、《詞府》、《梁文紀》、《詩話》、《全梁文》、《詩品詩式》、《四庫》、螢雪軒諸本删。中沢希男《詩品考》：「『觀』字因『觀其詠史』之句而衍。」其説是。

〔元叔發憤「蘭蕙」〕「發憤」，原本作「散憤」。據《吟窗》、《格致》、《詩法》、《詞府》諸本改。　旭按：趙壹《魯生歌》慷慨高亢，情懷激烈，「蘭蕙」句刺世之疾邪，當作「發憤」是。又中品「顔延之」條「虚散」爲「虚發」之誤。亦「發」誤作「散」之例，可與此處相參。

〔苦言切句〕「苦言」，《吟窗》、《格致》、《詩法》、《詞府》諸本誤作「若言」。《大觀》本作「微言」。

【集注】

〔一〕班固（三二—九二）：東漢著名史學家、文學家、詩人。班彪之子。字孟堅，扶風安陵（今陝西咸陽）人。九歲能誦讀詩賦，十三歲得著名學者王充的賞識。建武二十三年（四七年）前後入洛陽太學，博覽群書，窮究九流百家之言。因整理父親班彪的《史記後傳》，撰寫《漢書》，被告發以私改國史罪入獄。賴其弟班超奔走上書，其書稿送至京師。明帝閲後，賞識班固才學，召爲蘭臺令史。後遷爲郎，典校秘書，撰成《漢書》。大將軍竇憲出征匈奴，以固爲護軍，勒銘燕然而返。後竇憲擅權被殺，班固受牽連，被人陷害，死於獄中。所撰《漢書》包舉一代，開斷代史體例，爲《史記》後史學巨著。善辭賦，除《兩都賦》外，有《白虎通義》經學著作。《隋志》謂有「後漢大將軍護軍司馬班固集十七卷」，已散佚。明張溥輯有《班蘭臺集》一卷。今見《文選》録其辭賦贊銘九篇，另存詩八首。其《詠史》一首，代表早期文人五言詩。事見《後漢書》卷四〇本傳。

〔二〕酈炎（一五〇——一七七）：東漢詩人。字文勝，范陽（今河北定興）人。通解音律，有文才。思辯敏捷，善於説理。被舉爲孝廉，酈炎《遺令書》自謂「陳留韓府君察我孝廉」。靈帝時，州郡屢次召用，皆不就。後因母死，精神病發，妻在生産中受驚嚇而死，妻家告官，炎繫獄死。《隋志》謂有「酈炎集二卷，録一卷。亡」，今存詩二首。《見志詩》成文人五言詩代表。事見《後漢書》卷八〇《文苑傳》。

〔三〕趙壹：東漢辭賦家、書法評論家、詩人。生卒年不詳，主要事蹟見於漢靈帝年間（一六八——一八九）。字元叔，漢陽西縣（今甘肅天水）人。爲人耿直，狂傲不羈，恃才倨傲，受鄉黨排斥，屢次得罪，幾乎被殺，友人救援方免。後作《刺世疾邪賦》譏刺豪強權貴，抨擊社會現實。光和元年（一七八）舉郡上計至洛陽，見司徒袁逢，長揖不拜。爲袁逢、羊陟等人禮重、延譽，名動京師。西還後，公府十次徵召，皆不就。死於家中。著有賦、頌、箴、誄、書、論及雜文十六篇。代表作有《刺世疾邪賦》、《窮鳥賦》、《非草書》等。《隋志》謂「梁有上計趙壹集二卷，録一卷，亡」，今存詩二首。事見《後漢書》卷八〇《文苑傳》。

〔四〕孟堅才流：此謂班固乃博學宏才之流。《世説新語·賢媛》篇：「景王遣鍾會看之。若才流及父，當收兒。」 旭按：班固《漢書》敍事詳贍，文辭典雅，爲世所重。劉知幾《史通》譽之「辭惟温雅，理多愜當。其尤美者，有典誥之風，翩翩奕奕，良可詠也」（《内篇》四《論贊》第九）。又《兩都賦》開闔動盪，巨製鴻篇，宜乎「才流」之稱也。

〔五〕老於掌故：有二説。一説掌故爲漢代官名。主掌禮樂制度故事。《史記·晁錯傳》：「以文學爲太常掌故。」《索隱》引《漢舊儀》：「太常博士弟子試射策，中甲科補郎，中乙科補掌故也。」又《文選·司馬相如〈封禪文〉》：「宜命掌故，悉奏其儀而覽焉。」李善注引《漢書音義》：「掌故，太史官屬，主故事者也。」老於掌故，指班固一輩子治國史。陳延傑、古直、高松亨明、興膳宏、李徽教、吕德申諸先生主其説。二説「掌故」泛指舊朝史實，班固嫻熟於此，所作《詠史》詩即「老於掌故」之作。楊祖聿、蕭華榮、王叔岷諸先生主其説。均可參考。

〔六〕「觀其」二句：感歎之詞，其内涵，後人説法有三。其一感歎百男不如一女。許文雨《講疏》曰：「孟堅《詠史》結句云：『百男何憒憒，不如一緹縈！』詠歎至深。」二謂感慨不肖之子。鄭文《漢詩研究》以爲班固下獄，與其子不遵守法度有關，故感慨已有不肖之子。三謂自歎身世。《後漢書·班固傳》云：「固自以二世才術，位不過郎，感東方朔、揚雄自論以不遭蘇（秦）、張（儀）、范（雎）、蔡（澤）之時，作《賓戲》以自通焉。」均可參閲。陳延傑《注》曰：「孟堅《詠史詩》，其辭甚質直，又加以詠歎，此傳體，爲詠史正宗，左太沖其變也。」 旭按：似以第一説爲正解。他説可參。

〔七〕「文勝」二句：「靈芝」，指酈炎《見志詩》，因首句詠「靈芝」，故稱。懷寄，即寄懷，寄託感情。此謂酈炎以借詠「靈芝」，寄託自己深沉的感情。陳祚明《采菽堂古詩選》卷四云：「（酈炎《見志詩》）大致古勁，結句質言耳。然固慨深。」

〔八〕「元叔」二句：「蘭蕙」，指趙壹《刺世疾邪賦》中的《魯生歌》。因詩中有「蘭蕙化爲芻」句，故稱。《魯生歌》云：「勢家多所宜，欬唾自成珠。被褐懷金玉，蘭蕙化爲芻。賢者雖獨悟，所困在群愚。且各守爾分，勿復空馳驅。哀哉復哀哉，此是命矣夫。」指斥，直接指説。「囊錢」，囊中金錢。此指趙壹《刺世疾邪賦》中的《秦客詩》。因詩中有「囊錢」句，故稱。《後漢書・趙壹傳》云：「（壹）恃才倨傲，爲鄉黨所擯，乃作《解擯》。後屢抵罪，幾至死。友人救得免。」「作《刺世疾邪賦》，以舒其怨憤。」指斥「囊錢」，因文籍不如囊錢而抨擊當時社會。

〔九〕「苦言」二句：苦言，悲苦之言。《文選》卷二五劉越石《答盧諶詩並書》：「備辛酸之苦言，暢經通之遠志。」切句，激切的語句。良，確實、誠然。勤，同「懃」，愁苦。東方朔《七諫・自悲》：「居愁懃其誰告兮，獨永思而憂悲。」此謂悲苦之音，激切之句，確實讓人感受到痛苦。

〔一〇〕「斯人」三句：語本《論語・雍也》：「命矣乎！斯人也，而有斯疾也！斯人也，而有斯疾也！」意謂這樣的人，卻有這樣的困境，真令人悲歎啊！陳延傑《注》：「壹詩有云：『賢者雖獨悟，所困在群愚。』殊令人悲慨焉。此以三人風格皆相似，故同居一品。此亦未著其源者。」許文雨

《講疏》：「仲偉深歎元叔之詩，言苦句切。故近代王闓運謂：『趙壹、程曉，下開孟郊瘦刻一派。』」

【參考】

一、録班固詩一首：

《詠史》：「三王德彌薄，惟後用肉刑。太倉令有罪，就逮長安城。自恨身無子，困急獨煢煢。小女痛父言，死者不可生。上書詣闕下，思古歌鷄鳴。憂心摧折裂，晨風揚激聲。聖漢孝文帝，惻然感至情。百男何憒憒，不如一緹縈！」

二、陸厥《與沈約書》：「孟堅精整，《詠史》無虧於東主。」

三、張溥《漢魏六朝百三家集·班蘭台集題辭》：「安陵班叔皮清浄守道，有二令子。孟堅文章領著作，仲升武節威西域，天下之奇，在其一門，漢世無比。仲升功名拔傅介子、張騫而上。孟堅晚節，竟蹶不起，亡時與蔡中郎同年； 又以竇氏賓客，爲洛陽種令所捕系，頓辱更甚。私心痛其才同厥考，而志恥薄宦，冒進失道，不若望都長優遊以終也。叔皮專心史籍，欲撰漢史，孟堅踵就其業，爲人誣訟，限身獄網。仲升馳闕分明，轉禍爲福，危哉！《漢書》之得成，更兩世，關變故，如是其不易也。《兩都》仿《上林》，《賓戲》擬《客難》，典引居《封禪》、《美新》之間，大體取象前型，制以心極。而師覆徒奔，反在燕然片石。『夫惟大雅，既明且哲』，豈孟堅亦讀而未之詳乎？」

四、録酈炎詩一首：

《見志詩》：「靈芝生河洲，動摇因洪波。蘭榮一何晚，嚴霜瘁其柯。哀哉二芳草，不植泰山阿。文質道所貴，遭時用有嘉。絳灌臨衡宰，謂誼崇浮華。賢才抑不用，遠投荆南沙。抱玉乘龍驥，不逢樂與和。安得孔仲尼，爲世陳四科。」

五、胡應麟《詩藪·外編》卷一：「唐山、韋孟，漢之初也；都尉、中郎，漢之盛也；武仲、平子，漢之中也；蔡琰、酈炎，漢之晚也。」「文勝《勵志詩》，矯峻發揚，先兆魏晉，皆遠失漢人樸茂温厚之致，不惟唐有晚，漢亦有晚也。」

六、陳祚明《采菽堂古詩選》卷四：「（酈炎《見志詩》）大致古勁，結句質言耳。然固慨深。」王先謙《後漢書集解》引何焯語曰：「此篇（《見志詩》）言不得志於當世，庶幾如顔之附孔以顯之。」

七、録趙壹詩一首：

《秦客詩》：「河清不可俟，人命不可延。順風激靡草，富貴者稱賢。文籍雖滿腹，不如一囊錢。伊優北堂上，骯髒倚門邊。」

八、胡應麟《詩藪·外編》卷一：「漢名士，若王逸、孔融、高彪、趙壹輩詩，存者皆不工；而不知名若辛延年、宋子侯樂府，妙絶千古，信詩有别才也。」「趙壹《疾邪詩》，句格猥凡，漢五言最下者。」

九、陳祚明《采菽堂古詩選》卷四：「（趙壹《秦客詩》、《魯生歌》）慷慨之詞，情極坌湧。」

魏武帝〔一〕　魏明帝〔二〕

曹公古直，甚有悲涼之句〔三〕。叡不如丕，亦稱三祖〔四〕。

【校異】

〔亦稱三祖〕「三祖」，《續百川》、《五朝》、《詩話》、《詩觸》、《詩品詩式》本均誤作「二祖」。車柱環《校證》：「三祖乃武帝太祖、文帝高祖、明帝烈祖，兼曹公、丕、叡而言。『二』蓋『三』之壞字。《下品序》及《文心雕龍·樂府》篇並言『三祖』，與此同例。」

【集注】

〔一〕魏武帝：即曹操（一五五—二二〇），漢魏間著名政治家、軍事家、文學家、詩人。字孟德，小名阿瞞，沛國譙（今安徽亳縣）人。少機警，有權數，而任俠放蕩，不治行事。舉孝廉，爲郎，遷南頓令。漢末天下大亂，曹操散盡家產，招募兵卒，鎮壓黃巾起義，參與諸侯討伐董卓的戰爭。戎馬生涯，南征北戰。建安元年（一九六）迎漢獻帝遷都許昌，挾天子以令諸侯，先後破呂布、滅袁術，接受張繡投降。並在官渡（河南中牟縣東北），以少勝多，擊敗河北袁紹十萬大軍，北伐三郡烏桓，逐漸統一北方。建安十三年爲丞相，封魏王。黄初元年，曹丕稱帝，被追尊爲「武皇帝」。曹操「雅好詩書文籍，雖在軍旅，手不釋卷」（曹丕《典論・自敘》）。晝攜壯士破堅陣，夜接詞人賦華屋。《三國志・魏書・武帝紀》稱他「登高必賦，及造新詩，被之管弦，皆成樂章」，形成以「三曹」、「七子」爲代表的建安文學高峰。曹操詩歌風格縱横豪邁，如幽燕老將，慷慨悲涼。代表作如《苦寒行》、《蒿里行》、《步出夏門行》、《短歌行》等。《隋志》謂有「魏武帝集二十六卷」，注：「梁三十卷，録一卷。梁又有武皇帝逸集十卷，亡。」已散佚。明張溥輯有《魏武帝集》一卷。今存詩二十餘首，其中五言詩九首。事見《三國志・魏書・武帝紀》。

〔二〕魏明帝：即曹叡（二〇四——二三九），三國時魏皇帝詩人。曹丕長子，曹操孫。字元仲，沛國譙（今安徽亳縣）人。母親是甄夫人。曹叡幼穎悟，深受曹操喜愛。由於甄夫人得罪曹丕被殺，一直到曹丕病重將死，曹叡才被立爲太子。太和元年（二二七）在曹丕逝世的同一天即帝位。後指揮曹真、司馬懿等人防禦吳、蜀攻伐。景初三年（二三九）正月初一，逝世於洛陽嘉福殿。在位十三年，享年三十六歲，謚號「明」，史稱「魏明帝」。曹叡性格柔弱，善詩。詩不及乃父曹丕，而承其文人氣息一面；與乃祖曹操豪邁悲涼相去甚遠。然善於體物，感情細膩，詩風委婉。《隋志》謂有「魏明帝集七卷」，注：「梁五卷，或九卷，録一卷。」已散佚。今存詩十三首。事見《三國志・魏書・明帝紀》。

〔三〕「曹公」二句：古直，古樸質直。楊慎《升庵詩話》卷八引敖陶孫語：「魏武帝如幽燕老將，氣韻沉雄。」胡應麟《詩藪》曰：「魏武雄才崛起，無論用兵，即其詩豪邁縱横，籠罩一世，豈非衰運人物。」陳祚明《采菽堂古詩選》卷五：「（孟德詩）本無泛語，根在性情。故其跌宕悲涼，獨臻超越。細揣格調，孟德全是漢音。」沈德潛《古詩源》曰：「孟德詩猶是漢音，子桓以下，純乎魏響。」馮班《鈍吟雜録》「正俗」條：「魏祖慷慨悲涼，自是此公文體如斯，非樂府應爾。文、明二祖，仰而不迨，大略古道。」趙執信《聲調譜》：「魏武悲涼慷慨。」陳沆《詩比興箋》曰：「曹公莽蒼，古直悲涼，其詩上繼變雅，無篇不奇。」劉熙載《藝概》曰：「曹公詩氣雄力堅，足以籠罩一切。建安諸子，未有其匹者也。子建則隱有仁義之人其言藹如之意。鍾嶸《詩品》不以古直悲涼加于人倫周、孔之上，豈無見哉？」黄侃《詩品講疏》：「詳建安五言，毗於樂府，魏武諸作，慷慨蒼涼，所以收束漢音，振發魏響。」陳延傑《注》：「孟德《苦寒行》，爲征高幹時作，備言冰雪谿谷之苦，尤其是悲涼者也。」古直《箋》：「如《蒿里行》云：『白骨露於野，千里無鷄鳴。生民百遺一，念之斷人腸。』尤其悲涼者也。」

〔四〕「叡不」二句：丕，曹丕，曹叡之父。見中品「魏文帝」條。三祖，即太祖曹操、高祖曹丕、烈祖曹叡。此謂曹叡雖不如曹丕，但也與曹操、曹丕合稱「三祖」。劉勰《文心雕龍・樂府》篇：「至於魏之三祖，氣爽才麗，宰割辭調，音靡節平。」胡應麟《詩藪》曰：「詩未有三世傳者，既傳而且烜赫，僅曹氏操、丕、叡耳。」「阿瞞何德，挺育多才。生子如此，孫仲謀輩詎足道哉！」王叔岷《疏證》：「曹公滿腔霸氣，奔於筆底，慷慨蒼涼，籠罩一世，迥非翰墨之士所能比擬者。其詩固應在『上品』之列，昔賢已言之。然而『古直』之風，不合於南朝好文之習。如魏文之雖多鄙質，而有美贍可翫之篇；應璩雖爲古語，而有華靡可味之製；陶潛雖歎質直，而有風華清靡之什。故雖降品，猶得居中。若曹公之徒爲『古直』，無丹彩可言，與南朝風尚迥不相謀，此仲偉所以列之『下品』者歟？」旭按：序言「三祖之詞，文或不工，而韻入歌唱」，可與此條相參。

【參考】

一、録曹操詩五首：

（一）《苦寒行》：「北上太行山，艱哉何巍巍。羊腸阪詰屈，車輪爲之摧。樹木何蕭瑟，北風聲正悲。熊羆對我蹲，虎豹夾路啼。谿谷少人民，雪落何霏霏。延頸長歎息，遠行多所懷。我心何怫鬱，思欲一東歸。水深橋梁絶，中道正徘徊。迷惑失故路，薄暮無宿棲。行行日已遠，人馬同時飢。擔囊行取薪，斧冰持作糜。悲彼《東山詩》，悠悠使我哀。」

（二）《蒿里行》：「關東有義士，興兵討群凶。初期會盟津，乃心在咸陽。軍合力不齊，躊躇而雁行。勢利使人争，嗣還自相戕。淮南弟稱號，刻璽在北方。鎧甲生蟣蝨，萬姓以死亡。白骨露於野，千里無鷄鳴。生民百遺一，念之斷人腸。」

（三）《卻東門行》：「鴻雁出塞北，乃在無人鄉。舉翅萬里餘，行止自成行。冬節食南稻，春日復北翔。田中有轉蓬，隨風遠飄揚。長與故根絶，萬歲不相當。奈何此征夫，安得去四方。戎馬不解鞍，鎧甲不離傍。冉冉老將至，何時反故鄉？神龍藏深泉，猛獸步高岡。狐死歸首丘，故鄉安可忘！」

（四）《步出夏門行·觀滄海》：「東臨碣石，以觀滄海。水何澹澹，山島竦峙。樹木叢生，百草豐茂。秋風蕭瑟，洪波湧起。日月之行，若出其中；星漢燦爛，若出其裏。幸甚至哉，歌以詠志。」

（五）《步出夏門行·龜雖壽》：「神龜雖壽，猶有竟時。騰蛇乘霧，終爲土灰。老驥伏櫪，志在千里；烈士暮年，壯心不已。盈縮之期，不但在天；養怡之福，可得永年。幸甚至哉，歌以詠志。」

二、王僧虔《論三調歌表》：「又今之清商，實猶銅雀。魏氏三祖，風流可懷。京洛相高，江左彌重。」（《宋書》卷一九《樂志》引）

三、元稹《唐故工部員外郎杜君墓係銘並序》：「建安之後，天下文士，遭罹兵戰，曹氏父子，鞍馬間爲文，往往横槊賦詩，故其抑揚冤哀存離之作，尤極於古。」

四、張溥《漢魏六朝百三家集·魏武帝集題辭》：「孟德瑞應黄星，志窺漢鼎，世遂謂梁沛真人，天下莫敵，究其始，一名孝廉也。曹嵩爲長秋養子，生出莫審，官登太尉。經董卓之亂，避難瑯邪，陶徐州戮之，直撲殺常侍兒耳！孟德奮跳當塗，大振易漢，而魏雖附會曹參，難洗宗恥。間讀本集，《苦寒》、《猛虎》、《短歌》、《對酒》，樂府稱絶，又助以子桓、子建，帝王之家，文章瑰瑋，前有曹魏，後有蕭梁，然曹氏稱最矣。孟德御軍三十餘年，手不舍書，兼草書亞崔張，音樂比桓蔡，圍棊埒王郭，復好養性，解方藥，周公所謂多材多藝，孟德誠有之。使彼不稱王謀逆，獲與周旋，晝講武策，夜論經傳，或登高賦詩，被之弦管；又觀其射飛鳥，禽猛獸，殆可以終身忘老。乃甘心作賊者，謂時不我容耳。漢末名人，文有孔融，武有吕布，孟德實兼其長。此兩人不死，殺孟德有餘。《述志》一令，似乎欺人，未嘗不抽序心腹，慨當以慷也。」

五、譚元春《古詩歸》卷七：「此老詩歌中有霸氣，而不必其王；有菩薩氣，而不必其佛。『山不厭高，水不厭深』、『水何澹澹，山島竦峙』，吾即取爲此老詩品。」

六、鍾惺《古詩歸》卷七：「老瞞生漢末，無坐而臣人之理。然其發念起手，亦自以仁人忠臣自負，不肯便認作奸雄。如『瞻彼洛城郭，微子爲哀傷』、『生民百遺一，念之斷人腸』、『不戚年往，憂世不治』，亦是真心真話，不得概以『奸』之一字抹殺之。」

七、許學夷《詩源辯體》：「《詩品》以丕處『中品』，曹公及叡居『下品』。今或推曹公而劣子桓兄弟者，蓋鍾嶸兼文質，而後人專氣格也。然曹公才力，實勝子桓。」

八、陳祚明《采菽堂古詩選》卷五：「曹孟德詩如摩雲之鵰，振翮捷起，排焱煙，指霄漢，其回翔扶摇，意取直上，不肯乍下，復高作起落之勢。」

九、方東樹《昭昧詹言》卷二：「大約武帝詩沈鬱直樸，氣直而逐層頓斷，不一順平放，時時提筆换氣换勢。尋其意緒，無不明白；玩其筆勢文法，凝重屈蟠，誦之令人意滿。」

十、王世貞《藝苑卮言》卷三：「曹公屈第乎下，尤爲不公。」王士禛《漁洋詩話》卷下：「（《詩品》）『下品』之魏武，宜在『上品』。」陳衍《詩品平議》：「『下品』所列，捨徐幹、阮瑀、謝莊、范曄、惠休、道猷諸人外，大概没世無稱，有同齊景，未由更下雌黄。乃至以魏武等諸若輩，豈非病狂！」

十一、錢鍾書《談藝録》：「記室評詩，眼力初不甚高，貴氣盛詞麗，所謂『骨氣高奇』、『詞彩華茂』。故最尊陳思、士衡、謝客三人。以魏武之古直蒼渾，特以不屑翰藻，屈爲『下品』。」

十二、録曹叡詩一首：

《長歌行》：「静夜不能寐，耳聽衆禽鳴。大城育狐兔，高墉多鳥聲。壞宇何寥廓，宿屋邪草生。中心感時物，撫劍下前庭。翔佯於階際，景星一何明。仰首觀靈宿，北辰奮休榮。哀彼失群燕，喪偶獨煢煢。單心誰與侣，造房孰與成？徒然喟有和，悲慘傷人情。余情偏易感，懷往增憤盈。吐吟音不徹，泣涕沾羅纓。」

魏白馬王彪〔一〕　魏文學徐幹〔二〕

白馬與陳思答贈〔三〕，偉長與公幹往復〔四〕，雖曰以莛叩鐘〔五〕，亦能閑雅矣〔六〕。

【校異】

〔魏白馬王彪〕「彪」，《萃編》本作「曹彪」。

〔魏文學徐幹〕楊祖聿《校注》：「徐幹卒於獻帝建安二十二年，時丕尚未篡漢，當作『漢文學徐幹』，稱『魏文學』蓋從俗也，如『上品』王粲、劉楨即例此。」

〔白馬與陳思答贈〕「答贈」，《吟窗》、《格致》、《詩法》、《詞府》諸本均誤作「各贈」。「各」當爲「答」之壞損字。

〔雖曰以莛叩鐘〕「鐘」，顧氏、《津逮》、二家、《硯北》、退翁、《擇是居》、《對雨樓》、《學津》、《備要》諸本均作「鍾」。「鍾」同「鐘」。

【集注】

〔一〕曹彪：三國時魏詩人。曹操之子。曹操與孫姬所生，爲曹丕、曹植的異母弟。據王發國《考索》，生卒年約爲公元一九五—二五一年。字朱虎，沛國譙（今安徽亳縣）人。封壽春侯。進爵，封汝陽公，又封弋陽王。黄初七年（二二六）徙封白馬（今河南滑縣東）王。太和五年（二三一）冬朝京師；六年，改封楚王。嘉平元年（二四九），兗州刺史令狐愚與太尉王淩謀廢齊王曹芳，迎彪爲帝，都許昌。事敗，詔令彪「自圖」之，彪乃自殺。妃及諸子皆免爲庶人，徙平原。彪之官屬以下及監國謁者，坐知情無輔導之義，皆伏誅。正元元年（二五五—二五六）詔封彪世子嘉爲常山真定王。今存詩一首。事見《三國志·魏書》卷二〇《楚王彪傳》。

〔二〕徐幹（一七〇—二一七）：漢魏間文學家、詩人。「建安七子」之一。字偉長，北海劇縣（今山東昌樂縣西）人。少年勤學，潛心典籍。董卓亂起，避地海隅，閉門自守，窮處陋巷，不隨流俗。被曹操召至帳下，辟爲司空軍謀祭酒掾屬；後爲曹丕五官中郎將文學。性淡泊，不圖高名，不求苟得，清玄體道，有所是非，則託古人見意。曹操特加旌命表彰。建安二十二年（二一七）二月，瘟疫流行，徐幹染疾而亡。徐幹擅長辭賦，曹丕《典論·論文》謂：「幹之《玄猿》、《漏卮》、《圓扇》、《橘賦》，雖張（衡）、蔡（邕）不過也。」詩不如賦，然五言亦有妙絶之作，尤以《室思》爲擬思婦詞，寫丈夫遠行後妻子在室的愁思，情致如水，明月照人。非惟佳作，亦成千古意象。散文著有《中論》。《隋志》謂有「魏太子文學徐幹集五卷」，注：「梁有録一卷，亡。」已散佚，後人輯有《徐偉長集》。今存詩九首。事見《三國志・魏書・王粲傳》附。

〔三〕「白馬」句：陳思，即陳思王曹植。答贈，即贈答。此指曹彪與曹植之間互相以詩贈答。曹植所作爲《贈白馬王彪》，參《詩品序》「陳思贈弟」注。

〔四〕「偉長」句：公幹，即劉楨，見「上品」。往復，指以詩文往還。劉楨《贈徐幹》詩，見《詩品序》「公幹思友」注。徐幹《答劉公幹詩》云：「與子别無幾，所經未一旬。我思一何篤，其愁如三春。雖路在咫尺，難涉如九關。陶陶諸夏德，草木昌且繁。」古直《箋》：「魏文帝《典論・論文》曰：『徐幹時有齊氣，然粲之匹也。幹之《玄猨》、《漏卮》、《員扇》、《橘賦》，雖張、蔡不過，然於他文未能稱。』是亦不許幹詩也。」許文雨《講疏》：「鍾序曾舉偉長勝語，而品第抑之，與公幹懸隔，殆以上卷無聯品之例，偶因彪、植之贈答而數及幹作歟。」楊祖聿《校注》：「許説但憑臆測，恐非。《典論・論文》於偉長揄揚有加，其善者足與仲宣相匹，惜但長於賦，他文未能稱是。」旭按：此以「答贈」、「往復」詩概指曹彪、徐幹詩歌創作，以局部代全體，非僅評二詩也。

〔五〕以莛叩鐘：莛，小樹枝。叩鐘，敲鐘、撞鐘。劉向《説苑・善説》：「子路曰：『建天下之鳴鐘，而撞之以莛，豈能發其聲哉？』」東方朔《答客難》：「語曰：以管窺天，以蠡測海，以莛撞鐘，豈能通其條貫，考其文理，發其音聲哉？」張銑注：「莛，小木枝也。」旭按：此以「莛」喻曹彪、徐幹，以「鐘」喻曹植、劉楨。謂曹彪、徐幹比之曹植、劉楨，猶如以小樹枝扣巨鐘，詩才懸殊，殆難配匹，不能大鳴也。胡應麟《詩藪・外編》卷二：「以公幹爲巨鐘，而偉長爲小莛，抑揚不已過乎！」王士禎《漁洋詩話》卷下：「建安諸子，偉長實勝公幹，而嶸譏其以莛扣鐘，乖反彌甚。」陳延傑《注》：「《文心雕龍・明詩》篇曰：『王、徐、應、劉，望路而爭驅。』是偉長與公幹並稱也。鍾氏莛鐘之喻，頗有高下。（胡應麟、王士禎）此駁鍾品者，亦當。」

〔六〕亦能閑雅矣：閑雅，即嫻雅，高雅。此謂曹彪、徐幹雖與曹植、劉楨相去甚遠，但其詩亦不失從容高雅。《史記・司馬相如傳》：「相如之臨邛，從車騎，雍容閑雅甚都。」近藤元粹《螢雪軒》：「佳評，佳評！」

【參考】

一、録徐幹詩一首：

《室思詩》其二：「峨峨高山首，悠悠萬里道。君去日已遠，鬱結令人老。人生一世間，忽若暮春草，時不可再得，何爲自愁惱。每誦昔鴻恩，賤軀焉足保？」

二、謝靈運《擬魏太子鄴中集詩・徐幹》小序：「少無宦情，有箕潁之心事，故仕世多素辭。」詩云：「伊昔家臨淄，提攜弄齊瑟。置酒飲膠東，淹留憩高密。此歡謂可終，外物始難畢。摇蕩箕濮情，窮年迫憂慄。末塗幸休明，棲集建薄質。已免負薪苦，仍遊椒蘭室。清論事究萬，美話信非一。行觴奏悲歌，永夜繼白日。華屋非蓬居，時髦豈餘匹？中飲顧昔心，悵焉若有失。」

三、王士禎《漁洋詩話》卷下：「『下品』之徐幹，宜在『中品』。」

四、録曹彪詩一首：

《答東阿王》（今存四句）：「盤徑難懷抱，停駕與君訣。即車登北路，永歎尋先轍。」

魏倉曹屬阮瑀〔一〕 晉頓丘太守歐陽建〔二〕 魏文學應瑒〔三〕 晉中書嵇含〔四〕 晉河内太守阮侃〔五〕 晉侍中嵇紹〔六〕 晉黄門棗據〔七〕

元瑜、堅石七君詩，並平典不失古體〔八〕，大檢似〔九〕。而二嵇微優矣〔一〇〕。

【校異】

〔魏倉曹屬阮瑀〕 張錫瑜《詩平》作「漢倉曹屬阮瑀」。校云：「『漢』，原作『魏』，誤。案：瑀以建安十七年卒。僅爲府佐，非係國官。《隋志》稱『後漢丞相倉曹屬』，是也。」《吟窗》、《格致》、《詩法》、《詞府》諸本作「魏倉曹阮瑀」。 旭按：「阮瑀卒于漢建安十七年，尚未入魏。然傳入《三國志·

魏志》，此爲約定俗成，鍾嶸稱『魏倉曹屬阮瑀』，當是從俗。」

〔晉頓丘太守歐陽建〕　張錫瑜《詩平》作「晉馮翊太守歐陽建」。校云：「『馮翊』，原作『頓丘』，誤。今據《晉書》本傳及《文選》注引王隱《晉書》改。」

〔魏文學應瑒〕　原作「晉文學應璩」。張錫瑜《詩平》作「魏文學應瑒」。校云：「『魏』，原作『晉』，誤。瑒卒於建安二十二年，時漢祚尚未移徙，以國臣稱魏耳。何由至晉？今據《隋志》改。又瑒名次理宜在歐陽建上，而評語以瑀、建統下五人，則是本列建下。又云『二嵇微優』，則非意存優劣，蓋當時偶誤記耳。」古直《箋》：「《魏志》曰：『應璩爲五官將文學。』瑒弟璩官至侍中。」此已誤瑒爲璩，又誤魏爲晉也。」陳延傑《注》：「晉無應璩，恐是應貞之訛。《晉書·文苑傳》曰：『應貞字吉甫，汝南南頓人。魏侍中璩之子也。』『善談論，以才學稱。』」路百占《校記》：「《詩品》卷中已評應璩，此不宜重出，自相矛盾。或疑晉亦魏之誤，璩應作瑒。……百占案：《詩品序》曰：『一品之中，略以世代爲先後，不以優劣爲銓次。』排比次序，重在世代可知矣。考此前云：『晉頓丘太守歐陽建』，下文云『晉中書令嵇含』。所評二人，俱屬有晉一代。至應璩魏人，生年前於二家，據仲偉《詩品》體例，應居歐陽建前，而曰魏人，否則即自違體例。今考此文，僅位夏侯湛之前，且曰『晉文學』，世代無訛，已成固定，應璩之非應瑒，而爲另一人之誤，當不解可知矣。愚考《晉書·文苑傳》：『貞字吉甫，汝南南頓人。魏侍中璩之子也。自漢至魏，以文章顯，軒冕相襲，爲晉盛族。貞善談論，以才學稱，魏武帝踐祚，遷給事中，帝於華林園晏射，貞賦詩最美。太始五年卒，文集行於世。』《文選》注：『孫盛《晉陽秋》曰：「散騎常侍應貞詩最美。」』《魏書・王粲傳》引《文章志》曰：『貞字吉甫。少以才聞。能談論，正始中，夏侯玄盛有名勢，貞常在玄坐。』知貞璩子，以詩文顯晉代，世或以貞璩子而誤貞爲璩歟？」車柱環《校證》：「《梁文紀》本『應璩』正作『應瑒』。若《詩品》本作『瑒』，則『璩』字蓋聯想及應璩或涉下『棗據』形近而誤。……惟作應瑒則當稱『魏文學應瑒詩』，並當列在『晉頓丘太守歐陽建詩』前。」旭按：當從張錫瑜作「魏文學應瑒」是。《吟窗》、《格致》、《詩法》、《詞府》諸本「應璩」正作「應瑒」。「應璩」、「應瑒」互誤，《文心雕龍・明詩》篇「應璩《百一》」，燉煌本誤作「應瑒《百一》」，即其例。許印芳《萃編》徑改作「魏文學應瑒」。因據《吟窗》諸本改。

〔晉中書嵇含〕「中書」，原作「中書令」，據《吟窗》、《格致》、《詩法》、《詞府》諸本刪。張錫瑜《詩平》作「晉中書郎嵇含」。校云：「『郎』，原作『令』，誤。《晉書・忠義・嵇紹傳》言：含爲中書侍郎。蕩陰之敗，逃歸滎陽，以後所歷，皆府佐外官，無爲中書令事。今據改。《隋志》稱『廣州刺史』。」古直《箋》：「史不言含爲中書令。《隋志》亦云：『廣州刺史嵇含集』，仲偉稱中書令，殆誤也。」

〔晉河内太守阮侃〕「河内」，原作「河南」。《宋書・符瑞志》下：「晉武帝太康二年六月丁卯，白雀二見，河内南陽太守阮侃獲以獻。」又《世説新語》注引《陳留志》曰：「阮共，字伯彦。少子侃，字德如。有俊才，而飭以名理，風儀雅潤，與嵇康爲友，仕至河内太守。」「河南太守」或爲「河内南陽太守」之誤。後人因取「河内」之「河」及「南陽」之「南」誤合而成。陳延傑《注》、杜天縻《廣注》均改作「河内太守」，是。今據改。

〔晉黄門棗據〕　張錫瑜《詩平》：「棗據，《隋志》稱『太子中庶子』。」

〔元瑜、堅石七君詩〕　《萃編》本作「元瑜以下七君詩」，蓋臆改。○「瑜」，《詩觸》本誤作「俞」。「俞」當爲「瑜」之壞損字。《梁文紀》本「堅」字空格。《全梁文》本脱「堅」字。空格處注「下闕」。「石」誤作「右」。

〔大檢似〕　《吟窗》、《格致》、《詩法》、《詞府》諸本均作「大抵相似」。

【集注】

〔一〕阮瑀（約一六五—二一二）：漢魏間文學家、詩人。字元瑜，陳留尉氏（今河南尉氏縣）人。阮籍之父。曾師事蔡邕，蔡邕稱之爲「奇才」。建安中，與陳琳同被曹操辟爲司空軍謀祭酒，管記室；後爲丞相倉曹掾屬。瑀宏器卓逸，落落不群，尤善章表書記。當時軍國書檄文字，多出阮瑀、陳琳之手。曹丕《與吴質書》謂：「元瑜書記翩翩，致足樂也。」亦能詩，爲「建安七子」之一。詩以《駕出北郭門行》描寫孤兒受後母虐待，語言樸素，形象生動，最爲傳誦。《隋志》謂有「後漢丞相曹屬阮瑀集五卷」，已散佚。明張溥輯有《阮元瑜集》。今存五言詩十二首。事見《三國志·魏書·王粲傳》附。

〔二〕歐陽建（二七〇—三〇〇）：南朝西晉詩人。字堅石，據王發國《考索》，爲渤海重合（今山東樂陵縣西）人。石崇外甥。世爲冀方右族，雅有思理，才藻美贍。尤善「言意之辨」，曾作《言盡意論》，擅名北州。時諺有曰：「渤海赫赫，歐陽堅石。」辟公府，歷官山陽令尚書郎，馮翊、頓丘太守，甚得時譽。永康元年（三〇〇），石崇勸淮南王誅趙王倫，事泄，建受石崇牽連被殺。臨命作詩，文甚哀楚，時人悼惜之。《隋志》謂有「晉頓丘太守歐陽建集二卷」，已散佚。今存四、五言詩各一首，《臨終詩》爲《文選》所收。事見《晉書》卷三三《石苞傳》附。

〔三〕應瑒（？—二一七）：漢魏間詩人，「建安七子」之一。字德璉，汝南南頓（今河南項城）人。應劭侄子。父應珣，官至司空掾。瑒與弟應璩、璩子應貞皆以文章稱，自比高陽氏才子，故名高陽邱。建安時被曹操辟爲丞相掾屬，轉曹植平原侯庶子，後爲曹丕五官中郎將文學。曹植《送應氏詩二首》，即送應瑒、應璩兄弟。瑒詩文多寫漂泊之感，和而不壯。建安二十二年（二一七），應瑒與徐幹、劉楨、陳琳同死於瘟疫。曹丕稱其「常斐然有述作之意，其才學足以著書，美志不遂，良可痛惜」。今項城高寺鎮尚存「應塚」，爲「省級文物保護單位」。《隋志》謂有「魏太子文學應瑒集一卷」，注：「梁有五卷，録一卷，亡。」今存詩六首。事見《三國志·魏書·王粲傳》附。

〔四〕嵇含(二六三—三〇六)：西晉文學家、詩人。字君道，譙國銍(今安徽宿州市西)人。遷居鞏縣亳丘(今河南鞏縣)，自號亳丘子。祖父嵇喜，是嵇康的哥哥，歷任曹魏太僕、宗正、徐州刺史。父親嵇蕃，爲太子舍人。嵇含元康中舉秀才，除郎中。晉惠帝司馬衷時，歷官征西參軍、中書侍郎。范陽王虓爲征南將軍，引爲從事中郎，尋授振威將軍、襄城太守。後投奔襄陽鎮南將軍劉弘，劉弘卒，部下作亂，嵇含被殺。含好學能屬文，才思敏捷。爲人剛躁，性通敏，好薦延賢士。《隋志》謂有「廣州刺史嵇含集十卷，録一卷，亡」。今存詩三首。事見《晉書》卷八九《忠義傳・嵇紹傳》附。

〔五〕阮侃：魏晉間詩人。生卒年不詳。字德如，陳留尉氏(今河南尉氏縣)人。魏卫尉卿阮共之子。有俊才，而飭以名理，風儀雅潤，與嵇康友善，曾詩歌互答。官至河内太守。《隋志》謂「梁有阮侃集五卷，録一卷，亡」。今存五言詩二首。事見《世説新語・賢媛》注引《陳留志》、《宋書・符瑞志》。

〔六〕嵇紹(二五四—三〇四)：西晉詩人。字延祖，譙國銍縣(今安徽宿州市西)人。嵇康子，嵇含叔。十歲而孤，事母孝謹。以父得罪，靖居私門。山濤領選，啓武帝曰：「《康誥》有言：『父子罪不相及。』嵇紹賢侔郤缺，宜加旌命，請爲秘書郎。」帝謂濤曰：「如卿所言，乃堪爲丞，何但郎也。」乃發詔征之，起家爲秘書丞，累遷汝陰太守。尚書左僕射裴顔亦深器之，每曰：「使延祖爲吏部尚書，可使天下無複遺才矣。」元康初，爲給事黄門侍郎。時侍中賈謐以外戚之寵，年少居位，潘岳等皆附托焉。謐求交於紹，紹拒而不答。惠帝司馬衷時，爲給事黄門侍郎，遷平西將軍、侍中。永興初，八王之亂，河間王顒、成都王穎舉兵，紹從惠帝戰於蕩陰，飛箭雨集，紹以身蔽惠帝，被箭射死，血濺惠帝衣。事定，左右欲洗衣，帝曰：此嵇侍中血，不要洗。謚忠穆。《隋志》謂有「晉侍中嵇紹集二卷、録一卷」，已散佚。今存五言詩一首。事見《晉書》卷八九《忠義傳》。

〔七〕棗據：西晉詩人。生卒年不詳。據王發國《考索》，約爲公元二三三年—公元二八五年。字道彦，潁川長社（今河南長葛）人。本姓棘，其先避仇改。棗據美容貌，善文辭。賈充伐吴，請爲從事中郎，徙黄門郎、太子中庶子。所著詩賦論四十五首，遇亂多亡失。《隋志》謂「梁又有太子中庶子棗據集二卷、録一卷，亡」。今存詩七首，散句數條。事見《晉書》卷九二《文苑傳》。

〔八〕「平典」句：平典，平實典則。《詩品序》：「孫綽、許詢、桓、庾諸公詩，皆平典似《道德論》。」古體，指漢魏詩歌風格體式。此謂「元瑜、堅石七君詩」雖平實典則，但不失漢魏詩歌之風格體貌。胡應麟《詩藪》評阮瑀《駕出北郭門行》：「古詩自質，然甚文；自直，然甚厚。阮瑀『孤兒』，畢露筋骨，漢、魏不同乃爾。」陳祚明《采菽堂古詩選》評此詩：「質直悲酸，猶近漢調。」又評棗據《雜詩》：「古健樸老，甚近魏人。」何焯《義門讀書記》評此詩：「棗道彦《雜詩》，擬仲宣『從軍』。」陳延傑《注》：「七君詩，類皆平典而近于古體者。」許文雨《講疏》：「此評七君詩爲『古體』，蓋對張華、陸機等之新體而言。大抵在晉初，二派詩之勢力，足以抗衡；及江左，則張、陸派占優勢矣。」

〔九〕大檢：大致，大體。語式本《三國志·吳書·步騭傳》：「此五君者，雖德實有差，輕重不同。至於趣舍大檢，不犯四者，俱一揆也。」大檢似，即阮瑀、歐陽建七君詩風大體相似。

〔一〇〕二嵇微優：微優，略好一點。此謂在大體相似之中，嵇含、嵇紹二人略微優秀一點。陳延傑《注》：「七君詩，亦未著其源。以風相似，故同品。」古直《箋》：「嵇紹詩，今存《贈石季倫》一首；嵇含詩，今存《悅晴》、《伉儷》二首。就所存觀之，殊不見其優。」許文雨《講疏》：「嵇家詩總以清峻見長，故仲偉褒之。」楊祖聿《校注》：「應瑒、阮瑀，託驥魏文，或長賦篇，或擅書表，五言吟詠，非其所專。餘五子大抵處元康永嘉之世，染乎世情，故『詩皆平典』（《詩品序》語），近於古體，與陸機新聲不類。」諸說可參。

【參考】

一、録阮瑀詩一首：

《駕出北郭門行》：「駕出北郭門，馬樊不肯馳。下車步踟蹰，仰折枯楊枝。顧聞丘林中，噭噭有悲啼。借問啼者出，何爲乃如斯。親母舍我殁，後母憎孤兒。飢寒無衣食，舉動鞭捶施。骨消肌肉盡，體若枯樹皮。藏我空室中，父還不能知。上冢察故處，存亡永别離。親母何可見，淚下聲正嘶。棄我於此間，窮厄豈有資。傳告後代人，以此爲明規。」

二、謝靈運《擬魏太子鄴中集詩・阮瑀》小序：「管書記之任，故有優渥之言。」詩云：「河洲多沙塵，風悲黄雲起。金羈相馳逐，聯翩何窮已。慶云惠優渥，微薄攀多士。念昔渤海時，南皮戲清沚。今復河曲游，鳴葭汎蘭汜。躧步陵丹梯，並坐侍君子。妍談既愉心，哀音信睦耳。傾酤系芳醑，酌言豈終始？自從食蓱來，唯見今日美。」

三、張溥《漢魏六朝百三家集・阮元瑜集題辭》：「阮掾爲曹操遺書孫權，文詞英拔，見重魏朝。文帝云：『書記翩翩，致足樂也。』元瑜没，王粲誄之，曰：『簡書如雨，强力敏成。』若是乎行人有詞，國家光輝，以之折沖禦侮，其鄭子産乎？余觀彼書，潤澤發揚，善辨若轂。獨敘赤壁之敗，流汗發慚，口重語塞，固知無情之言，即懸幡擊鼓，無能助其威靈也。《文質論》雅有勁思，若得優遊述作，勒成一家，亦足與偉長《中論》翩翩上下。乃諸子長逝，元瑜最先，遺文鬼名，撫手痛悒。至今傳其焚山應詔，鼓琴奏曲，事亦在有無之間，安得起彼中原，更談文墨乎？悲風涼日，明月三星，讀其諸詩，每使人愁。然則元瑜俯首曹氏，嗣宗盤桓司馬，父子酒歌，蓋有不得已也。」

四、録歐陽建詩一首：

《臨終詩》：「伯陽適西戎，孔子欲居蠻。苟懷四方志，所在可遊盤。況乃遭屯蹇，顛沛遇災患。古人達機兆，策馬遊近關。咨余沖且暗，抱責守微官。潛圖密已構，成此禍福端。恢恢六合間，四海一何寬。天網布紘綱，投足不獲安。松柏隆冬悴，然後知歲寒。不涉太行險，誰知斯路難？真僞因事顯，人情難豫觀。窮達有定分，慷慨復何歎！上負慈母恩，痛酷摧心肝。下顧所憐女，惻惻心中酸。二子棄若遺，念皆遘凶殘。不惜一身死，惟此如循環。執紙五情塞，揮筆涕汍瀾。」

五、録應瑒詩一首：

《別詩》：「朝雲浮四海，日暮歸故山。行役懷舊土，悲思不能言。悠悠涉千里，未知何時旋。」

六、謝靈運《擬魏太子鄴中集詩・應瑒》小序：「汝潁之士，流離世故，頗有飄薄之歎。」詩云：「嗷嗷雲中雁，舉翮自委羽。求涼弱水湄，違寒長沙渚。顧我梁川时，缓步集潁许。一旦逢世難，淪薄恆羈旅。天下昔未定，託身早得所。官渡厕一卒，烏林預艱阻。晚節值众賢，會同庇天宇。列坐廢華榱，金樽盈清醑。始奏延露曲，繼以蘭夕語。調笑輒酬答，嘲謔無慚沮。傾軀無遺慮，在心良已敘。」

七、録嵇含詩一首：

《悦晴詩》：「勁風歸巽林，玄雲起重基。朝霞炙瓊樹，夕影映玉芝。翔鳳晞輕翮，應龍曝纖鬐。百穀偃而立，大木顛復持。」

八、録阮侃詩一首：

《答嵇康詩》：「旦發温泉廬，夕宿宣陽城。顧眄懷惆悵，言思我友生。會遇一何幸，及子遘歡情。

交際雖未久，思愛發中誠。良玉須切磋，璵璠就其形。隋珠豈不曜，雕瑩啓光榮。與子猶蘭石，堅芳互相成。庶幾弘古道，伐檀俟河清。不謂中離别，飄飄然遠征。臨輿執手訣，良誨一何精。佳言盈我耳，援帶以自銘。唐虞曠千載，三代不我並。洙泗久已往，微言誰爲聽？曾參易簀斃，仲由結其纓。晉楚安足慕，屢空守以貞。潛龍尚泥蟠，神龜隱其靈。庶保吾子言，養真以全身。東野多所患，暫住不久停。幸子無損思，逍遥以自寧。」

九、録嵇紹詩一首：

《贈石季倫詩》：「人生稟五常，中和爲至德。嗜欲雖不同，伐生所不識。仁者安其生，不爲外物惑。事故誠多端，未若酒之賊。内以損性命，煩辭傷軌則。屢飲致疲怠，清和自否塞。陽堅敗楚軍，長夜傾宗國。詩書著明戒，量體節飲食。遠希彭聃壽，虚心處沖默。茹芝味醴泉，何爲昏酒色！」

十、録棗據詩一首：

《雜詩》：「吴寇未殄滅，亂象侵邊疆。天子命上宰，作藩於漢陽。開國建元士，玉帛聘賢良。予非荆山璞，謬登和氏場。羊質服虎文，燕翼假鳳翔。既懼非所任，怨彼南路長。千里既悠邈，路次限關梁。僕夫罷遠涉，車馬困山岡。深谷下無底，高巖暨穹蒼。豐草停滋潤，霧露沾衣裳。玄林結陰氣，不風自寒涼。顧瞻情感切，惻愴心哀傷。士生則懸弧，有事在四方。安得恒逍遥，端坐守閨房。引義割外情，内感實難忘。」

晉中書張載〔一〕　晉司隸傅玄〔二〕　晉太僕傅咸〔三〕　魏侍中繆襲〔四〕　晉散騎常侍夏侯湛〔五〕

孟陽詩，乃遠慚厥弟〔六〕，而近超兩傅〔七〕。長虞父子，繁富可嘉〔八〕。孝若雖曰後進，見重安仁〔九〕。熙伯《挽歌》〔一〇〕，唯以造哀爾〔一一〕。

【校異】

〔晉中書張載〕「晉中書」，《詩話》、《詩品詩式》本均作「晉領著作」。李徽教《彙注》：「今觀《晉書·張載傳》云：『長沙王請爲記室督，拜中書郎，復領著作。』則此作『領著作』，亦不能斷爲之誤。」

〔晉司隸傅玄　晉太僕傅咸〕《詩話》、《詩品詩式》本均作「晉司隸校尉傅玄　晉司隸傅咸」。張錫瑜《詩平》作「晉太僕傅玄　晉司隸傅咸」，校云：「《晉書·傅咸傳》：咸以議郎兼司隸校尉而卒。初無爲太僕之事。唯咸父玄乃嘗拜太僕而後轉司隸校尉。仲偉蓋以玄、咸父子同官，嫌無識别，故以太僕稱玄，司隸稱咸，而爲後人所亂。又案：玄、咸父子相連，評語當以尊統卑，不當以卑統尊。而仲偉乃云『長虞父子』，不云『休奕父子』，則疑此文本作『晉司隸傅咸　晉太僕傅玄』，與評語相合，而後人覺其不順，又不深考玄、咸歷官之詳，但互易其名而致此誤耳。今據《晉書》改正。」張説可參。

〔魏侍中繆襲〕「魏」，原無。《廣牘》、《津逮》、《四庫》、《集成》、《硯北》、二家、《紫藤》、《學津》、《詩話》、《談藝》、《玉鷄苗館》、《詩品詩式》諸本均作「晉侍中」。張錫瑜《詩平》作「魏侍中」，且置之「晉散騎常侍夏侯湛」條下。校云：「『魏』，原作『晉』，名又在夏侯湛上，皆誤也。案：《三國志・魏書・劉劭傳》注引《文章志》，言襲以魏正始六年卒，則不當稱晉。評語熙伯處末，則不當在夏侯湛上。今據改正。又邵傳言襲官至尚書光禄勳，《隋志》則稱散騎常侍，此云侍中，三者不同，未知孰是。」許印芳《萃編》亦改作「魏光禄勳繆襲」。校云：「熙伯乃魏人，原書誤爲晉人，兹已改正。」旭按：張校是，《吟窗》、《格致》、《詩法》、《詞府》諸本正作「魏侍中繆襲」。因據改。

〔晉散騎常侍夏侯湛〕「晉」字原脱，據《廣牘》、《津逮》、《硯北》、二家、《四庫》、《紫藤》、《集成》、《詩話》、《學津》、《談藝》、《詩品詩式》、《玉鷄苗館》、《萃編》諸本補。有「晉」字於評語較完整。

〔而近超兩傳〕「近超」，《大觀》誤倒作「超近」。

〔孝若雖曰後進〕「孝若」，原作「孝沖」。張錫瑜《詩平》校云：「『孝若』，原作『沖』，誤。孝沖乃湛弟淳字也。今據《晉書》本傳改。」古直《箋》：「《晉書》曰湛弟淳，字孝沖。此誤以弟字爲兄字。」旭按：張、古二氏所言甚是，因據改。○「後進」，《大觀》本作「新進」。

〔唯以造哀爾〕　呂德申《校釋》：「『造哀』實爲『告哀』之誤。《詩經・小雅・四月》：『君子作歌，維以告哀。』王粲《爲潘文則作思親詩》：『詩之作矣，情以告哀。』亦作『告哀』。」可參。

【集注】

〔一〕張載：西晉文學家、詩人。生卒年不詳。字孟陽，安平觀津（今河北武邑）人。傳説張載貌醜，每外出，頑童常以石擲之，以致「投石滿載」。性閑雅，博學有文章。傅玄爲之延譽，由是知名。長沙王乂請爲記室督，拜中書侍郎，復領著作。太康初，張載至蜀省父，道經劍閣，因著《劍閣銘》。銘文先寫劍閣形勢的險要，次引古史，謂國之存亡，在德不在險，被譽爲「文章典則」，晉武帝曾派人鐫之于石。西晉末年，載見世亂禍生，遂無意仕進，稱疾告歸，卒於家。載與弟張協、張亢並稱「三張」。詩遠遜弟張協。《隋志》謂有「晉中書郎張載集七卷」，注：「梁一本二卷，録一卷。」已散佚。明張溥輯有《張孟陽集》一卷。今存詩二十一首，其中五言詩十首，斷句數條。事見《晉書》卷五五本傳。

〔二〕傅玄（二一七—二七八）：西晉政治家、思想家、詩人。字休奕，北地靈州（今寧夏靈武縣）人。幼時，父被罷官，避難河南。少孤貧，專心誦學。遂博學善屬文，解音律。性剛勁亮直，清高孤賞，不落俗塵，不能容人之短。曹魏時舉秀才；入晉曾任御史中丞、太僕，累遷至司隸校尉；精心政務，奏章明析，政見超衆，封鶉觚男。每有奏劾，或值日暮，玄捧白簡整簪帶，坐而待旦，貴遊爲之懾服。卒謚「剛」，追封「清泉侯」。一生著述不倦。有論經國九流及三史故事《傅子》數十萬言，並文集百餘卷。《隋志》謂有「晉司隸校尉傅玄集十五卷」，注：「梁五十卷，亡。」又云：「《傅子》百二十卷，晉司隸校尉傅玄撰。」已散佚。明張溥輯有《傅鶉觚集》一卷。今存詩六十多首，以樂府《苦相篇》等詩著名。事見《晉書》卷四七本傳。

〔三〕傅咸（二三九—二九四）：西晉文學家、詩人。字長虞，北地靈州（今寧夏靈武縣）人。傅玄子。剛簡有風節，識性明悟，爲官峻整，疾惡如仇。在政力主儉樸，謂：「奢侈之費，甚於天災。」晉武帝泰始九年（二七三）爲太子洗馬。晉惠帝時，爲太子中庶子，遷御史中丞。後爲司隸校尉。咸好屬文，善爲奏議諫疏，劉勰《文心雕龍·奏啓》篇謂：「傅咸勁直，而按辭堅深。」詩多爲四言，莊重典雅；五言則情真意切，時見深婉。《隋志》謂有「晉司隸校尉傅咸集十七卷」，注：「梁三十卷，録一卷。」已散佚。明張溥輯有《傅中丞集》一卷。今存詩二十三首，其中五言詩五首，斷句數條。事見《晉書》卷四七《傅玄傳》附。

〔四〕繆襲（一八六—二四五）：三國魏文學家、詩人。字熙伯，東海蘭陵（今屬山東蒼山）人。有才學，建安中出仕，在御史大夫府供職，歷事曹操、曹丕、曹叡、曹芳四世，官至尚書，累遷侍中光禄勳。與仲長統友善。多有撰述。其改易漢鼓吹鐃歌舊辭作《魏鼓吹曲》十二首，寫戰場、士卒，曲折委婉，情在目前。如《戰滎陽》中「戎馬傷，六軍驚，勢不集，衆幾傾，白日没，時晦冥」，《克官渡》中「風飛揚，轉戰不利士卒傷，今日不勝後何望」等。五言以《挽歌詩》爲著名，堪以代表時代。《隋志》謂有「魏散騎常侍繆襲集五卷」，注：「梁有録一卷。」已散佚。事見《三國志》卷二一《魏書・劉劭傳》及《世説新語・言語》篇注引《文章敘録》。

〔五〕夏侯湛（二四三——二九一）：西晉文學家、詩人。字孝若，沛國譙（今安徽亳縣）人。少爲太尉掾，晉武帝泰始時，拜爲郎中；後爲中書侍郎、南陽相；晉惠帝時，爲散騎常侍。时在洛阳，與潘岳友善，二人美容觀，京都人謂之「連璧」。夏侯湛幼有盛才，文章宏富，善構新詞。著論三十餘篇，别爲一家之言。文章以《東方朔畫贊》最著名，文贊東方朔「出不休顯，賤不憂戚；戲萬乘若寮友，視儔列如草芥。」爲其夫子自道。《隋志》謂有「晉散騎常侍夏侯湛集十卷」，注：「梁有録一卷。」已散佚。明張溥輯有《夏侯常侍集》一卷。今存詩十首，中無五言。事見《晉書》卷五五本傳。

〔六〕「孟陽」二句：遠慚，遠不如。厥弟，其弟。此指張載詩遠不如其弟張協。劉勰《文心雕龍・才略》篇曰：「孟陽、景陽才綺而相埒，可謂魯、衛之政，兄弟之文也。」《晉書・張載傳贊》曰：「載、協飛芳，棣華增映。」旭按：《文心雕龍》、《晉書》乃就總體文學成就而言，鍾嶸《詩品》就詩歌而言。孟陽、景陽，才雖相埒，而詩、文各有專美。張溥《張孟陽景陽集題辭》曰：「景陽文稍讓兄。

而詩獨勁出，蓋二張齊驅，詩文之間，互有短長。」孟陽長於文，景陽長於詩，故仲偉謂孟陽詩「乃遠慚厥弟」。孟陽居「下品」，景陽居「上品」。非謂才華有所貶抑。古直《箋》、陳延傑《注》均謂三張並稱，唯亢遠遜，「孟陽《七哀》，亦何慚於厥弟邪」。非確。許學夷《詩源辯體》謂：「張孟陽氣格不及太沖，詞彩遠慚厥弟，太康諸子，載獨居下。」許説是。

〔七〕而近超兩傅：近超，略微超過。近，略也，微也。兩傅，指傅玄、傅咸。此謂張載詩雖不如其弟，而略勝傅玄、傅咸父子。劉勰《文心雕龍・才略》篇：「傅玄篇章，義多規鏡；長虞筆奏，世執剛中；並楨幹之實才，非羣華之韡蕚也。」《晉書・傅咸傳》謂咸「綺麗不足」。許文雨《講疏》：「傅氏父子，或擅樂府詩，不免擬漢魏而拙；或類道德論，不免貽平典之譏。是孟陽才華，固可過之。」楊祖聿《校注》：「傅玄好爲擬古，樂府歌辭往往襲其形貌，若《豔歌行》無異《陌上桑》，《美女篇》全是李延年歌。傅咸雖綺麗不足，而言成規鑒，然好集諸經群言，如《孝經詩》、《毛詩詩》、《論語詩》，皆仲偉所譏『平典似道德論』者。」

〔八〕「長虞」二句：繁富，篇章繁富。可嘉，堪可嘉許。此謂傅玄、傅成父子篇章繁富，堪可嘉許。上品「謝靈運」條：「若人學多才博，寓目輒書，內無乏思，外無遺物，其繁富，宜哉。」沈德潛《古詩源》曰：「休奕詩，聰穎處時帶累句。大約長於樂府，而短於古詩。」陳沆《詩比興箋》曰：「昔人稱休奕剛正疾惡，而善言兒女之情。其詩尤長於擬古，借他酒樽，澆我塊壘。明遠、太白，皆出於此。」

何焯《義門讀書記》曰：「長虞深婉，得陳思一體。」許文雨《講疏》：「剛侯（傅玄）富於樂章；長虞繁於經言。」旭按：《晉書·傅玄傳》謂玄：「後雖顯貴，而著述不廢。撰論經國九流及三史故事，評斷得失，各爲區例，名爲《傅子》，爲內、外、中篇，凡有四部、六録，合百四十首，數十萬言，并文集百餘卷行於世。」《隋志》謂傅玄有集「十五卷」、《傅子》百二十卷；今存詩六十多首。傅咸亦有集「十七卷，梁三十卷，録一卷」。其樂府之鋪敍，章句之往復，感情之迴旋，鍾嶸「繁富」，的是確評。

〔九〕「孝若」二句：後進，後學，後輩。見重，被推重、賞識。安仁，潘岳字，見上品「潘岳」條。此謂夏侯湛雖是後學，卻受到潘岳的賞識。殷孟倫《漢魏六朝百三家集題辭注》：「湛元康初卒，年四十四，岳被誅在永康時，相去約十年。」楊明《譯注》：「當謂夏侯湛詩歌之成就，晚於諸人。」可參。　劉勰《文心雕龍·時序》篇：「岳、湛曜聯璧之華。」又，《世説新語·文學篇》：「夏侯湛作《周詩》成，示潘安仁。安仁曰：『此非徒温雅，乃别見孝悌之性。』潘因此遂作《家風詩》。」張溥《漢魏六朝百三家集·夏侯常侍集題辭》曰：「潘安仁之誄夏侯孝若也，曰：『執戟疲揚，長沙投賈。』」「《周詩》上續《白華》，志猶束晳《補亡》，安仁誦之，亦賦《家風》。」此「見重安仁」之謂也。許文雨《講疏》：「《周詩》係四言，於本書爲例外，故仲偉隱其篇歟。」

〔一〇〕熙伯《挽歌》：《文選》卷二八録「繆熙伯《挽歌詩》一首」。李善注引譙周《法訓》：「挽歌者，高帝召田横，至尸鄉，自殺。從者不敢哭，而不勝哀，故爲此歌，以寄哀音焉。」何焯《義門讀書記》：「《風俗通義》言：『漢末時，京師賓婚嘉會，皆作魁儡，酒酣之後，續以挽歌。』又《後漢書·周舉傳》：『陽嘉六年，三月上巳日，大將軍梁商大會賓客，讌於洛水。酣飲極歡，及酒闌唱罷，繼以《薤露》之歌。坐中聞者皆爲掩涕。』蓋漢末尤尚之，故魏武父子，皆有此作。論其出拔，莫過陳思王，首録熙伯，拘限本詞也。《纂文》云：『《薤露》，今之挽歌也。』宋玉對問，已有《陽阿》、《薤露》矣。推而上之，《左傳》哀十一年，公孫夏命其徒歌《虞殯》。注云：『送葬歌曲。』《莊子》亦有紼挽之文。司馬紹統注：『紼，引柩索也。挽，哀歌也。』」旭按：挽歌原送葬之曲，因其詞凄婉，音節動人，漢末遂用於讌樂娱賓，乃成常習；六朝以悲爲美，由此導入。繆襲《挽歌》詩爲其著名代表。逯欽立《先秦漢魏晉南北朝詩》漏收此詩。

〔一一〕唯以造哀：語出《詩經·小雅·四月》：「君子作歌，維以告哀」。唯，通「維」。發語詞，無實義。造哀，指抒寫哀傷之情。此謂繆襲《挽歌》詩並非哀悼死者，實抒寫己之哀傷耳。何焯《義門讀書記》：「繆熙伯《挽歌》詩，詞極峭促，亦淡以悲。」張錫瑜《詩平》：「『唯以造哀』，此致不滿之詞，當是以其劣，故殿之。」許文雨《講疏》：「繆襲《挽歌》云：『白日入虞淵，懸車息駟馬。』哀涼獨造。」陳延傑《注》：「此以風骨相同，故置一品。」諸説可參。

【參考】

一、録張載詩一首：

《七哀詩》：「北邙何壘壘，高陵有四五。借問誰家墳？皆云漢世主。恭文遥相望，原陵鬱膴膴。季世喪亂起，賊盜如豺虎。毁壤過一抔，便房啓幽户。珠柙離玉體，珍寶見剽虜。園寢化爲墟，周墉無遺堵。蒙蘢荆棘生，蹊徑登童豎。狐兔窟其中，蕪穢不及掃。頹壟並墾發，萌隸營農圃。昔爲萬乘君，今爲丘山土。感彼雍門言，淒愴哀今古。」

二、張溥《漢魏六朝百三家集·張孟陽景陽集題辭》：「晉代文人，有二陸三張之稱，三張者，孟陽載、景陽協、季陽亢也。季陽才藻不逮二昆，文不甚顯。孟陽濛汜，司隸延譽；景陽《七命》，舉世稱工；安平棣華，名豈虚得？然揆其旨趣，語亦猶人，不能不遠慚枚叔，近媿平原也。《劍閣》一銘，文章典則，礱石蜀山，古今榮遇。景陽文稍讓兄，而詩獨勁出，蓋二張齊驅詩文之間，互有短長。若論才家庭，則伯難爲兄，仲難爲弟矣。二子守道，嫉衆貪位，高尚之懷，每形歌詠，時或訾之玄之尚白。及觀二鳳齊傾，金穀並殞，華亭、上蔡，嗟呼歎晚，然後知達人早識長謡，二疏高歌招隱，所以能自脱於巫山之火也。」

三、録傅玄詩一首：

《雜詩》：「志士惜日短，愁人知夜長。攝衣步前庭，仰觀南鴈翔。玄景隨形運，流響歸空房。清風何飄摇，微月出西方。繁星依青天，列宿自成行。蟬鳴高樹間，野鳥號東廂。纖雲時髣髴，渥露沾我裳。良時無停景，北斗忽低昂。常恐寒節至，凝氣結爲霜。落葉隨風摧，一絶如流光。」

四、張溥《漢魏六朝百三家集・傅鶉觚集題辭》：「晉代郊祀宗廟樂歌，多推傅休奕，顧其文采，與荀張等耳。《苦相篇》與《雜詩》二首，頗有《四愁》《定情》之風。『歷九秋』詩，讀者疑爲漢古詞，非相如、枚乘不能作。其言文聲永，誠詩家六言之祖也。休奕天性峻急，正色白簡，台閣生風。獨爲詩篇，新温婉麗，善言兒女，強直之士懷情正深，賦好色者何必宋玉哉！後人致疑廣平，抑固哉高叟也！晉武受禪，廣納直言，休奕『時務』、『便宜』諸疏，剴切中理。至云：『魏武好法術，天下好刑名；魏文慕通遠，天下賤守節。』請退虚鄙，如逐鳥雀，晉衰薄俗，先有隱憂。干令升論曰：『覽傅玄、劉毅之言，而得百官之邪；核傅咸之奏，錢神之論，而睹寵賂之彰。』悼禍亂而美知幾，清泉藥石，可世守也。争言罵座，兩遭免官，褊心有誚，亦汲長孺之微戇乎？」

五、録傅咸詩一首：

《贈何劭王濟並序》：「朗陵公何敬祖，咸之從内兄。國子祭酒王武子，咸從姑之外孫也。並以明德見重於世。咸親之重之。情猶同生，義則師友。何公既登侍中，武子俄而亦作。二賢相得甚歡，咸亦慶之。然自恨闇劣，雖願其繾綣，而從之末由，歷試無效，且有家艱。賦詩申懷，以貽之云爾。

日月光太清，列宿曜紫微。赫赫大晉朝，明明闢皇闈。吾兄既鳳翔，王子亦龍飛。雙鸞遊蘭渚，二離揚清暉。攜手升玉階，並坐侍丹帷。金璫綴惠文，煌煌發令姿。斯榮非攸庶，繾綣情所希。豈不企高蹤，麟趾邈難追。臨川靡芳餌，何爲空守坻。槁葉待風飄，逝將與君違。違君能無戀？尸素當言歸。歸身蓬蓽廬，樂道以忘飢。進則無云補，退則恤其私。但願隆弘美，王度日清夷。」

六、張溥《漢魏六朝百三家集·傅中丞集題辭》：「傅休奕剛正少容，貴顯當世，老而不折。時晉運方興，天子虛已，老成喉舌，可以無恙。若長虞所處，國艱甫殷，懲楊氏執政之萌，睹汝南輔相之失，劾按驚人，榮終司隸，直道而行，若是多福，鮑子都、諸葛少季無其遇也。傅氏諸賦，不尚綺麗，長虞短篇，時見正性，《治獄明意賦》云：『吏砥身以失公，古有死而無柔。』一生骨鯁，風尚顯白。歷官威嚴，條申職掌，御史作箴，汲生共勖，司隸布教，卧虎立名。彼其之子，邦之司直，斯人有焉。休奕四部六録，文集百余，湮闕者多，長虞著述不富，傳文亦與父埒，爲彪爲固，不能短長。其間七經詩中，《毛詩》一首，雖集句托始，無關言志。與尚書同僚詩，則告誡臣仆，有孚盈缶，韋孟在鄒，家風不墜矣。」

七、録繆襲詩一首：

《挽歌》詩：「生時遊國都，死没棄中野。朝發高堂上，暮宿黄泉下。白日入虞淵，懸車息駟馬。造化雖神明，安能復存我？形容稍歇滅，齒髮行當墮。自古皆有然，誰能離此者！」

八、張溥《漢魏六朝百三家集·夏侯常侍集題辭》：「潘安仁之誄夏侯孝若也，『執戟疲揚，長沙投賈』。余讀其詞，竊笑文人相惜，死生尤見。抵疑之作，班固《賓戲》、蔡邕《釋誨》之流也。高才淹躓，含文寫懷，鋪張問難，聊代萱蘇。縱睹西晉，《玄居》、《榷論》、《釋勸》、《釋時》，文皆近是，追蹤西漢，邈乎後塵矣。昆弟誥總訓群子，紹聞穆侯，人倫長著之書也。但規模帝典，僅能形似，刻鵠畫虎，不無譏焉。《周詩》上續《白華》，志猶束晳《補亡》，安仁誦之，亦賦家風，友朋具爾，殆文以情生乎？賈謐二十四友，安仁居首，母氏數誚，不知省改，白首之讖，貽親以僇。孝若連璧，未或同熱，長歸雖先，幸不及禍。其《離親詠》有云：『苟違親以從利兮，匪曾閔之攸寶。』余爲三復泣下。孝弟文雅，盛名得全者此爾。東漢趙威豪猶嘔血未及，況他人乎？」

晉驃騎王濟〔一〕　晉征南將軍杜預〔二〕　晉廷尉孫綽〔三〕　晉徵士許詢〔四〕

永嘉以來〔五〕，清虛在俗〔六〕。王武子輩詩，貴道家之言〔七〕。爰洎江表，玄風尚備〔八〕。真長、仲祖、桓、庾諸公猶相襲〔九〕。世稱孫、許〔一〇〕，彌善恬淡之詞〔一一〕。

【校異】

〈晉驃騎王濟〉　「驃」，《詩紀》作「票」。「驃」、「票」古通。

〈晉征南將軍杜預〉　《吟窗》、《格致》、《詩法》、《詞府》諸本均無「將軍」二字。

〈晉廷尉孫綽〉　「廷尉」，張錫瑜《詩平》：「《隋志》作『衛尉』。誤。」《稗史》誤作「大尉」。

〈爰泊江表〉　「泊」，天都閣、《五朝》、《詩觸》、《龍威》諸本均誤作「洎」。「泊」爲「洎」之壞損字。鄭文焯《手校》：「『泊』，當作『洎』。」

〈真長、仲祖、桓、庾諸公猶相襲〉　「真長」原誤作「有長」。「真長」爲劉惔字，因據諸本改。　○「仲祖」，退翁、《對雨樓》、《擇是居》本均作「沖祖」。許文雨校：「『仲』，明鈔本作『沖』。誤。『仲祖』爲王濛字。」　○「相襲」，《吟窗》、《格致》、《詩法》、《詞府》諸本均作「相祖襲」。車柱環《校證補》：「據《晉書》及《世説新語》，濛、惔二人，齊名友善，又與桓、庾諸人同時，則此諸人不至於相祖襲明矣。此云『相襲』，言彼此呼應，造成玄虛之作風也。『中品』應璩之祖襲魏文，此品謝超宗諸人之祖襲顏延，其例與此迥異，固不可同視並論。『襲』上有『祖』字，蓋相、祖形近，又聯想祖襲字而衍。」　旭按：「相襲」，實即「相踏襲」、「相祖襲」之意。「祖襲」爲《詩品》習用語，車説非是。《吟窗》諸本異文可參。許印芳《萃編》本改作「相沿襲」。

【集注】

〔一〕王濟：西晉詩人。生卒年不詳。據王發國《考索》，約生於西元二四七年，卒於西元二九二年。字武子，太原晉陽（今山西太原）人。西晉大將軍王渾次子。少有逸才，文詞秀成，愛好弓馬，勇力超人，風姿英爽，被晉武帝司馬炎選爲女婿。又善讀《易經》、《老子》、《莊子》等。與姐夫和嶠及裴楷齊名，深得武帝寵幸。歷官侍中、太僕等。王濟生活奢侈，揮金如土。當時洛陽土地昂貴，王濟買地圈作馬射場圍牆，又與富豪王愷射牛比富。家宴美味佳餚「以人乳燕之」，晉武帝食而聞之退席。一生雖有才華，但無甚業績，年四十六歲，先其父王渾而亡，追贈驃騎將軍。《隋志》謂：「梁有晉驃騎將軍王濟集二卷，亡。」今存四言詩三首，五言斷句一聯。事見《晉書》卷四二其父《王渾傳》後。

〔二〕杜預（二二二—二八四）：西晉時期著名政治家、軍事家、學者、詩人。字元凱，京兆杜陵（今陝西西安）人。杜預博學多才，通曉政治、軍事、經濟、曆法、律令、工程等，多有建樹，被譽爲「杜武庫」。因父祖爲曹魏政權舊人，受司馬氏排擠，年過三十仍未出仕。司馬昭執政後，漸受重用。先後參與伐蜀及《晉律》之修訂，並多次被晉武帝啓用出鎮邊關，繼任羊祜爲鎮南大將軍都督荆州事。杜預興修水利、修訂曆法、積極進行科學發明，提出了五十多項安邊興國之策，均爲朝廷采納。滅吳之戰，杜預任西線總指揮，吳平後，因功封當陽縣侯。卒贈征南大將軍，謚曰成。杜預著述豐富，精擅《左傳》，曾著《春秋左氏經傳集解》。《隋志》謂有「晉征南大將軍杜預集十八卷」，已散佚。明張溥輯有《杜征南集》一卷。詩無存。事見《晉書》卷三四本傳。

〔三〕孫綽（三一四——三七一）：南朝東晉哲學家、文學家、詩人。字興公，太原中都（今山西平遥）人。後遷居會稽（今浙江紹興）。祖父孫楚（見「中品」）。綽襲父爵爲長樂侯，官拜太學博士、尚書郎；哀帝時，遷散騎常侍、統領著作郎。孫綽少以文才稱，博學善文，尤工書法，曾放曠會稽山水十餘年，作《遂初賦》自述其志，並著有《天臺山賦》，詞旨清新，爲當時文士之冠。温、王、郗、庾諸公之薨，必須綽爲碑文，然後刊石。少與高陽許詢俱有高尚之志，爲「一時名流」。孫綽信奉佛教，與名僧竺道潛、支遁交往。詩貴道家之言，是當時玄言詩代表作家。《隋志》謂有「晉衛尉卿孫綽集十五卷」，注：「梁二十五卷。」已散佚。明張溥輯有《孫廷尉集》一卷。今存詩三十七首，其中五言詩六首。事見《晉書》卷五六《孫楚傳》附。

〔四〕許詢：南朝東晉哲學家、終身不仕之詩人。生卒年不詳。據王發國《考索》，約生於西元三三四年，卒於西元三五七年。字玄度，高陽（今河北陽縣東）人。總角秀惠，人稱神童。長而風情簡素，有才藻，善屬文。許詢與孫綽俱有高尚之志，並稱爲一時文宗，而以高邁見稱。好遊山水，體便登涉，故時人云：「詢非徒有勝情，實有濟勝之具。」又常與謝安、王羲之、孫綽、支遁等人吟詠游宴，參預蘭亭雅會。善析玄理，時人皆欽愛之。劉真長云：「清風朗月，輒思玄度。」是當時清談家領袖及玄言詩代表作家。司徒蔡謨征辟，不就；中宗聞而征爲議郎，亦不就。隱居錢塘江小邑永興（今蕭山）。因官府征詔屢至，詢抛棄家産，遷居四明山剡溪。永興故宅由穆宗下詔收做寺宇，取名崇化寺。晉簡文帝曾盛讚「玄度五言詩，可謂妙絶時人」（《世説新語・文學》篇）。《隋志》謂有「晉徵士許詢集三卷，梁八卷，録一卷」，已散佚。今存五言詩一首，斷句二聯。事見《晉書・王羲之傳》、《世説新語・言語》篇注引《續晉陽秋》及《文選》江文通《雜體詩三十首》李善注引《晉中興書》。

〔五〕永嘉：晉懷帝司馬熾年號（三〇七—三一三）。

〔六〕清虚在俗：清虚，清議虚談。指當時崇尚老、莊的風氣。《漢書・敘傳上》：「若夫嚴子者，絶聖棄智，修生保真，清虚澹泊，歸之自然，獨師友造化，而不爲世俗所役者也。」俗，時俗社會。此指當時社會崇尚清議虚談。古直《箋》：「考《後漢書》仲長統《述志詩》云：『大道雖夷，見幾者寡。任意無非，適物無可。古來繚繞，委曲如瑣。百慮何爲，至要在我。寄愁天上，埋憂地下。叛散《五經》，滅棄《風》、《雅》。百家雜碎，請用從火。抗志山棲，游心海左。元氣爲舟，微風爲柁。敖翔太清，縱意容冶。』則清虚之俗，漢末已開其端，正始而後，茲風遂熾。」

〔七〕「王武子」二句：貴道家之言：此指王濟之流喜歡以詩寫清虚淡泊、修身保真之道家思想。許文雨《講疏》：「武子善莊、老，其見之於詩，蓋亦固然。今僅存《平吴後三月三日華林園詩》，係四言。其五言已不見，殆佚去矣。元凱詩亦不見。《北堂書鈔》一百四十二、一百四十四所載諸語，如曰：『大羹生華，蘭椒馥芳。菰粱雪累，班鬻錦文。馨香播越，氣干青雲。』類是清虚之賦。」李徽教《彙注》：「此段題有杜預之名，而不見明指其人之評文，則其云王武子輩，亦包括杜預之言也。又王濟、杜預，並卒於永嘉以前，而此云永嘉以來，則可知古人著書，不甚嚴其細微之處。」楊祖聿《校注》：「元凱詩今不傳，武子詩僅存四言一首。然杜善左氏傳，王好《易》及《莊》、《老》，復以時尚虚談，鍾氏所評，殆亦可信。」　旭按：此條品語，不啻爲《詩品序》「永嘉時，貴黄、老，尚虚談。於時篇什，理過其辭，淡乎寡味。爰及江表，微波尚傳：孫綽、許詢、桓、庾諸公詩，皆平典似《道德論》。建安風力盡矣」注脚。《詩品序》爲詩學史，此條品語爲作家論。

〔八〕「爰洎」二句：爰，乃。洎，至，及。江表，長江以南地區。在中原人看來，江南在長江之外，故稱「江表」。庾信《哀江南賦》：「五十年中，江表無事。」此指偏安於江南的東晉。玄風尚備，此謂到了江南的東晉，玄言之風仍然存在。　旭按：沈約《宋書・謝靈運傳論》曰：「有晉中興，玄風獨振。爲學窮於柱下，博物止乎七篇。馳騁文辭，義殫乎此。自建武暨乎義熙，歷載將百，雖綴響聯辭，波屬雲委，莫不寄言上德，託意玄珠，遒麗之辭，無聞焉爾。」劉勰《文心雕龍・明詩》篇曰：「江左篇製，溺乎玄風，嗤笑徇務之志，崇盛忘機之談；袁、孫已下，雖各有雕采，而辭趣一揆，莫與争雄，所以景純仙篇，挺拔而爲俊矣。」又《時序》篇曰：「自中朝貴玄，江左稱盛，因談餘氣，流成文體。是以世極迍邅，而辭意夷泰，詩必柱下之旨歸，賦乃漆園之義疏。」故知江表玄風，時人共識。皆可與仲偉之説相發。

〔九〕「真長」句：真長，劉惔。據王發國《考索》，生於公元三一三年，卒於公元三四八年，字真長，沛國相（今安徽宿縣）人，一説沛國蕭（今屬安徽）人。《晉書》卷七五謂其「雅善言理」，「簡文帝初作相，與王濛並爲談客，俱蒙上賓禮」。「桓温嘗問惔：『會稽王談更進耶？』惔曰：『極進。然故第二流耳。』温曰：『第一復誰？』惔曰：『故在我輩。』」尤好《老》、《莊》，任自然趣。累遷丹陽令，爲政清整。年三十六卒官。孫綽爲之誄云：「居官無官官之事，處事無事事之心。」時人以爲名言。

仲祖，王濛。據王發國《考索》，生於公元三〇九年，卒於公元三四七年。字仲祖，太原晉陽（今山西太原）人。哀靖皇后之父，官至中書郎。《晉書》謂與沛國劉惔齊名，相與友善。惔常稱濛性至通，而自然有節。濛每云：「劉君知我，勝我自知。」時人以惔方荀奉倩，濛比袁曜卿，凡稱風流者，舉濛、惔爲宗。簡文帝爲會稽王时，嘗與孫綽商略諸風流人，綽言曰：「劉惔清蔚簡令，王濛温潤恬和，桓温高爽邁出，謝尚清易令達。」　桓，桓温（三一二—三七三），字元子，譙國龍亢（今安徽懷遠）人，官至大司馬，爲東晉權臣。曾出師西征平蜀；又北伐至洛陽。喜清虚玄談，與沛國劉惔友善。孫綽謂其「高爽邁出」，參見「真長」、「仲祖」注。　庾，指庾亮（二八九—三四〇）：字元規，潁川鄢陵（今河南鄢陵）人。美姿容，善清談，性好《莊》、《老》，風格峻整。曾爲征西將軍，領江、荆、豫三州刺史。生前圖謀北伐，終未成而卒。詩不傳。　相襲：繼承沿襲。《文選》卷一六陸機《歎逝賦》：「伊天地之運流，紛升降而相襲。」此謂劉惔、王濛、桓温、庾亮等人仍承襲了玄談之風。

〔一〇〕世稱孫、許：指孫綽、許詢在當時齊名並稱。《世説新語・文學》篇注引《續晉陽秋》曰：「詢、綽並爲一時文宗，自此作者悉體之。」二人相比，許詢情致高遠，孫綽才藻富贍。《晉書》卷五六：「或愛詢高邁，則鄙於綽；或愛綽才藻，而無取於詢。」《世説新語・品藻》篇：「支道林問興公（孫綽）：『君何如許掾（許詢）？』孫曰：『高情遠致，弟子早已服膺；一吟一詠，許將北面。』」

〔一一〕「彌善」句：彌善，更善於。　恬淡，《莊子・刻意》篇：「故曰：夫恬淡寂漠，虚無無爲，此天地之本，而道德之質也。故曰：聖人休休焉，則平易矣。平易則恬淡矣。平易恬淡，則憂患不能入，邪氣不能襲。」《莊子・胠篋》篇又曰：「釋夫恬淡無爲。」恬淡之詞，指轉述莊、老思想的玄言詩。黄侃《講疏》：「若孫、許之詩，但陳要妙。情既離乎比興，體有近於偈語，徒以風會所趨，仿效日衆。」陳延傑《注》曰：「江淹《雜體詩》，有《孫廷尉雜述》、《許徵君自序》，足徵孫、許有此二詩。就文通所擬觀之，亦可知其似《道德論》，而彌善恬淡之詞矣。」古直《箋》：「孫綽詩今存十一首，内五言三首，餘皆四言。如云：『大樸無象，鑽之者鮮。玄風雖存，微言靡演。邈矣哲人，測深鉤緬。誰謂道遥，得之無遠。』皆所謂恬淡之詞也。」《初學記》二十八引許詢詩曰：『青松疑素髓，秋菊落芳英。』詢詩傳者止此，其清虚恬淡之詞，妙絶時人之作，不可見矣。」許文雨《講疏》：「孫綽《秋日》，懷心濠上；許詢《竹扇》，妙思觸物。」

【參考】

一、録王濟五言殘詩一聯：

《答何劭》：「計終收遐致，發軔將先起。」

二、張溥《漢魏六朝百三家集·杜征南集題辭》：「《左傳》之有杜元凱，六經之孔孟也。當時論者猶以質直見輕，豈真貴古而賤今乎？子雲《太玄》，不遇桓譚，幾覆醬瓿。元凱釋《左》，非摯虞亦莫知其孤行天地也。杜集絶無詩賦，意者其雕蟲邪？彼雖彌綸經傳，自托獲麟，下者則薄之，誠不欲以此有名也。元凱常言三不朽，庶幾立功、立言，其事皆踐。漢興，佐命如酇侯刀筆，高密書生，不免望塵而拜。章奏爾雅，悉西京風制，經術既深，凡文皆餘耳。不期工而工，此學者糞本之説也。武庫平吴，功堪廟食，釋《左》一書，復懸日月之間，爲世傳習，其於聖經，爲先後疏附也。誠勞過揚《玄》矣。儲君降服，議禮興譏，是將通世變以就古人。《檀弓》變禮，不辭作俑，未可與素冠之詩同相笑也。」

三、録孫綽詩一首：

《秋日》：「蕭瑟仲秋日，飈唳風雲高。山居感時變，遠客興長謡。疏林積涼風，虛岫結凝霄。湛露灑庭林，密葉辭榮條。撫葉悲先落，攀松羨後凋。垂綸在林野，交情遠市朝。澹然古懷心，濠上豈伊遥。」

四、江淹《雜體詩・孫廷尉綽雜述》：「太素既已分，吹萬著形兆。寂動苟有源，因謂殤子夭。道喪涉千載，津梁誰能了？思乘扶摇翰，卓然淩風矯。静觀尺棰義，理足未嘗少。冏冏秋月明，憑軒詠堯老。浪迹無蚩妍，然後君子道。領略歸一致，南山有綺皓。交臂久變化，傳火乃薪草。亹亹玄思清，胸中去機巧。物我俱忘懷，可以狎鷗鳥。」

五、張溥《漢魏六朝百三家集・孫廷尉集題辭》：「東晉佛乘文人，孫興公最有名，然《喻道論》云：『佛十二部經，其四部專以勸孝。』《道賢論》以天竺七僧方竹林七賢，指悉近儒，非濡首彼法，長往不反者也。桓大司馬欲移都洛陽，衆莫敢諫，興公抗表論列，文辭甚偉；斯時進言，固難於婁敬之説漢高也。振袖舉笏，郟鄏無恙，一封事足不朽矣。《天台賦》自命金石，抑其佳句，不過『赤城』、『瀑布』耳。遂初林阜，足薄華幕，蓋遠詠老、莊，蕭條高寄，其素志也，賦云乎哉。《表哀詩》哀號罔極，欲繼蓼莪，即若祖除婦服詩，未若其關道義，系人倫也。《碧玉》二歌，亦胡姬十五、桃葉渡江之類，未免有情，正謂此爾。右軍蘭亭雅集，興公與兄承公各有詩篇，一吟一詠，誠非許掾所及。温王郗庾穹碑載文，豈好諛墓哉？具體先哲，或中郎之羽翮也。」

六、録許詢詩一首：

《竹扇詩》：「良工眇芳林，妙思觸物騁。蔑疑秋蟬翼，團取望舒景。」

七、《世説新語·文學》篇注引《續晉陽秋》曰：「正始中，王弼、何晏好莊、老玄勝之談，而世遂貴焉。至過江，佛理尤勝。故郭璞五言，始會合道家之言而韻之；詢及太原孫綽，轉相祖尚，又加以三世之辭，而《詩》、《騷》之體盡矣。」

晉徵士戴逵〔一〕

安道詩雖嫩弱，有清工之句〔二〕。裁長補短〔三〕，袁彦伯之亞乎〔四〕？逵子顒，亦有一時之譽〔五〕。

【校異】

〔安道六句〕此條原脱。「晉徵士戴逵」原與「晉東陽太守殷仲文、宋謝混」合爲一條。今據《吟窗》、《格致》、《詩法》、《詞府》諸本分條補入。黄丕烈《士禮居藏書題跋記再續》：「此舊鈔鍾嶸《詩品》上中下三卷，藏篋中久矣。苦無别本相勘。適書賈有携示陳學士《吟窗雜録》舊鈔本，中載《詩品》，殊多删節。唯卷下第四葉第二行晉徵士戴逵後所品語脱，又第三行『晉東陽太守殷仲文』後所品人脱，似《吟窗雜録》本爲是，爰補於尾。至於字句異同，當别爲籤記，不敢以删節本定此全文也。」許文雨《講疏》校云：「各本均脱評語，今據《對雨樓》叢書本引《吟窗雜録》補入。」陳延傑《注》：「原評無戴逵語，自是有脱文。余所藏明鈔本《詩品》，載晉徵士戴逵詩評，信可珍也。曩閱黄丕烈《士禮居藏書題跋記再續》引《吟窗雜録》，補戴逵所品語脱文，與明鈔本所載全同。唯『上』作『工』，『譽』作『彦』，與此爲異。」王叔岷《疏證》：「審『安道詩云云』三十字，差與仲偉之言相近。」

〔安道詩雖嫩弱〕「嫩弱」，高木正一注：「『嫩弱』、『清上』這兩句評語，似與鍾嶸品評用語不類。」

〔有清工之句〕「清工」，膠卷《吟窗》、戊申《吟窗》、辛酉《吟窗》、《格致》、《詩法》、《詞府》諸本均作「清上」。

【集注】

〔一〕戴逵：東晉琴家、雕塑家、畫家、哲學家、終生不仕之詩人。據王發國《考索》，約生於公元三二九年，卒於公元三九六年。字安道，譙郡銍縣（今安徽宿縣西）人。戴逵博學多才，能鼓琴，擅長音樂，工於書畫；性有巧思，各種技藝，靡不畢綜。又器度巧絶，善鑄佛像及雕刻，以古法製造丈六無量壽佛木像及菩薩像。及製造時，逵隱於帷中，密聽大衆議論，不論褒貶，自會於心，精思三年，刻像乃成，一世驚歎。戴逵性至高潔，武陵王晞，聞其善鼓琴，使人召之，逵對使者破琴曰：「戴安道不爲王門伶人。」後徙居會稽剡縣。晉孝武帝時，累以散騎常侍、國子博士徵，皆不就。病卒。《隋志》謂有「晉徵士戴逵集九卷，殘缺，梁十卷，録一卷」，已散佚。詩亦不存。子戴勃、戴顒均以琴名世。事見《晉書》卷九四《隱逸傳》。

〔二〕「安道」二句：嫩弱，尚不老成遒勁。「嫩弱」罕見用例，當是鍾嶸妙手偶得。清工，清新工巧。此謂戴逵詩雖然尚不老成遒勁，但有清新優美之詩句。

〔三〕裁長補短：語本《孟子・滕文公上》：「今滕絶長補短，亦五十里，猶可以爲善國。」有長短相抵，平均而論之意。

〔四〕袁彦伯：即袁宏，見「中品」。亞：次一等，次於。《三國志・蜀書・諸葛亮傳》：「管（仲）、蕭（何）之亞匹矣。」此謂戴逵詩比起袁宏來，也許要次一等。許文雨《講疏》：「彦伯泛渚遊吟，脱去凡俗；安道不爲王門伶人，可稱放達。仲偉以戴擬袁，亦有是意歟。」吕德申《校釋》：「戴逵詩『清工』，風格與袁宏相近，但戴居『下品』，所以是『袁彦伯之亞』。」甚是。

〔五〕「逵子」二句：逵子顒，戴顒（三七八—四四一），字仲若。《宋書》、《南史》「隱逸傳」謂其與父戴逵、兄戴勃並隱遁有高名。永初、元嘉中，累徵不就。著有《中庸注》、《逍遥論》。詩無存，但由《詩品》可知其詩在當時亦有聲譽。　旭按：此條由戴逵涉其子戴顒，下品「江祏」條亦涉祏弟江祀，雖著品評之語，然不在《詩品》一百二十三人（「古詩」算一人）品評「大名單」中。

【參考】

一、謝赫《古畫品録》：「（戴逵）情韻連綿，風趣巧拔。善圖聖賢，百工所範。」　旭按：此可與其詩風相發明。

晉東陽太守殷仲文〔一〕

晉、宋之際，殆無詩乎〔二〕？　義熙中〔三〕，以謝益壽、殷仲文爲華綺之冠〔四〕，殷不競矣〔五〕。

【校異】

〔晉東陽太守殷仲文〕　條下原有「宋謝混」三字。《吟窗》、《格致》、《詩法》、《詞府》諸本均作「晉謝琨」，其餘各本均無此三字。王叔岷《疏證》：「『晉謝混』三字，則不當有。蓋仲偉明謂義熙中，雖以謝、殷爲華綺之冠，而殷實非謝比，正見其列謝於『中品』，降殷於『下品』之由，而淺人徒見評語中以謝、殷連稱，以爲所品之人，亦當以謝、殷並舉，遂於『晉東陽太守殷仲文』後，妄增『晉謝混』三字，可笑甚矣。至於『晉謝混』，乃『宋謝混』之譌。《山堂考索》引『晉東陽太守殷仲文』下，已有『宋謝混』三字，則此文之竄亂，由來久矣。」旭案：謝混已見中品，此三字當爲「謝益壽、殷仲文爲華綺之冠」評語連及，淺人所加。《吟窗》本爲南宋蔡傳編纂（舊題爲南宋狀元陳應行編），中收《考索》，爲南宋章如愚編纂。王叔岷氏見明《考索》本《詩品》「殷仲文」下有「宋謝混」三字；余見元《考索》本面貌亦如此，可知此文竄亂，當在宋末。後人因殷仲文稱「晉」，謝混與其同時，遂改「宋謝混」爲「晉謝混」，後又誤爲「晉謝琨」。因據諸本删。

〔義熙中〕「義熙」，辛酉《吟窗》、日本文政九年《吟窗》、膠卷《吟窗》、《格致》本均誤作「義詩」。《詞府》本誤作「蓋詩」。

【集注】

〔一〕殷仲文（？—四〇七）：南朝東晉詩人。字仲文，陳郡長平（今河南西華縣東北）人。少有才藻，美容貌，從兄仲堪薦之於會稽王道之，甚相賞待，引爲驃騎參軍。後爲桓玄姐夫，桓玄舉兵篡奪帝位，仲文參預廢立之事。爲諮議參軍、進侍中，領左衛將軍。桓玄失敗，復投晉軍。晉安帝復位，任鎮軍長史，轉尚書，旋遷東陽太守。義熙三年（四〇七）因陰結永嘉太守駱球等謀反，被殺。

仲文善屬文，爲世所重，謝靈運嘗云：「若殷仲文讀書半袁豹，則才不減班固。」言其文才多而讀書少也。仲文爲改變玄言詩風的重要作家，《宋書·謝靈運傳論》曰：「仲文始革孫、許之風。」《南齊書·文學傳論》則謂：「仲文玄氣，猶不盡除。」《隋志》謂有「晉東陽太守殷仲文集七卷」，注：「梁五卷。」已散佚。今存五言詩二首。以《文選》所録《南州桓公九井作》見由玄言向山水詩過渡傾向。事見《晉書》卷九九及《世説新語·言語》篇注引《續晉陽秋》。

〔二〕「晉、宋」二句：殆，大概。無詩，没有真正的詩歌。東晉末年至宋初，玄風籠罩詩壇，「詩必柱下之旨歸，賦乃漆園之義疏」，故仲偉歎爲「無詩」。許文雨《講疏》：「仲偉以詩至晉、宋之際，建安風力已盡，殆如朝華已謝，夕秀未振，故云無詩。」

〔三〕義熙：晉安帝司馬德宗年號（四〇五—四一八）。

〔四〕「謝益壽」句：謝益壽，即謝混，見中品「謝混」條。華綺之冠：即詩風最華麗綺靡的詩人。旭按：謝混、殷仲文詩趨華綺。中品「謝混」條謂謝務張華之清淺，「殊得風流媚趣」。又上品「潘岳」條：「嶸謂：益壽輕華，故以潘爲勝。」《晉書·殷仲文傳》稱仲文「少有才藻」。《世説新語·文學篇》稱仲文「天才宏贍」，注引《續晉陽秋》曰：「仲文雅有才藻，著文數十篇。」均爲其證。

〔五〕殷不競：競，強也。不競，不能勝過。語出《左傳》宣公元年：「於是晉侯侈，趙宣子爲政，驟諫而不入，故不競於楚。」競，強也。又《左傳》襄公十八年：「又歌南風，南風不競。」殷不競矣，指殷仲文不能勝過謝混。陳延傑《注》曰：「《何義門讀書記》曰：『殷仲文《南州桓公九井作》，氣象迫促。』按此可證殷不競也。」古直《箋》：「論家多以殷、謝並舉。如《宋書》云：『仲文始革孫、許之風，叔源大變太元之體。』《南齊書》云：『仲文玄氣，猶不盡除；謝混清新，得名未盛。』《文心雕龍》云：『殷仲文之孤興，謝叔源之閒情。』皆是。」許文雨《講疏》：「仲偉《序》中乃云：『義熙中，謝益壽斐然繼作。』而不及殷仲文，即此謂殷不競之意也。」旭按：謝混爲「中品」，殷不競，故居「下品」。又，義熙中殆無詩人，唯謝、殷爲華綺之冠，始變玄言風氣，故《宋書》、《文心雕龍》、《詩品》、《南齊書》均以殷、謝並稱。陳元勝《詩品疑難問題辨説》謂：鍾嶸此處指明謝、殷二人在改變玄言詩風上之作用及地位，「殷不競矣」，指殷在改變玄言詩風上不够强勁，故《詩品序》僅謂「逮義熙中，謝益壽斐然繼作」，未提及殷仲文。並非比較殷仲文詩歌不及謝益壽，其説亦是。然此「不競」，或兼有「不强」、「不及」二義，未可知也。

【參考】

一、録殷仲文詩二首：

（一）《南州桓公九井作》：「四運雖鱗次，理化各有準。獨有清秋日，能使高興盡。景氣多明遠，風物自淒緊。爽籟驚幽律，哀壑叩虛牝。歲寒無早秀，浮榮甘夙隕。何以標貞脆，薄言寄松菌。

哲匠感蕭晨，肅此塵外軫。廣筵散泛愛，逸爵紆勝引。伊余樂好仁，惑袪吝亦泯。猥首阿衡朝，將貽匈奴哂。」

（二）《送東陽太守》：「昔人深誠歎，臨水送將離。如何祖良遊，心事孱在斯。虚亭無留賓，東川緬逶迤。」

二、江淹《雜體詩·殷東陽仲文興矚》：「晨遊任所萃，悠悠蘊真趣。雲天亦遼亮，時與賞心遇。青松挺秀萼，惠色出芳樹。極眺清波深，緬映石壁素。瑩情無餘滓，拂衣釋塵務。求仁既自我，玄風豈外慕？宜置忘所宰，蕭散得遺慮。」

宋尚書令傅亮〔一〕

季友文，余常忽而不察〔二〕。今沈特進撰詩〔三〕，載其數首，亦復平矣〔四〕。

【校異】

〔宋尚書令傅亮〕　《全梁文》本將「傅亮」條評語置「晉徵士戴逵、晉東陽太守殷仲文」條後，並爲一段。

〔季友文〕《吟窗》、《格致》、《詩法》、《詞府》諸本脱「文」字。

〔今沈特進撰詩〕「撰詩」，《吟窗》、《格致》、《詩法》、《詞府》諸本均作「選詩」。「撰」、「選」通。

〔載其數首〕「數首」，《續百川》、《五朝》、《説郛》、《廣漢魏》、《詩觸》、《龍威》、《增漢魏》、《大觀》、《秘書》、螢雪軒諸本均作「數百」。「百」當爲「首」之壞損字。

〔亦復平矣〕「復」，《稗史》作「獲」。 ○「平矣」，《吟窗》、《格致》、《詩法》、《詞府》、《詩話》、《詩品詩式》諸本作「平美」。陳注、古箋、許疏、葉釋、杜注均從。許印芳校：「『矣』，一作『美』。」路百占《校記》：「『美』作『矣』是。」車柱環《校證》：「『矣』作『美』，疑據下文王中、二卞評語『去平美遠矣』所改。惟平美乃褒辭，於此不協。『平』字疑當疊。『亦復平平矣』，意謂無足稱美也，乃是貶辭。古人遇疊字，僅作『〻』畫以記之，往往誤挩，此其比。下文評袁嘏詩有云：『嘏詩平平耳』，正疊『平』字，亦係貶辭，與此同例。」呂德中《校釋》：「疑作『平美』是。鍾嶸評王中等詩，亦有『去平美遠矣』等語。」

【集注】

〔一〕傅亮（三七四—四二六）：南朝晉宋時詩人。字季友，北地靈州（今甘肅永寧縣）人。晉司隸校尉傅咸玄孫。初仕晉，爲建威參軍，晉末曾隨劉裕北伐，爲中書令。後因助劉裕篡晉建宋，封建城縣公。歷任散騎常侍、尚書令、左光禄大夫，進爵始興郡公。曾與徐羨之、謝晦同廢少帝，迎文帝劉義隆即位。亮居宰輔而總重權，元嘉三年(四二六)爲文帝所殺。亮博涉經史，尤善文辭。高祖受命，表册、文誥，皆出其手。《隋志》謂有「宋尚書令傅亮集三十一卷。梁二十卷，録一卷」，已散佚。明張溥輯有《傅光禄集》一卷。今存詩四首，其中五言詩二首。事見《宋書》卷四三、《南史》卷一五本傳。

〔二〕「季友」二句：文，此指詩。張錫瑜《詩平》曰：「古以有韻者爲文，無韻者爲筆。故書中多稱『詩』爲『文』。此文亦謂詩也。季友以章奏擅長，其筆固無容輕議。」忽，輕忽。此謂傅亮之詩，我以前較輕視，未加細察。

〔三〕沈特進：即沈約。沈約於梁天監十一年(五一二)加特進，故稱。撰詩：編撰詩集。此指沈約編撰詩歌爲《集鈔》。《隋志》曰：「梁特進沈約集，沈約撰，《集鈔》十卷。」李徽教《彙注》：「案：《梁書・沈約傳》云：『《宋文章志》三十卷……行於世。』又或指此，未可知也。」可參。沈約《集鈔》、《宋文章志》今俱佚不傳。然所著《宋書・傅亮傳》中，猶載其《奉迎大駕道路賦詩》一首，可見一斑。

〔四〕亦復平矣：還是覺得平庸無奇。許文雨《講疏》：「王船山評選傅亮《從征》四言云：『平浄』，亦猶仲偉之旨。」一説「平矣」爲「平美」，釋爲「平平之美」，一釋爲「平正和美」。可參。

【參考】

一、録傅亮詩二首：

（一）《奉迎大駕道路賦詩》：「夙櫂發皇邑，有人祖我舟。餞離不以幣，贈言重琳球。知止道攸貴，懷禄義所尤。四牡倦長路，君轡可以收。張邴結晨軌，疏董頓夕輈。東隅誠已謝，西景逝不留。性命安可圖，懷此作前修。敷衽銘篤誨，引帶佩嘉謀。迷寵非予志，厚德良未酬。撫躬愧疲朽，三省慚爵浮。重明照蓬艾，萬品同率由。忠誥豈假知，式微發直驅。」

（二）《冬至》：「星昴殷仲冬，短晷窮南陸。柔荔迎時萋，芳芸應節馥。」

二、張溥《漢魏六朝百三家集·傅光禄集題辭》：「晉宋禪受，成于傅季友，表策文誥，誦言滿堂；潘元茂册魏公，不如其多也。武帝不豫，升床受詔，營陽廬陵，忽焉剪没，奉迎文帝，入繼大統。徐謝群公，慶同絳侯，季友憂色，里克是懼。善讀書者尚少知禍福邪？演慎諸論，竊慕括囊；感物作賦，起於夜蛾；道路詠詩，撫躬乾愓。彼方欲爲長風之鳥，而不免見笑於雕陵之鵲人也。非天也？王師出征，宣明抗表，言及虚館三月，恪遵下武，臣雖不順，辭則可悲。季友博經史，長文筆，倉皇廣莫門上，竟不得慷慨一言，畢命殿陛。《九錫》諸篇，固傅氏之丹書帶礪也。無能救死，何哉？廟墓二教，並録《文選》，懷舊崇德，意近《甘棠》。入洛陽謁見五陵，宋公百世一日也。表文無痛哭之談，識者先知其非心王室矣。」

宋記室何長瑜〔一〕　羊曜璠〔二〕

才難，信矣〔三〕！以康樂與羊、何若此〔四〕，而二人文辭，殆不足奇。

【校異】

〔才難五句〕　此條原脱，「宋記室何長瑜、羊曜璠」與「宋詹事范曄」合爲一條。現據《吟窗》、《格致》、《詩法》、《詞府》諸本分條補入。陳延傑《注》據明鈔本補入，「而」下缺一字，「文」作「之」，仍襲通行本合「何長瑜、羊曜璠、范曄」爲一條。車柱環《校證》：「『而』下缺字，疑是『三』字。觀其所云，殆如『乃不稱其才』之注脚，疑此二十字本爲注文，誤溷爲正文者。《山堂考索》引此，已同今本，則其不可信，明矣。」其《校證補》又云當從《吟窗》本：「環嘗於《校證》辨之云……又云：『疑「乃」上本有「三君詩」等字。』蓋因陳注本標題所品人則仍爲何、羊、范三人，無由知其所補之文本爲何、羊二人詩評語，而溷入范詩評語者，故云然耳。惟《雜録》本何、羊詩評語『二人文辭』，陳氏明鈔本『文』作『之』，疑明鈔本亦作『文』，陳氏誤爲之耳。」

〔宋記室何長瑜〕　「宋記室」，張錫瑜《詩平》：「《隋志》稱平南將軍。案《宋書·謝靈運傳》當作平西參軍。」

〔羊曜璠〕　張錫瑜《詩平》作「宋臨川内史羊曜璠」，校云：「『臨川内史』四字原脱，據《謝靈運傳》補。」車柱環《校證》：「據《詩品》標題例，又考《宋書·謝靈運傳》，曜璠曾爲臨川内史，則『羊曜璠』上當有『宋内史』三字。蓋誤脱也。又據《宋書》，『曜璠』乃『羊璿之』字。《詩品》標題稱字者，尚有殷仲文、王文憲。王爲鍾氏之師，不得不稱字。羊、殷二人稱字，與其他稱名不一律，未知鍾氏有無微旨，或後人有所改易，今不敢遽斷。」李徽教《彙注》：「仲偉惟羊曜璠與毛伯成以字主題，或從俗歟？」諸説意同，可參。

【集注】

〔一〕何長瑜（？—四四五）：南朝宋詩人。東海（郡治今山東郯城縣北）人。初在會稽謝方明處，教其子謝惠連讀書。與謝靈運、惠連、荀雍、羊璿之，以文章賞會，共爲山澤之遊，時人謂之靈運「四友」。後爲臨川王義慶記室參軍，因作韻語戲劉義慶僚佐，謂：「陸展染鬢髮，欲以媚側室。青青不解久，星星行復出。」其文流行，輕薄少年演而廣之。義慶大怒，除爲廣州所統曾城令。及義慶薨，廬陵王紹鎮潯陽，引爲南中郎行參軍，掌書記之任。行至板橋，遇暴風溺死。據王法國《考索》，當在元嘉二十二年（四四五）。長瑜文才之美，亞於惠連，雍、璿之不及也。謝靈運曾譽其爲

「當今仲宣」。《隋志》謂：「梁有平南將軍何長瑜集八卷，亡。」今存五言詩二首。事見《宋書》六七《謝靈運傳》附。

〔二〕羊曜璠（？—四五九）：羊璿之，字曜璠，南朝宋詩人。泰山南城（今山東費縣）人。與謝靈運同作「四友」之游。曾任臨川内史，爲司空竟陵王誕所賞遇。誕敗，璿之受牽連被殺。詩不存。事見《宋書》卷六七《謝靈運傳》附。

〔三〕「才難」二句：語出《論語·泰伯》：「孔子曰：『才難，不其然乎！』」意謂詩才難得，確乎如此啊！

〔四〕「以康樂」句：康樂，即謝靈運，參見上品「謝靈運」條。與，有二釋。一釋爲稱譽。《漢書》卷八四《翟方進傳》：「朝過夕改，君子與之。」旭按：謝靈運有《登臨海嶠初發彊中作與從弟惠連見羊何共和之》詩，又譽何長瑜爲「當今仲宣」。而今觀二人文辭，殆不足奇，故謂詩才難得。二釋爲「交往」，指謝靈運元嘉五年自建康回故鄉始甯，與謝惠連、何長瑜、羊曜璠等人交友、唱和事。《宋書·謝靈運傳》謂：「靈運既東還，與族弟惠連、東海何長瑜、潁川荀雍、泰山羊璿之，以文章賞會，共爲山澤之游，時人謂之『四友』。」靈運爲宋詩主軸，羊、何詩不足奇，互相唱和，是可怪也，故知詩才難得。似以後説爲愜意。

【參考】

一、録何長瑜詩一首：

《離合詩》：「宜然悦今會，且怨明晨别。肴蔌不能甘，有難不可雪。」

宋詹事范曄〔一〕

蔚宗詩，乃不稱其才〔二〕。亦爲鮮舉矣〔三〕！

【校異】

〔蔚宗詩〕 原無，據《吟窗》、《格致》、《詩法》、《詞府》諸本補。

〔乃不稱其才〕 《四庫》本脱「乃」字。

〔亦爲鮮舉矣〕 古直《箋》：「『鮮舉』當爲『軒舉』，形近而譌也。《世説新語·容止篇》曰：『林公道王長史曰：「斂衿作一來，何其軒軒韶舉。」』曹植《與楊德祖書》：『然此數子，猶復不能飛軒絶跡，一舉千里。』」中沢希男《詩品考》：「此句不順，恐『鮮舉』二字有誤。古直《箋》以爲『鮮舉』爲『軒舉』之譌。然毋寧説誤在『舉』字。『舉』或爲『華』之譌。『鮮』字則似與中品『袁宏』條『鮮明緊健』

中『鮮』字意同。」車柱環《校證》：「古説疑是。『軒舉』爲複語，軒亦舉也，故又可分用。顏延之《詠白常侍詩》有云：『交吕既鴻軒，攀嵇亦鳳舉。』即其比。」

【集注】

〔一〕范曄（三九八—四四五）：南朝宋史學家、文學家、詩人、《後漢書》作者。字蔚宗，順陽（今河南淅川縣南）人。家學淵源，且有著述傳統。范曄雖生名門士族，然是妾生庶子。范曄母親把他生在廁所裏，碰傷了他的前額，故其小字稱「磚」。少發奮好學，博涉經史，善爲文章，能隸書，曉音律。嫡母所生哥哥范晏嫉妒他的才學，父親范泰亦不喜歡范曄，早早地將他過繼給從伯范弘之。故范曄一生敏感，怕人歧視，喜自我標榜，傲岸不羈，不肯迎合他人。范曄善彈琵琶，能創新曲。宋文帝暗示其演奏，范曄假裝糊塗，不肯爲皇帝彈奏。一次宴會，宋文帝對范曄説：「我想唱一首歌，卿可爲我伴奏否？」范曄只得奉旨彈奏。待宋元帝一唱完，即停止演奏，不肯多彈一曲。元嘉元年（四二四），被貶爲宣城太守。從事後漢史編纂，三十五歲，寫成《後漢書》。嫡母亡，范曄不及時奔赴，及行，又攜妓妾自隨，爲御史中丞所奏，太祖愛其才不罪。累遷左衛將軍、太子詹事。彭城王劉義康與孔熙先等謀反，要范曄起草宣言。事敗被殺，年四十八。范曄不信鬼神，反對天命論，抨擊佛教虚妄。其思想由任孫范縝繼承、完善。除《後漢書》九十七卷外，《隋志》謂「梁有范曄集十卷，録一卷」，已散佚。今存五言詩二首。事見《宋書》卷六九、《南史》卷三三本傳。

〔二〕不稱其才：指范曄的詩歌不能與其才學相稱。史稱范曄博涉經史，善爲文章，能隸書，曉音律。又頗以才氣自負。《獄中與諸甥侄書》自謂：「詳觀古今著述及評論，殆少可意者。班氏最有高名，既任情無例，唯志可推耳。」「吾雜傳論皆有精意深旨，至於《循吏》以下及《六夷》諸《序論》，筆勢縱放，實天下之奇作。其中合者，往往不減《過秦》篇。嘗共比方班氏所作，非但不愧之而已。」「贊，自是吾文傑思，殆無一字空設，奇變不窮，同合異體，乃自不知所以稱之。此書行，故應有賞音者。紀傳例爲舉其大略耳，諸細意甚多。自古體大而思精，未有此也。」陳延傑《注》：「今觀其《樂遊苑應詔》詩：『山梁協孔性，黄屋非堯心。』用事深切，亦自秀逸，但不如其文之美贍可翫耳。抑所謂不稱其才也。」許文雨《講疏》：「長瑜流放，曜璠、蔚宗坐誅，當時以罪人目之。罪人而不稱其才，時論限之也。」旭按：許説非是。范曄條當與羊、何條分評。此爲「相稱」之「稱」，而非「稱道」之「稱」。故「乃不稱其才」僅評范曄，非爲罪人而時論限之也。

〔三〕鮮舉：疑誤。古直《箋》謂「『鮮舉』當爲『軒舉』，形近而訛也。」甚是，但無版本根據。現「鮮」作「鮮明」解，「舉」作「高拔」解。鮮舉，謂鮮明挺拔。一説「鮮」作「少」解，「舉」作「得」解，「鮮舉」謂「不可多得」之意。亦可通，然終覺牽强。如作「軒舉」，則謂蔚宗詩高拔飛舉，雖未能與其才相稱，仍高出時流一截。

【參考】

一、録范曄詩一首：

《臨終詩》：「禍福本無兆，性命歸有極。必至定前期，誰能延一息？在生已可知，來緣憶無識。好醜共一丘，何足異枉直。豈論東陵上，寧辨首山側。雖無嵇生琴，庶同夏侯邑。寄言生存子，此路行復即。」

宋孝武帝〔一〕　宋南平王鑠〔二〕　宋建平王宏〔三〕

孝武詩，彫文織彩〔四〕，過爲精密〔五〕，爲二藩希慕〔六〕，見稱輕巧矣〔七〕。

【校異】

〔宋南平王鑠〕「鑠」，《吟窗》、《格致》、《詩法》、《詞府》諸本均作「劉鑠」。

〔宋建平王宏〕「宏」，《吟窗》、《格致》、《詩法》、《詞府》諸本均作「劉宏」。陳慶浩《集校》：「『劉』字重出。不合《詩品》標題例也。」

〔孝武詩〕《續百川》、《五朝》、《説郛》、《廣漢魏》、《詩觸》、《龍威》、《秘書》、螢雪軒諸本均作「孝武時」。蓋音近並聯想而誤。

〔彫文織彩〕「彫」，退翁、《吟窗》、《格致》、《詩法》、《詞府》、《詩話》、《對雨樓》、《擇是居》、《詩紀》諸本並作「雕」。「彫」、「雕」通。　○「織彩」，《稗史》、《龍威》本誤作「織絲」。蓋聯想而誤。

〔過爲精密〕「過爲」，明《考索》、希言齋本作「過於」。

〔爲二藩希慕〕「二藩」，原作「二潘」，據顧氏、《廣牘》、天都閣、繁露堂、希言齋、天一閣、《津逮》、《續百川》、《梁文紀》、《五朝》、《説郛》、二家、《硯北》、《詩話》諸本改。藩爲分封屬國屬地之謂。「二藩」即指鑠、宏。「潘」爲「藩」之壞損字，或因形而誤，《吟窗》、《格致》、《詩法》、《詞府》諸本作「二劉」，無「爲」字。車柱環《校證補》：「『藩』作『劉』，蓋不明『藩』字之義而妄改。如必稱姓，則宋孝武帝亦爲劉矣。」可參。

【集注】

〔一〕宋孝武帝：劉駿（四三〇—四六四），南朝宋皇帝詩人。字休龍，小字道民。彭城綏輿里（今江蘇徐州）人。宋文帝劉義隆第三子。少機穎，神明爽發，元嘉十二年（四三五）封武陵王。劉義隆第三次北伐失敗後，爲太子劉劭所殺。劉駿起兵，殺劉劭及全家男女妃妾。故時人謡曰：「遥望建康城，小江逆流縈。前見子殺父，後見弟殺兄。」劉駿即帝位，抑制大族，加強君權，倡導文學，是曹丕之後最熱愛詩歌，并將寫詩優劣作爲衡量人才凖的皇帝。大明八年閏五月病死於建康宫玉燭殿，謚號孝武皇帝。孝武帝好作詩，才藻贍美。《南史·王儉傳》謂：「宋孝武好文章，天下悉以文采相尚，莫以專經爲業。」王夫之謂其《登作樂山》：「得之於悲壯而不疏不野，大有英雄之氣。」《隋志》謂有「宋孝武集二十五卷，梁三十一卷。録一卷」，已散佚。今存詩二十餘首。事見《宋書》卷六、《南史》卷二《宋孝武帝紀》。

〔二〕宋南平王：劉鑠（四三一—四五三），南朝宋王子詩人。字休玄。宋文帝劉義隆第四子，宋孝武帝劉駿之弟。元嘉十六年（四三九）封南平王。少好學，有文才；工书，笔力结构，自然老成。未弱冠，作擬古詩三十餘首，如《拟行行重行行》、《拟明月何皎皎》等，時人以爲亞迹陸機。雖擬古詩，往往能獨辟意境，呈現南朝宋詩向齊梁詩風演進之軌跡。太子劉劭弑父，以鑠爲侍中，及哥哥劉駿入討，鑠歸義最晚，劉駿稱帝，鑠進司空。又負才狡競，與帝不能和，爲孝武帝毒死。謚「穆王」。《隋志》謂有「宋南平王鑠集五卷」，已散佚。今存詩十首，其中五言詩九首。事見《宋書》卷七二、《南史》卷一四《宋宗室及諸王傳》。

〔三〕宋建平王：劉宏（四三四—四五八），南朝宋王子詩人。字休度。宋文帝劉義隆第七子。元嘉二十一年（四四四）封建平王。文帝時歷任中護軍、江州刺史、中書令。劉劭弑父，他遣親信歸孝武帝。孝武帝即位後，深受重用，官至中書監、尚書令。大明二年病卒。謚宣簡。宏少而閑素，篤好文籍，太祖寵愛殊常。詩今佚不存。事見《宋書》卷七二、《南史》卷一四《宋宗室及諸王傳》。

〔四〕彫文織彩：原指在器物上雕琢花紋，在絲織品上編織彩繪，此喻宋孝武劉駿詩之雕繪風格。

〔五〕過爲精密：精密，精致密麗。此言宋孝武帝劉駿詩過於雕繪。楊祖聿《校注》：「『精密』，貶詞也。仲偉詩觀，以自然中正爲高，故《詩品序》云：『三賢（案：指王融、謝朓、沈約之徒創音律之戒）或貴公子孫，幼有文辨，於是士流景慕，務爲精密。襞積細微，專相陵架，故使文多拘忌，傷其真美。』」古直《箋》：「孝武詩，如：『層峯亘天維，曠渚綿地絡。逢皋列神苑，遭壇樹仙閣。』皆雕織之極者。」許文雨《講疏》：「孝武詩如『屯煙擾風穴，積水溺雲根』、『長楊敷晚素，宿草披初青』，其雕織精密，殊見輕巧。」 旭按：劉勰《文心雕龍·時序》篇曰：「孝武多才，英彩雲構。」意與仲偉「彫文織彩，過爲精密」略有不同。劉駿詩學當代，略得謝靈運「還湖中」芙蓉出水之清新、顏延之「北使洛」錯彩鏤金之密麗。

〔六〕爲二藩希慕：藩，指藩王。皇室分封藩國諸王。二藩，指劉鑠、劉宏。希慕，嚮往仰慕。《三國志》卷五五《吴書·甘寧傳》：「君居守而憂亂，爰以希慕古人乎。」

〔七〕見稱輕巧矣：見稱，被稱爲，被認爲。輕巧，輕豔纖巧。古直《箋》：「鑠詩以《擬古》爲佳，似學士衡，不出孝武也。《南史》曰：『休玄少好學，有文才，《擬古》三十餘首，時人以爲亞迹陸機。』《金樓子》：『劉休玄《擬古》詩，時人謂陸士衡之流，余謂勝乎士衡。』休玄《擬古》，今存四首。」

許文雨《講疏》：「《齊書（當作南史）・王儉傳》云：『宋孝武帝好文章，天下悉以文采相尚。』然則不獨二藩希慕，其風流蓋被之廣矣。」旭按：因其宋代王室之間，合爲一評。四句評三兄弟，可謂奇絶。

【參考】

一、録宋孝武帝劉駿詩二首：

（一）《登作樂山》：「修路軫孤轡，竦石頓飛轅。遂登千尋首，表裏望丘原。屯煙擾風穴，積水溺雲根。漢潦吐新波，楚山帶舊苑。壤草淩故國，拱木秀頹垣。目極情無留，客思空已繁。」

（二）《登覆舟山》：「束髮好怡衍，弱冠頗流薄。素想終勿傾，聿來果丘壑。層峯亘天維，曠渚綿地絡。逢皋列神苑，遭壇樹仙閣。松燈含清暉，荷源煜彤爍。川界泳遊鱗，巖庭響鳴鶴。」

二、竇臮《述書賦》上：「孝武則武威戡難，翰墨馳聲。雖稟訓而已高，恨一簣而未成。徒忌人之賢己，異及父之令名。與思話而雄強，追彥琳而愧恥。若夷狄之佳麗，慕容顏於桃李。」

三、録宋南平王劉鑠詩一首：

《擬行行重行行》：「眇眇陵上道，遥遥行遠之。迴車背京里，揮手從此辭。堂上流塵生，庭中緑草滋。寒螿翔水曲，秋兔依山基。芳年有華月，佳人無還期。日夕涼風起，對酒長相思。悲發江南調，憂委子衿詩。卧看明燈晦，坐見輕紈緇。淚容不可飾，幽鏡難復治。願垂薄莫景，照妾桑榆時。」

四、竇臮《述書賦》上：「南平休玄，筆力自全。幼齒結構，老成天然。比夫鳥在鷇，龍潛泉，符彩卓爾，文詞粲然。」

宋光禄謝莊〔一〕

希逸詩，氣候清雅〔二〕。不逮於王、袁〔三〕，然興屬閑長〔四〕，良無鄙促也〔五〕。

【校異】

〔希逸詩〕「希逸」，明《考索》誤作「希益」。蓋音近致誤。

〔不逮於王、袁〕「王、袁」，顧氏本作「□、袁」，前字用墨塗去。《續百川》、《説郛》、《五朝》、《集成》、《廣漢魏》、《詩話》、《龍威》、《增漢魏》、《詩觸》、《硯北》、《秘書》、《萃編》、《詩品詩式》、《大觀》、螢雪軒諸本均作「范、袁」，張錫瑜《詩平》從之，云：「當是指謂蔚宗、陽源。」姚振宗《隋書·經籍志補證》引作「王、袁」。旭按：高松亨明《校勘》：「作王、袁似是。」車柱環《校證》：「作王、袁，疑是原本。」「《文心雕龍·時序》篇『王、袁聯宗以龍章』，即以王、袁並稱，與此同例。」然王、袁亦有二釋。一作王僧達、袁淑；一作王微、袁淑。當作王微、袁淑是。

〔然興屬閑長〕「閑長」，陳延傑注及今人數種注釋誤作「間長」。釋爲「意興寄寓，間有所長」，乃「閑」（閒）形誤作「間」之故。

【集注】

〔一〕謝莊（四二一—四六六）：南朝宋詩人。字希逸，陳郡陽夏（今河南太康）人。謝靈運從子。美容儀，善辭令，七歲能屬文，性多巧思，善書法，字畫遒勁，勢若飛動。歷仕宋文帝、孝武帝、前廢帝、明帝。官至吏部尚書、散騎常侍、中書令，加金紫光禄大夫，卒贈右光禄大夫，謚憲子。曾作哀策文，帝卧覽讀，起坐流涕，曰：「不謂當今復有此才。」都下傳寫，紙墨一時爲貴。莊有口辯，孝武嘗問顔延之曰：「謝希逸《月賦》何如？」顔答曰：「美則美矣，但莊始知『隔千里兮共明月』。」帝召莊，以延之答語語之，莊應聲曰：「延之作《秋胡詩》，始知『生爲久離別，没爲長不歸。』」帝撫掌竟日。所著文章四百餘篇行於世。謝莊受謝靈運影響，性喜山水。字希逸，即希慕隱逸之意；史載其五子：颺、朏、顥、嵸、瀹，即寓意風、月、景、山、水也。擅辭賦、駢文以外，五言詩、雜言詩亦有佳作，喜歡用典，語言古奥整飭、多協音律，風格與顔延之類似，是「永明體」之前驅。《隋志》謂有

「宋金紫光禄大夫謝莊集十九卷，梁十五卷」，已散佚。明張溥輯有《謝光禄集》一卷。今存詩十六首，其中五言詩十二首。事見《宋書》卷八五、《南史》卷二〇本傳。

〔二〕氣候清雅：氣候，原指人物的風神儀態，後爲畫論、詩論批評術語，指代氣韻、風調。立命館《疏》：「氣候，當指詩所顯露之氛圍氣也。其用例，如《歷代名畫記》卷八評張孝師畫云『氣候幽默』，又《古畫品録》張墨、荀勗條云『風範氣候，極妙參神』等，其習見於畫論者也。由是觀之，則氣候者，近乎『氣韻』之意，而用之於人物論、畫論之專門語。」清雅，清新優雅。此爲褒贊之辭。中品「鮑照」條謂照「貴尚巧似，不避危仄，頗傷清雅之調」，可參。

〔三〕不逮於王、袁：不逮，不及。王、袁：王，指王微；袁，指袁淑。詳見「中品」所評。此謂謝莊的詩比不上王微、袁淑。許文雨《講疏》：「仲偉前以王微、袁淑列於同品，江文通雜體詩亦以王徵君微《養疾》、袁太尉淑《從駕》、謝光禄莊《郊遊》相連次，知王、袁即微、淑二人也。」旭按：謝莊、袁淑齊名，並稱於世。《宋書》卷八五《謝莊傳》云：「時南平王鑠獻赤鸚鵡，普詔羣臣爲賦。太子左衛率袁淑文冠當時，作賦畢，齎以示莊，莊賦亦竟，淑見而歎曰：『江東無我，卿當獨秀。我若無卿，亦一時之傑也。』遂隱其賦。」又載，元嘉二十七年北魏使者李孝伯來，「與鎮軍長史張暢共語，孝伯訪問莊及王微。其名聲遠布如此」。又王微、袁淑詩務張華「清淺」。「清淺」與「清雅」意近。風格相類，故資比較。「不逮王、袁」，王、袁居「中品」，謝居「下品」，亦可爲此句注脚。

〔四〕興屬閑長：興屬，即興託，興致。閑，通「嫻」；閑長，指謝莊之詩興致優雅綿長。

〔五〕良無鄙促：良，確實。鄙促，鄙俚局促。此謂謝莊詩確實没有鄙俗局促之弊。許文雨《講疏》：「希逸詩往往不起議論，而輝映有餘。如王船山評其《七夕夜詠牛女》應制是也。成倬雲又評其《侍宴蒜山》詩筆清麗，興致不淺，蓋與鄙促之體，適相反矣。」陳延傑《注》：「希逸《遊豫章西觀洪崖井》詩，其清雅之調，已可概見。」

【參考】

一、録謝莊詩二首：

（一）《侍宴蒜山》：「龍旌拂紆景，鳳蓋起流雲。轉蕙方因委，層華正氛氲。煙竟山郊遠，霧罷江天分。調石飛延露，裁金起承雲。」

（二）《自潯陽至都集道里名爲詩》：「山經亟旋覽，水牒勤敷尋。稽榭誠淹留，煙臺信遐臨。翔州凝寒氣，秋浦結清陰。眇眇高湖曠，遥遥南陵深。青溪如委黛，黄沙似舒金。觀道雷池側，訪德茅堂陰。魯顯闕微跡，秦良滅芳音。訊遠博望崖，采賦梁山岑。崇館非陳宇，茂苑豈舊林。」

二、江淹《雜體詩・謝光禄莊郊遊》：「肅舲出郊際，徙樂逗江陰。翠山方藹藹，青浦正沉沉。凉葉照沙嶼，秋榮冒水潯。風散松架險，雲郁石道深。静默鏡縣野，四睇亂層岑。氣清知雁引，露華識猿音。雲裝信解黻，煙駕可辭金。始整丹泉術，終覿紫芳心。行光自容裔，無使弱思侵。」

三、張溥《漢魏六朝百三家集・謝光禄集題辭》：「謝希逸爲殷淑儀哀文，孝武流涕，都下傳寫。及廢帝即位，則銜恨堯門，幾犯芒刃。一文之出，禍福懸途，即作者詎能先覺乎！明帝定亂，命作赦詔，酌酒立就，云子業『事穢東陵，行汙飛走』，雖鐘鼓討伐之辭，殆直自快胸懷矣。文章四百餘首，今僅存此。《封禪儀注奏》，藻麗雲漢，欲摹長卿。《搜才》、《定刑》二表，與《索虜互市議》，雅人之章，無忝國器。耳食者徒稱陳王之明月，河南之舞馬，欲以兩賦概其群長，不幾采春華，忘秋實哉？典任銓衡，不干喧訴，居守禁門，嚴待墨詔。遂令顔瞋讓清，郅章比節，居風貌之中，獲高明之福，有微子遺則焉。左氏經傳，分國立篇；征南以後，世稱奇書，竟滅不傳。此余所尤抱恨於謝嚴也。」

四、王士禎《漁洋詩話》曰：「謝莊宜在『中品』。」

宋御史蘇寶生〔一〕　宋中書令史陵修之〔二〕　宋典祠令任曇緒〔三〕　宋越騎戴法興〔四〕

蘇、陵、任、戴，並著篇章，亦爲搢紳之所嗟詠〔五〕。人非文是〔六〕，愈有可嘉焉〔七〕。

【校異】

〔宋御史蘇寶生〕「宋御史」，張錫瑜《詩平》：「《隋志》稱江寧令。」○「蘇寶生」，《五朝》、《説郛》、《續百川》、《廣漢魏》、《詩觸》、《龍威》、《增漢魏》、《秘書》、《萃編》、《精華》、《大觀》、螢雪軒諸本均作「蘇費生」。希言齋本作「蘇貫生」。《稗史》作「蘇賽生」。「費」、「貫」、「賽」均爲「寶」之形誤。

〔宋中書令史陵修之〕《吟窗》、《格致》、《詩法》、《詞府》諸本無「史」字。「陵」作「凌」。「凌」、「陵」通。

〔宋典祠令任曇緒〕「典祠令」，此數字原漫漶不清，據退翁、顧氏、《廣牘》並參酌明《考索》補。

〔宋越騎戴法興〕《詩話》本脱「法」字。

〔蘇、陵、任、戴〕《吟窗》、《格致》、《詩法》、《詞府》諸本作「四子」。車柱環《校證補》：「作『四子』，妥改。鍾氏列舉四人之姓，蓋有卑下之意。」可參。

〔亦爲搢紳之所嗟詠〕「搢紳」，《吟窗》、《格致》、《詩法》、《詞府》諸本作「搢紳間」。　旭按：有「間」字似與文氣不協，恐臆加。

〔人非文是，愈有可嘉焉〕原作「人非文才是愈甚可嘉焉」。　旭按：原文當有衍、誤字，故歷來斷句，意終未愜。今試舉七説，以見其意之歧紛。《硯北》、螢雪軒本斷爲：「人非文，才是愈，甚可嘉焉。」此其一。二家本分斷「嗟詠」二字，以「嗟」字屬上讀，「詠」字屬下讀。爲：「詠人非文才，是愈甚可嘉焉。」此其二。《精華》、《采珍》、《全粱文》本斷爲：「人非文才，是愈甚可嘉焉。」陳注本、杜注本、向長青注本皆從之。此其三。《大觀》本、《萃編》本斷爲：「人非文才是愈，甚可嘉焉。」高松亨明《詳解》從之。此其四。古《箋》本斷爲：「人非，文才是愈，甚可嘉焉。」葉釋本、汪注本、車柱環《校證》從之。此其五。許疏本斷爲：「人非文才是，愈甚可嘉焉。」日本立命館《疏》、高木正一《注》、興膳宏《注》、蕭華榮《注》皆從之。此其六。李徽教《彙注》斷爲：「人非，文才足愈，甚可嘉焉。」校云：「是，足字形似之誤。或對上『非』字，而淺人妄改。」中沢希男《詩品考》：「陳本、杜本作『人非文才』，螢本斷作『人非文，才是愈』，均誤。古直《箋》斷作『人非，文才是愈』。謂『如戴法興在《宋書·恩幸傳》，故曰「人非」。』此注方確。」車柱環《校證》：「『中品』評鮑照詩有云『嗟其才秀人微』，此作『人非，文才是愈』，辭義並近。」陳延傑修訂本校云：「明鈔本《詩品》作『人非文是愈，有可嘉焉。』」車柱環《校證》：「因句讀不明，而删『才』字，又改『甚』爲『有』耳。」以上諸說，恐皆非。今檢《吟窗》、《格致》、《詩法》、《詞府》諸本，均作「人非文是，愈有可嘉焉」。甚是，因據改。

【集注】

〔一〕蘇寶生（？—四五八）：名蘇寶，字寶生。南朝宋史學家、詩人。籍貫不詳。出身寒門，發奮苦讀，博聞强記，有文義之美。元嘉中，爲國子學《毛詩》助教。爲太祖所知，官至南臺御史、江寧令。孝建初(四五四)寶生奉敕續撰何承天、裴松之等未完之國史。元嘉名臣諸傳,皆其所撰。因知高闍反,不即啓聞,被宋孝武帝刘骏以同罪所殺。有文集四卷,《隋志》謂:「梁有江寧令蘇寶生集四卷,亡。」詩今不傳。事見《宋書》卷七五、《南史》卷二一《王僧達傳》。

〔二〕陵修之:南朝宋詩人。生平事迹不詳,詩亦無存。

〔三〕任曇緒:南朝宋詩人。生平事迹不詳,詩亦無存。

〔四〕戴法興(四一四—四六五):南朝宋詩人。字不詳,會稽山陰(今浙江紹興)人。出身寒門,宋孝武帝劉駿時,爲南臺御史,兼中書通事舍人。以軍功封吴昌縣男。廢帝即位,遷越騎校尉。法興通曉古今,素見恩幸,又多納貨賄,家産累至千金。時人言宫中有兩天子,帝是假天子,戴法興是真天子。宋前廢帝怒,免其官,賜死。泰始二年(四六六),宋明帝劉彧即位,平反後追复封爵。法興能文章,頗行於世。《隋志》謂:「梁有越騎校尉戴法興集四卷,亡。」今詩亦無存。事見《宋書》卷九四、《南史》卷七七《恩幸傳》。

〔五〕「亦爲」句:搢,插也。紳,古之腰帶。搢紳,即插笏板於腰帶,乃官員之妝束,復引申指代爲官宦之人。《晉書·典服志》:「所謂搢紳之士者,插笏而垂紳帶者也。」《詩品序》:「觀王公搢紳之士,每博論之餘,何嘗不以詩爲口實。」可與此句相發。此謂蘇、陵、任、戴等人,都寫過詩篇,他們的詩,也爲當時的官員士人讚賞吟詠。

〔六〕人非文是：指四人品行不好，但文才卻可稱道。古直《箋》：「如戴法興在《宋書·恩幸傳》，故曰『人非』。」許文雨《講疏》：「蘇、戴二人，均罪至誅死，餘陵、任二人未詳。」蕭華榮《譯注》：「似指他們出身寒門而死於非命。」可參。然《詩品》所評詩人，多有死於非命者。又出身寒門，仲偉稱「人微」，不稱「人非」。《中品·鮑照》條：「嗟其才秀人微，故取湮當代。」是其證。文是：指四人文才皆可足稱。

〔七〕愈有可嘉：就更可嘉許了。古直《箋》：「於此見仲偉無當時門閥之見。」呂德申《校釋》：「鍾嶸在此提出一個不要因人廢言的文學評論原則。」甚是。旭按：此是中國古代文論中重要批評思想。自西方柏拉圖以來，皆將政治標準看作藝術標準之前提，分置「第一」、「第二」；「五四」以來有知識分子將人品與作品分開論述，然鍾嶸「人非文是」、「愈有可嘉」之語，爲人忽視至今。

【參考】

一、《宋書·戴法興傳》：「戴法興，會稽山陰人也。家貧，父碩子，販紵爲業。法興二兄延壽、延興並修立，延壽善書，法興好學。山陰有陳載者，家富，有錢三千萬，鄉人咸云：『戴碩子三兒，敵陳載三千萬錢。』法興少賣葛于山陰市，後爲吏傳署，入爲尚書倉部令史。大將軍彭城王義康于尚書中覓了了令史，得法興等五人，以法興爲記室令史。義康敗，仍爲世祖征虜、撫軍記室掾。上爲江州，仍補南中郎典籤。上于巴口建義，法興與典籤戴明寶、蔡閑俱轉參軍督護。上即位，並爲南台侍御史，同兼中書通事舍人。法興等專管内務，權重當時。……上性嚴暴，睚眥之間，動至罪戮。……而法興、明寶大通人事，多納貨賄，凡所薦達，言無不行，天下輻湊，門外成市，家産並累千金。……世祖崩，前廢帝即位。……未親萬機，凡詔敕施爲，悉決法興之手；尚書中事無大小，專斷之。顔師伯、義恭守空名而已。廢帝年已漸長，凶志轉成，欲有所爲，法興每相禁制，每謂帝曰：『官所爲如此，欲作營陽耶？』帝意稍不能平。所愛幸閹人華願兒有盛寵，賜與金帛無算，法興常加裁減，願兒甚恨之。帝常使願兒出入市里，察聽風謡，而道路之言，謂法興爲真天子，帝爲贋天子。願兒因此告帝曰：『外間云宫中有兩天子，官是一人，戴法興是一人。』……帝遂發怒，免法興官，遣還田里，仍復徙付遠郡，尋又於家賜死，時年五十二。法興臨死，封閉庫藏，使家人謹録鑰牡。死一宿，又殺其二子，截法興棺，焚之，籍没財物。法興能爲文章，頗行於世。」旭按：法興幼貧經商，多納貨賄，諫言致禍，亦是重臣能人；「人非文是」，由此可見一斑。

宋監典事區惠恭〔一〕

惠恭本胡人，爲顔師伯幹〔二〕。顔爲詩筆，輒偷定之〔三〕。後造《獨樂賦》，語侵給主，被斥〔四〕。及大將軍修北第，差充作長〔五〕。時謝惠連兼記室參軍〔六〕，惠恭時往共安陵嘲調〔七〕。末作《雙枕詩》以示謝〔八〕。謝曰：「君誠能，恐人未重，且可以爲謝法曹造，遺大將軍〔九〕。」見之賞歎，以錦二端賜謝〔一〇〕。謝辭曰：「此詩，公作長所製，請以錦賜之〔一一〕。」

【校異】

〔惠恭本胡人〕「胡人」，《四庫》本改作「外人」。《四庫》收北宋曾慥《類説》改爲「北人」。

〔顔爲詩筆，輒偷定之〕「詩筆」，退翁、《對雨樓》、《擇是居》均作「詩畢」。王叔岷《疏證》云：「『筆』，即『沈詩任筆』之『筆』。詩筆並稱，習見齊梁。」王説是。路百占《校記》云：「有『畢』字，是。」「文筆爲當時習語。《宋書・傅亮傳》：『高祖登庸之始，文筆皆是記室滕演……』是其證。『詩筆』一詞他未見，疑『筆』『畢』之誤，奪下文，形近致譌耳。」恐非是。《增漢魏》、《萃編》、《精華》本作「顔爲詩，輒偷筆定之」。陳注、許疏、杜注、汪注皆從之。蓋後人不解「詩筆」意而妄改。○「偷定之」，《吟窗》、《格致》、《詩法》、《詞府》本作「偷寫之」。車柱環《校證補》：「『定』作『寫』，蓋妄改。偷定其主之詩文，始知惠恭之每苦技癢而不能已也。」

〔語侵給主〕《稗史》脱「給」字。

〔惠恭時往共安陵嘲調〕「惠恭」，原作「恭」，據退翁、顧氏、《廣牘》、繁露堂、天都閣、天一閣、希言齋、《津逮》、《梁文紀》、《續百川》諸本補。○「時往」，原作「伯往」，據諸本改。「伯」字或涉上文「顏師伯」而誤。

〔末作《雙枕詩》以示謝〕「末」，《吟窗》、《格致》、《詩法》、《詞府》諸本作「後」。○「示謝」，《吟窗》、《格致》、《詩法》、《詞府》諸本作「示謝惠連，惠連大賞歎」。

〔君誠能〕曾慥《類説》作「君誠能詩」。

〔且可以爲謝法曹造〕「可以爲」，原作「可謝爲」，曾慥《類説》引作「可題爲」，退翁、顧氏、《廣牘》、繁露堂、天都閣、天一閣、希言齋、《津逮》、《梁文紀》、《續百川》諸本作「可以爲」。因據改。「謝」或涉下「謝法曹」而誤。○《稗史》脱「造」字。

〔遺大將軍〕「遺」，原作「遣」，據顧氏、退翁、《廣牘》、繁露堂、天都閣、《津逮》、《集成》、《四庫》、《硯北》、《學津》、《對雨樓》、《擇是居》、《談藝》、《玉鷄苗館》、《詩紀》諸本改。車柱環《校證》：「『遺』疑『遺』之壞字。遺謂贈遺也。謝惠連語至此爲止。」《全梁文》本脱「遺」字。《萃編》本「遺」作「者」，屬上讀。

〔見之賞歎〕「歎」，天都閣、《四庫》本並作「歡」，形近而誤。路百占《校記》云：「按：惠連曾爲彭城王法曹。謝與人云，未宜自稱法曹也。後人删改所致歟？又『見』字上文意散落不貫，似脱『大將軍』三字。」車柱環《校證》：「上文『大將軍』三字，疑當疊，所疊『大將軍』三字屬此句讀。古書疊字，往往誤脱也。」李徽教《彙注》：「車師之説，則事理甚愜，然似不必補加『大將軍』三字。蓋古文習慣，已明知之主詞常可省略。此爲車師説之小疵也。」「車師以爲原文文理不順，故補加『大將軍』三字。然愚以爲雖無所補之『大將軍』三字，『見之賞歎』者，仍大將軍也。既諸本無此三字，而無此三字，又於文意無損，故不必硬加，如下文『毛伯成』等條云：『湯休謂遠云「我詩可爲汝詩父」，以訪謝光禄，云：「不然爾，湯可爲庶兄。」』此文『云』上亦省『謝光禄』三字，正其例也。」均可參。

旭按：此段句讀，頗有紛歧：螢雪軒本斷作：「謝曰：君誠能，恐人未重，且可以爲謝法曹造遺。大將軍見之賞歎。」《萃編》本同，然「遺」作「者」。許疏從之。二家本作：「謝曰：君誠能恐人未重，且可以爲謝法曹造遺大將軍見之，賞歎。」《精華》本作：「謝曰君誠能，恐人未重，且可以爲謝法，曹造遺大將軍見之，賞歎……」陳注本、杜注本、汪注本作：「且可以爲謝法曹，造遺大將軍。」均在「曹」處點斷。張陳卿《研究》作：「謝曰：君誠能，恐人未重，且可以爲！謝法曹造遺，大將軍見之賞歎。」《采珍》、葉《集釋》均小異而大同。唯《硯北》作：「謝曰：君誠能，恐人未重，且可以爲謝法曹造。遺大將軍，見之賞歎。」高松亨明《詳解》、日本立命館《疏》、興膳宏《注》、高木正一《注》、蕭華榮《注》、向長青《注》皆從之。車柱環《校證》句讀同，然「見」前疊「大將軍」三字，恐臆加。李徽教《彙注》「謝曰」後引號至「遺大將軍」，今從之。

〔謝辭曰〕　原作「謝曰辭曰」，據退翁、顧氏、《廣牘》、繁露堂、天都閣、天一閣、希言齋、《津逮》、《續百川》、《梁文紀》諸本删。《詩紀》略「謝」字。

〔請以錦賜之〕　「請」，《龍威》本作「詩」，屬上句。

【集注】

〔一〕區惠恭：南朝宋工長詩人。生平事迹不詳，詩亦無存。

〔二〕「惠恭」二句：胡人，古代對西北少數民族人的鄙稱，因其留鬍鬚，故稱其特徵。賈誼《過秦論》：「卻匈奴七百餘里，胡人不敢南下而牧馬，士不敢彎弓而報怨。」　顏師伯（四一九—四六五），字長淵，瑯琊臨沂（今屬山東）人。顏延之族子。宋孝武帝時，曾爲御史中丞、侍中、青冀二州刺史、吏部尚書等。前廢帝時，官尚書僕射，領丹陽尹。因權重被忌，後爲廢帝所殺。事見《宋書》、《南史》。　幹，府吏，幹吏，主文書的辦事人員。《後漢書》卷八七《欒巴傳》：「雖幹吏卑末，皆課令習讀。」章懷太子賢注：「幹，府吏之類也。晉令：諸郡國不滿五千以下，置幹吏二人；郡縣皆有幹。幹，猶主也。」至南朝時，幹地位低下，與奴僕相類似。此謂區惠恭原本是西北少數民族人，曾爲顏師伯之幹吏。

〔三〕「顏爲」二句：詩筆，詩歌及筆札。顏之推《顏氏家訓·慕賢》篇：「君王比賜書翰，及寫詩筆，殊爲佳手。」　偷，私下。　定，改定。此謂顔師伯寫了詩文，區惠恭往往私下里加以改定。王叔岷《疏證》：「《詩藪》云：『顔師伯曰：「自君之出矣，芳帷低不舉。思君如迴雪，流亂無端緒。」佳句也。』顔詩今僅存此首。」

〔四〕「後造」三句：造，寫作，創作。《獨樂賦》，已佚。然爲「獨樂」，又「語侵給主」，當爲獨抒主觀性靈，發揮鬱鬱之作。　侵，損害，冒犯。　給，及，涉及。　主，指顔師伯。一説給主爲所服事之主。王發國《考索》：「《宋書·沈演之傳》：『世祖（宋孝武帝）詔曰：「自頃幹僮，多不祗給主，可量聽行杖。」得行幹杖，自此始也。』」　斥，驅逐。此謂惠恭後來因寫《獨樂賦》，語言上冒犯主人，終遭驅逐。

〔五〕「及大」二句：大將軍，指司徒彭城王劉義康（四〇九—四五一），宋文帝劉義隆之弟。元嘉十六年（四三九）被封大將軍，領司徒，辟召掾屬。　北第，劉義康所造府第；在東府城之北，故稱北第。　差，選擇。《爾雅·釋詁》：「差，擇也。」　作長，指工長，作頭，監工。此謂等到大將軍劉義康修建宅第，區惠恭被選拔當了監工工頭。

〔六〕「時謝惠連」句：《宋書》卷五三《謝方明傳》附《謝惠連傳》：「元嘉七年（四三〇），（惠連）方爲司徒彭城王義康法曹參軍。」蕭華榮《譯注》：「（惠連）元嘉七年爲劉義康法曹參軍，元嘉十年卒。劉義康修北第當在進號大將軍之前，稱『大將軍』是追述。」

〔七〕「惠恭」句：共，一起。　安陵，即安陵君，戰國時期楚王之男性嬖幸。許文雨《講疏》：「『安陵』，疑用戰國時安陵君典，指當時所謂『繁華子』也。」車柱環《校證》：「《楚策》載安陵君以色見寵於楚宣王。《説苑·權謀篇》作『安陵纏以顔色美壯，得寵於楚共王』，此謂大將軍彭城王義康之左右嬖幸也。」　嘲調，戲謔調笑。　旭按：阮籍《詠懷》詩曰：「昔日繁華子，安陵與龍陽。」此當指惠恭與惠連以男色相娱悦，故「末作《雙枕詩》示謝」。楊明《譯注》：「謝惠連實有此癖。《宋書》本傳云，其出仕前，即愛會稽郡吏杜德靈。居父憂時尚贈以五言詩十餘首。」是也，此事頗遭世人責難，以爲不齒。

〔八〕「末作」句：此謂後來區惠恭作《雙枕詩》給謝惠連看。《雙枕詩》，已佚。

〔九〕「謝曰」五句：遺，送給。此謂謝惠連對區惠恭説：「您確有詩才，但恐不被人重視，現姑且算是我謝法曹所寫，送給大將軍去看看。」　旭按：《雙枕詩》當由惠連送大將軍。區惠恭僅爲修北第之工頭，故謝曰：「君誠能，恐人未重。」若《雙枕詩》由區惠恭自送，且戲言爲謝惠連作，則不啻愚弄大將軍。

〔一〇〕「見之」二句：見之，承前省大將軍，即大將軍劉義康見之。　端，量詞，表布帛絲織品長度。具體長度，説法不一。《集韻·二十六桓》謂：「布帛六丈爲端。」《康熙字典》引《禮記疏》謂：「丈八尺爲端。」《左傳·昭公二十六年》：「以幣錦二兩。」杜預注：「二丈爲一端，二端爲一兩，兩，所謂匹也。」則此「錦二端」，即「一匹錦」也。《古詩十九首》：「客從遠方來，遺我一端綺。」此指大將軍劉義康見《雙枕詩》，欣賞贊歎，賜謝惠連錦緞二端。

〔一二〕「謝辭」四句：公，指彭城王劉義康。許文雨《講疏》：「『公』即稱大將軍，以大將軍修北第，惠恭差充作長故也。」此謂惠連辭謝説：「此詩，乃是您的作長區惠恭所作，請把錦緞賞賜給他吧！」近藤元粹《螢雪軒》：「惠連愛才可欽。」陳延傑《注》：「此篇全敘區惠恭本事，爲佳話之例。於以考見惠恭詩，是祖襲謝法曹者。」

【參考】

一、旭謂：鍾嶸此條敘述，前後有所顛倒。據王發國考證，謝惠連爲彭城王義康法曹參軍，與區惠恭嘲調時，顔師伯才十二三歲，尚未入仕，區惠恭不可能先爲其幹。「語侵給主，被斥」後「差充作長」。區當與惠連嘲調事在前，爲顔師伯幹事在後。旭猜度鍾嶸原意，區惠恭爲胡人，名位又卑。然其詩賦之才，不能泯滅。故以地下隱秘之創作爲快樂。一作詩使大將軍劉義康誤會賜錦；二爲顔師伯偷定詩歌筆劄，均趣味盎然。區惠恭偷作之樂，亦鍾嶸敘述之樂也。而偷定顔師伯筆劄，造《獨樂賦》，不如使大將軍誤會，受賜錦事精彩、詳細，可以有意味地展開，故鍾嶸置賜錦於後，更具象徵意義。如按時序敘述，則當爲：「惠恭本胡人，大將軍修北第，差充作長。時謝惠連兼記室參軍，惠恭時往共安陵嘲調。末作《雙枕詩》以示謝。謝曰：『君誠能，恐人未重，且可以爲謝法曹造。』遺大將軍，見之賞歎，以錦二端賜謝。謝辭曰：『此詩，公作長所製，請以錦賜之。』後爲顔師伯幹。顔爲詩筆，匾輒偷定之。因造《獨樂賦》，語侵給主，被斥。」

齊惠休上人〔一〕　齊道猷上人〔二〕　齊釋寶月〔三〕

惠休淫靡，情過其才〔四〕。世遂匹之鮑照〔五〕，恐商、周矣〔六〕。羊曜璠云：「是顔公忌照之文，故立休、鮑之論〔七〕。」康、帛二胡，亦有清句〔八〕。《行路難》是東陽柴廓所造〔九〕。寶月嘗憩其家，會廓亡，因切而有之〔一〇〕。廓子賫手本出都，欲訟此事，乃厚賂止之〔一一〕。

【校異】

〔齊惠休上人〕　張錫瑜《詩平》、許印芳《萃編》改作「宋惠休上人」。張校云：「『宋』，原作『齊』，誤。《宋書·徐湛之傳》言，世祖命使還俗，位至揚州從事。《隋志》稱『宋宛朐令』。當作『宋』明矣。今據改。但一云揚州從事，一云宛朐令，兩説相歧，未詳孰是。然其爲還俗則同。而此仍稱上人者，就庾、帛二僧相與爲類耳。江淹《擬古詩》題亦稱休上人。」古直《箋》：「《宋書・徐湛之傳》曰：『時有沙門釋惠休，善屬文，辭采綺豔，湛之與之甚厚。世祖命使還俗。本姓湯，位至揚州從事史。』案：宜云『宋惠休上人』。《隋志》正作『宋湯惠休集』。」李徽教《彙注》：「古箋以湯惠休行蹟見於《宋書・徐湛之傳》，遽斷謂爲宋惠休，恐不甚妥。考《徐湛之傳》所謂『時有沙門釋惠休』之時，爲元嘉二十四年（四四七），距齊受宋禪不過三二年。又徐湛之生於義熙六年（四一〇），惠休若與湛之同年，則齊高帝建元元年（四八三），乃爲七十四歲。古氏安得斷云惠休不能活至七十四歲耶？總之，存疑可也。」〇《吟窗》、《格致》、《詩法》、《詞府》諸本「人」下有「陽氏」二字。「陽氏」，當爲「湯氏」之誤。惠休姓湯，字茂遠。下品「晉參軍毛伯成」諸人條，《吟窗》諸本均有「湯休謂遠云，吾詩可爲汝詩父」之語，作「湯休」不誤是其證。

〔齊道猷上人〕　張錫瑜《詩平》、許印芳《萃編》本改作「晉道猷上人」。許氏《萃編》置道猷於「宋惠休上人」前，張氏《詩平》置於「釋寶月」後。張校云：「『晉』，原作『齊』，誤。《避暑録話》云：晉宋間佛學初行，其徒猶未有僧稱，通曰道人。其姓則皆從所授學。如支遁本姓關，學於支謙爲支。帛道猷本姓馮，學於帛尸黎密爲帛是也。至道安始言佛氏釋迦，今爲佛子，宜從佛氏，請皆姓釋。」案：《世説新語・言語篇》高坐道人注引《高坐別傳》曰：『和尚胡名尸黎密，西域人。永嘉中始到此土。』又引《塔寺記》曰：『尸黎密冢曰「高座」，在石子岡。晉元帝於冢邊立寺，因名「高座」。』則尸黎密，東晉初人，道猷爲其徒，其年世約略可得，何由稱齊？今據改。又道猷名原在寶月上，據評語先庾後帛移置。」古直《箋》：「釋慧皎《高僧傳》曰：『宋京師新安寺釋道猷，吴人。生公弟子。文帝嘗問慧觀曰：「頓悟之義，誰復習之？」答云：「有生公弟子道猷。」即勑臨川郡發遣到京，既至，延入宫内，大集義僧。命猷伸述頓悟，帝撫几稱快。因語諸人曰：「生公孤情絶照，猷公直轡獨上，可謂克明師匠，無忝徽音。」』案：諸書列道猷於晉，仲偉則列於齊，均非也。宜正曰『宋道猷上人』。」○《吟窗》、《格致》、《詩法》、《詞府》諸本「人」下有「白氏」二字。「白氏」，當爲「帛氏」之誤。「白」爲「帛」之壞損字。説詳「康、帛二胡」句校異。

〔齊釋寶月〕《吟窗》、《格致》、《詩法》、《詞府》諸本「月」下有「庾氏」二字。「庾氏」，當爲「康氏」之誤。説詳「康、帛二胡」句校異。

〔惠休淫靡〕「淫靡」，《吟窗》、《格致》、《詩法》、《詞府》諸本均作「浮靡」。

〔故立休、鮑之論〕「立」，《吟窗》、《格致》、《詩法》、《詞府》諸本均作「有」。

〔康、帛二胡〕「康帛」原作「庾白」，曾慥《類説》亦引作「庾白」。「白」，《詩話》、《詩品詩式》、張錫瑜《詩平》均改作「帛」。古直《箋》：「權德輿《送清洨上人謁陸員外》詩云：『佳句已齊康寶月。』則寶月非姓庾也。考漢沙門有康巨、康孟祥；曹魏沙門有康僧鎧；吴沙門有康僧會；晉沙門有康法暢、康法邃、康僧淵。《高僧傳》云：『康僧會，其先康居人。康僧淵本西域人，生於長安，貌雖梵人，語實中國』云云，疑寶月即僧會、僧淵之族也。『康』、『庾』形近易誤，故康法暢《世説新語》亦誤爲庾法暢，賴《高僧傳》可證也。『白』當爲『帛』。曹魏沙門有帛延；吴沙門有帛僧光。白居易《沃州山禪院記》曰：『初有羅漢僧西天竺人帛道猷居焉。』仲偉云道猷胡人，與樂天説合。《高僧傳》云吴人，意其先本胡人，生於吴，遂爲吴人，其前嘗有稱胡者。」古説甚是，因從改。

〔亦有清句〕「清句」，曾慥《類説》作「清韻」，亦可通。

〔《行路難》是東陽柴廓所造〕「行路難」，《稗史》作「行路歎」。〇「柴廓」，《詩觸》「柴」作「紫」。「廓」，明《考索》作「郎」。

〔因切而有之〕「切」，曾慥《類説》引文、《廣牘》、《津逮》、退翁、《硯北》、二家、《紫藤》、《對雨樓》、《擇是居》諸本均作「竊」。「切」，古「竊」之假借字。

【集注】

〔一〕惠休：即湯惠休，南朝宋齊時詩僧。生卒年不詳。本姓湯，字茂遠。因善於寫詩，被宋南兖州刺史徐湛之所賞識，待之甚厚。曾入沙門，法名惠休，人稱惠休上人。宋孝武帝劉駿命其還俗。官至揚州從事史。惠休善屬文，詩歌風調，華美流暢，富於民歌氣息；論詩主張自然，不喜雕飾。代表作《怨詩行》辭采綺豔，最爲著名。當時與鮑照並稱爲「休鮑」。《隋志》謂：「宋宛朐令湯惠休集三卷。梁四卷，亡。」今存詩十一首，其中五言詩六首。事見《宋書》卷七一《徐湛之傳》。

〔二〕道猷：南朝宋詩僧。宋元徽中（四七三—四七七）卒，春秋七十有一，可上推其生年。本姓馮，改姓帛，山陰（今浙江紹興）人。入沙門後，居若邪山，爲吴人生公弟子。隨師之廬山。師亡後隱臨川郡山。後延入宫内，申述頓悟之義，道猷宗源有本，有詰難者，必摧其鋒，帝乃撫几稱快。每稱曰：生公孤情絶照，猷公直轡獨上。可謂克明師匠，無忝徽音。以篇牘著稱，性率素，好丘壑，一吟一詠，有濠上之風。今存詩一首，事見《高僧傳》。

〔三〕釋寶月：南朝宋齊時詩僧。本姓康，法名寶月。生卒年不詳。與齊武帝蕭賾同時。能詩，善解音律。齊武帝作《估客樂》，使樂府令劉瑶管弦被之教習，瑶卒，遂無成。帝令寶月演奏，旬日之中，便就諧合。今詩存五首。事見《樂府詩集・估客樂》解題引《古今樂録》。

〔四〕「惠休」二句：淫靡，過份綺靡。《全梁文》卷一四簡文帝《六根懺文》：「淫靡之聲，欣之者衆，願捨此穢耳，得待天聰。」此謂惠休詩過於綺靡，情感豐富而才力不足匹配。杜甫《留别公安大易沙門》詩：「隱居欲就廬山遠，麗藻初逢休上人。」《南史・顔延之傳》：「延之每薄湯惠休詩，謂人曰：『惠休製作，委巷中歌謡耳，方當誤後生。』」惠休詩學江南民歌，多有情語。沈德潛《古詩源》曰：「（《怨歌行》）禪寂人作情語，轉覺入微，微處亦可證禪也。」

〔五〕「世遂」句：指時人將惠休與鮑照相提並論。如《詩品・謝超宗》諸人條：「余從祖正員（鍾憲）

常云：『大明、泰始中，鮑、休美文，殊已動俗。』」又蕭子顯《南齊書・文學傳論》：「休、鮑後出，咸亦標世。」

〔六〕恐商、周矣：商、周，語出《左傳・桓公十一年》：「師克在和，不在衆。商、周之不敵，君之所聞也。」謂商、周軍隊一在衆，一在和，力量懸殊，不可匹敵。此以商不敵周，喻湯惠休不可與鮑照相比。許文雨《講疏》：「近人劉師培曰：『側豔之詞，起源自昔晉宋樂府，如《桃葉歌》、《碧玉歌》、《白紵詞》、《白銅鞮歌》，均以淫豔哀音，被于江左，迄於蕭齊，流風益盛。其以此體施於五言詩者，亦始晉宋之間，後有鮑照，前則惠休。』又自注曰：『明遠樂府，固妙絶一時，其五言詩亦多淫豔，特麗而能壯，與梁代之詩稍別。』《齊書・文學傳論》謂：『次則發唱驚挺，操調險急，雕藻淫豔，傾炫心魂，斯鮑照之遺烈。』其確證也。綺麗之詩，自惠休始。《南史・顔延之傳》云：『延之每薄湯惠休詩，謂人曰：「惠休製作，委巷中歌謡耳，方當誤後生。」』即據側麗之詩言之。」按，側豔之詩，即仲偉所謂『情過其才』，劉氏述休、鮑之同在此。其異則在休綺麗，鮑麗而能壯。是于蕭子顯休、鮑後出之論，及仲偉『鮑周休商』之旨，可謂闡述盡之矣。」

〔七〕「羊曜璠」三句：羊曜璠，詳見下品「羊曜璠」條。顔公，即顔延之。見中品「顔延之」條。此謂羊曜璠曾説：「因爲顔延之忌恨鮑照的詩歌，所以特地製造休、鮑相匹的輿論。」許文雨《講疏》：「休、鮑之論，在當時殆爲習談。《齊書・文學傳論》亦有『休、鮑後起，咸亦標世』之語。」

〔八〕「康、帛」二句：謂康、帛二位胡僧，也有清秀之句。胡，古代對少數民族和域外人的鄙稱。因佛教來自天竺（印度），其徒皆尊釋迦牟尼，以「釋」爲姓，故稱僧人釋氏爲「胡」。古直《箋》：「白居易《沃州山禪院記》曰：『初，有羅漢僧西天竺人帛道猷居焉。』仲偉云：道猷胡人，與樂天説合。《高僧傳》云：吴人，意其先本胡人，生於吴，遂爲吴人，如康僧淵之例也。」許文雨《講疏》：「『二胡』，猶言二釋子，指道猷、寶月也。蓋稱釋自道安起，其前嘗有稱胡者。」許文雨《講疏》：「《升庵詩話》載道猷《陵峯采藥》詩，謂『連峯數千里，修林帶平津』、『茅茨隱不見，鷄鳴知有人』四句，爲『古今絶唱』。寶月有《估客樂》二曲，亦有名於時云。」王夫之《古詩評選》卷四云：「（陵峯采藥詩）賓主歷然，情景合一。升庵欲截去後四句，非也。」

〔九〕「《行路難》」句：《行路難》爲樂府詩。全詩爲：「君不見孤雁關外發，酸嘶度揚越。空城客子心腸斷，幽閨思婦氣欲絶。凝霜夜下拂羅衣，浮雲中斷開明月。夜夜遥遥徒相思，年年望望情不歇。寄我匣中青銅鏡，倩人爲君除白髮。行路難！行路難！夜聞南城漢使度，使我流淚憶長安！」柴廓，生平事迹不詳，詩僅存《行路難》一首。旭按：《玉臺新詠》收《行路難》一詩，仍題爲寶月作。然後世選本，如《選詩外編》，多以此詩爲柴廓作。寶月剽窃，賴仲偉此評披露澄清，後世遂歸著作權於東陽柴廓。

〔一〇〕「寶月」三句：憩，休息，這裏指住宿。會，正碰上，正遇到。廓亡，柴廓死去。此謂寶月曾借宿柴家，正巧遇到柴廓逝世，便將《行路難》竊爲己有。

〔一一〕「廓子」三句：賫，持，攜帶。　手本，當爲柴廓手稿本。　都，指京城建康。　出都，此爲六朝人常用語，即至都、到達京城之意。如《世說新語·言語》篇：「劉真長爲丹陽尹，許玄度出都就劉宿。」《文學》篇：「張憑舉孝廉，出都，負其才氣，謂必參時彦。欲詣劉真長。」《任誕》篇：「王子猷出都，尚在渚下。」　訟，訴訟，打官司。　此謂柴廓的兒子帶著手稿來到京都，打算就此事起訴寶月，寶月便給了他一大筆賄賂，才算平息此事。　旭按：鍾嶸《詩品》爲中國詩學史上第一本批評著作，寶月竊東陽柴廓《行路難》爲中國詩學最早詩歌剽竊案。而寶月《估客樂》爲樂府小品，其直白真率、情思宛轉，實爲唐人五絶宗祖，不亞《行路難》也。予每讀之，皆震撼流涕，不能自抑。陳延傑《注》：「《行路難》以下，爲佳話之例，此以三人並爲釋氏，故同居一品。」

【參考】

一、録湯惠休詩一首：

《怨詩行》：「明月照高樓，含君千里光。巷中情思滿，斷絶孤妾腸。悲風蕩帷帳，瑶翠坐自傷。妾心依天末，思與浮雲長。嘯歌視秋草，幽葉豈再揚。暮蘭不待歲，離華能幾芳？願作張女引，流悲繞君堂。君堂嚴且秘，絶調徒飛揚。」

二、江淹《雜體詩·休上人怨别》:「西北秋風至,楚客心悠哉。日暮碧雲合,佳人殊未來。露彩方泛艷,月華始徘徊。寶書爲君掩,瑶琴詎能開。相思巫山渚,悵望陽雲臺。膏爐絶沈燎,綺席生浮埃。桂水日千里,因之平生懷。」

三、王士禎《漁洋詩話》:「湯惠休宜在『中品』。」

四、録帛道猷詩一首:

《陵峯采藥觸興爲詩》:「連峯數千里,修林帶平津。雲過遠山翳,風至梗荒榛。茅茨隱不見,鷄鳴知有人。閑步踐其徑,處處見遺薪。始知百代下,故有上皇民。」

五、王士禎《漁洋詩話》:「帛道猷宜在『中品』。」

六、録寶月詩《估客樂》二首:

(一)其一:「郎作十里行,儂作九里送。拔儂頭上釵,與郎資路用。」

(二)其二:「有信數寄書,無信心相憶。莫作瓶落井,一去無消息。」

七、許印芳《詩法萃編》:「晉尚有慧遠,何以不録?」

齊高帝〔一〕　宋征北將軍張永〔二〕　齊太尉王文憲〔三〕

齊高帝詩,詞藻意深〔四〕,無所云少〔五〕。張景雲雖謝文體,頗有古意〔六〕。至如王師文憲〔七〕，既經國圖遠，或忽是雕蟲〔八〕。

【校異】

〔宋征北將軍張永〕 「宋」，原作「齊」。張錫瑜《詩平》校云：「『宋』，原作『齊』，誤。《宋書》本傳言，元徽三年卒。不及齊世，今據改。名倒在齊高帝下者，嶸嘗仕齊，尊舊君也。《隋志》稱右光禄大夫兩得。」許文雨《講疏》引彭嘯咸云：「『齊』，當作『宋』。」因據改。《詩觸》本脱「齊」字。○《吟窗》、《格致》、《詩法》、《詞府》諸本脱「將軍」二字。

〔齊高帝詩〕 《吟窗》、《格致》、《詩法》、《詞府》諸本均脱「帝」字。

〔詞藻意深〕 「意深」，《吟窗》、《格致》、《詩法》、《詞府》均誤作「意況」。

〔無所云少〕 「云」，《吟窗》、《格致》、《詩法》、《詞府》諸本均作「之」。手鈔《吟窗》作「乏」。中沢希男《詩品考》：「『云少』二字似不詞。『云』恐爲某字之壞字；『少』字，恐爲『妙』之壞字。」

〔至如王師文憲〕 「王師」，原作「三師」，標題作「王文憲」不誤，因據改。「三」爲「王」之壞損字。《吟窗》、《格致》、《詩法》、《詞府》諸本作「士師」。「士」亦「王」之缺筆而誤。

〔既經國圖遠〕 「圖遠」，《全梁文》本誤倒作「遠圖」。

〔或忽是雕蟲〕 《吟窗》、《格致》、《詩法》、《詞府》諸本無「或」字。

【集注】

〔一〕齊高帝：蕭道成（四二七—四八二），南朝齊創立者，皇帝詩人。字紹伯，小名鬬將，南蘭陵（今江蘇常州）人。出身貧寒，少從名儒雷次宗受業，治《禮》及《左氏春秋》。仕宋，初爲左軍中兵參軍，曾領偏軍征仇池，進軍距長安八十里，以兵少，又聞宋文帝卒，乃還。宋時以軍功累遷至南兗州刺史，歷官太尉、相國，封爲齊王。齊建元元年（四七九）廢宋自立，建齊。謚號高帝。鑒於宋亡原因，建齊後務從儉約，減免百姓租税宿債，寬簡刑罰，設立校籍官，整理全國户籍，爲人稱道。蕭道成博涉經史，多才多藝，善屬文，工草隸書，弈棋第一品。今存詩二首，雜言、五言各一首。事見《南齊書》卷一、卷二，《南史》卷四《高帝紀》。

〔二〕張永（四一〇—四七五）：南朝宋詩人。字景雲，吴郡吴（今江蘇蘇州）人。初爲郡主簿、州從事，補餘姚令，入爲尚書中兵郎。宋明帝時，爲金紫光禄大夫，領護軍。後廢帝元徽二年（四七四），遷使持節，都督南兗、徐、青、冀、益五州諸軍事，爲征北將軍。卒贈侍中、右光禄大夫。永涉獵書史，能爲文章，善隸書，曉音律；騎射雜藝，觸類兼善。又紙墨皆自營造，天才巧思，大爲文帝賞知，文帝得永表啓輒執玩，自歎供御者不及。《隋志》謂：「梁又有右光禄大夫張永集十卷，亡。」今詩亦無存。事見《宋書》卷五三《張茂度傳》附。

〔三〕王文憲：即王儉（四五二—四八九），南朝宋齊時政治家、目录学家、詩人。字仲寶，瑯玡臨沂

（今山東臨沂）人。東晉名相王導五世孫。父僧綽、叔僧虔，俱有文學才能。王儉一歲時，父被害，遂爲叔父所養。自幼勤學，手不釋卷。少有宰相之志，十八歲時爲秘書郎，宋時官至吏部郎。助齊高帝蕭道成建齊，禮儀詔策，皆出其手。以佐命之功封南昌縣公。王儉注重齊朝文化建設，爲核心人物，曾主持學士館，以其家爲館舍。齊永明年間，鍾嶸爲國子生，王儉爲國子祭酒，鍾嶸頗受王儉賞識，有師生之誼，故《詩品》尊稱「文憲」謚號，不直呼其名，而文中以「師」稱之。後爲太子少傅。卒贈太尉，謚文憲。儉寡嗜慾，唯以經國爲務。車服塵素，家無遺財。立言必雅，持論從容；手筆典裁，爲當時所重。撰《古今喪服集記》，又依劉歆《七略》撰《七志》四十卷，新增《圖譜志》，創「文翰」一目，以詩賦文集屬之，遂成後世集部。文集行世。《隋志》謂有「太尉王儉集五十一卷，梁六十卷」，已散佚，明張溥輯有《王文憲集》一卷。今詩存八首，其中五言詩五首。事見《南齊書》卷二三、《南史》卷二二本傳。

〔四〕「齊高帝」二句：藻，文采。此謂齊高帝蕭道成的詩歌，語言藻飾意味深長。《北史》卷八三《文苑傳序》：「然時俗詞藻，猶多淫麗。」

〔五〕無所云少：即無可輕視，不可小看之意。《宋書·恩幸·王道隆傳》：「兄道迄，涉學善書，形貌又美，吴興太守王韶之謂人曰：『有子弟如王道迄，無所少。』」古直《箋》：「齊高帝詩，《南齊書·蘇侃傳》載其《塞客吟》一首，乃三四五六字雜言。惟《南史·荀伯玉傳》曰：『齊高帝鎮淮陰，爲宋明帝所疑，被徵爲黄門郎，深懷憂慮，見平澤有羣鶴，乃命軍詠之……帝五言可見者僅此耳。』」許文雨《講疏》：「高帝詩，如《塞客吟》『遐心棲玄』，《羣鶴詠》託志雲間，其詩意深矣。自不在其篇之多少也。」楊祖聿《校注》：「讀高帝《塞客吟》及羣鶴詠，寄意良深，託言比興，故不在多。」

旭按：諸本多釋此「少」字爲高帝詩數量多寡。非是。「云」是虚詞，無實義。「少」乃不足之意。《莊子·秋水》：「且夫我嘗聞少仲尼之聞而輕伯夷之義者，始吾弗信，今我睹子之難窮也。」《詩品·張華》條：「今置之甲科疑弱，抑之中品恨少。」皆其例也。

〔六〕「張景雲」二句：謝，遜，不如。此謂張永詩歌體式雖有不足，但頗有古時詩歌之意韻。李白《上皇西巡南京歌》之五：「萬國同風共一時，錦江何謝曲江池。」《詩品序》：「雖謝天才，且表學問，亦一理乎。」

〔七〕王師文憲：見注〔三〕。《南史》卷七二《文學傳》：「嶸，齊永明中爲國子生，明《周易》，衛將軍王儉領祭酒，頗賞接之。」

〔八〕「既經」二句：經國圖遠，治理國家、深謀遠慮。《南齊書·王儉傳》：「（儉）少有宰相之志，物議咸相推許。」「儉寡嗜慾，唯以經國爲務。」忽，忽視。是，這，這種。雕蟲，參見上品「阮籍」條注。此謂至於我的老師王文憲，既忙於治理國家而謀劃遠略，也許便會輕視（作詩）這種雕蟲小技。《文選》卷四六載任昉《王文憲集序》曰：「公（王俭）自幼及長，述作不倦，固以理窮言行，事該軍國，豈直雕章縟采而已哉！」鍾嶸此評與之意思相近。古直《箋》：「仲偉于王儉有知己之感，而置之下品，足證不以恩怨爲高下也。」許文雨《講疏》：「《韻語陽秋》卷六曰：『王儉少年以宰相自命，嘗有詩云：「稷契匡虞夏，伊吕翼商周。」（《春日家園》）又字其子曰元成，乃取作相之義。至其孫訓亦作詩云：「旦奭康世功，蕭曹佐甿俗。」大率追儉之意而爲之。後官亦至侍中。』按此説可實仲偉『經國圖遠，忽是雕蟲』之評矣。」蕭華榮《譯注》：「『或忽是雕蟲』，是鍾嶸對其師王儉詩不高明的開脱之詞。」旭按：鍾嶸品詩人，對王儉最恭敬，稱「王師文憲」，品語又極力維護王儉。此前研究者以爲鍾嶸置老師於下品爲不徇私情，實「經國圖遠」之王儉能「預此宗流」，便稱「才子」，已有學生感情因素包含其中矣。

【參考】

一、録齊高帝蕭道成詩一首：

《群鶴詠》：「八風儛遥翮，九野弄清音。一摧雲間志，爲君苑中禽。」

二、竇泉《述書賦》上：「齊高則文武英威，時來運歸。挺生紹伯，墨妙翰飛。觀乎吐納僧虔，擠排子敬；昂藏鬱拔，勝草負正。猶力稽牛刀，水展龍性。」

三、竇臮《述書賦》上：「茂度逸翰，景初清規。或大言而峻薄，或寡譽而崎奇。並心輕兩王，迹及宗師。擬鶴鳴而子和，殊鯉退而學詩。」

四、録王儉詩一首：

《春日家園詩》：「徙倚未云暮，陽光忽已收。羲和無停晷，壯士豈淹留。冉冉老將至，功名竟不修。稷契匡虞夏，伊吕翼商周。撫躬謝先哲，解紱歸山丘。」

五、《南史・文學傳》載靈鞠評王儉詩：「在沈淵座，見王儉詩。淵曰：『王令文章大進。』靈鞠曰：『何如我未進時。』」

六、張溥《漢魏六朝百三家集・王文憲集題辭》：「王仲寶年六歲，拜受茅土，未三十，即位令仆，身尚公主，爵享元侯，佩刀淮水，征祥已極。然早痛父死，中厄天年，福造不完，非人力也。齊宗議禮，家客爲説，吉凶參會，咸稟仲寶，即史書所傳，可謂非志之膏腴乎？齊台佐命，褚王並推，彦回風則，同朝欽賞。若援論古今，宣明朝典，必仲寶居前。雖風流自命，欲比安石，時論未許。抑觀自古宰相，議禮通達，漢韋玄武、匡衡以後，不多見也。褚公貴而善藝，徒以别鵠琴曲，銀柱琵琶，稱説名士，其能則樂官伎弄耳！甯望王僕射乎？且二子皆齊貴戚，逢迎興運，不臣迹同，而世尤惡褚者，豈非以羅絡負約，石頭偷生，直犬豕目之。于仲寶則猶憐其父死非命，或有伍胥乞食之志，而不難以國販也。」

齊黃門謝超宗〔一〕　齊潯陽太守丘靈鞠〔二〕　齊給事中郎劉祥〔三〕　齊司徒長史檀超〔四〕　齊正員郎鍾憲〔五〕　齊諸暨令顏測〔六〕　齊秀才顧則心〔七〕

檀、謝七君，並祖襲顏延〔八〕。欣欣不倦，得士大夫之雅致乎〔九〕！余從祖正員常云〔一〇〕：大明、泰始中〔一一〕，鮑、休美文，殊已動俗〔一二〕。唯此諸人，傳顏、陸體。用固執不移〔一三〕。顏諸暨最荷家聲〔一四〕。

【校異】

〔齊潯陽太守丘靈鞠〕　張錫瑜《詩平》作「齊潯陽相邱靈鞠」。校云：「『相』，原作『太守』。今據《南齊書・文學本傳》改。案：靈鞠後遷尚書左丞，歷通直常侍、正員常侍、車騎長史，終於太中大夫。此書例舉要近之官，而於靈鞠獨否，未詳何義。」

〔齊給事中郎劉祥〕　張錫瑜《詩平》作「齊從事中郎劉祥」。校云：「『從』，原作『給』。今據《南齊書》

本傳改。《隋志》稱『領軍諮議』。案：祥爲諮議，乃在爲驃騎從事中郎以前，彼《志》疏也。」

〔齊司徒長史檀超〕　張錫瑜《詩平》置「檀超」於「謝超宗」條前，爲七人之首。校云：「超名原在劉祥下，今據評語移置諸首。」　○「檀」，原「木」字旁漫漶。明《考索》本誤作「擅」。

〔齊正員郎鍾憲〕　車柱環《校證》：「『正員郎』疑當作『政員郎』，蓋散騎侍郎之簡稱。《通志》二一職官三『通直散騎侍郎』下有注云：『歷代常侍，或有員外者，或有通直者。故史傳中謂員外散騎侍郎或單謂之員外郎；　謂通直散騎侍郎，或單謂通直郎。其非員外及通直者，或謂之政員散騎侍郎，或單謂之政員郎。』」車説是。「正」、「政」古通。

〔齊諸暨令顏測〕　「顏測」，原作「顏則」。古直《箋》：「《南史》曰：顏延之子測，亦以文章見知，官至江夏王義恭大司馬録事參軍。顏則或即顏測。故曰『最荷家聲』。」許文雨《講疏》：「顏則疑即顏惻（《南史》卷三四作「測」），《品》云『祖襲顏延，諸暨最荷家聲』可證。《隋志》：『宋大司馬録事顏測集十一卷並目録。』」路百占《校記》云：「顏則不可考，近人或疑爲顏測之誤，非是。考《南史·顏延之傳》：『帝嘗問以諸子才能。延之對曰：「竣得臣筆，測得臣文。」』《顏竣傳》：『竣弟測亦以文章見知，官至江夏王義恭大司馬録事參軍，以兄貴爲憂，先竣卒。』知測最高官級非諸暨令也。又測系宋人，此曰齊更知非顏測之誤。近人説並非。」　旭按：古、許、路諸文，均爲理校推論，至中沢希男《詩品考》、高松亨明《校勘》、車柱環《校證補》、吕德中《校釋》則校以《吟窗》本，始有版本根據。《吟窗》而外，《格致》、《詩法》、《詞府》諸本亦作「顔測」，因從《吟窗》諸本改。

〔齊秀才顧則心〕　王法國《考索》謂：顧則心，一作顧「愳」，是因古書豎排之故。又寫作顧「測」，則是因「愳」是「惻」之古文，而「惻」又通「測」之故。顧則心，即顧愳或顧測。是也。

〔並祖襲顔延〕　《吟窗》、《格致》、《詩法》、《詞府》諸本作「並祖顔延年」。《詩紀》「延」下有「之」字。

〔欣欣不倦〕　「欣欣」，退翁、《對雨樓》、《擇是居》作「忻忻」。「欣」、「忻」古今字。

〔得士大夫之雅致乎〕　《吟窗》、《格致》、《詩法》、《詞府》諸本「士」下脱「大」字。

〔余從祖正員常云〕　許文雨《講疏》：「明鈔本作『常』。案：作『常』是也。『常』下脱『侍』字。」車柱環《校證》：「許説非也。『正員』亦即『政員郎』之簡稱也。『嘗』（「常」）當讀如字。」《吟窗》、《格致》、《詩法》、《詞府》諸本無「正員」二字。亦可證許氏「正員常」連讀之誤。

〔大明、泰始中〕　「泰始」，希言齋本誤作「泰始」。

〔鮑、休美文〕　「美文」，《吟窗》、《格致》、《詩法》、《詞府》諸本作「華文」，意同。

〔唯此諸人〕　「諸人」，《吟窗》、《格致》、《詩法》、《詞府》諸本作「諸賢」。義似長。

〔傳顔、陸體〕　「傳」，《廣牘》、顧氏、繁露堂、天都閣、《津逮》、《續百川》、《梁文紀》、《五朝》、《説郛》、《廣漢魏》、《四庫》、《集成》、《硯北》、《詩話》、《增漢魏》、《龍威》、《全梁文》、二家、《紫藤》、《稗史》、諸本均作「傅」。車柱環《校證》：「作『傅』義長。傅與附通，謂附和也。『傅』字俗書作『傳』，往往與傅相亂。『中品』評鮑照詩有云：『故言險俗者，多以附照。』評沈約詩有云：『王元長等皆宗附之。』兩附字並與此『傅』字同義。」車説可參。

〔用固執不移。顏諸暨最荷家聲〕　「移」原作「如」。車柱環《校證》：「案：『如』作『移』，蓋因從『如』字斷句則文意不完，乃改『如』爲『移』，與『固執』相應，且以足句義耳。此當從顏字斷句。顏之固執乃『中品・顏延之』詩評語所謂『動無虛散，一句一字皆致意』也（《全梁文》本「顏」下有「諧」字。涉下文「諸」字之誤而衍者）。陳延傑注本『顏諸暨』連讀則非是。此『顏』乃顏、陸之顏，即顏延之也，連讀則文義難通矣。」　旭按：車説非是。「如」作「移」非爲妄改。今檢《吟窗》、《格致》、《詩法》、《詞府》諸本，「不如」均作「不移」。作「固執不移」，文理始明。中沢希男《詩品考》云：「『移』字似是。若作『如』字，則『固執』二字無法安頓，不如《吟窗》本之妥貼。」其説是，因從改。車氏非難陳氏修訂本，以爲當從「顏」字斷句，實陳注原本正作「用固執不如顏」，與《校證》同。此處句讀頗有歧紛，大略之言，可分三類；每類之中，又有不同：（一）在「固執」下點斷，以「體用固執」和「不如顏諸暨」連讀。此類有二家，《萃編》、《增漢魏》、《龍威》、《精華》、《采珍》、螢雪軒諸本。其中除在「固執」下點斷外，《萃編》本又在「體」下、「暨」下點斷。《增漢魏》、《龍威》本在「顏陸」下點斷。張陳卿《研究》與之同。《精華》、《采珍》、螢雪軒本在「人」下點斷。高木正一注與之同。（二）在「不如顏」下點斷，以「傅顏陸體」和「用固執不如顏」連讀。此類有《大觀》與《全梁文》本（《全梁文》

本「顔」下衍「諧」字)。陳注本、許疏本、葉《集釋》、杜注、車校、汪注、李《彙注》與之同。以上兩種斷句,意皆未愜,句亦未順。誤在受「不如」之誘惑,故以「不如顔」和「不如顔諸暨」連讀,不知「不如」當作「不移」。《硯北》本在「人」下、「體」下、「如」下斷。向長青《注》與之同。然「用固執如」頗費解,遂有第三類。(三)高松亭明校《吟窗》本,改「如」作「移」,又酌《硯北》本(高松亭明《詳解》多取《硯北》本文字、句讀),在「人」、「體」、「移」下點斷。興膳宏注、蕭華榮注、吕德申《校釋》皆同。此句讀順暢,文理清晰,最愜人意。又陳元勝《詩品疑難問題辨説》謂此數句當作:「唯此諸人,傳顔、陸體用;固執不如顔諸暨,最荷家聲。」「移」仍作「如」;「用」及「顔諸暨」連上讀,可參考。惟「檀、謝七君」及「唯此諸人」當包含「顔諸暨」,「諸人」「固執不如顔諸暨」,似乎不妥。〇「最荷」,《吟窗》、《格致》、《詩法》、《詞府》諸本作「最有」,意同。以「最荷」義長。

【集注】

〔一〕謝超宗(?—四八三):南朝宋齊時詩人。字幾卿,陳郡陽夏(今河南太康)人,謝靈運之孫,謝鳳之子。好學,有文辭,盛得名譽。解褐奉朝請;宋時曾爲新安王國常侍、臨淮太守。殷淑儀卒,超宗作誄,奏之,帝大嗟賞,曰:「超宗殊有鳳毛,恐靈運復出。」入齊,轉黄門郎,掌國史。有司奏撰立郊廟歌,敕司徒褚淵、侍中謝朏、散騎侍郎孔稚珪、太學博士王咺之、總明學士劉融、何法冏、何曇秀等十人並作，超宗辭獨見用。然超宗爲人輕慢，令齊武帝不悦；王逡之奏超宗企圖謀反，武帝令徙越州，賜自盡。今詩無存。然《南齊書·樂志》謂《齊南郊樂章》十二首、《齊北郊樂歌》六首、《齊明堂樂歌》十五首、《齊太廟樂歌》十六首，皆爲謝超宗所撰。事見《南齊書》卷三六、《南史》卷一九本傳。

〔二〕丘靈鞠：南朝宋齊時詩人。據王發國《考索》，生卒年爲（四二二？—四九〇），吴興烏程（今浙江湖州市）人。少好學，善屬文。褚淵謂人曰：「此郡才士，唯有丘靈鞠及沈勃耳。」歷仕宋、齊二朝，宋時爲吴興令、建康令；齊時爲鎮南長史、潯陽相。世祖即位，轉通直常侍，尋領東觀祭酒。靈鞠曰：「人居官願數遷，使我終身爲祭酒，不恨也。」《南齊書·文學傳》謂其：「好飲酒，臧否人物。在沈淵座見王儉詩，淵曰：『王令文章大進。』靈鞠曰：『何如我未進時？』」此言達儉，儉不悦，謂人曰：「丘公仕宦不進，才亦退矣。」靈鞠宋世文名甚盛，入齊頗減。蓬髮弛縱，無形儀，不治家業。著《江左文章録序》，有文集行世。已散佚。今詩唯存殘句。事見《南齊書》卷五二、《南史》卷七二《文學傳》。

〔三〕劉祥：南朝宋齊時詩人。據王發國《考索》，生卒年爲（四五九？—四九〇），字顯徵，劉穆之曾孫。東莞莒（今山東莒縣）人。少好文學；歷仕宋、齊二朝。宋時爲巴陵王征西行參軍；齊時爲冠軍征虜功曹、長沙王諮議參軍、臨川王驃騎從事中郎。生性剛疎，輕言肆行，不避高下。齊永明初，曾撰《宋書》，譏斥禪代。尚書王儉密以啓聞，上銜而不問。又著《連珠》十五首，以寄其懷，獲罪，付廷尉。徙廣州，不得意，終日縱酒，遂卒。《隋志》謂：「梁有領軍諮議劉祥集十卷，亡。」今詩亦無存。事見《南齊書》卷三六、《南史》卷一五本傳。

〔四〕檀超（？—四八〇）：南朝宋齊時史學家、詩人。正員郎道彪子。字悦祖，高平金鄉（今山東金鄉縣）人。少好文學，性嗜酒，好談詠，放誕任氣。解褐州西曹。自比晉郗超。謂人曰：「高平有二超，「猶覺我爲優也」。歷仕宋、齊二朝。宋時爲零陵内史、國子博士，兼左丞。入齊，齊高帝蕭道成賞愛之，遷司徒右長史。建元二年（四八〇）置史官，與江淹共掌史職。上表立條例，擬立十志，爲王儉所駁。因與物多忤，史功未就。後徙交州，途中被人殺害。今詩不存。事見《南齊書》卷五二、《南史》卷七二《文學傳》。

〔五〕鍾憲：南朝宋齊時詩人。生卒年不詳。乃鍾嶸從祖父，曾任齊正員郎。今存五言詩一首。

〔六〕顔測：南朝宋齊時詩人。生卒年不詳。瑯琊臨沂（今屬山東）人。顔延之次子。公元四四〇年，任江夏王劉義恭大司馬録事參軍；公元四五九年前卒。《詩品》稱其「齊諸暨令」，可知在齊朝曾任諸暨縣令。詩祖襲顔延之，得顔氏典正家風。《隋志》謂有：「宋大司馬録事顔測集十一卷並目録。」已散佚，今存詩一首。事見《宋書》卷七三《顔延之傳》附。

〔七〕顧則心：南朝齊詩人。一作顧惻。生卒年不詳。早年善《易》；齊時，舉秀才。齊永明年間，曾爲諸王講《易》。建元元年（四七九）九月以後任揚州刺史蕭映主簿，曾以兩奴就御史中丞陸澄之弟陸鮮質錢，被誣，爲陸澄所排抑，不久去職，居吴郡。事略載《南史・齊高帝諸子傳》、《南齊書・陸澄傳》等。《何遜集》載其五言詩一首。

〔八〕檀、謝七君：祖襲，師法、承襲。是源出的又一種説法。顏延，顏延之之省稱。顏延之，見中品「顏延之」條。　此謂謝超宗、丘靈鞠、劉祥、檀超、鍾憲、顏測、顧則心七君詩，都效法顏延之的風格。

〔九〕「欣欣」二句：欣欣，喜樂自得貌。《楚辭・九歌・東皇太一》：「五音紛兮繁會。君欣欣兮樂康。」王逸注：「欣欣，喜貌。」　士大夫，封建社會的文人、士族。《荀子・強國》：「不比周，不朋黨，倜然莫不明通而公也，古之士大夫也。」此謂「檀、謝七君」，都欣欣然樂此不疲，體現出士大夫典雅的風致。許文雨《講疏》：「《南齊書・文學傳論》，以顏、謝與休、鮑對舉，知顏、謝雖各擅奇，不愧同調。超宗素有靈運復出之譽，其《齊南郊樂章》十三首，《齊北郊樂歌》六首，《齊明堂樂歌》十五首，《齊太廟樂歌》十六首，皆《南齊書・樂志》所謂多删顏延之、謝莊辭者，亦異代之同調矣。《南史》載靈鞠獻《挽歌》三首，有『雲横廣階闇，霜深高殿寒』之句，與延年『流雲藹青闕，皓月鑒丹宫』裝點復同。劉、檀二君詩已不見，恐亦受繁密之化者。鍾憲詩如《登峯詩標望海》，顧則心詩如《望廨前水竹》，雖較爲輕倩悠揚，而仍源於顏、謝之綺織麗組也。至諸曁最荷家聲，更無論矣。綜此七君，皆得曹魏以來士大夫詩之正則，非虚評也。」

〔一〇〕「余從祖」句：正員，指正員郎鍾憲。此謂鍾嶸之從祖父正員郎鍾憲經常對其説起大明、泰始時代的詩壇狀況。

〔一一〕大明：宋孝武帝劉駿年號（四五七—四六四）。泰始：宋明帝劉彧年號（四六五—四七一）。

〔一二〕「鮑、休」二句：鮑、休美文，指鮑照、惠休學習江南樂府民歌所寫的綺麗詩歌。參見中品「鮑照」條、下品「湯惠休」條。殊已動俗，已經風靡世俗，改變詩壇風氣。旭按：至於劉師培《中國中古文學史》釋宮體詩成因謂：「宮體之名，雖始于梁；然惻豔之詞，起源自昔。晉、宋樂府，如《桃葉歌》、《碧玉歌》、《白紵詞》、《白銅鞮歌》，均以淫豔哀音，被于江左。迄於蕭齊，流風益盛。其以此體施於五言詩者，亦始晉宋之間，後有鮑照，前則惠休，特至於于梁代，其體尤昌。」宮體之名，鍾嶸不知；然稱沈約詠美人及服飾諸種「准宮體詩」「淫雜」，且謂沈約「憲章鮑明遠」，但美文動俗後事，則未曾想見。

〔一三〕「唯此」三句：顏、陸體，即顏延之、陸機的詩體風格。因顏延之「其源出於陸機」（見中品「顏延之」條），故以傳承並稱。用，以、用以。固執不移，此謂唯此數人，繼承顏延之、陸機詩歌的體貌風格，並以此堅定執着，毫不動摇。許文雨《講疏》：「大抵顏、陸以華曠典正爲宗；休、鮑以雕藻淫豔相尚。顔、陸師古，不愧正統之派，休、鮑炫時，直如異軍突起耳。」

〔一四〕顔諸暨最荷家聲：荷，擔負、負有。家聲，家傳的名聲。《文選》卷四一司馬遷《報任少卿書》：「李陵既生降，隤其家聲。」此謂諸暨令顔測最能担負起家傳的名聲。旭按：《宋書·顔竣傳》云：「太祖問延之：『卿諸子誰有卿風？』對曰：『竣得臣筆，測得臣文，奐得臣義，躍得臣酒。』」此亦顔測得延之詩髓之義，可與仲偉此評相參。

【參考】

一、録鍾憲詩一首：

《登羣峯標望海》：「蒼波不可望，望極與天平。往往孤山映，處處春雲生。差池遠雁没，颯遝羣鳧驚。囂塵及簿領，棄捨出重城。臨川徒可羨，結網庶時營。」

二、録顔測詩一首：

《梔子贊》：「濯雨時摛素，當飈獨含芬。豐榮殊未紀，銷落竟誰聞？」

三、録顧則心詩一首：

《望廨前水竹》：「蕭蕭叢竹映，澹澹平湖净。葉倒漣漪文，水漾檀欒影。相思不會面，相望空延頸。遠天去浮雲，長墟斜落景。幽痾與歲積，賞心隨事屏。鄉念一邅回，白髪生俄頃。」

晉參軍毛伯成〔一〕　宋朝請吴邁遠〔二〕　齊朝請許瑶之〔三〕

伯成文不全佳，亦多惆悵〔四〕。吴善於風人答贈〔五〕。許長於短句詠物〔六〕。湯休謂遠云：「吾詩可爲汝詩父〔七〕。」以訪謝光禄，云：「不然爾，湯可爲庶兄〔八〕。」

【校異】

〔晉參軍毛伯成〕「晉」原作「齊」。張錫瑜《詩平》校云：「『晉』，原作『齊』。案：《隋志》：『《晉毛伯成集》一卷。又《毛伯成詩》一卷。』云伯成東晉征西將軍。『將』，蓋『參』字之誤。《世説新語·言語篇》注引《征西寮屬名》曰：『毛玄，字伯成，潁川人。仕至征西行軍參軍。』則『齊』字誤也，今據改正。伯成蓋以字行者。」古直《箋》：「『齊參軍』，當云『晉參軍』。」《稗史》引，正作「晉參軍」。因據改。

〔宋朝請吴邁遠〕「宋」，原作「齊」。張錫瑜《詩平》校云：「『宋』，原作『齊』，誤。今改正。《隋志》稱『宋江州從事』。」古直《箋》：「《南史·檀超傳》曰：『時人又有吴邁遠者，好爲篇章，每作詩，得稱意語，輒擲地呼曰：「曹子建何足數哉！」』案，史不言邁遠爲朝請，而《隋志》則云『江州從事吴邁遠集』，與《詩品》異。」姚振宗《經籍志考證》：「考《齊書・丘巨源傳》，巨源與袁粲書，言吴邁遠族誅之罰，則操筆大禍，似邁遠爲桂陽王休范造檄文因而族誅，事在後帝元徽二年，無由入齊爲奉朝請，鍾氏誤也。」路百占《校記》：「宋順帝昇明元年，袁粲與劉秉謀誅蕭道成，不克而死（見《歷代名人年譜》），距齊之建國有年。袁粲未見齊之建國，吴氏卒於袁前，更未能入齊奉朝請也。」諸説是。邁遠於宋後廢帝元徽二年（四七四）被殺，不及齊世，因據改。　○「朝請」，《吟窗》、《格致》、《詩法》、《詞府》諸本作「朝散」。　○「吴邁遠」，「吴」原誤作「王」，據諸本及下評語「吴善於風人答贈」改。退翁、《對雨樓》、《擇是居》諸本「吴」誤作「胡」。

〔齊朝請許瑶之〕「朝請」，《吟窗》、《格致》、《詩法》、《詞府》諸本均作「朝散」。　○「許瑶之」，原作「許謠之」，據《吟窗》、《格致》、《詩法》、《詞府》、《梁文紀》、《詩話》、《全梁文》、《詩紀》諸本改。古直《箋》：「《玉臺新詠》目録有許瑶之詩二首，而卷内則作許瑶，明奪一之字也。」車柱環《校證》：「《四部叢刊》本《玉臺新詠》一〇有許詩三首，『目録』、卷内並作『許瑶』，無『之』字。古氏所據蓋異本也。古人記人名，往往略末之字。此書『顔延之』或作『顔延』，亦其比。」

〔亦多惆悵〕「亦多」，明《考索》本誤作「有多」。　○「惆悵」，《全梁文》誤倒作「悵惆」。

〔吴善於風人答贈〕「善於」，原作「善之」，據諸本改。「吴善於風人答贈」與下文「許長於短句詠物」並稱而言。

〔許長於短句詠物〕「詠物」，原作「詩物」，據諸本改。

〔湯休謂遠云〕「湯休」，《全梁文》本作「湯遠休」。

〔吾詩可爲汝詩父〕「吾」，《詩話》、《詩品詩式》本改作「我」。「吾詩」，《梁文紀》、《全梁文》本作「吾語」。

〔以訪謝光禄〕「禄」，原誤作「録」，據諸本改。

〔云：不然爾，湯可爲庶兄〕「云」，《吟窗》、《格致》、《詩法》、《詞府》諸本均作「光禄云」。中沢希男《詩品考》：「『不然』以下爲謝光禄語，故『訪謝光禄』下應補『光禄』二字。《吟窗》本『訪謝光禄』下有『光禄』二字，應從之。」

【集注】

〔一〕毛伯成：毛玄，字伯成。因避桓玄諱，故以字行。東晉詩人。生卒年不詳。潁川（今河南許昌市東）人；官至征西行軍參軍。根據徐俊、榮新江《德藏吐魯番本晉史毛伯成詩卷校録考證》，東晉征西將軍，前有陶侃、庾亮，後有桓温。當以桓温可能性最大。桓温在永和三年（三四七）後進位征西大將軍。毛伯成既爲其僚屬，則爲同時人。其生活的最晚時代，當在東晉哀帝隆和年間（三六二—三六三）。《世説新語・言語》篇：「毛伯成既負其才氣，常稱：『寧爲蘭摧玉折，不作蕭敷艾榮。』」《文選》卷六〇顔延年《祭屈原文》李善注引《語林》曰：「毛伯成負其才氣，常稱寧爲蘭摧玉折，不作蒲芬艾榮。」《隋志》謂有「晉毛伯成集一卷，毛伯成詩一卷」，已散佚。今柏林德國國家圖書館東方部藏吐魯番北朝寫本魏晉雜詩殘卷，中有毛伯成詩殘卷，存殘詩十四首（參見柴劍虹《德藏吐魯番北朝寫本魏晉雜詩殘卷初識》，徐俊、榮新江《德藏吐魯番本晉史毛伯成詩卷校録考證》與柴文看法不同。許雲和《德藏吐魯番本晉史毛伯成詩卷再考》以爲，殘詩鈔十四首詩中有十一首屬東晉詩人毛伯成作品。又據相關文獻考察，知此詩卷正是《隋書・經籍志》著録的「毛伯成詩一卷」）。生平事迹見《世説新語・言語》篇注引《征西寮屬名》及《文選》卷六〇，顔延年《祭屈原文》李善注引《語林》等。

〔二〕吴邁遠（？—四七四）：南朝宋齊時詩人。籍貫不詳。曾官奉朝請、江州從事。《南史・檀超傳》云其好自誇，而蚩鄙他人，作詩得稱意語，輒擲地呼曰：「曹子建何足數哉！」「宋明帝聞而召之。及見，曰：『此人連絶之外，無所復有。』」因參與桂陽王劉休范謀反，兵敗被殺。《隋志》謂：有「宋江州從事吴邁遠集一卷，殘缺。梁八卷，亡。」今存詩十一首，其中五言詩十首。詩多取材古書，作品時饒有古趣，從「元嘉體」到「永明體」，邁遠是過渡之詩人。事見《南史》卷七二《文學傳・檀超傳》附。

〔三〕許瑶之：一作許瑶，南朝宋時詩人。生卒年不詳。據王發國《考索》，爲高陽北新城（今河北徐水縣）人。或與許詢同里。公元四二〇年前後在世，應爲宋人。曾任奉朝請、建安郡丞。後居會稽之永興。事迹散見《宋書》、《南史》及《孝義傳》、《郭世道傳》等。今存詩三首，皆爲五言詠物之短章。

〔四〕「伯成」二句：文，此指詩。此謂毛伯成詩並不都好，但亦多感傷惆悵之辭。旭按：此或與其自負才氣不能實現有關。亦與德藏吐魯番北朝寫本魏晉雜詩殘卷中毛伯成十四首殘詩內容吻合。

〔五〕「吳善於」句：風人，此指學習南朝樂府民歌寫作的詩人。參見中品「謝惠連」條注按語。此謂吳邁遠善於以五言四句之民歌體與人互相贈答。古直《箋》：「邁遠長於樂府，《玉臺新詠》載其《擬樂府》四首，《樂府詩集》載其《杞梁妻》、《楚朝典》等九首。」許文雨《講疏》記陳祚明評曰：「邁遠詩稍有遠情，《長別離》曰：『富貴貌難變，貧賤容易衰。』《古意贈今人》（《秋风曲》）曰：『容華一朝改，惟餘心不變！』皆可觀，然無全首。」陳延傑《注》：「《玉臺新詠》録吳邁遠《擬樂府》四首，皆寓答贈之意。」楊明《譯注》：「當時流行之《吳聲》、《西曲》多爲五言四句，且頗有相互贈答之語。吳邁遠所作，當亦用此體。……當時所謂連絶，亦多以五言四句相連而成。」

〔六〕「許長於」句：短句，齊梁時指五言四句的詩體形式。《南齊書·武陵昭王曄傳》：「曄剛穎俊出，工弈棋。與諸王共作短句詩，學謝靈運體，以呈上，報曰：『見汝二十字詩，諸兒作中最爲優者。』」此謂許瑶之擅長以五言四句寫短小的詠物詩。　旭按：許詩今存三首，皆爲短句詩體。其《詠柟榴枕詩》，即「短句詠物」也。

〔七〕「湯休」二句：湯休，湯惠休之省稱。參見下品「惠休上人」條。此謂湯惠休對吴邁遠説：「我詩可以做你詩的父親。」　旭按：今見吴邁遠有《擬樂府》四首，此外如《杞梁妻》、《楚朝曲》、《秋風曲》之類，均含思宛轉，輕豔摇曳，風格類似湯惠休，故惠休稱己詩爲邁遠詩「父」，亦含調侃之意。

〔八〕「以訪」三句：謝光禄，即謝莊，參見下品「謝莊」條。庶兄，庶出之兄。正室所生稱「嫡」，側室所生稱「庶」。　此謂以（惠休此言）去諮詢謝莊，謝莊説：「不是這樣，湯詩可以爲庶兄。」　旭按：「兄」而爲「庶」，此調侃揶揄湯惠休，比惠休前語更機智一層。陳延傑《注》：「此謂湯、吴之詩，非若父子有上下之分，乃兄弟行輩耳。此亦佳話之例。」許文雨《講疏》：「湯休以吴好自誇，故深折之，亦如檀超之聞而笑之耳。謝莊之言，殆未知湯意矣。」

【參考】

一、録毛伯成残詩二首：

（一）□□□□境，胸懷成陸沈。三逕春鳥鳴，再聞秋□□。□□□親賢，用慰羈旅心。玄古既已邈，道□□□□。□悦情初好，必使成蘭金。愧無愁生才，□□□□□。人間可知來，且共嘯山林。

（二）□□□□□，否泰無定蹤。慨矣生周末，戢我洙泗公。□□□□□，□□澗下龍。福掾苟難求，有故安得從？長□□□□，□□□山峰。鳳鳥時不至，翻飛誰與同。苦哉□□□，□□□葉叢。

二、録吴邁遠詩二首：

（一）《胡笳曲》：「輕命重意氣，古來豈但今。緩頰獻一説，揚眉受千金。邊風落寒草，鳴笳墜飛禽。越情結楚思，漢耳聽胡音。既懷離俗傷，復悲朝光侵。日當故鄉没，遥見浮雲陰。」

（二）《長别離》：「生離不可聞，況復長相思。如何與君别，當我盛年時。蕙華每摇蕩，妾心空自持。榮乏草木歡，悴極霜露悲。富貴貌難變，貧賤顔易衰。持此斷君腸，君亦宜自疑。淮陰有逸將，折翮謝翻飛。楚有扛鼎士，出門不得歸。正爲隆準公，仗劍入紫微。君才定何如？白日下爭暉。」

三、録許瑶之詩二首：

（一）《詠柟榴枕詩》：「端木生河側，因病遂成妍。朝將雲髻别，夜與蛾眉連。」

（二）《閨婦答鄰人詩》：「昔如影與形，今如胡與越。不知行遠近，忘卻離年月。」

齊鮑令暉〔一〕　齊韓蘭英〔二〕

令暉歌詩，往往嶄絶清巧〔三〕，擬古尤勝〔四〕。唯《百韻》淫雜矣〔五〕。照常答孝武云：「臣妹才自亞於左芬，臣才不及太沖爾〔六〕。」蘭英綺密，甚有名篇〔七〕。又善談笑，齊武以爲韓公〔八〕。借使二媛生於上葉，則「玉階」之賦、「紈素」之辭，未詎多也〔九〕。

【校異】

〔齊鮑令暉〕《萃編》本作「宋鮑令暉」。《吟窗》、《格致》、《詩法》、《詞府》諸本「令暉」後有「婦人」二字。

〔齊韓蘭英〕張錫瑜《詩平》：「《隋志》稱『宋後宮司儀』。」此稱齊者，蘭英自宋孝武時入宫，至齊武帝以爲博士，教六宫書學故也。事見《南齊書·武穆裴皇后傳》。《吟窗》、《格致》、《詩法》、《詞府》諸本「蘭英」下有「婦人」二字。

〔往往嶄絶清巧〕「嶄絶」，原作「斷絶」，據退翁、《梁文紀》、《對雨樓》、《擇是居》、《全梁文》諸本改。

車柱環《校證》：「斷、嶄形近，又因聯想斷絶字而誤。嶄絶與超遠義近。後評王中、二下詩有云：『並愛奇嶄絶。』與此同例。」

〔擬古尤勝〕「擬古」，《大觀》本作「詠古」。○「尤」，退翁、《對雨樓》、《擇是居》、《詩紀》諸本作「猶」。

〔唯《百韻》淫雜矣〕原作「唯百願淫矣」，據《吟窗》、《格致》、《詩法》、《詞府》諸本改。高松亨明《詳解》曰：「孰是孰非，難以確定。」許文雨《講疏》：「聞黄季剛先生有云：『鮑之《百願》，係一詩題，其詩大意近淫，故云淫矣。』謹案：《百願》如係詩題，則承上句言之，定是擬古之作，亦猶宋顏竣《淫思古意》之比耳。」車柱環《校證》：「觀令暉《擬古詩》無涉于淫雜。『願』作『韻』乃形聲並近而誤。『雜』字蓋聯想而衍，或意加。」又云：「『百願』疑非令暉擬古詩名，當讀如字。令暉《擬古詩》篇篇苦訴怨女情，仲偉所云蓋指此。」高木正一注：「『百願』爲詩歌名稱，或將詩歌中抽出有特征性的語言指代詩題。」旭按：諸説均非是。《百韻》，當爲令暉集中已佚之長詩。以韻稱詩，歷來慣用習見，如《南史・褚翔傳》：「梁武帝宴羣臣樂游苑，別詔翔與王訓爲二十韻詩，限三刻成，翔於坐立奏。」《南史・謝微傳》：「梁武帝餞於武德殿，賦詩三十韻，限三刻成，微二刻便就，文甚美。」《南史・王規傳》：「武帝於文德殿餞廣州刺史元景隆，詔羣臣賦詩，同用五十韻，規援筆立奏。」《南史・蕭統傳》亦有「每游宴祖道，賦詩至十數韻，或作劇韻，皆屬思便成，無所點易」之語。

又，宋人吴沆《環溪詩話》多言「百韻」，如「則一夕而成百韻」、「百韻初投張公」、「或問環溪：百韻詩是如何作？環溪曰：百韻詩只是八句，大抵十餘韻當一句，但是氣象稍宏，波瀾稍闊。」皆可證。

〔照常答孝武云〕「照」，原誤作「招」，據諸本改。

〔臣妹才自亞於左芬〕「才」，《吟窗》、《格致》、《詩法》、《詞府》諸本並作「文」。車柱環《校證》：「作『文』，形誤，或意改。『妹才』與下文『臣才』對言。」可參。

〔臣才不及太沖爾〕「爾」，《吟窗》、《格致》、《詩法》、《詞府》諸本作「耳」。「爾」、「耳」通。

〔齊武以爲韓公〕原作「齊武謂韓云」，據《吟窗》、《格致》、《詩法》、《詞府》諸本改。車柱環《校證》：「『謂』之作『以爲』，蓋由音近而誤『謂』作『爲』，寫者見文意不通，又加『以』字。『云』之作『公』，蓋形近，又聯想及呼蘭英爲韓公之事（見《南史》與《齊書》）而誤。」車説非是。吕德申《校釋》：「《南齊書》、《南史》均有齊武帝（蕭賾）因韓蘭英『年老多識，呼爲韓公』的記載。下文『假使二媛生於上葉』云云，當是鍾嶸對鮑、韓二人的評語，而非齊武帝語。」是。「韓公」，希言齋作「韓公云」。

〔未詎多也〕「未詎」，朱希祖校：「王謨本作『詎未』。」《萃編》本「詎」作「足」。

【集注】

〔一〕鮑令暉：鮑照妹，南朝宋齊時女詩人。生卒年不詳。東海（今山東郯城縣北）人。出身貧寒士族家庭。妹妹鮑令暉與兄鮑照朝夕相伴，鮑照曾作《代東門行》、《登大雷岸與妹書》，兄妹之情溢於言表。鮑令暉有才思，曾著《香茗賦》，有集行世，已散佚。今存詩七首，擬古詩尤其出色。根據鮑照的《請假啓》，令暉當在宋孝武帝時就已去世。其餘事蹟見吴兆宜《玉臺新詠箋注》所引《小名録》。

〔二〕韓蘭英：南朝宋齊時女詩人。據王發國《考索》，生卒年爲（四三九？—四九四？），吴郡（今江蘇蘇州）人。有文辭，善談笑，與鮑令暉齊名。宋孝武帝時，因獻《中興賦》，受到賞識，被選入宫。明帝之世，爲宫中職僚，擔任後宫司儀。齊武帝時任爲博士，教六宫書學。以其年老多識，被尊稱爲「韓公」。《隋志》謂：「梁有宋後宫司儀韓蘭英集四卷。亡。」今存五言詩一首。事見《南齊書》卷二〇、《南史》卷一一《武穆裴皇后傳》。

〔三〕「令暉」二句：嶄絶，原指山勢險峻奇詭之狀，此喻詩思奇特不凡。丘遲《旦發魚浦灘》：「詭怪石異象，嶄絶峯殊狀。」清巧，清新工巧。許文雨《講疏》：「如令暉《寄行人》三、四二句云：『是時君不歸，春風徒笑妾。』即嶄絶清巧之例。」陳延傑《注》：「令暉詩：『誰爲道辛苦，寄情雙飛燕。容華一朝改，唯餘心不變。』是其清絶者。」

〔四〕擬古尤勝：此指鮑令暉擬古之作，尤爲出色。旭按：尤勝者如《擬青青河畔草》、《擬客從遠方來》、《題書後寄行人詩》（擬《自君出之矣》）、《古意贈今人》、《代葛沙門妻郭少玉》等皆是。

〔五〕唯《百韻》淫雜：《百韻》，詩佚。　淫，過也。淫雜，指冗長蕪雜。參前校語。

〔六〕「照常」三句：照，鮑照，參見中品「鮑照」條。　孝武，指宋孝武帝劉駿。參見下品「宋孝武帝」條。　左芬（二五七？—三〇〇），據出土墓誌，芬作「棻」。字蘭芝，臨淄（今屬山東）人。左思之妹。少好學，善詩。晉武帝泰始八年（二七二）封爲修儀，後爲貴嬪。姿陋無寵，以文才見重。原有集，已散佚。今存詩二首。事見《晉書·后妃傳》。　太沖，左思字太沖。參見上品「左思」條。

〔七〕「蘭英」三句：謂韓蘭英詩綺麗細密，有不少著名的篇章。許文雨《講疏》：「蘭英詩尚存《奉詔爲顏氏賦詩》一首，其名篇之綺密者，今已不見。」《金樓子·箴戒》篇曰：「齊鬱林王時，有顏氏女，夫嗜酒，父母奪之，入宮爲列職。帝以春夜，命後宮司儀韓蘭英，爲顏氏賦詩。」辭甚宛轉悽惻，「帝乃還之」。

〔八〕「又善」二句：此謂韓蘭英又善於談笑戲謔，齊武帝尊稱她爲「韓公」。參見前注〔二〕。

〔九〕「借使」四句：二媛，指鮑令暉、韓蘭英。媛，對女子的美稱。　上葉，上世，前代。此指漢代。「玉階」之賦，指班婕妤的《自悼賦》，因中有「華殿塵兮玉階苔」之句，此以二字代全賦。「紈素」之辭，指班婕妤的《怨歌行》，因中有「新裂齊紈素」之句，以二字代全詩。　詎，通「遽」，即匆遽，一下子。王融《三婦豔詩》：「丈夫且安坐，調弦詎未央。」古直《箋》：「未詎，猶未遽也。」　多，勝過，超出。「未詎多也」，謂假使鮑令暉、韓蘭英生在漢代，則班婕妤「玉階」之賦，「紈素」之辭，亦未能一下子就勝過你們。

【參考】

一、録鮑令暉詩二首：

（一）《擬青青河畔草》：「褭褭臨窗竹，藹藹垂門桐。灼灼青軒女，泠泠高堂中。明志逸秋霜，玉顔掩春紅。人生誰不別，恨君早從戎。鳴弦慚夜月，紺黛羞春風。」

（二）《古意贈今人》：「寒鄉無異服，衣氈代文練。日月望君歸，年年不解綫。荆揚春早和，幽冀猶霜霰。地寒妾已知，南心君不見。誰爲道辛苦？寄情雙飛燕。形迫杼煎絲，顔落風催電。容華一朝盡，惟餘心不變。」

二、録韓蘭英詩一首：

《爲顔氏賦詩》：「絲竹猶在御，愁人獨向隅。棄置將已矣，誰憐微薄軀。」

三、陳延傑《注》：「此以二媛同品。」

四、許印芳《詩法萃编》：「印芳按：此皆才女。晉人謝道藴『雪詩』、『登岱詩』，何以不録？」

齊司徒長史張融〔一〕　齊詹事孔稚珪〔二〕

思光詩緩誕放縱，有乖文體〔三〕。然亦捷疾豐饒，差不局促〔四〕。德璋生於封谿〔五〕，而文爲彫飾，青於藍矣〔六〕。

【校異】

〔齊詹事孔稚珪〕「珪」，《吟窗》、《格致》、《詩法》、《詞府》、《廣牘》諸本作「圭」。「珪」、「圭」古今字。

〔思光詩緩誕放縱〕「詩」，原作「紆」，據《吟窗》、《格致》、《詩法》、《詞府》諸本改。「紆」，爲「詩」之壞損字。二家、《硯北》、《精華》、《大觀》、螢雪軒、《采珍》諸本斷句，均在「誕放」下點斷，而以「縱」字屬下句，以「縱有」連讀。陳注、張陳卿《研究》、許疏、葉《集釋》、杜注、日本立命館《疏》、車《校證》、興膳宏《注》、高木正一《注》、李徽教《彙注》、蕭華榮《注》、向長青《注》均同。蓋不明「紆」爲「詩」之誤，而以「紆緩」連讀。唯明鍾惺《詞府靈蛇》本、日本文政九年官版《吟窗》在「詩」、「縱」下斷句。高松亨明《詳解》、呂德申《校釋》與之同。是也。當據改。　○「誕放」，退翁、《對雨樓》、《擇是居》本作「放誕」。《全梁文》本脱「誕」字。

〔然亦捷疾豐饒〕「捷疾」，退翁、《對雨樓》、《擇是居》本作「健疾」。

〔差不局促〕「差不」，《吟窗》、《格致》、《詩法》、《詞府》諸本作「甚不」。「甚不」與上文「然亦」對應，於義較順暢，疑作「甚不」是。

〔德璋生於封谿〕《稗史》脱「封」字。

〔而文爲彫飾〕「文爲」，希言齋本誤倒作「爲文」。《詞府》本脱「爲」字。

【集注】

〔一〕張融（四四四—四九七）：南朝齊詩人。字思光，吴郡吴（今江蘇蘇州）人。早有令譽，初仕宋，爲新安王（劉子鸞）北中郎參軍。出爲封溪令。家貧願禄，曾致書從叔征北將軍張永（見「下品」），謀爲南康守。齊永明八年（四九〇），爲司徒右長史，遷黄門郎，歷任太子中庶子、司徒左太史等職。曾作《海賦》，意欲超過晉人木華；賦中頗有奇思妙語，終與木氏《海賦》並爲名作。文辭詭激，詩風誕放。言行多令人發噱。齊高帝愛之曰：「此人不可無一，不可有二。」有文集數十卷行世，自名爲《玉海》，已散佚。明張溥輯有《張長史集》。今存詩五首。事見《南齊書》卷四一、《南史》卷三二本傳。

〔二〕孔稚珪（四四七—五〇一）：南朝齊文學家、詩人。字德璋，會稽山陰（今浙江紹興）人。張融外弟。少博學，有美譽，太守王僧虔見而重之。劉宋時，曾任尚書殿中郎。齊武帝永明年間，任御史中丞。齊明帝建武初年，上書建議北征。東昏侯永元元年（四九九），遷太子詹事。死後追贈金紫光禄大夫。稚珪享有文名，曾與江淹同在蕭道成幕中「對掌辭筆」。其彈章劾表，著稱一時。喜飲酒，好文詠，不樂世務，居宅盛營山水，與外兄張融情趣相得。門庭草萊不翦，中有蛙鳴，嘗笑謂客曰：「我以此當兩部鼓吹。」詩文風韻清疏。文以《北山移文》爲有名。《隋志》謂有「齊金紫光禄大夫孔稚珪集十卷」，已散佚。明張溥輯有《孔詹事集》。今存詩五首。事見《南齊書》卷四八、《南史》卷四九本傳（《南史》避唐高宗諱省作「孔珪」）。

〔三〕「思光」二句：緩誕，舒緩怪誕。放縱，放任，不循常規。《後漢書・光武帝紀》：「人情得足，苦於放縱。」乖，悖也。此謂張融詩風舒緩怪誕，逸蕩放縱，有悖當時一般詩體。旭按：張融「有乖文體」，史官多載，其言與鍾品之論合。《南齊書・劉繪傳》：「融音旨緩韻。」《南齊書・張融傳》：「融文辭詭激，獨與衆異。」其《門律自序》云：「吾文章之體，多爲世人所驚。汝可師耳以心，不可使耳爲心師也。夫文章豈有常體，但以有體爲常，政當有其體。丈夫當删《詩》、《書》，制禮樂，何至因循寄人籬下！」臨卒，誡其子曰：「吾文體英變，變而屢奇。豈吾天挺，蓋不隤家聲。汝可號哭而看之。」可知融緩誕放縱，有乖文體，實爲變創其體而刻意求之也。

〔四〕「然亦」二句：捷疾，謂文思敏捷。《史記・殷本紀》曰：「帝紂資辨捷疾，聞見甚敏。」《論衡・

程材》曰：「聰慧捷疾者，隨時變化，學知吏事。」豐饒，原指物産豐盈富足，此喻才章富贍。差，甚也，頗也。不局促，此謂張融作詩捷疾，才章富健，毫不局促。《南史・劉繪傳》云：「時張融以言辭辯捷。」《南齊書・張融傳》云：「（融）還京師，以（《海賦》）示鎮軍將軍顧覬之。覬之曰：『卿此賦實超玄虛，但恨不道鹽耳。』融即求筆注之曰：『漉沙構白，熬波出素；積雪中春，飛霜暑路。』此四句，後所足也。」又《南史・張融傳》云：「高帝出太極殿西室，融入問訊。彌時方登階。及就席，上曰：『何乃遲爲？』對曰：『自地升天，理不得速。』時魏主至淮而退，帝曰：『何意忽來忽去？』未有答者，融時下坐，抗聲曰：『以無道而來，見有道而去。』公卿咸以爲捷。」此皆融文思捷疾豐饒之證。許文雨《講疏》：「思光言辭辯捷，其詩如《憂旦吟》，如《别詩》，亦可謂捷疾而不局促矣。惜其豐饒之作，今已失見。」

〔五〕「德璋」句：生於，是「憲章」、「祖襲」之外，源出的又一説法。封谿，地名。後漢置封谿縣，梁陳間省，故地在今越南河内西北。又，楊慎《升庵詩話》卷一四録此條注云：「封谿，今之廣東出猩猩處。」因張融曾任封谿令，故借以代指張融。孔稚珪嘗從張融學詩，故曰出於封谿。

〔六〕「而文」二句：青於藍，語出《荀子・勸學》篇：「青，取之於藍，而青於藍；冰，水爲之，而寒於水。」此謂孔稚珪喜歡雕琢潤飾之詩風，出於張融，更甚於張融也。陳延傑《注》：「孔稚珪《白馬篇》，亦自豪邁，較融優勝，故曰青於藍也。此以師弟同品。」許文雨《講疏》：「稚珪如《遊太平山》

一首，可謂雕飾之文已。」李徽教《彙注》：「融與稚珪性既相近，而均好道教，又兩人爲内外間而情趣相得，以此可推知詩亦相似。此乃兩人同居一品之故歟？」

【參考】

一、録張融詩二首：

（一）《憂旦吟》：「鳴琴當春夜，春夜當鳴琴。羈人不及樂，何似千里心。」

（二）《别詩》：「白雲山上盡，清風松下歇。欲識離人悲，孤臺見明月。」

二、竇臮《述書賦》上：「思光逸才，揮翰無滯。超竇光之力，從僧虔之制；越恒規而涉往，出衆格而靡繼。如塞路蓬轉，摩霄鳶唳。」

三、《南史·張融傳》：「出爲封谿令。從叔永出後渚送之曰：『似聞朝旨，汝尋當還。』融曰：『不患不還，政恐還而復去。』及行，路經嶂嶮，獠賊執融將殺食之。融神色不動，方作洛生詠，賊異之而不害也。」「融風止詭越，坐常危膝，行則曳步，翹身仰首，意製甚多。見者驚異，聚觀成市，而融了無慚色。」「融善草書，常自美其能。帝曰：『卿書殊有骨力，但恨無二王法。』答曰：『非恨臣無二王法，亦恨二王無臣法。』」「常歎云：『不恨我不見古人，所恨古人又不見我。』」「融假東出，武帝問融住在何處，答曰：『臣陸處無屋，舟居無水。』後上問其從兄緒，緒曰：『融近東出，未有居止，權牽小船於岸上住。』上大笑。」「融與吏部尚書何戢善，往詣戢，誤通尚書劉澄。下車入門，乃曰：『非是。』至户望澄，又曰：『非是。』既造席視澄曰：『都自非是。』乃去，其爲異如此。」「建武四年，病卒。遺令建白旐無旒，不設祭，令人捉麈尾登屋復魂。曰：『吾生平所善，自當陵雲一笑。……吾生平之風調，何至使婦人行哭失聲，不須暫停閨閣。』」

四、張溥《漢魏六朝百三家集·張長史集題辭》：「吴郡張氏之盛，前有敷演鏡暢，後有充融卷稷。融字思光，孔德璋所謂外兄張長史也。張氏世理音辭，修儀範，思光獨詭越驚人，似一狂生。然孝親，敬嫂，感德，重義，人倫之際，何亹亹也。自序文章云：『不阡不陌，非途非路。』後有狀者，不如其善自狀也。《海賦》文詞詭激，欲前無木華，雖體製未諧，藩籬已判。傳詩絶少，落落如之，白雲清風，孤台明月，想見其人。通源定本直謂百聖同投，本末無異，周子長辨，倒兵乃已。彼生平談論，總無師法，白日發歌，鴻飛起悟，孤神獨逸。窺其意好，似慕北海，與之同名，然謂天下有兩融，又掉頭而不受也。獠賊厲刃，高詠洛生，浮海大風，幹魚寄傲，天子賜衣，尚書趨敗，曾何足慕？具此天性，固思光文字所由出乎？

五、録孔稚珪詩二首：

（一）《白馬篇》：「驥子跼且鳴，鐵陣與雲平。漢家嫖姚將，馳突匈奴庭。少年鬬猛氣，怒髮爲君征。雄戟摩白日，長劍斷流星。早出飛狐塞，晚泊樓煩城。虜騎四山合，胡塵千里驚。嘶笳振地響，吹角沸天聲。左碎呼韓陣，右破休屠兵。横行絶漠表，飲馬瀚海清。隴樹枯無色，沙草不常青。勒石燕然道，凱歸長安亭。縣官知我健，四海誰不傾。但使強胡滅，何須甲第成？當今丈夫志，獨爲上古英。」

（二）《遊太平山》：「石險天貌分，林交日容缺。陰澗落春榮，寒巖留夏雪。」

六、張溥《漢魏六朝百三家集・孔詹事集題辭》：「孔靈産立館禹井山，事道精篤，而齊高輔政，竟以術數登榮位，來羽扇素几之贈。子珪宅營山水，草萊不翦，而彈文表奏，盛行朝廷，父子出處間，何相似也！汝南周顒結舍鍾嶺，後出爲山陰令，秩滿入京，復經此山，珪代山移文絶之，昭明取入選中。比考孔、周二傳，俱不載此事，豈調笑之言，無關記録，如嵇康於山濤，徒有其書，交未嘗絶也。末世網密，刑罰無章，再三申論，求定一律。魏虜連侵，國疲征討，表請通和。孔公之言，無非近仁者，大致捄民息物而已。周妻何肉，精進未逮，豈僅譏草堂之衣裳，傲僕射之鼓吹，自命清疎哉！張融令終，淩雲一笑，孔珪卧疾，不免舉床，瞑含之際，遇或嗛嗛，其爲無累則同也。」

齊寧朔將軍王融〔一〕　齊中庶子劉繪〔二〕

元長、士章，並有盛才〔三〕，詞美英淨〔四〕。至於五言之作，幾乎尺有所短〔五〕。

譬應變將略，非武侯所長，未足以貶卧龍〔六〕。

【校異】

〔詞美英浄〕《吟窗》、《格致》、《詩法》、《詞府》諸本作「詞筆瑩浄」。車柱環《校證補》：「當從之。『英』作『瑩』，英、瑩，音義並近，作瑩較勝。環嘗於《校證》云：『「詞美英浄」，義頗難通，疑本作「詞彩英浄。」』又云：『今本作「詞美英浄」，「美」即「英」字之誤而衍者，又挩「彩」字也。』庶幾近之。」

〔幾乎尺有所短〕「尺」，《秘書》本衍筆誤作「足」。或涉下「足」字而誤。

〔未足以貶卧龍〕「卧龍」，《吟窗》、《格致》、《詩法》、《詞府》、《詩紀》諸本均作「卧龍也」。

【集注】

〔一〕王融（四六七—四九三）：南朝齊詩人。字元長，瑯邪臨沂（今屬山東）人。王僧達孫，王儉從子。年少時即舉秀才，入竟陵王蕭子良幕，極受賞識。永明十一年（四九三），兼任主客，接待北魏使者，應對便捷。北魏侵邊，爲甯朔將軍軍主。曾上書齊武帝求自試。歷任晉安王南中郎參軍、晉陵王司徒法曹參軍、中書郎兼主客郎。竟陵王蕭子良以爲寧朔將軍軍主。因謀擁立竟陵王，爲鬱林王嫉恨。鬱林王即位，被孔稚圭奏劾，賜死獄中，年二十七。融早慧，博涉有文才，曾爲《曲水詩序》，文藻富麗，當世稱之，北使房景高比之於相如《封禪》。尤善倉卒屬綴，有所造作，援筆可待。善解音律，爲「竟陵八友」之一，與沈約同爲「永明體」代表作家。《隋志》謂有「齊中書郎王融集十卷」，已散佚。明張溥輯有《王寧朔集》。事見《南齊書》卷四七、《南史》卷二一本傳。

〔二〕劉繪（四五八—五〇二）：南朝齊詩人。字士章，彭城（今江蘇徐州）人。性機悟，應對流暢，父勔喜曰：「汝後若束帶立朝，可與賓客言矣。」歷仕宋、齊、梁三朝。宋時爲蕭道成太尉行參軍。齊時，爲太子中庶子、長沙内史，後爲寧朔將軍。入梁爲大司馬從事中郎。繪華敏俊賞，麗雅有風。《南齊書》本傳謂「機悟多能，時張融、周顒並有言工，融音旨緩韻，顒辭致綺捷。繪之言吐，又頓挫有風氣。時人爲之語曰：『劉繪貼宅，别開一門。』言在二家之中也」。永明末，京邑人士盛爲文章，繪爲後進領袖。疾詩風淆亂，欲爲當世詩品，啓發鍾嶸《詩品》寫作。其子女劉孝綽、孝儀、孝勝、孝威、令嫻等，至梁代均有詩名。劉繪多與謝朓、沈約等人唱和，詩風亦相近。《隋志》謂有「梁國從事中郎劉繪集十卷」，已散佚。今存五言詩八首。事見《南齊書》卷四八、《南史》卷三九本傳。

〔三〕並有盛才：《南齊書·王融傳》：「元長博涉有文才。」《南史·任昉傳》：「王融有才俊，自謂無對。」《南史·劉繪傳》：「繪麗雅有風。」《南齊書·劉繪傳》：「繪爲後進領袖。」《詩品序》：「彭城劉士章，俊賞之士。」此皆元長、士章，並有盛才之證。

〔四〕詞美英淨：此謂王融、劉繪之詩文詞華美明淨。許文雨《講疏》：「陳祚明評王融云：『元長詞備華腴。』《竹林詩評》云：『王融作《遊仙詩》，如金莖百尺，仙掌銅盤，集沆瀣於中天，倚清寒而獨矯也。』」

〔五〕尺有所短：語出《楚辭·卜居》曰：「夫尺有所短，寸有所長。」又《史記·白起王翦列傳》曰：「鄙語云：尺有所短，寸有所長。」此謂元長、士章雖有盛才，然作五言詩是其所短。胡應麟《詩藪》曰：「元長尤號錚錚，篇什雖繁，未爲絶出。」許學夷《詩源辯體》曰：「王元長五言，較玄暉、休文，聲韻益卑，大半入梁陳矣。故昭明獨無取焉。」許文雨《講疏》曰：「士章亦坐此，故仲偉並抑之。」

〔六〕「譬應」三句：語出《三國志·蜀書·諸葛亮傳》：「然連年動衆，未能成功，蓋應變將略，非其所長歟？」武侯、卧龍，均指諸葛亮。此以「應變將略，非武侯所長，未足以貶卧龍」喻元長、士章雖短於詩，然未足貶抑也。旭按：鍾嶸評先君、恩師、摯友詩，分品雖峻嚴不苟且，然具體品評，語皆委婉，有回護之意。此其證。

【參考】

一、録王融詩三首：

（一）《臨高臺》：「遊人欲騁望，積步上高臺。井蓮當夏吐，窗桂逐秋開。花飛低不入，鳥散遠時來。還看雲陣影，含月共徘徊。」

（二）《棲玄寺聽講畢遊邸園七韻應司徒教詩》：「道勝業兹遠，心閑地能隟。桂櫋鬱初裁，蘭墀坦將闢。虚簷對長嶼，高軒臨廣液。芳草列成行，嘉樹紛如積。流風轉還逕，清煙泛喬石。日泊山照紅，松映水華碧。暢哉人外賞，遲遲眷西夕。」

（三）《别王丞僧孺》：「首夏實清和，餘春滿郊甸。花樹雜爲錦，月池皎如練。如何當此時，别離言與面。留雜已鬱紆，行舟亦遥衍。非君不見思，所悲思不見。」

二、沈約《傷王融》：「元長秉奇調，弱冠慕前蹤。眷言懷祖武，一簣望成峰。途艱行易跌，命舛志難逢。折風落迅羽，流恨滿青松。」

三、張溥《漢魏六朝百三家集·王寧朔集題辭》：「齊世祖禊飲芳林，使王元長爲《曲水詩序》，有名當世，北使欽矚，擬于相如《封禪》，梁昭明登之《文選》。玄黄金石，斐然盈篇，即詞涉比偶，而壯氣不没，其焜耀一時，亦有繇也。竟陵王宗子長賢，元長投許情分，法門讚頌，如壎如篪，彼此之交，謂以浄照相得。而傖楚入幕，戎服災身，蘭室梅栱崖，豈宜若是！夫南齊王業，太孫壞之。孝武多男，西昌賊之。設元長志遂，竟陵當陽，蕭氏福祚可世世也。謀敗獄死，天即惡槌車之躁，其不祐齊則久矣。但見王郎年未三十，心熱公輔，並笑其斷杖一舉，僨取瓦裂，猶然成敗之見乎！元長獄中據答，自云：『上《甘露頌》、《銀甕啓》及《三日詩序》，接虜使語辭，竭思稱揚，得非誹謗。』夫穰侯相印，不可遽得，終子雲、賈長沙才則自我有也，又曷不少從容引分，資成不朽哉！」

四、王士禛《漁洋詩話》卷下曰：「『下品』之王融，宜在『中品』。」

五、録劉繪詩三首：

（一）《餞謝文學離夜》：「汀洲千里芳，朝雲萬里色。悠然在天隅，之子去安極？春潭無與窺，秋臺誰共陟？不見一佳人，徒望西飛翼。」

（二）《詠博山香爐》：「參差鬱佳麗，合遝紛可憐。蔽野千種樹，出没萬重山。上鏤秦王子，駕鶴乘紫煙。下刻蟠龍勢，矯首半銜蓮。旁爲伊水麗，芝蓋出巖間。復有漢游女，拾羽弄餘妍。榮色何雜糅，縟繡更相鮮。麏麚或騰倚，林薄杳芊眠。掩華終不發，含薰未肯然。風生玉階樹，露湛曲池蓮。寒蟲悲夜室，秋雲没曉天。」

（三）《送別詩》：「春蒲方解籜，弱柳向低風。相思將安寄？悵望南飛鴻。」

齊僕射江祏〔一〕

祏詩猗猗清潤〔二〕。弟祀，明靡可懷〔三〕。

【校異】

〔齊僕射江祏〕「江祏」原誤作「江祐」，據退翁、《對雨樓》、《擇是居》、《梁文紀》、《集成》、《詩話》、《詩品詩式》諸本改。下同。張錫瑜《詩平》「齊僕射江祏」下增「齊侍中江祀」標題，校云：「五字原脱，據評語補。」許印芳《萃編》亦增「祐弟江祀」四字爲標題。葉《集釋》增「祏弟祀」，校云：「或本多『祏弟祀』三字，並補入。」車柱環《校證》：「評語『弟祀，明靡可懷』乃因評其兄祏詩連類及之（古人作傳多連類及之之例）；上引戴逵詩語末附『逵子顒，亦有一時之譽』，乃因父及子，與此同例。」

〔祏詩猗猗清潤〕《廣牘》、二家、《津逮》、《硯北》、《紫藤》、《四庫》、《學津》、《集成》、《談藝》、《全梁文》、《玉鷄苗館》諸本無「祏詩」二字。或因與標題疊書而脱漏。

〔弟祀，明靡可懷〕「弟」，《吟窗》、《格致》、《詩法》、《詞府》諸本誤作「弔」。○「明靡」，原作「明魔」。「明魔」不詞，據諸本改。

【集注】

〔一〕江祏（？—四九九）：南朝齊詩人。字弘業，濟陽考城（今河南蘭考）人。祖遵，寧朔參軍。父德驎，司徒右長史。江祏姑爲齊高帝兄始安貞王道生妃，生齊明帝。祏少爲明帝所親，恩如兄弟。明帝爲吴興，以祏爲郡丞。後除通直郎，補南徐州别駕。明帝輔政，委以腹心，引爲驃騎諮議參軍，領南平昌太守；歷任左衛將軍，太子詹事，侍中，中書令。明帝崩，東昏侯蕭寶卷失德，因謀立江夏王寶玄。事敗，祏、祀兄弟同日被殺。祏被誅後，東昏帝在宫中恣意遊走，單騎奔馳，謂左右曰：「祏常禁吾騎馬，小子若在，吾豈能得此？」江祏早年，曾以剪刀爲聘禮求與范氏女子訂婚，飛黃騰達後，范氏的父親説：昔日與你俱爲黃鵠，如今你已成爲鳳凰，我家荆釵布裙的女兒，配不上你了。遂將當年的剪刀還給他，江祏也就心安理得地別娶另婚。江祏權冠一時，而不忘財利，論者以此非議。然家行和睦，待子侄有恩意。詩俱不存。事見《南齊書》卷四二、《南史》卷四七本傳。

〔二〕猗猗：美盛貌。《詩經・衛風・淇奥》：「瞻彼淇奥，緑竹猗猗。」此謂江祏之詩生動優美，清新温潤。

〔三〕「弟祀」二句：祀，江祀（？—四九九）：字景昌，江祏之弟。與兄同以外戚，爲齊明帝所親信。曾爲南東海太守。與兄江祏同日被殺，詩風亦與兄相近，在伯仲之間。明靡，明浄華靡。《文心雕龍・章句》：「篇之彪炳，章無疵也；章之明靡，句無玷也。」可懷，值得懷想、回味。

【參考】

一、許文雨《講疏》：「仲偉評祏、祀兄弟詩，清靡明潤。亦可謂『魯、衛之政』矣。惜其詩並佚耳。」

齊記室王中〔一〕　齊綏建太守卞彬〔二〕　齊端溪令卞鑠〔三〕

王中、二卞詩，並愛奇嶄絶〔四〕。慕袁彦伯之風〔五〕。雖不弘綽，而文體勦淨〔六〕，去平美遠矣〔七〕。

【校異】

〔齊記室王中〕「中」原作「申」，下正文作「巾」。退翁、顧氏、《廣牘》、繁露堂、天都閣、天一閣、希言齋、《津逮》、《續百川》、《梁文紀》、《五朝》、《説郛》諸本作「王巾」。《硯北》、《全梁文》本作「王中」。王應麟《困學紀聞》曰：「王巾，字簡棲，作《頭陀寺碑》。《説文通釋》以爲王中。」李徽教《彙注》：「簡棲既卒於天監四年，則仲偉作『齊記室』，恐非是。然或入梁而後，不官，故云。」旭按：李善《文選》注引《姓氏英賢録》曰：「王中，字簡棲，瑯邪臨沂人也。有學業。爲《頭陀寺碑》，文詞巧麗，爲世所重。起家郢州從事，征南記室。天監四年卒。碑在鄂州，題云：『齊國録事參軍瑯邪王中製。』石刻作『中』，當以爲據。」《説文通釋》：「王中音徹，俗作巾，非。」故作「中」是。因據改。

〔齊綏建太守卞彬〕「綏建」，原作「綏遠」。張錫瑜《詩平》校云：「『建』，本或作『遠』，誤。《南齊書・州郡志》、《文學》本傳皆作『建』。」因據改。

〔齊端溪令卞鑠〕「卞鑠」，原作「卞録」，據《吟窗》、《格致》、《詩法》、《詞府》諸本改。　旭按：《南齊書》中卞姓者，僅卞彬、卞鑠二人，無卞録。「録」當爲「鑠」之形誤。

〔並愛奇嶄絶〕「奇」，《吟窗》、《格致》、《詩法》、《詞府》諸本均作「清奇」。車柱環《校證》：「『清』字疑妄加。『上品』評劉楨云：『仗氣愛奇。』亦『愛奇』二字連用，可證此文本無『清』字。」可參。

〔雖不弘綽〕「弘綽」，《吟窗》本避宋諱作「洪綽」。《格致》、《詩法》、《詞府》本從之。

〔而文體勦淨〕「勦淨」，《吟窗》、《詩法》、《詞府》諸本均作「勦絶」。

〔去平美遠矣〕希言齋鈔本脱「遠」字。

【集注】

〔一〕王巾（？—五〇五）：南朝齊詩人。字簡棲，瑯邪臨沂（今屬山東）人。歷官郢州從事，征南記室，輔國録事參軍。有學業，工文翰，曾爲《頭陀寺碑》，文詞巧麗，爲世所重。詩不存。《隋志》謂有「王巾」（中）集十卷，今已亡佚。事見《文選・王簡棲〈頭陀寺碑〉》李善注引《姓氏英賢録》。

〔二〕卞彬（？—五〇〇）：南朝齊文學家、詩人。字士蔚，濟陰冤句（今山東定陶縣西南）人。仕宋，官奉朝請、員外郎；入齊，累遷至平越長史、綏建太守。喜飲酒，才操不羣，文多指刺，行事與物多忤。曾擬趙壹《窮鳥》爲《枯魚賦》以喻意。擯棄形骸，自稱「卞田居」。所作《蚤虱賦》、《蝸蟲賦》、《蝦蟆賦》指刺權貴。文章不脛而走，流傳閭巷。卒於官。詩不存。事見《南齊書》卷五二《文學傳》、《南史》卷七二《文學傳》。

〔三〕卞鑠：南朝宋齊時詩人。生卒年不詳，約四七九年前後在世。曾爲袁粲所賞，恒在坐席。粲爲丹陽尹，取鑠爲主簿。好詩賦，多譏刺世人。因獲罪，徙巴州。《隋志》謂有「卞鑠集十六卷……亡」，詩不存。事見《南史》卷七二《丘巨源傳》。

〔四〕愛奇：愛好奇特不凡。上品「劉楨」條：「仗氣愛奇，動多振絶。」嶄絶：見下品「鮑令暉、韓蘭英」條注〔三〕。許文雨《講疏》：「王巾（中）爲《頭陀寺碑》文，詞甚巧麗，爲世所重。其詩今未之見。《南史·卞彬傳》載其謠辭一首，曰：『可憐可念尸著服，孝子不在日代哭，列管暫鳴死滅族。』齊高帝曰：『此彬自作。』其句法緊健，亦足以當『愛奇嶄絶』之評矣。」

〔五〕袁彦伯：袁宏，字彦伯。見「中品」。鍾氏以「雖文體未遒，而鮮明緊健，去凡俗遠矣」評其「詩風」。此云「鮮明緊健」之風爲王中、二卞所慕。

〔六〕「雖不」二句：弘綽，宏放寬綽。勦净，矯健輕捷。此謂王中、卞彬、卞鑠之詩雖然不宏放寬綽，但體貌矯健輕捷。

〔七〕去平美遠矣：「平美」二字甚費解，此前亦未見用例。一釋爲「平平之美」，許文雨《講疏》曰：

「仲偉前評彦伯詩『鮮明緊健，去凡俗遠矣』，亦猶此云『文體勦浄，去平美遠矣』之意。蓋剿除疵累，自然鮮明，歸諸浄盡，非即緊健乎。至謂美而平平，自近於凡俗，苟能令其文體剿浄，則必超出之矣。」其句式、句意均與評袁宏相似。則平美，當作平平之作解。汪中《注》：「勦浄，亦近精鍊。故勝於平美，終不足多也。宜置於『下品』。」

【參考】

一、《南史·卞彬传》：「卞彬，字士蔚，濟陰冤句人也。祖嗣之，中領軍。父延之，爲上虞令，有剛氣。會稽太守孟顗以令長裁之，積不能容，脱幘投地曰：『我所以屈卿者，政为此幘耳。今已投之卿矣。……』拂衣而去。彬險拔有才，而與物多忤。……乃謂帝曰：『比聞謡云：「可憐可念屍著服，孝子不在日代哭，列管暫鳴死滅族。」公頗聞不？』時蘊居父憂，與粲同死，故云『屍著服』也。『服』者，衣也。『孝子不在日代哭』者，褚字也。彬謂沈攸之得志，褚彦回當敗，故言哭也。列管謂蕭也。高帝不悦。及彬退，曰：『彬自作此。』後常於東府謁高帝。……仍詠《詩》云：『誰謂宋遠，跂予望之。』遂大忤旨，因此擯廢數年，不得仕進。乃擬趙壹《窮鳥》爲《枯魚賦》以喻意。後爲南康郡丞。彬頗飲酒，擯棄形骸。仕既不遂，乃著《蚤虱》、《蝸蟲》、《蝦蟆》等賦，皆大有指斥。其《蚤虱賦序》曰：『余居貧，布衣十年不製。一袍之緼，有生所托，資其寒暑，無與易之。爲人多病，起居甚疏，縈寢敗絮，不能自釋。兼攝性懈惰，嬾事皮膚，澡刷不謹，澣沐失時，四體䩺䩺，加以臭穢，故葦席蓬纓之間，蚤虱猥流。淫癢渭濩，無時恕肉，探揣擭撮，日不替手。虱有諺言：「朝生暮孫」。若吾之虱者，無湯沐之慮，絶相吊之憂，宴聚乎久袴爛布之裳，復不懃於捕討，孫孫子子，三十五歲焉。』其略言皆實録也。……彬性好飲酒，以瓠壺瓢勺杬皮爲具，著帛冠，十二年不改易。以大瓠爲火籠，什物多諸詭異，自稱『卞田居』，婦爲『傅蠶室』。或謂曰：『卿都不持操，名器何由得升？』彬曰：『擲五木子，十擲輒鞬，豈復是擲子之拙。吾好擲，政極此耳。』後爲綏建太守，卒官。」

二、旭謂：史載卞彬、卞鑠「險拔有才，與物多忤」、「好詩賦，多譏刺世人」，故以愛奇嶄絶者同品同條。

齊諸暨令袁嘏〔一〕

嘏詩平平耳，多自謂能〔二〕。常語徐太尉云〔三〕：「我詩有生氣，須人捉着。不爾，便飛去〔四〕。」

【校異】

〈暇詩平平耳〉《廣牘》、天都閣、《津逮》、《梁文紀》、《四庫》、《紫藤》、《硯北》、《全梁文》、《玉鷄苗館》諸本無「暇詩」二字。《增漢魏》、《精華》本「暇」並作「古」，蓋音同之誤。〇「耳」，天都閣本作「爾」。「耳」、「爾」通。

〈多自謂能〉 曾慥《類説》「多」上有「且」字。

〈常語徐太尉云〉 「常語」，《吟窗》、《格致》、《詩法》、《詞府》諸本作「嘗謂」，意同。〇「徐太尉」，原作「徐太保尉」。《吟窗》、《格致》、《詩法》、《詞府》、《廣牘》、《津逮》、《硯北》、《集成》、《詩話》、《學津》、《全梁文》、《玉鷄苗館》、《詩品詩式》、螢雪軒諸本均作「徐太尉」，無「保」字。退翁書院鈔本原脱「保」字，後鈔者以墨筆添補。故《對雨樓》、《擇是居》本仿刻，亦在句下補刻一小「保」字。《詩話》本句下亦寫一小「保」字。《學津》、《談藝》本「太」、「尉」之間空一格，意謂「保」字未刻。車柱環《校證》：「『保』字乃聯想而加。」楊祖聿《校注》：「孝嗣嘗拜司空太尉二府參軍及太尉諮議參軍，故當從《夷門廣牘》本。」諸説是，因據改。

〈我詩有生氣〉 「生氣」，《大觀》本作「俠氣」。

〈須人捉着〉 「捉着」，《詞府》、《詩話》、《談藝》、《學津》、《詩品詩式》諸本作「捉著」，《津逮》本作「提着」。 顧氏、天一閣、《續百川》、天都閣、希言齋、《廣漢魏》、《説郛》、《五朝》、《詩觸》、《秘書》、螢雪軒諸本均作「促着」。鄭文焯校：「『促』，當作『捉』。」旭按：鄭説是。「促」、「提」，均「捉」之形誤。

〔便飛去〕《吟窗》、《格致》、《詩法》、《詞府》諸本作「便飛去矣」。

【集注】

〔一〕袁嘏（？—四九八）：南朝齊詩人。三國袁渙之後。陳郡（郡治今河南淮陽縣）人。齊明帝建武末（四九四—四九七）爲諸暨令。詩平平，然頗为自重。爲會稽太守王敬則所殺。詩不存，事見《南齊書》、《南史》之《卞彬傳》。

〔二〕「嘏詩」二句：此謂袁嘏的詩很一般，而他卻自以爲很有才能。

〔三〕徐太尉：指徐孝嗣（？—四九九）。因佐齊明帝登基，歷任侍中、中軍大將軍，進爵爲公。後爲東昏侯蕭寶卷所殺。齊和帝即位，追贈太尉。張錫瑜《鍾記室詩平三卷》曰：「徐太尉，孝嗣。」李徽教《彙注》：「徐太尉，疑即徐孝嗣。《隋志》云：『齊太尉徐孝嗣集十卷。』原注『梁七卷』。則孝嗣官位既相符。又《南齊書》卷四十四《徐孝嗣傳》云：『孝嗣愛好文學，賞託清勝，器量弘雅，不以權勢自居。』則自重其文之袁嘏，必能對之而吐出如是之言。且史不言齊别有徐氏爲太尉者。」

〔四〕「我詩」四句：生氣，指事物内部的活力與生命力。後多用爲藝術批評術語，謂詩氣韻生動，活力彌漫。《世説新語・品藻》：「庾道季云：廉頗、藺相如雖千載上死人，懍懍恒如有生氣。」又梁武帝蕭衍《答陶弘景書》：「稜稜凜凜，常有生氣；適眼合心，便爲甲科。」此謂袁嘏對徐太尉説：「我的詩有生氣，必須有人捉住，否則就會飛走。」旭按：此是人物性格語言。引用當事人性格語言，亦是《詩品》批評方法之一。近藤元粹《螢雪軒》：「得意過實，而語則有味。」

【參考】

一、《南齊書・卞彬傳》：「陳郡袁嘏，自重其文。謂人云：『我詩應須大材迮之，不爾飛去。』」

二、何文焕《歷代詩話考索》：「此語雋甚。坡仙云：『作詩火急追亡逋』，似從此脱化。」

齊雍州刺史張欣泰〔一〕　梁中書郎范縝〔二〕

欣泰、子真，並希古勝文〔三〕，鄙薄俗製〔四〕，賞心流亮，不失雅宗〔五〕。

【校異】

〔齊雍州刺史張欣泰〕　路百占《校記》曰：「按《南史・張欣泰傳》云：『梁武帝起兵東昏，以欣泰爲雍州刺史。』知齊爲梁之誤。」路説非是。欣泰卒於齊東昏侯蕭寶卷永元三年（五〇一），不及梁世。

〔梁中書郎范縝〕張錫瑜《詩平》曰：「梁中書郎，《梁書》本傳言終國子博士。《隋志》則稱尚書左丞。」○「范縝」，《吟窗》、《格致》、《詩法》、《詞府》、《詩紀》諸本均誤作「范績」。

〔欣泰、子真〕《吟窗》、《格致》、《詩法》、《詞府》諸本「真」下有「詩」字。車柱環《校證》曰：「欣泰、子真，一以名，一以字，未知其間有無輕重。」

〔並希古勝文〕「勝文」，退翁書院鈔本原脱「勝」字，後鈔者以墨筆添補。故《對雨樓》、《擇是居》在句下亦補刻一小「勝」字。許文雨校曰：「明鈔本無『勝』字。」當爲失檢。

【集注】

〔一〕張欣泰（四五六—五〇一）：南朝齊詩人。字義亨。竟陵（今湖北潛江縣西北）人。少有志節，好隸書，讀子史。出身將門，建元初，曾任寧朔將軍，累除尚書都官郎，又任直閣將軍、步兵校尉、領羽林監等。累官持節督雍、涼、南、北秦諸州軍事。然不樂武職。自謂「性怯畏馬，無力牽弓」。喜挾素琴，交結名流，飲酒賦詩。永元初，梁武帝起兵，東昏以欣泰爲雍州刺史。東昏侯昏亂失德，欣泰與弟密謀廢立，事泄，被誅殺。詩今不存。事見《南齊書》卷五一、《南史》卷二五。

〔二〕范縝（約四五〇—五一〇）：南朝齊梁時無神論思想家、詩人。字子真，南鄉舞陰（今河南泌陽西北）人。范雲從兄。少孤貧，勤奮好學，卓越不群；既長，博通經術，尤精三《禮》。性質直，有深沈之思。齊時位尚書殿中郎、晉安太守。主張「神滅論」，反對因果報應説，以爲人生如一樹花朵，有花瓣吹落廳堂，有花瓣飄落進糞池，無因果可言。又謂形神相即，不得分離。齊永明中，在竟陵王蕭子良門下，與王公、權貴、僧侶六十多人辯論，因駁斥佛教神不滅論，徙付廣州，天監六年（五〇七）任中書郎、國子博士。《南史·范縝傳》謂縝「年二十九，髮白皤然，乃作《傷暮詩》、《白髮詠》以自嗟」。《隋志》謂有「梁尚書左丞范縝集十一卷」，已散佚。今存雜言詩一首。事見《梁書》卷四八《儒林傳》、《南史》卷五七。

〔三〕「欣泰」二句：希古，希慕古人風範。夏侯湛《東方朔畫贊》：「臨世濯足，希古振纓。」嵇康《幽憤詩》：「抗心希古，任其所尚。」李善注：「《廣雅》曰：『希，庶也。』」勝文，即質勝於文。語出《論語·雍也》：「子曰：質勝文則野。」指詩風質樸。旭按：古人詩風質樸，故曰「希古」可以「勝文」。

〔四〕鄙薄俗製：鄙薄，鄙視菲薄，嫌惡輕視。俗製，當時流行的趨新之作。當指沈約、謝朓、王融等人爲代表的新體詩。

〔五〕「賞心」二句：流亮，即瀏亮。陸機《文賦》：「詩緣情而綺靡，賦體物而瀏亮。」李善注：「瀏亮，清明之稱。」雅宗：雅正的詩歌傳統。此謂張欣泰、范縝之詩賞心悦目，清明瀏亮，不失雅正的詩歌傳統。許文雨《講疏》：「《歷代吟譜》云：『張欣泰飲酒賦詩。』《南史·(范)縝傳》：『縝作《傷暮詩》、《白髮詠》以自嗟。』今二人詩皆不見，以仲偉『希古』與『鄙薄俗製』之評推之，當非齊梁時代所能容，此其所以詩名未振與？」

【參考】

一、陳延傑《注》：「此又以古質同品。」

齊秀才陸厥〔一〕

觀厥文緯〔二〕，具識文之情狀〔三〕。自製未優〔四〕，非言之失也〔五〕。

【校異】

〔齊秀才陸厥〕「齊」，原作「梁」。張錫瑜《詩平》校云：「『齊』，原作『梁』，誤。厥卒年於齊永元元年，不及梁世也。《南齊書·文學》本傳言，終後軍行參軍。《隋志》稱後軍法曹參軍。《文選》注引其集云：『竟陵王舉秀才，遷太子太傅功曹掾。』」張説是，因據改。

〔具識文之情狀〕「識」，明《考索》本誤作「織」。車柱環《校證》曰：「『識』、『織』古通，此以作織爲正。『織』與上文『緯』相應。前評宋孝武帝詩有云『雕文織綵』，《文心雕龍·原道》篇有云：『雕琢情性，組織辭令。』《情采》篇：『鏤心鳥跡之中，織辭魚網之上。』與此『織』字之用法皆同。」非是。《考索》本原作「識」不作「織」。車氏誤。○「文」，原作「丈夫」，據《吟窗》、《格致》、《詩法》、《詞府》諸本改。中沢希男《詩品考》：「『丈夫』，當爲『文』之訛。『文』誤爲『丈』，因文意不通，後人遂在『丈』下竄入『夫』字。」車柱環《校證補》、錢鍾書《管錐編》所説同，因據改。

【集注】

〔一〕陸厥（四七二—四九九）：南朝宋齊時詩人。字韓卿，吴郡吴（今江蘇蘇州）人。少有風概，好屬文，五言詩體甚新奇。永明九年（四九一）朝廷詔百官舉士，同郡司徒左西曹掾顧暠之表薦厥，州舉秀才。爲王晏少傅主簿，遷後軍行參軍。永明盛爲文章，沈約、王融等人文皆用宫商，將平上去入四聲，以此制韻。厥作《與沈約書》，與沈約論宫商聲律。沈約答辯，一時爲人矚目。永元初，始安王遥光反，厥父閑被誅，厥弟絳抱頸求代死，並見殺。厥坐繫，尋遇赦，感痛而卒。《隋志》謂有「齊後軍法曹參軍陸厥集八卷，梁十卷」，已散佚，今存詩十一首。事見《南齊書》卷五二《文學傳》、《南史》卷四八《陸慧曉傳》附。

〔二〕文緯：當爲陸厥論文之作。陳延傑《注》：「文緯乃言理者，或即指厥與沈約論宫商書。」許文雨《講疏》：「『文緯』想係韓卿評論文學之書，以仲偉謂其『非言之失』可思得之。惟《隋志》未曾著録，則其書或早佚矣。《南齊書》厥傳，載其與沈約論宫商，韓卿以爲宫商律吕，不得言曾無先覺，更不必責其如一。是韓卿大有揚子雲『壯夫不爲』之意。『文緯』所標義諦，自不外此。故仲偉允其具識丈夫之情狀也。抑韓卿此種議論，既與齊梁諸公相左，故當時史籍，遂抑其書而不著録歟？」中沢希男《詩品考》：「『文緯』恐爲『文編』之訛。若『文緯』不誤，則當爲陸厥著作之名稱。梁阮孝緒《七録序》（《廣弘明集》三）中即有『《聲緯》一帙一卷』之記載，可作『文緯』亦爲書名之傍證。」蕭華榮《譯注》：「《太平御覽》卷四四七《人事部·品藻下》引姚信《士緯》：『論清高之士，上可如老子、莊周，下可如君平、子貢耳。』『士緯』既論士，則『文緯』當是論文之作。」

〔三〕具識文之情狀：具，同「俱」，盡也。情狀，情況，情形。《三國志·魏書·胡質傳》：「書吏李若見問而色動，遂窮詰情狀。」此指作詩之原理、方法。李徽教《彙注》：「韓卿書中所論，即與仲偉序中力闢世之四聲論之義暗合，故譽謂『具識丈夫（當作「文」）之情狀』也。」吕德申《校釋》：「陸厥有關詩歌聲律的主張，接近鍾嶸的自然聲律論，所以認爲他『具識文之情狀』。」旭按：「文之情狀」如何？沈約謂：「自靈均以來，此秘未覩。」厥謂：「辭既美矣，理又善焉，但觀歷代衆賢，似不都闇此處，而云『此秘未覩』，近乎誣乎？」「愚謂前英已早識宫徵，但未屈曲指的。」「一人之思，遲速天懸，一家之文，工拙壤隔，何獨宮商律呂，必責其如一邪？論者乃可言未窮其致，不得言曾無先覺也。」嶸謂：「昔曹、劉殆文章之聖，陸、謝爲體貳之才，鋭精研思，千百年中，而不聞宮商之辨，四聲之論。或謂前達偶然不見，豈其然乎？」「故三祖之詞，文或不工，而韻入歌唱。此重音韻之義也，與世之言宮商異矣。今既不被管弦，亦何取於聲律耶？」厥、嶸之意契合，故厥「自製未優」，嶸仍以厥入品，「預此宗流」，共討沈約聲律論。

〔四〕自製未優：謂陸厥己之詩歌，未臻上佳。何焯《義門讀書記》以爲陸韓卿《中山王孺子妾歌》，是擬《怨歌行》。評曰：「韓卿生承明、天監之時，而規模前人，略不能自出新意，豈非所謂失肉餘皮者乎？」古直《箋》：「《南齊書》曰：『陸厥五言詩體甚新奇。』是當時甚推其詩也。與仲偉異議矣。厥詩録於《文選》者二首，録於《玉臺新詠》者三首。」許文雨《講疏》曰：「今就其詩觀之，知本傳自無溢美之詞。頗爲陳祚明評韓卿『雅縟之筆，澤以古風』者，更有當於心也。仲偉評其未優，毋乃因其言而求文，不覺望之過奢乎？」

〔五〕非言之失也：言，此指陸厥「文緯」。非言之失，並非其議論觀點有錯誤過失。旭按：《陸厥集》八卷今佚，所遺詩十一首，多樂府之製，清新綺麗，似鮑照、湯惠休美文風氣，當爲仲偉不喜。

【參考】

一、録陸厥詩二首：

（一）《南郡歌》：「江南可采蓮，蓮生荷已大。旅雁向南飛，浮雲復如蓋。望美積風露，疏麻成襟帶。雙珠惑漢皋，蛾眉迷下蔡。玉齒徒粲然，誰與啓含貝？」

（二）《奉答内兄希叔》（五首選一）：「平原十日飲，中散千里遊。渤海方淫滯，宜城誰獻酬？屏居南山下，臨此歲方秋。惜哉時不遇，日暮無輕舟。」

二、陸厥《與沈約書》（節録）：「范詹事《自序》：『性别宫商，識清濁，特能適輕重，濟艱難。古今文人，多不全了斯處，縱有會此者，不必從根本中來。』沈尚書亦云：『自靈均以來，此秘未睹。』或『暗與理合，匪由思至。張蔡曹王，曾無先覺，潘陸顔謝，去之彌遠』。大旨鈞使『宫羽相變，低昂舛節。若前有浮聲，則後須切響。一簡之内，音韻盡殊；兩句之中，輕重悉異』，辭既美矣，理又善焉。但觀歷代衆賢，似不都闇此處，而云『此秘未睹』，近於誣乎？」「一人之思，遲速天懸；一家之文，工拙壤隔。何獨宫商律吕，必責其如一邪？論者乃可言未窮其致，不得言曾無先覺也。」

三、沈約《答陸厥書》：「宫商之聲有五，文字之别累萬。以累萬之繁，配五聲之約，高下低昂，非思力所舉，又非止若斯而已也。十字之文，顛倒相配；字不過十，巧歷已不能盡；何況復過於此者乎！靈均以來，未經用之於懷抱，固無從得其仿佛矣。若斯之妙，而聖人不尚，何邪？此蓋曲折聲韻之巧，無當於訓義，非聖哲立言之所急也。是以子雲譬之『雕蟲篆刻』，云『壯夫不爲』。自古辭人，豈不知宫羽之殊，商徵之别。雖知五音之異，而其中參差變動，所昧實多。故鄙意所謂

『此秘未睹』者也。以此而推，則知前世文士，便未悟此處。若以文章之音韻，同弦管之聲曲，則美惡妍蚩，不得頓相乖反。譬由子野操曲，安得忽有闡緩失調之聲？以《洛神》比陳思他賦，有似異手之作。故知天機啓則律吕自調，六情滯則音律頓舛也。士衡雖云『炳若縟錦』，寧有濯色江波，其中復有一片是衛文之服？此則陸生之言，即復不盡者矣。韻與不韻，復有精粗。輪扁不能言，老夫亦不盡辨此。」

梁常侍虞羲〔一〕　梁建陽令江洪〔二〕

子陽詩奇句清拔〔三〕，謝朓常嗟頌之〔四〕。洪雖無多，亦能自迴出〔五〕。

【校異】

〔梁常侍虞羲〕　張錫瑜《詩平》：「梁常侍……《隋志》稱『齊前軍參軍』。案：《文選》注引羲集序云：『始安王引爲侍郎，尋兼建安征虜府主簿功曹，又兼記室參軍事。天監中卒。』則此作梁是也。」　○「羲」，《吟窗》、《格致》、《詩法》、《詞府》、二家諸本均誤作「義」。

〔子陽詩奇句清拔〕　「陽」前原脱「子」字。虞羲字「子陽」，諸本均作「子陽」，因據補。　○「奇句」，

《吟窗》、《格致》、《詩法》、《詞府》諸本作「綺句」。

〔謝朓常嗟頌之〕「頌」，《吟窗》、《格致》、《詩法》、《詞府》、《詩紀》諸本均作「誦」。「頌」、「誦」通。

〔亦能自迴出〕「能自」，《全梁文》誤倒作「自能」。《吟窗》、《格致》、《詩法》、《詞府》諸本脱「自」字。

【集注】

〔一〕虞羲：南朝齊梁時詩人。生卒年不詳。字子陽（李善《文選注》引《虞羲集序》），一説字士光（《南史·江淹、任昉傳》）。鍾嶸入太學時同學，年齡與鍾嶸相仿佛。會稽餘姚（今屬浙江）人。七歲能屬文，齊時，始安王引爲侍郎，尋兼建安征虜府主簿功曹，又兼記室參軍事。入梁，爲晉安王侍郎。梁天監中（五〇六—五一三）卒。盛有才藻，《詠霍將軍北伐》詩，遒勁有風骨；《送友人上湘》、《見江邊竹》、《詠秋月》，均清麗挺拔，自有佳句，爲謝朓所稱賞。《隋志》謂有「齊前軍參軍虞羲集九卷，殘缺，梁十一卷」，已散佚。今存詩十三首。事見《南史》卷五九《王僧孺傳》、《王融傳》及《文選》卷二一李善注引《虞羲集序》。

〔二〕江洪：南朝齊梁時詩人。生卒年不詳（約公元五〇二年前後在世）。濟陽考城（今河南蘭考）人。梁初爲建陽令，後因事被殺。工屬文。竟陵王子良嘗夜集學士，刻燭爲詩，四韻者則刻一寸，以此爲率。文琰曰：「頓燒一寸燭，而成四韻詩，何難之有？」乃與令楷、江洪等，共打銅鉢立韻，響滅則詩成，皆可觀覽。《隋志》謂有「梁建陽令江洪集二卷」，已散佚。今存詩十八首。事見《梁書》卷四九《吴均傳》、《南史》卷五九《王僧孺傳》、卷七二《吴均傳》。

〔三〕「子陽」句：子陽，虞羲字。李徽教《彙注》：「《虞羲集序》、《南史》、《隋志》，並不言羲爲常侍。又《虞羲集序》、《詩品》，皆云羲字子陽，而《南史》云士光，蓋二字並行也歟。」清拔，見中品「劉琨」條注。胡應麟《詩藪》：「宋齊之際靡極矣。而虞子陽《北伐》，大有建安風骨，何從得之？」王夫之評虞羲《詠橘》云：「子陽留心雅製，於體欲備，老筆沈酣，足以逮之，不問當時俗賞。」陳祚明評虞羲《詠霍將軍北伐》云：「高壯。已稍洗爾時纖卑習氣矣。」古直《箋》云：「《詠霍將軍北伐》一首，信爲清拔。」許文雨《講疏》：「觀此二評（王夫之、陳祚明評），可見子陽之自拔於儕輩！其惟李青蓮稱驚人句之謝朓，足以賞音矣。」王叔岷《疏證》：「『奇句清拔』，蓋即指《北伐》詩之類也。」

〔四〕「謝朓」句：謝朓，見中品「謝朓」條。嗟頌，讚嘆吟誦。旭按：子陽詩「謝朓常嗟頌」事不詳。然《詩品》評謝朓詩「奇章秀句，往往警遒」，評虞羲詩「奇句清拔」。「奇句」，即「奇章秀句」，「清拔」，與「警遒」意亦相近。或因詩風相類，以其「清拔」之「奇句」爲謝朓嗟頌。又據《南史》卷二一《王融傳》：王融於齊永明十一年（四九三）被誅時，虞羲爲太學生。《南齊書·禮志》載：「永明三年正月詔立學，創立堂宇，召公卿弟子及員外郎之胤，凡置生二百人，其年秋悉集。」鍾嶸亦於齊永明三年入國學（《南史·鍾嶸傳》謂「嶸齊永明中爲國子生」），則虞羲爲鍾嶸同學，生年亦相仿佛

（入學年齡，《南齊書・禮志》謂在「十五以上，二十以還」）。與謝朓年齡亦相差無幾。鍾嶸既言「朓極與余論詩」（中品「謝朓」條評語），則「子陽詩奇句清拔，謝朓常嗟頌之」，當爲謝朓與鍾嶸論詩時所言，爲鍾嶸親聞，《詩品》是其出處。

〔五〕「洪雖」三句：迥出，高遠出衆。此謂江洪詩雖不多，卻優異出衆。陳延傑《注》：「洪有《詠荷詩》，實爲迥出。」古直《箋》：「洪詩多詠歌姬、詠舞女之類，纖靡甚矣。豈迥出者，今不傳邪？」許文雨《講疏》：「成書評洪《胡笳曲》云：『詞極斬截，韻極鏗鏘，壯志悲音，如聽清笳暮奏。』按洪他詩如《秋風曲三首》，亦是絶句妙法，皆一代迥出之作也。仲偉以洪詩與子陽聯評，正以二人並迥拔獨絶也。又案，史稱吴均文體清拔有古氣，好事者或斆之，謂之吴均體，《梁書》及《南史》並以江洪附吴均傳，殆以江洪爲斆吴均體者，此仲偉所以以迥拔目洪詩歟。」楊祖聿《校注》：「許氏以江洪學吴均之迥拔，正是。然亦不乏綺靡之製，如《詠美人治粧》、《詠歌姬》、《詠舞女》諸什，蓋亦梁陳脂粉之遺音也。」

【參考】

一、録虞羲詩二首：

（一）《詠霍將軍北伐詩》：「擁旄爲漢將，汗馬出長城。長城地勢險，萬里與雲平。涼秋八九月，虜騎入幽并。飛狐白日晚，瀚海愁雲生。羽書時斷絶，刁斗晝夜驚。乘墉揮寶劍，蔽日引高旍。雲屯七萃士，魚麗六郡兵。胡笳關下思，羌笛隴頭鳴。骨都先自讋，日逐次亡精。玉門罷斥堠，甲第始修營。位登萬庾積，功立百行成。天長地自久，人道有虧盈。未窮激楚樂，已見高臺傾。當令麟閣上，千載有雄名。」

（二）《橘詩》：「衝飇發隴首，朔雪度炎洲。摧折江南桂，離披漠北楸。獨有凌霜橘，榮麗在中州。從來自有節，歲暮將何憂。」

二、旭按：虞子陽《北伐》及《詠橘》諸詩，清拔淩勵，迴出時流，風骨直逼公幹，警遒鄰於明遠，宜爲謝朓嗟賞。未能允爲中品之第者，以其同學，要求愈嚴也。然同學而能入品，亦是虬龍之金甲、鳳凰之冠毛。

三、録江洪詩二首：

（一）《胡笳曲》其一：「藏器欲逢時，年來不相讓。紅顔征戍兒，白首邊城將。」

（二）其二：「落日慘無光，臨河獨飲馬。飂飂夕風高，聯翩飛雁下。」

梁步兵鮑行卿〔一〕　梁晉陵令孫察〔二〕

行卿少年，甚擅風謡之美〔三〕。察最幽微〔四〕，而感賞至到耳〔五〕。

【校異】

〔甚擅風謡之美〕「甚」，明嘉靖乙未《吟窗》、辛酉《吟窗》、日本文政九年覆刻《吟窗》、《格致》、《詩法》、《詞府》諸本壞損而作「其」。○「擅」，二家本脱。

〔察最幽微〕退翁、《對雨樓》、《擇是居》諸本並脱「察」字。○「幽微」，膠卷《吟窗》、辛酉《吟窗》、日本文政九年覆刻《吟窗》、《格致》、《詩法》本作「佩微」。手鈔《吟窗》、《詞府》本作「孤微」。

〔而感賞至到耳〕《集成》、《稗史》本並脱「耳」字。

【集注】

〔一〕鮑行卿：南朝齊梁時詩人。生卒年不詳。東海郯縣（今山東郯城）人。梁天監初爲後軍臨川王録事，兼中書舍人，遷步兵校尉。及拜步兵，面謝帝曰：「作舍人，不免貧，得五校，實大校。」例皆如此。好韻語，以博學大才稱。曾上《玉璧銘》，受武帝發詔褒賞。有集二十卷。又撰《皇室儀》十三卷、《乘輿龍飛記》二卷，已散佚。詩亦不存。事見《南史》卷六二《鮑泉傳》附。

〔二〕孫察：南朝齊梁時詩人。據王發國《考索》爲東莞莒（今山東省莒縣）人。生平不詳。詩亦不存。葉長青《詩品集釋》引陳直《詩品約注》：「《梁書・孫謙傳》：『從子廉，歷御史中丞，晉陵、吴興大守。』孫廉當即孫察。《梁書》爲唐姚思廉撰。思廉爲陳吏部尚書姚察之子，思廉避父諱；廉察義近，故易廉。李延壽《南史》，又因姚書而作廉也。」可參。

〔三〕「行卿」二句：少年，指年輕人。曹植《送應氏》：「不見舊耆老，但覩新少年。」擅，專，獨攬。擅美，即專美，特有其美。《宋書・謝靈運傳論》：「子建、仲宣以氣質爲體，並標能擅美，獨映當時。」風謡，指樂府歌謡。此謂鮑行卿是年輕人，擅寫樂府民歌體的優美詩篇。古直《箋》：「《玉臺新詠》有鮑子卿詩二首，次江洪、高爽之後，或行卿即子卿乎？」車柱環《校證》：「《詩宿・詩人考世》上鮑子卿下云：『《詩品》有梁步兵鮑行卿，未知是否。』」許文雨《講疏》：「鮑行卿詩，今已亡佚。惟有鮑子卿，亦梁時人。其《詠畫扇》、《詠玉階》二詩尚存。但與仲偉所評，了不相及，自不得傅會爲一人也。」

〔四〕察最幽微：幽微，一説指孫察門第寒微。旭按：「最幽微」論門第不詞。此當指孫察詩歌風格深遠細微，蘊藉感人之意。

〔五〕感賞至到：感賞，感悟鑒賞。至到，爲六朝人習用語，謂深透精到，至於極點。孫察詩「最幽微」，故「感賞至到」耳。

【參考】

一、翁同書《鍾記室詩平三卷序》：「夫其披尋六代，黜陟百家，人不遺於佞幸寒微，句必采乎鳳毛虬甲。才堪相儷，則數子同評；詣有獨精，則專家孤論。統以三品，各爲一通。表列古今，準蘭臺之舊式；略裁詩賦，踵藜閣之成規。遺並世之何、劉，論伸既往；截餘波於任、沈，涉凜歧趨。可謂藝苑之楷模，才流之軌範矣。」

附録一

南史本傳

鍾嶸，字仲偉，潁川長社人，晉侍中雅七世孫也。父蹈，齊中軍參軍。

嶸與兄岏、弟嶼，並好學，有思理。嶸，齊永明中爲國子生，明《周易》。衛將軍王儉領祭酒，頗賞接之。建武初，爲南康王侍郎。時齊明帝躬親細務，綱目亦密，於是郡縣及六署九府常行職事，莫不争自啓聞，取決詔敕。文武勳舊，皆不歸選部，於是憑勢互相通進，人君之務，粗爲繁密。嶸乃上書言：「古者明君揆才頒政，量能授職，三公坐而論道，九卿作而成務，天子可恭己南面而已。」書奏，上不懌，謂太中大夫顧暠曰：「鍾嶸何人，欲斷朕機務，卿識之不？」答曰：「嶸雖位末名卑，而所言或有可采。且繁碎職事，各有司存。今人主總而親之，是人主愈勞，而人臣愈逸，所謂代庖人宰而爲大匠斲也。」上不顧而他言。

永元末，除司徒行參軍。梁天監初，制度雖革，而未能盡改前弊。嶸上言曰：「永元肇亂，坐弄天爵。勳非即戎，官以賄就。揮一金而取九列，寄片札以招六校。騎都塞市，郎將填街。服既纓組，尚爲臧獲之事；職雖黄散，猶躬胥徒之役。名實淆紊，兹焉莫甚。臣愚謂永元諸軍官是素族士人，自有清貫，而因斯受爵，一宜削除，以懲澆競。若吏姓寒人，聽極其門品，不當因軍遂濫清級。若僑雜傖楚，應在綏撫，正宜嚴斷禄力，絶其妨正，直乞虚號而已。」敕付尚書行之。

衡陽王元簡出守會稽，引爲寧朔記室，專掌文翰。時居士何胤築室若邪山，山發洪水，漂拔樹石，此室獨存。元簡令嶸作《瑞室頌》以旌表之，辭甚典麗。遷西中郎晉安王記室。

嶸嘗求譽於沈約，約拒之。及約卒，嶸品古今詩爲評，言其優劣云：「觀休文衆製，五言最優。齊永明中，相王愛文，王元長等皆宗附約。于時謝朓未遒，江淹才盡，范雲名級又微，故稱獨步。故當辭密於范，意淺於江。」蓋追宿憾，以此報約也。頃之，卒官。

岏字長丘，位建康令，卒。著《良吏傳》十卷。

嶼字季望。永嘉郡丞。

附録二

梁書本傳

鍾嶸字仲偉，潁川長社人，晉侍中雅七世孫也。父蹈，齊中軍參軍。

嶸與兄岏、弟嶼並好學，有思理。嶸，齊永明中爲國子生，明《周易》。衛［將］軍王儉領祭酒，頗賞接之。舉本州秀才。起家王國侍郎，遷撫軍行參軍，出爲安國令。永元末，除司徒行參軍。天監初，制度雖革，而日不暇給，嶸乃言曰：「永元肇亂，坐弄天爵，勳非即戎，官以賄就。揮一金而取九列，寄片札以招六校，騎都塞市，郎將填街。服既纓組，尚爲臧獲之事；職唯黄散，猶躬胥徒之役。名實淆紊，玆焉莫甚。臣愚謂軍官是素族士人，自有清貫，而因斯受爵，一宜削除，以懲僥競。若吏姓寒人，聽極其門品，不當因軍遂濫清級。若僑雜傖楚，應在綏撫，正宜嚴斷禄力，絶其妨正，直乞虚號而已。

謹竭愚忠，不恤衆口。」敕付尚書行之。遷中軍臨川王行參軍。衡陽王元簡出守會稽，引爲寧朔記室，專掌文翰。時居士何胤築室若邪山，山發洪水，漂拔樹石，此室獨存，元簡命嶸作《瑞室頌》以旌表之，辭甚典麗。選西中郎晉安王記室。

嶸嘗品古今五言詩，論其優劣，名爲《詩評》。其序曰：

氣之動物，物之感人，故摇蕩性情，形諸舞詠，欲以照燭三才，輝麗萬有，靈祇待之以致饗，幽微藉之以昭告，動天地，感鬼神，莫近於詩。昔《南風》之辭，《卿雲》之頌，厥義敻矣。《夏歌》曰「鬱陶乎予心」，楚謠云「名余曰正則」，雖詩體未全，然略是五言之濫觴也。逮漢李陵，始著五言之目。古詩眇邈，人代難詳，推其文體，固是炎漢之制，非衰周之倡也。自王、揚、枚、馬之徒，辭賦競爽，而吟詠靡聞。從李都尉訖班婕妤，將百年間，有婦人焉，一人而已。詩人之風，頓已缺喪。東京二百載中，唯有班固《詠史》，質木無文致。降及建安，曹公父子，篤好斯文；平原兄弟，鬱爲文棟；劉楨、王粲，爲其羽翼。次有攀龍託鳳，自致於屬車者，蓋將百計。彬彬之盛，大備於時矣。爾後陵遲衰微，訖於有晉。太康中，三張二陸，兩潘一左，勃爾復興，踵武前王，風流未沫，亦文章之中興也。永嘉時，貴黄、老，尚虚談，于時篇什，理過其辭，淡乎寡味。爰及江表，微波尚傳，孫綽、許詢、桓、庾諸公，皆平典似《道德論》，建安之風盡矣。先是郭景純用俊上之才，創變其體；劉越石仗清剛之氣，贊成厥美。然彼衆我寡，未能動俗。逮義熙中，謝益壽斐然繼作；元嘉初，有謝靈運，才高辭盛，富豔難蹤，固已含跨劉、郭，陵轢潘、左。故知陳思爲建安之傑，公幹、仲宣爲輔；陸機爲太康之英，安仁、景陽爲輔；謝客爲元嘉之雄，顔延年爲輔：此皆五言之冠冕，文辭之命世。

夫四言文約意廣，取效《風》、《騷》，便可多得，每苦文煩而意少，故世罕習焉。五言居文辭之要，是衆作之有滋味者也，故云會於流俗，豈不以指事遣形，窮情寫物，最爲詳切者邪！故《詩》有六義焉，一曰興，二曰賦，三曰比。文已盡而意有餘，興也；因物喻志，比也；直書其事，寓言寫物，賦也。弘斯三義，酌而用之，幹之以風力，潤之以丹采，使味之者無極，聞之者動心，是詩之至也。若專用比興，則患在意深，意深則辭躓。若但用賦體，則患在意浮，意浮則文散。嬉成流移，文無止泊，有蕪漫之累矣。若乃春風春鳥，秋月秋蟬，夏雲暑雨，冬月祁寒，斯四候之感諸詩者也。嘉會寄詩以親，離羣託詩以怨。至於楚臣去境，漢妾辭宮，或骨橫朔野，或魂逐飛蓬，或負戈外戍，或殺氣雄邊，塞客衣單，霜閨淚盡。又士有解珮出朝，一去忘反；女有揚蛾入寵，再盼傾國。凡斯種種，感蕩心靈，非陳詩何以展其義，非長歌何以釋其情？故曰「《詩》可以羣，可以怨」。使窮賤易安，幽居靡悶，莫尚於詩矣。故辭人作者，罔不愛好。今之士俗，斯風熾矣。裁能勝衣，甫就小學，必甘心而馳騖焉。於是庸音雜體，各爲家法。至於膏腴子弟，恥文不逮，終朝點綴，分夜呻吟，獨觀謂爲警策，衆視終淪平鈍。次有輕蕩之徒，笑曹、劉爲古拙。謂鮑昭義皇上人，謝朓今古獨步；而師鮑昭終不及「日中市朝滿」，學謝朓劣得「黄鳥度青枝」。徒自棄於高聽，無涉於文流矣。

嶸觀王公搢紳之士，每博論之餘，何嘗不以詩爲口實，隨其嗜欲，商推不同，淄澠並汎，朱紫相奪，諠譁競起，准的無依。近彭城劉士章俊賞之士，疾其淆亂，欲爲當世詩品，口陳標榜，其文未遂，嶸感而作焉。昔九品論人，《七略》裁士，校以賓實，誠多未值；至若詩之爲技，較爾可知，以類推之，殆同博弈。方今皇帝資生知之上才，體沈鬱之幽思，文麗日月，學究天人，昔在貴遊，已爲稱首；況八紘既掩，風靡雲蒸，抱玉者連肩，握珠者踵武，固以睨漢、魏而弗顧，吞晉、宋於胸中。諒非農歌轅議，敢致流別。嶸之今録，庶周遊於閭里，均之於談笑耳。

頃之，卒官。

岏字長岳，官至府參軍、建康平。著《良吏傳》十卷。嶼字季望，永嘉郡丞。天監十五年，敕學士撰《徧略》，嶼亦預焉。兄弟並有文集。

再版後記

一

拙《集注》問世以來，受到好評，也受到批評。

令我欣慰的是，無論是好評還是批評，都出於善意的維護，因爲讀者和同行已經把這本書看成是「公共學術財産」，代表了新時期《詩品》研究人皆可以利用的平臺。

正是由於這份「公共學術財産」産生的責任，使我再版的時候，不得不對它進行全面、認真的修訂，誠惶誠恐的心情，就像當初一個字一個字把它寫出來一樣。

二

新版的《詩品集注》是增訂本。增訂的意義，一是增，二是訂，具體主要做了三方面的工作：

一是改正了原來書中的錯誤。如錯字、誤字、衍字、缺字、誤名、不準確的標點符號等等，這些錯字和衍字，有的是印刷錯誤，有的是繁簡體和異體字轉化的錯誤，有的是我的筆誤。由於集注必須采擷他人的觀點，轉引前人的成果，而前人又轉引前人的成果，一不當心就出問題。有的引文殘缺不全，有的文字魚魯虎帝，有的觀點混在一起。且古人引用，常憑記憶，多有記錯的地方。我原來的宗旨是照録，不加改正，甚至標點符號也一仍其舊，反正是古人或前人説的，錯誤當記在古人和前人的賬上。但是，爲了對相信本書的讀者負責，是應當改正的；不改正，無論是古人或前人的錯，都是《集注》的錯，讀者和同行就是這麽批評的。

二是做了統一體例的工作。統一了形式，統一了體例，統一了避諱字，統一了著作的稱名。原來以爲統一體例很容易，其實很難，難就難在，在不同的場合，同一種内容會有不同的處理，這就使體例不能統一。此次確定了新的校勘、注釋和參考原則，所有的引書、引文，都列入「徵引書目」；我的按語，均加「旭按」注明，以清條貫。

三是對「校異」、「集注」、「參考」部分重新整合，補充新釋義，增添新内容。體現在「校異」上，是更重視隋代和唐初的資料，特别是《梁書·鍾嶸傳》所引《詩品序》的文字，因其通篇完整，未加割截，當被視作唐初，甚至唐以前《詩品》原本的序言，在校勘上的意義是其他資料無法替代，也無可比擬的，因此，在本次校勘中佔據主體的地位。

鍾嶸逝世以後，《詩品》也許通過蕭綱之手流傳下來。雖然鍾嶸「吟詠情性」的詩歌美學，對蕭綱產生很大影響；但根據目前的資料，我們還無法找到蕭綱直接回應鍾嶸《詩品》的證據。

梁亡後是陳，陳亡後是隋，在鍾嶸逝世後的六十年到一百年之間，隋代劉善經的《四聲指歸》，把鍾嶸《詩品》作爲聲律上的批評對象，第一次引用了《詩品》；一百二十年到一百三十多年以後，唐初所修的《梁書》和《南史》分別引用《詩品》，其中《梁書·鍾嶸傳》引用了完整的《詩品序》。《南史》引用了「沈約」條和「丘遲」條的品語。這爲校勘提供了最有價值的材料。尤其《梁書》和《南史》都有鍾嶸的傳記，比較詳細地記載了鍾嶸的生平和言行，本次增訂，便將《詩品》放在鍾嶸的生平中去互證。

「參考」部分除引用歷代評論，還充分引用同時代，甚至在鍾嶸以前詩人的「擬作」，如江淹的《雜體詩三十首》，此外，如顏延之的《五君詠》、沈約追悼朋友的詩，廣義上都是評論，而且是比一般評論更重要的評論。

江淹的《雜體詩三十首》，是齊梁時代最早，也是最重要的詩學評論資料。它不僅在沈約、鍾嶸、劉勰以前，就圈定了哪些詩人最重要，哪些詩人擅長什麽題材、其作品有什麽風貌，還基本上展現了自漢至齊梁的詩歌美學，揭示了由於時代、地域、詩人性格不同，帶來詩歌風貌的不同。在江淹看來，詩歌美學應該有多種形式。比起當時「公幹、仲宣之論，家有曲直；安仁、士衡之評，人立矯抗」，以及「貴遠賤近」、「重耳輕目」（江淹《雜體詩三十首》自序）的人，不知道要高明幾百倍，故此序特別有學術價值。

更重要的是，江淹的《雜體詩三十首》，用擬代評，其實是沈約、劉勰、鍾嶸的先聲。沈約、劉勰、鍾嶸有很多地方都吸取了江淹的詩歌美學。特別是一般人不注意的陶淵明，最早給陶淵明詩歌地位的，不是沈約，不是劉勰，不是鍾嶸，也不是蕭統，正是江淹的擬詩。故此次修訂，列爲「參考」，讓讀者看到中國古代詩學評論紛呈的精彩。

「參考」部分還補充了張溥的《漢魏六朝百三家集》的題辭，因爲有些詩人的集子已經失佚了，今天看到的本子是張溥輯出來的。因此，他的題辭很重要，應該列入「參考」。

「參考」所列詩人詩歌，可與鍾品理論相參照，這是陳延傑《詩品注》的發明，王叔岷先生認爲非常有意義。但本書原來的附詩不很規範，缺漏和錯誤很多，今一併修訂補正。又數人同評，原「參考」混雜，讀者閱覽不便，今按詩人先後排列，同一詩人，先詩後評。

「集注」部分，一是改正原來注釋的錯誤，如中品「謝脁」條對「頗在不倫」的解釋，以前釋爲「不類」、「不同」都是錯的；承華東師範大學蕭華榮教授賜教，應該作「良莠不齊」解。竇臮《述書賦》上：「元子正草，厚而不倫。」《述書賦・語例字格》：「不倫：前濃後薄，半敗半成。」因知鍾嶸此評謝脁詩利鈍不一，雜有良莠。此即下文「一章之中，自有玉石」之意。這對《詩品》的詩學理論來説，是非常重要的關鍵字，慶幸增訂本《集注》改正過來了。

二是補充新的文獻資料。增訂工作應注意吸取學術界的新成果，如域外漢學界對毛伯成資料的發現。以前注釋都以爲毛伯成的詩已經佚去，但今人又從德藏吐魯番北朝寫本魏晉雜詩中，發現了他的詩歌殘卷，雖然還有點問題，也已殘缺，但彌足珍貴。因爲我們可以看看這「寧爲蘭摧玉折，不作蕭敷艾榮」、「亦多惆悵」的詩歌，究竟是什麽樣的作品。

有的詩人生卒年不詳，有的籍貫、出生地當時被我注錯了；這看起來和品語没有直接關係，其實是解讀《詩品》深度意義時潛藏的礁石。通過近年來學術界的不斷努力，有的問題已基本解决，有的在相當程度上得到解决，有的雖有疑問，但目前只能做到這一步了。

在詩人的生卒年上，我吸取了王發國教授考證的成果；在詩人的籍貫和出生地方面，吸取了陳元勝教授的研究成果；此外，還兼采了梅運生、羅立乾、蕭華榮、楊明、陳尚君、鄔國平、張伯偉、陳慶元、宋紅、力之、蔡錦芳諸先生的研究成果；同門吴承學、彭玉平兄關注鼓勵，在此一併致以學術的敬禮和深切的謝忱。

集學術界先進之精華，補充、增訂《集注》，提供建言，是我的責任。《集注》中每改正一個錯字，補充、增加一條新材料，都像是又來了一位高明的賢人；賢人多多益善，無數賢人合在一起，研討奇文、解析疑義，那就是《詩品》高朋滿座、少長咸集的盛會了。

三

在學術的田野裏，有人用的是收割機，我卻是個拾麥穗的孩子。面對《詩品》研究的新成果。一年一年、一點一點地將這些新成果的「麥穗」積攢下來，做到顆粒歸倉。

經過增訂和完善，經過作者和研究同人在爐火邊的敲打和酒邊的斟酌，現在的「校異」、「集注」和「參考」，均在原來的基礎上得到全面優化；呈現給讀者的，已是涅槃過的《詩品集注》。

因爲它已不是原來流傳五十多種版本中的一種，而是集注者在大量不同系統版本和宋代類書、筆記、詩話校勘基礎上産生的鍾嶸《詩品》「新本」。「新本」力圖恢復《詩品》原本文字的面貌。

在「新本」文字的基礎上，集自己的研究成果和古今中外研究者的成果於一帙，這是新版《集注》的意義，也是我治專書的理想和追求。

裴松之注書，廣泛搜輯資料，補充原書。他注釋的方法如他自己所説，是「繪事以衆色成文，蜜蜂以兼采爲味」。裴注的體例，其進書表説有四方面：一是「（陳）壽所不載，事宜存録者，則罔不畢取以補其闕」；二是「同説一事而辭有乖離，或出事本異疑不能判，並皆抄納以備異聞」；三是「紕繆顯然，言不附理，則隨違矯正以懲其妄」；四是「時事當否及壽之小失，頗以愚意有所論辨」。拙《集注》解釋字詞、串講文意外，注意事實的增補和考訂，正是用裴松之注書之法。

翻檢學術專著如入一城市，當有索引可以指路。王元化先生屢次對我説當今學術專著無索引之弊，慷慨激切，聲色俱嚴。由此承命謹補「《詩品集注》綜合索引」於卷末。

四

我和我的學生，组成了一個向西天取經的團隊。爲了見到真佛，取得真經，在通向理想國崎嶇不平、充滿磨難的道路上，學生幫我牽馬、挑擔、探路、降妖；和我一起跋山涉水、逢凶化吉。在十多年的增訂過程中，陸錫興、孫力平、查清華、朱立新、胡光波、文師華、歸青、丁功誼、劉強、趙紅玲、王澧華、傅蓉蓉、楊合林、黄亞卓、傅新營、胡建次、王順貴、張紅、蔡平、趙紅菊、楊鳳琴、吉定、楊賽、邱美瓊、袁向彤、葉當前、王偉萍、郭本厚、韓蓉、張喜貴、楊濱諸博士；楊遠義、文志華、劉萬華、劉慶安諸博士生；柯昌禮、邱慧蕾、邵曼、黃磊、陳芳、周銀鳳、譚燚、范志鵬、周忠起、張慧芳、侯娟穎、趙宏諸碩士，韓永燕、張旭蓉、彭雪琴、陳波玲諸碩士生，一起幫助校勘原文、核對資料；特别是歸青、吉定、楊賽、譚燚和韓永燕，爲本書做了不少有價值的工作。此次《集注》增訂再版，大家手之舞之、足之蹈之，圍坐分羹。

五

想起，十多年前，臺灣東海大學召開「魏晉南北朝文學討論會」，討論學術、辯彰源流，兩岸學者歡聚，海峽學術同歌。

上午十點「茶敘」，會議休息，很多人到外間喝茶，我仍在會場閲讀論文。一位風度嫻雅、步伐優美的女學者走到我們面前，用尋找的目光，在我們臉上掃過，走回主席臺，又看向我們，如此反復再三。

主席臺那邊有人用手指點，她走到我面前。问：

「您是曹旭先生？」

我說：「我是曹旭。」

她說：「哇！您怎麽這麽年輕啊！」

我說：「我已經不年輕了。」

她說：「我和家父都以爲您是九十歲的人了。」

大家都笑了。

她說：「家父邀請您今天晚上到我家作客。」

她就是剛從新加坡國立大學回臺灣、在臺灣大學執教的六朝文學專家王國瓔教授，「家父」就是著名的國學大師王叔岷先生。

王國瓔教授說，您的《詩品集注》出版後，我們買了一本，家父很欣賞您的文獻功底和實事求是的精神。這次東海大學會議，知道您來參加，家父說：「要見見曹旭先生，請他來我家作客。」

我喜出望外，欣然前往，相談甚歡；王叔岷先生把他的學術著作和詩、詞、文都送給我。

以後每次去臺灣，我總要拜望王先生。不幸的是，二〇〇八年八月二十一日，享年九十五歲的王叔岷先生於四川家中逝世，令人痛惜良師。

呂德申先生是北京大學教授，著名的文藝理論家，對《詩品》研究亦有重要貢獻。一九八五年十月，我到北京訪書，拜見北京大學的張少康先生，張先生爲我介紹了呂德申先生；我們談了注釋《詩品》當以元祐七年（一三二〇）《山堂先生群書考索》本爲底本的諸多問題。當時，他的《鍾嶸詩品校釋》底本，用的就是北京大學圖書館藏元祐七年《山堂先生群書考索》本。

其實，除了現在中國書店以原本尺寸大小、面貌影印出版的章如愚的《山堂先生群書考索》，用的是南宋金華曹氏中隱書院刻本外，其他的都只有元祐七年圓沙書院刻本；因爲《山堂先生群書考索》在宋代只有一百卷，元祐七年圓沙書院刻本增加到「前集六十六卷」、「後集六十五卷」、「續集五十六卷」、「別集二十五卷」，總卷數增加了一倍還不止。而中國書店影印的只是宋本的一小部分，完整的一百卷宋本並没有看到。因此，也無法知道原來的一百卷宋本中，是不是包含了鍾嶸《詩品》。現在的鍾嶸《詩品》在元延祐七年圓沙書院刻本「前集」二十二卷「文章門」中的「評詩類」中。

呂德申先生在北京大學，近水樓臺，先得其書。但藏有元祐七年《山堂先生群書考索》的，除了北京大學圖書館，還有上海圖書館、天津圖書館和福建省圖書館，其中「前集」三十二卷「文章門」中的「評詩類」中，都收録了鍾嶸《詩品》。

吕先生的《鍾嶸詩品校釋》一出版，就成爲國内最好的《詩品》研究、注釋著作，在校勘、注釋等方面均超越陳延傑、古直和許文雨。關於這一點，我在《文學遺産》一九八八年第二期曾以《詩品研究的新成果》爲題，撰文論其學術成就。以後去北京，也每每拜訪吕先生。但就在王叔岷先生仙逝不久的十二月二十六日，八十六歲的吕先生也去世了。桌上唁函，令我震驚。唁函中寫，吕先生臨終遺言：逝世不開追悼會，不舉行任何形式的紀念活動。先生的一生，以及《鍾嶸詩品校釋》再版「後記」，都簡樸得如同一張舊紙，如同他長年穿的灰蓝色的中山装。

雖然王叔岷先生和吕德申先生出處不同、經歷不同、執教的大學不同，但同樣是堅持學術、堅持理想、淡泊明志，同樣是冰清玉潔的人品、山高水長的師風。

又，在我修訂的過程中，驚悉韓國著名《詩品》研究家車柱環先生也逝世了。車柱環先生在韓國開闢了鍾嶸《詩品》研究的重要分支，他的《鍾嶸詩品校證》、《鍾嶸詩品校證補》，以及他學生李徽教的《詩品彙注》，都是《詩品》研究中的經典。對韓國現在李哲理等人的研究，有奠基性的影響。

記得在韓國大邱召開東方詩話會議，我和車柱環先生晤談一室，臺灣汪中先生也在坐；拙編《中日韓詩品論文選評》出版，車柱環先生賜韓文序，高誼芳情，令人感激。與諸先生游處之日，連輿接席，絲竹並奏；煮酒論文，信可樂也。今長者一時俱逝，令人掩卷痛惜。

惟可告慰者，諸先生在《集注》中濟濟一堂，指天畫地，求同存異，研討不倦。學術亦如詩，可以興，可以觀，可以群，可以怨；可以自慰，亦可志人。

曹　旭

二〇〇九年五月十四日

於上海師範大學圖書館萬竹居

忠雅堂集校箋	[清]蔣士銓著　邵海清校 李夢生箋
甌北集	[清]趙翼著　李學穎、曹光甫校點
惜抱軒詩文集	[清]姚鼐著　劉季高標校
兩當軒集	[清]黄景仁著　李國章校點
惲敬集	[清]惲敬著　萬陸、謝珊珊、林振岳 標校　林振岳集評
茗柯文编	[清]張惠言著　黄立新校點
瓶水齋詩集	[清]舒位著　曹光甫點校
龔自珍全集	[清]龔自珍著　王佩諍校點
龔自珍詩集編年校注	[清]龔自珍著　劉逸生、周錫韔校注
水雲樓詩詞箋注	[清]蔣春霖著　劉勇剛箋注
人境廬詩草箋注	[清]黄遵憲著　錢仲聯箋注
嶺雲海日樓詩鈔	[清]丘逢甲著　丘鑄昌標點

《詩品集注》綜合索引

（以中文拼音爲序）

説　明

此索引不是《詩品》所有字、詞的索引。而是《詩品》的"人名索引"、"引用作品索引"及"語詞索引"。"語詞索引"主要收批評術語，酌情兼收一般語詞。各詞條按中文拼音順序排列，以備讀者檢索。

以前日本高木正一、法國陳慶浩及北大吕德申先生等人都做過《詩品》的人名索引和語詞索引，由於經我校勘的《詩品》原典文字，不僅與何文焕《歷代詩話》本、《四庫全書》所收本不同，且與所有的明、清版本都不同，這是以元延祐七年（1320）圓沙書院刊章如愚《山堂先生群書考索》本爲底本，以大量宋以來類書、詩話、筆記，參酌各明清本校勘出來的"新本"，因此，是在參考前人索引的基礎上，按照《詩品集注》新文本做的。

爲使檢索方便，本索引從人物姓、名，乃至並稱，均可檢索該人物在書中出現的頁碼，因爲《詩品》人數不多、字數不多，故索引寧繁不簡，條條大路可通羅馬。

A

āi【哀怨】雖多～～(九一)
ài【愛】仗氣～奇(一三三)
【愛好】罔不～～(六四)
ān【安道】即戴逵(五二一)
【安仁】即潘岳(三四、一九三、四五九、五〇〇)

B

bā【八荒】情寄～～之表(一五一)
bá【拔】譬猶青松之～灌木(二〇一)
bà【罷】淹～宣城郡(四〇三)
bái【白】～玉之映塵沙(二〇一)
【白馬】即曹彪(三〇二、四八五)
～～與陳思答贈(四八五)
【白馬王彪】即曹彪(四八五)
bǎi【百許】新歌～～篇(二五六)
【《百韻》】(五九二)
bān【班固】(一四、四七一)
【班姬】即班婕妤(一一三)
【班婕妤】(一四)
bǎo【寶】往往～(一七四)
【寶月】即康寶月(五六〇)
bào【鮑】指鮑照(五六〇、五七五)
【鮑明遠】即鮑照(四二六)
【鮑行卿】(六三一)
【鮑令暉】(五九二)
【鮑照】(六九、三三〇、三八一、四五九、五六〇)
【抱】～篇章而景慕(一一八)
bēi【悲】意～而遠(九一)
【悲涼】甚有～～之句(四七八)
bǐ【比】二曰～(四七)
若專用～興(五三)
【筆】沈詩任～(四一八)
【鄙促】良無～～也(五四三)
【鄙直】率皆～～如偶語(二五六)
bì【擗績細微】～～～～(四五二)
biān【邊】殺氣雄～(五六)
biǎn【貶】未足～其高潔也(二〇一)
通而無～(二三六)
未足以～臥龍(六〇五)
biàn【變】～創其體(三四)
始～中原平淡之體(三一八)
明遠～色(三九二)
【卞彬】(六一二)
【卞鑠】(六一二)
【便】～可多得(四三)
～稱才子(二四四)
【辨】輕欲～彰清濁(二四三)
而不聞宮商之～(四三八)
biāo【彪炳】～～可玩(三一八)
bìng【並】～得虬龍片甲(二八四)

～有英篇(三〇三)
詩～平典不失古體(四八九)
～著篇章(五四七)
【病】～累(一八五)
顏終身～之(三五一)
bō【波】微～尚傳(二八)
謝朓沈約揚其～(四五二)
bó【伯成】即毛伯成(五八五)
【帛】指帛道猷(五六〇)
【帛道猷】(五六〇)
【博】每～論之餘(七四)
殆均～弈(七九)
嶸謂若人學多才～(二〇一)
應資～古(二二〇)
【博學】昉既～學(四一九)
【博贍】詳而～～(二三六)
bǔ【補假】多非～～(二二〇)
bù【步】謝朓今古獨～(六九)
足使叔源失～(三九二)
故約稱獨～(四二六)
楨稱獨～(一三三)
【步兵】晉～～阮籍(一五〇)
梁～～鮑行卿(六三一)

C

cái【才】用儁上之～(三四)
～高詞盛(三四)
資生知之上～(八三)
有殊～(一〇六)
～高辭贍(一六二)
歎其大～(一六二)
陸～如海,潘～如江(一七四)
學多～博(二〇一)
實曠代之高～(一八五)
訐直露～(二六六)
既體良～(三一〇)
～章富健(三三〇)
～減若人(三五一)
～力苦弱(三六〇)
～思富捷(三七二)
～秀人微(三八一)
此意銳而～弱(三九二)
江淹～盡(四〇四、四二六)
體貳之～(四三八)
孟堅～流(四七一)
～難,信矣(五三二)
張公歎其大～,信矣(一六二)
不稱其～(五三五)
情過其～(五六〇)
臣妹～自亞於左芬,臣～不及太沖(五九二)
並有盛～(六〇四)
【才力】～～苦弱(三六〇)
【才子】便稱～～(二四四)
【才博】學多～～(二〇一)
【裁】《七略》～士(七九)
密而無～(二三六)
方申變～(二四四)
～長補短(五二一)
良有鑒～(二六六)
cǎi【彩】彫文織～(五三八)

潤之以丹～(四七)
～～蔥蒨(一八五)
【彩】詞～華茂(一一七)
彫文織～(五三八)
而文～高麗(二八四)
顔詩如錯～鏤金(三五一)
文～之鄧林(四五九)
cān【參軍】梁征遠記室～～鍾嶸(一)
宋～～顧邁(三三〇)
宋參軍戴凱(三三〇)
宋法曹～～謝惠連(三七二)
宋～～鮑照(三八一)
晉～～毛伯成(五八五)
時謝惠連兼～～參軍(五五三)
càn【粲】～溢今古(一一八)
cāng【倉曹】魏～～屬阮瑀(四八九)
cáo【曹公】即曹操(四七八)
【曹公父子】即曹操、曹丕、曹植(二〇)
【曹叡】(四七八)
【曹攄】(三〇二)
chá【察】指孙察(六三一)
(孙)～最幽微(六三一)
～其餘論(四二六)
余常忽而不～(五二八)
chà【差】～不局促(五九八)
～非定制(二四四)
chāi【差】～充作長(五五三)
chái【柴廓】(五六〇)
cháng【長】非～歌何以釋其情(五六)
殆無～語(三三六)
～轡未騁(三七二)
而～於清怨(四二六)
然興屬閑～(五四三)
許～於短句詠物(五八五)
非武侯所～(六〇五)
【長康】即顧愷之(三三〇)
【長虞父子】即傅玄、傅咸。
傅玄(五〇〇)
傅咸(五〇〇)
【常】謝康樂～言(一九三)
余～忽而不察(五二八)
謝朓～嗟頌之(六二七)
【常侍】晉～～顧愷之(三三〇)
晉～～常侍夏侯湛(五〇〇)
梁～～虞羲(六二七)
【嘗】何～不以詩爲口實(七四)
～試言之(四四二)
～謂余云(四四八)
～欲造《知音論》(四四八)
實月～憩其家(五六〇)
照～答孝武云(五

九二）
～語徐太尉云（六一六）
chàng 【唱】季鷹《黄華》之～（二八四）
而韻入歌～（四四二）
chāo 【勦淨】而文體～～（六一二）
【超】而近～兩傳（五〇〇）
cháo 【嘲調】共安陵～～（五五三）
【朝】又士有解佩出～（五六）
【朝請】宋～～吴邁遠（五八五）
齊～～許瑶之（五八五）
chén 【沉鬱】體～～之幽思（八三）
【陳】非～詩何以展其義（五六）
口～標榜（七四）
【陳思】即曹植（三四、一一八、一三三、一四二、一六二、二〇一、三〇二、四五九）
【陳思王】即曹植（一一七）
chēng 【稱】已爲～首（八三）
楨～獨步（一三三）
便～才子（二四四）
故～二陸（三〇二）
故～中興第一（三一八）
故世～沈詩任筆（四一八）
乃不～其才（五三五）
～輕巧矣（五三八）
chéng 【成】贊～厥美（三四）
嬉～流移（五三）
即～“池塘生春草”（三七二）
不復～語（四〇四）
誦詠～音（四二六）
【成就】～～於謝朓（四〇三）
【誠】～多未值（七九）
君～能（五五三）
chí 【池塘生春草】（三七二）
chì 【斥】指～“囊錢”（四七一）
被～（五五三）
chóng 【蟲】無雕～之巧（一五〇）
或忽是雕～（五六九）
chóu 【惆悵】亦多～～（五八五）
chǔ 【楚臣】指屈原（五六）
【《楚辭》】（一〇六）
【楚謠】（六）
【處士】晉～～郭泰機（三三〇）
chù 【處】無～不佳（一七四）
吾有筆在卿～多年矣（四〇四）
chuán 【傳】微波尚～（二八）
故世～江淹才盡（四〇四）
chuàng 【創】變～其體（三四）
王元長～其首（四五二）

E

F

G

(六〇四)
jiàng【降】～及建安(二〇、六三八)
至斯三品升～(二四四)
jiáo【嚼】然其咀～英華(一六二)
jiǎo【勦淨】而文體～～(六一二)
jiē【皆】詩,～平典(二八)
斯～五言之冠冕(三四)
～由直尋(二二〇)
～就談文體(二三六)
率～鄙直如偶語(二五六)
～致意焉(三五一)
王元長、約等～宗附之(四二六)
～被之金竹(四四二)
斯～五言之警策者也(四五九)
jié【捷】辭旨清～(一一三)
小謝才思富～(三七二)
然亦～疾豐饒(五九八)
【捷疾】然亦～～豐饒(五九八)
【婕妤】指班昭(一四)
漢～～班姬(一一三)
jiě【解】又士有～佩出朝(五六)
顏延注～(一五一)
jiè【借】～使二媛生於上葉(五九二)
【藉】幽微～之以昭告(一)
jīn【今】～之士俗(六四)
謝朓～古獨步(六九)
方～皇帝(八三)
嶸之～録(八三)
粲溢～古(一一八)
覩古～勝語(二二〇)
網羅～古(二四三)
～抑之中品(二七五)
至於《濟濟～日所》(二九七)
古～隱逸詩人之宗也(三三七)
jǐn【緊健】鮮明～～(三二七)
【錦】潘詩爛若舒～(一七四)
以～二端賜謝(五五三)
請以～賜之(五五三)
jìn【晉】迄於有～(二四)
吞～、宋於胸中(八三)
～步兵阮籍(一五〇)
～平原相陸機(一六二)
～黄門郎潘岳(一七四)
～黄門郎張協(一八五)
～記室左思(一九三)
～中散嵇康(二六六)
～司空張華(二七五)
～中書令潘尼(二八四)
～清河太守陸雲(三〇二)
～侍中石崇(三〇二)
～常侍顧愷之(三三〇)
【近】莫～于詩(一)
～彭城劉士章(七四)
使人忘其鄙～(一五一)
～任昉、王元長等(二二八)

K

L

N

O

P

Q

R

S

T

Y

Z

牧齋雜著	[清]錢謙益著　[清]錢曾箋注 錢仲聯標校
牧齋初學集詩注彙校	[清]錢謙益著　[清]錢曾箋注 卿朝暉輯校
李玉戲曲集	[清]李玉著 陳古虞、陳多、馬聖貴點校
吴梅村全集	[清]吴偉業著　李學穎集評標校
歸莊集	[清]歸莊著
顧亭林詩集彙注	[清]顧炎武著　王蘧常輯注 吴丕績標校
安雅堂全集	[清]宋琬著　馬祖熙標校
吴嘉紀詩箋校	[清]吴嘉紀著　楊積慶箋校
陳維崧集	[清]陳維崧著　陳振鵬標點 李學穎校補
屈大均詩詞編年校箋	[清]屈大均著　陳永正等校箋
秋笳集	[清]吴兆騫撰　麻守中校點
漁洋精華録集釋	[清]王士禛著 李毓芙、牟通、李茂肅整理
聊齋志異會校會注會評本	[清]蒲松齡著　張友鶴輯校
敬業堂詩集	[清]查慎行著　周劭標點
納蘭詞箋注	[清]納蘭性德著　張草紉箋注
方苞集	[清]方苞著　劉季高校點
樊榭山房集	[清]厲鶚著　[清]董兆熊注 陳九思標校
劉大櫆集	[清]劉大櫆著　吴孟復標點
儒林外史彙校彙評	[清]吴敬梓著　李漢秋輯校
小倉山房詩文集	[清]袁枚著　周本淳標校

雁門集	[元]薩都拉著 殷孟倫、朱廣祁校點
揭傒斯全集	[元]揭傒斯著　李夢生標校
高青丘集	[明]高啓著　[清]金檀注 徐澄宇、沈北宗校點
唐寅集	[明]唐寅著　周道振、張月尊輯校
文徵明集(增訂本)	[明]文徵明著　周道振輯校
震川先生集	[明]歸有光著　周本淳校點
海浮山堂詞稿	[明]馮惟敏著 凌景埏、謝伯陽標校
滄溟先生集	[明]李攀龍著　包敬第標校
梁辰魚集	[明]梁辰魚著　吴書蔭編集校點
沈璟集	[明]沈璟著　徐朔方輯校
湯顯祖詩文集	[明]湯顯祖著　徐朔方箋校
湯顯祖戲曲集	[明]湯顯祖著　錢南揚校點
白蘇齋類集	[明]袁宗道著　錢伯城校點
袁宏道集箋校	[明]袁宏道著　錢伯城箋校
珂雪齋集	[明]袁中道著　錢伯城點校
隱秀軒集	[明]鍾惺著　李先耕、崔重慶標校
譚元春集	[明]譚元春著　陳杏珍標校
張岱詩文集(增訂本)	[明]張岱著　夏咸淳輯校
陳子龍詩集	[明]陳子龍著 施蟄存、馬祖熙標校
夏完淳集箋校(修訂本)	[明]夏完淳著　白堅箋校
牧齋初學集	[清]錢謙益著　[清]錢曾箋注 錢仲聯標校
牧齋有學集	[清]錢謙益著　[清]錢曾箋注 錢仲聯標校

東坡樂府箋	[宋]蘇軾著　[清]朱孝臧編年 龍榆生校箋
東坡詞傅幹注校證	[宋]蘇軾著　[宋]傅幹注 劉尚榮校證
欒城集	[宋]蘇轍著　曾棗莊、馬德富校點
山谷詩集注	[宋]黄庭堅著　[宋]任淵、史容、 史季温注　黄寶華點校
山谷詩注續補	[宋]黄庭堅著　陳永正、何澤棠注
山谷詞校注	[宋]黄庭堅著　馬興榮、祝振玉校注
淮海集箋注	[宋]秦觀撰　徐培均箋注
淮海居士長短句箋注	[宋]秦觀著　徐培均箋注
清真集箋注	[宋]周邦彦著　羅忼烈箋注
石林詞箋注	[宋]葉夢得著　蔣哲倫箋注
樵歌校注	[宋]朱敦儒著　鄧子勉校注
李清照集箋注(修訂本)	[宋]李清照著　徐培均箋注
陳與義集校箋	[宋]陳與義著　白敦仁校箋
蘆川詞箋注	[宋]張元幹著　曹濟平箋注
劍南詩稿校注	[宋]陸游著　錢仲聯校注
放翁詞編年箋注(增訂本)	[宋]陸游著　夏承燾、吴熊和箋注 陶然訂補
范石湖集	[宋]范成大撰　富壽蓀標校
于湖居士文集	[宋]張孝祥著　徐鵬校點
稼軒詞編年箋注(定本)	[宋]辛棄疾撰　鄧廣銘箋注
辛棄疾詞校箋	[宋]辛棄疾著　吴企明校箋
姜白石詞編年箋校	[宋]姜夔著　夏承燾箋校
後村詞箋注	[宋]劉克莊著　錢仲聯箋注
瀛奎律髓彙評	[元]方回選評　李慶甲集評校點

長江集新校	[唐]賈島著　李嘉言新校
張祜詩集校注	[唐]張祜著　尹占華校注
三家評注李長吉歌詩	[唐]李賀著　[清]王琦等評注
樊川文集	[唐]杜牧著　陳允吉校點
樊川詩集注	[唐]杜牧著　[清]馮集梧注
温飛卿詩集箋注	[唐]温庭筠著　[清]曾益等箋注
玉谿生詩集箋注	[唐]李商隱著　[清]馮浩箋注 蔣凡校點
樊南文集	[唐]李商隱著　[清]馮浩詳注 錢振倫、錢振常箋注
皮子文藪	[唐]皮日休著　蕭滌非、鄭慶篤整理
鄭谷詩集箋注	[唐]鄭谷著 嚴壽澂、黄明、趙昌平箋注
韋莊集箋注	[五代]韋莊著　聶安福箋注
李璟李煜詞校注	[南唐]李璟、李煜著　詹安泰校注
張先集編年校注	[宋]張先著　吴熊和、沈松勤校注
二晏詞箋注	[宋]晏殊、晏幾道著　張草紉箋注
乐章集校箋	[宋]柳永著　陶然、姚逸超校箋
梅堯臣集編年校注	[宋]梅堯臣著　朱東潤編年校注
歐陽修詩文集校箋	[宋]歐陽修著　洪本健校箋
歐陽修詞校注	[宋]歐陽修著　胡可先、徐邁校注
蘇舜欽集	[宋]蘇舜欽著　沈文倬校點
嘉祐集箋注	[宋]蘇洵著　曾棗莊、金成禮箋注
王荆文公詩箋注	[宋]王安石著　[宋]李壁箋注 高克勤點校
王令集	[宋]王令著　沈文倬校點
蘇軾詩集合注	[宋]蘇軾著　[清]馮應榴注 黄任軻、朱懷春校點

玉臺新咏彙校	吴冠文、談蓓芳、章培恒彙校
王梵志詩集校注(增訂本)	[唐]王梵志著　項楚校注
盧照鄰集箋注	[唐]盧照鄰著　祝尚書箋注
駱臨海集箋注	[唐]駱賓王著　[清]陳熙晉箋注
王子安集注	[唐]王勃著　[清]蔣清翊注
陳子昂集(修訂本)	[唐]陳子昂撰　徐鵬校點
孟浩然詩集箋注(增訂本)	[唐]孟浩然著　佟培基箋注
王右丞集箋注	[唐]王維著　[清]趙殿成箋注
李白集校注	[唐]李白著　瞿蜕園、朱金城校注
高適集校注(修訂本)	[唐]高適著　孫欽善校注
杜詩趙次公先後解輯校	[唐]杜甫著　[宋]趙次公注 林繼中輯校
杜詩鏡銓	[唐]杜甫著　[清]楊倫箋注
錢注杜詩	[唐]杜甫著　[清]錢謙益箋注
杜甫集校注	[唐]杜甫著　謝思煒校注
岑参集校注	[唐]岑參著　陳鐵民、侯忠義校注
戴叔倫詩集校注	[唐]戴叔倫著　蔣寅校注
韋應物集校注(增訂本)	[唐]韋應物著　陶敏、王友勝校注
權德輿詩文集	[唐]權德輿撰　郭廣偉校點
王建詩集校注	[唐]王建著　尹占華校注
韓昌黎詩繫年集釋	[唐]韓愈著　錢仲聯集釋
韓昌黎文集校注	[唐]韓愈著　馬其昶校注 馬茂元整理
劉禹錫集箋證	[唐]劉禹錫著　瞿蜕園箋證
白居易集箋校	[唐]白居易著　朱金城箋校
柳宗元詩箋釋	[唐]柳宗元著　王國安箋釋
柳河東集	[唐]柳宗元著　[宋]廖瑩中輯注
元稹集校注	[唐]元稹著　周相録校注

《中國古典文學叢書》已出書目

詩經今注	高亨注
楚辭今注	湯炳正、李大明、李誠、熊良智注
司馬相如集校注	[漢]司馬相如著　金國永校注
揚雄集校注	[漢]揚雄著　張震澤校注
張衡詩文集校注	[漢]張衡著　張震澤校注
阮籍集	[魏]阮籍著　李志鈞等校點
陸機集校箋	[晉]陸機著　楊明校箋
陶淵明集校箋(修訂本)	[晉]陶潛著　龔斌校箋
世説新語箋疏(修訂本)	[南朝宋]劉義慶撰　余嘉錫箋疏　周祖謨等整理
世説新語校釋(增訂本)	[南朝宋]劉義慶撰　[南朝梁]劉孝標注　龔斌校釋
鮑參軍集注	[南朝宋]鮑照著　錢仲聯增補集説校
謝宣城集校注	[南朝齊]謝脁著　曹融南校注集説
江文通集校注	[南朝梁]江淹著　丁福林、楊勝朋校注
文心雕龍義證	[南朝梁]劉勰著　詹鍈義證
詩品集注(增訂本)	[梁]鍾嶸著　曹旭集注
文選	[梁]蕭統編　[唐]李善注
蕭繹集校注	[南朝梁]蕭繹著　陳志平、熊清元校注